南开百年学术经典

近二十年中国文艺思潮论

1917—1937

李何林　编著

南开大学出版社
天　津

图书在版编目(CIP)数据

近二十年中国文艺思潮论 ：1917—1937 / 李何林编著. —天津：南开大学出版社，2016.9
(南开百年学术经典)
ISBN 978-7-310-05110-6

Ⅰ. ①近… Ⅱ. ①李… Ⅲ. ①文艺思潮—中国—1917—1937 Ⅳ. ①I209.6

中国版本图书馆 CIP 数据核字(2016)第 111278 号

南开大学出版社出版发行
出版人：刘立松
地址：天津市南开区卫津路 94 号 邮政编码：300071
营销部电话：(022)23508339 23500755
营销部传真：(022)23508542 邮购部电话：(022)23502200
*
天津泰宇印务有限公司印刷
全国各地新华书店经销
*
2016 年 9 月第 1 版 2016 年 9 月第 1 次印刷
230×155 毫米 16 开本 34 印张 4 插页 392 千字
定价：98.00 元

如遇图书印装质量问题，请与本社营销部联系调换，电话：(022)23507125

李何林（1904—1988），安徽霍邱人，鲁迅研究和中国现代文学学科的奠基人之一。1924 年考入南京国立东南大学生物系，后投笔从戎，参加北伐军。1927 年加入中国共产党。1928 年加入鲁迅领导的未名社，投身革命文艺活动。先后在天津女子师范学院、云南大理华中大学、华北大学等校任教。新中国成立后，曾任北京师范大学中文系代主任。1952 年 9 月调至南开大学，任中文系教授及系主任，兼任南开大学校务委员会委员、南开大学学术委员会委员。1975 年奉调进京，任鲁迅研究室主任、北京鲁迅博物馆馆长。主要著作有《近二十年中国文艺思潮论》《中国文艺论战》《鲁迅〈野草〉注解》《关于中国现代文学》等。全部著述收入《李何林全集》《李何林全集补遗》。

"自问数十年来，于自己保存之外，也時時想到中国，想到将来，愿为大家出一点微力，却可以自白的。"

录鲁迅语，与秀龄同志共勉。

李何林 八六年八月于北京八十三岁

李何林先生墨迹

“南开百年学术丛书”出版说明

巍巍学府，百年南开。

2019年10月，南开大学将迎来建校100周年。

从筚路蓝缕、举步维艰的私立大学到闻名世界的高水平大学，南开大学走过了一条艰辛曲折而又光明辉煌的道路。在这路途中，一代又一代的南开人坚忍不拔，愈挫愈奋，用实际行动阐释了“允公允能，日新月异”的校训，谱写了中国教育史上的不朽篇章。

学术乃学者立身之本，亦大学立校之基。一百年来，南开学人以自己的勤奋、智慧、心血、汗水，取得了难以计数的学术成果，在国内外产生了广泛而深远的影响。这些成果或酝酿于民族危亡之时，或完成于战火纷飞之际，或草创于风雨如晦之间，或出版于拨乱反正之后。这些著作或开新派，或释旧说，或察幽微，或集大成，嘉惠学子，享誉士林，体现着南开人的学术贡献。

由于时间久远和社会变迁等原因，前辈学人的著作多有散佚和湮没，有的甚至成为海内孤本，搜集颇为不易；即使一些距离现在并不太久的著作，由于当时印数不多，发行不畅，搜集的难度也依然较大；加之出版时间不同，出版单位各异，故而难见系统规模，查找亦多有不便。

出于诸多方面的考虑，藉百年校庆之契机，我们决定编辑出版“南开百年学术丛书”。这部丛书根据著作呈现方式及相关内容，又分为三个系列，即为“南开百年学术经典”“南开百年学术文萃”和“南开百年学术文库”，收录一百年来南开学人具有代表性的专著、论文以及学术自传等。将众多作品汇为一编，既收相得益彰之效，又得研读考索之便，对于文化积累和学术传承亦不无裨益。

我们意在通过这部丛书，全面反映南开学人学术探索、学术创新和学术跋涉的进程，系统展示南开学人的学术品格、学术特色和学术贡献。

我们相信，这部“南开百年学术丛书”必将成为一座学术的丰碑，瞻望前贤，启迪后昆。

我们希望海内外校友和广大读者提出批评和建议，使“南开百年学术丛书”臻于完善。

南开大学出版社

2015 年 8 月

编辑说明

本书是李何林先生的重要著作，于 1939 年由生活书店出版，1979 年由陕西人民出版社再版。本次再版，尽量保留了原书风格：

1. 异形词问题。对于异形词未做修改（括号中为正字）。如像片（相片）、薰陶（熏陶）、真象（真相）、观查（观察）、其它（其他）、那末（那么）、标帜（标志）、无宁（毋宁）、惟一（唯一）、夙养（素养）、情素（情愫）、总束（总述）、救正（纠正）、道里（道理）、里由（理由）、给与（给予）、冲激（冲击）、笑迷迷（笑眯眯）、直捷（直截）、身分（身份）、帐簿（账簿）、珍羞（珍馐）、仕奉（侍奉）、豫感（预感）、归根结蒂（归根结底）、消声匿迹（销声匿迹）、违犯（违反）、连系（联系）、明瞭（明了）、搀杂（掺杂）、联带（连带）、年青（年轻）、阔老（阔佬）、浑乱（混乱）、从新（重新）、无需（无须）、驳覆（驳复）、歇斯替里（歇斯底里）、大声急呼（大声疾呼）、同一（统一）、一枝笔（一支笔）、甚么样（什么样）等仍然保留原字。

2. 异体字问题。对于异体字不影响文意的、符合当时习惯用法的也一并保留。如像/象、吧/罢、的/地、做/作、那/哪、底/的、账/帐、课/刻、决/绝、流/溜等每组两字间的混用。

3. 对于专有名词的翻译，保留原译名。但是对于一些耳熟能详的、现已有固定译法的人名进行了注释，给出今译；对于一般读者不熟悉的外国名词的音译，如布尔乔亚、普罗大众等，亦予以简要注释。

4. 标点符号问题。对于文中括号内外、引号内外的点号问题，一、二等序数后顿号、逗号混用问题，书名号、引号间的顿号问题，以及“五四”“九一八”等带月、日的事件是否加引号问题，考虑到文中的混用现象，同时为统一本书体例便于读者理解，一律依照现行规范修改。

5. 对于文中明显的错字、标点符号误用和其他疏漏进行了修改。

6. 引文部分根据目前通行版本重新进行了校对。

7. 括注中标注“编者按”“编者”字样的内容均为李何林先生所撰。

李何林和他的《近二十年中国文艺思潮论》

张铁荣

李何林先生曾长期担任南开大学中文系主任，是我国著名的教育家、鲁迅研究专家、现代文学研究专家。

1904 年 1 月 31 日李何林生于安徽省霍邱县，曾用名有李延年、李振发、李昨非、李竹年等。

他 10 岁入私塾，12 后转入小学。16 岁考入安徽省立第三师范学校，此时期受到“五四”新文化运动的影响，阅读了大量的进步文学刊物。20 岁考入南京国立东南大学生物系。两年后接受革命影响，投笔从戎，1926 年参加北伐军。先在武昌编辑《学兵日报》，1927 年春调至北伐军第 11 军 25 师政治部从事宣传工作，不久经李硕勋介绍加入中国共产党，后任宣传科科长，同年 8 月参加著名的“八一”南昌起义。起义失败后回到家乡霍邱，任城内高等小学校长。1928 年夏参加“霍邱暴动”，失败后逃到北京，避居于鲁迅先生组织领导的未名社。在未名社期间，他编撰了《中国文艺论战》和《鲁迅论》两本书，遂投身革命文艺运动。

1929 年至 1945 年，李何林先后在天津女子师范学院、北平慕贞中学、汇文中学、中法大学、河南焦作工学院、太原国民师范学校、太原师范学校、太原女子师范学校、济南高等中学、北平高级商业职业学校、阜阳（颍州）师范学校、云南大理华中大学等学校任教。因思想进步，宣传鲁迅，屡受排挤迫害。

1946年李何林到台湾，先后在台湾省编译馆和台湾大学工作。1948年鲁迅的好友许寿裳遭到暗害以后，李何林被国民党特务监视，只身逃回大陆，由北平进入华北解放区，出任华北大学国文系主任。

1949年3月李何林随华北大学进入北平，7月参加全国第一届文代会，当选为候补理事，后调中央教育部任秘书长兼行政处处长。1950年10月调北京师范大学中文系任教，1952年任北京师范大学中文系代主任。同年9月在高校院系调整中来到南开大学，出任南开大学中文系主任，同时兼任南开大学校务委员会委员、南开大学学术委员会委员。在南开大学期间，李何林曾被评为天津市先进教师，当选为全国人大代表。

1959年李何林率先在南开大学开设“鲁迅研究”专题课，成为全国大学开设鲁迅研究课的先行者之一。同年秋，他应《新港》杂志编辑部之约，撰写了《十年来文学理论和批评上的一个小问题》一文，强调“政治性和艺术性都来源于真实性”的主张，在文章尚未发表时，便受到了来自上层的批判，后来又遭到全国范围的大批判。

“文革”中李何林被污蔑为“反革命修正主义分子”“资产阶级反动学术权威”“中文系黑帮大头目”等不实罪名，受到不公正待遇。

李何林在南开大学中文系执教24年，任系主任15载。他后半生的重要著作《关于中国现代文学》《鲁迅〈野草〉注解》《鲁迅小说选注解》《中学语文鲁迅作品答疑》等，都是在南开大学中文系工作期间完成的。

1975年12月，根据毛泽东对周海婴来信建议的批示，李何林奉调进京任鲁迅研究室主任、北京鲁迅博物馆馆长。在此期间，他培植新人，丰富馆藏，创办《鲁迅研究资料》《鲁迅研究动态》等刊物，编印《鲁迅手稿全集》，主编《鲁迅年谱》等，为推动鲁迅研究的深入开展付出了大量心血。在他生命的最后日子里，写下了这样的自悼词："六十多年来，为党为祖国培养了一大批中国现代文学和鲁迅研究人才，坚持'五四'运动以后新文学的战斗传统，发扬鲁迅精神，驳斥了鲁迅生前死后一些人对鲁迅的歪曲和诬蔑，保卫了鲁迅的思想。" 1988 年 11 月 9 日，李何林因病在北京逝世，享年 85 岁。

李何林先生的著作编为《李何林全集》，2003 年由河北教育出版社出版。2007 年，大象出版社出版了《李何林全集补遗》。

《近二十年中国文艺思潮论》是李何林前期的一部有代表性的重要学术著作。

本书至今已经出版了很多个版本（据李何林说，此书上海版以后曾经出版过香港版、桂林版、重庆版、东北版等），我们能够看到的就是 1940 年生活书店的初版本，1981 年陕西人民出版社的新版横排本，2003 年河北教育出版社《李何林全集》第 3 卷（《近二十年中国文艺思潮论》收入本卷）。现在南开大学出版社的这本书，应当是目前最新的一个版本。

虽然时间过去了将近 80 年，但这本书的魅力依然不减。它的观点之正确与资料之详实，依然会使得今天的我们感到震撼。

李何林是令人尊敬的革命家。他是以革命家的身份走进文学界和教育界的，因此他的眼光是远大而又有前瞻性的。他关注"五四"以来的社会变革，重视各种文献资料和历史背景，进而发现了鲁迅，发现了瞿秋白，充分肯定他们在中国现代思想史上的重要作用和历史价值。李何林是一个有胆有识的人，他敢于在那个年代里，在瞿秋白被杀害不过三四年，就把瞿秋白（何林先生用的是瞿秋白的笔名“宋阳”）的铜版照片和鲁迅的照片一起放在这本书前，并且标明他们是“现代中国两大文艺思想家”，读者通过他的序言当然会知道“宋阳”是何许人，这在当时的环境下是非常犯忌的。这个举动反映了他的慧眼同时也是他的个性，无论在当时还是在后来的“文革”中，都给他带来了危险。果然书刚出版一年就遭到当局的查禁；在“文革”中，发现这样评价瞿秋白的书也是非常麻烦的事。

他的原则还表现在对于“五四”传统的坚持，对于“五卅”到“九一八”的文艺思潮发展趋势的评估，对于新文学社团的分析，以及对于“革命文学论争”和“两个口号论争”等理论问题的评论。今天看来，他当时的这些观点基本都还是正确的。特别难能可贵的是，在鲁迅和“左联”青年领导人的论争中，李何林从一开始就坚定地站在鲁迅一边。细细想来，在那个时候李何林刚刚30岁出头，他和“左联”的一帮年轻人年龄相仿，也是进步的革命青年，但竟然不是跟着所谓“主流”走，而是有着自己的独立观点立场；不是站在“左翼”成员徐懋庸等人一边，居然坚定地站在已是“老人”的鲁迅一边。这在当时是怎样的一种眼光？众所周知，后来的历史证明了他的选择是正确的。尽管因为这种选择也给他带来了一些麻烦，但他始终是坚持真理、固执己见、无怨无悔。这就是现代文学和鲁迅研究界公认的“李何林精神”。

李何林是视野宽阔的学者型资料专家。在这本书中，他引用了许多重要的第一手文献资料。我们不能不钦佩他的细致和认真，试想先生当年，生活艰辛且在辗转途中，身在四川江津的白沙镇编这本书的时候，资料之匮乏、环境之艰苦、信息之闭塞都是无法想象的。他携带、选购、保存所能得到的资料；在搜集整理、剪贴、归类中，将有限的资料珍藏利用，是何等地不容易。没有毅力谈何成功！就是在如此的条件下，李何林编辑写作了这样的一本专业性极强的大书。资料是历史现场的初始记录，是走向研究的第一步。任何有成就的学者都不会忽视资料，正是这些当年积累的宝贵资料支撑了李何林的观点，使他做起学问来理直气壮、刚正不阿、自成一家。以资料为根据是有实力的表现。他的治学特点是采用摆事实、讲道理的方法，把反映各方面观点的文章都原原本本地保留下来，或引全文，或摘重点，让材料本身说话。在此基础上才是他自己的评论，这些评论就是摆在当事人面前，也由不得你不承认，这就是李何林做学问的方式。何林先生绝不是那种高谈空泛理论之人，但他也不是不重视理论，他坚信以鲁迅、瞿秋白为代表的科学的文艺论，因为这才是最明快的哲学。他重视资料，但绝不是盲目地堆砌资料，他在书中引用资料的同时有许多属于他自己的分析，这些分析当然是在事实的基础上得来的。他从不趋势跟风，凡事总要问一个为什么，无论什么形势都改变不了他的实事求是精神，这就是李何林实证派的最初表现。这本书现在翻检起来，我们不能不佩服他的丰富和全面，因为其中的一些资料，就是今天找起来也是相当困难的。

李何林是我国出色的现代文学学科奠基人。他非常注意现代文学史料的积累，为现代文学教学奠定了基础。他学习鲁迅的经典作品，保卫鲁迅的战斗传统，发掘鲁迅的思想资源，并以此为出发点和立脚点，来分析中国现代文学发生发展的路向，紧紧抓住中国现代文学教学研究之纲，也有意无意为后来的文学史、思想史研究开辟了广阔的道路，打下了坚实的基础。大家知道在这本书出版之前，仅有胡适的《五十年来中国之文学》、陈子展的《最近三十年中国文学史》、张若英的《中国新文学运动史资料》和《中国新文学大系》等，数量寥寥。还没有一本独立的、以“五四”新文学为开端直到20世纪30年代的“中国新文学史”或者“中国新文艺思潮史”。李何林编著的这本书对于前书的超越性贡献在于，它是最为集中地创建了以反帝反封建为理论标志的、全新的资料性研究型著作。李何林自己说，他编写此书的时候，“还没有一本《中国新文学史》或《中国新文艺思潮史》，系统的给一般读者一个中国新文学发展的概况”[①]。因此，他的工作是具有填补空白的奠基性创举。思潮史无疑是文学史的纲，后来的文学史几乎无不受这本书的影响。思想史的教学和研究也无不以这本书为重要参照系，因为它是一座很难逾越的高山。《近二十年中国文艺思潮论》成了中国现代文学史研究的奠基之作，后来各种文学史的基本框架、文学社团、文学现象等评论也很少能跳出这本书所囊括的范畴，这也是本书的独特价值之所在。

李何林是我国最著名的鲁迅研究专家。先生自20世纪20年代起就读鲁迅的书，崇拜鲁迅的伟大人格，追随鲁迅的足迹。鲁迅在世时，李何林编撰了著名的《中国文艺论战》《鲁迅论》等书，并曾提议为纪念鲁迅从事创作活动30年刊印鲁迅著作。1936年鲁迅逝世后，李何林针对报刊上的各种文章，第一个站出来批判污蔑鲁迅的不实报道，保卫鲁迅。这成了他后来延续一生的工作，在关键时期他总是挺身而出替鲁迅辩诬，保卫鲁迅的战斗传统。在这本书中，鲁迅的观点和作品是他引用最多的部分。他指出：“有人说，孔夫子是封建社会的圣人，鲁迅则是新中国的圣人。那么，我们可以说，埋葬鲁迅的地方是中国新文学界的耶路撒冷，《鲁迅全集》中的文艺论文也就是中国新文学的《圣经》。”这是何等的高瞻远瞩之言？他强调了鲁迅在中国现代文艺思想史和文学史上的突出地位，今天读来，我们

① 见本书《〈近二十年中国文艺思潮论〉自评》。

还是能够感觉到李何林特有的那种对鲁迅的深情。这是我国第一代鲁迅研究专家的突出特征。

受南开大学出版社的委托，我对全书进行了校读。此次校读工作参照了前面所说的三个版本，对本书个别文字进行了修正。先生当年资料匮乏、生活辗转，因此编辑校对不免粗糙，手民之误亦在所难免，其中有些资料誊抄、剪贴或排版时会小有瑕疵，为了使得资料更准确，阅读更方便，参照上海教育出版社 1979 年出版的《中国现代文学史参考资料·文学运动史料选》第 1～3 卷中的相关文章，对引文部分进行了重新校对；关于鲁迅文章的引文，李何林先生当年依据的是 1938 年版《鲁迅全集》，此次均按照人民文学出版社 1981 年版的《鲁迅全集》进行了重新校对，我始终以为这是目前最好的一个版本。在此次重校过程中难免会有遗漏，可能还会有缺点和瑕疵，希望读者和专家不吝指正。

在南开大学成立百年前夕，出版南开著名教授的代表作，是秉持校训、继往开来工作的一个重要组成部分。继承南开传统，弘扬南开先贤们的精神业绩，做好我们现实的工作，就是对于李何林先生和南开老一辈学人的最好纪念。

2016 年 4 月 10 日

现代中国两大文艺思想家

（一）

鲁 迅 先 生

1881—1936

现代中国两大文艺思想家

（二）

宋阳先生

1899—1935

目　次

第二编 “大革命时代”前后的革命文学问题

一九七九年重版说明

这是我一九三九年编写的一本书，到现在恰恰四十年了。我那时是三十五周岁多，今年已满七十五周岁，正向七十六岁迈进。陕西人民出版社愿重印这本书，向国内外读者提供一些这二十年间中国文艺思想斗争史的资料，我是同意的，因为在我也可作为一种纪念。

去年十月，我因“鲁迅展览”去瑞典，到过斯德哥尔摩大学的汉语系，有几位研究生拿出从香港买来的新印的这本书；可见在国外还有需要，里面所保存的资料还有用，但在国内是早已买不到了。

严格点讲，这不能算是近二十年中国文艺思想斗争史，因为我没有总结出它的“史”的发展脉络或规律，我只稍稍提到每次斗争的社会政治背景和原因，以原始资料为主。因此，只能叫作文艺思想斗争史资料“长编”，不是“史”。所以就仿照《欧洲近代文艺思潮论》这书名，名为《近二十年中国文艺思潮论》，是我在“论述”这二十年间文艺思想潮流的状况，以潮流的本身表现为主。

我在什么情况下和为什么有兴趣编写这本书的呢？一九三七年八月我从刚沦陷的北平逃出，一年后辗转流亡到了四川。一时找不到教学工作，我就利用路经武汉、重庆等地搜购到的有关资料编写起这本书来了。更远的原因，则由于“五四”时代当我还在师范学校读书时，就对当时报刊上发表的文言白话和新旧文学之争，文学研究会和创造社的“为人生而艺术”和“为艺术而艺术”的论争感兴趣；以后又注意过一九二八年鲁迅和创造社、太阳社关于革命文学问题的论争，编印过一本《中国文艺论战》（仿《苏俄文艺论战》书名）。对三十年代的几次文艺界的斗争，我也随时留心过，有自己的看法；但因教学忙碌，又每一年或至多两年换一个地方，到处为生活奔波，未能写出自己的意见。一九三八年九月，我妻王振华经她的北京师大的四川同学介绍、到隆昌县立中学教语文，我随往，又无工作，遂开始编写这本书。一九三九年一月我们迁居江津县白沙镇，和未名社的曹靖华、台静农同住一处，继续编写，全力以赴，到七月份全书完成，共约三十万字，总共用了大约一年的时间。我在当时为本书写的《序》的末尾说：

“编者僻处小镇，参考书籍甚感困难；取材不周，论述未免失当。尚乞读者原谅并赐指正，为幸！”

这倒不是照例的谦虚：“取材不周”，固然是在当时的条件下很难避免的缺点；“论述未免失当”，则完全由于我学习马克思列宁主义很少，尤其未能和中国的社会实际和革命实际相结合来看中国的新文化运动。我在青年时期虽然参加过反帝爱国运动，也反封建，参加过北伐军和“八·一”南昌起义，但直到编写这本书的当时，并没有明确中国的革命性质是马克思主义或无产阶级思想领导的反帝反封建的新民主主义革命。在一九三〇年前后，中国文化界不是还讨论过“中国社会性质问题”和进行过“中国社会史论战”么？一九三九年我编完这本书时，毛主席的《新民主主义论》还没有发表；三十年代国统区的文化界还普遍认为“五四”新文化运动是资产阶级性质的启蒙运动，是资产阶级思想领导和以资产阶级思想为主的运动，看不出无产阶级思想的领导。因此，我在本书中认为“五四”新文化（包括新文学）是资产阶级文化，它的经济基础是第一次世界大战期间发展起来的中国的软弱的资本主义。而看不见“五四”运动后一个多月（“六三”以后）工人阶级就显示了力量，马克思主义的传播也越来越多了；这就出现了马克思主义思想和工人阶级的领导，到一九二一年中国共产党成立以后，就更不用说了。因此，我在全国解放初期的一九五〇年五月四日的《光明日报》上发表了一篇《〈近二十年中国文艺思潮论〉自评》，批评了本书的这个主要缺点，现仍附印在这里。三十年前的自评，自然是很不够的，然亦可见我当时的思想认识水平的低下。

用现在思想理论界的水平看，“论述未免失当”的地方自然还多，但现在一般现代文学研究者，是不难看出的，这里就不一一去说明了。好在重印本书的主要目的，是在提供一些现在不易找到的资料；至于“论述”部分不过表现我个人的看法，是无足轻重的，只供参考。

任何文学史，或文学运动、文学思想斗争史的编著者，表现在他的“论述”部分中都有倾向性，这本书自然也不例外，只要看过一遍就会知道的。所谓倾向性，就是倾向于赞成一方的思想，反对另一方的思想；而在引用双方的文章时又似乎很客观，但“论述”起来就表现出并不客观了。世界上有真正客观的文学史、思想斗争史么？因此，这本书得罪了我所反对的具有某一方思想的人们，我还曾经得到过报复，也算是象现在有人说的“报应”罢？没什么了不起！倾向性如果不符合实际，无理无据，那是应该被淘汰的。

这本书的倾向性，首先表现在前面的两幅铜版像：鲁迅和瞿秋白的像，而且标明他们是“现代中国两大文艺思想家”，这是当时一切反动派所不允许的。对瞿秋白，我标明的是他的笔名“宋阳”，因他刚被杀害不过三四年，在反动派统治的四川怎么能允许称赞他呢？（对鲁迅的通缉令也始终未取消）但我在《序》里又指出“本书中的何凝、易嘉、宋阳、史铁儿，都是他的笔名。”读者一看《序》就知道宋阳是瞿秋白。

鲁迅的像片是不难找到的，瞿秋白的则简直无处可寻。我没有看见过任何公开的书报刊物上刊登过他的像片，怎么办呢？为着纪念他，能找到才好。当时曹靖华同志常去重庆见周总理，我们就请他托邓颖超同志向在延安的杨之华同志说明了用途，不久她就把珍藏多年的这一张遗照带到了重庆，由靖华转交给我。一九五三年编印的四卷本《瞿秋白文集》共收了他的大小像片八幅，就缺少这一张，这在当时和以后都是多么难得啊！到现在我们还应该谢谢她，可惜她已被“四人帮”迫害致死了！

除铜版像外，我在《序》的最后两段又用我当时的思想水平所能提出的最高赞词歌颂了他们在中国现代文艺思想界的地位和贡献，也是当时一切反动派所不允许的。自然因为这是一本讲文艺思想斗争的书，我只能从文艺思想方面歌颂他们；没有而且不可能从政治和革命方面来给予评价，象毛主席说鲁迅“不但是伟大的文学家，而且是伟大的思想家和伟大的革命家。”对于鲁迅，我还引了一句当时传说是毛主席在延安说的话：“孔夫子是封建社会的圣人，鲁迅则是新中国的圣人。”传说自然是不一定可靠的，但在反动派掀起第一次全国反共高潮（一九三九年冬到一九四〇年春）的前夕，在法西斯统治的四川，我没有说是毛主席说的，用了“有人说”三个字。

书编完了以后，在国民党反动派的“溶共”“防共”“限共”“反共”业已开始的西南大后方，能找得到出版的地方吗？当时想到的只有邹韬奋先生领导的生活书店，他当时也恰在重庆。于是就请曹靖华同志介绍给他，他很快就接受了，但听说他把稿件弄到上海去印了第一版：印刷、纸张、装订和铜版像都相当好。以后我又见过大后方印的淡黄色的土纸本，未能印铜版像。不过不久就被反动派禁止了，这在全国解放后张静庐编印的《中国现代出版史料（丙编）》二〇六页《一九四一年国民党反动派查禁书刊目录》中列有这本书。一九四九年春我从华北解放区到北平（北京），不久就在王府井大街的三联书店买到一本东北解放后重印的白色土纸本；在刚解放的困难条件下，自然不可能印铜版像，但在目录的第一行仍有“现代中国两大文艺思想家——鲁迅先生和宋阳先生（像片）”，以保留原来的样子。

这次重印，除了改正极少数的错字和词语以外，基本上未动；所引论争双方的原文更未增未减，保持原状。我的论述部分，也一仍其旧，虽然我对有些问题现在已有不同的看法，那要等我将来有可能重写这本书时再说了；如果我的眼内“白内障”能够治好的话。

本书由原来的竖排改为横排，篇名，书名号、引号等均须变动；全部繁体字改为简体字，更是一大工程。我因“老年性白内障”，视觉模糊，承王得后、颜雄以及陕西出版社校对组同志，分别担任三十万字的三次校改工作，盛夏溽暑，用力甚勤，特此致谢！

李何林

一九七九年八月于北京

序

中国的新文学思想，自一九一七年一、二月胡适和陈独秀在《新青年》上发表《文学改良刍议》和《文学革命论》，到一九三七年的“八一三”抗战发生，共有二十年的历史了。(当然它的萌芽还早。)在这短短的二十年期间，一方面受了世界各国近二三百年文艺思潮的影响，一方面因为国内外的政治经济社会文化的变迁，使中国的文艺思想，或多或少的反映了欧洲各国从十八世纪以来所有的各文艺思想流派的内容，即浪漫主义、自然主义，写实主义（现实主义）、颓废派、唯美派，象征派、表现派……以及新写实主义（亦称社会主义的现实主义，动的现实主义，或新现实主义）。但是，人家以二三百年的时间发展了的这些思想流派，我们缩短到了“二十年”来反映它，所以各种“主义”或“流派”的发生与存在的先后和久暂，不象欧洲各种文艺思潮的界限较为鲜明和久长；或同时存在，或昙花一现的消灭。

同时，也因为近二十年中国半封建半殖民地性社会的急遽发展的复杂性，使中国的文艺思想，不能完全重复欧洲二三百年来文艺思潮的过程；而要在中国的政治经济社会文化的基础上，尽它的历史的任务。所以《近二十年中国文艺思潮论》底内容大纲，就不会象是《欧洲近代文艺思潮论》底古典主义、浪漫主义、自然主义、写实主义、世纪末文艺思潮及新写实主义，等等节目的顺序排列，而有它自己的形态。

近二十年的中国社会、文化、思想以及文学的大变化，有三个划时代的日子做为界标，就是“五四”“五卅”和“九一八”。（至于“七七”或“八一三”则是这二十年范围以外的划时代的日子。）这三个划时代的日子，把一九一九——九三七差不多二十年期间划分了三大段落，而每一段落都差不多平均占有六七年的时间：

由一九一九的“五四”，到一九二五的“五卅”，差不多是六七年。

由一九二五的“五卅”，到一九三一的“九一八”，差不多是六七年。

由一九三一的“九一八”，到一九三七的“八一三”，差不多是六七年。

这样整齐相同的年数，当然是历史的偶合，然而这几个划时代的日子或事件的产生，倒并不是出于意外的毫无原因的历史的偶然，是都有它的一定的社会背景的。

近二十年的文艺思想，也随着这三大段落的不同的社会背景，表现着显著的转变或差异；所以本书的内容划分也就依着这三大段落而分为三编：

第一编——“五四前后的文学革命运动”：由一九一七年胡适发表《文学改良刍议》起，到“文学研究会”和“创造社”的对立及“革命文学”思想的萌芽止（即“五卅”发生前）。

第二编——“‘大革命时代’前后的革命文学问题”：由一九二六年郭沫若发表“革命与文学”一文提倡文学革命起（但革命文学思想萌芽于“五卅”前一二年），中经一九二八年对此问题的论争，到一九三〇和一九三一年进步的文艺理论及文学团体的建立止（即“九一八”发生前）。

第三编——“从‘九一八’到‘八一三’的文艺思潮”：由

一九三二年文艺创作自由论辩和文艺大众化问题的提出讨论起，中经一九三四年的语文改革运动，到一九三六年的“国防文学”和“民族革命战争的大众文学”的论争，及鲁迅逝世前后的文艺界的团结止（即“八一三”发生前）。

每编开始均有“绪论”一章，略述该段落文艺思潮的社会背景。其次第一章，都是“概论”，乃该段落文艺思潮的缩写或简史，即：

第一编第一章概论——从一九一七年到“五卅”的中国文艺思想界。

第二编第一章概论——从“五卅”前后到“九一八”的中国文艺思想界。

第三编第一章概论——从“九一八”到“八一三”的中国文艺思想界。

这三章“概论”可以说是“近二十年中国文艺思想略史”；不过它们着重在文艺思想变迁的“经过”或“略述”，至于较详细的理论内容则在各该编其他各章内阐述。而各“概论”的内容取材，虽间有与各该编内其他各章相同之处，不过不多。

然而，如以这二十年文艺思想发展的“阶级性”来讲，实在只有二种思想做为主要的潮流支配着这二十年的文艺界。即由一九一七年到一九二七年是资产阶级文艺思想较多和无产阶级文艺思想萌芽的时代；由一九二八年到一九三七年是无产阶级文艺思想发展的时代。每一时代又恰恰平均占有十年的时间。兹分别述其梗概如下：

前十年可以分为初、中、末三期：

初期（一九一七—一九二〇），即“五四”前后的各一二年，是反封建文学的斗争时期，奠定了资产者的白话文和“新文学”的基础。

中期（一九二一——一九二四），为“文学研究会”与“创造社”的对立时期。这时资产者社会的文艺思想或创作方法论：写实主义与浪漫主义，“为人生而艺术”和“为艺术而艺术”，取着对立的形势而同时存在，反映了欧洲十八和十九世纪的资产阶级文学的意识形态。

末期（一九二四——一九二七），为浪漫主义的“创造社”渐渐转变，由“唯美”“为艺术”而“为人生”“为社会”，而“为革命”“为无产阶级”。这转变开始于“五卅”的前一二年（即一九二三和一九二四年，也就是革命文学思想萌芽的时候）。“五卅”后一年才正式提出了“革命文学"的问题。到一九二七年以后这问题才引起了一次大的无产阶级文艺思想的运动，但那已属于后十年了。

后十年也可以分成初、中、末三期：

初期（一九二八——一九三一），由一九二八年“革命文学”或“无产阶级文学”问题的论争，使文艺思想有进一步的发展起，至一九三〇年“左联”的成立，及由此到一九三一年。九一八”发生前反动的“民族主义”文艺思想的昙花一现止。

中期（一九三二——一九三四），为“左联”领导着文艺思想界，向实际问题上求解决求发展的时期。如一九三二年的文艺自由论辩和大众文艺问题的讨论，一九三四年语文论战时的反封建文言文的复古运动，反欧化的白话文的论争，“大众语”的讨论和“拉丁化”运动。

末期（一九三五——一九三七），为左翼文艺思想作为主要的势力支配着“新文学”的领域，反对派（封建的、资产阶级的）的文艺思想虽尚有其社会的影响与势力，但他们的理论已不足与左翼对敌。这时左翼方面（并非仅只“左联”）为着文艺与现实社会政治连系的口号问题，遂自行论争起来，就是一九三六年的“国防文学”和“民族革命战争的大众文学”的论战。因为双方的文艺思想原没有什么根本的不同，不过为着“宗派主义”从中作祟，才做了这一次的“口号之争”（但这次论争并未浪费），所以正闹得不可开交的时候，鲁迅的《答徐懋庸并关于抗日统一战线问题》一发表，也就阴霾消散，告一结束。在鲁迅逝世前，有感于国难日急，新旧各派作家已有团结御侮的表示了。

本书为着显示文艺思想与其时代社会转变的密切关联，故以“五四”“五卅”“九一八”为分期的界标，未采用上述的阶级性的分法；不过论述的观点则仍然一样。

此外，倘以“五四”新文化运动为中国的“文艺复兴”；则林琴南、梅光迪、胡先骕、章士钊等为“古典文学”的维护者；“创造社”诸人为“浪漫主义”作家；“文学研究会”则是“自然主义”“写实主义”的代表；郁达夫的一部分小说和徐志摩的后期诗作是“颓废派”“唯美派”的作品；李金发、戴望舒等神秘的诗是“象征主义”的代表作；那么，“五卅”以后革命文学或无产阶级文学的兴起，到一九三〇年“左联”的成立及其以后，也就可以说是中国的“新写实主义”或“新现实主义”的时代了。本书的内容若依此编排论述，岂非较合于“欧洲近代文艺思潮”的发展顺序，且较为世界化？

无奈中国“五四”的“文艺复兴”和欧洲的文艺复兴，不但有程度上的差别，而且有性质上的不同。只不过在思想界的情形上，两者稍有相似之处而已。在欧洲文艺复兴时代，所要打破的是冷酷黑暗的宗教思想，在我们“五四时代”，所要打破者是差不多等于那样冷酷黑暗的旧礼教观念。这是相似的。但是做为欧洲文艺复兴运动之社会的基础是渐具势力的手工业和小商业，反之，做为“五四”之社会的基础是近代的机器工业和银行资本了。这是两者很不相似的。同时中国的“文艺复兴”

以后，并无欧洲似的“古典主义”的时代，林、梅、胡、章诸人算不得“古典主义”文学的人物，他们不过是二千年来封建文学的送丧者而已。而且，动摇妥协和前途暗淡的中国资产阶级当然不会象法国资产阶级那样产生绚烂的十九世纪三十年代的浪漫主义文学（象嚣俄一派），发育得不完全的中国资产阶级不会产生壮健的资产阶级文学，是自然不过的事。在中国浪漫主义的作品中，很少发扬蹈厉的新兴阶级的气概，很少乐观，多是苦闷，彷徨和颓废。况中国的“浪漫”“自然写实”“颓废”“唯美”“象征”等等，又差不多同时纷然杂陈，不似在欧洲的时序较有先后，反映着各自时代社会的特质。（中国的这些派别，当然也都有它的时代背景和社会基础。）兼之上述第二段的理由，故本书的编制成为现在的形态。

我们略观近二十年中国文学思想的变迁发展，也反映了二十年来中国社会各时期的特质。文艺思想固时时受着现实的政治经济社会和其他文化的影响，而文艺的浪潮也在激荡着，推动着或影响着政治社会和其他文化。在中国的现代史上做了很好的工作，占着很光荣的一页。但是文艺的思想浪潮，在大的方面固然时时向前不停的奔流，而小的方面也常常不免有逆流、有洄漩；兼之中国社会的复杂性，所以每每一种文艺思想问题已经论争过一番，解决过一次了，往往不免以后又要重说一遍，以致许多的精力浪费在反复申述的理由上。如一九三四年汪懋祖等重新提出的文言白话优劣的论争，和近些年文化方面的复古倾向，（这固然都有它的社会基础）就都是“五四时代”所已经解决的。有许多话，过去的复古运动者都已经说得那么透彻，那么明白过；倘能查查旧案，也免得重说一遍或把中国社会向后拉。又如一九三二年的“文艺创作自由问题”，在一九二八年革命文学问题论争时，本已讨论到了，就是文艺的阶级性问题；

虽然没有象在一九三二年作为专题的详细的阐发，并得到更深入更进步的论究，然而有许多话也是重说了的。本书现在把这二十年来在中国文艺思想界所有已经论争过的主要问题，加以论述；除编者依个人见解所下的论评外，为着上述的缘由，就多多引用原文：一以保存各时期作者的文艺思想的本来面目，以免复述失真；一以供人们查查旧案，有免得多说一遍的用处。

有人说“孔夫子是封建社会的圣人，鲁迅则是新中国的圣人”。那么，我们可以说：埋葬鲁迅的地方是中国新文学界的“耶路撒冷”，《鲁迅全集》中的文艺论文也就是中国新文学的《圣经》。因此，本书引“经”甚多，以见我们的“新中国的圣人”在近二十年内各时期里面中国文艺思潮的浪涛中，怎样尽他的“领港”和“舵工”的职务；并供研究鲁迅者关于这一方面的参考。

在近二十年中国文艺思想界中，除鲁迅以外，瞿秋白也占着很重要的地位。他所作的《中国革命运动史》和《赤都心史》虽然未曾广泛的与读者相见；但他译述的《海上述林》则早给中国文艺思想界以很大的影响。（此书由鲁迅集印，于一九三六年出版，但里面各篇文章的发表则为期较早。）此外，他的论文集《乱弹》闻已在上海出版了。本书中的“何凝”“易嘉”“宋阳”“史铁儿”闻都是他的笔名，我们从这些笔名的文章中，可以看见他的风格底清新、俊逸、漂亮、通俗、深刻、锐利而且有力！这当然不仅仅由于他的文字的形式，而是由于他的博大精深的哲学、社会科学和文学的知识，而是由于他的政治社会文化斗争的实践。他在现代中国的文化批评，社会批评和文艺批评上，和鲁迅占着同等重要的地位。他的文章风格虽有一部分和鲁迅不同，但他二人的学识、思想、文章，在现代的中国实在可称“双璧”！假使说鲁迅是中国的高尔基，那么，他可以算是中国的蒲列汉诺夫了。(但他还批判了弗里契和蒲列汉诺夫诸人的错误或缺点；这里是比拟他在中国新兴文艺理论建设上的地位）可惜，他不幸早于一九三五年去世（当时他仅三十五岁上下)，不能为中国文艺界译著更多的宝贵的东西；这损失，和一九三六年之损失了鲁迅是一样的重大。

编者僻处小镇，参考书籍甚感困难；取材不周，论述未免失当。尚乞读者原谅并赐指正，为幸！

一九三九年七月李何林于四川江津滓白沙镇

《近二十年中国文艺思潮论》自评*

《近二十年中国文艺思潮论》(以下简称《思潮论》)是我自一九三八年夏天到一九三九年夏天,在四川江津白沙镇编写的;我在《序》的末了说:“编者僻处小镇,参考书籍甚感困难;取材不周,论述未免失当。尚乞读者原谅并赐指正,为幸!”这并不是照例的客套,当时我确是感觉到“论述未免失当”的;但限于当时蒋管区的环境,和自己的学识修养太差,也只能搞出那样一本东西。由于中国出版界从那时到现在这十一年期间,还没有一本《中国新文学史》或《中国新文艺思潮史》,系统的给一般读者一个中国新文学发展的概况;这本书自从一九四〇年春由上海生活书店出版以来,遂即填上了这一个空白:上海版、香港版,桂林版、重庆版、东北版,大约印售了已经不少了。“未免失当”的“论述”,也该影响了不少的读者。一九四八年秋我在正定华北大学国文系工作,草拟了一个《近三十年中国新文学运动大纲〉,前二十年即大致依照《思潮论》的纲目,加上抗战以后的十年;我的意思其实仍是新文学思想发展大纲,不是新文学运动大纲,当时匆忙间没有把它区别开来。钱俊瑞、何干之二同志看过后,对于中国新文学的性质和“五四时代”新文学的领导思想问题,向我提出了不同的意见(见下),我当时虽然觉得他们说的也有理由,但并未能使我心服。以后经过了一年期间在华北大学的薰陶和学习,以及同志们的帮助,尤其是和范文澜同志的商谈,才认识到他们的见解的正确。所以在一九四九年九月我就向华北大学国文系全体同学批评了《思潮论》的一些缺点，尤其是“五四时代”的领导思想问题。我是早该根据我现有的思想水平和诸同志的意见，批评一下《思潮论》的错误或缺点，以告罪于读者的了，也想把全书重写并补写最近的十余年，但总没有这样的机会和可能。昨见报载北京各大学同学正在热烈地展开讨论“五四”的领导问题，《光明日报》社的纪念“五四”“笔谈”征稿，也以《“五四”运动中的领导思想问题》为题；难道同学们中也有人以为“五四”运动是资产阶级领导，“五四时代”的领导思想是资产阶级思想吗？那就和十一年前编写的《思潮论》犯同一错误了。李广田先生要我在“五四”前去清华大学向同学们作一次关于中国新文学问题的报告；一举两得，我就粗略的写下这篇文章来：敬请大家指教！

一 中国新文学的性质问题

我在《思潮论》的《序》里面说：

> 如以这二十年（一九一七——九三七）文艺思想发展的“阶级性”来说，实在只有两种思想做为主要的潮流支配着这二十年的文艺界。即由一九一七年到一九二七年是资产阶级文艺思想的发展和无产阶级文艺思想萌芽的时代；由一九二七年到一九三七年是无产阶级文艺思想发展的时代。

问题就在于资产阶级文艺思想的“发展”，和它在“五四时代”是不是领导思想？以及中国新文学的基本性质是什么？虽然在我的全书中，到处说“中国新文学是反帝反封建的文学”“文学研究会和创造社的作者是小资产阶级作家”“一九二八年鲁迅和创造社、太阳社的论争，是革命的小资产阶级的内讧”，但我对于“五四”前后一二年反古文、文言文的斗争和提倡白话文的运动，认为是资产阶级的文学运动；对其后的文学研究会的写实主义运动及其作品，和创造社的浪漫主义运动及其作品，也认为是资产阶级的文学运动和资产阶级的文学样式。并没有说:“这是在无产阶级及其思想领导下的资产阶级知识分子和革命的小资产阶级知识分子的反帝反封建反买办资产阶级(一九二七年以后的官僚资产阶级)的新民主主义的文学运动。”虽然毛主席的《新民主主义论》那时（一九三九）还没有发表，蒋管区的学术界还没有应用“新民主主义”这一个名词，但我把“五四时代”(即“五四”前后一二年到一九二五年的“五卅”。) 的新文学运动，当作是资产阶级的文学运动（虽然我也说过无产阶级文学思想在一九二三年的“二七”以后也就产生)，没有看出从“五四”开始，无产阶级思想就在起着领导作用，资产阶级思想只支配着极少数的作家。所以还是钱俊瑞、何干之二同志说的对：

从“五四”到现在，中国的新文学乃是以无产阶级文学思想为领导的人民大众的反帝反封建的文学，亦即新民主主义的文学。它不是帝国主义文学和封建文学，这是很显然的，因为这二者恰是新文学的敌人。它也决不是一般的资产阶级文学；只是当作它的构成部分，它包含着一部分具有民族独立思想和反封建思想的资产阶级文学(如“五四时代”胡适的作品等)，而这个中国的资产阶级文学（不是翻译），在新文学阵地上所占的比重和地位是每况愈下了。它也不是无产阶级的社会主义文学，因为它并不一般地反映社会主义的政治经济生活（当然，苏联作品介绍对中国新文学发展的方向和继续前进，起了极其巨大的作用）。我们的新文学就其内容和作者所代表的社会阶层来说，那是一个统一战线的（即包含有无产阶级的、小资产阶级的和资产阶级的思想及其作家）反帝反封建的人民民主主义的文学。这就是我们的新文学的基本性质。

——一九四八年十二月八日钱俊瑞致何干之、陈唯实、李何林、尚钺的信

近二十年文学运动，第一个十年，你用“资产阶级的文学运动”来表示。第一个十年中著名的作家有鲁迅、郭沫若、郁达夫等，鲁迅的作品如《阿Q正传》《狂人日记》等，显然是急进民主主义者的作品。鲁迅曾说他的小说是遵奉“革命前驱者”的命令而写的，这指的是当时的陈独秀；而其思想本质则是共产主义的。郭沫若的诗如《女神》《星空》，剧作如《三个叛逆的女性》等，显然也是革命的小资产阶级的反抗的作品；至于他的创作方法，不是一般的浪漫主义，而是革命的浪漫主义。成仿吾的批评也属于这一类。郁达夫的颓废作品，则代表小资产阶级的另一派，但也可以算是反抗的——消极的反抗。并且鲁迅自一九一八年后即走上马克思主义的道路，而郭、成等在“五四”后期即受了马列主义的影响而逐渐转变。(《思潮论》对此没有看错——何林）这是急进民主主义者发展的道路，否则把他们都列入资产阶级的范畴，新文学史就不可解了。

——一九四八年十月何干之致李何林信

我当时的看法是："五四"运动是在第一次世界大战期间乘机发展起来的中国民族资本主义的资产阶级的反帝反封建运动；"五四时代"的新文化运动也是以资产阶级思想占优势的反帝反封建的新文化运动：（在蒋管区的进步文化界有这种看法的人很多。一九三七年左右出版的何干之同志的《近代中国启蒙运动史》也是这种看法）所有在《新青年》《新潮》《每周评论》《学灯》《觉悟》《晨报副刊》《改造》《少年中国》等等杂志和副刊上发表反帝反封建文章的人，十分之九运用的是资产阶级的"科学"和"民主"两大思想武器，只有李大钊、陈独秀、毛泽东、恽代英等极少数的人，才具有初步的马列主义的观点，当然其中尤以李大钊先生的文章最为显著。因此对于"五四时代"的新文学运动，我也就顺理成章地认为："'五四'前后一二年反古文、文言文的斗争和白话文的提倡，是资产阶级的文学运动；'五四时代'后期的文学研究会的为社会为人生而艺术的写实主义运动，和创造社为艺术而艺术的浪漫主义运动，也是欧美十八九世纪资产阶级的文艺思潮和文学样式在中国的重演。这两个团体的作家虽然多半是小资产阶级知识分子，但他们的政治社会思想和文艺思想，则是资产阶级的。"而没有看出来："五四时代"的新文化运动，在思想的"量"上虽然好似资产阶级的"科学"和"民主"占着优势，但是作为一个新生事物的新兴无产阶级思想，在"质"一方面实在起着领导的作用。尤其是在"十月革命"影响之下发生的"五四"新文化运动，在半殖民地半封建的中国，在世界范围内业已日趋没落的资产阶级思想，是不能起领导作用的。也没有看出来"反古文、文言文的斗争和白话文的提倡"虽然是资产阶级"性"的文学运动，但是是在无形之中被无产阶级思想所引导或影响的小资产阶级和一小部分资产阶级的文学斗争，资产阶级的工作是其中最弱的一环。也没有看出文学研究会的写实主义和创造社的浪漫主义，从形式上看来虽然是欧美资产阶级文学运动的重演，但他们的思想和作品基本上并不同于欧美资产阶级的作家。“五四时代”（及其以后）的中国新文学，是在无产阶级思想领导下的半殖民地半封建国家的人民大众反帝反封建反买办资产阶级的新民主主义的文学，不是资本主义国家内受资产阶级思想支配的资产阶级的单纯反封建的文学。

二　中国新文学的领导思想问题

《思潮论》对于“五四”以来无产阶级文艺思想的发生和发展，以至一九二八年以后在中国文艺思想界占着绝对的优势，作为指导思想战胜了一切，支配了一切的情形，是论述了的。

> 不过郭沫若的《我们的文艺新运动》和郁达夫的《文学上的阶级斗争》之所以均发表于一九二三年五月，很显然的在说明文学上的劳动阶级意识的反映，是以其在前三个月就爆发了的“二七”运动为背景的。“二七”运动是中国工人第一次轰轰烈烈的大运动，在反封建军阀斗争上显示了他们的社会的力量。以后在“五卅”，在北伐，他们的力量就愈益强大起来了。因而劳动阶级的文学意识，（即无产阶级的文学思想）也就由萌芽而生长、成熟，终于在一九二八年以后作为中国文艺思想界的主导势力而发展下去。
>
> ——原《思潮论》第一一四页

所以，《思潮论》的错误，并不是它没有看出自“五四”以来无产阶级文艺思想的发生和发展，而在它把这种思想延迟到一九二八年以后才认为是中国文艺思想界的“主导力量”，没有指出来从“五四”起就是领导思想了。

钱俊瑞同志说：

> 关于谁是新文学的领导者问题，毛主席在其《新民主主义论》中就明确地指出：在“‘五四’以前，中国的新文化运动（包括新文学运动在内——钱），中国的文化革命，是资产阶级领导的，它们还有领导作用。在‘五四’以后，这个阶级的文化思想，却比较它的政治上的东西还要落后，就绝无领导作用；至多在革命时期在一定程度上，充当一个盟员，至于盟长的资格，就不得不落在无产阶级文化思想的肩上。这是铁一般的规律，谁也否认不了的。”这主要是由于：一、世界已进到帝国主义时期，特别是十月革命的胜利；二、中国资产阶级的软弱和无产阶级的兴起，这些基本条件所决定的。“‘五四’运动，在其开始，是共产主义的知识分子，革命的小资产阶级知识分子与资产阶级知识分子（他们是当时的右翼）三部分人的统一战线运动。”同时，这个“‘五四’运动是在当时世界革命的号召之下，是在俄国革命号召之下，是在列宁号召之下发生的。”因此，我们应该肯定：“五四”运动这一统一战线的革命运动的主要领导思想是无产阶级的共产主义思想。从一九二一年中国共产党成立到北伐战争，这个包括三个阶级，即无产阶级，小资产阶级和资产阶级的统一战线，在政治上达到了国共合作，在军事上进行了北伐战争，在文化上则共同进行了反帝反封建（反对尊孔、读经，反对旧文学，文言文，反迷信）的宣传教育。在这一时期，无产阶级思想之作为

革命运动的主要领导思想，就更加明显与确定了。以后，从一九二七到一九三六年的内战时期，从一九三七年到一九四五年的抗战时期，以及从一九四六年到现在的解放战争时期，无产阶级思想对整个文化领域的领导，则是一个时期比一个时期地更加突出，巩固，扩大（指被领导的对象和领域而言），并走向日益健全和完备的地步：现在中国文化的领域内，只剩下一大部分自然科学的阵地，我们还没有来得及和还没有足够的力量去占领它；其它的阵地，则不仅已被我们占领，而且早已被我们利用了作为进攻敌人的强大阵地了。这在文学和社会科学部门表现得最为明显。这就是我们对于无产阶级思想在新文学运动中的领导地位的看法。（前引之信）

何干之同志说：

资产阶级的文学思想，只是“五四”文学思想的一种，并且不是重要的一种；而李大钊、陈独秀等早年就有共产主义思想，而这种思想才是那时代的领导思想。你看这看法如何？第二个和第三个十年，你用“无产阶级文学思想”来表示，这作为一种文学方法或创作方法来讲，是不错的；但文学运动的性质，则是反帝反封建的，即是属于新民主主义的文学范畴，（最初十年也是如此）这一点不能够含糊，只是反对谁联合谁等问题有所不同而已。（前引致李何林信）

范文澜同志说：

何林同志：

今天谈得很畅快，兹将关于“五四”运动的领导思想问题，简单的叙述鄙见如下，供你参考，并希指正。

一、“五四”运动是在十月革命以后才发生的，《新民主主义论》第十三章讲得很清楚。所以，从“五四”运动作为世界革命的一部分来看，它是世界无产阶级革命运动所影响的，也可以说是世界无产阶级所领导的。

二、“五四”运动是三部分人的统一战线（《新民主主义论》第十三节）的革命运动，当然不容否认小资产阶级与资产阶级的作用。共产主义的知识分子——无产阶级思想，在这个运动中虽然数量比较少，质量却比较高，是最先进的，最能动员广大革命群众的一种思想。所以，这种思想在这个统一战线中是处于主导地位的。这是从发展的一方面着眼所得的结论。

眼劣，不能细写，请指正。

一九四九年一月二十二日

范信中末了一段：“无产阶级思想在这个运动中虽然数量比较少，质量却比较高，……这是从发展的一方面着眼所得的结论。”对于我的说服力最大。我在蒋管区虽然也看过一点辩证唯物论的书，记了一些书本上的法则或教条，但不能运用于实际，遂把一个衰老没落的似乎强大的事物（资产阶级思想）遮盖了新生的发展着的量虽小而质高的事物（无产阶级思想）的领导作用。

我说“似乎量大”，意思就是“其实量也并不大”；因为我

“现在”认为：李大钊先生固不用说，其他如鲁迅、陈独秀、沈雁冰、郑振铎、郭沫若，甚至初期的钱玄同、周作人等等，他们在“五四时代”假使所接受的仅仅是在世界范围内日趋没落反动的资产阶级思想的影响，而没有在无形之中（他们不自觉的）被无产阶级思想所感染、所引导，那么，他们就不可能在“五四”前后所发表的文章里面，那样激烈地向封建文化思想和文学进行斗争。以先天不足，后天又不良的软弱的中国资产阶级作为社会基础的代言人，是不可能在二十世纪二三十年代向封建势力进行那样的斗争的。文章俱在，大家翻出来看一看就可以了。

《思潮论》对于抗战前二十年中国新文学的性质，没有明确的指出从开始到末了都是统一战线的反帝反封建的新民主主义的文学。对于“五四时代”的领导思想问题，又认为是资产阶级思想占优势，没有看见无产阶级思想从开始就在领导着了。以上二者不过是《思潮论》在两个大的方面的缺点或错误，其他大的小的错误或缺点还很多，以我现在的能力和时间都不可能一一的把它们写出来。我只希望能有机会把那本书全部重写一下，并加上最近的十余年；或者请“全国文联”来作这个工作，这是极需要做的工作！

一九五〇年五月二日于中央教育部

*本文一九五〇年五月四日在《光明日报》发表时，题目原为：“五四”以来中国新文学的性质和领导思想问题——《近二十年中国文艺思潮论》自评，为简化起见，现去其正题，用副题，其他一字未改。一九七九年重版时注。

第一编

“五四”前后的文学革命运动

绪　论

由“五四”到“五卅”的文艺思潮之社会背景

“五四”运动是辛亥革命后一次划时代的社会政治运动。除了在政治外交方面的反帝国主义和反封建军阀官僚的作用以外，作为这一运动的主要内容而且比较有成绩的，就是新文化运动。

所谓“新文化”，在“文化”之上加上一个“新”字，是指资本主义文化不是指比资本主义低一级的封建文化，也不是指比资本主义高一级的社会主义文化。在世界历史上，资本主义文化的兴起，和封建文化的没落，是反映着资本主义经济的兴起和封建经济的没落的。在十八世纪法国资本主义势力非从封建的桎梏中解放出来不可的时候，相应着这种经济关系的变化，出现了在世界文化史上留下不灭的光辉的“启蒙运动”。在英国，在德国，在俄国，以至在其他各国，在新旧经济关系的蜕变之中，必然有一次新的文化运动出现。那末，“五四”的新文化运动的资本主义经济基础是什么时候奠定的呢？

中国的机械工业，是西方资本主义势力东侵以后的产物。所以张之洞、李鸿章的“洋务运动”，康有为、梁启超的“维新运动”，和孙中山先生的“三民主义”，是新旧转变期中的意识的反映，也可以说是新文化运动。尤其是“三民主义”的鼓吹和国民革命的胜利，粉碎了二千多年的中央集权专制主义，建立了所谓自由平等博爱的中华民国。可是在辛亥革命之前，资本主义势力仍非常幼稚，经济的未成熟性，使文化运动不能与社会政治运动配合起来，使文化运动不能作社会政治运动的有力的连环，民国终于流了产，变了不伦不类的共和制。

但是，辛亥革命后的三年，震撼全世界人士视听的世界大战发生了。在这四年的血战中，因为无论协约国方面或同盟国方面，都专心一意应付战场上的敌人；既不能在东方市场伸张势力，而国内食粮及其他日常用品，反靠东方各国的供给和补充。只剩下初期中立的美日两国，仍在中国市场上纵横驰骋。尤其是日本，在金融上，在财政上，在工业上，布置了新的天罗地网。然而在那时候，中国的新兴工业也膨胀起来了，中国民族资本，在帝国主义的压迫放松中兴起了。

代表这兴起的民族资本主义的资产阶级（买办资产阶级除外），希望排除外国资本在中国的独占与割据，希望实现中国的工商业自立，同时希望刷新中国的政治，所以他们在政治上的影响也日益显著起来。“五四”的反帝反封建运动正是在此种觉醒状态之下勃发起来的。（俄国的“十月革命”也给这一运动以很大的影响。）相应着这种经济政治的情势，于是在文化方面就有“新文化运动”的出现。

新文化运动的标帜，是提倡民主，提倡科学，提倡怀疑精神，提倡个人主义，提倡废孔孟，铲伦常。如陈独秀在《本志罪案之答辩》，（《新青年》六卷一期）里所举出的新文化的两大任务。一是拥护“德谟克拉西”，二是拥护“赛因斯”：[①]

---

① 德谟克拉西，即民主，音译自“democracy”；赛因斯，即科学，音译自“science”。

要拥护德先生，便不得不反对孔教，礼法，贞节，旧伦理，旧政治；要拥护赛先生，便不得不反对旧艺术，旧宗教；要拥护德先生又要拥护赛先生，便不得不反对国粹和旧文学。

这些内容，都有一定的社会意义，就是接受资本主义文化，反对封建思想。如民主主义是资本主义的政治形态；科学是资本主义的思想体系；个人主义，怀疑精神，是指示个人的解放，对独断，对礼教，对盲从，对迷信的一种抗议。对孔孟，对伦常，提出废止或铲除，那是表示对一二千年来束缚人们的礼教的抗议。虽然这一种运动是由中间层知识分子喊出来，但这资本主义性的文化运动，却有与它相一致的社会经济基础，所以由于急进知识分子一呼，北京学生的一动，全国各层民众就来了一个广泛的响应了。

这种基于经济原因而兴起的新文化运动，无论是传播新思想或评判旧思想，封建文化的表现工具——文言文，无论如何是不能担当这新的使命了。故必须用接近口头语的浅显明白的白话文，来表情达意，来做表达科学，表达新思想的工具。这是文化思想和社会生活的“内容”变了，要求表达它们的“形式”非变不可的缘故。个人的努力（如胡适、陈独秀等的提倡）固不能否认他的作用，但社会的原因则实为基本。白话文的提倡或新文学运动，虽然起于“五四”的前二年（胡适的《文学改良刍议》在一九一七年发表），但获得了波澜壮阔的发展的，则仍在“五四”以后，可以说“五四”使白话文很广泛的流传开去，“五四”使新文学得到了一日千里的发展。

在提倡白话文，攻击古文或文言文，在提倡新文学，反对旧文学的领域里，所反映的思想倾向，与在其他文化范围内是一样的：反对雕琢的阿谀的贵族文学，反对陈腐的铺张的古典文学，反对迂晦的艰涩的逃避现实的山林文学；要建设平易的抒情的国民文学，新鲜的立诚的写实文学，明了的通俗的社会文学。反对摹仿古人，因袭旧套，主张“表现自我”，反对用滥调套语，反对用典和讲对仗，主张“有什么话，说什么话；话怎么说，就怎么说。”反对“文以载道”，不过这里所说的“道”是指的儒家的封建思想；反对过去一切古文或文言文的作品，而推崇白话化的词曲和白话小说，在文学思想方面，主要的是进化论的思想；其他如朦胧的社会思想和人道主义的思想，也萌了芽；反封建的思想，当然是充满了新文学运动的整个内容了。

这样蓬勃发展的反封建的新文学运动，倘有一往直前的独立强壮发展的资本主义经济作为土壤，是很可以开出一些较好的文艺的花来的。所可惜的，是中国资本主义有先天和后天的缺陷：先天的缺陷是资本主义不能全靠自力诞生，而必须靠外力促成；后天的缺陷是新兴工业在外压力的松懈中兴起，一等到大战平息了，旧有的外压力回复以后，中国的工业化过程是遇着最大的暗礁了，停滞了。巴黎和会及华盛顿会议以后，外国资本对中国的掠夺战日益加剧，幼稚脆弱的民族资本终于抵抗不住如潮水一般的外国商品与资本之侵入了。中国民族工业在外资的压迫之下大多数宣告失败，于是资产阶级消沉下去了，“五四”运动在民族解放运动上不能不承认为流产了。

以这先天不足，后天夭折的中国资本主义经济作为基础，反映到新文学运动上来的，是先有代表封建古文势力的林纾，“学衡派”（梅光迪、胡先骕等）及“甲寅派”（章士钊等）的进攻，后有新文学运动的首脑人物的投降，胡适等“整理国故”去了。这新文化运动的阵营内的分化：一派向着整理国故的路上走，一派向着科学的世界观的大道上迈步前进，代表着社会阶层的两种势力，一种是投降于封建势力的资产阶级，一种是进步的小资产阶级的知识分子（他们当时自然仍是资产阶级的思想意识），劳动阶级的势力是要到“五卅”才抬起头来的。

“五四”运动的结果，在民族解放上是流了产，在政治上也未得丝毫的刷新，依然是漆黑一团的军阀官僚的统治和不断的内战。而新文化因为受了外来的学术思想的影响，却走向了科学的发展；新文学也并不因为有些人去“整理国故”而埋没在故纸堆中，由于世界各国文学作品和文学思想的输入，是从反对旧的，同时向世界文学的浪潮里冲去了；于是中国也有了它的写实主义和浪漫主义的作品和思想，这就形成了文学研究会和创造社的“为人生而艺术”和“为艺术而艺术”的对立，也就是写实主义与浪漫主义的辩论。中国贫弱的资本主义的资产者文学的创作方法论，算是在这里作了一下反映。因为“五卅”时代的到来，中国文学不但早已不再“为艺术”，而且也不再笼统的“为人生”了，它有了新的使命！

第一章

概论——从一九一七年到“五卅”的中国文艺思想界

一　文学革命的经过

一九一七年一月胡适在陈独秀主编的《新青年》杂志上发表他的《文学改良刍议》一文，他自己说是这次“文学革命的第一次正式宣言书”，虽然当他在一九一五年还留学美国时，和他的朋友任鸿隽、梅光迪通信，即主张白话诗文；但那只是几个私人的讨论，并未公开发表，故对社会无什么影响，所以本书不把它作为这次文学革命的开始。

《文学改良刍议》，主张改良文学须从八事入手：

一、须言之有物。

二、不摹仿古人。

三、须讲求文法。

四、不作无病之呻吟。

五、务去烂调套语。

六、不用典。

七、不讲对仗。

八、不避俗字俗语。

此八条，后在他的《建设的文学革命论》一文中改为“八不主义”，即——

一、不作“言之无物”的文字。

二、不作“无病呻吟”的文字。

三、不用典。

四、不用套语烂调。

五、不重对偶——文须废骈，诗须废律。

六、不作不合文法的文字。

七、不摹仿古人。

八、不避俗语俗字。

胡适当时的文学思想，是历史进化的思想：

文学者，随时代而变迁者也。一时代有一时代之文学，……因时进化，不能自止。唐人不当作商周之诗，宋人不当作相如、子云之赋，——即令作之，亦必不工，逆天背时，违进化之迹，故不能工也。

以今世历史进化的眼光观之，则白话文学之为中国文学之正宗，又为将来文学必用之利器，可断言也！

——《文学改良刍议》

后在他的《历史的文学观念论》中说得更详细：

居今日而言文学改良，当注重“历史的文学观念”。一言以蔽之曰：一时代有一时代之文学。此时代彼时代之间，虽皆有承前启后之关系，而绝不容完全抄袭；其完全抄袭者，决不成为真文学。愚惟深信此理，故以为古人已造古人之文学，今人当造今人之文学。……纵观古今文学变迁之趋势，……白话之文学，自宋以来，虽见屏于古文家，而终一线相承，至今不绝。……岂不以此为吾国文学趋势自然如此，故不可禁遏而日以昌大耶？……吾辈之攻古文家，正以其不明文学之趋势，而强欲作一千年二千年以上之文。此说不破，则白话之文学无有列为文学正宗之一日，而世之文人将犹鄙薄之，以为小道邪径而不肯以全力经营造作之。

陈独秀接着《文学改良刍议》之后，发表了一篇《文学革命论》（一九一七年二月），正式举起“文学革命”的旗帜。他说：

余甘冒全国学究之敌，高张“文学革命军”大旗，以为吾友之声援。旗上大书吾革命军三大主义：

曰：推倒雕琢的、阿谀的贵族文学；建设平易的、抒情的国民文学。

曰：推倒陈腐的、铺张的古典文学；建设新鲜的、立诚的写实文学。

曰：推倒迂晦的、艰涩的山林文学；建设明了的、通俗的社会文学。

一九一七年的《新青年》里有许多讨论文学的通信，内中钱玄同的意见可以补正胡适的主张：钱是章炳麟（太炎）的门人，精研音韵训诂学。他从文字学上证明古代言文一致，又修正胡适许多意见；如胡适说：“狭义之典，工者偶一用之，未为不可。”钱玄同则以为“凡用典者，无论工拙，皆为行文之疵病！”（一九一七年二月钱玄同寄陈独秀书）刘半农亦发表其《我之文学改良观》，对散文韵文的改良表示意见。

一九一八年的《新青年》内，文章始完全改用白话。四月发表胡适的《建设的文学革命论》，大意说：

> 我的“建设新文学论”的唯一宗旨只有十个大字：“国语的文学，文学的国语。”我们所提倡的文学革命，只是要替中国创造一种国语的文学；有了国语的文学，方才可以有文学的国语。有了文学的国语，我们的国语方才算得真正的国语。

一九一八年冬，陈独秀等又办了一个白话的《每周评论》。同时北京大学的学生傅斯年、罗家伦、汪敬熙等出了一个白话的月刊，叫做《新潮》，英文名字是“The Renaissance”，本义即欧洲十六七世纪的“文艺复兴”。这些杂志（连《新青年》在内）不但提倡白话，反对文言，而且反孔孟，反旧思想，攻击旧伦理，旧道德。于是守旧派就纷纷起而反对；北京大学内部的反对分子出了一个《国故》，一个《国民》，都是拥护古文学的。林纾在《新申报》上做了好几篇小说痛骂北京大学的人（蔡元培、陈独秀、胡适、钱玄同）。反对者又想运动安福系的国会出来弹劾教育总长和北京大学校长也失败了。

二　林纾的反对

一九一九年三月间，林纾作书给蔡元培，攻击新文学运动，并涉及“覆孔孟”“铲伦常”的话，蔡元培也作长书答他。这两书很可以代表当日“新旧之争”的两方面。

三　“五四”推动了白话文的发展

林、蔡辩论后一个多月，巴黎和会上中国外交失败的消息传来，于是发生了震动全国的“五四”运动。各地的学生团体出版了无数小报纸，全用白话。此外又出版了许多白话杂志，如《星期评论》《建设》《解放与改造》（后名《改造》）、《少年中国》，都鼓吹新文学新文化。日报副刊中著名的有北京《晨报副刊》、上海《民国日报》的《觉悟》、《时事新报》的《学灯》三种。一九二〇年以后，几个持重的大杂志如《东方杂志》《小说月报》，也都渐渐地白话化了。林纾的反对论不但不发生效果，且成为青年取笑之资。

四　“学衡派”的反对

自此以后，白话文便很广泛的流传开去。到一九二〇年——一九二一年白话公然称为“国语”了。而反对的声浪并未全消：一九二一年南京出了一种《学衡》杂志，登出了梅光迪、胡先骕、吴宓等几个留学生的反对论，对新文化新文学都作激烈的攻击。

梅光迪在《评提倡新文化者》一文内说：

彼等非思想家乃诡辩家也。……夫古文与八股何涉？而必并为一谈。吾国文学，汉魏六朝则骈体盛行，至唐宋则古文大昌；宋元以来，又有白话体之小说戏曲。彼等乃谓文学随时代而变迁，以为今人当兴文学革命，废文言而用白话。夫革命者，以新代旧，以此易彼之谓。若古文之递兴，乃文学体裁之增加，实非完全变迁，尤非革命也。诚如彼等所云，则古文之后，当无骈体，白话之后，当无古文。而何以唐宋以来文学正宗与专门名家，皆为作古文或骈体之人？此吾国文学史上事实，岂可否认以圆其私说者乎？

胡适在《五十年来中国之文学》中驳之曰：

这种议论真是无的放矢：正为古文之后还有那背时的骈文；白话已兴之后，还有那背时的骈文、古文，所以有革命的必要！若古文之后无骈体，白话之后无古文，那就用不着谁来提倡有意的革命了。

胡先骕作《评尝试集》两万余言，其中一段云：

文学之死活，以其自身之价值而定，而不以其所用之文字之今古为死活。故荷马之诗，活文学也，以其不死不朽也。乔塞（Chaucer）之诗，活文学也，以其不死不朽也。梭和科（Sophocle）之戏剧，活文学也，以其不死不朽也。席西罗（Cicero）之演说，活文学也，以其不死不朽也。

> 蒲罗大（Plutarch）之传记，活文学也，以其不死不朽也。反而论之，……陀司妥夫士忌（Dostoevshy）戈尔忌（Gorky）之小说，死文学也，不以其轰动一时，遂得不死不朽也！适之君之《尝试集》死文学也；以其必死必朽也：不以其用活文字之故，而遂得不死不朽也。物之将死，必精神失其常度，言动出于常轨。适之君辈之诗之卤莽灭裂，趋于极端，正其必死之征耳！

此种诅咒式的理论，难怪胡适以为“不值一驳”，只在《尝试集》“四版自序”答之曰：

> 这几句话，我初读了觉得很象是骂我的话；但这几句话是登在一种自矢“平心而言，不事谩骂以培俗”（此为《学衡》杂志发刊四宗旨之一——编者）的杂志上的，大概不会是骂罢？无论如何，我自己正在愁我的解放不彻底，胡先骕教授却说我“卤莽灭裂，趋于极端”，这句话实在未免过誉了。至于“必死必朽”，倒也不在我的心上。况且胡先骕教授又说：“陀司妥夫士忌、戈尔忌之小说，死文学也；不以其轰动一时，遂得不死不朽也。”胡先骕教授居然很大度的请陀司妥夫士忌、戈尔忌来陪同我同死同朽，这更是过誉了我，我更不敢当了。

五　整理国故问题

这样，新文学运动战胜了封建作家林纾等及进步的士大夫阶层“学衡派”以后，因一部分新文化运动者开始对封建势力投降，于是有所谓“整理国故”的问题发生：

在文学的方面，……庙堂的文学固可以研究，但草野的文学也应该研究。在历史的眼光里，今日民间小儿女唱的歌谣，和《诗三百篇》有同等的位置；民间流传的小说，和高文典册有同等的位置；吴敬梓、曹霑，和关汉卿、马东篱，和杜甫、韩愈有同等的位置。故在文学方面，也应该把《三百篇》还给西周、东周之间的无名诗人；把古乐府还给汉、魏六朝的无名诗人；把唐诗还给唐，把词还给五代、两宋，把小曲杂剧还给元朝，把明清的小说还给明清。每一个时代，还他那个时代的特长的文学，然后评判他们的文学价值。

——胡适：《国学季刊发刊宣言》

看出它们（指国学）原有的地位，还给它们原有的价值。……我们现在应该走的路，自有现时代指示我们，无须向国故中讨教诲。所以要整理国故之故，完全是为了要满足历史上的兴趣。……国故里的文学一部分整理了出来，可以使得研究文学的人，明了从前人的文学价值的程度更增进，知道现在人所以应作新文学的缘故更清楚；此外没有别的效用。

——顾颉刚：《我们对于国故应取的态度》

要指出旧的文学的真面目与弊病之所在，把他们所崇信的传统的信条，都一个个的打翻了。……要重新估定或发现中国文学的价值，把金石从瓦砾堆中搜找出来，把传统的灰尘，从光润的镜子上拂拭下去。……总之，我的整理国故的新精神便是“无征不信”，以科学方法来研究前人未开发的文学园地。

——郑振铎：《新文学之建设与国故之新研究》

这些是要“整理国故”的理由或作用，一句话可以包括：“还国故一个本来面目！”我们姑无论以当时的“历史的眼光”和“科学的方法”，是否可以正确的达到这个目的，向当时的人士要求十年后郭沫若作《中国古代社会研究》的“眼光”和“方法”，也是不应该的。然而自己既然不能随着新文学运动前进，“要在死灰中寻出火烬来满足那‘美好的昔日’的情绪”，（成仿吾作《国学运动的我见》）“要满足历史上的兴趣”，这本是“只要本着良心行动，各就性之所近，各就力之所能，原不当受第三者的干预”的事情；但是，“向着中学生也要讲演整理国故，向着留洋学生也要宣传研究国学；好象研究国学是人生中唯一的要事，那他是超越了自己的本分，侵犯了他人的良心了”！（郭沫若作《整理国故的评价》）今天你拟一个“国学必读书目”，明天我拟一个“最低限度国学必读书目”，真是“勾诱青年学子去狂舐这数千年的枯骨！”（成仿吾语）而整理的结果：“综观年来的成绩，我只见有考证几篇，目录几个”（成仿吾语）。且流毒所致，遗害青年；正如李茂生在《国故大家应负的责任》里所说：

> 国故大家且莫慌，待我来说得明白，你们自己治国故，是你们的自由，你们的兴趣，谁也不能非议你们；你们时常将自己的收获“发一发表”，将自己的方法“金针度与人”，我们也很感谢你们的盛意。但是这里边就有你们贻害于人的机缘潜伏着了。你们虽然说，“我这一点是治国故而得来的，我是这般那般地治的”；然而人间缠夹二先生之多尤甚于夏天之苍蝇，他们无论如何不会听得清楚你们这些话。他们只会麦柴当令箭，喊一声“得令！现在要奉国故，吃国故了”；——如国故毒的校长先生之类，你们虽不

认他们是你们的同伴，而他们所中的确是你们的毒，岂不是你们害人不浅么？（他们的血分里本来有染疫性，当然也是一个原因）。

我尤其痛心的，就是你们侵占了教育上的权力，你们于中学的课程中涂上了国故的色彩，对于学生们作演讲，开书目，又复“笔锋常带情感”；是不是个个学生都要走上你们的路，才算得平平常常正正当当的人，这问题且不要论他；只问你们自己为金针度人，到底能够承受你们的金针的有几？住在寄宿舍中，伏在图书馆里，捧着线装书，看下去实在无聊，不看又觉得背时，因而闷闷不乐，只觉青年之就萎的，到底有多少人，我们是无从知道。我们可以看出版物上的青年作物，今天来一篇某某和尚的人生观，明天来一篇庄子的宇宙观，后天来一篇《学记》中的教育学说，大后天来一篇王阳明或什么人的评传，他们忘了你们的金针，只是这么横穿瞎缝，莫说是鸳鸯，连乱柴把也不大象，这是谁的罪过！坐令许多青年在乱草中盲冲乱撞，治是治不来，只弄得迷了方向，自己不认得自己，甚且奉国故吃国故起来，以为只此以外，别无他美，别无至味。你们固然始料不及此，然而你们的祸等于洪水猛兽了！

我希望你们不要再吊青年的膀子；你们自去做你们的专门之业；你们自到大学的国学门中去当你们的教师（好在你们都已当了这职务了）。你们如有收获，结出某项某项的总帐，我们也欢喜知道这些，作为我们的常识；如其编什么史什么史的时候，当然要采取你们的收获，作为饷与青年乃至非青年的粮食；惟有你们要有意的敲着鼓导引青年的缠夹性是不对的，所以我希望你们隐灭，象魔怪的倏尔消形一样。

> 我说这一些话似乎是无的放矢，其实我的确是有感而然。平日积在心头，似觉说出来也多事，于是不说了；近日看见国故毒的校长先生的议论，以及他学校里的会考题目，突然引起旧感，颇有点世道人心之忧。若是不说，就觉得我也负着一分罪孽，所以不得不写出一些。要知道给这样的校长先生中一点毒，就是毒死了，究竟是已过的人物，尚没有什么可惜；惟有他自己中了毒，还要当是一种唯一的补品，一一分给青年学生，这是前途的大悲观，决不是平平常常的事，“予岂好辩哉”!
>
> 况且尚有无数的青年学生直接从你们那里中了毒，治既治不来，吃下则不能消化，徒然弄得半死不活，国故大家休矣！你们安安静静做着自己的事吧，不要再向青年们乃至社会上提倡了！

“于中学的课程中涂上了国故的色彩”，影响所及，就一直到了现在。

六 “甲寅派”的反对

这新文学阵营内有些分子对旧文化投降以后，于是又来了“甲寅派”对于新文化和新文学的抨击。章士钊在一九二五年办《甲寅周刊》，成为反对新文学的大本营。其实新文学自“五四”以后，已植深厚基础，决非章士钊一人之力所能攻倒。不过当时段祺瑞为临时执政，彼为司法总长兼教育总长；一面有逐臭之夫为之鼓吹，一面又可利用部令禁止学校教授白话文。对此反动势力故不可轻视，于是鲁迅、周作人、徐志摩、郁达夫、高一涵、吴稚晖、成仿吾等，均纷纷撰文抨击章氏。黎锦熙、钱玄同等更出版《国语周刊》与《甲寅》对垒:《甲寅》不收白话,《国语周刊》不收文言,恰恰相对。

章士钊在《评新文化运动》一文中说:

试观今之束发小生,握笔登先;名流巨公,易节恐后。诗家成林,作品满街。家家自命为施曹,人人自诩为易莫(易卜生和莫泊桑)。风流文彩,盛极一时;何莫非至易至美两性同具之新发明。导之至此,呜呼!以鄙倍妄为之笔,窃高文美艺之名;以就下走圹之狂,骧载道行远之业。所谓俗恶俊异,世疵文稚。文欤化欤?愚窃以为欲进而反退,求文而得野;陷青年于大阱,颓国本于无形。甚矣运动方式之误,流毒乃若是也!

吴稚晖在所作《章士钊、陈独秀、梁启超》一文内抨击之云:

章先生近来思想结晶之全部,就是那篇《评新文化运动》。胡适之先生所谓“不值一驳”,章先生愤极,一登再登于《新闻报》及《甲寅续刊》。那篇文章,尽是村学究语,自然不值一驳。作那种文章简直失了逻辑学者的体面;什么叫做“悉呈一种欢乐雍容情文并茂之观,斯为文化?”这就是他思想全部中的拔萃语,叫人不痛不痒,如何驳法?这种声调,出之于徐树铮口中,自然不论是胡先生,下至如小区区,皆当浓圈密点的赞他有出息,岂敢说不值一驳!简直可说“当悬之国门,不能增损一字。”我们万不料多年崇拜的章行严先生,他胸中正是这么一套。

章士钊这次反动，可算是旧文学势力的最后挣扎。（当然随着封建势力之遗留，文言文一直到现在还有其势力）此后即使有人出来站在维护文言文的立场反对新文学或白话文，如一九三四年汪懋祖等所做的复活文言文运动，也不能引起社会上的注意了。

七　文学研究会与创造社的对立

中国的新文学运动，正当一部分落伍者去“整理国故”，一面应付“学衡派”及章士钊进攻的期间，各国的文学作品和文学思想，正源源的输入了进来。这影响，就形成了“为人生的”“写实主义”的文学研究会与“为艺术的”“浪漫主义”的创造社的对立。当然除了这外来的影响以外，当时中国社会各方面急剧的复杂的不平衡的发展，也是主要的原因；与欧洲的“浪漫主义”和“写实主义”发生的社会背景，也有些相象。写实主义暴露现实，浪漫主义否定现在，理想未来：文学研究会与创造社虽取径不同，其反封建和反不合理的现社会则一。犹之欧洲浪漫主义与写实主义同为资产者社会的文学，其创造方法不同一样。而此二大文学团体，对于中国新文学的建设，都尽了很好的努力；对于后起作家和中国社会改造运动，都发生了很大的影响，兹分别略述如下：

（A）文学研究会

一九二〇年郑振铎、耿济之等在北京计划组织一个文学团体，出版一文学杂志，发表创作，介绍西洋文学，整理旧文学。适商务印书馆编译馆所长高梦旦北来，郑、耿等在蒋百里处与之谈及此事，高亦颇赞成。后商务董事长张菊生亦北来，又言此事，始决定将商务所出之《小说月报》改组，尽量登载新文学作品，但名称则不改。同年十一月二十九日在北京大学开第一次文学研究会筹备会，讨论组织办法。公推郑振铎起草文学研究会会章。十二月四日在耿济之家开第二次筹备会，公推周作人起草宣言。发起人周作人、郑振铎、沈雁冰、郭绍虞、朱希祖、瞿世英、蒋百里、孙伏园、耿济之、王统照、叶绍钧、许地山等十二人共同列名。至一九二一年一月四日在北京的中山公园内来今雨轩开正式成立大会。《小说月报》改组后，由文学研究会会员沈雁冰主编，郑振铎则为之在北京集稿。

文学研究会主张“为人生的文学”，提倡自然主义写实主义的创作方法。如郑振铎《新文学观的建设》和沈雁冰的《什么是文学》，大意都主张：“文学是人生的自然呼声，人类情绪流泄于文字中的；因此，我们反对‘文以载道’同时也反对将文艺当作高兴时的游戏，或失意时的消遣！文艺的对象，应该是被侮辱与被践踏者的血和泪！”文学内容应采用有意义之社会题材，不应写身边琐事。应苦心创作，不应凭灵感随笔挥洒。

文学研究会在当时提倡“为人生的艺术”，虽得到无数人士和青年的拥护，同时也遭到几方面的反对：一、为创造社，后面再说。二、是留学英美的绅士派；三、是《礼拜六》派。绅士派以为文学是用以供绅士淑女的消遣的，对于“被压迫者的血和泪”的口号，不但觉得有失文学的尊严，并且颇为恐悸——恐其“引人误入歧途”。当时吴宓即作有文章，言真不知为何有人竟喜描写下流社会。《礼拜六》派可以说是封建文艺的代表，《红玫瑰》《红杂志》《紫罗兰》均属于此派，而以《礼拜六》的资格为最老。这类杂志所登载的小说约有三类：一、黑幕小说，专以揭发人之阴私为主；二、鸳鸯蝴蝶派小说，以骈四俪六的文章，叙述红男绿女的爱情；三、笔记小说千篇一律，文字模仿《聊斋志异》。《小说月报》常载攻击《礼拜六》派的文章，商务虽因专出此类杂志之书商的提出反对，而将沈雁冰调往“国文部”，继任编辑郑振铎对《礼拜六》派仍继续抨击，彼辈亦无可如何。

文学研究会在当时并无严密组织，凡是赞成新文学反对旧文学的人，几乎都可以加入作会员；故在各大文化城市都有分会，成一大规模的文学组织。后因会员思想渐渐分化，周作人、俞平伯等组织“语丝社”，后称“语丝派”；徐志摩则成为“新月派”之台柱；仅余郑振铎、沈雁冰、叶绍钧等维持此团体的生命。以后此会即无形中解消。《小说月报》于“一·二八”后亦未再出版。

（B）创造社

创造社为郭沫若、张资平、郁达夫、成仿吾、田汉几位留日学生所组织，一九二〇年正式成立，但到一九二二年五月始出版《创造季刊》，后又刊行《创造周报》和《创造日》。他们的文学主张，开始与文学研究会相反：主张“为艺术而艺术”，反对“为人生而艺术”；主张唯美主义，反对功利主义，倾向浪漫主义，反对自然主义写实主义。

成仿吾在《新文学之使命》中说：

> 至今我觉得除去一切功利的打算，专求文学的“全”（Perfection）与“美”（Beauty）有值得我们终身从事的价值之可能。而且一种美的文学，纵或它没有什么可以教我们，而它所给我们的美的快感与慰安，对于我们日常生活的更新的效果，我们是不能不承认的。

他又在《真的艺术家》中说：

真的艺术家只是低头于美，他的信条是美即善即真。他所希求的是永远，他所努力的是伟大；名利不能动他的心，更不足引他去追逐。

他们又主张“自我表现”，以为作品即是作者的自叙传。如郁达夫在《六七年来创作生活的回顾》里说：

我觉得“文学作品都是作家的自叙传”这一句话，是千真万确的！客观的态度，客观的描写，无论你客观到怎么样一个地步，若真的纯客观的态度，纯客观的描写是可能的话，那艺术家的才气可以不要，艺术家存在的理由也就消灭了。

他们以为文学的产生，基于灵感；有灵感始能写出好作品。又崇拜天才，以为有价值的作品，惟天才始能作出；至于注重结构，布局，剪裁，等等，乃为非天才者所作的蠢事。

《创造季刊》一出版，对于文学研究会即采挑战的态度，指斥文学研究会垄断文坛；其实不然，茅盾（沈雁冰）说：外边人看见文学研究会除以《小说月报》为代用机关外，又有许多周刊旬刊附在各地日报内，而这些周刊旬刊又标明了某处文学研究会分会主编的字样，遂以为凡诸一切都是文学研究会在那里有计划的进行。但事实恰正相反，这一切都是文学研究会同人各自的行动，并没有总机关在那里有计划的布置。这是人自为战。而所以有此人自为战的情形，当然不是想包办新文坛，而是要打破旧文学观念的包围，文学研究会颇重介绍被压迫民族的文学，故多致力于翻译；而创造社则重视创作，轻视翻译，以为创作乃处女，翻译无异媒婆。如在文学研究会之译本中发现一二误译处，则特作长文指摘。

创造社与文学研究会在反封建文学一点上完全一致；而其所以攻击文学研究会者，则诚如郭沫若以后所云："只是封建社会下培养成的旧式文人气习之相轻，更具体的说，便是行帮意识的表现而已。"

"五卅"前后，因社会进展，环境变迁；创造社的重要分子多转换方向。遂骂浪漫主义、唯美主义，骂天才，"不惜以今日之我与昨日之我战。"到一九三〇年"左联"成立时，创造社便无形取消。

郭沫若对创造社作自我之批判曰：

> 个人主义，就是资本主义社会中的根本精神。他们在这种意识之下，努力行动了，努力创造了，然而结果是同样受着中国资产阶级的文化不能遂其自然成长的诅咒，他们所创造出来的结果，依然不外是一些不具体的侏儒，划时代的作品在他们一群人中也终竟没有产出。

第二章

文学革命运动的“思想和形式”的主张

在第一次世界大战期中（一九一四——一九一八），中国民族工业乘战争正酣之时，得到一度半殖民地性的发展；《新青年》在当时所提倡的新文化和新文学运动，显然是这民族资本微弱发展反帝反封建的反映。因此也就不能象其他国家强壮的资本主义势力反封建社会文化的勇猛和彻底：提倡新的，有些模糊朦胧；反对旧的，则留着妥协不彻底的痕迹。我们即就新文化运动中比较有成绩的文学革命运动而言，其思想方面和文字形式方面的主张，在当时发表的几篇重要的文献里，有下列的几样：

思想方面：

一、“历史的观念”和进化论的思想。

二、反“文以载道”和反封建的思想。

三、主张“写实文学”和朦胧的社会思想。

形式方面：

四、反文言文的不彻底。

五、白话文不与口语接近。

以下逐一加以论述。

一　历史的观念和进化论的思想

在“文学革命的第一篇宣言书”——《文学改良刍议》内，胡适即以文学进化的思想反对“摹仿古人”：

> 文学者，随时代而变迁者也。一时代有一时代之文学：周秦有周秦之文学，汉魏有汉魏之文学，唐宋元明有唐宋元明之文学。此非吾一人之私言，乃文明进化之公理也。即以文论：有《尚书》之文，有先秦诸子之文，有司马迁、班固之文，有韩柳欧苏之文，有语录之文，有施耐庵、曹雪芹之文；此文之进化也。试更以韵文言之：《击壤》之歌，《五子》之歌，一时期也；《三百篇》之诗，一时期也；屈原、荀卿之骚赋，又一时期也，苏李以下，至于魏晋，又一时期也；江左之诗，流为排比，至唐而律诗大成，此又一时期也；老杜、香山之“写实”体诸诗，（如杜之《石壕吏》《羌村》，白之《新乐府》）又一时期也；诗至唐而极盛，自此以后，词曲代兴，唐五代及宋初之小令，此词之一时代也；苏柳（永）辛姜之词，又一时代也；至于元之杂剧传奇，则又一时代矣；凡此诸时代，各因时势风会而变，各有其特长，吾辈以历史进化之眼光观之，决不可谓古人之文学皆胜于今人也。左氏史公之文奇矣，然施耐庵之《水浒传》视《左传》《史记》，何多让焉？《三都》《两京》之赋富矣，然以视唐诗宋词则糟粕耳。此可见文学因时进化，不能自止。唐人不当作商周之诗，宋人不当作相如子云之赋，——即令作之，亦必不工，逆天背时，违进化之迹，故不能工也，既明文学进化之理，然后可言吾所谓“不摹

仿古人”之说。今日之中国，当造今日之文学；不必摹仿唐宋，亦不必摹仿周秦也。

至其在《历史的文学观念论》一文中，除全篇发挥“居今日而言文学改良，当注重‘历史的文学观念’”这种“历史的观念”即“进化论”的思想而外，他还看出历代白话文学的发展：

感纵观古今文学变迁之趋势，以为白话之文学种子已伏于唐人之小诗短词。及宋而语录体大盛，诗词亦多有用白话者。(如放翁之七律七绝，多白话体；宋词用白话者更不可胜计。南宋学者往往用白话通信，又不但以白话作语录也。)元代之小说戏凿，则更不待论矣。此白话文学之趋势，虽为明代所截断（即作者在《文学改良刍议》一文内所说：“政府既以八股取士，而当时文人如何李七子之徒，又争以复古为高，于是此千年难遇言文合一之机会，遂中道夭折矣。”——编者)，而实不曾截断。语录之体，明清之宋学家多沿用之；词曲如《牡丹亭》《桃花扇》，已不如元人杂剧之通俗矣。然昆曲卒至废绝，而今之俗剧（吾徽之“微调”与今日“京调”“高腔”皆是也）乃起而代之。今后之戏剧，或将全废唱本而归于说白，亦未可知。此亦由文言趋于白话之一例也。小说，则明清之有名小说，皆白话也。近人之小说，其可以传后者，亦皆白话也。(笔记短篇如《聊斋志异》之类不在此例。)故白话之文学，自宋以来，虽见屏于古文家，而终一线相承，至今不绝。

这种“历史的进化论”在“古人已造古人之文学，今人当造今人之文学”的立场上，固然尽了反古文的任务；然而因为不了解历代文学所以不同和变迁的社会基础，只看见文学形式的些微变化，以致强指各时代用典少和造词较平易的作品为白话文学，与同时代的其他作品对立；把中国文学史分成二种：一种是“白话文学史”，另一种当然是“文言文学史”了。于是作者有《白话文学史》的编著。不错，宋人“话本”以后的白话章回小说，确给文学形式以另一发展，然不能因此亦强在历代诗词等类中寻求“白话”，勉作“史”的渊源。不过此种替白话文找出“由来已古”的历史根据，以图增高它的价值和地位的办法，也许是当时对付顽固守旧和看不起白话文的人们的一种手段。

其他在钱玄同、刘半农的文章中，也有此种“进化论”的文学思想：

> 社会进化，有一定的路线；固不可不前进，亦不能跳过许多级数，平地升天。故今日以为今之写实体小说不作淫亵语为是，而前之描写淫亵为非；然后之视今亦犹今之视昔。先生所谓“《新青年》第二百卷第一号中，将有人痛骂今日各种社会写实小说为无耻诲淫之书者。”此说最是。故玄同以为但令吾侪今日则诋《金瓶梅》《品花宝鉴》为淫书，二十一世纪时代之人则诋《碎簪记》《双秤记》《绛纱记》为淫书，便是在轨道上天天走不错的路。如是，则无论世界到了三十世纪，四十世纪，……一百世纪，而《金瓶梅》自是十六世纪中叶有价值之文学；《品花宝鉴》自是十九世纪初年有价值之文学，《碎簪记》《双秤记》《绛纱记》自是二十世纪初年最有价值之文学。正如周秦诸子，希腊诸子，释迦牟尼诸人，无论其立说如何如何不合科学，如何如何不合伦理学，如何如何悖于进化真理，而其为纪元

前四世纪至六世纪之哲人之价值，终不贬损丝毫也。

——钱玄同：《寄胡适之书》

刘半农在《我之文学改良观》里，对于韵文之改良，主张“破坏旧韵，重造新韵”，其中一段说明语音之进化云：

语音时有变迁；今日之定谱，将来必更有不能适用之一日。余谓沈约既无能力预为吾辈设想，吾辈亦决无能力为将来设想。将来果属不能适用，何妨更废之而更造新谱。即吾辈主张之白话新文学，依进化之程序言之，亦决不能视为文学之止境；更不能断定将来之人不破坏此种文学，而建造一更新之文学。吾辈生于斯世，惟有尽思想能力之所及，向“是”的一方面做去而已。

二 反“文以载道”和反封建的思想

陈独秀在《文学革命论》里批评韩昌黎“误于‘文以载道’之谬见”云。

文学本非为载道而设，而自昌黎以讫曾国藩所谓载道之文，不过抄袭孔孟以来极肤浅极空泛之门面语而已。余尝谓唐宋八家文之所谓“文以载道”，直与八股家之所谓“代圣贤立言”，同一鼻孔出气。

胡适在《文学改良刍议》里亦有同样主张：

吾国近世文学之大病，在于言之无物。今人徒知“言之无文，行之不远”；而不知言之无物，又何用文为乎？吾所谓“物”非古人所谓“文以载道”之说也；吾所谓“物”，约有二事：

（一）情感——《诗序》曰：“情动于中而形诸言。言之不足，故嗟叹之；嗟叹之不足，故咏歌之；咏歌之不足，不知手之舞之，足之蹈之也。”此吾所谓情感也。情感者，文学之灵魂；文学而无情感，如人之无魂，木偶而已，行尸走肉而已。

（二）思想——吾所谓“思想”，盖兼见地，识力，理想三者而言之。思想不必皆赖文学而传，而文学以有思想而益贵；思想亦以有文学之价值而益贵也。此庄周之文，渊明老杜之诗，稼轩之词，施耐庵之小说，所以敻绝千古也。思想之在文学，犹脑筋之在人身；人不能思想，则虽面目姣好，虽能笑啼感觉，亦何足取哉！文学亦犹是耳。

文学无此二物，便如无灵魂无脑筋之美人，虽有浓丽富厚之外观，抑亦末矣。

在陈独秀的解释，所谓“文以载道”是“代圣贤立言”，是“抄袭孔孟以来极肤浅极空泛之门面语”，当然是封建的旧思想无疑。至胡适的“非古人‘文以载道’之说也，”虽未明说他所反对的“道”是什么东西，但也不难推知和陈独秀的所指是一样的。

“文以载道”的“道”，如是封建的旧思想，是当然应该反对的；新文化和新文学的主要思想内容也就是反对这些。但若根本否认“文以载道”四字的意义，不了解时代任何的文学，必不可避免的都“载”了那时代的“道”，而主张“文”不应该“载道”，应该“言志”；以为“道是道，文是文，二者万难并作一谈，……吾辈心灵所至，尽可随意发挥。”（刘半农《我之文学改良观》）那就开近数年林语堂等“性灵”小品之先河，是昧于“载道”“言志”同为文学所具有；而且是玩物丧志的小摆设式的“性灵”小品之“始作俑者”了。

“文以载道”，既为任何时代的文章或文学所不免，我们看看历代古文或文言文，又何尝不“载道”，何尝“言之无物”呢？胡适解释他所谓“物”就是“情感”和“思想”，并没有一字说明这“情感”和“思想”的社会的性质。其实，许多古文或文言文的作品，何尝没有“情感”和“思想”呢？不过那些作品里面的“情感”和“思想”都是陈旧腐败的封建遗物罢了！“不作言之无物的文字”的中心的意义，应当是肃清文学内容上的封建遗物——陈旧腐败的情感和思想，灌输富有时代意义的新的情感和思想。所以，“言之无物”的“物”，应当不是空空洞洞的“情感”和“思想”，而是富有时代意义的新的“情感”和“思想”。

胡适这种对于旧文学的思想内容之朦胧的不明确的认识，也见之于他的“八不主义”中的第二条——“不作无病呻吟之文字”里面。他解释“无病呻吟”就是“痛哭流涕”的“牢骚之音，感喟之文；可是对这“牢骚”“感喟”的社会根源，却完全没有提到。其实，文言文“无病呻吟”的症结并不在“牢骚”“感喟”，而在腐烂的封建意识；“无病呻吟”的空洞，完全是充满了封建意识的结果。所以，仅说不“无病呻吟”，不“牢骚”“感喟”，而不指明它的社会根源，结果是不能触到问题的中心，也不能真正的解除这种症结的。

综观胡适的“八不主义”，除了以上所说的第一第二两条（一、不作言之无物的文字，二、不作无病呻吟之文字）是关于内容方面的改革，显示了模糊朦胧的认识外，其余六条都是属于形式方面的，也表示了妥协不彻底的态度。这留待下面讲“形式方面”的二段里再说。所以，胡适在这次文学革命运动中，只能算是“形式主义者”的“白话文提倡者”。这不仅因为他对于思想内容的无视，也由于象在上面所说过的他只看见历代文学文言白话的形式的对立。然而，即此也有他的历史的价值和功绩的。

三 主张“写实文学”和朦胧的社会思想

陈独秀在他的《文学革命论》中，除了所揭举的“三大主义”，表示了主张“写实文学”和有点朦胧的社会思想倾向外，并说：

> 魏晋以下之五言，抒情写事，一变前代板滞堆砌之风，在当时可谓为文学一大革命，即文学一大进化；然希托言简意晦，社会现象非所取材；是犹贵族之风，未足以语通俗的国民文学也。
>
> 际兹文学革新的时代，凡属贵族文学、古典文学，山林文学均在排斥之列。以何理由而排斥此三种文学耶？曰贵族文学，藻饰依他，失独立自尊之气象也；古典文学，铺张堆砌，失抒情写实之旨也；山林文学，深晦艰涩，自以为名山著述，于其群之大多数无所裨益也。其形体则陈陈相因，有肉无骨，有形无神，乃装饰品而非实用品；其内容则目光不越帝王权贵神仙鬼怪，及其个人之穷通利达。所谓宇宙，所谓人生，所谓社会，举非其构思所及，此三种文学公同之缺点也。

他所反对的是这种不以“人生”“社会”为内容的贵族文学、古典文学和山林文学；他所提倡的是国民文学、写实文学和社会文学。但未曾指出这三种文学的内容究竟是什么，所以显得有些笼统。

胡适在他的《建设的文学革命论》中讲到“收集材料的方法”云：

中国的“文学”，大病在于缺少材料。那些古文家，除了墓志、寿序、家传之外，几乎没有一毫材料。因此，他们不得不作那些极无聊的“汉高帝斩丁公论”“汉文帝唐太宗优劣论”。至于近人的诗词，更没有什么材料可说了。近人的小说材料只有三种：一种是官场，一种是妓女，一种是不官而官，非妓而妓的中等社会。（留学生、女学生之可作小说材料者，亦附此类。）除此以外，别无材料。我以为将来的文学家收集材料的方法，约如下：

（甲）推广材料的区域，官场妓院与龌龊社会三个区域，绝不够采用。即如今日之贫民社会，如工厂之男女工人，人力车夫，内地农家，各处之大负贩及小店铺，一切痛苦情形，都不曾在文学上占一位置。并且今日新旧文明相接触，一切家庭惨变，婚姻苦痛，女子之位置，教育之不适宜，……种种问题，都可供文学的材料。

（乙）注重实地的观察和个人的经验，现今文人的材料，大都是关了门虚造出来的，或是间接又间接的得来的；因此我们读这种小说，总觉得浮泛敷衍，不痛不痒的，没有一毫精彩。真正文学家的材料，大概都有“实地的观察和个人自己的经验”做个根底。不能作实地的观察，便不能做文学家；全没有个人的经验，也不能做文学家。

这是胡适在当时发表的几篇重要文献里，所仅有的对于社会生活的注意；然而仅止于叫人向社会各方面去取材料，连陈独秀的朦胧的社会思想也没有的。虽然在他后来的作品《尝试集》里倒有了肤浅的人道主义的社会思想了。

稍稍补充了陈独秀的朦胧的社会思想，并较具体的说明了资产阶级“人道主义”文学的，是一九一八年十二月周作人发表的《人的文学》。

> 这样“人”的理想生活，应该怎样呢？首先便是改良人类的关系。彼此都是人类，却又各是人类的一个。所以须营一种利己而又利他，利他即是利己的生活。第一，关于物质的生活，应该各尽人力所及，取人事所需。换一句话，便是各人以心力的劳作，换得适当的衣食住与医药，能保持健康的生存。第二，关于道德的生活，应该以爱智信勇四事为基本道德，革除一切人道以下或人力以上的因袭的礼法，使人人能享自由真实的幸福生活。这种“人的”理想生活，实行起来，实于世上的人，无一不利。富贵的人虽然不免觉得失了他的所谓尊严，但他们因此得从非人的生活里救出，成为完全的人，岂不是绝大的幸福么？这真可说是二十世纪的新福音了。只可惜知道的人还少，不能立地实行。所以我们要在文学上略略提倡，也稍尽我们爱人类的意思。
>
> 但现在还须说明：我所说的人道主义，并非世间所谓“悲天悯人”或“博施济众”的慈善主义，乃是一种个人主义的人间本位主义。这理由是，第一，人在人类中，正如森林中的一株树木；森林盛了，各树也都茂盛。但要森林盛，却仍非靠各树各自茂盛不可；第二，个人爱人类，就

只为人类中有了我，与我相关的缘故。墨子说“爱人不外己，己在所爱之中”，便是最透彻的话。上文所谓利己而又利他，利他即是利己，正是这个意思。所以我说的人道主义，是从个人做起。要讲人道，爱人类，便须先使自己有人的资格，占得人的位置。耶稣说“爱邻如己”，如不先知自爱，怎能“如己”的爱别人呢？至于无我的爱，纯粹的利他，我以为是不可能的。人为了所爱的人，或所信的主义，能够有献身的行为。若是割肉饲鹰，投身给饿虎吃，那是超人间的道德，不是人所能为的了。

用这人道主义为本，对于人生诸问题，加以记录研究的文字，便谓之“人的文学”。其中又可以分作两项：（一）是正面的，写这理想生活，或人间上达的可能性；（二）是侧面的，写人的平常生活，或非人的生活，都很可以供研究之用。这类著作，份量最多，也最重要。因为我们可以因此明白人生实在的情状，与理想生活比较出差异与改善的方法。这一类中写非人的生活的文学，世间每每误会，与非人的文学相混，其实却大有分别。比如法国莫泊桑的小说《一生》，是写人间兽欲的人的文学；中国的《肉蒲团》却是非人的文学。俄国库普林的小说《坑》是写娼妓生活的人的文学；中国的《九尾龟》却是非人的文学。这区别就只在著作的态度不同：一个严肃，一个游戏。一个希望人的生活，所以对于非人的生活，怀着悲哀或愤怒；一个安于非人的生活，所以对于非人的生活，感着满足，又多带些玩弄与挑拨的形迹。简明说一句：人的文学与非人的文学的区别，便在著作的态度：是以人的生活为是呢？非人的生活为是呢？这一点上。材料方法，别无关系。即如提倡女人殉葬（即殉节）的文章，表面上岂不说是“维持风教”；但强迫人自杀，正是非人的道德，所以也是非人的文学。中国文学中，人的文学本来极少。从儒教道教出来的文章，几乎都不合格。

周作人在当时虽然不知道达到“人的理想生活”的方法（他以为是“可惜知道的人还少”，所以“不能立地实行”），但他的社会思想中已显然有“各尽人力所及，取人事所需”的人类社会的终极理想的成分。社会主义思想的影响在这里是可以看出来的。

他对于人道主义文学的解释，纯是站在资产阶级的反封建立场上，不是彻底解放人类的文学思想：他反对不把人当作人的封建思想和吃人的礼教；他反对以游戏的态度，无批判的描写封建社会的糜烂生活，也就是非人的生活的《肉蒲团》和《九尾龟》，但是莫泊桑的《一生》和库普林的《坑》，又岂是有正确的思想或世界观的作品呢？周作人在当时当然不会知道。不过他对于文学的这种意见，在那时已经是较具体较进步的了。

四 反文言文的不彻底

胡适在《文学改良刍议》“六曰不用典”项内说：

（一）广义之典非吾所谓典也。广义之典约有五种：

（甲）古人所设比喻，其取比之事物，含有普通意义，不以时代而失其效用者，今人亦可用之。如古人言“以子之矛，攻子之盾”，今人虽不读书者亦知用“自相矛盾”之喻，然不可谓为用典也。盖设比取喻，贵能切当；若能切当，固无今古之别也。若“负弩先驱”“退避三舍”，在今日已非通行之事物，在文人相与之间，或可用之，然终以不用为上。

（乙）成语。成语者，合字成辞，别为意义。其习见之句，通行已久，不妨用之。然今日如能另铸“成语”，亦无不可也。“利器”“虚怀”“舍本逐末”……皆属此类，此非典也，乃日用之字耳。

（丙）引史事。引史事与今所论议之事相比较，不可谓为用典也。如老杜诗云“未闻殷周衰，中自诛褒妲”，此非用典也。近人诗云“所以曹孟德，犹以汉相终”，此亦非用典也。

（丁）引古人作比。此亦非用典也。杜诗云“清新庾开府，俊逸鲍参军”，此乃以古人比今人，非用典也；又云“伯仲之间见伊吕，指挥若定失萧曹”，此亦非用典也。

（戊）引古人之语。此亦非用典也。吾尝有句云“我闻古人言，艰难唯一死”；又云“尝试成功自古无，放翁此语未必是”，此乃引语，非用典也。以上五种为广义之典，其实非吾所谓典也；若此者可用可不用。

（二）狭义之典，吾所主张不用者也。……狭义之典亦有工拙之别；其工者偶一用之，未为不可，其拙者则当痛绝之。

胡适这种主张，表示没有摆脱封建的文言文的影响，流露出游移、动摇和妥协的态度。“不用典”一项，原是反文言的很重要的一项，可是他首先就划出五种，说是“广义之典，其实非吾所谓典也；若此者可用可不用。”既是可用可不用，那当然不在“不用”之列。接着，讲到狭义的典，在说了“吾所主张不用者也”之后，立刻又转了一个弯说：“狭义之典亦有工拙之别，其工者偶一用之，未为不可，其拙者则当痛绝之。”这样一来，直把“不用典”变成不是反对用典，反而主张用典了——用典须工，拙者当痛绝之。

其次，在“七曰不讲对仗”里，胡适说：

> 今日而言文学改良，当“先立乎其大者”，不当枉费有用之精力于微细纤巧之末；此吾所以有废骈废律之说也。即不能废此两者，亦但当视为文学末技而已，非讲求之急务也。

这样，“有废骈废律之说”并不是因为骈律根本要不得，只是因为暂时管不到罢了。于是，“即不能废此两者，但亦当视为文学末技而已，非讲求之急务也”的让步说法，自然不足惊奇了。

还有，胡适曾作过一篇“白话解”，解释白话的意义说：“白话但须‘明白如话’不妨夹几个文言字眼。”“白话便是干干净净没有堆砌涂饰的话，也不妨夹入几个明白易晓的文言字眼。”这样说来，自然唐诗宋词、宋儒语录、信札、元人戏曲、明清传奇，都是“模范的白话文学”了。更何况《水浒传》《西游记》《红楼梦》等等呢？

这样，不单有意无意的给文言文留下许多地盘，同时使白话文本身连“如话”的地步都做不到，反夹杂着许多文言文的毒素，埋下了白话文“文言化”的根源。

（关于“不用典”，钱玄同在当时虽有和胡适相反的主张：“以为凡用典者，无论工拙，皆为行文之疵病。”然只此一项亦不足表示当时白话文运动者“反文言文”的彻底。）

五 白话文不与口语接近

有上面“反文言文的不彻底”，已经种下白话文不能与口语接近的根源；但那是属于消极的破坏方面的成绩，现在再来看看白话文的积极的建设的理论：

这可以拿胡适的《建设的文学革命论》来做代表。现在先来节录他的原文：

> 有些人说：“若要用国语作文学，总须先有国语，如今没有标准的国语，如何能有国语的文学呢？”我说这话似乎有理，其实不然。国语不是靠几位语言学的专门家就能造得成的；也不是单靠几本国语教科书和几部国语字典就能造就的。若要造国语，先须造国语的文学。有了国语的文学，自然有国语。这话初听了似乎不通，但列位仔细想想便可明白了。天下的人谁肯从国语教科书和国语字典里面学习国语？所以国语教科书和国语字典，虽是很要紧，决不是造国语的利器。真正有功效有势力的国语教科书，便是国语的文学；便是国语的小说、诗文、剧本。国语的小说、诗文、剧本通行之日，便是中国国语成立之时。试问我们今日居然能拿起笔来做几篇白话文章，居然能写得出好几百个白话的字，可是从什么白话教科书上学来的吗？可不是从《水浒传》《西游记》《红楼梦》《儒林外史》等书学来的吗？
>
> 所以我以为我们提倡新文学的人，尽可不必问今日中国有无标准国语。我们尽可努力去作白话的文学。我们可尽量采用《水浒传》《西游记》《儒林外史》《红楼梦》的白

话；有不合今日之用的便不用它；有不够用的，便用今日的白话来补助；有不得不用文言的，便用文言来补助。这样做去，决不愁语言文字不够用，也决不用愁没有标准白话。中国将来的新文学用的白话，就是将来中国的标准国语。造中国将来白话文学的人，就是制定标准国语的人。……

我们要创造新文学，也须预备下创造新文学的“工具”。我们的工具就是白话。我们有志造国语文学的人，应该赶紧筹备这个万不可少的工具。预备的方法约有二种：

（甲）多读模范的白话文学。例如《水浒传》《西游记》《儒林外史》《红楼梦》；宋儒语录，白话信札；元人戏曲；明清传奇的说白。唐宋的白话诗词，也该选读。

（乙）用白话作各种文学。我们有志造新文学的人，都该发誓不用文言文作文；无论通信、作诗、译书、做笔记，作报馆文章、编学堂讲义、替死人作墓志、替活人上条陈，……都该用白话来作。

这里，我们可以看出：这种白话文建设的理论，表现出了怎样的弱点：

他要替中国创造一种国语的文学，同时认为国语的文学就可规定“真正的国语”。但是怎样创造国语的文学呢？就是“从《水浒传》《西游记》《儒林外史》《红楼梦》等书学来”。不单是这一些书，就连唐宋的白话诗词、宋儒语录、信札、元人戏曲、明清传奇，都是“模范的白话文学”。那么，他的白话能“白”到怎样程度，“如话”到怎样程度，已经不用说了！所以，白话文不能接近口语，实在是必然的事。

他既认定《水浒》《西游》式的白话为惟一的“模范”，自然就完全忽视了当前通行的“口语”；可是另一方面，对文言文却还念念不忘。他说了“尽量采用《水浒传》《西游记》……的白话”之后，接着就说“有不够用的，便用今日的白话来补助；有不得不用文言的，便用文言来补助。”当前通行的口语（今日的白话）对于白话文，只与文言站在同等的“补助”的地位；那么，白话文的脱离大多数人口里“话语”，而趋于文言化，自然也是不可避免的事。

据以上一、二、三、四、五各项看来，“五四时代”文学革命运动的理论主张方面，虽然有它不可泯没的功绩——在形式方面的反封建的解放斗争上，表示了前进；但在思想内容上则表现着模糊或朦胧。即在形式方面也流露出非常动摇、游移和妥协的态度。这结果，一方面是给文言文留下了许多地盘，而另一方面却在白话文内部也混进了文言文的成分。这就是以后“白话文言化”和一九三四年汪懋祖等“文言复活”运动的根源，而这根源正是“五四时代”白话文运动者有意无意的种下的。虽然除此以外也还有它的封建残余的社会根源。

第三章　与反对者的论争

一　林纾

自一九一五年《新青年》[1]发刊，反对儒家的旧伦理旧思想，至一九一七年胡适、陈独秀反对古文提倡白话文以来，代表封建文化势力表示反对的，最著名的是当时古文家林纾（琴南）。他先在《新申报》上作小说痛骂北京大学的人。如《妖梦》一篇，用元绪影北大校长蔡元培，陈恒影陈独秀，胡亥影胡适；内容龌龊，有失学者器度，现在可以不引。还有一篇《荆生》，写田其美（陈）金心异（钱）狄莫（胡）三人聚谈于陶然亭，田生大骂孔子，狄生主张白话；忽然隔壁一个“伟丈夫”——

> 趯足，超过破壁，指三人曰：“汝适何言？……尔乃敢以禽兽之言，乱吾清听！”田生尚欲抗辩，伟丈夫骈二指按其首，脑痛如被锥刺；更以足践狄莫，狄腰痛欲断。金生短视，丈夫取其眼镜掷之，则怕死如猬，泥首不已。丈夫笑曰：“尔之发狂似李贽，直人间之怪物。今日吾当以香水沐吾手足，不应触尔背天反常禽兽之躯干。尔可鼠窜下山，勿污吾简……留尔以俟鬼诛。”

---

① 该刊发刊时名为《青年杂志》，自第二卷开始改名为《新青年》。

这种话很可以把当时卫道先生们的心理和盘托出。这篇小说的末尾有林纾的附论，说：

> 如此混浊世界，亦但有田生狄生足以自豪耳，安有荆生？

这话说的很可怜。当日古文家很盼望有人出来作荆生，但荆生究竟不可得。结果还是林琴南自己出马了。于是他先作了一篇《论古文白话之相消长》，重要的主张是：“即谓古文者白话之根柢，无古文安有白话！”“实则此种教法，万无能成之理：吾辈已老，不能为正其非，悠悠百年，自有能辩之者。”其实不必等到“百年”，林纾自己已经迫不及待的来“正其非”了。遂在一九一九年三月写信给蔡元培，这就是当时有名的致《蔡鹤卿太史书》。蔡作《复林琴南书》答他。这两书是代表当日“新旧之争”的重要文献。林书说：

> 大学为全国师表，五常之所系属。近者，外间谣诼纷集，我公必有所闻，即弟亦不无疑信。……于是更进一解，必覆孔孟、铲伦常为快。……弟年垂七十，富贵功名，前三十年视若弃灰；今笃老，尚抱守残缺，至死不易其操。前年梁任公倡马班革命之说，弟闻之失笑。任公非劣，何为作此媚世之言？马班之书，读者几人？殆将不革而自革，何劳任公费此神力？
>
> 若云死文字有碍生学术，则科学不用古文，古文亦无碍科学。英之迭更累斥希腊拉丁罗马之文为死物，而至今仍存者，迭更虽躬负盛名，固不能用私心以蔑古。矧吾国人尚有何人如迭更者耶？……

且天下唯有真学术，真道德，始足独树一帜，使人景从。若尽废古书，行用土语为文字，则都下引车卖浆之徒所操之语，按之皆有文法。……则凡京津之稗贩皆可用为教授矣。若《水浒》《红楼》皆白话之圣，并足为教科之书，不知《水浒》中辞吻多采岳珂之《金陀萃编》；《红楼》亦不止为一人手笔；作者均博览群书之人。总之，非读破万卷，不能为古文，亦并不能为白话。若化古子之言为白话，演说亦未尝不是。按《说文》“演，长流也。”亦有延之广之之义，法当以短演长，不能以古子之长演为白话之短。……

今全国父老以子弟托公，愿公留意，以守常为是。……此书上后，可以不必示复；唯静盼好音，为国民端其趋向。故人老悖，甚有幸焉！愚直之言，万死万死！林纾顿首。

蔡元培复书说：“原公之可责备者，不外两点：一曰‘覆孔孟、铲伦常，’二曰‘尽废古书，行用土语为文字。’请分别论之。”于是先辩述大学讲义无“覆孔孟”之说，“若大学教员，于学校以外，自由发表意见，”则“对于学说，仿世界各大学通例，循‘思想自由’原则”，“悉听其自由发展”。何况“《新青年》杂志中，偶有对于孔子学说之批评，然亦对于孔教会等托孔子学说以攻击新学说者而发，初非直接与孔子为敌也。”“次察‘铲伦常’之说”，详述无论学校教科或大学教员在校外发表的言论，均无不合情理的“铲伦常”的主张。

“对于第二点，当先为三种考察：（甲）北京大学是否已尽废古文而专用白话？（乙）白话果是否能达古书之义？（丙）大学少数教员所提倡之白话的文字，是否与引车卖浆者所操之语相等？”申述的结果是“大学并未尽废古文而专用白话；讲解古书，非用白话不可，白话当然能达古书之义。”

> 又次考察“大学少数教员所提倡之白话的文字，是否与引车卖浆者所操之语相等？”白话与文言，形式不同而已，内容一也。……若内容浅薄，则学校报考时之试卷，普通日刊之论说，尽有不值一读者。能胜于白话乎？且不特引车卖浆之徒而已，清代目不识丁之宗室，其能说漂亮之京话，与《红楼梦》中宝玉黛玉相埒，其言果有价值欤？熟读《水浒传》《红楼梦》之小说家，能于读《水浒续传》《红楼复梦》等书以外，为文学哲学之讲演欤？公谓“《水浒》《红楼》作者，均博览群书之人，总之非读破万卷，不能为古文，亦并不能为白话。”诚然！诚然！北京大学教员中，善作白话者，为胡适之、钱玄同、周启孟诸君；公何以证知为非博极群书，非能作古文，而仅以白话文藏拙者？胡君家世汉学，其旧作古文，虽不多见，然即其所作《中国哲学史大纲》言之，其了解古书之眼光，不让于清代乾嘉学者。钱君所作之《文字学讲义》《学术文通论》，皆大雅之古文；周君所译之《域外小说》，则文笔之古奥，非浅学者所能解；然则公何宽于《水浒》《红楼》之作者，而苛于同时之胡、钱、周诸君耶？

蔡元培已经和胡适的偏重白话文的形式不同，他说“若内容浅薄”，即使是“漂亮之京话”，也没有什么价值了。至于“非读破万卷，不能为古文”，我看倒不一定“亦并不能为白话！”现在虽然也还有不少人主张“要想白话文作好，须文言文有根底或先读一些古文，”抱着和林琴南一样的见解；然而古文的章句词汇的不足表现现代生活的一切，已是众人周知的事实，除了使白话文部分的文言化以外，我们在文言文里能学些什么呢？何况“内容决定形式”（形式也能影响内容），我们现时代的“内容”已经不是古文时代的了。

比如鲁迅在《写在“坟”后面》就说过这样的话：

> 有些人却道白话文要做得好，仍须看古书。……新近看见一种上海出版的期刊，也说起要作好白话须读好古文，而举例为证的人名中，其一却是我。这实在使我打了一个寒噤。别人我不论，若是自己，则曾经看过许多旧书，是的确的，为了教书，至今也还在看。因此耳濡目染，影响到所做的白话上，常不免流露出它的字句，体格来。但自己却正苦于背了这些古老的鬼魂，摆脱不开，时常感到一种使人气闷的沉重。……但应该和光阴偕逝，逐渐消亡，至多不过是桥梁中的一木一石，并非什么前途的目标，范本。……以文字论，就不必更在旧书里讨生活，却将活人的唇舌作为源泉，使文章更加接近语言，更加有生气。

不过蔡元培也极力主张白话，他在北京高等师范国文部演说：“我们中国文言同拉丁文一样，所以我们不能不改为白话。……虽然现在白话的组织不完全，可是我们决不可错了这个趋势。”又在女子高等师范讲演《国文之将来》说：“我想将来白话派一定占优胜的。白话是用今人的话，来传达今人的意思，是直接的；文言是用古人的话，来传达今人的意思，是间接的。间接的传达，写的人与读的人都要费一番翻译的工夫，这是何苦来？……有人说：文言比白话有一种长处，就是简短，所以省写读的时间；但是脑子里翻译的时间，可以不算么？”

二 “学衡派”

据《中国新文学大系》和张若英编《中国新文学运动史资料》二书所搜集的所谓“学衡派”在当时的反对的文章，有《中国文学改良论》《评尝试集》（均胡先骕作），《评提倡新文化者》《评今人提倡学术之方法》（均梅光迪作），《论新文化运动》（吴宓作），共五篇。除胡作为就文学范围说话外，梅吴二人文章不过以“反进化论”的思想咒骂“新文化运动”及“新文化运动者”之余，主张文学应该“摹仿”而已，实在“不值一驳”。如：

一曰彼等非思想家乃诡辩家也。……

二曰彼等非创造家乃模仿家也。（既讥他人为模仿非，而吴宓倒主张文学应该模仿；见下。——编者）

三曰彼等非学问家乃功名之士也。……

四曰彼等非教育家乃政客也。……

文学进化至难言者：西国名家，（如英国十九世纪散文及文学评论大家韩士立 Hazlitt）多斥文学进化论为流俗之错误，而吾国人乃迷信之。且谓西洋近世文学，由古典派而变为浪漫派，由浪漫派而变为写实派，今则又由写实派而变为印象、未来、新浪漫诸派。一若后派必优于前派，后派兴而前派即绝迹者。然此稍读西洋文学史，稍闻西洋名家诸论者，即不作此等妄言。何吾国人童騃无知，颠倒是非如是乎！……今之主文学革命者，亦曰文学之旨，在发挥个性，注重创造，须“处处有一个我在”，而破除旧时模仿之习。易词言之，则各人有各人之文学，一切模范规律，皆可废也。然则彼等何以立说著书，高据讲席，而对于为文言者，仇雠视之，不许其有我与个性创造之自由乎！

——梅光迪：《评提倡新文化者》

彼等之言曰，“顺应世界潮流”“应时事需要”，其表示心迹，亦可谓直言无讳矣。豪杰之士，每喜逆流而行，与举世为敌，所谓“顺应世界潮流”“应时事需要”者，即窥时俯仰，与世浮沉之意，乃儒夫乡愿成功之秘术，岂豪杰之士所屑道哉！今之“世界潮流”“时势需要”，在社会主义白话文学之类，故彼等皆言社会主义白话文学。使彼等生数十年前，彼且竭力于八股与“黄帝尧舜”之馆阁文章，以应当时之潮流与需要矣。夫使举世皆以“顺应”为美德，则服从附和，效臣妾奴婢之行，谁能为之领袖，以创造进化之业自任者乎！”（这似乎又承认有“进化”“创造”了。——编者）

——梅光迪：《评今人提倡学术之方法〉

今即以文学言之：文学之根本道理，以及法术规律，中西皆同。细究详考，当知其言。文章成于模仿，古今之大作者，其幼时率皆力效前人，节节规抚；初仅形似，继则神似，其后逐渐变化，始能自出心裁，未有不由模仿而出者也。……

即彼新文化运动之所主张，实专取一家之邪说，于西洋之文化，未示其涯略，未取其精髓，万不足代表西洋文化全体之真相。……

——吴宓《论新文化运动》

胡先骕在一九一九年（“五四”前）发表其《中国文学改良论》于南京“高等师范日刊”。名为“中国文学改良论”，其实自己毫无改良的主张和办法，只是与白话文学吵嘴。而且意义文词，都嫌笼统，不着边际。总其要义，不过是说，一、白话不能代替文言，二、语文不应合一。

> 且用白话以叙说高深之理想，最难剀切简明。……且诗家必不能尽用白话，征诸中外皆然。……且无论何人，必不能以俗语填词。……

白话既不能“说理”“作诗”“填词”矣。他并且说文言其实也并不怎样艰深难学：

> 且古人之为文，固不务求艰深也。故孔子曰，“辞达而已矣。”今试以《左传》《礼记》《国语》《国策》《论》《孟》《史》《汉》观之，除少数艰涩之句外，莫不言从字顺，非若《书》之《般庚》《大诰》《诗》之《雅》《颂》可比也。至韩欧以还之作者，尤以奇僻为戒，且有因此而流入枯槁之病者矣。此等文学，苟施以相当之教育，犹谓十四五龄之中学生不能领解其义，吾不之信也。进而观近人之著，如梁任公之《意大利建国三杰传》《噶苏士传》，何等简明显豁，而亦不失文学之精神。下至金圣叹之批《水浒》，动辄洋洋万言，莫不痛快淋漓纤悉必达，读之者几于心目十行而下，宁有艰涩之感。又何必白话之始能达意，始能明了乎。凡此皆中学学生能读能作之文体。非乾凿度《穆天子传》之比也。若以此为犹难，犹欲以白话代之，则无宁铲除文字，纯用语言之为愈耳。

他主张语文不应合而为一，否则不但我们看不懂古人的书，将来的人也看不懂我们的书；如此，既不能接受文化遗产，新的文化也就不能“脱胎”了。其理由如下：

> 且语言若与文字合而为一，则语言变而文字亦随之而变。……向使以白话为文，随时变迁，宋元之文，已不可读，况秦汉魏晋乎。此正中国言文分离之优点，乃论者以之为劣，岂不谬哉。且《盘庚》《大诰》之所以难于《尧典》《舜典》者，即以前者为殷人之白话，而后者乃史官文言之记述也。故宋元语录与元人戏曲，其为白话大异于今，多不可解。然宋元人之文章则与今日无别。论者乃恶其便利，而欲故增其困难乎？抑宋元以上之学已可完全抛弃而不足惜，则文学已无流传于后世之价值，而古代之书笈可完全焚毁矣。
>
> ……人之异于物者，以其有思想之历史，而前人之著作，即后人之遗产也。若尽弃遗产，以图赤手创业，不亦难乎！某亦非不知文学须有创造能力，而非陈陈相因，即尽其能事者。然亦非既能创造，则昔人之所创造，便可唾弃之也。故瓦特创造汽机，后人必就瓦特所创造者而改良之，始能成今日优美之成绩。而今日之汽机，无一非脱胎于瓦特汽机者，故创造与脱胎相因而成者也。吾人所称为模仿而非脱胎；陈陈相因，是谓模仿，去陈出新，是谓脱胎，故《史》《汉》创造而非模仿者也。然必脱胎于周秦之文；俪文创造而非模仿者也，亦必脱胎于周秦之文；韩柳创造而革俪文之弊者也，亦必脱胎于周秦之文。他若五言七言古诗，五律七律乐府，歌谣词曲，何者非创造，亦何者非脱胎者乎？故欲创造新文学，必浸淫于古籍，尽得其

精华，而遗其糟粕，乃能应时事之所趋，而创造一时之新文学，如斯始可望其成功。故俄国之文学，其始脱胎于英法，而今远驾其上，即善用其古产，而能发扬张大之耳，否则盲行于具茨之野，即令或达，已费无限之气力矣。故居今日而言创造新文学，必以古文学为根基而发扬光大之，则前途当未可限量，否则徒自苦耳。

以上所引胡先骕《中国文学改良论》中三段主要意见，罗家伦在《驳胡先骕君的中国文学改良论》(刊一九一九年五月《新潮》)里均有详细评驳。如关于第一段白话文不能“说理、作诗、填词”，罗家伦说，“以白话文来表现批评人生，传布各种思想，真可以无微不到；以艺术而论，亦非第一流的艺术家莫办。胡君乃反谓其不能讲学理，我真百索不解。”“白话可以把人生表现批评得真切，而且声韵亦近自然：白话诗可以比文言诗好，自无疑义；”既然可以为诗，当然也可以代替词了。

关于第二段，罗家伦说，

今试分析胡君此段大意，约有两层：一、大家应该作韩欧以还八大家及桐城派的文章；二、此而不得，则亦当作《新民丛报》一派的文章，但是决不可以作白话。

胡君这两层意思，都是以为我们用白话文的目的，不过避难就易；今且就这两条意见而论：第一，文学最重要的体用，既是表现批评人生和传布最好的思想；今就前项而论，则韩欧八家，以及桐城派的不足以充分表现批评人生，已于那篇《建设的文学革命论》(胡适作)中说得清清楚楚；就后项而论，则古文不能说理，非用白话不可，已有宋明诸儒的语录为证，而且曾国藩也说“古文无所往而不宜，惟不宜于说理”，曾氏的确“寝馈于”古文多少年，也算百余年来古文里杰出的人物，还说这句话，今胡君若是以为古文说理也宜，那胡君的古文程度，想必比曾氏还深了！

第二，《新民丛报》一类的文字，所以不及白话文的地方，有最大两种：（一）不以语言为根据，所以表现批评人生，不及白话文的真。（二）浮词太多，用来说理，不及白话文的切。总之这是一种过渡时代的文体，开始创造的梁任公先生，前次同我一位朋友谈起从前《新民丛报》里的著作，自己再三劝人莫提。现在梁先生自身作白话文已经许久，创作的人倒已经改了，胡君却劝人来学他的往辙，岂非怪事。

关于第三段，罗家伦说：

这一段文章，是一般“烧料国粹家”所击节叹赏的。照他的原义分析起来，约有三层大意。

（一）白话文容易变迁，不便后世；

（二）做白话文不能保存古籍；

（三）凡事只有“脱胎”，没有“创造”。

今先请就第一层而论。胡君以为白话变迁不定；一有变迁，后人完全不懂，则此日之文化全失，所以白话绝对不能作。这话似乎虑得周到，但是实在是“空着忙”。请问胡君知道凡事进化的阶级吗？语言的进化，是否今天用这种，明天忽而就全体改变得了吗？这种语言，或文学，若是完全适用，继起者自然能够保存。若是有不完备的地方，继起者当然会去改良；改良之后，自然有较良的保全存在。

若是不适用，则胡君又何能强继起者以保存呢？若是专为后代考古家设想。则请问胡君还是现代人类的利害要紧呢？还是将来考古家的利害要紧呢，……宋元语录与元曲中虽有难懂之处，要亦极少，而且无害大意。现在看宋元诸家的语录和《元曲选》的人正多得很呢？想胡君亦有所闻。国语尚未成立，而白话文学保持至今，还有这样的成绩，实在难得。

第二层，胡君以为作白话文不能保存古籍。不知道作白话文是一件事，考古又是一件事。两个问题不一样，决不可合为一谈。请问胡君我们是为人生而有的，还是为考古而有的？（编者觉得在此地应该补充几句：“考古的人仍可继续研究古文，作古文，不预备考古的大多数人，不必跟着受罪。”）

第三层，只有脱胎没有创造的话，一般脑筋不清楚的人听了颇为点首。按照道理一想实在是说不过去的。胡君所谓“创造”同“脱胎”的真正分别是什么呢？胡君谓“推陈出新，是为脱胎；”而对于“创造”，并没有定义。看“若尽弃遗产，以图赤手创业”一语，似谓“创造”系无中生有。如此则“创造”与“脱胎”的性质绝对不相谋。一件事有“创造”就不能有“脱胎”，有“脱胎”就不能有“创造”。而胡君论文，又谓“何者非创造。何者非脱胎。”这种惝恍迷离，各不相谋的话，律以逻辑，只有一笑。请问胡君，现在科学上的所谓“创造”，是否绝对的无中生有，如宗教家所谓“上帝口里说有光就有了光”一样？……我们的“创造”学理，既以进化学说为根据，则自不能不用已有的材料。“用已有的材料方可从事创造”一句话我们是承认的。我们同胡君主张不同的地方，只是胡君所注重的仅是这句上半句“已有的材料”，而攻击我们“创造”，我们则注重下半句“从事创造”，当然以已有的材料为用。我以为没有创造，就没有自动的适合；人生当专守着已有的材料去等被动的适合，人类的文化也就危险了！有人以为我们创造新文学不用文言，就是不用已有的材料。这话真不值一驳。近代日日所用的白话不是已有的材料吗？文言以外就没有创造文学的材料吗？“略知世界文学源流”的人，也不说这样的幼稚话！

胡君以“俄国之文学出于英法而今远驾其上”，诚然诚然。但胡君此语，适足以证明文学创造之功；因为俄国人受英法文学精神影响之后，就发生一种觉悟，用他们本国的白话，去创造了现在的新文学。这个情形，正同我们现在的文学革命一样。总之，人类文化是大公的，取人之长，补己之短，原是不足为耻的事，中国这次文学革命，乃是中国与世界文学接触的结果，文学进化史上不能免的阶段，请大家不要少见多怪吧！”

此外，胡先骕在《评〈尝试集〉》里有一段说：

胡君创白话诗与白话文之理由：以过去之文字为死文字，现在白话中所用之文字为活文字；用活文字所作之文学为活文学，用死文字所作之文学为死文学。而以希腊拉丁字以比中国古文，以英德法文以比中国白话，以自创白话文以比乔塞（Chaucer）之创英国文学，但丁（Dante）之创意国文学，路德（Luther）之创德国文学。以不相类之事，相提并论，以图眩世欺人而自圆其说，余诚无法以谅胡君之过矣。希腊、拉丁文之于英德法，外国文也；苟非国家完全为人所克服，人民完全与他人所同化（“与”字“所”字皆依原文），自无不用本国文字以作文学之理。至意大利之用塔斯干方言之国语之故（“国”字上“之”字依原文，胡适改作“为”字），亦由于罗马分崩已久，政治中心已有转移，而塔斯干（Tu-scany）方言已占重要之位置，而有立为国语之必要也。希腊、拉丁文之于英德法文，恰如汉文与日本文之关系。今日人提倡以日本文作文学，其谁能指其非？胡君可谓废弃古文而用白话文，等于日人之废弃汉文而用日本文乎？吾知其不然也。

胡适在《五十年来中国之文学》里答复道：“其实胡适的答复应该是‘正是如此！’中国人用古文作文字，与四百年前欧洲人用拉丁文著书作文，与日本人作汉文，同是一样的错误，同是活人用死文字作文学。至于外国文与非外国文之说，并不成问题。瑞士人、比利时人、美国人，都可以说是用外国文字作本国的文学；但他们用的是活文字。故与用拉丁文不同，与日本人用汉文也不同。”

总观“学衡派”无论对于中国文学或西洋文学的主张，大有“古典主义”者的口吻，其站在守旧的立场，反对此次新文化运动和新文学运动，也很有点“古典主义”的气息；可惜因为只是代表旧势力的最后挣扎，未能象西洋似的形成一种“古典主义”的文艺思潮，而且没有什么作品。否则“近二十年中国文艺思潮论”的内容，将是“古典主义”的“学衡派”“浪漫主义”的创造社，“自然主义写实主义”的文学研究会……的排列下去，（同时林琴南和章士钊也就都可以算是“古典派”吧？）那规模和次序也将与“欧洲近代文艺思潮论”差不多了。但倘说新文学运动以前的二千年来的旧文学，是“古典文学”，也可以吧？不过那已经不是本书的范围了。

三 “甲寅派”

据《新文学大系》（郑振铎编《文学论争集》）所收存“甲寅派”的文字共有四篇，即《评新文化运动》《评新文学运动》《答适之》都是章士钊（孤桐）作的；其余一篇则是瞿宣颖的《文体说》。《甲寅周刊》（即“甲寅续刊”）于一九二五年发刊，而章士钊的《评新文化运动》则早在一九二三年即先发表于上海《新闻报》，因无人理他，所以再登之于《甲寅》。这四篇文章的内容，和“学衡派”诸公的意见差不多，不过说些白话如何不好，文言如何好，以及旧文化旧文学如何可贵，文化无所谓新旧……之类，再加上一些对于主张白话及新文化者的咒骂。文章是比“学衡派”作得更“古”了，也就是有些人所称赞的“合于逻辑”或者“模范的逻辑文”吧，而矛盾、不通和肉麻之处倒并不少。（见下）

胡适在《老章又反叛了》（一九二五年作，载《国语周刊》）说到章士钊（行严）的《评新文化运动》：“我们试翻开那篇文章看看。他骂我们做白话的人‘如饮狂泉’，‘智出英伦小儿女之下’，‘以鄙倍妄为之笔，窃高文美艺之名，以就下走圹之狂，躔载道行远之业，……陷青年于大阱，颓国本于无形’……这不都是悻悻然和我们生气吗？……他在《甲寅周刊》里早已屡次对于白话文学下攻击了。他的广告里就说：‘文字须求雅驯，白话恕不刊布，’这真是悻悻然小丈夫的气度。再看他攻击白话文学的话：‘白话文字之不通’，‘陈源……喜作流行恶滥之白话文’，‘文以载道，先哲名言。漱溟之所著录，不为不精，断非白话芜词所能抒发。近年士习日非，文词鄙俚。国家未灭，文字先亡。梁任公献媚小生，从风而靡，天下病之。不谓漱溟亦复不自检制，同然一辞。’‘计自白话文体盛行而后，髦士以俚语为自足，小生求不学而名家；文事之鄙陋干枯，迥出寻常拟议之外。黄茅白苇，一往无余，诲盗诲淫，无所不至；此诚国命之大创，而学术之深忧！’他这些话无一句不是悻悻的怒骂，无一句是平心静气研究的结果。有时候，他似乎气急了，连自己文字里的矛盾都顾不得了。例如他说陈源君‘屡有佳文，愚擯弗读，读亦弗卒，即嘻嘻吗呢，为之障也。’既‘擯弗读，读亦弗卒’，章君又何以知是佳文呢？有‘嘻嘻吗呢为之障’，而仍可得‘佳文’的美称，章君又何以骂他作‘恶滥之白话文’呢？这种地方都可以看出章君全失‘雅量’，只闹意气，全不讲逻辑了。”

涤洲在《雅洁和恶滥》里（见《国语周刊》）批评到这“模范的逻辑文”：

古文和白话，那一种容易恶滥呢？我想恐怕还是古文吧？例如“万一钧座因而减膳，时局为之不宁；内伤燕廷知隗之明，外增七国诛错之号。钊有百身，亦何能赎？”“士钊侍执政之日长，可效之智不一，亦惟恳沛鸿施，暂期息事而已。”这些话何等肉麻！读了真要作“恶”！又如“家有子弟，莫知所出。……钊有三儿。亦罹此困。”这几句妙文，就是要迁就那合乎义法（？）的古文句调，于是竟把“家里孩子没处上学”这一句话说成“不知自己儿子的准父亲”了！这古文是何等的误事！至于“已馁之鬼不灵，既锻之羽难振”这两句话，本是反复声明不得不辞职的理由；若没有辞职的决心，就不必说这么郑重的话。只因为文章要有几句对仗，嵌几个响亮字眼，于是不得不作这样两句骈文，顾不及将来变卦与否了。这岂不是古文易“滥”吗？

谈到“雅洁”……即如孤桐总长停办女师大呈文中说“诸生荒学逾闲，恣为无忌”；又说“不受检制，竟体忘形，啸聚男生，蔑视长上；家族不知所出，浪士从而推波，伪托文明，肆为驰骋；谨愿者尽丧所守，狡黠者毫无忌惮”。这中间什么“逾闲”啦，“竟体忘形”啦，“尽丧所守”啦，闭目想想，他把女师大的学生说成什么样的人物？倘用白话，个个字要有一个明白的解说，大概不至于说出这样污蔑女子的不“洁”的话来吧？我想，他的良心或者未必愿意胡造这样的谣言，只因为又要摇头晃脑的过文瘾，就只顾了字面，忘了涵义了。所以平心而论，这雅洁二字，也是白话文容易办得到些。

于是我又想了：古文既有这么大的危险；社会上又已承认它不适于现代之用，何以这位先生偏这样拼命恭维，热心提倡呢？啊！有了！也许是这样：白话是“声入心通”“尽人皆解”的，你说一句雅话，人家知道你在说一句雅话，你说一句丑话，人家听了你一句丑话。但你若说一句古文，那懂得的人就少得多了；少数懂得的人还要推敲你用字是否精练，揣摩你下笔是否合于义法。这样，至少可以分一部分咬嚼文章本质的精神，于是你就可以“恣为无忌”地到处拍马屁了。自己方面呢，口里说不出的话也可以下笔硬写，反正都还要翻译一回，怕什么？你想，“毁法辨”啦，“执政辨”啦，“朴壮生逸”的恭维啦，……倘若一一用白话说出来，我想谁也不至于那么厚脸皮吧！

涤洲的这些话不仅在说章士钊，实在也说明了文言文所以还能存在的理由以及它的“妙用”所在。

鲁迅在当时发表的《答 KS 君》（见《华盖集》）里，有这样一段话：

你这样注意于《甲寅周刊》，也使我莫明其妙。《甲寅》第一次出版时，我想，大约章士钊还不过熟读了几十篇唐宋八大家文，所以模仿吞剥，看去还近于清通。至于这一回，却大大地退步了，关于内容的事且不说，即以文章论，就比先前不通得多，连成语也用不清楚，如“每下愈况”之类。尤其害事的是他似乎后来又念了几篇骈文，没有融化，而急于捋扯，所以弄得文字庞杂，有如泥浆混着沙砾一样。即如他那《停办北京女子师范大学呈文》中有云，“钊念儿女乃家家所有良用痛心为政而人人悦之亦无是理”，旁加密圈，想是得意之笔了。但比起何栻《齐姜醉遣晋公子赋》的“公子固翩翩绝世未免有情少年而碌碌因人安能成事”来，就显得字句和声调都怎样陋弱可哂。何栻比他高明得多，尚且不能入作者之林，章士钊的文章更于何处讨生活呢？况且，前载公文，接着就是通信，精神虽然是自己广告性的半官报，形式却成了公报尺牍合璧了，我中国自有文字以来，实在没有过这样滑稽体式的著作。这种东西，用处只有一种，就是借此可以看看社会的暗角落里，有着怎样灰色的人们，以为现在是攀附显现的时候了，也都吞吞吐吐的来开口。至于别的用处，我委实至今还想不出来。倘说这是复古运动的代表，那可是只见得复古派的可怜，不过以此当作讣闻，公布文言文的气绝罢了。所以，即使真如你所说，将有文言白话之争，我以为也该是争的终结，而非争的开头，因为《甲寅》不足称为敌手，也无所谓战斗。倘要开头，他们还有一个更通古学，更长古文的人，才能胜对垒之任，单是现在似的每周印一回公牍和游谈的堆积，纸张虽白，圈点虽多，是毫无用处的。

章士钊的《评新文学运动》，内容如章氏自己所说："右举各条，皆就胡君词中，稍稍论之，义取消极，辞止答辩。"乃批评胡适当时在武昌的一次演讲，并非对整个的新文学运动而言。所以，成仿吾在一九二五年十一月的《创造周报》上发表一篇《读章氏〈评新文学运动〉》说，"胡氏演词，仅胡氏一人之说，它的是否，还待研究，实不应据以为评新文学运动之对象。这是说，章氏首先就把题目弄错了。

以下是成仿吾对《评新文学运动》的批评：

章氏这篇文章，在数目上虽仅寥寥数千字，而不通的地方却实不少。我现在按章氏本文的次第，就事实与理论方面指摘他的误谬。

（甲）事实方面之错误

（一）章氏谓；"人性即兽性，其苦拘囚而乐放纵，避艰贞而就平易，乃出于天赋之自然，不待教而知，不待劝而能者也。……胡君倡为新文学，被荷如彼其远，而乃不言而人喻，能收大辩若嘿之效者以此。"

这是极端误解事实的话。……新文学运动所以动播甚速的原因是因为一般青年的心里，对于旧文学早有不满的念头，一部分早已使用白话，而他方面因为对于国事极端愤激的结果，认旧文学为衰弱的象征，不足表现生机勃勃的青年人的朝气，所以有人振臂一呼，遂不觉全国的青年都响应了。

（二）章氏谓：“以英人而治 Chaucer 即号难读，自非大学英文科生，解之者寥寥；吾则二千年外之经典，可得朗然诵于数岁儿童之口。韩昌黎差比 Macaulay，而元白之歌行且易于 Byron，Shelley 之短句，莎米更非其伦。死之云者能得如是之一境乎？且文言贯乎数千百年，意无二致，人无不晓，俚言则时与地限之，二者有所移易，诵习往往难通。”

这种说法直是诡辩。Chaucer 诚不易解，然二千年外之经史，数岁儿童究能朗诵吗？纵能朗诵，究能理解吗？元白之歌行易于 B. S. 之短句亦不尽然。

（三）章氏谓：“一乡中其得层累而进之徒，较之前清赴省就学考试，洋洋诵其场作，自鸣得意者，数尤减焉。”

此亦与事实相反。纵有这种事实，也是教育没有普及的缘故，是一个纯粹的教育问题，与文言白话之争没有关系。

（四）章氏谓：“文言死于二千年前，是距今千九百年以至演义出版之日，中国无文化也。”

此千九百年不知是如何算出来的。这些地方虽然不关紧要，然也可看出章氏是信口雌黄，论理错乱。

（乙）理论上之误谬

（一）章氏以新文学之勃兴为避难就易之结果。旧文学对于现代的青年，确是困难的功课，然而我们在这地方还当考查下列的二点：

（A）古人创造文学之初，也是这样强人以所难能的吗？我们知道先有声音，后有文字。安知古人读书识字不是和我们今日读白话文一样容易的吗？

（B）我们为什么一定要保留这困难的功课？

对于最后一点，章氏必曰：“吾之国性群德，悉存文言。”然而文言亦不过一种容器，假使我们把这些所谓国性群德，移植别种容器之中，那么，文言便不是绝对必要之物了。不仅不是绝对必要之物，而且假使我们理想的国语告成，文言直是不必要的赘累。我们在这过渡时期的人，处处受尽了这种二重人格的苦。使将来的青年可不再空费精力与光阴，去苦记一些无用的文字与无用的词法，实是我们应当努力做到的一大事业。所以章氏所谓避难就易，应当改为去繁务实。而且这种行为的动机，亦决不如章氏所言全是从兽性出来的，这里面的理性作用是很重要的。这种因时制宜的行为，实是我们民族自觉的一个证据，与章氏所盛称的古之圣人创为礼文的行为，同出一途，理无二致的。

（二）胡氏以旧文学为死文学，章氏为下定义谓：“凡死文学必要迹象与今群渺不相习，仅少数人资为考古而探索之，废兴存亡不系于世用者也。”若依章氏定义，则今日之文言实可以称为死文学。它的迹象有许多实在与今群渺不相习，仅少数人迷恋不舍，废兴存亡与世无涉。章氏又谓：“死之云者能得如是之一境乎。”章氏之意大约以为须有 Chaucer 与现行英文间之差，才可谓死。然而这未免把 Chaucer 时代的文字看得太难，把我们的文体之艰涩看得太易了。现在的青年读近代文，已经有点象读外国文要加注释，再过数年，章氏所谓“如是之一境”将更一天一天的显现起来了。那么，纵令旧文学现在还未尽死，然而它的死期真是指顾间事。其实，在文学内分死的活的，是极不容易而不妥当的事情，我们立刻可以碰着两个难问：

（A）希腊拉丁之文学由文学的价值而论，究竟能不能说是死文学？

（B）Chaucer 时代的文学，文体与现在的差异无多，那么，我们为什么不可以把它视为仅仅字体上的蜕变？

关于第一问，我们可以毫不迟疑的承认他们在文学上的价值，承认它们不是死文学。关于第二问，我们知道 Chaucer 的诗文是用 Midland Dialect 写的，他的文字助长这种白话成为了英国的国语；他的文字好象很难，然而实是因为字体的变易很多之故。英国人称他为第一个近代的英诗人，所以他的文学亦决不能定为死文学的代表。

其实，文学之死活，比较这种外形的问题，还有更重大的两点：

第一，在实用上能使大多数人理解而应用的才是活文学，否即是死文学。

第二，在表现上常能供给新鲜的表现（expression）的，才是活文学，否即是死文学。

看明了这两点，旧文学的死活问题自然瓦解。章氏所谓："二千年外之经典，可得琅然诵于数岁儿童之口。……且文言贯乎数千百年，意无二致，人无不晓，俚言则时与地限之，二者有所移易，诵习往往难通。"此皆不重事实的话；末了忽提出俚言，尤为诡辩。

此外章氏所言，如"文字限人之说，未或前闻"，及"世界语之无生气"等等皆无稽之谈，不复多辩。不过后面对于胡氏的几句话，倒还说得爽直："而又自相矛盾，以整理国故相号召，所列书目，又率为愚夫愚妇顽童稚子所不谙，已之结习未忘，人之智欲焉传。"关于这件事情，我们曾经屡次痛论。然而这是胡氏个人的行为，与新文学运动无涉。

从成仿吾这末段话看来，章士钊的反对，固恰如鲁迅在上面所说是文言白话之争的终结，不是争的开头；而新文学阵营内也起了分化，胡适等其实已经投降了章士钊去整理国故去了，不过还想维持着他的白话文提倡者的光荣历史，于是懒洋洋地招架着章士钊说“老章又反叛了”。

章士钊还有一篇是《答适之》，就是对于胡适在《老章又反叛了》里面说他“悻悻”“小气”“怒骂”等等的答复，辩明他其实是“垂涕泣而道之”，并非“悻悻”云云。

对于瞿宣颖的《文体说》，获舟在《国语周刊》上有一篇《驳瞿宣颖君“文体说”》，说：

> 读了第六期《甲寅周刊》登载的瞿宣颖君的《文体说》，很觉得好笑。国语运动经过了好几年，反对的理由仍然不外乎起初的那几种，这真足证明中国人思想的难得进步。（岂能料到这九年以后的一九三四年还有汪懋祖等又以和这差不多的几种理由来反对白话，提倡文言！——编者）本不想加以辩驳；但他既说了“好为捧心之妆，适以自翘其丑”的话，倒应当把那已经成了“老生常谈”的理由再摆出来，看看这两句考语究竟应属于那一方面。
>
> （一）文言并不是古文；
>
> （二）白话同文言一样有时代的变迁；
>
> （三）白话不及文言的活泼而适用。
>
> 现在逐条加以讨论：
>
> （一）……任凭瞿君怎样说文言不是古文，但他若肯用历史的眼光追溯上去，一定可以找到言文分歧的痕迹，一定可以知道古文就是古代的口语，一定可以明了文言就是古文，做文言就是想模仿古人的说话，只不过因受时代的

牵掣，模仿得不能全然相同罢了。所以瞿君说文言并不是古文，乃是他不明白文言的起源，他没有历史的眼光。

（二）文言和白话同有时代的变迁，这是不错的。作文和说话都是要发表自己的思想情感，而自己的思想情感又决不能不受“风俗习尚之殊，事务制度之变”等等环境的影响，决不能古今一致。但是我们要注意，文言的原祖本是古人的口语，而现在适合于时代的却是所谓“白话”。我们背逆着时代去模仿那已死的古人的语言，又终于跳不出那时代的高墙，仍不过作出些“民国十四年之文字”，它和白话所差的，只是白话可以自由的发表意见，它不能；白话有多数人看得懂的功用，它又没有：如是而已。

我们觉悟了文言只不过是模仿古人的语言，并没有什么大道理在内，所以主张活人要说活人的语言，没有模仿死人的必要。我们明白了现代的趋势，已不容我们只顾摇头晃脑地讽咏古文，应当腾出这种精神来研究一切有用的学问，好与世界各国相抗衡；所以主张要写那“得心应手”的白话。我们更痛恨这号称有四千年文明历史的古国，因为受了“文言”的拖累，害得那些“蚩蚩者氓”全没有一点常识，俯首贴耳地任贪官劣绅和帝国主义者来宰割；同时少数贵族式的文人，又成天价舞文弄墨地借着它作工具，“假公济私”“谄上骄下”，……作出许多不要脸的勾当；以至于偌大的国家到今天几乎在这世界上存留不住；所以我们主张改用白话，减少文字上的障碍，使教育易于普及，国民都可以得到相当的常识；同时一般知识阶级的人们，也可以腾出讽咏古文的时间，来作出有益于社会的工作。

（三）讲到这一点，我愿意先把瞿君赞扬文言的原文节录几句：

“缘其组织之法，灿然万殊，既适于时代之变迁，尤便于个性之驱遣。……世间难状之物，人心难写之情，类非日用语言所能足用，胥赖此柔韧繁复之文言，以供喷薄。”

呵呵！好文言哪！你真是万能的法宝哇！可是我有点疑问：所谓“组织之法灿然万殊”是怎么个解释？是说文法上的组织吗？决不会有什么“万殊”。是说“作者之笔墨蹊径不同，靡不自成抒（？）轴，盖难概目为一体”吗？这是作者的作风关系，犹如说话时彼此口气不同一样；这在白话文中更加显著，如《呐喊》的作风决不同于《自己的园地》的作风，徐志摩先生的文章决不同于疑古玄同先生的文章。至于“适于时代之变迁”这句话，我不高兴在它的本身上加以辩论；我只说这不足为拥护文言的理由，因为瞿君在前一段已经明明白白承认白话也是随时代变迁的了。

我以为“世间难状之物，人心难写之情”，只有用日常语言才能表达出来。要是语言都不能表示的情感事物，那就再没有什么可以表达的好方法了。我没见过瞿君，不知道他谈话的时候，遇到难以形容的事物，怎样用“文言”去表示的。若据我自己的经验，总觉得“便于个性之驱遣”的还是白话。讲到“活泼”，笔下写的已经远不及嘴里说的那样活泼了。不过笔下写活语言，比较的还是活泼的；写死语言，则更僵死了。

以上述与“甲寅派”的论争既毕，现在引用郑振铎在编“新文学大系”的《文学论争集》里所作的“导言”里面几段话，作为这一论争的结语：

“甲寅派”这次的反攻，并不是突然的事，而是自有其社会背景的。“五四”运动的狂潮过去之后，一般社会又陷于苦闷之中。外交上虽没有十分的失败，而军阀的内讧，官僚的误国之情状，却依然存在。局势是十分的混沌。一部分人是远远的向前走去了。抛下新文学运动的几个元勋们在北平养尊处优的住着；有几个人竟不自觉的挤到官僚堆里去。

新文学运动在这时候早已进入了第二个阶段之中，而“甲寅派”却只认识着几个元勋们，而懒洋洋的在向他们挑战。而这种反动的姿态，却正是和军阀官僚们所造成的混沌局势相拍合的。章士钊也便是那些官僚群中的重要一员。

胡适写了一篇《老章又反叛了》，吴稚晖也写了一篇《友丧》，也都是懒洋洋的招架着他的。根本上不以他为心腹之患。倒是《国语周刊》的几位作者，却在大喊着“打倒这只拦路虎！”（这是用的健功作的一篇文章的题目——《打倒国语运动的拦路“虎”》，因《甲寅周刊》封面画一只虎，即鲁迅所谓“老虎报”者。——编者）

这一场论辩，表面上看来是很起劲，其实双方都是懒洋洋的，无甚精彩的见解，有许多话都是从前已经说过了的。

终于他们是联合成了同一群。在这时候，白话文言的问题，已不成其为问题了。成问题的乃是别一种更新的运动。这新运动的出现威胁着官僚军阀们乃至准官僚们，知识分子们联合成为新的一个集团。故对于白话文言之争的事，立刻也便浑然的忘怀了，不再提起了。

这可见这一场的争斗，双方都不是十分有诚意的，都只是勉强的招架着的。

真实的冲突，却是语丝社和章士钊及现代评论社的争斗。那倒真是货真价实的思想上的一回争斗。不过已不是纯然的关于文学方面的问题了，故这里也便不提。

这以后，便进入另一个时期了，——从文学革命到革命文学的一个时期。

“五卅”运动在上海的爆发，把整个中国历史涂上了另一种颜色，文学运动也便转变了另一个方面。

以另一方式来攻击，来破坏传统的文学乃至新的绅士文学的运动产生了。又恢复了“五四”运动初期的口号式的比较粗枝大叶的，一种新文学运动的情态。新文学运动的“第一个十年”便终止于这样一个“革命时代”里。

这就是“五卅”以后的“革命文学”或无产阶级文学的运动。但在这一新的运动未起以前，与“学衡派”和“甲寅派”论争的同时，有文学研究会与创造社的“写实主义”和“浪漫主义”“为人生”和“为艺术”的辩论，在新文学的阵营内倒是带着进步性的发展的。我们在下章就讲到。

第四章　文学研究会与创造社

一　写实主义与浪漫主义同时存在的社会基础

"'五四'前后的文学革命运动"(由一九一七到一九二五"五卅")可以分为前后两期：从一九一七到一九二〇为前期，其内容主要的是文言文的破坏与白话文的提倡，兼一般文化思想的斗争；从一九二〇文学研究会与创造社成立起到"五卅"为后期，才算是纯粹的新文学运动的时期，也就是说，"新文学"从这以后才有它独自的发展。(不过作为新文学纪念碑的鲁迅的小说是在这以前就开始了。)

写实主义（现在统称现实主义，我们为与当时文章用词相合，故仍用旧名。至于"新写实主义"，现在则称"社会主义的现实主义")的文学研究会和浪漫主义的创造社，所以同时活动不能象在欧洲较有先后次序的原因，一方面由于它们同是资产者社会的文学：如弗理契在《欧洲文学发达史》里说的"写实主义是资产阶级的艺术","浪漫主义实是资产者文学发达上的一个阶段";就是古典主义也是资产阶级文学的发达上的阶段之一。古典主义的文学，是商业资产阶级和从事商业的一部分贵族相结合，反对纯粹封建贵族的时期的文学；浪漫主义的文学，是工业发达之后，资产阶级决定的推翻了贵族阶级，树立自己的支配权的时期的文学；写实主义文学的发生，则在资产阶级完全得了胜利之后。所以资产阶级的文学发达阶段是，古典主义——浪漫主义——写实主义。写实主义也就是资产阶级文学最后完成的形式。但在同时，新兴的劳动阶级的观念，也渐渐在写实主义文学之中显现出来了。中国的资产阶级对封建势力虽然没有“完全得了胜利”，但“五四”前后的新文化新文学运动，确是以在欧战期间得以发展的中国资本主义的资产阶级为基础；于文学的领域内，在对封建古文的斗争胜利以后，因为受了欧洲资产者社会近二三百年文艺思想的影响，于是在短促的时间内，写实主义与浪漫主义的文学同时呈现。又因为中国的资本主义带着半殖民地性和半封建性；“五四”前后的新文学运动又是植根于欧战期间中国民族工业的发展；新文学运动又是一开始就反文言的古典文学：所以中国的资产者文学样式中没有“古典主义”，也是当然的了。（上面已经说过，拥护古文或古典文学的林纾、胡先骕、梅光迪、章士钊等不能算是中国的古典主义者。）

浪漫主义与写实主义所以同时存在的另一原因，则由于当时现实生活情况的造成：“‘五四’运动的狂潮过去以后，一般社会又陷于苦闷之中。外交上虽没有十分的失败，而军阀的内讧，官僚的误国之情状，却依然存在”（郑振铎）。面对这黑暗的现实加以暴露的写实主义的文学研究会，与热情的反抗的间带着感伤主义的调子的浪漫主义的创造社（“感伤主义是与浪漫主义离不开的”——柯根《世界文学史纲》），就同时活动起来了。现实的背景是一样，不过所反映的方式不同而已：文学研究会偏于暴露黑暗，创造社则于反抗中憧憬着光明。其为不满意于现状，而暗示或要求改革则又是一样的。

文学研究会与创造社中诸作家，虽然大半是小资产阶级知识分子出身，但我们不能说他们在当时的活动是小资产阶级的文学活动，否认文学研究会与创造社的资产阶级性。（至于他们在“五卅”以后的活动，又当别论。）如王丰园作《中国新文学运动述评》里论文学研究会的“为人生而艺术”说：

> 这种文艺运动，究竟是在怎样的历史条件下产生的？原来在“五四时代”，中国的小资产阶级，在帝国主义与封建势力的压榨下，确实是很痛苦的；然而他们没有坚定的意识去反抗，同时又不甘落伍，因此他们对现实的态度是抱着不满。在意识上他们是动摇，彷徨，犹豫。反映到文学上，他们只能描写悲惨的人生，表现黑暗的社会，对于现实多多少少表示出不满。这种诉苦的态度，就是在人道主义的立场上产生出来的。

这些话拿来说中国的小资产阶级似乎并没有什么不对，他本是可上可下的动摇不定的阶级，就是世界的小资产阶级又何尝不是如此。但是，“没有坚强的意识去反抗，……”与其说是他们，还不如说是当时先天不足和后天发育不全的资产阶级来得妥当。小资产阶级在当时是反映这种资产阶级的意识的，因为那时他们“可下”的劳动阶级的意识还没有显现，那要到逼近“五卅”或“五卅”的当时和以后。至于“五卅”以后，革命的小资产阶级的意识虽曾表现于文艺理论（如创造社“革命文学”理论的一部分）和创作（如茅盾的小说）上，但究竟还是受了劳动阶级的意识影响较多，并非本阶级的独立意识。何况自然主义写实主义本是资产阶级的文学形态，“为人生而艺术”的文学研究会既然是中国的这种性质的文学团体，当然不能不带着资产阶级性，反映着资产阶级的意识。至于他们作品的内容写的是什么阶级人的生活，就更无关系了。（即使写的是小资产阶级的生活，作者也不一定是小资产阶级的意识。）

至于创造社的“为艺术而艺术”的浪漫主义的文艺运动，究竟是小资产阶级性还是资产阶级性呢？对于这问题，创造社中人虽然意见不同，王丰园倒是肯定属于资产阶级性的。如下面所引李初梨、成仿吾二人的文章都说创造社是小资产阶级的立场，郭沫若则说是资产阶级的意识。华汉评定郁达夫是“没落士绅阶级底最彻底最大胆的代言人”。

> 国内的布尔乔亚[①]既失了他的革命机能，后与封建势力合流——妥协，来压迫一般大众，于是首先感着痛苦的是小资产阶级。……站在小有产者的立场，承继中国文学革命的正统，除了向封建遗制进攻之外，复执拗地反抗着官僚化了的新兴资本，毅然崛起的是当时的创造社。我们知道，“创造社”是在这光荣的斗争中产生，在当时它是一个革命势力。他们的战线，由封建势力，延长至官僚化了的新兴资本，所以当时一切的既成势力都成了他们的敌人，后来除了革命的广东而外，他们在偌大的一个中国，几无一所安身之地。至于他们当时文字上的标语，是“内心的要求”“自我的表现”，这的确是小布尔乔亚意识的结晶。
>
> ——李初梨：《怎样建设革命文学》

这一段话里面，倘除了“小资产阶级的立场”“内心的要求”“自我的表现”等句，用来说明“五卅”时代的创造社，倒并不错的；但如说一九二〇年创造社“毅然崛起”的当时就是这样，便不大妥当了。它当时，其实倒是“新兴资产阶级”的立场，“内心的要求”和“自我的表现”，正都是“新兴资产阶级”对

① 布尔乔亚，即资产阶级，源自法语“bourgeoisie”。

束缚它的旧势力所要求的表现。但到“五卅时代”的创造社，反不说“内心的要求”和“自我的表现”了。我们怎能说创造社“毅然崛起”的时候是小资产阶级的立场呢？

> 有人说创造社的特色为浪漫主义与伤感主义，这只是部分的观察。据我的考查，创造社是代表小资产阶级（Potit bourgeois）的革命的“印贴利更追亚”[①]（即知识阶级）。浪漫主义与伤感主义都是小资产阶级特有的根性，但是在对于资产阶级的意义上“这种根性仍不失为革命的”。
>
> ——成仿吾：《从文学革命到革命文学》

末了一句话，应该改成这样说：“浪漫主义与伤感主义都是‘新兴资产阶级’特有的根性，但是在对于‘封建阶级’的意义上这种根性仍不失为革命的。”所以王丰园说：“李初梨和成仿吾的意见大致一样，他们都一致承认创造社的立场是小资产阶级的立场，创造社是在资产阶级‘投降，妥协、反动、合流’之后，承继了中国文学革命的正统。创造社所干的文艺运动——即浪漫主义的文艺运动——是有革命的作用的。（当然有革命的作用。不过不在对资产阶级，而在对封建势力。——编者）李初梨和成仿吾这种分析，我们痛痛快快说一句，实在不正确。因为当时创造社的几个作家，没有共同的小资产阶级为立场。就以郭沫若同郁达夫两个代表作家来说吧，他们两个的阶级立场也不一致，一个是反映了资产阶级的思想、情绪和世界观；一个反映了没落士绅阶级的意识形态。话不能空说，只有他们的文艺作品，才能证明他们代表的是那一阶级的意识。”……在这里我们应该看看郭沫若关于这个问题的分析：

① 印贴利更追亚，源自俄语，英语词为“intelligentsia”。

在《创造季刊》时代或《创造周报》时代，百分之八十以上仍然是在替资产阶级作喉舌。他们是在新兴资本主义的国家日本，所陶养出来的人，他们的意识仍不外是资产阶级的意识。他们主张个性，要有内在的要求，他们蔑视传统，要有自由的组织。这内在的要求，自由的组织，无形之间便是他们的两个标语。这用一句话归总，便是极端的个人主义的表现。个人主义就是资本主义社会中的根本精神。他们在这种意识之下，努力行动了，努力创造了，然而结果是同样受着中国的资产阶级的文化不能遂其自然成长的诅咒，他们所创造出来的结果，依然不外是一些不具体的侏儒，划时代的作品在他们一群人中也终竟没有产出！

——郭沫若：《创造社的自我批判》

其次，我还要引华汉的一段话：

在“五四”之后和“五卅”之间，这一些没落的士绅，简直走到了他们的末日穷途，他们的前途，简直是异常的阴惨和暗淡。……当时普遍于全中国青年心里的苦闷与悲愁，表现在行动上的颓废与堕落，大多数都是这一没落阶级的应有的变态。……他们没有金钱、名誉和美人；他们所迫切需要的也是这三件宝贝。他们既得不到金钱、名誉和美人，除了无端狂笑，无端歌哭，嘲世骂俗，牢骚满口而外，惟一的办法，惟一的出路，只有醇酒妇人以消极的自杀。达夫的全部作品，可以说赤裸裸的反映了这一没落士绅阶级的意识形态。达夫是这一没落士绅阶级的最彻底最大胆的代言人。

——华汉：《中国新文艺运动》

郭沫若同华汉的话，虽然没有百分之百的正确性，但我们至少承认上面这两段话是合乎事实的。

其实创造社的文艺运动是浪漫主义的文艺运动，而浪漫主义是资产阶级的文学样式，都已经是常识了。

写实主义与浪漫主义，因为同是资产者社会的文学，所以在中国就于一九二〇——一九二五的期间同时存在，这一方面也由于当时的中国现实社会情形使然。其实就是在十九世纪的欧洲，这两种主义有时也同时存在，或具备于同一作者的身上。如徐懋庸在根据弗里契的《欧洲文学发达史》和柯根的《世界文学史纲》二书编的《文艺思潮小史》里说：

> 同样是资产阶级的意识的产物的古典主义、浪漫主义、现实主义，继起的一种虽然是对于前面一种的反动，同时却也是前面一种的继续。现实主义否定了浪漫主义，却也承继了浪漫主义的许多特征。……高尔基也说过：象巴尔扎克、果戈里、屠格涅夫、托尔斯泰、契诃夫等等的思想家——大作家，是很难明白地断定其为浪漫主义者抑为现实主义者的。因为，在这些作家的作品里，浪漫主义的特征和现实主义的因素都具备着。

至于上面说的“新兴的劳动阶级的观念，也渐渐在写实主义文学之中显现出来了”。在中国，劳动阶级的文学运动（即“五卅”以后的革命文学运动）倒是由浪漫主义的创造社倡导了出来，这是由于他们一开始就“憧憬着光明”的缘故。

二 写实主义的文学研究会

文学研究会活跃时期的开始是一九二一年的春天。这时候，《小说月报》，这个以后有了十几年历史的文学刊物（后于一九三二年“一·二八”后停刊）在文学研究会的会员们的支持之下，全部革新了；几乎变成了另一种全新的面目。和《小说月报》相呼应的有附刊在上海《时事新报》的《文学旬刊》，这旬刊由郑振铎主编，后来刊行到四百余期方才停刊。这两个刊物都是鼓吹着为人生的艺术，标示着写实主义的文学的；他们反抗无病呻吟的旧文学；反抗以文学为游戏的鸳鸯蝴蝶派的“海派”文人们。他们是比《新青年》派更进步的揭起了写实主义的文学革命的旗帜的。他们不仅推翻传统的恶习，也力拯青年们于流俗的陷溺与沉迷之中，而使之走上纯正的文学大道。他们排斥旧诗旧词，他们打倒鸳鸯蝴蝶派的代表“礼拜六派”的文士们。他们翻译俄国、法国及北欧的名著，他们介绍托尔斯泰、屠格涅夫、高尔基、安特列夫、易卜生以及莫泊桑等人的作品。他们提倡血与泪的文学，主张文人们必须和时代的呼号相应答，必须敏感着苦难的社会而为之写作。文人们不是住在象牙塔里面的，他们乃是人世间的“人物”，更较一般人深切的感到国家社会的苦痛与灾难的。

沈雁冰（茅盾）在《什么是文学》里把他们的主张说明了一部分：

> 名士派重疏狂脱略，愈随便愈觉得他的名士风流；他们更蔑视真实，比如见人家做一篇咏陶然亭的诗，自己便以诗和之；名胜古迹，如苏小小墓、岳武穆墓，虽未至其

地，也喜欢空浮的写几句，如比干之坟，实在并没有的，而偏要胡说，这真所谓有其文，不必有其事了（这两句便是他们不注重“真”的供词）。所以他们诗文中所引用的禽鸟草木之名，更加可以只顾行文之便，不必核实了。新文学的写实主义，于材料上最注重精密严肃，描写一定要忠实，比如讲佘山必须至少去过一次，必不能放无的之矢。

名士派毫不注意文学于社会的价值，他们的作品，重个人而不重社会；所以拿消遣来作目的，假文学骂人，假文学媚人，发自己的牢骚。新文学的作品，大都是社会的；即使有抒写个人情感的作品，那一定是全人类共有的真情感的一部分，一定能和人共鸣的，决不象名士派之一味无病呻吟可比。新文学作品重在读者所受的影响，对于社会的影响，不将个人意见显出自己文才。新文学中也有主张表现个性，但和名士派的绝对不同；名士派只是些假情感或是无病呻吟，新文学是普遍的真情感，和社会同情不悖的。新文学和名士派中还有很不同的地方，新文学是积极的，名士派是消极的。新文学描写社会黑暗，用分析的方法来解决问题；诗中多抒个人情感，其效用使人读后，得社会的同情、安慰和烦闷。名士派呢，面上看来确似达观，把人间一切事务，都看得无足重轻，其实这种达观不过是懒的结晶而已。

所谓“描写社会黑暗，用分析的方法来解决问题”，便正是写实主义者的描写的手法。

沈雁冰有一篇《大转变时期何时来呢》，发挥了文学的积极性：

所以近来论坛上对于那些吟风弄月的,“醉罢美呀”的所谓唯美主义文学的攻击，是物腐虫生的自然的趋势。这种攻击的论调，并不单单是消极的，他们有他们的积极的主张：提倡激励民气的文艺。

我自然不赞成托尔斯泰所主张的极端的“为人生的艺术”,但是我们决然反对那些公然脱离人生的而且滥调的中国式的唯美的文学作品。我们相信文学不仅是供给烦闷的人们去解闷，逃避现实的人们去陶醉；文学是有激励人心的积极性的。尤其在我们这时代，我们希望能够担当唤醒民众而给他们力量的重大责任,我们希望国内的文艺青年，再不要闭了眼睛冥想他们梦中的七宝楼台，而忘记了自身实在是住在猪圈里。我们尤其决然反对青年们闭了眼睛忘记自己身上带着镣锁，而又肆意讥笑别的努力想脱除镣锁的人们，阿 Q 式的“精神上胜利”的方法是可耻的！

巴比塞说:“和现实人生脱离关系的悬空的文学，现在已经成为死的东西；现代的活文学一定是附着于现实人生的，以促进眼前的人生为目的了。”国内的文艺青年呀，我请你们再三的忖量巴比塞这句话！我希望从此以后就是国内文坛的大转变时期。

沈雁冰又在《小说月报》上发表了《自然主义与中国现代小说》及《社会背景与创作》，把这主张更阐发得明白：

真的文学也只是反映时代的文学。我们现在的社会背景是怎样的社会背景？应该产生怎样的创作？由浅处看来，现在社会内兵荒屡见，人人感着生活不安的苦痛，真可以说是“乱世”了；反映这时代的创作应该怎样的悲惨动人呵！如再进一层观察，顽固守旧的老人和向新进取的青年，思想上冲突极厉害，应该有易卜生的《少年社会》和屠格涅夫的《父与子》一样的作品来表现他。……这样的反映时代的创作，现在还不能看见。不特大成功的没有，便连试作这企图的作品也少概见。在这一点上看来，似乎现在的创作家太忽略了眼前的社会背景了。……总之，我觉得表现社会生活的文学是真文学，是于人类有关系的文学，在被迫害的国里更应该注意这社会的背景。

——《社会背景与创作》

“文学是时代的反映”，是他们共同的见解。“我觉得表现社会生活的文学是真文学，是与人类有关系的文学，在被迫害的国里更应该注意这社会背景”；以及《自然主义与中国现代小说》里所说的“注意社会问题，爱被损害者与被侮辱者”；便是他们的宣言。（在《文学研究会成立宣言》里，也有这样的话，如：“将文艺当作高兴时的游戏，或失意时的消遣的时候，现在已经过去了；我们相信文学也是一种工作，而且又是于人很切要的一种工作。”）

他们曾在《小说月报》上出过《被损害民族的文学》和《俄国文学研究》等专号。并且在创作上也曾多少的实现过他们的主张。（以上据郑振铎《文学论争集》的“导言”，由编者加少许材料。）

主张文学应该“为人生”“为社会”的，还可举出以下几个人的文章。如耿济之在《前夜》的“序”上说：

文学作品的制成应当用著者的理想来应用到人生的现实方面。文学一方面描写现实的社会和人生，他方面从所描写的里面表现出作者的理想。其结果：社会和人生因之改善，因之进步，而造成新的社会和新的人生。这才是真正文学的效用。

他主张在“描写的里面表现出作者的理想”了，已不赞成纯粹客观的“写实”。事实上这样的“写实”作品也是没有的。

周作人在《新文学的要求》里，于解释“艺术派”“人生派”之后，“就取了人生的艺术派”，并且说“我们相信人生的文学实在是现今中国唯一的需要”。

艺术派的主张，是说艺术有独立的价值，不必与实用有关，可以超越一切功利而存在。艺术家的全心只在制作纯粹的艺术品上，不必顾及人世的种种问题：比如做景泰蓝或雕刻的工人，能够做出最美丽精巧的美术品，他的职务便已尽了，于别人有什么用处，他可以不问了。这“为什么而什么”的态度，固然是许多学问进步的大原因，但在文艺上，重技工而轻情思，妨碍自己表现的目的，甚至于以人生为艺术而存在，所以觉得不甚妥当。人生派说艺术要与人生相关，不承认有与人生脱离关系的艺术。这派的流弊，是容易讲到功利里边去，以文艺为伦理的工具，变成一种坛上的说教。正当的解说，是仍以文艺为究极的目的；但这文艺应当通过了著者的情思，与人生的接触。换一句话说，便是著者应当用艺术的方法，表现他对于人生的情思，使读者能得艺术的享乐与人生的解释。这样说来，我们所要求的当然是人生的艺术派的文学。在研究文艺思想变迁的人，对于各时代各派别的文学，原应该平等看待，各各还他一个本来的位置；但在我们心想创作文艺，或从文艺上得到精神食粮的人，却不能不决定趋向，免得无所适从。所以我们从这两派中，就取了人生的艺术派。但世间并无绝对的真理，这两派的主张都各自有他的环境与气质的原因；我们现在的取舍，也正逃不脱这两个原因的作用，这也是我们应该承认的。如欧洲文学在十九世纪中经过了传奇主义（即浪漫主义）与写实主义两次的大变动，俄国文学总是一种理想的写实主义：这便因俄国人的环境与气质的关系，不能撇开了社会的问题，趋于主观与客观的两极端。我们称述人生的文学，自己也以为是从学理上立论，但事实也许还有下意识的作用；背义过去的历史，生在现今的境地，自然与唯美及快乐主义不能多有同情。这感情上的原因，能使理性的批判更为坚实。所以我们相信人生的文学实在是现今中国唯一的需要。

周作人不赞成“以文艺为伦理的工具，变成一种坛上的说教”。实际上，文艺不但早为伦理的工具，而且向来作着“政治”的工具，原来就是“一种坛上的说教”。周作人这种“文艺自由”和“独立”的思想，一直到现在并没有变更，而且有这种思想的也并不止他一人，如以后“新月派”的人们，“语丝派”的有些作者及“第三种人”等。不过先前那些人是以为文艺确可以不作什么的工具，因而那样主张；但一九三〇年以后，进步的文艺理论已经输入了中国，告诉了我们文艺究竟是什么东西了。既然知道了文艺向来做着什么的工具，而还装着不知道，骗人的说，文艺应该自由呀、独立呀，反对干涉文艺，利用文艺呀！那就不能与“五四时代”的人们相提并论了。

郑振铎当时在《新文学观的建设中》也有与周作人相同的这种思想：“如以文学为传道之用，则一切文学作品都要消灭了”。他反对文学中的“教训主义”。固然狭义的“传道”和“教训主义”的文学是应该反对的。

> 我们要晓得文学虽是艺术，虽也能以其文字之美与想象之美来感动人，但却不是以娱乐为目的的。反而言之，却也不是以教训、以传道为目的的。文学是人类感情之倾泄于文字上的。他是人生的反映，是自然而然发生的。他的使命，他的伟大的价值，就在于通人类的感情之邮。诗人把他的锐敏的观察，强烈的感觉，热烘烘的同情，用文字表示出来，读者便也会同样的发生出这种情绪来。作者无所为而作，读者也无所为而读。——再明显的说来，便是：文学就是文学；不是为娱乐的目的而作之、而读之，也不是为宣传、教训的目的而作之，而读之。作者不过把自己的观察、的感觉、的情绪，自然的写了出来。读者自然的会受他的同化，受他的感动。不必、而且也不能，故意的在文学中去灌输什么教训。更不能故意做作以娱悦读者。……
>
> 如果作者以教导哲理，宣传主义为他的目的，读者以取得教训，取得思想为他的目的，则文学也要有加上坚固的桎梏的危险了。自然，文学中也含有哲理，有时也带有教训主义，或宣传一种理想或主义的色彩，但却决不是文学的原始的目的。如以文学为传道之用，则一切文学作品都要消灭了。因为文学是人的情绪流泄在纸上的，是人的自然的歌潮与哭声。自然而发的歌潮与哭声，决没有带传道的作用的。优美的传道文学可以算是文学，但决不是文学的全部。大部分的文学，纯正的文学，却是诗神的歌声，是孩童的，匹夫匹妇的哭声，是潺潺的人生之河的水声。

> 总之，娱乐派的文学观，是使文学堕落，使文学失其天真，使文学陷溺于金钱之阱的重要原因；传道派的文学观，则是使文学干枯失泽，使文学陷于教训的桎梏中，使文学之树不能充分长成的重要原因。我们要想改造中国的旧文学，要想建设中国的新文学，却不能不把这两种传统的文学观尽力的廓清，尽力的打破，同时即去建设我们的新文学观，就是：
>
> 文学是人生的自然的呼声。人类情绪的流泄于文字中的，不是以传道为目的，更不是以娱乐为目的，而是以真挚的情感来引起读者的同情的。

而沈雁冰在他们之中，主张究竟较为彻底，识见也较为进步的；如他倒想通过介绍西洋文学以“介绍世界的现代思想”，这就承认文学是可以“传道”了。看他在《新文学研究者的责任与努力》里说：

> 介绍西洋文学的目的，一半果是欲介绍他们的文学艺术来，一半也为的是欲介绍世界的现代思想——而且这应是更注意些的目的。凡是好的西洋文学都该介绍，这办法于理论上是很立得住的，只是不免不全合我们的目的。虽则现在对于“艺术为艺术呢，艺术为人生”的问题尚没有完全解决，然而以文学为纯艺术的艺术，我们应是不承认的。西洋最好的文学其属于古代者，现代本也很少有人介绍，姑置不论；便是那属于近代的，如英国唯美派王尔德的“人生装饰观”的著作，也不是篇篇可以介绍的。王尔德的“艺术是最高的实体，人生不过是装饰”的思想，不能不说他是和现代精神相反。诸如此类的著作，我们若漫

> 不分别的介绍过来，委实是太不经济的事——于成就新文学的目的是太不经济的。所以介绍时的选择是第一应得注意的。

此外他当时在《文学与人生》一篇文章里，已把泰纳的“社会学的文学论”介绍进来了。他说文学与“人种、环境、时代”和“作家的人格”都有关系。除了“作家的人格”是他添的外，“人种、环境、时代”三个因素是泰纳用来解释文学的主要内容，也是泰纳说的全部。这种“社会学的文学论”的思想，当时的创造社诸人无论及，即在文学研究会范围内，大家也都不过了解的朦朦胧胧，仅仅知道“文学是人生的表现或社会的反映”而已。

他在《什么是文学》里又极力的反对颓废主义、唯美主义和感伤主义。

> 颓废派在西洋文学中，自有相当的价值，不过国内青年却把他们和古来的名士风流的观念混合在一起，以致弄成了变相的洋装的名士风流了：一般年轻学子，喜欢研究文艺的人，多不拘小节，不肯节俭，欢喜挥霍，而又自叫穷苦，有意做成名士行为，这又何苦呢！还有所谓唯美派的，他们痛骂文学的社会倾向，以为是功利主义，是文学的商品化；他们崇拜无用的美，崇拜疏狂不羁的天才派的行为，在他们自己，以为这是从西洋来的新花样，不知其实已经落了中国古来所谓名士风流的窠臼了。更有甚者，满口艺术，满口自然美，满口唯美主义，其实连何谓美，何谓艺术，都不甚明了呢。
>
> 我又觉得现文坛上太多了感伤的作品，这是件可虑的

事。一般青年的作品小说，多含着绝望的悲观。……中国现在正是伤感的时代，社会上可伤感的事情随时都有，接触太多，已成了时代的色彩，所以不以为奇了。青年中了伤感主义之毒的，往往有神经过敏之症，忽而乐观起来，就象天堂即在目前，忽而悲观起来，又象立刻会自杀。青年的心理如此，一半是时代背景所造成，一半也是伤感的文学作品所酿成的。而伤感的心理，便能造出伤感的文学，因果相循，纯粹的文学元气，就要受损了；而且伤感的文学在艺术上是没有地位的！如果我们永久落在伤感文学的圈子里面，那么，新文学的前途真可深虑呢！

他虽然也反对传统的“文以载道”，但是反对那所载的封建的儒家的“道”；与周作人不赞成“以文艺为伦理的工具”和郑振铎的反“传道”反“教训主义”，都是不大相同的。不过他所反对得最厉害的，则是唯美主义与颓废主义；除了《什么是文学》和《大转变时期何时来呢》二篇差不多全是对这两种主义的攻击之外，还有一篇《杂感》，也是同一性质的文章，他在这篇末尾说，“青年文艺家！……你们先得从空想的楼阁中跑出来，看看你周围的现实状况，如果你不打算明天就死，你大概觉得这种的现实生活有点难堪吧！如果你也觉悟到现在这种政局和社会，不是空想的伤感主义的和逃世的思想所能改革的！”

三 浪漫主义的创造社

倘把郭沫若和鲁迅二人论创造社的文章放在一块看，是颇有趣的：

郭沫若在《创造社的自我批判》里说：

创造社这个团体，一般是称为异军突起的，因为这个团体的初期的主要分子如郭（沫若）、郁（达夫）、成（仿吾）、张（资平），对于《新青年》时代的文学革命运动都不曾直接参加，和那时代的一批启蒙家如陈（独秀）、胡（适）、刘（半农）、钱（玄同）、周（作人），都没有师生或朋友的关系。他们在当时都还在日本留学，团体的从事于文学运动的开始，应该以一九二二年的五月一号《创造季刊》的出版为纪元（在其一两年前，个人的活动虽然是早已有的）。他们的运动在文学革命爆发期中又算到了第二个级段。前一期的陈、胡、钱、周、主要在向旧文学的进攻；这一期的郭、郁、成、张却主张在向新文学的建设。他们以“创造”为标语，便可以知道他们的运动精神。还有的是他们对于本阵营的清算的态度。已经攻倒了的旧文学无须乎他们再来抨击。他们所攻击的对象却是所谓新的阵营内的投机分子和投机的粗制滥造，投机的粗翻滥译。这在新文学的建设上，新文学的价值的确立上，新文学的地位的提高上，是必经的过程。一般投机的文学家或者操觚家，正在旁若无人兴高彩烈的时候，突然由本阵营内起了一支异军，要严整本阵营的部曲，于是群议哗然。而创造社的几位分子便成了异端。他们第一步和胡适之对立，和文学研究会对立，和周作人等“语丝派”对立，在旁系上复和梁任公、张东荪、章行严也发生了纠葛，他们弄到在社会上成了一支孤军了。

鲁迅在《上海文艺之一瞥》里说：

> 这后来，就有新才子派的创造社的出现。创造社是尊贵天才的，为艺术而艺术的，专重自我的，崇创作，恶翻译，尤其憎恶重译的，与同时上海的文学研究会相对立。那出马的第一个广告上，说有人“垄断”着文坛，就是指着文学研究会。文学研究会却也正相反，是主张为人生的艺术的，是一面创作，一面也看重翻译的，是注意于绍介被压迫民族文学的，这些都是小国度，没有人懂得他们的文字，因此也几乎全都是重译的。并且因为曾经声援过《新青年》，新仇夹旧仇，所以文学研究会这时就受了三方面的攻击。一方面就是创造社，既然是天才的艺术，那么看那为人生的艺术的文学研究会自然就是多管闲事，不免有些“俗”气，而且还以为无能，所以倘被发现一处误译，有时竟至于特作一篇长长的专论。……创造社的这一战，从表面看来，是胜利的。许多作品，既和当时的自命才子们的心情相合，加以出版者的帮助，势力雄厚起来了。势力一雄厚，就看见大商店如商务印书馆，也有创造社员的译著的出版——这是说，郭沫若和张资平两位先生的稿件。这以来，据我所记得，是创造社也不再审查商务印书馆出版物的误译之处，来作专论了。这些地方，我想，是也有些才子加流氓式的。

郭沫若是把当时的创造社说成为“异军突起”“向新文学的建设”“严整本阵营的部曲”，并向一切进攻“成了一支孤军”。鲁迅则说这一切的结果是成了“才子加流氓”。孰是孰非，我们还是看看当时创造社的文学主张吧：

创造社所树立的是浪漫主义的旗帜；而其批评主张，大半是持着唯美派的一种见解的。

成仿吾在《新文学之使命》里说道：

> 所谓艺术的艺术派便是这般。他们以为文学自有它内在的意义，不能长把它打在功利主义的算盘里，它的对象不论是美的追求，或是极端的享乐，我们专程去追从它，总不是叫我们后悔无益之事……
>
> 艺术派的主张不必皆对，然而至少总有一部分的真理。不是对于艺术有兴趣的人，决不能理解为什么一个画家肯在酷热严寒里工作，为什么一个诗人肯废寝忘餐去冥想。我们对于艺术派不能理解，也许与一般对于艺术没有兴趣的人不能理解艺术家同是一辙。
>
> 至少我觉得除去一切功利的打算，专求文学的"全"与"美"，有值得我们终身从事的价值之可能性。而且一种美的文学，纵或它没有什么可以教我们，而它所给我们的美的快感与慰安，这些美的快感与安慰对于我们日常生活的更新的效果，我们是不能不承认的。
>
> 而且文学也不是对于我们没有一点积极的利益的。我们的时代对于我们的智与意的作用赋税太重了。我们的生活已经到了干燥的尽处。我们渴望着有美的文学来培养我们的优美的感情，把我们的生活洗刷了。文学是我们的精神生活的食粮，我们由文学可以感到多少生的欢喜！可以感到多少生的跳跃！
>
> 我们要追求文学的全！我们要实现文学的美！

他是反对文学的"功利主义"的。他以为文学对于我们的

“一点积极的利益”，乃是由于这种“精神生活的食粮”，使我们可以“感到多少生的欢喜，可以感到多少生的跳跃”。

他又在《艺术之社会的意义》里替“为艺术的艺术”辩护说：

> 艺术界里面，有许多人的艺术被别人称“为艺术的艺术”，他们尤为研究社会问题的人所集矢，这也不能说是公允的事。既是真的艺术，必有它的社会价值；它至少有给我们的美感。我们不能因为它的社会的价值低微便责备它，因为它也是艺术发展上的一种诱导——也可以说是一种阶级。艺术的活动比别的活动更贵自由，差不多自由便是艺术的生命。自然界的花草在能自由生长时才能成为美好，艺术也是一样。我以为象“各取所需”为社会经济的原理一般，“各尽所能”是我们应当对于艺术家认容的一个原理。眼光远大一点的社会学者，如基欧如罗素之类，多注意艺术上的自由，这是我们所当服膺的一点。

末几句的“艺术自由”说，用意在反对“艺术为人生”的不自由，但也就犯了上面所说的周作人的一样的错误了。至于“真的艺术必有它的社会价值”，岂仅“真的艺术”而已哉，就是假的艺术，坏的艺术，也有它的社会的“价值”！问题是在这种价值是属于社会那一方面的。当时的有些人之所以要艺术为人生者，我想，也就是这缘故吧？

郭沫若也在《文艺之社会的使命》里说“艺术的本身上是无所谓目的”：

> 文艺也如春日的花草，乃艺术家内心之智慧的表现。

诗人写出一篇诗，音乐家谱出一个曲，画家绘成一幅画，都是他们天才的自然流露：如一阵春风吹过池面所生的微波，是无所谓目的。我还可举几个例子来证明：小孩的游戏乃成人艺术的起源，一种内心智慧表现的要求；从孩子们的用小石建筑，唱歌舞蹈等可以看出。他们将全个自我贯注于游戏，有时甚至跌伤流血，还是不休止，不退缩；但他们并没有所谓目的。婴孩每天吃母亲蜜甜的乳，睡在温暖的摇床中，不饥不寒，生活是很满足的了，但那红嫩的小口中仍要不时的发出呀呀的歌声，但他有什么目的呢？

所以艺术的本身上是无所谓目的。

我们文化人类的原始时代艺术的生活，现在虽不能十分的证明，但我们可从遗留着的原始民族的特质的现代野蛮民族中考查出来。知道他们是特别着重艺术的，除却艺术则生活一天也难维持下去。达尔文曾到一个野蛮民族中去考查他们生活状况，那种蛮民还不知道穿衣服，达尔文赠他们一块红布，他们却拿来撕成小条分赠同伴作装饰品，并不拿着做衣服穿。这很可相信人类的婴孩时代就有美的要求。

郭沫若这种艺术的起源于游戏说，及脱离实用仅仅是原始民族的装饰说，不等别人评驳，就是几年后的“革命文学”时代的他自己，也就完全推翻了。

郁达夫在《艺术与国家》里也着重艺术的“美”：

艺术所追求的是形式和精神上的美。我虽不同唯美主义者那么持论的偏激，但我却承认美的追求是艺术上的核

> 心。自然的美，人体的美，人格的美，情感的美，或是抽象的悲壮的美，雄大的美，及其他一切美的情素，便是艺术的主要成分。德国制定美学定义为“美与艺术的科学”，即此我们就可以看出美与艺术的关系如何了。艺术对于我们所以这样重要者，也只因为我们由艺术可以常常得到美的陶醉，可以一时救我们出“世间苦”而入于涅槃之境，可以使我们得享乐我们的生活。

以上是根据郑振铎编《文学论争集》(新文学大系)、张若英编《中国新文学运动史资料》及上海乐华图书公司出版的《当代中国文艺论集》三种书里面所收录的创造社诸人的“为艺术而艺术”和“唯美主义”的言论。(这三种书里面还有他们别一方面的意见，留在下一节“对立的统一与革命文学思想的萌芽”里再说。)那么，在文学研究会的人看来，创造社的这种言论或他们当时的文艺运动，对于中国的新文学的影响如何呢？或者说创造社的历史的功罪是什么呢？在敌人(文学研究会)看来，也许未免过“贬”的，但姑引用茅盾的文章来看看吧。

茅盾在一九二九年作的《读“倪焕之”》里说：

> 为什么伟大的“五四”不能产生表现时代的文学作品呢？如果以为这是因为“新文学”的初期尚未宜于产生成熟的作品，那就不是确论。单就作品之成熟与否而言，则上述诸作家（鲁迅、王统照、郁达夫等）何尝没有成熟的作品！问题不在这里。问题是在当时的文坛议论庞杂，散乱了作家的注意。更切实的说，实在是因为当时的文坛上发生了一派忽视了文艺的时代性，反对文艺的社会化，而高唱“为艺术而艺术”的主张，这样的入了歧途！

在这里应该略略提起当时的一番事情：

现在讲到文艺的时代性，社会化，等等话头，所谓革命文学的批评家便要作色而起，大呼是“太旧，太灰色”了；但想来大家也不曾忘记今日之革命的文学批评家在五六年前却就是出死力反对过文学的时代性和社会化的“要人”。这就是当时的创造社诸君。即使人们善忘，总还记得当时创造社的中坚郭沫若和成仿吾曾经力诋和他们反对的，被第三者称为“人生派”的文学研究会的一部分人的“文学须有时代性和社会化”的主张，为功利主义。在当时，创造社的主张是“为艺术的艺术”，说过“毒菌虽有毒而美，诗人只赏鉴其美，俗人才记得有毒”这一类的话。感情主义和个人主义的调子，充满在他们那时候的作品。去年（一九二八）成仿吾所痛骂的一切，差不多全是当初他自己的过犯，是一种很有意味的新式的忏悔。当时创造社的主张颇有些从者，何以故？因为那时期正是“彷徨苦闷”的时期，因为那时候“五卅”的时代尚未到临，因为那时期创造社诸君是住在象牙塔里！因为“彷徨苦闷”的青年的变态的心理是需要一些感情主义，个人主义，享乐主义，唯美主义，权当一醉。“五卅”时代的尚未到临，创造社诸君之尚住在象牙塔里，也说明了当时宣传着感情主义、个人主义、享乐主义、唯美主义的创造社诸君，实在也是分有了当时的普遍的“彷徨苦闷”的心情。而当时他们的遁路，却是拾起了他们今日所自咒诅的资产阶级文学的玩艺儿以自娱，不但自娱，且企图在人海中拱出一个角儿。可是就在那时候，近在中国，则“五卅”的时代已在酝酿，远在西欧，则新兴的无产文艺已经成为国际文坛注目的焦点。（不过日本的无产文艺运动还是寂然。）假使当时成、郭诸君跑出他们的霞飞路的“蜗居”，试参加那时的实际运动和地下工作，那么，他们或者不至于还拾起“资产阶级文艺的玩艺儿”来自娱吧。再说得显明些，并且借用去年成仿吾的话语，如果那时候他们不要那么“不革命”，不要那么“小资产阶级性”，那或者成仿吾去年的雄纠纠的论调（指“革命文学”的论调——编者），会早产生了几年吧。谁知道此中的机缘呢？怕只有“时代先生”罢哩！

我这一番话，并非是翻旧帐簿，不过借此说明了时代对于人心的影响是如何之大，从而也指出了何以六年前板着面孔把守了“艺术的艺术之宫”的成仿吾，会在六年后同样的板起了面孔来把守“革命的艺术之宫”，正自有其必然律，未必象有些人的不客气的猜度所说的竟是投机，是出风头，并且借此只说明了当时他们因为不曾参加实际运动和地下工作，而错误地拾起了“资产阶级文艺的玩意儿”以自娱的影响，竟造成了“引人到迷途”，象他们今日所切齿诅咒别人的。所以“五四”时期的没有反映时代——自然更说不到指导时代——的文学作品，决不是偶然的事。

试看当时“资产阶级文艺的玩意儿”把文坛推进了一个怎样的局面。想来大家还记得感情主义，个人主义，享乐主义，唯美主义的“即兴小说”，充满了出版界；许多作者视小说为天才的火花的爆发时的一闪，只可于刹那间偶然得之，而无须乎修炼——锐利的观察，冷静的分析，缜密的构思。他们只在抓掇片段的印象，只在空荡荡的脑子里搜求所谓“灵感”；很少人是有意的要表现一种时代现象，社会生活。“即兴小说”一类的作品所反映的，只是个人的极狭小的环境，官能的刺激，浮动的感情，而“非集团主义”的《少年维特的烦恼》，也成为彷徨苦闷的青年的玩意儿，麻醉剂。在这灰色的迷雾中，文艺没有时代性，更谈不到社会化。

直到地下工作的第一次果实的“五卅”运动爆发时，这种迷雾还是使人窒息。但是时代的前进的轮子，这一次却推动了象牙塔里的唯美主义者。大概是一年以后吧，创造社有了改变方向的宣言。

以上茅盾的话虽然有“贬”无“褒”，但对“为艺术而艺术”唯美主义和伤感主义的浪漫主义文艺运动的时代背景，倒说明白了。创造社诸人之所以如此，“正自有其必然律”；那么，我们即使撇开浪漫主义的反抗黑暗、憧憬光明的积极意义不说，他们这种应该“贬”的地方，也不就是时代社会的一面的反映吗？

四　对立的统一与“革命文学”思想的萌芽

写实主义的文学研究会和浪漫主义的创造社，其社会基础既然相同，大家又生在同一时代里，而文学的表现所以不同者：一为冷静的观察，因而偏于暴露黑暗，就倾向于自然主义写实主义；一为激动的反抗，因而多热情和感伤，就形成浪漫主义的情调。然而这一时的感应的不同，终敌不过大的社会发展的力量的作用；“为艺术而艺术”和“唯美主义”终于为这力量所抛弃，使创造社不得不同时注意“人生”和“社会”，以至于渐渐的转变了方向，去提倡比笼统的“为人生”更进一步的文艺运动，即革命文学或无产阶级文学的运动。而这文艺运动的思想，是在“五卅”以前创造社诸人的文章里就萌芽了；不过“运动”起来是象茅盾上面说的在“五卅”后一年罢了。

所以我们在创造社诸人“五卅”前的文章里，不但看见“为艺术而艺术”和“唯美主义”的思想，也看见他们“为人生”和“为社会”的思想。这两种“对立”的思想，且每每即发现在一篇文章中，因而我称之为“统一”。此外，即在与文学研究会的关系上讲，有一部分思想与之“对立”，也有一部分思想与文学研究会“统一”着。这是时代社会使然，并没有什么稀奇！我们如仅看到创造社的“为艺术”“唯美”的一面，而未看见它的另一面，就不但是不公平，即连他们以后的转变也无法解释了。那并不是突然而来的“突变”呵！（突变以前须有渐变）

以下我们就要看看他们在“五卅”前“对立的统一”的和“革命文学”思想萌芽的文章。

如成仿吾在《新文学之使命》中，一方面主张“唯美主义”，一方面就强调新文学的“时代的使命”说：

> 一个文学家，爱慕之情要比人强，憎恶之心也要比人大。文学是时代的良心，文学家便应当是良心的战士，在我们这种良心病了的社会，文学家尤其是任重而道远。
>
> 我们的时代是一个弱肉强食，有强权无公理的时代，一个良心枯萎，廉耻丧尽的时代，一个竞于物利，冷酷残忍的时代；我们的社会的组织，既与这样的时代相宜，我们的教育又是虚有其表，所以文学家在这一方面的使命，不仅是重大，而且是独任的。我们要在冰冷而麻痹了的良心，吹起烘烘的炎火，招起摇摇的激震。
>
> 对于时代的虚伪与它的罪孽，我们要不惜以猛烈的炮火。我们要是真与善的勇士，犹如我们是美的传道者。
>
> 我们的时代已经被虚伪、罪孽与丑恶充斥了！生命已经在浊气之中窒息了！打破这现状是新文学家的天职！

他在《写实主义与庸俗主义》里面，除了反对“庸俗主义”即他所谓浅薄的写实主义外，并且反对浪漫主义，推崇写实主义了：

> 从前的浪漫的（Romantic）文学，在取材与表现上，都以由我们的生活与经验远离为它的妙诀，所以它的取材多是非现实的，而它的表现则极端利用我们的幻想。这种非现实的取材与幻想的表现，对于表现一种不可捕捉的东西是有特别的效力的；然而不论它们的效果如何，除了为它们的效果与技能称赏而外，它们是不能使我们兴起热烈的同情来的。而且一失正鹄，现出刀斧之痕，则弄巧反拙，卖力愈多，露丑愈甚。自入近代以来，为的反抗这种浪漫的文学，为的与人生合为一体，才有了一种脱离梦想之王宫的写实文学。这是“人的”文学：这是赤裸裸的人生。这种文学虽无浪漫主义的光怪陆离，然而它的取材是我们的生活，它所表现的是我们的经验，所以它最能唤起我们的热烈的同情。我们对于自己的事情，比对别的一切更要关心，关于我们的文字也最能打动我们的心境。所以在文学上最有效力的内容是关于人事的，其次是关于感觉世界的，最后乃是理智的与超自然的。浪漫的文学取的多是最后的理智与超自然的内容，写实的文学才是赤裸裸的人事与感觉世界的表现。……真的写实主义我以后略称为真实主义。真实主义的文艺是以经验为基础的创造。一切的经验，不分美丑，皆可以为材料，只是由伟大的作家表现出来，便奇丑的亦每不见其丑。真实主义与庸俗主义的不同，只是一是“表现”，而一是“再现”。再现没有创造的地步，惟表现乃如海阔天空，一任天才驰骋。

这反庸俗主义，也许暗刺着文学研究会的写实主义吧？但他已在反对他们自己的浪漫主义了。

郭沫若在《文艺之社会的使命》里，一方面说“艺术的本身上无所谓目的”，但一方面说“艺术有两种伟大的使命——统一人类的情感和提高个人的精神，使生活美化”。他还主张用艺术来救中国：

> 我们知道艺术有统一群众的感情，使趋向于同一目标的能力，我们又知道艺术能提高我们的精神，使个人的内在的生活美化。那么我们现代这样不统一，这样丑化了的国家中，不正是应该竭力提倡的吗？我觉得要挽救我们中国，艺术的运动是决不可少的事情。我们希望于社会的，是要对于艺术精神的了解，竭力加以保护，提倡，我们应该使我们的日常生活，日常生活的用具，就如一只茶杯，一张邮票，都要具有艺术的风味。至于艺术家的本身，我们也希望他要觉悟到这种艺术的伟大使命。我们并不是希望一切的艺术家都成为宣传的艺术家，我们是希望他把自己的生活扩大起来，对于社会的真实的要求，要加以充分的体验，要生一种救国救民的自觉，从这种自觉中产生出来的艺术，在它的本身不失其独立的精神，而它的效用对于中国的前途是不可限量的呢。

这那是“为艺术而艺术”的话呢！正相反，他已很重视艺术“为社会”的作用，要拿它来救国了。这与文学研究会的精神也就相去不远。

至于成仿吾在《艺术之社会的意义》（一九二四年二月）里，虽然尚在替“为艺术的艺术”辩护，并且主张“艺术自由”说；

但他结尾的一段，实在可以说是转向的宣言。而郭沫若的《我们的文学新运动》（一九二三年五月）一篇，则简直是“革命文学”的呼声了：

> 我们自己知道我们是社会的一个分子，我们自己知道我们在热爱人类——绝不论他的善恶奸丑。我们以前是不是把人类社会忘记了，可不必说，我们以后只当更用了十二分的意识把我们的热爱表白一番。内生活的纷争，我们即时剷平了罢！我们来大开眼帘观看观看，我们四周的血肉横飞的扰攘！我们不是怕见血的懦夫，我们不是惯流泪的弱女，我们来，来恢复我们的社会意识！
>
> ——成仿吾：《艺术之社会的意义》

“我们以前是不是把人类社会忘记了？”“我们来，来恢复我们的社会意识！”这是忏悔已往并转变为革命文学的开始。

> 中国的政治生涯几乎到了破产的地位。野兽般的武人之专横，没廉耻的政客之蠢动，贪婪的外来资本家之压迫，把我们中华民族之血泪排抑成黄河扬子江一样的赤流。
>
> 我们暴露于战乱的惨祸之下，我们受着资本主义这条毒龙的巨爪的蹂弄。我们渴望着和平，我们景慕着理想，我们喘求着生命之泉。
>
> 但是，让自然作我们的先生吧！在霜雪的威严之下新的生命发酵，一切草木，一切飞潜蠕匍，不久便将齐唱凯旋之歌，欢迎阳春之归至。
>
> 更让历史做我们的先生吧！凡受着物质的苦厄之民族必见惠于精神的富裕，产生但丁的意大利，产生歌德、许

雷的日耳曼，在当时是决未曾膺受物质的惠恩。

所以我们浩叹，我们懊悔，但是我们决不悲观，决不失望！我们的眼泪会成新生命之流泉，我们的痛苦会成分娩时之产痛，我们的确信是如此。

我们现在于任何方面都要激起一种新的运动，我们于文学事业中也正是不满于现状，要打破从来因袭的样式而求新的生命之新的表现。

四五年前的白话文革命，在破了的絮袄上虽打了几个补丁，在污了的粉壁上虽然涂上了一层白垩，但是里面的内容依然还是败絮，依然还是粪土。资产阶级的根性，在那些提倡者与附合者之中是植根太深了，我们要把恶根性和盘推翻，要把那败絮烧成灰烬，把那粪土消灭于无形。……

光明之前有浑沌，创造之前有破坏，新的酒不能盛容于旧的革囊。凤凰要再生，要先把尸骸火葬。我们的事业，在目下浑沌之中，要先从破坏做起。我们的精神为反抗的烈火燃得透明。

我们反抗资本主义的毒龙。

我们反抗不以个性为根底的既成道德。

我们反抗否定人生的一切既成宗教。

我们反抗藩篱人生的一切不合理的畛域。

我们反抗由以上种种所产生出的文学上的情趣。

我们反抗盛容那种情趣的奴隶根性的文学。

我们的运动要在文学之中爆发出无产阶级的精神，精赤裸裸的人性。

我们的目的要以生命的炸弹来打破这毒龙的魔宫。

——郭沫若：《我们的文学新运动》

反对“资产阶级的根性”“反抗资本主义的毒龙”，要“爆发出无产阶级的精神”；这些话，就是他三年后（一九二六年）发表的《革命与文学》，一般的认为是“革命文学运动”的第一篇宣言书的，其内容也不过如此。而革命文学的运动所以不开始于这一年，要到一九二六至一九二八始形成一文学主潮者，则因为“五卅”尚未发生，客观的条件尚未成熟之故。不过一九二三年五月有此种文学思想的表现，也就反映了象茅盾在上面所说的“那时的实际运动和地下工作”“近在中国，则‘五卅’的时代已在酝酿，远在西欧，则新兴的无产文艺已经成为国际文坛注目的焦点”。而在这篇文章发表的前三个月，即一九二三年二月七日，京汉铁路工人反吴佩孚的“二七”运动，已经发生了。

也因为这客观条件尚未成熟的缘故，所以据《当代中国文艺论集》所搜集郁达夫在一九二三年五月发表过一篇《文学上的阶级斗争》，“大声疾呼的说：凡对有权有产阶级的走狗对敌的文人，我们大家不可不团结起来”。然也未能掀起这一次的运动。如他说：

> 俄国的文学上的阶级斗争，已成了过去的现象，现在正是那些无产阶级者用了血肉的人生实际上模仿艺术的时候了。奥勃洛莫夫的无为，萨宁的冷酷，都是对社会的有产阶级，有权阶级的最大攻击。你们看哟！庄严伟大的普罗列塔利亚[①]（Proletariat）的王国，不是为他们的子孙所创建了吗？伟大的俄国人呀！你们不要以一时的失败，摧残了你们的勇志，须知“成功可以不必，我们只要伟大好了”。

① 普罗列塔利亚，意为无产阶级。

俄国现代的文学家所创造的作品，都是近代精神的结晶；我们但须把墓草方新的亚力山大·勃洛克（A. Block）的：“后面是饥饿的犬，前面是血染的旗；哦哦!烈风铁弹不穿，何言乎痛！脚下的柔嫩的雪，真珠似的雪片儿，先驱者是谁呀？戴蔷薇装着的白冠的——耶稣基督。”(《十二个》里的一节）几句诗一看就可以知道了。……

此外，南欧北欧及欧亚交界的中心的各国里的青年文士，没有一个不在对传统的思想宣战的。他们对于庇护传统思想的有产有权阶级，攻击得尤其厉害。我确信这些诚挚的青年的理想，总有一日实现的。我知道现在的我们正和革命前的俄国青年一样，是刚在受难的时候。但这时候我们非要一直的走往前去不可！我们即使失败了，死了，我们的遗志是可以永久生存下去的。所以最后我想学了马克思和恩格斯的态度，大声疾呼的说：

世界上受苦的无产阶级者，

在文学上社会上被压迫的同志，

凡对有权有产阶级的走狗对敌的文人，

我们大家不可不团结起来，

结成一个世界共和的阶级，百屈不挠的来实现我们的理想！

我确信“未来是我们的所有”。

郁达夫的论文和创作，其思想和情绪都是相差这样远的。

又据钱杏邨以后说：“在《新青年》上光慈就发表过一篇《无产阶级革命与文化》，在一九二五年于《觉悟》‘新年号’上就发表过《现代中国社会与革命文学》，并且在一九二四年办过一个《春雷》周刊，专门提倡革命文学。又他在一九二〇年到一九二三年所写的革命歌集《新梦》和小说集《少年飘泊者》，在一九二五年也就先后发行了。”蒋光赤（后改为“慈”）在一九二三年前后从俄国回来，受了革命后的苏联文学的影响，因而在无产阶级的思想和创作上都比别人反映得早一点，料是真的。然而同是因为客观环境的尚未成熟，终未能象一九二六年郭沫若的《革命与文学》作为了这一新的文艺运动的宣言书。

不过郭沫若的《我们的文学新运动》和郁达夫的《文学上的阶级斗争》之所以均发表于一九二三年五月，很显然的在说明文学上的劳动阶级意识的反映，是以在其前三个月就爆发了的“二七”运动为背景的。“二七”运动是中国工人第一次轰轰烈烈的大运动，在反封建军阀斗争上显示了他们的社会的力量。以后在“五卅”，在北伐，他们的力量就愈益强大起来了。因而劳动阶级的文学意识，也就由萌芽而生长、成熟，终于在一九二八年以后作为中国文艺思想界的主导势力而发展下去。

第二编
“大革命时代”前后的革命文学问题

绪　论

由“五卅”到“九一八”的文艺思潮之社会背景

一九二五年到一九二七年的中国大革命，乃是半殖民地半封建的中国反帝国主义和反封建势力的资产阶级性的民主主义革命。我们分析这次大革命的历史背景，与其全部发展过程之变化，就不难看见它是在如下的条件与成因之下勃发起来的：

一、国际帝国主义对华的侵略与竞争，在大战以后日益加剧；巴黎和会与华盛顿会议，不惟没有缓和列强在中国的矛盾，松解中国的束缚，抑且使国际资产阶级的冲突日益尖锐化起来。历次的军阀战争就是为诸帝国主义所操纵的争霸战；这样就加剧了中国农村破产的危机，整个的国民经济亦窒息于外国资本的毒烟之中。“五四”运动就是反抗帝国主义的斗争，然这个斗争尚未扩大为反抗一切帝国主义的运动，不过由此展开了反帝的民族革命之序幕。到了“五卅”运动以后，情形就完全不同了：在劳动阶级领导之下，一般有觉悟的大众，开始认识了国际帝国主义是中国民族解放的主要敌人，不推倒帝国主义在华的统治，中国的枷锁是永远莫想解除的。

二、中国的民族资本主义，在世界大战中不可否认的得到了一度暂时的发展。在产业和商业方面由于世界战争的猛烈，中国的民族资本有着显著的活跃。可是大战以后，中国的民族工业经不起外国资本的竞争，就逐渐衰落下去了；这种情形特别在纺织等轻工业方面表现得最为明显。中国的资产阶级至是不得不幻灭了，他们要求中国的关税自主，要求取消领事裁判权，甚至要求取消一切不平等条约。资产阶级反对帝国主义的觉醒，最初表现于“五四时代”，到了“五卅时代”更是扩大化具体化了。可是资产阶级始终没有彻底反对帝国主义的决心：他们一面惧怕帝国主义的强力压迫，一方面亦惟恐国内勤劳大众的抬头，所以结局他们是表示降服于帝国主义并与封建势力妥协了。

三、国内的产业劳动阶级，随着资本主义的榨取与封建势力压迫之加强，亦在逐渐膨胀其战斗的力量，提高其阶级的觉醒。他们认识了封建军阀与帝国主义的狼狈为奸，认识了资产阶级对于他们残酷的掠夺；觉悟非团结起来作革命的斗争，谋自身的解放，是没有更好的出路的。所以从“二七”运动（一九二三年二月七日京汉铁路工人反吴佩孚的大罢工）以来，劳动阶级的反帝国主义反军阀反资本剥削的斗争，就日益强化起来。他们成了民族革命运动中的主力军和领导者。

四、辛亥革命并没有消灭国内反动的封建势力，在资产阶级的民主革命失败以后，封建的军阀与官僚都变成为国际帝国主义掠夺中国勤劳大众（农民与工人）最得力的代理人。军阀，官吏，地主与豪绅，对于农民的剥削只是有加无已：捐税，地租，高利贷，兵差，以及各种的封建榨取，使大多数的贫农甚至中农沉沦于饥饿线之下。而军阀的混战，各种人为的天灾，都足以使整个的农村经济加速的崩溃下去。因此广大的农民群众在这一次大革命中成了劳动阶级的同盟军，完全不是偶然的。

五、进步的城市小资产阶级，在国际帝国主义与反动的封建势力猖獗的情况之下，亦感觉得除了革命而外没有出路。他们多数加入了革命的队伍，特别以知识分子居多。然而他们极易动摇，在革命需要一严重的转变时，除了少数脚跟站得稳固的分子而外，有不少是动摇，甚至反叛革命了。

六、一九一七年的俄国革命，以及革命后苏维埃政府放弃旧俄在中国的一切权利，亦是诱发一九二五年到一九二七年大革命的原因。中国有觉悟的民众都认识苏联乃是中国民族解放的良友；同时觉悟中国只有效法俄国革命的精神实行革命，才可以实现中国民族的解放。所以在一九二四年国民党改组以后，即有“联俄”政策之决定，就是中俄革命民众携手的一个具体表示。

以上就是一九二五—一九二七年中国大革命的社会经济原因与阶级基础。至于由“五卅”到一九二七年及其以后的社会政治各方面事实的演变，这里没有叙述的必要。

这一大革命在文学思想上的反映，就是革命文学以至无产阶级文学的提倡与反对，很鲜明的表示了当时代表上面所说的各社会层的文学者对于这一文艺思潮的态度。

创造社的郭沫若、成仿吾一班人，在“五卅”运动前一二年已大改变其文艺态度，批评“浪漫主义”“唯美主义”为要不得了。在一九二六年已经提出“革命与文学”的关系问题，以后即陆续发表主张“革命文学”或“无产阶级文学”的文章。到一九二八年始在文学界引起广大的注意。这一方面固然因为这一文艺思想运动的本身的成绩，而也由于对当时二大著名作家鲁迅和茅盾的进攻，但鲁迅和茅盾又不是反革命或根本反对革命文学的人，他们不过对于革命文学提倡者的个人言动表示不满而已。由于这样错认了敌人和精力的误用，创造社虽然办了许多刊物，造成了中国文坛上的很热闹的“论战”；然而开始既忽略了对真正敌人（如“新月派”的资产阶级的绅士和鸳鸯蝴蝶派的封建文人）的批判或斗争，继之又缺少世界进步的文艺理论之绍介与研讨，“运动”虽然掀起了，但这一文艺思想的内容却尚并不可观。虽然也曾由笼统的“革命文学”改进到“无产阶级文学”较鲜明的口号，而对于鲁迅的阶级性还纠缠不清：就“时而资产阶级，时而小资产阶级，时而封建余孽”，并且时而又是“一位不得志的法西斯蒂[①]”。太阳社的钱杏邨也在抓住了笼统的“时代”作文艺批评，以致有“死去了的阿Q时代”的错误。

这创造社和鲁迅茅盾诸人的“论战”，可以说是进步的小资产阶级的知识分子的“内讧”。哪知正当双方“战”得正酣的时候，“《新月》的态度”表示出来了，要以资产阶级的“健康”与“尊严”扫荡文坛上的一切；梁实秋的《文学与革命》则不但根本否认了文学与革命的关系，还向双方都表示了敌对。

封建的文人，虽然没有能力参加“论战”，但也在小报上幸灾乐祸的捏造些无聊的文坛消息，他们的“作品”也并未因革命文学运动而受到影响，依然在毒害大众。

对于革命文学的真正敌人的认识，和感觉世界进步的文艺理论有赶快多方绍介的必要，是创造社、太阳社停止了对鲁迅茅盾的攻击，和鲁迅大量的翻译了进步的文艺理论著作与作品的原因。而这也就是发展到一九三〇年以双方为基干的“中国左翼作家联盟”成立的基础。

这样由革命文学，无产阶级文学运动，以至“左联”的成立，及其以后的左翼文艺的发展，都是以从“五卅”前后的劳动阶级的兴起和发展为背景的；不过苏联的和世界的无产阶级

① 法西斯蒂，即法西斯主义的组织或成员，源自意大利语“fascisti”。

的文艺思想的影响，也很重要。创造社、太阳社的一般人不过以急进的小资产阶级知识分子的“同路人”的形态，倡导了这一运动而已。

第一章

概论——从“五卅”前后到“九一八”的中国文艺思想界

一九二八年创造社的李初梨在《怎样的建设革命文学》一文里有这样几句话：

> 一九二六年四月，郭沫若氏曾在《创造月刊》上发表了一篇《革命与文学》的论文；据我所知道，这是在中国文坛上首先倡导革命文学的第一声。

这几句话引起当时同是提倡“革命文学”的太阳社的钱杏邨的抗议：

> 据我们所知道的，革命文学的提倡并不起源于这时，在《新青年》上光慈就发表过一篇《无产阶级革命与文化》，在一九二五年在《觉悟》“新年号”上就发表过《现代中国社会与革命文学》，并且在一九二四年办过一个《春雷周刊》，专门提倡革命文学。又他在一九二〇年到一九二三年所写的革命歌集《新梦》和小说集《少年飘泊者》，在一九二五年也就先后发行了。自然那时或许你还在日本，光慈

也不象郭君是有历史的闻人，你或者没有注意到，不过光慈的革命文学的创作《鸭绿江上》和《死了的情绪》，在《创造月刊》二号上也就发表了。但是我们记不起在《月刊》上发表的号数是在郭君的论文前，还是论文后？希望你就近检阅一下。

这样互争革命文学的发明权或领导权，固然有点近于无聊；然倘一定说革命文学的发动，是起于一九二六年郭氏的《革命与文学》一文，也是说不过去的。在“五卅”的前一二年，不但蒋光慈已在作“革命文学”，就是郭沫若也在一九二三年五月所作的《我们的文学新运动》里要“反抗资本主义的毒龙”和“要在文学之中爆发出无产阶级的精神”了。我们从“五卅”前一二年的文艺论文和创作里，发现“革命文学”的意识早已渐渐的潜在的萌芽和滋长，不过促其长成并表面化的，是“五卅”运动以后罢了。这是因为中国的劳动阶级跑上历史的舞台，至迟也应该在“五卅”以后，劳动阶级的意识在那时是早已分明了的；如一九二三年二月七日京汉铁路工人反吴佩孚的大罢工，已经表现出他们的力量，显示了他们的社会的存在了。至于形成了一种文艺的社会运动，则在政治的大革命高潮过去以后的一九二八年，那是由于有许多知识分子（如创造社中人的一部分）从革命的浪潮里退了出来，来提倡“革命文学”了。而这“革命文学”的进军，创造社和太阳社的统帅们，是拿鲁迅来祭了旗，从鲁迅的头上先开刀了；好象不先把鲁迅打倒，革命文学就提倡不起来似的！于是“资产阶级的代言人”“中伤革命”“第一个有闲，第二个有闲，第三个还是有闲”啦；“小资产阶级的根性”啦；“时代落伍的印贴利更追亚的自暴自弃”啦；“封建余孽”啦；“不得志的法西斯蒂”啦；等等都放在鲁迅的头上。

> 创造社改变了方向，倾向到革命来，这是十分好的事；但他们没来改变向来的狭小的团体主义的精神，这却是十分要不得的！一本大杂志有半本是攻击鲁迅的文章，在别的许多地方是大书着“创造社”的字样，而这只是为着要抬出创造社来。对于鲁迅的攻击，在革命的现阶段的态度上既是可以不必，而创造社诸人及其他等的攻击方法，还含有别的危险性。革命现在对于知识阶级的要求，是至少使知识阶级承认革命。但我们在鲁迅的言行里完全找不出诋毁整个革命的痕迹来，他至多嘲笑了革命文学的运动，(他也并没有嘲笑革命文学的本身)，嘲笑了追随者中的个人的言动；而一定要说他这就是诋毁革命，“中伤”革命，这对于革命是有利的吗？……革命有给与知识阶级的革命追随者以极少限度的闲暇，使他们多多渗透革命的策略与革命的精神的必要。
>
> ——一九二八年五月画室：《革命与知识阶级》

创造社不但对鲁迅、茅盾进行着“论战”，即和同一阵营内的太阳社也并非联合战线。李初梨在《怎样的建设革命文学》里指摘太阳社的蒋光慈理论的错误说：

> 在新诞生的《太阳》“创刊号”上，有一篇蒋光慈君的《现代中国文学与社会生活》的论文，蒋君在里面说：“革命的步骤实在太快了，使得许多人追赶不上。文学虽然是社会生活的表现，但是因为我们的社会生活被革命的浪潮推动得太激烈了，因之起了非常迅速的变化，这弄得我们的文学来不及表现。……如此，我们的文学就不得不落后了。”他以为只要革命的步骤稍微慢一点，经过了相当的思

考过程，有了从容的顺序的态度，那么不管他是第几阶级的作者，张三、李四、老七、老八，都可以写出几篇革命的文学。……我知道蒋君有一片婆心，想把文坛的一切众生都超度到革命文学的天堂，我要劝蒋君不必，而且也是不可能。

钱杏邨在《关于现代中国文学》里驳复他说：

其实张三、李四、老七、老八，果真能如你说的创造社的转换方向，重行新生，在事实上也是可能的事。不然，只许创造社有转换方向的特权，那不是只许州官放火，不许民家点灯了吗？

同时，他又在发表此文的《太阳》三月号的“编后”郑重的声明：

太阳社不是一个留学生包办的文学团体，不是为少数人所有的私产；也不是口头高喊着劳动阶级的文学，而行动上文学上处处暴露着英雄主义思想的文艺组织。

这显然是在针对着创造社的。

这样，无论是创造社对鲁迅一般人（所谓“语丝派”），或太阳社对创造社，在文章中大半是闲话多于理论，文学的论争变成了人身的攻击；虽然在“革命文学”以至“无产阶级文学的理论”上也渐有开展，但是一九二八年的“文艺论战”不能不说是有许多笔墨是浪费了的。

太阳社与创造社除意气之争而外，在理论上都是提倡“革命文学”或“无产阶级文学”，并无不同；现在我们就简单的看一看创造社与“语丝派”论争的是些什么，和茅盾对于革命文学运动的意见是怎样，然后再讲一讲“新月派”及其他反对者的论调，并以后进步的文艺理论和文学团体的建立。

所谓“语丝派”，当时虽以鲁迅为首要，但鲁迅对革命文学的态度，却与在《语丝》《北新》等刊物上发表意见的人不同：他只对“创造社的”革命文学运动或其个人言动表示不满，并未“嘲笑革命文学的本身”；不但如此，他还对革命文学家提出很好的意见，如他的“当先求内容的充实和技巧的上达，不必忙于挂招牌”；劝革命文学家不要“超时代”“超时代其实就是逃避”“已经离开革命”了。他承认文学是“斗争”的武器，但他不夸大文学的社会作用，他说“我是不相信文艺的旋乾转坤的力量的，但倘有人要在别方面应用它，我以为也可以，比如‘宣传’就是。”因此，他承认“一切文艺是宣传”的辛克来的话，如他说：“一切文艺是宣传，只要你一给人看。即使个人主义的作品，一写出，就有宣传的可能；除非你不作文，不开口。那么，用于革命，作为工具的一种，自然也可以的。”

至于所谓“语丝派”的其他作者（即当时在《语丝》《北新》上发表对于革命文学问题的文章的人，连郁达夫也在内，所以不是真正的“语丝派”），如侍桁、甘人、冰禅和郁达夫等，他们的态度或意见则并不如此；对于创造社在当时所提出的“革命文学的本身”方面的各种问题，表示了不同的或反对的意见。如：

一、创造社主张革命文学或无产阶级文学，不一定要无产阶级自己来创造：“不怕他昨天还是资产阶级，只要他今天受了无产者精神的洗礼”，换句话讲，只要他能获得无产阶级的意识，他也就能创作无产阶级的文艺。不论他是第一、第二阶级或资产阶级及小资产阶级。反之，即使是无产阶级，倘没有阶级的自觉，而受了统治者意识的影响，则他的作品仍不是无产阶级的文艺。

甘人说：“以第一、第二阶级的人，写第四阶级的文学，与住在疮痍满目的中国社会里，制作唯美派的诗歌，描写浪漫的生活一样的虚伪”；“他们竟可以从自悲自叹的浪漫诗人，一跃而成了革命家，昨天还在表现自己，今天就写第四阶级的文学。”

郁达夫则根本否认无产阶级文学有成立的可能：“在无产阶级专政的时期未达到以先，无产阶级文学是不会发生的。”更无论现在作者应是第几阶级的人了。

二、创造社主张文学是有阶级性的：“在社会的阶级制度没有奥伏赫变[①]以前，无论什么文学都是反映支配阶级的意识形态的文学。”

侍桁说：“艺术家的本身不应该受一切的束缚，只有他对于艺术的良心是支配着他的一切的。”

甘人说：“文学是人生的总结之反映，借了个人而表现出来的东西。其本质原是超个人的，所以是无利害的，亦是无阶级的。”“人的物质方面可以受限制，分阶级，而精神生活却不能。因此他虽是第几阶级的人，就不能限定他是第几阶级的作者。”

冰禅说：“如果文学都是阶级斗争的工具，我不知道莎士比亚的戏曲，歌德的《浮士德》与《维特之烦恼》，雪莱、渥特渥斯、勃朗宁的诗，以及其他许多作家的作品，如果我们不便下一句‘毫无价值’的批判，实在是不容易说他们做了那一阶级的武器。”

三、创造社主张文学是宣传的武器：“一切的艺术，脱不了将自己的阶级思想感情及意欲，具象的织入作品之中的一途；

① 奥伏赫变，即扬弃，源自德语“aufheken”，指新事物代替旧事物。

因此称它为宣传的艺术。所以辛克来说‘一切的艺术是宣传，普遍的不可避免的是宣传；有时是无意识的，——大抵是故意的宣传。’”

甘人说：“文艺须完全是真情的流露，一有使命便是假的。”

冰禅说：“艺术与文学不见得都为了某阶级‘宣传’某种主张。假使文学过去的以及现在的都是‘非积极的仕奉一阶级不可’，则对于一个不相干的阶级恐怕就是‘味同嚼蜡’了；何以真正的作品，是永远为人所欣赏，永远使人惊叹，永远深刻的感动我们？”“所以，我们只能说‘艺术有时是宣传’，而且不可因此破坏了艺术在美学上的价值。”

四、创造社虽然说：“无产者文艺，也不必就是描写无产阶级；因为无产阶级的生活，资产阶级的作家也可以描写，资产阶级生活的描写，在无产阶级的文艺中也是不可缺少的。要紧的是看你站在哪一个阶级说话。”这好象是对于无产阶级文学的内容不加限定，只问作者的世界观如何了。但是，他们不仅又说：“民众正在‘水深火热’的压迫里面挣扎着的当今，又得了多次革命行动的实际经验；他们有反抗的热情，求解放的欲念，如荼如火的革命思想；把这些热情，欲念，思想，以具体的形象表现出来的就是艺术——文学——的任务，也是主张革命文学者的任务。”——叫作者以革命民众的一切为文学的内容。而且对茅盾的《幻灭》《动摇》《追求》之描写小资产阶级知识分子表示不满，同时，他们的“革命文学作品”又多以工农为描写的对象，所以这本已不成问题的“革命文学的内容问题”倒成了问题了。

侍桁说：“文学家自身的一切的感情，不应该发泄出来吗？只应该描写农工大众？虽然毫不了解，只因为一点浅薄的同情作怪，也硬要描写！”

甘人说：“文学这样东西，决不止限于描写迫近的事物与狭窄的小我为止；它的背景不限于作者目前的生活状况。它的内容的理智方面，也决不是几篇几本理论的书就够。它的内容的情绪方面，也不能以狭小的愤慨为满足。”

冰禅说：“文艺家如不彻底知道他所描写的人生，他的目的不是从最深挚的理想中出来，作品一定不会好。”

五、创造社主张唯物的文学论，从经济基础上来给文艺现象一个解释：“生产力的一定的发展程度，决定在社会的生产过程中的人类相互的对立关系，社会形态是为表现这个关系的。适应这形态的、有精神和风习的一定的状态；宗教、哲学、文学和艺术等是要与这一定的状态所产生的能力、趣味、倾向及嗜好等一致的。这是思想和文艺的发生缘由，因为思维本是受存在决定的。”“我们生在经济的基础变动的时代，这上层建筑之一的文艺，当然要起变革，而有新的文学，革命文学，无产阶级文学，来代替从来的文学。”

甘人说：“文艺所依赖的不是物质的供给，不是吃了珍羞肴馔，便一定作珍羞肴馔的作品。正如我们虽吃了诗人吃的饭，还是作不出诗一样。在这里，迷信唯物主义者是束手无策的。”

冰禅说：“人生的方面，是异样的繁多而复杂；人生苦闷的根源，也恐不是经济的一件事体（自然是一个最重要的因素）；则所谓革命文学，自不能概括文学的全领域。”“文艺实在是反映着时代环境底种种物质的精神的错综复杂的关系，决不是简单的受着经济的支配而被作阶级的武器了。”“经济所影响于文艺的，只是薄弱的间接关系；并且也如藤森成吉所说‘文艺还要受它的下层政治宗教的影响’。其实文艺也不但受政治宗教的影响，甚至于还受科学的影响，如自然主义受了科学的影响，是谁都知道的事实。”

以上五项，是创造社与所谓“语丝派”其他作者的论争的要点或意见不同的地方。至于茅盾的意见，则主要的是关于文学的内容问题，其次是革命文学作品的标语口号化和描写的技术方面。

创造社虽然表示了革命文学或无产阶级文学的内容，“不必就是描写无产阶级”，然而要看作者“是否站在无产阶级立场说话”。所以对于茅盾的《幻灭》《动摇》《追求》有如下的批评：

>……这么的内容，在小资产阶级的文艺批评家看来是很好的；描写小资产阶级的根性是十分充足的。描写小资产阶级的认识不充足，无目的，空虚的革命，是十分明确的。……这篇作品如果在幻灭之后，找着了一条出路，积极起来革命，不致再幻灭，那么，仍然是描写小资产阶级的革命作品，对于社会的潮流有一种领导的作用。可是茅盾先生所写的根本是个幻灭，“幻灭”的本身作用，对于无产阶级是为资产阶级麻痹了小资产阶级的革命分子，对于小资产阶级分明指示一条投向资产阶级的出路，所以对于革命潮流是有反对作用的。也许他所描写的是客观的现实，但是单描写客观的现实，是空虚的艺术至上论，是资产阶级的麻醉剂。所以他所描写的虽然是小资产阶级，他的意识仍然是资产阶级的，对于无产阶级是根本反对的。
>
>至于他的“动摇”呢？据他自己说：“《动摇》所描写的就是动摇，革命斗争剧烈时从事革命工作者的动摇。”……他的《动摇》纯然是动摇，资产阶级意识完全支配了全作品，对于无产阶级的效果依然是反对的；同“幻灭”的效果是一样的。至于“追求”呢？更无用讲是暴露他自己缠绵幽怨激昂奋发的狂乱的混合物，其余更谈不上。

茅盾在《读〈倪焕之〉》里有如下的答复，虽然不是十分针对这两段的：

> 实在当他们忿忿地痛骂我以前，他们对于描写小资产阶级生活的文艺，已经抱着一种极不应该有的成见。他们对于描写小资产阶级生活的作品，往往不问内容很武断的斥为“落伍”。自然，描写小资产阶级生活的小说中间一定有些“落伍”的人物，但这是书中人物的“落伍”，而不是该著作的“落伍”。如果把书中人物的“落伍”就认为著作的“落伍”，或竟是作者的“落伍”，那么，描写强盗的小说作家就是强盗了么？
>
> 钱杏邨是主张“力的文学”，主张文学须有创造生活的意义的，所以他不满意于《追求》之每个人物都陷于失望，他说：“在全书里是到处表现了病态：病态的人物，病态的思想，病态的行动，一切都是病态，一切都是不健全。作者在客观方面所表现的思想，也仍旧不外乎悲观与动摇。所以，这部小说的立场是错误的。”我应该承认钱杏邨的观察是不错的：《追求》是暴露一九二八年春初的知识分子的病态和迷惘。但是钱杏邨说“这部小说的立场是错误的”这个结论，我却不敢赞成。我觉得应该在此地有个小小的声明：《追求》下笔以前，是很费了工夫来考虑的，最后的决定是差不多这样：我要描写在“幻灭”“动摇”以后的一般知识分子是怎样还想“追求”；然而因为他们的阶级的背景，他们都不曾在正当的道路上追求，所以他们的努力是全部失望。根据了这样的决定，我把书中人物全数支配为徒有热情而不很明了革命意义的小资产阶级的知识分子，他们没有正确的认识，所以他们所追求者都是歧途。象这

样的人物不该给他们一个全部失望么？如果在他们中间插进一位认识正路的人，在病态中泄露一线生机，那或者钱杏邨要满意些吧？我应该尚能见到这一点，可是我并不做，因为我相信《追求》中人物如果是真正的革命者，不会在一九二八年春初还在追求什么，他们该是早已决定了道路了。这就说明了《追求》何以全是黑暗的理由。

以下是茅盾对于革命文学的内容和描写的技术方面的意见：

我劝那些有志者还不如拣他们自己最熟悉的环境而又合于广大的读者对象之小资产阶级来描写，我简直不赞成他们热心的无产文艺——既不能表现无产阶级的意识，也不能让无产阶级看得懂，只是“卖膏药式”的十八句江湖口诀那样的标语口号式或广告式的无产文艺。

就我自己的意见说：我们文艺的技术似乎至少须先办到几个消极条件——不要太欧化，不要多用新术语，不要太多了象征色彩，不要从正面说教似的宣传新思想。

以上略述创造社对于革命文学或无产阶级文学的主张，以及鲁迅的态度和“语丝派”其他作者与茅盾的意见既毕；在未叙“新月派”及其他反对者的论调以前，我觉得何凝（瞿秋白）在《鲁迅杂感选集序言》里，有几段论及创造社、太阳社和鲁迅等的社会基础的文字，应该绍介在这里：

新兴阶级的文艺思想，往往经过革命的小资产阶级作家的转变，而开始形成起来，然后逐渐的动员劳动民众和工人之中的新的力量。集中新的队伍，克服过去的“因袭的重担”同时，扩大同路人的阵线。这不但在日本、美国、德国，甚至于在苏联，也经过波格唐诺夫式的幼稚病。关于这种幼稚病，德国的昆哈曾经说过：一些小集团居然自以为独得了“工人阶级的文化代表的委任状”——包办代表事务。这大概是“历史的误会”。创造社的转变，太阳社的出现，只在这方面讲来，是有客观上的革命意义的。

然而革命军进行的时候，“时时有人退伍，有人落荒，有人颓唐，有人叛变，然而只要无碍于进行，则愈到后来，这队伍也就愈成为纯粹、精锐的队伍了。”(《二心集》:《非革命的革命急进论者》)无产阶级和周围的各种小资产阶级之间，本来就没有一座万里长城隔开着；何况小资产阶级又有各种各样不同的阶层和集团呢。

小资产阶级的知识阶层之中，有些是和中国的农村，中国的受尽了欺骗、压榨、束缚、愚弄的农民群众联系着。这些农民从几千百年的痛苦经验之中学会了痛恨老爷和田主，但是没有学会，也不能够学会怎样去回答这些问题，怎样去解除这种痛苦。“旧社会将近崩坏之际，是常常会有近似带革命性的文学作品出现的。然而其实并非真的革命文学。例如：或者憎恶旧社会，而只是憎恶，更没有对于将来的理想；或者也大呼改造社会，而问他要怎样的社会，却是不能实现的乌托邦。”(《三闲集》:《现今新文学的概观》)然而，宽泛些说，这种文学当然也是革命的文学。因为它至少还能够反映社会真象的一方面，暗示改革所应当注意的方向。而同时，这些早期的革命作家，反映着封建宗法社会崩溃的过程，时常不是立刻就能够脱离个性主义——怀疑群众的倾向的；他们看得见群众——农民小私有者的群众的自私、盲目、迷信、自欺，甚至于驯服的奴隶性；可是往往看不见这种群众的“革命可能性”，看不见他们的笨拙的守旧的口号背后隐藏着革命的价值。鲁迅的一些杂感里面，往往有这一类的缺点，引起他对于革命失败的一时的失望和悲观。

另一方面，“五四”到“五卅”之间，中国城市里迅速的积聚着各种“薄海民”（Bohemian）——小资产阶级的流浪人的知识青年。这种知识阶层和早期的士大夫阶级的“逆子贰臣”，同样是中国封建宗法社会崩溃的结果，同样是帝国主义以及军阀官僚的牺牲品，同样是被中国畸形的资本主义关系的发展过程所“挤出轨道”的孤儿。但是，他们的都市化和摩登化更深刻了，他们和农村的联系更稀薄了，他们没有前一辈的黎明期的清醒的现实主义，——也可以说是老实的农民的实事求是的精神——反而传染了欧洲的世纪末的气质。这种新起的知识分子，因为他们的“热度”关系，往往首先卷起革命的怒潮，但是，也会首先“落荒”或者“颓废”，甚至“叛变”，——如果不坚决的克服自己的浪漫谛克主义。“这种典型最会轻蔑的点着鼻子说：我不是那种唱些有机的工作，实际主义和渐进主义的赞美歌的人。这种典型的社会根源是小资产者，他受着战争的恐怖，突然的破产，空前的饥荒和破坏的打击而发疯了，他歇斯替利[①]地乱撞，寻找着出路和挽救；一方面信仰无产阶级而赞助他，别方面又绝望的狂跳，在这两方面之间动摇着。”（乌梁诺夫）这种人在文艺上自然是“才子”，自然不肯做“培养天才的泥土”；而“很早就恨恨地磨墨，立刻写出很高明的结论道：唉，幼稚得很，中国要天才！”（《坟》：《未

① 即歇斯底里。

有天才之前》）革命的怒潮到了，他们一定是革命的；革命的暂时失败了，他们之中也一定有些消极，有些叛变，有些狂跳，而表示一些“令人‘知道点革命的厉害’，只图自己说得畅快的态度，也还是中了才子加流氓的毒。”(《二心集》:《上海文艺之一瞥》）于是要“包办”工人阶级文艺代表的“事务”。

《三闲集》以及其他杂感集之中所保留着的鲁迅批评创造社的文章，反映着一九二七年以后中国文艺界之中这两种态度，两种倾向的争论。自然，鲁迅杂感的特点，在那时特别显露那种经过私人问题去照耀社会思想和社会现象的笔调。然而，创造社等类的文学家，单说真有革命志愿的（象叶灵凤之流的投机分子，我们不屑去说到了），也大半扭缠着私人的态度，年纪，气量以至酒量的问题。至少，这里都表现着文人的小集团主义。

这时期的争论和纠葛，转变到原则和理论的研究，真正革命文艺学说的介绍，那正是革命普罗文学[①]的新的生命的产生。而还有人说：那是鲁迅“投降”了。现在看来，这种小市民的虚荣心，这种“剥削别人的自尊心”的态度，实在天真得可笑。

如果说中国在文化思想上有它的买办资产阶级的代言人，那么，以前的“《现代评论》派”的“陈西滢们”，（再早些当然也还有）现在的“新月派”的“梁实秋们”，就都是。所以对于这次革命文学或无产阶级文学运动，“梁实秋们”是非反对不可的。

他们首先在一九二八年创刊的《新月》月刊第一期上，表

① 普罗文学，指二十世纪现实主义文学。

示了对于国内一般文艺思想的“态度”(即《新月的态度》一文),提出了“健康与尊严”二大原则,作为一切思想的标准。凡是违反这个标准,即是“妨害健康”“折辱尊严”的思想,如该文所谓的“功利派”“偏激派”“热狂派”“标语派”“主义派”等等,都“不能容许他继续存在的”。不过创造社的彭康说得好:“‘健康’是谁的‘健康’?‘尊严’又是谁的‘尊严’?”“健康与尊严,在现在社会变革期中是谁要这两种东西?你们‘认定了这时代是变态是病态,不是常态’吗?因此你们觉得在这时代里有损你们的‘健康’与‘尊严’?……这些新兴势力与代表它的思想和文艺,在支配阶级及他的工具们看来,简直是‘折辱尊严’‘妨害健康’。……可是事实上,他们能够维持这样的‘尊严’与‘健康’吗?……在现在这样的‘混乱的年头”,旧支配势力是注定了要消灭的运命,他们的‘尊严’与‘健康’是无论怎样都保持不住的。不但如此,‘折辱了他们的‘尊严’,即是新兴的革命阶级获得了尊严;‘妨害’了他们的‘健康’,即是新兴的革命阶级增进了健康。……他们所列举起来的思想上的派别,是‘随笔写下的’,没有一点根据,乱杂得可笑。”(《〈新月的态度〉底批评》)

其次梁实秋在《新月》上发表他的《文学与革命》一文,才是针对着革命文学或无产阶级文学而发的意见。他说:

> 革命究竟是怎么一回事?……革命运动的真谛,是在用破坏的手段打倒假的领袖,用积极的精神拥戴真的领袖。……文学家并不表现什么时代精神,而时代确是反映着文学家的精神。……伟大的文学乃是基于固定的普遍的人性,从人心深处流出来的情思才是好的文学。……文学家所代表的是那普遍的人性,一切人类的情思,对于民众

并不负着什么责任与义务，更不曾负着什么改良生活的担子。……文学家不接受任谁的命令，除了他自己的内心的命令。……无论是文学，或是革命，其中心均是个人主义的，均是崇拜英雄的，均是尊重天才的，与所谓的“大多数”不发生若何关系。……一切的文明，都是极少数的天才的创造。科学，艺术，文学，宗教，哲学，文字，以及政治思想，社会制度，都是少数的聪明才智过人的人所产生出来的。……大多数就没有文学，文学就不是大多数的。……“无产阶级的文学”或“大多数的文学”是不能成立的名词，因为文学一概都是以人性为本，绝无阶级的分别。……文学是没有阶级性的。

对于这种“人性”“天才”的典型的资产阶级的文学论，创造社的冯乃超评驳之说：

天才是什么？……离开社会，不能想象个人；社会是个人的集团，然而这里的个人并不是孤立的个人。超时代或超社会（阶级）的个人的幻影只配在空想家的脑中徘徊。我们说个人的时候，他是社会人的个人，历史上的个人，个人受着环境的决定，同时又受着历史的制约。天才是特别的个人。在社会及在历史的当中，他的任务，因为占着特殊的地位，遂行特殊的劳动，有时是很大的。然而，我们知道人类的意志不是自由的，它常受外的关系的决定。但是个个人的外的关系是社会的关系（在该瞬间的家族，团体，职业，阶级，总社会状态的生活关系），因此，他的意志为外的境遇所决定，就是说他从外的境遇引出其活动的动机。诸葛孔明不会发明飞行机，只能做出木牛流马；

爱迪生才能有种种电气机器的发明。……他的天赋即使很厚，也不能在空洞的“无”中生出“有”来。……文艺领域的天才也何尝不是一样。

文学，它依然是人类所需要的时候，谁能反对文学是人性的表现呢？这个定义是非常的妥当，同一样的程度，又是非常的空漠。……“文学是人性的表现”“宗教是宗教思想的作用”，这样的说明简直等于没有说明，不外是同义语的叠用。……讨论“文学是人性的表现”，这与黑人的皮肤是黑色的一样，同是无聊的问题。不过为拒绝革命文学的存在，这个态度就是他穷余的办法。这个文学理论不特是否认文学的阶级性，而且，封建制度的代言人可以利用它来保存国粹，平民社会的代言人可以利用它来拥护自己地位的安全。……人间依然生活着阶级的社会生活的时候，他的生活感觉，美意识，及人性的倾向，都受阶级的制约。……“大多数就没有文学，文学就不是大多数的”，这句话的里面说尽“阶级性”支配到文学上来的秘密，因为他所能晓得的是奉侍上流阶级的文学。

——《评驳梁实秋的〈文学与革命〉》

此外，与“新月派”同样反对无产阶级文学，并根本否定马克思主义的文化理论的人们，有莫孟明、谦弟、尹若、柳絮等。他们反对一切“阶级的”文学，提出“无阶级的”“民众文学”的口号；貌似积极而且彻底，实则是象鲁迅所说的“非革命的革命急进论者”“或者憎恶旧社会，而只是憎恶，更没有对于将来的理想；或者也大呼改造社会，而问他要怎样的社会，却是不能实现的乌托邦”。然而，这几位先生是有“理想”的，那就是他们没有方法实现的“安那其主义”[①]的乌托邦。在这样的世界里而要提倡“无阶级的民众文学”，也就等于这种乌托邦。不过他们是借着光明堂皇的反对一切“阶级的”文学之名，实行其反无产阶级文学之实罢了。方法是较比梁实秋进步了的。但是因为空洞，也就没有什么影响。

从前面所说过的看来，鲁迅和茅盾都不是根本反对无产阶级文学的人，创造社和太阳社可以说是错认了敌人了。现在真正的敌人“新月派”及安那其主义者，既然肆意的向进步的文化思想和文艺理论进攻，向双方都表示了敌对，双方如仍继续的自相斗争，徒使敌人在旁边观战，岂非大大失计！于是有化除一切成见，在同一目标之下团结起来的必要。和鲁迅以后在“左联”成立时所说的一样：

> 我以为联合战线是以有共同目的为必要条件的。我记得好像曾听到过这样一句话：“反动派且已有联合战线了，而我们还没有团结起来！”其实他们也并未有有意的联合战线，只因为他们的目的相同，所以行动就一致，在我们看来就好象联合战线。而我们战线不能统一，就证明我们的目的不能一致，或者只为了小团体，或者还其实只为了个人，如果目的都在工农大众，那当然战线也就统一了。
>
> ——《对于左翼作家联盟的意见》

然而，这“目的都在工农大众”的认识，对于作者是需要科学的文艺论著和新的社会科学著作的输入，使大家认清友敌并如何去进行战斗的。所以一九二九年和一九三〇年鲁迅翻译了卢那卡尔斯基和蒲力汗诺夫的艺术论著，大量的新的社会科

① 安那其主义，即无政府主义，源自英语“anarchism”。

学书籍的输入，以及创造社、太阳社和其他人们的科学的文艺论的绍介，实为一九三〇年“左联”成立以前所必需。而过去大家所以弄得友敌不分，也就因为对于科学的文艺论“有些胡涂”（鲁迅语）的缘故。

于是以鲁迅、茅盾和创造社、太阳社双方作家为基干的“中国左翼作家联盟”就于一九三〇年三月二日在上海成立了，并发出了他们的宣言：

> 我们的艺术是反封建阶级的，反资产阶级的，又反对失掉社会地位的小资产阶级的倾向。我们不能不援助而且从事无产阶级艺术的产生。
>
> 我们的理论要指出运动之正确的方向，并使之发展，常常提出新的问题而加以解决。加紧具体的作品批评，同时不要忘记学术的研究，加强对过去艺术的批判工作，介绍国外无产阶级艺术的成果，而建设艺术的理论。

以后他们确“常常提出新的问题而加以解决”，如“大众文艺”问题和“第三种人”问题（因不属本章范围，暂不谈）等等。

“左联”成立不久，即一九三〇年六月，另一部分文人发表了他们的“中华民族文艺运动宣言”，提倡所谓“民族主义文学”，与“左联”敌对，其代表文人如王平陵、叶秋原、朱应鹏、黄震遐、李赞华、邵洵美等，出版《前锋月刊》《文艺月刊》等。他们的宣言说：

> 我们很明了艺术作品在原始状态里，不是从个人的意识里产生，而是从民族的立场所形成的生活意识里产生的。

在艺术作品所显示的不仅是那艺术家的才能、技术、风格和形式，同时在艺术作品内显示的也正是那艺术家所属的民族的产物。……

文艺的最高的使命，是发挥他所属的民族精神和意识。换句话说，文艺的最高意义就是民族主义。

他们除了提出一个“民族主义”的文学口号以外，理论则模仿泰纳（Taine）的“民族性”说；所以实践起来，就非真正的“民族主义”的创作，反有违于“中华民族的解放”了。其作用是和梁实秋们差不多的。

“九一八”发生以后，“发挥他所属的民族精神和意识”的“民族主义文学”者们，除了出版一部并无反帝情绪，仅只表现个人的英雄主义的《大上海的毁灭》（黄震遐作）以外，反而不见活动了。

此后的文艺思想，就在“左联”的影响之下向前推进。一直到“八一三”全国抗战发生，文艺思想界才改变了它过去的局面；而各派作家之间团结御侮的表示，是在鲁迅逝世前就已经有了。

第二章　创造社的革命文学主张

一　创造社的进步

> 创造社倾向于无产阶级的文学，想把革命与文学结婚，表面看着虽然是从今年的新正开始，但细细地考查起来，却绝不是突然的。他们之所以在今日发酵了，也实是经了很长久时间的酝酿。第一，郭沫若先生是创造社中最明显的，他在好久之前便吊过列宁，译过《社会组织与社会革命》，前年又在《创造月刊》上作了一篇《革命与文学》。其余的人们虽然不似郭先生这样明显，却也在口头中常常露出同情无产阶级的话来，并且前年还到黄埔去革过命，当然无形中也许受了革命的氛围所染化，这次临着“重打鼓另开张”的好机会，自然要把态度表得百分的清楚，向中国寂寞的文坛来叫嚷。
>
> ——一九二八年侍桁：《评〈从文学革命到革命文学〉》

这一段话固然表示侍桁不满意于创造社“向中国寂寞的文坛来叫嚷”，但也说明了“创造社倾向于无产阶级的文学”“不是突然的”“是经了很长久时间的酝酿”，这当然有它的社会原因的，我们在上面已经说过了。不过创造社文艺思想的转变虽然为时较早，而适应已成熟的社会情势，大声急呼“革命的文学”，由此以形成一文艺新运动者，则为一九二六年郭沫若的《革命与文学》的发表。他在本文的末一段说：

> 青年！青年！我们现在处的环境是这样，处的时代是这样；你不为文学家则已，你们既要矢志为文学家，那你们赶快要把神经的弦索扣紧起来，赶快把时代的精神提着。我希望你们成为一个革命的文学家，不希望你们成为一个时代的落伍者。这也并不是在替你们打算，这是在替我们全体的民众打算。彻底的个人的自由，在现在的制度之下也是求不到的；你们不要以为多饮得两杯酒，便是什么浪漫的精神；多诌得几句歪诗，便是什么天才的作者。你们要把自己的生活坚实起来，你们要把文艺的主潮认定！你们应该到兵间去，民间去，工厂间去，革命的漩涡中去！你们要晓得我们所要求的文学，是表同情于无产阶级的社会主义的写实主义的文学；我们的要求已经和世界的要求是一致，他们昭告着我们，我们努力着向前猛进！

从这以后，一直到一九二七年，都可以说是属于这一运动的范围；我们现在就来看看创造社一般人在这几年期间对于“革命文学”或“无产阶级文学”的重要主张是什么，因为这些重要主张也就是当时“文艺论战”的中心问题。

二 为什么要提倡革命文学

这在现在是不成问题了，我们知道这是一九二五年到一九二七年大革命时代必有的意识形态方面的反映，但在当时是颇费了一番解释的：

成仿吾在《从文学革命到革命文学》里说：

资本主义已经发展到了最后的阶段（帝国主义），全人类社会的改革已经来到目前。在整个资本主义与封建势力二重压迫下的我们，也已经曳着跛脚开始了我们的国民革命，而我们的文学运动（全解放运动的一个分野）却还睁着双眼，在青天白日里找寻已往的迷离的残梦。

我们远落在时代的后面。我们在以一个将被“奥伏赫变”的阶级为主体，以它的“意德沃罗基”[①]为内容，创制一种非驴非马的“中间的”语体，发挥小资产阶级的恶劣的根性。

我们如果还挑起革命的“印贴利更追亚”的责任起来，我们还得再把自己否定一遍（否定的否定），我们要努力获得阶级意识，我们要使我们的媒质接近农工大众的用语，我们要以农工大众为我们的对象。

换一句话，我们今后的文学运动应该为一步的前进，前进一步，从文学革命到革命文学！

这是说政治社会方面已有国民革命的新运动，在文学方面不应再停留在“五四时代”，应前进一步，提倡革命文学。

民众正在“水深火热”的压逼里面挣扎着的当今，又得了多次革命行动的实际经验；他们有反抗的热情，求解放的欲念，如荼如火的革命思想。把这些热情，欲念，思想以具体的形象表现出来的就是艺术——文学——的任务。

——冯乃超：《评驳梁实秋的〈文学与革命〉》

① 意德沃罗基，即意识形态，源自英语“ideology”。

> 艺术活动是社会生活中的一个分野，……站在无产阶级立场的文艺作家，应该以无产阶级的意识，感情及意志，去暴露各种社会事实的真相，促进及鼓动无产大众及中间分子的革命斗争为目的而从事创作。这是觉悟的文艺作家当面的任务，也是无产阶级艺术论的目前大纲。
>
> ——谷荫：《检讨〈检讨马克思主义阶级艺术论〉》

> 无产阶级艺术，是有为无产阶级解放的宣传煽动的效果，宣传煽动的效果愈大，那么这无产阶级艺术价值亦愈高。无产阶级的艺术决不象有产阶级的艺术般的看起来是有趣味的东西，它是给人们的意欲以激动，叫人们从生活的认识到实践行动革命去。
>
> ——忻启介：《无产阶级艺术论》

革命文学或无产阶级艺术，是因为它能具体的表现大众的反抗的热情，求解放的欲念及革命思想，以激动大众去作革命斗争，所以有提倡的必要。

> 劳苦群众……他们是受经济的物质的压迫，生来没有求学的机会，不知不觉受了统治阶级的宣传，不但喜欢摊簧花鼓戏等，并且很希望有真天子出现。但是我们不能武断的说这就是“劳苦群众”的要求，我们是要努力唤醒他们的阶级意识；……怎么去唤醒呢？当然不仅用革命文艺，而且有旁的更具体的方法。
>
> ——克兴：《评茅盾的〈从牯岭到东京〉》

普罗列塔利亚从一切有产者意识的解放过程，即同时是普罗列塔利亚解放过程中的激烈的意识争斗。……一切有产者的观念形态，事实上已成了社会发展的障碍物，如果我们要企图全社会构成的变革，这些障碍物，是须得粉碎的。然而因为鲁迅不能认识这种意识斗争的重要性及其实践性的缘故，所以他说：

"剥去和抗争"，也不过是"咬文嚼字"，并非"直接行动"。

可是呀，这回可不能只是"直接行动"便算完事了。

所以，要粉碎这些障碍物的有产者观念形态，当然要有一个能够粉碎它的武器才可以。即以文艺方面而论，无产者文艺，不得仅是一个观照的东西，应该是一种有破坏力的物力。因此，我主张"我们的作品，是由艺术的武器，到武器的艺术。"

——李初梨：《答鲁迅〈醉眼中的朦胧〉》

这二段是说意识斗争的重要，而革命文学运动是意识斗争的一翼，所以是"武器的艺术"，应该提倡。至于文中所说"鲁迅不能认识这种意识斗争的重要性及其实践性"，鲁迅那一段话的意思是否如此，留待讲"鲁迅的态度"时再说。

三 对于革命文学的作者、内容及作者世界观的主张

革命文学或无产阶级文学的作者，应该是无产阶级呢，还是非无产阶级？这是创造社一般小资产阶级文人而提倡无产阶级文学最受人攻击的问题。固然他们中有些人的生活与言论的不相一致，以及狭小的集团的自吹自打的不可一世的精神，也是招致反感的原因。我们现在就看看他们对于这一问题是怎样

的主张罢：

> 无产阶级在资本制度的统治底下，他自然有自己独有的意识，来观查现社会。但是他因为在经济的压迫底下，卖尽一天的劳动力，才能勉强支持一天的生活。你要他悠然自在的去读书，已经不可能；更说不上去用向来握在上层阶级手里的文字武器，来宣传自己的阶级意识，来创造自己阶级的文学。况且他在资本制环境的统治里面，必然要受许多资本制的意识的宣传，把他自己独有的意识的一部分或大部换来统治阶级的意识，这是避免不了的。所以他在没有阶级的自觉以前，他虽然对于上层阶级有一部分的斗争，这不过是自然发生的斗争，随起随灭，丝毫不能同资本制作根本的对立。在意识方面呢，由于他的环境和他的生活，根本同上层阶级的不同，固然无论如何受资本制的宣传，依然是有一部分或大部分的意识同上层阶级的对立。但是这是自然发生的意识，更说不上他能把自己的意识形态去从根本上批判上层阶级的意识形态。……
>
> 至于文学上也是同样，在无产阶级没有阶级的自觉以前，要他创作反映这无产阶级意望形态的文学是不可能的事。也许他们有所创作，在他们没有阶级的自觉以前，这种创作必然的要反映有产者的意识形态，不是无产者的文学。反之把以前的文学作一篇总结算，同时在无产阶级的意识上创作无产阶级文学的人,都大半是革命的知识分子。固然获得了阶级意识的无产者可以创作无产阶级的文学，但是不能说只限于无产阶级，革命的知识分子是没有资格的。……
>
> 在这经济基础根本变革的时代，不限定非无产阶级不

能创造的东西;革命的知识分子是可以把以前的文学清算,同时在严密的社会科学的基础上,指示将来文学的出路。这革命的知识分子虽然属于小资产阶级,由于斗争的结果,他是可以抛弃自己的阶级,而降于无产阶级的人们;所以他不是替无产阶级建设他们的文学,而是他自己建设自己阶级的文学。

——克兴:《评驳甘人的〈拉杂一篇〉》

无产阶级艺术,完全是无产阶级自身之事故,须由无产阶级者自身来创造——这样解释,怕没有异议的人吧?可是事实上是疑问出来了。怎样人才算纯粹的无产阶级者?一定要在工场农圃里工作的人吗?曾经在工场农圃工作过的,而许久前起到现在从事于艺术的,是不是可算纯粹无产阶级者?

事实上,无产阶级的文化(艺术是文化现象的一部门),不一定是由无产者自身来造的。创定无产阶级学艺基础的马克思、恩格斯,与最初无产阶级革命的导师列宁,哪个是纯粹无产阶级出身的?新兴的阶级,不一定常常是自身来做自己所必要的文化要素;将在灭亡去的阶级中的有力代表者,毅然和自己生来的境遇断绝,来加入新社会的势力。而新兴阶级,也为创造自己必要的文化,遂利用他们的力量的事实是很多的。尤其在新兴阶级发达初期时,这样事为毫无稀奇。反之,事实上作者是无产阶级出身的,或现在仍在工场农圃工作着的人,而作品仍不脱神秘,象征颓废的形体也很多。所以结局是由作品的殊质,而不是由作品或作者所属阶级来作标准去决定它是无产阶级的与否。

——忻启介:《无产阶级艺术论》

创造社其他人们的意见，也都和克兴及忻启介的差不多，这里不再多引了。那么，作者既然不必定是无产阶级，作品的内容当然也不一定要写无产阶级的生活了。

> 无产者文艺，也不必就是描写无产阶级。
>
> 因为无产阶级的生活，资产阶级的作家也可以描写。
>
> 资产阶级的描写，在无产阶级的文艺中也是不可缺少的。
>
> 要紧的是看你站在那一个阶级说话。
>
> 普罗列塔利亚特中有革命的工贼存在。
>
> 从普罗列塔利亚特出身的文士，也不能保无“文贼”。
>
> 所以无产者所作的文艺，不必便是普罗列塔利亚的文艺。
>
> 反之，不怕他昨天还是资产阶级，只要他今天受了无产者精神的洗礼，那他所作的作品也就是普罗列塔利亚的文艺。
>
> 在阶级快要决裂的时候，有一小部分的权力阶级竟脱离旧的关系，投入革命阶级——掌握将来的阶级。从前有一部分贵族投向有产阶级，现在也有一部分有产阶级投向无产阶级；那一部分能够了解这种运动的有理想的资本家便是如此。
>
> ——郭沫若：《桌子的跳舞》

郭沫若这一段话，不但表示了无产阶级文学的内容，“不必就是描写无产阶级”；也说明了作者哪怕昨天还是资产阶级，只要他站在无产阶级立场说话，就是无产阶级文学作家。这样就关联到作者的世界观问题：

如果我们要站在无产阶级的世界观上，描写暴露小资产阶级的生活，为革命潮流打出一条出路，使小资产阶级的知识分子站到无产阶级领导之下来，这是大该而特该的了！如果站在这个立场上，不但应该描写小资产阶级，并且应该暴露资产阶级；不但是专为劳苦群众工农诉苦。

要规定某作品的价值，必须要看他的内容，是对社会潮流起作用，起什么作用？据茅盾先生自己的介绍:《幻灭》描写的主要点是幻灭，“主人公静女士当然是一个小资产阶级的女子，理知上是向光明，要革命的；但感情上则每遇顿挫便灰心，也不能持久的。消沉之后感到寂寞便又要寻求光明，然后又幻灭；她是不断的在追求，不断的在幻灭。”这么的内容，在小资产阶级的文艺批评家看来是很好的，描写小资产阶级的根性十分充足的。描写小资产阶级的认识不充足，无目的，空虚的革命，是十分明确的。我们相信有许多小资产阶级受了革命潮流的推动，莫明其妙的起来革命，“仿佛明天就是黄金世界”；可是看见资产阶级反动起来，又会害怕；看见无产阶级激化起来，因为同他们本身利益有了冲突，于是又起幻灭，对于革命的憧憬既幻灭了，又怕别人骂反革命，又不得已把革命的招牌挂起；挂起了革命的招牌，仍旧是幻灭。正是“不断的在追求，不断的在幻灭”。但是用社会科学的眼光看来，这种幻灭追求的循环，却不是什么精神特有的神秘，根本是不能弃掉他们本身以物质上的利益和反抗资产阶级压迫的冲动所起的矛盾。如果他们的环境急剧的破产了，那么，他们必会积极的趋向革命，认识革命，再不起幻灭，如果他们环境仍然是不变，他们仍然是要幻灭的，这篇作品如果在幻灭之后，找着了一条出路，积极起来革命，不致再幻灭，那么，仍然是描写小资产阶级的革命的作品，对于社会的潮流有一种领导的作用。可是茅盾先生所写的根本是个幻灭，（黏守题目，在旧文学上或者是一种好的现象）“幻灭”本身作用对于无产阶级是为资产阶级麻痹了小资产阶级的革命分子，对于小资产阶级分明指示一条投向资产阶级的出路，所以对于革命潮流是有反对作用的。也许他所描写的是客观的现实，但是单描写客观的现实，是空虚的艺术至上论，是资产阶级的麻醉剂。所以他所描写的虽然是小资产阶级，他的意识仍然是资产阶级的，对于无产阶级是根本反对的。

至于他的《动摇》呢，据他自己说：“《动摇》所描写的就是动摇，革命斗争剧烈时从事革命工作者的动摇。”……他的《动摇》纯然是动摇，资产阶级意识完全支配了全作品，对于无产阶级的效果依然是反对的；同《幻灭》的效果是一样的。至于《追求》呢，更无用讲是暴露他自己缠绵幽怨激昂奋发的狂乱的混合物，其余更谈不上。

我们要知道旧文学所以成为统治阶级的文学，并不因为描写过封建地主，资本家等，而是因为它所反映的意识形态，是利于统治阶级，拥护他们的阶级利益的意识形态。譬如茅君的《幻灭》，虽然描写几个小资产阶级，但是因为他所描写的幻灭，只是幻灭，只是机械的客观描写；除描写幻灭以外，更无其他目的。很显明的反映了资产阶级的艺术至上主义。在这革命潮流急剧发展的时期，很容易为统治阶级削弱革命的势力，使一般小资产阶级迷离彷徨，所以它的效果确是反动的。

——克兴：《评茅盾的〈从牯岭到东京〉》

无论作者是什么阶级的人，无论作品内容写些什么，而作者必须有进步的世界观，——无产阶级的主界观；创造社提出出了这意见是对的，不过克兴上面几段批评茅盾《三部曲》的文章，断定其中是“资产阶级意识”（当然是资产阶级的世界观），该作品的社会作用“是资产阶级的麻醉剂”；凡是读过《三部曲》的人们大约都会觉得不是这样简单的。茅盾在《读〈倪焕之〉》里也曾有所答辩，留待讲“茅盾的意见”时再说吧。

四　革命文学的创作方法

作者的世界观是创作方法的基础，但除此以外创造社还提出了其他的意见。

> 最后茅盾先生还提出了文艺技巧的问题，这却是大问题。不过据我看，以后革命文艺是应该推广到工农群众去；那末，文句应该通俗化，应该反映工农的意识。因为他们的社会生活是现实的工作，所以他们的意识是具体的现实的；作抽象的虚玄的描写，他们根本不会了解的。这么一来，“新写实主义”也许是客观环境所要求……工人的意识是使新写实主义发生的大原因。茅盾说有两点不能把新写实主义移来：“第一是文字组织问题，照现在的白话文，求简练是很困难的。”这也未见得；我们真正的白话，是传达我们的感情思想最简便的武器，真能照白话作文艺作品，怎么一定会繁杂呢？第二个理由，说简练了的描写是否在他们（小资产阶级）了解上发生困难，这完全不成立。……至于茅盾又说：“不要太欧化，不要多用新术语，不要太多了象征色彩，不要从正面说教似的宣传新思想。”这也要看

当时的客观情形来决定，不是预先可以立条文的。如果一般的文化程度高，欧化一点，倒也可以扩张国语。至于说以前的作品却全犯了这个毛病，那是对的。

——克兴：《评茅盾的〈从牯岭到东京〉》

我们要使我们的媒质接近农工大众的用语，我们要以农工大众为我们的对象。……

创造社素来对于完成我们的语体非常努力，它的作家们没有一刻忘记这一方面的努力；实际上他们的成功由于这一方面努力的亦不少，但他们以前的三个方针：A. 极力求合于文法，B. 极力采用成语，增造语汇，C. 试用复杂的构造。他们在应用这三个方针的时候，做梦也没有想到他们会与现实的语言相离那么远！

——成仿吾：《从文学革命到革命文学》

关于作品所用的文字，一致主张“应该通俗化”或“要使我们的媒质接近农工大众的用语；”而克兴说“欧化一点，倒也可以扩张国语”，成仿吾则对于白话文的文言化和欧化忏悔似的说：“极力采用成语，增造语汇”“试用复杂的构造”“做梦也没有想到他们会与现实的语言相离那么远！”同时冯乃超在上面引过的一段文字里，也说白话文是“非驴非马的中间的语体”。一九三二年的“大众文艺”问题和一九三四年的“大众语”的提倡及反白话文的论争，都在这里看到一点萌芽。这是关于创作方法的文字形式的，至于创作的理论方面应该怎样呢：

革命文艺家应该用辩证法唯物论的眼光，来分析客观的现实：把这客观的现实再现于他的作品。即是讲，革命文艺不可不立足于客观的具体的美学上。如果革命文艺真正站在客观的具体美学上，才能真正同旧文学根本对立，才能真正化为无产阶级文学。

——克兴：《评茅盾的〈从牯岭到东京〉》

我们的文艺，当然不是孤立的个人的描写，不可不是阶级的，集团的自我的描写。我们的描写当然不是抽象的，以认识曲线的一部为全体，而无限的扩张，使它成为一朵虚玄的花。因为我们的描写，是由无产者的客观的认识，观察现实的生活，由事物的媒介性，事物的过程上，全体性上，内的联络上观察而来的。……

我们怎能达到创作这种文学的目的呢？当然第一，是离不了具体的革命的行动。第二，要把由矛盾的发展得来的现实生活的印象，调和的，全面的，实验的去描写。第三，由这方法所创造而来的全体，应该为提高无产阶级的生活水准，当作组织的斗争的工具去使用。自然这三个条件不可不完全统一的去实行：如果缺乏第一个条件，全体不过是虚构；如果缺乏第二个条件，那么，我们就没有了艺术；（自然不是指从来的艺术）如果缺乏第三个条件，那种作品不过是作者个人的手淫。

——克兴：《评驳甘人的〈拉杂一篇〉》

比如我们要表现“五卅”，我们即使没有跳在那个漩涡之中，我们可以去访问那时的当事的人，可以考核当时的文献，经过相当的缜密的研究，我可以相信我们一定可以生出一个伟大的直观，激刺我们的创作欲。又比如我们要表现工人生活也是一样，我们率性可以去做工人，去体验那种生活。象辛克来（Upton Sinclair）的《石炭王》一类的作品，那没有到炭坑里面去研究过是绝对写不出的呀！

——郭沫若：《桌子的跳舞》

仅有进步的世界观，（这也须在实践中才能得来）仅有文艺创作的理论知识，是不够了；必须要有“具体的革命的行动”，必须要“去体验那种生活”；换句话讲，就是创作应以实践为基础。

五 文学的阶级性

从上面所引的那些段文字里，已可以看出“阶级”的思想在贯串着立论的各方面；现在再引几段“文学是有阶级性的”的系统主张在下面。虽然我们现在对此，已觉得是老生常谈，平淡无奇了；但在当时是最不为文人学者所了解，而惹起了许多理直气壮的反对的：

在社会的阶级制度没有奥伏赫变以前，无论什么文学都是反映支配阶级的意识形态的文学。任凭作家是什么阶级的人，在他没有用科学的方法，去具体的分析历史的社会的一般现象，解释社会现实的运动以前，必然地他不能把一切支配阶级的意识形态克服，他的作品一定要反映支配阶级的意识，为支配阶级作巩固他的统治的工作。漠视民众现实的生活，将合理的生活建设在虚玄的幻影上。也许他们生在和围绕他们的社会不调和的里面，作些暴露支配阶级的罪恶，表面上为群众的痛苦呐喊，但是他们并不是超越阶级斗争，而是站在支配阶级的立场，注射人道主义的麻醉药，幻想永久不变的仁爱，教支配阶级怎样去巧妙的施行剥削欺骗，教支配阶级连群众的最后一滴血通同榨光了。……

就是中国古时，向来明了的把文学定义作"文以载道"；这种"道"当然不是被支配阶级求解放的"道"，而是支配阶级完成他们的统治的"道"。由这样看，中国早已痛快的把文艺看做支配阶级宣传的工具。

——克兴：《评驳甘人的〈拉杂一篇〉》

冯乃超在驳梁实秋的"文学是人性的表现"里，如下面的三段也说明了"文学的阶级性"。

在阶级社会里面，阶级的独占性适用到生活一般的上面：言语，礼仪，衣食住，学术，技艺，乃至一切的生活内容。这决不是德谟克拉西的，是有阶级性的。贵族王孙，他的"人性"就是"落花秋月"的一类的感慨，和晨昏囚在黑暗的工人，不会发生任何的关系。这样看来，怪不得"德谟克拉西的精神在文学上没有实施的余地"。同时，要梁先生明白的，王孙们的"人性"，这就说不着是"全人类的公同的人性"了。"假如人人都有文学的品味和夙养"(请你睁开眼看看现实的社会!)这是事实么？……若果艺术是没有阶级性的话，同一时代的，同一社会里的艺术——因此，又是当时的社会人的美意识，不能不是一样的。然而，十八世纪末叶法国王朝的好尚，所谓牧歌调，感伤主义，烦琐主义，为什么竟被不情热的合理主义的市民艺术的古典主义所驱逐？这样的质问，"人性"能给我们以满足的解答么？不，绝对地不能！它的解答却在艺术的阶级性里面。……人间依然生活着阶级的社会生活的时候，他的生活感觉，美意识，及人性的倾向，都受阶级的制约。“吟风弄月”，这是有闲阶级的文学；“剥除资本主义的假面，却又向农民大众说忍耐”，这是小资产阶级的文学。赞美资本家的雄狮，贬谪民众是分食余脔的群小兽类的文学，是反革命的文学。这不是无端的加人身上的“罪名”，而是根据作品的内容思想在阶级社会中所演的任务，引导出来的结论。而且事实上，这些文学是俨然的存在；况且梁教授又说得好：“大多数就没有文学，文学就不是大多数的”，这句话的里面说尽了“阶级性”支配到文学上来的秘密，因为他所能晓得的是奉侍上流阶级的文学。

——冯乃超：《评驳梁实秋的〈文学与革命〉》

他们爱说：文学是全人类的，文学是无阶级性的，文学是没有什么革命不革命的。当然，他们的“人类”原是把无产阶级的“牛马”除外了的；你们根本不承认无产阶级，当然是没有阶级——“牛马”那能和“人类”对立而成为阶级呢？你们是根本反对革命，当然是没有什么革命不革命。哼！“为全人类”这样的大话，我们暂且不要谈，我们让一点价说一个“为大多数的人类”罢：这样的时候你的立脚点怎么样？

我们的文艺是要为大多数的人类的时候，那我们就不能忽视产业工人和占人类中最大多数的农夫；但这些又是你们的仇敌。你们还能说，文艺是无阶级性的吗？老实说一句：你们的所谓“为全人类的文艺”就是不革命甚至反革命的文艺，我们只为大多数的人类的文艺，就是革命的文艺；不消说我们是低你们一级啦。你们还是要反对吗？

> 唔！那你们最好是说我们的不是文艺。
>
> ——郭沫若：《桌子的跳舞》

“那你们最好是说我们的不是文艺”的战法，在郭沫若说这话的三四年以后（即一九三二年讨论“文艺创作自由问题”时），苏汶是采取了；他说，“你假使真是一个前进的战士，你便不会再要文艺了”；“终于，文学不再是文学”了。他是想用这种战法，去取消革命者的文学的武器，好象对人们说：“革命者还是革命要紧；革命者的文学就只有行动，本来不是什么文学。”然而，创造社一般人在一九二八年前后的革命文学作品，技术上确有“标语口号文学”的毛病，以致使人感觉着“不是什么文学”。不过这毛病以后也逐渐减少改正了；中国的文坛上终于有象《八月的乡村》那样的作品出现。

六　文学的宣传作用

“文艺是广义的宣传工具”，这在现在，除非是艺术至上论者，大约没有不同意的了。但是，在十年前，因为当时的革命文学作品的标语口号化，因为当时创造社的文艺理论还未足以透彻的解释这一问题；“文学是宣传”的一句话使许多人大不以为然，尤其是“新月派”的“梁实秋们”。创造社对于这一问题在当时是怎样解释的呢：

> 一切的艺术，脱不了将自己阶级的思想感情及意欲，具象的织入作品之中的一途，因此称它为宣传的艺术。所以由这个意义讲，无论它是资产阶级的，或者是无产阶级的艺术，都可称之为宣传的艺术。所以，辛克来说：“一切

的艺术是宣传，普遍的不可避免的是宣传；有时是无意识的——大抵是故意的宣传。”

——谷荫：《检讨〈检讨马克思主义阶级艺术论〉》

生活组织的文学：

“文学是人性的表现”这话是没有意义的，上面已经指摘了。

文学即使是作家的“内心的命令”（这是限于个人主义作家产生的作品），也不能决定它“不曾负着什么改良生活的担子”。比如，象征主义的文学，一见和社会生活是没有关系，然而，这流派发生的社会根据，却植根于对现实生活的失望，而在空虚的神秘的王国中找寻理想。神秘的理想主义当然不是实生活的理想，然而，也不能因此抹杀它是求生活的调和的“内心”的要求的文学；若是它的自身可以离开人类生活，主张自己的独立性；那就不是人类所需要的东西。为议论的明快起见，我们引用下列的一段文章：

“我们看过，科学把人的思想系统化，秩序化，纯粹化；从矛盾解放，从知识的断片，碎布，缝成一件科学的观念及理论的衣裳。然而，人是不单思索而且感情：他烦恼，快乐，希望，欢喜，悲哀，绝望等。他的感情可以是无限的复杂而纤细；他的精神的体验，也可以有时以这个有时以别个音义谐和调子。艺术或以语言，或以音响，或以运动（如跳舞），或以其他手段，总之，以技巧的形态，表现这些感情，因而使感情系统化。这又可以换言如下：艺术是感情的社会化。”

——布哈林：《史的唯物论原理》

艺术（文学亦然）是生活的组织，感情及思想的“感染”；所以，一切的艺术本质的必然是“煽动”“宣传”。（这不拘艺术家自身有意或无意）中国的旧戏作家，不论他是意识的无意识的，以“上京求名”的事实写脚本，这作品是官吏阶级的“升官发财”思想的宣传：这是客观的，从批评家的主观独立的事实。这样，中国旧戏替以前社会的支配阶级尽了许多义务；然而，社会已渐次变化，新戏要把旧戏责任取来负担。这事情说明艺术负有组织生活的秘密。空洞的主张“文学的价值”，内心的要求，不过要装面子。

——冯乃超：《评驳梁实秋的〈文学与革命〉》

茅盾先生又说：“我们的革命文学新作品，即使不是有意的走入了标语口号文学的绝路，至少也是无意的撞上去了。有革命热情而忽略于文艺的本质，或把文艺也视为宣传工具（狭义的），或虽无此忽略与成见而缺乏了文艺素养的人们，是会不知不觉走上了这条路的。然而我们的革命文艺批评家似乎始终不曾预防到这一着。”他的意思如果是说应该巧妙的应用文艺的武器宣传，那是对的；如果说应该顾虑文艺的本质，不应该把它当作宣传的工具以致踏上这条路，那是不对的。文艺本来是宣传阶级意识的武器，所谓本质仅限于文字本身，除此以外，更没有什么形而上学的本质。我们知道一切过去的作品在于生活的描写，而现在最要紧的，在于如何应用文学的武器，组织大众的意识和生活，并推进社会的潮流。至于还要我们顾虑到资产阶级所给予于文艺的本质，那全是时代错误了。

——克兴：《评茅盾的〈从牯岭到东京〉》

说文艺能“组织生活”，固然犯了布哈林的唯心论的错误，但由以上各段也可以看出“文艺是宣传”的解释。

七 唯物的文学论

生产力的一定的发展程度，决定在社会的生产过程中的人类相互的对立关系，社会形态是为表现这个关系的。适应这形态的，有精神和风习的一定的状态；宗教，哲学，文学和艺术等是要与这一定的状态所产生的能力，趣味倾向及嗜好等一致的。

这是思想和文艺的发生缘由，因为思维本身是受存在决定的。

——彭康：《〈新月的态度〉的批评》

我们知道决定诗人，哲学家或艺术家的活动方向的——他们的人生观或世界观，受他们所生存的时代和围绕他们的社会环境的规定；一部分是环境的传统的见解，而别一部分是与环境的冲突而发生的，所以我们要研究历史上的文学的意义的，不能不从社会环境，社会心理，世界观及人生观上出发。……泰纳在他的《艺术论》中，很正当的指示着：“为理解某种艺术作品，艺术家或艺术家的流派，不能不正确的写出他们所属时代之知能的及道德的发展之一般状态。”这正是我们批评艺术的正当方法。然而，我们不能不再进一步，增加一句话，补足他说犹未尽的地方：时代之知能的及道德的标准，它自身又依据于物质的生产条件；所以，对于艺术的创造，这个条件虽然是间接的，也是影响的要素。

——冯乃超：《评驳梁实秋的〈文学与革命〉》

文艺这件东西，如果从它的起源看来，本就是属于民众的：初民时期，大家于工作之暇聚集起来唱一唱歌，跳一跳舞；在这个时期连唱的歌都是由大家你一句我一句联续而成的，并无所谓作家。及至后来，私有财产制度成立了，社会生活也已不若从前简单，有分工的必要了，于是所谓歌者的，也就不能不另成一种有闲阶级依附着压迫阶级以制歌唱曲来营生活。但是文化本身既逐渐进步，文艺的内容也已不若从前只限于歌咏：饮食，男女，渔猎，祭祀之类的东西，而已饱含着丰富的思想。到了近世，文艺差不多完全建筑在生之意识上。以一个站在生之意识的顶点的文艺家来看这现世的人们，因私有制度反映出来的自私自利的生活，自然就会感到种种的不平，看见种种的矛盾，和自己本身生活之可怜！故从前有许多文艺家，因为看不惯这腐败的社会，过不惯这种矛盾的生活，于是自己就舍弃了世间的一切荣名，回到自然的怀抱里，去过他们的简单化的理想的生活——从这个世间逃出去！更有些徒殉一时之快感，只求得到官能的满足来麻醉自己的灵魂。

——黄药眠：《非个人主义的文学》

革命文学，不是谁的主张，更不是谁的独断，由历史的内在的发展，它应当而且必然的是无产阶级文学。不但是中国社会发展的必然结果，同时是国际资本主义没落的必然结果；必然的要有无产阶级文学来代替资产阶级的文学。《经济学批判》的“序文”里面有一段说：

“社会的物质生产力，在它发展的某一定的阶段上，同从来在社会活动的现存的生产关系，或者只不过是它的法则表现的所有关系，发生冲突。这些关系于是由生产力的发展形态，一变而为它的桎梏。……由经济的基础的变动，巨大的上层建筑一切或者徐徐的，或者急剧的变革。”

我们生在经济的基础变动的时代，这上层建筑之一的文艺，当然要起变革，而有新的文学，革命文学，无产阶级文学，来代替从来的文学。

——克兴：《评驳甘人的〈拉杂一篇〉》

历史的发展必然的取辩证的方法；因为经济的基础的变动，人类生活样式及一切的意识形态，皆随而变革；结果是旧的生活样式及形态等，皆被扬弃，而新的出现。

近代资本主义激潮的来侵；早把我们旧日的经济基础破坏；欧战中我们更有了近代式的资产阶级及一部分小资产阶级的“印贴利更追亚”，文学这意识形态的革命渐不能免，而解决这一切的关键，也已伏在“文”和“语”的对立关系。

——成仿吾：《从文学革命到革命文学》

由以上所引各段看来，创造社在当时所发表的“唯物的文艺论”，不过粗粗的解释了上层文化与下层经济基础的关系，和文艺与经济及社会环境的关系；至于上下层文化的相互关系或影响上层文化各部门间错综复杂的关系，以及文艺的错综复杂的反映客观世界，都没有较详的解释或分析。以致不但鲁迅的阶级性始终不定，即冰禅所提出的十九世纪和二十世纪几位世界著名作家及其作品的社会作用究竟如何（见第四章），也未能解答：这当然一方面也由于对于文艺的阶级性了解得不够所致。

八 结语

总之：创造社当时的革命文学或无产阶级文学主张的各方面，都表示出只是粗略的发端，内容的充实或理论的改进，都有待于继续的努力。但创造社对于这一工作的历史的职任，似乎又到此为止了（个人方面也有继续努力的），以后的工作，则由并非提倡者的“敌人”鲁迅所领导的“左联”接替过来，与创造社中的少数人共同继续努力。

所以，一九二八年前后的创造社这一次对革命文学或无产阶级文学的努力，只是中国左翼文艺的启蒙工作，那时代也可以说是中国左翼文艺的启蒙时代。

第三章　鲁迅的态度和茅盾的意见

鲁迅在当时虽然是所谓“语丝派”的“主将”，但他对这次革命文学或无产阶级文学运动的“态度”，却和在《语丝》《北新》等刊物上发表关于这一个问题的文章的人的意见不同。“他至多嘲笑了革命文学的运动（他也并没有嘲笑革命文学的本身），嘲笑了追随者中的个人的言动。”画室（冯雪峰）的这两句话，可以在鲁迅当时发表的文章里找出它的根据。所以，本书要把“鲁迅的态度”和“语丝派其他作者的意见”，分别开来论述。至于茅盾，他也不是根本反对革命文学的人，他倒对革命文学的提倡者们提出了许多具体的意见；就是创造社也认为他是“提出了许多现实的具体的问题；这些问题，我们不应该抹杀它，而应该正当的去解决它”。（见克兴：《小资产阶级文艺理论之谬误——评茅盾君底〈从牯岭到东京〉》一文的后面，该志“编辑委员会”所附意见），所以，现在把“茅盾的意见”也放在这里来讲。

一　鲁迅的态度

据李何林编《中国文艺论战》所搜集鲁迅在当时发表的对于创造社“论而且战”的文章，共有五篇，即一、《“醉眼”中的朦胧》，二、《我的态度气量和年纪》，三、《文艺与革命》（和冬芬的通信），四、《路》，五、《文坛的掌故》（和徐匀的通信）。

此外，一九二八年和一九二九年及以后，虽也有谈及革命文学或创造社诸人言行的文字，但那已经是余波，而且他的态度也并没有变。（如《三闲集》《二心集》所收的那几篇。上举五篇亦在《三闲集》内）。他不但始终未曾“嘲笑革命文学的本身”，在一九二九年他译出了片上伸的《无产阶级文学的理论与实际》与卢那卡尔斯基的《艺术论》；在一九三〇年他译出了蒲力汗诺夫的《艺术论》，卢那卡尔斯基的《文艺与批评》，苏联的《文艺政策》和雅各武莱夫的长篇小说《十月》；次年他又出版了法捷耶夫的《毁灭》。以创造社的论敌，倒对创造社所提倡的革命文学，切切实实的作了许多理论上的和作品上的绍介工作。他以后在《〈三闲集〉序言》里说：

> 我有一件事要感谢创造社的，是他们“挤”我看了几种科学底文艺论，明白了先前的文学史家们说了一大堆，还是纠缠不清的疑问。并且因此译了一本蒲力汗诺夫的《艺术论》，以救正我——还因我而及于别人——的只信进化论的偏颇。

他扬弃了他的“只信进化论的偏颇”，奠定了“史的唯物论”的根基；是他的思想的进步，并不是什么“转变”。这也因为他根本没有反对过革命文学，现在就看看他当时发表的文章罢：

> 然而各种刊物，无论措词怎样不同，都有一个共通之点，就是，有些朦胧。这朦胧的发祥地，由我看来，——虽然是冯乃超的所谓“醉眼陶然”——也还在那有人爱也有人憎的官僚和军阀。和他们已有瓜葛，或想有瓜葛的，笔下便往往笑迷迷，向大家表示和气；然而有远见，梦中

又害怕铁锤和镰刀，因此也不敢分明恭维现在的主子，于是在这里留着一点朦胧。和他们瓜葛已断，或则并无瓜葛，走向大众去的，本可以毫无顾忌地说话了，但笔下即使雄纠纠，对大家显英雄，会忘却了他们的指挥刀的傻子是究竟不多的，这里也就留着一点朦胧。于是想要朦胧而终于透露色彩的，想显色彩而终于不免朦胧的，便都在同地同时出现了。

其实朦胧也不关怎样紧要。便在最革命的国度里，文艺方面也何尝不带些朦胧，然而革命者决不怕批判自己，他知道得很清楚，他们敢于明言。惟有中国特别，知道跟着人称托尔斯泰为“卑污的说教人”了，而对于中国“目前的情状”，却只觉得“在事实上，社会各方面亦正受着乌云密布的势力的支配”，连他的“剥去政府的暴力，裁判行政的喜剧的假面”的勇气的几分之一也没有；知道人道主义不彻底了，但当“杀人如草不闻声”的时候，连人道主义式的抗争也没有。剥去和抗争，也不过是“咬文嚼字”并非“直接行动”。我并不希望作文章的人去直接行动，我知道作文章的是大概只能作文章的。

因为那边正有“武器的艺术”，所以这边只能“艺术的武器”。这艺术的武器，实在不过是不得已，是从无抵抗的幻影脱出，坠入纸战斗的新梦里去了。但革命的艺术家，也只能以此维持自己的勇气，他只能这样。倘他牺牲了他的艺术，去使理论成为事实，就要怕不成其为革命的艺术家。

——鲁迅：《“醉眼”中的朦胧》

上面这三段话，除了“嘲笑”（？）革命文学运动者而外，还指出了有些“只能作文章的”“革命的艺术家”，不能“直接行动”，不能“使理论成为事实”的空嚷理论，不去实践的毛病来。革命文学运动，不以实践为基础，而只拨弄着社会科学常识；虽然热情有余，口号也无论怎样激烈，骨子里却空虚得很。所以一经战斗，便颓然而仆，竟敌不过还未把握着阶级理论的鲁迅：

含混地只讲“革命文学”，当然不能彻底，所以今年在上海所挂出来的招牌，却确是“无产阶级文学”。至于是否以唯物史观为根据，则因为我是外行，不得而知。但一讲无产阶级文学，便不免归结到斗争文学，一讲斗争，便只能说是最高的政治斗争的一翼。这在俄国，是正当的，因为正是劳农专政；在日本也还不打紧，因为究竟也还有一点微微的出版自由，居然也还说可以组织劳动政党。中国则不然，所以两月前就变了相，不但改名“新文艺”，并且根据了资产社会的法律，请律师大登其广告，来吓唬别人了。

向“革命的知识阶级”叫打倒旧东西，又拉旧东西来保护自己，要有革命者的名声，却不肯吃一点革命者往往难免的辛苦，于是不但笑啼俱伪，并且左右不同，连叶灵凤所抄袭来的“阴阳脸”，也还不足以淋漓尽致的为他们自己写照，我以为这是很可惜，也觉得颇寂寞的。

——鲁迅：《文坛的掌故》

后来鲁迅说他们是“才子加流氓”（见一九三一年作《上海文艺之一瞥》：“无论古今，凡是没有一定的理论，或主张的变化并无线索可寻，而随时拿了各种各派的理论来作武器的人，都可以称之为流氓。”）固然不能概括了创造社的各种人物，而才子气却是他们中一些人的特色。革命文学运动，是一种艰巨的工作，自负的英雄们，气盛的才子们，是担负不来的。所以，结果还是鲁迅以后所领导的“左联”接替过来（这里面也有创造社的少数人）。关于他们的错误，鲁迅在《上海文艺之一瞥》里有很中肯的批评：

> 但那时的革命文学运动，据我的意见，是未经好好的计划，很有些错误之处的。例如，第一，他们对于中国社会，未曾加以细密的分析，便将在苏维埃政权之下才能运用的方法，来机械的地运用了。再则他们，尤其是成仿吾先生，将革命使一般人理解为非常可怕的事，摆着一种极左倾的凶恶的面貌，好似革命一到，一切非革命者就都得死，令人对革命只抱着恐怖。其实革命是并非教人死而是教人活的。

然而，前面已经引过（见第二章），李初梨在《答鲁迅〈“醉眼”中的朦胧〉》的一文里，说“因为鲁迅不能认识这种意识斗争的重要性及其实践性的缘故，所以他说‘剥去和抗争，也不过是咬文嚼字，并非直接行动。’”他在同一篇文章的另一段里，又重复的判定鲁迅的这句话，和“这艺术的武器，实在不过是不得已，是从无抵抗的幻影脱出，坠入纸战斗的新梦里去了。”都是“一方面积极地，抹杀并抗拒普罗列塔利亚特的意识斗争，他方面消极地，固执着构成有产者社会之一部分的上部构造的现状维持，为布尔乔亚汜当了一条忠实的看家狗！”

但是，从上面所录的包含这几句话的鲁迅的二大段文章里，明明看见他前后一贯的是说：创造社虽然骂托尔斯泰为“卑污的说教人”了，但对中国这“乌云密布”的目前情状，连托氏似的“剥去……”的勇气的几分之一也没有；创造社又骂人道主义不彻底了，但当“杀人如草不闻声”的时候，连人道主义式的抗争也没有。其实，剥去和抗争，也不过是咬文嚼字。创造社尚且做不到，何况革命文学运动应该以实践为基础，革命文学者应该去实践，去“直接行动”呢？这是说，即使创造社是“单能作文章的”罢，但连应该作的“剥去和抗争”的文章也并没有作！这是说创造社一般人对现实胆怯和空浮，是丝毫没有轻视“意识斗争”的意思的。

因为创造社不能去“直接行动”“去使理论成为事实”，所以“不过是不得已”来弄这“艺术的武器”；是对现实“从无抵抗的幻影脱出”，因而只落得空喊理论，“坠入纸战斗的新梦里去了”。这是说：创造社“纸战斗”的胆怯（无抵抗）和不切合实际。“但革命的艺术家，也只能以此维持自己的勇气，他只能这样”！倘没有了这“纸战斗”的“艺术的武器”“就要怕不成其为革命的艺术家”了。——就在如上的这一段里，也没有“鲁迅不能认识这种意识斗争的重要性及其实践性”的意思。

> 创造社的一群，是什么样的人物？原来一九二七大革命的流产，参与其役的战士们，遭杀的遭杀，败退的败退。遭杀的已经完了；退下来的，有的抹抹血迹，仍然另走他应走的道路；有的无声无息隐退下去；有的便弃武就文，扛起革命文学的大旗来了。创造社就是这样退下来的一伙。
>
> ——伯衡：《鲁迅先生的战迹和思想》

为了解创造社中一部分人何以要来提倡革命文学，伯衡的这一段话，是可以拿来做为鲁迅的“这艺术的武器，实在不过是不得已，是从无抵抗的幻影脱出"的补充的。当然，除此人事的原因以外，还有作为这一运动的基本的大的社会背景在，这在前面已经说过了。他们是和胡适、陈独秀等的提倡新文学运动一样，在无产阶级文学运动上，也有相当的启蒙的历史的意义和价值、同时缺点或毛病是一样也有的。

> 上海的文界今年是恭迎无产阶级文学使者，沸沸扬扬，说是要来了，问问黄包车夫，车夫说并未派遣。这车夫的本阶级意识形态不行，早被别阶级弄歪曲了罢。另外有人把握着，但不一定是工人。于是只好在大屋子里寻，在客店里寻，在洋人家里寻，在书铺子里寻，在咖啡馆里寻……
>
> ——鲁迅：《路》

这也不过是说，倘没有无产阶级生活实感，即使"有人把握着"无产阶级意识，则空有理论知识如何能产生无产阶级文学？也不过是冒名顶替罢了。不过李初梨对这一段在《自然生长性与目的意识性》里说：

> 他（鲁迅）的意思是说，普罗列塔利亚文学，是一定要待普罗列塔利亚自身来创作，要是它的作家或提倡者"不一定是工人"，或"另外"的人，那就是冒名或作伪了，这是他所不恭迎的。不过中国的"工人"，现在连认识字的也很少，那么，中国的普罗列塔利亚文学，当然不能成立了。

这是说鲁迅否定了"中国无产阶级文学的成立"。而鲁迅的意思其实是否定了"创造社的"无产阶级文学的成立。"他至多嘲笑了革命文学的运动。"

别的此刻不谈。现在所号称革命文学家者，是斗争和所谓超时代。超时代其实就是逃避，倘自己没有正视现实的勇气，又要挂革命的招牌，便自觉地或不自觉地必然地要走入那一条路的。身在现世，怎么离去？这是和说自己用手提着耳朵，就可以离开地球者一样地欺人。社会停滞着，文艺决不能独自飞跃，若在这停滞的社会里居然滋长了，那倒是为这社会所容，已经离开革命，其结果，不过多卖几本刊物，或在大商店的刊物上挣得揭载稿子的机会罢了。

斗争呢，我倒以为是对的。人被压迫了，为什么不斗争？正人君子者流深怕这一着，于是大骂"偏激"之可恶，以为人人应该相爱，现在被一班坏东西教坏了。他们饱人大约是爱饿人的，但饿人却不爱饱人，黄巢时候，人相食，饿人尚且不爱饿人，这实在无须斗争文学作怪。我是不相信文艺的旋乾转坤的力量的，但倘有人要在别方面应用它，我以为也可以，譬如"宣传"就是。

美国的辛克来儿说：一切文艺是宣传。我们的革命文学者曾经当作宝贝，用大字印出过；而严肃的批评家又说他是"浅薄的社会主义者"。但我——也浅薄——相信辛克来儿的话。一切文艺是宣传，只要你一给人看。即使个人主义的作品，一写出，就有宣传的可能，除非你不作文，不开口。那么，用于革命，作为工具的一种，自然也可以的。

但我以为当先求内容的充实和技巧的上达，不必忙于挂招牌。"香稻村""陆稿荐"，已经不能打动人心了；"皇太后鞋店"的顾客，我看见也并不比"皇后鞋店"里的多。一说"技巧"，革命文学家是又要讨厌的。但我以为一切文艺固是宣传，而一切宣传却并非全是文艺；这正如一切花皆有色（我将白也算作色），而凡颜色未必都是花一样。革命之所以于口号，标语，布告，电报，教科书……之外，要用文艺者，就因为它是文艺。

但中国之所谓革命文学，似乎又作别论。招牌是挂了，却只在吹嘘同伙的文章，而对于目前的暴力和黑暗不敢正视。作品虽然也有些发表了，但往往是拙劣到连报章记事都不如；或则将剧本的动作词句都推到演员的“昨日的文学家”身上去。那么，剩下来的思想的内容一定是很革命底了罢？我给你看两句冯乃超的剧本的结末的警句：——

“野雉：我再不怕黑暗了。

偷儿：我们反抗去！”

——鲁迅：《文艺与革命》（和冬芬的通信）

以上五段，是鲁迅在当时发表的几篇文章中，仅有的触及“革命文学本身”问题的文字。他首先说文艺不应该超时代，超时代就是逃避现实，已经离开革命了。对于文艺的社会作用，他承认可以利用它作为宣传的工具；但他不过于夸大文艺的作用，象创造社所犯的唯心论的错误，说文艺能够“组织生活”，他说“我是不相信文艺的旋乾转坤的力量的”。他相信一切文艺是宣传，可以作为革命的工具之一种，“而一切宣传却并非全是文艺”“当先求内容的充实和技巧的上达，不必忙于挂招牌”。末一段，则指出了当时革命文学作品的形式的拙劣和内容的浅薄可笑。

这样简单切实的对于革命文学的意见，实在很难说是“诋毁”或“中伤”，也不亚于创造社的许多长篇论著。

不远总有一个大时代要到来。现在创造派的革命文学家和无产阶级作家虽然不得已而玩着“艺术的武器”，而有着“武器的艺术”的非革命文学家也玩起这玩意儿来了，有几种笑迷迷的期刊便是这。他们自己也不大相信手里的“武器的艺术”了罢。那么，这一种最高的艺术——“武器的艺术”，现在究竟落在谁的手里了呢？只要寻得到，便知道中国的最近的将来。

——鲁迅：《“醉眼”中的朦胧》

他不但不反对革命文学，还预言了“不远总有一个大时代要到来”，并且对于“中国的最近的将来”给了一个暗示。这使创造社的人也不得不说“我以为我们应该相信这是鲁迅趋向革命的披露，我们应该‘预致革命的敬礼’”。（见成仿吾：《毕竟是“醉眼陶然”罢了》）

然而，鲁迅虽然在当时没有反对革命文学的本身，但是时代社会既然有提倡革命文学的必要，别人看见了，而他没有看见，已经有“落伍”的嫌疑了；等到别人已经提倡起来，而他还不去参加，这就不是“被抛在时代激流的两岸沙滩”罢，也是表示他“理解力的迟缓”。——关于这，雪苇在《导师的丧失》里有几段是很好的答复；为彻底了解鲁迅此次对革命文学运动的态度所以如此起见，现在把它引在下面：

许多人会这样说吧：鲁迅先生是有着一个“严重的缺点”的，这缺点是他“理解力的迟缓”。这里人家会指出一九二八年的例说：人家早已看到有提倡“革命文学”的必要的时候，他还在“荷戟独彷徨”哩。客气点，将这解释为他的“白璧微瑕”；更流行的则斥为他的“偏狭”“顽固”。

这“解释”对么？我们试来本质的分析一下吧：

第一，一九二八的论争，并不表示鲁迅先生比当时的“革命文学家”迟知道有“革命文学”的存在，鲁迅先生比他们知道得更早：“鲁迅看见革命是比一般的知识阶级早一二年”，论争发生的当时，画室就这么的说过。（《革命与知识阶级》——见《中国文艺论战》）事实上，鲁迅先生从开始他的文学生活起，老早就注力研究北欧和东欧的文学，且特别重视俄罗斯的文学。对旧俄及当时（直到现在也还是这样）苏联文学情况是很熟悉的。（参看：《而已集》里的《革命文学》《鲁迅在广东》里的《老调子已经唱完》及以《三闲集》里的《在钟楼上》）他在北京时主编过的“未名丛刊”中就出版有：《苏俄文艺论战》（任国桢译），《文学与革命》（托洛斯基作，韦素园、李霁野合译），《烟袋》（苏联短篇小说集，曹靖华译），跟《第四十一》（苏联 B. 拉甫列涅夫作两篇中篇小说，曹靖华译）。这些都是证据。但是他为什么不早拿到中国来主张呢？这当然是由于他在当时还不感觉到应用于中国现实的需要，或者说还没有“稳定”这个理解。然而又为什么不这样呢？问题就在这里了：事实如此证明，不是由于他的“盲目”或“偏狭顽固”或“醉眼陶然”，而是由于他对付问题的现实主义的反盲目轻浮的态度。他需要有了切合实际的认识，立得住自己的脚跟；自己对之能严肃的负责时，他才敢主张，号召，“我就怕我未熟的果实，偏偏毒死了偏爱我的果实的人，而憎恨我的东西如所谓正人君子也者，偏偏都矍铄”。（见《写在“坟”后面》——《坟》）他害怕轻率的结果，实际反葬送了自己的元气，提高了敌人的气焰；他不肯蹈历史的覆辙，——这，不惟对他自己是根本的说明，而且对他与当时“革命文学家”们斗争这事，也是根本的说明。因为他们正就犯着这么极可怕的“幼儿病”。他那时讽刺和指责，不惟正中当时的病根，而且就在配合“一九三六的场合”。（指“国防文学”与“民族革命战争的大众文学”的论争。——编者）读起来，也还有许多蓬勃着战士的气息，依然还充满目前意义的教育的生命。（如：《我的态度气量和年纪》《文艺与革命》《路》等。——见《中国文艺论战》或《三闲集》）

然而，第二，他却不丝毫“冥顽不灵”和“意气用事”。或者真如成仿吾当时所估计的：“他每天最关心的只是自己的毁誉，……要知道什么人怎样礼赞而什么人怎样失礼；而且一次触了他的眼膜，……再也不会忘记，而且一有时机，那便真的睚眦必报了”。（见《毕竟是“醉眼陶然”罢了》）或又如后来别的人所估计，他是那么最可怕的“英雄主义者”：记私仇，弄威权。恰好相反：他对当时“革命文学家”的攻击，虽照样多是“通过个人”的，但却严谨的站在论争的立场从不浮嚣一点，动点盲目的感情。这使得他和当时也是“反对”“革命文学”的人，有决定的明显的分别。跟梁实秋、柳絮辈固无论矣，就跟当时想紧踏着他的脚步的侍桁，中间都有着决定的原则上的分界。（参看《中国文艺论战》）这“界”标立在那里呢？那就是：“他至多只嘲笑了革命文学的运动（他没有诋毁革命，也没有嘲笑革命文学的本身）嘲笑了追随者中的个人的言动”。（画室：《革命与知识阶级》）始终没有越出一步，做过原则上的错误。这同样是他光辉完整的历史的一环，一贯的是做为“浪漫谛克的革命家的诤友”（何凝：《鲁迅杂感选集序言》）而存在的一环。他对于自己，也一点也不逃避，现实的注视着问题，求更进步的学习，不断的剖解着自己。这是鲁迅先生在好多场合公开宣布的，就在内心上，也没有虚饰。第一，他不知道有所谓“声名”的东西而“害怕”有人能正轰毁它。他是“那时候就等待有一个能操马克斯主义批评的枪法的人来狙击我的”(见《对于左翼作家联盟的意见》)。因为这不只于他自己“有益”，最要紧的是更于“革命文学”运动有益。其次，他也不因为这样的人“始终没有出现”而自满自足，高鸣得意。他相反的却更虚心起来，“自己来补足这个缺陷”。于是自己动手来翻译《艺术论》。翻译《文艺政策》……使人们对于“武器”有个真正的理解，使“想操这刀子来狙击我的人，也能狙击在致命的地方”。（大意，参考《文艺政策》译序）但是，他并不因此而在翻译时卖弄机关，不容许因“打着了自己的痛处”而有丝毫的不忠实。“在翻译时，到了打击着我的敌人的地方，我就笑笑。到了打着自己疮痕的去处，我就咬紧牙关忍受，依旧一句一字地译下去。”（大意，见《文艺政策》译序）在这样彻底的客观的，真实的真理之追求中，鲁迅先生终于实实在在的认识了自己“只信进化论的偏颇”(《〈三闲集〉序言》)，结实的“从进化论最终的走到了阶级论；从进取的争求解放的个性主义，进到了战斗的改造世界的集体主义”。(何凝先生的《鲁迅杂感选集序言》)

第三，由于这发展的结实和光辉，所以鲁迅先生的更进一步，不得不是严肃的，现实把握的更进一步，切切实实地，十足能够自己对自己负责到底的更进一步，所以他就能与叫嚣歪曲，乱杀乱砍者绝对两样！以前是做着“与封建势力斗争”的“最好的工作”(画室：《革命与知识阶级》)，现在一样也做得更加好，更加伟大了，所以，当那些得意时气焰万丈，“居然自以为独得了工人阶级的文化代表的委任状”（何凝语）的人们，到了真正艰难辛苦的境地时，大都隐的隐，逃的逃，“转向”的“转向”，变卖的变卖，悄然了的时候，他则更光辉的显出了他的存在，更加立得定，看得准，把得稳，做得勤了。人家正在“害怕”因他自己造出来“代表资格”而要遭到杀头，正因此感到被带累和烦恼，用这“悲喜剧”的形式“下场”的时候，他则沉着的，本色的，不骄矜也不恐怖的立起来，镇静的表示：“我现在还是左翼作家联盟中之一人”。（《两地书》《序言》）在人家捧着“联合战线”的招牌而在打算抹去自己的传统的时候，他在统一战线的拥护下冷静的热情的夸耀“左翼作家联盟五六年领导和战斗过来的，……”（《论现在我们的文学运动》——鲁迅）。更严重的提示：“用笔和舌，将沦为异族的奴隶之苦告诉大家，自然是不错的，但要十分小心，不可使大家得着这样的结论：那么，到底不如我们似的做自己人的奴隶好。”（《半夏小集》——《作家》二卷第一期）丝毫不因为现在是“联合战线，了，而就赶忙声明自己的祖先本来就是“要不得”的。……

那么，我们逼近问题了：善与恶，良与卑，美与丑，正确与错误的分界在那里呢？……或许鲁迅先生是“迟缓”了。然而，除了他，从来我们还没有找着比他更善，更良，更美，更正确的典型，的工作，的活动。不“迟缓”的没有，竟连比肩的都没有呢。

宁乱杀乱砍，多造罪孽而少于建树，那还不如“迟缓”一点的好吧。看：真正的历史要从那一页写起？真正给予大众斗争以实益的，主要是从谁的肩上负担过来？……

——录自《鲁迅先生纪念集》

不过鲁迅以后倒曾说过：“这革命文学的旺盛起来，在表面上和别国不同，并非由于革命的高扬，而是因为革命的挫折；虽然其中也有些是旧文人解下指挥刀，来重理笔墨的旧业，有些是几个青年被实际工作排出，只好藉此谋生，但因为实在具有社会的基础，所以在新分子里，是很有极坚实正确的人存在的。”（《上海文艺之一瞥》）他并不一概抹杀。

二 茅盾的意见

茅盾在一九二八年十月发表《从牯岭到东京》于《小说月报》，叙述他作“《幻灭》《动摇》《追求》”（后总名曰《蚀》）的经过，并对批评这三篇作品的人“略加声辩”，其中有涉及“革命文学”的几段话。

他在一九二九年又发表他的《读〈倪焕之〉》。（《倪焕之》为叶绍钧作长篇小说，以“五四”“五卅”至一九二七年大革命为背景。）除了评介倪焕之外，对于鲁迅和创造社在新文学上的历史的功罪以及当时的革命文学，又提供了新的意见。现在单看他在这两篇里面对于革命文学问题的意见如何。（这两篇俱见《中国文艺论战》）

茅盾在《从牯岭到东京》里说：

> 从今年起，烦闷的青年渐多读文艺作品了；文坛上也起了“革命文艺”的呼声。“革命文艺”当然是一个广泛的名词，于是有更进一步直捷说出明日的新的文艺应该是无产阶级文艺。但什么是无产阶级文艺呢？似乎不见有极明确的介绍或讨论；因为一则是不便说，二则是难得说。我惭愧得很，不曾仔细阅读国内的一切新的文艺的定期刊，

只就朋友们的谈话中听来，好象下列的几个观点是提倡革命文艺的朋友们所共通而且说过了的：(一)反对小资产阶级的闲暇态度，个人主义；(二)集体主义；(三)反抗的精神；(四)技术上有倾向于新写实主义的模样。(虽然尚未见有可说是近于新写实主义的作品。)

主张是无可非议的，但表现于作品上时，却亦不免未能适如所期许。就过去半年的所有此方向的作品而言，虽然有一部分人欢迎，但也有更多的人摇头。为什么摇头？因为他们是小资产阶级么？如果有人一定要拿这句话来闭塞一切自己检查自己的路，那我亦不反对。但假如还觉得这么办是类乎掩耳盗铃的自欺；那么，虚心的自己批评是必要的。我敢严正的说，许多对于目下的“新作品”摇头的人们，实在是诚意的赞成革命文艺的，他们并没有你们所想象的小资产阶级的堕性或执拗；他们最初对于那些“新作品”是抱有热烈的期望的，然而他们终于摇头，就因为“新作品”终于自己暴露了不能摆脱“标语口号文学”的拘囿……。

我们的“新作品”即使不是有意的走入了“标语口号文学”的绝路，至少也是无意的撞了上去了。有革命热情而忽略了文艺的本质，或把文艺也视为宣传工具——狭义的——，或虽无此忽略与成见而缺乏了文艺素养的人们，是会不知不觉走上了这条路的。然而我们的革命文艺批评家似乎始终不曾预防到这一着。因而也就发生了可痛心的现象：被许为最有革命性的作品，却正是并不反对革命文艺的人们所叹息摇头了。“新作品”之最初尚受人注意而其后竟受到摇头，这便是一个解释，不能专怪别人不革命。这是一个真实，我们应该有勇气来承认这个真实，承认这失败的原因，承认改进的必要！

以上是茅盾对于当时革命文艺的“标语口号化”的表示，以为有“改进的必要”。其次是他对于“今后革命文艺的读者对象”问题，和“新作品”的题材或内容问题，以及描写的技术方面，所发表的意见：

> 一种新形式新精神的文艺，而如果没有相对的读者界，则此文艺非枯萎便只能成为历史的奇迹，不能成为推动时代的精神产物。什么是我们革命文艺的读者对象？或许有人要说：被压迫的劳苦群众。是的，我很愿意，我很希望，被压迫的劳苦群众“能够”做革命文艺的读者对象。但是事实上怎样？请恕我又要说不中听的话了。事实上是你对劳苦群众呼吁说“这是为你们而作”的作品，劳苦群众并不能读；不但不能读，即使你朗诵给他们听，他们还是不了解。他们有他们真心欣赏的“文艺读物”，便是滩簧小调花鼓戏等一类你所视为含有毒质的东西。说是因此须得更努力作些新东西来给他们吗？理由何尝不正确，但事实总是事实，他们还是不能懂得你的话，你的太欧化或是太文言化的白话。如果先要使他们听得懂，惟有用方言来作小说，编戏曲，但不幸“方言文学”是极难的工作，目下尚正有人尝试。所以结果你的“为劳苦群众而作”的新文学，是只有“不劳苦”的小资产阶级知识分子来阅读了。这便是最可痛心的矛盾现象！也许有人说：“这也好，比没有人看好些。”但这样的自解嘲是不应该有的吧？你所要唤醒而且提高他们革命情绪的，明明是甲，而你的为此目的而作的作品，却又明明不能达到甲的面前，这至少也该说是能

力的误费罢？自然我不说竟可不作此类的文学，但我总觉得我们也该有些作品是为了我们现在事实上的读者对象而作的。如果说小资产阶级都是不革命，所以对他们说话是徒劳，那便是很大的武断。中国革命是否竟可抛开小资产阶级，也还是一个费人研究的问题。我就觉得中国革命的前途还不能全然抛开小资产阶级。说这是落后的思想，我也不愿多辩。将来的历史会有公道的证明。也是基于这一点，我以为现在的“新作品”在题材方面太不顾到小资产阶级了。现在差不多有这么一种倾向：你们一篇小说为劳苦的工农群众诉苦，那就不问如何，大家齐声称你是革命的作家；假如你为小资产阶级诉苦，便几乎罪同反革命。这是一种很不合理的事！现在的小资产阶级没有痛苦吗？他们不被压迫吗？如果他们确是有痛苦，被压迫，为什么革命文艺者要将他们视同化外之民，不屑污你们神圣的笔尖呢？或者有人要说“革命文艺”也描写小资产阶级青年的各种痛苦；但是我要反问：曾有什么作品描写小商人，中小农，破落的书香人家……所受到的痛苦么？没有呢，绝对没有！几乎全国十分之六是属于小资产阶级的中国，然而它的文坛上没有表现小资产阶级的作品，这不能不说是怪现象罢！这仿佛证明了我们的作家，一向忙于追逐世界文艺的新潮，几乎成为“东施”效颦，而对于自己家内有什么主要材料这问题，好象从未有过一度的考量。

我们应该承认：六七年来的“新文艺”运动虽然产生了若干作品，然而并未走进群众里去，还只是青年学生的读物；因为“新文艺”没有广大的群众基础为地盘，所以六七年来不能长成为推动社会的势力。现在的“革命文艺”则地盘更小，只成为一部分青年学生的读物，离群众更远。

所以然的缘故，即在新文艺忘记了描写它的天然的读者对象。你所描写的都和他们（小资产阶级）的实际生活相隔太远，你的用语也不是他们的用语，他们不能懂得你，而你却怪他们为什么专看《施公案》《双珠风》等等无聊东西，硬说他们是思想太旧，没有办法；你这主观的错误，不也太厉害了一点儿吗？如果你能够走进他们的生活里，懂得他们的情感思想，将他们的痛苦愉乐用比较不欧化的白话写出来，那即使你的事实中包孕着绝多的新思想，也许受他们骂，然而他们会喜欢看你，不会象现在那样掉头不顾了。所以现在为“新文艺”——或是勇敢点说，“革命文艺”的前途计，第一要务在使它从青年学生中间出来；走入小资产阶级群众；在这小资产阶级群众中植立了脚跟。而要达到此点，应该先把题材转移到小商人，中小农，等等的生活。不要太多的新名词，不要欧化的句法，不要新思想的说教似的宣传，反要质朴有力的抓住了小资产阶级生活的核心的描写！……

为要使我们的新文艺走到小资产阶级市民的队伍里去，我们的描写技术不得不有一度改造，而是否即是“向新写实主义的路”则尚待多方的试验。就我自己的意见说：我们文艺的技术似乎至少须先办到几个消极的条件——不要太欧化，不要多用新术语，不要太多了象征色彩，不要从正面说教似的宣传新思想。虽然我是这么相信，但我自己以前的作品却就全犯了这些毛病，我的作品，不用说只有知识分子看看的。

创造社之提倡革命文学或无产阶级文学，在理论上虽然是为着要“鼓舞无产阶级的人底战斗意识”，或象茅盾说的“要唤醒而且提高他们的革命情绪”;但常识上何尝不知道革命文艺的读者对象，是小资产阶级知识分子或青年学生呢。其实，革命文艺假使能够“鼓舞青年学生的战斗意识”，或“唤醒而且提高青年学生的革命情绪”，也就不坏了；可惜当时的革命文艺就连这也没有好成绩。当然，除此以外，能再有些文艺，使茅盾所说的小资产阶级的小商人，中小农，破落的书香人家，等等都能看得懂或喜欢看，那就更好。至于写给劳苦群众看的文艺，就不但象茅盾说的要用“方言”，而用来代表方言的难学的方块汉字，都有改为拉丁化拼音的必要；这已经是一九三四年语文改革运动中“大众语”问题的端绪了。

但是写给小资产阶级看的文艺，我以为题材倒不一定限于小资产阶级的生活。思想上也不一定要是“为小资产阶级诉苦”的，这犹之小资产阶级也喜欢看《施公案》《双珠凤》等等一样不是自己所熟悉的生活倒越是好奇的想看它；问题就在写得好不好：“不要太欧化，不要多用新术语，不要太多了象征色彩，不要从正面说教似的宣传新思想”，固然是“至少须先办到的几个消极条件”；不但词句“不要太欧化”，就连“描写”和“结构”都“不要太欧化”才好。至于内容，则无论写的是那一阶级的题材，作者都必须有进步的世界观，则更是不成问题的。

然而，假使茅盾的意思是以为“革命文艺”的作者差不多都是小资产阶级，他们应该描写自己所熟悉的小资产阶级的题材，那是对的。

以下是茅盾在《读〈倪焕之〉》里对于“革命文学”的意见：

> 一篇小说之有无时代性，并不能仅仅以是否描写到时代空气为满足；连时代空气都表现不出的作品，即使写得很美丽，只不过成为“资产阶级文艺的玩意儿”。所谓时代

性，我以为，在表现了时代空气而外，还应该有两个要义：一是时代给与人们以怎样的影响，二是人们的集团的活力又怎样地将时代推进了新方向；换言之，即是怎样地催促历史进入了必然的新时代；更换一句话说，即是怎样地由于人们的集团的活力而及早实现了历史的必然。在这样的意义下，方是现代的新写实派文学所要表现的时代性！

“五卅”时代以后，或是“第四期的前夜”的新文学，而要有灿烂的成绩，必然地须先求内容与外形——即思想与技巧，两方面之均衡的发展与成熟。作家们应该觉悟到一点点耳食来的社会科学常识是不够的，也应该觉悟到仅仅用群众大会的煽动的热情的口吻来做小说是不行的。准备献身于新文艺的人，须先准备好一个有组织力，判断力，能够观察分析的头脑，而不是仅仅准备好一个被动的传声地喇叭；他须先的确能够自己去分析群众的噪音，静聆地下泉的滴响，然后组织成小说中人物的意识；他应该刻苦地磨练他的技术，应该拣自己最熟悉的事来描写。去年我作了一篇随笔《从牯岭到东京》，曾经指摘过当时（一九二八年春初）文坛上的“空肚子顶石板”的怪现象，——我以为那是既然顶不起石板，而又压坏肚子的勾当；我劝那些有志者还不如拣他们自己最熟悉的环境而又合于广大的读者对象之小资产阶级来描写，我简直不赞成那时他们热心的无产文艺——既不能表现无产阶级的意识，也不能让无产阶级看得懂，只是“卖膏药式”的十八句江湖口诀那样的标语口号式或广告式的无产文艺。然而结果是招来了许多恶骂……。

实在当他们忿忿地痛骂我以前，他们对于描写小资产阶级生活的文艺，已经抱着一种极不应该有的成见。他们对于描写小资产阶级生活的作品，往往不问内容很武断的斥为“落伍”。自然，描写小资产阶级生活的小说中间一定很有些“落伍”的人物，但这是书中人物的“落伍”，而不是该著作的“落伍”。如果把书中人物的“落伍”就认为著作的“落伍”，或竟是作者的“落伍”，那么，描写强盗的小说作家就是强盗了么？……

如果我们能够平心静气地来考量，我们便会承认，即使无例外的只描写了些“落伍”的小资产阶级的作品，也有它反面的积极性。这一类的黑暗描写，在感人——或是指导，这一点上，恐怕要比那些超过真实的空想乐观描写，要深刻得多罢！在读者的判断力还是普遍的很薄弱的现代中国，反讽的作品常常要被误解，所以黑暗的描写或者也有流弊；但是批评家的任务却就在指出那些黑暗描写的潜伏的意义，而不是成见很深的斥为“落伍”，更无论连原作还看不清楚就大肆漫骂那样的狂妄举动了。……

钱杏邨是主张“力的文学”，主张文学须有创造生活的意义的，所以他不满意于《追求》之每个人物都陷于失望，他说：“在全书里是到处表现了病态，病态的人物，病态的思想，病态的行动，一切都是病态，一切都是不健全。作者在客观方面所表现的思想，也仍旧的不外乎悲哀与动摇。所以，这部小说的立场是错误的。”我应该承认钱杏邨的观察是不错的；《追求》是暴露一九二八年春初的知识分子的病态和迷惘。但是，钱杏邨说“这部小说的立场是错误的”这个结论，我却不能赞成。我觉得应该在此地有个小小的说明：《追求》下笔以前，是很费了些工夫来考虑的，最后的决定是差不多这样：我要描写在“幻灭”“动摇”以后的一般知识分子是怎样还想“追求”；然而因为他们的阶级的背景，他们都不曾在正当的道路上追求，所以他们的努力是全部失望。根据了这样的决定，我把书中人物全数支配为徒有热情而不很明了革命意义的小资产阶级知识分子，他们没有正确的认识，所以他们所追求者，都是歧途。象这样的人物不该给他们一个全部失望么？如果在他们中间插进一位认识正路的人，在病态中泄露一线生机，那或者钱杏邨要满意些罢？我应该尚能见到这一点，可是我并不做；因为我相信《追求》中人物如果是真正的革命者，不会在一九二八年春初还要“追求”什么，他们该是早已决定了道路了。这就说明了《追求》何以全是黑暗的理由。

因为也是描写小资产阶级知识分子的，所以我觉得《倪焕之》中间没有一个叫人鼓舞的革命者，是不足病的。再显明地说，主人公倪焕之虽然“不中用”，然而正可以表示转换期中的革命的知识分子的“意识形态”。这样有目的，有计划的小说在现今这混沌的文坛上出现，无论如何，不能不说是有意义的事。

茅盾以上的这些话，都是对当时“革命文艺”的作家们的并非恶意的意见和应该有的答辩。实在看不见他对革命文学本身的诋毁，他至多和鲁迅一样对“创造社的”革命文学运动及其作品表示不满而已——那“不满”之中还有忠告、改进的作用在。

第四章 “语丝派”及其他作者的意见

一 所谓“语丝派”

现在先简单的介绍一下所谓“语丝派”的历史：

所谓语丝派，是指周作人一派的讲“趣味”的作家而言。语丝社的组织，在“五卅”的前一年；出版《语丝》周刊，由孙伏园主编。领导人物是鲁迅及周作人。孙本来主编《晨报》副刊，鲁迅也常在上面撰稿。有一次，鲁迅作了三段打油诗，题材《我的失恋》，据说是因为看见当时“阿呀阿唷，我要死了！”之类的失恋诗盛行，故意做一首用“由她去罢”收场的东西，开开玩笑的（这诗后来又添了一段，登在《语丝》上。再后来收在《野草》中）。不料晨报社中的某君，认为不能登载，将稿抽去了。伏园因此愤而辞职。过了几天，他提议自办一个周刊，这就是《语丝》。他去邀了十六人负责撰稿，除周氏兄弟外，尚有钱玄同、刘半农、俞平伯、冯文炳、孙福熙、顾颉刚等。定名《语丝》，据说是有几个人，任意取一本书，任意翻开，用指头点下去，那被点到的，便是名词。他们虽然倾向于自由主义与趣味主义，但实际上作者的意见与态度各不相同的：有的谈风月，有的谈考古，也有的谈国家大事。而且他们要“催促新的产生，对于有害于新的旧物，则竭力加以排击”。(鲁迅作《我和〈语丝〉的始终》)其非逃避现实可知。到了“五卅”以后，便起了分化；受了时代浪潮冲激而迎头赶上去的是鲁迅，受不住时代的浪潮冲激而躲避的是周作人。周氏在《语丝》上所发表的文章，固然有《苦雨》《鸟声》《故乡的野菜》《北京的茶食》一类的“言志”的文章；但同时也有《我们的敌人》《狗抓地毯》《净观》一类的攻击封建思想与封建道德的文章，假如照周君的说法，便是所谓“载道”的文章。他自己曾说：“戈尔特堡（Isaac Goldberg）批评蔼利斯（Havelook Ellis）说，在他里面有一个叛徒与一个隐士，这句话说得最妙：并不是我想援蔼利斯以自重，我希望在我的趣味之文里也还有叛徒活着。”(《泽泻集序》)但后来他转变了，文中的叛徒逐渐躲避以至于绝迹，最后只剩了隐士。他曾宣告时事决不再谈，他以为文学是无用的：“手拿不动竹竿的文人，只好避难到艺术世界里去，这原是无足怪的。我常想，文学即是不革命，能革命就不需要文学及其他种种艺术及宗教，因为他已有了他的世界了；接着吻的嘴不再要唱歌，这理由正是一致。”(《燕知草跋》)受周氏影响最大的有俞平伯及冯文炳等。后来冯氏办《骆驼草》，专登这一类的文章，性质比《语丝》纯粹得多。周氏在这上面作了不少冲淡自然炉火纯青的散文，后来都收在《看云集》中。当鲁迅参加“左联”之时，正乃弟在《骆驼草》上大谈“草木虫鱼”之时，这不能不说是一个极有趣均对照。——但那时在《语丝》早已停刊了。

——吴文祺：《新文学概要》

不过现在要说的“语丝派其他作者的意见”，是指除鲁迅而外，对于此次革命文学问题在当时《语丝》《北新》等刊物上发表文章，表示与创造社有不同的“意见”的人们而言；至于其是否真正的“语丝派”，现在不问。譬如侍桁，他就曾在《评〈从文学革命到革命文学〉》一文的后面声明：“假使有人来答辩或者是教训我的时候，最好向着我个人，不要给我加上某派某派的名号，我不属于任何派。《语丝》肯大量的登载我的文字，这是我对于他们万分感谢的。”郁达夫则本为创造社首要。“创造社转变不久，郁达夫因为意见不合，便登报脱离”；所以也在“语丝派”的刊物上作文章，表示无产阶级文学根本不能成立的意见（见《无产阶级专政和无产阶级的文学》），所以把他放在这里来讲。

《中国文艺论战》所搜集的这一方面的文章约有二十篇，现在择其中较重要的七篇看一看他们的意见（这当然不仅仅是他们“个人”的意见，都是代表某一部分人的）；即侍桁的三篇，甘人的二篇，郁达夫和冰禅的各一篇。

二 侍桁的意见

上面所引雪苇《在导师的丧失》里，说鲁迅对革命文学的态度“就跟当时想紧踏着他的脚步的侍桁，中间都有着决定的原则上的分界”。岂仅如此，当时侍桁的表现，无论在对于进步的“主义”的态度上，无论在文化思想问题上（如下面所引的他拥护胡适等的整理国故），都和鲁迅完全两样。

> 无产阶级文学与革命文学，在中国今后文坛上，是最有发展的可能性的；不过我却不敢希望象你们这样浅薄的

人。无产阶级与革命文学，是要等着大天才大同情者大艺术家呢！逆着时代潮流的人们是存在不住的，可是象你们这样一知半解地盲从者们，也是应该打倒的！

——侍桁：《评〈从文学革命到革命文学〉》

这是说，无产阶级文学或革命文学可以成立，但是需要等着大天才大艺术家，创造社一般人们不配来提倡，因为他们一知半解。侍桁是在“等着大天才”呢！

底下略把这篇文字（指成仿吾：《从文学革命到革命文学》——编者）的内容之荒谬处，指出一二：

第一，他不肯承认新文化运动与文学革命的价值。关于这一点，我们对于成先生的混横不讲理真没有方法说了！

他说新文化运动有两种工作：第一是旧思想的否定，第二是新思想的介绍；这是对的。他又说两方面都不曾收得应有的效果！这是胡说，不合事实！新思想的介绍到现在还没有见着什么眉目，到现在还没有一种统一的思想建设起来，这也是事实；可是留给后人的路已经开设出来，这不是真的吗？而且我问一问先生：先生所谓应有的效果是什么？我已经很感谢那些开前路的先锋了。文化运动以后的时代，是他们造成的，这次革命的种子谁敢说不是他们种下的呢？

至于旧思想的否定这一层，我们用不着饶舌了。那一种旧思想还没有否定得净尽哪？先生看一看那些新文化运动产出的青年们（我便是一个例），他们那种怀疑一切否定一切的精神，还不是一个好证明吗？这可以说是否定得太过火了，不只是旧思想的否定，几乎是一切的否定了。

这是侍桁对于新文化运动的“新思想介绍”和“旧思想否定”的认识。他不但梦想“一种统一的思想建设起来”(正确的思想当然只有一种，但侍桁的意思并不是指着进步的那一种思想)，还说旧思想的否定已经“否定得太过火了”。既然觉得“过火”，当然主张对旧东西让步，因而他拥护当时的国学运动：

> 成先生紧连着又骂国学运动。理由呢？说国学运动是开倒车。这个问题已经讨论得不爱讨论的了，不知成先生为什么这时又来胡骂！
>
> 国学运动的意义有两种：一是在思想方面，一是在文学方面。关于前者，胡适先生在他的《先秦名学史》的序言中，已经说得清楚，这里不必再说。总而言之，便是要想把旧思想否定了，必先认识了它的本来面目，重新估定它的价值，所以不得不先作一番整理研究的工作。认识了真正的自我的本形之后，才能将数千年积成的夸大狂打消，才能虚心的去吸收外来的文化。先生好好的想一想，国学运动是不是与新文化运动相反的？

为着“认识国学的本来面目，重新估定它的价值”“先作一番整理研究的工作”，原是不可厚非的。倘能“批评的接受遗产”，那岂不更好！但以当时胡适等国学运动家们研究的方法和识见，能“认识国学的本来面目，重新估定它的价值”吗？何况他们不仅自己去整理研究，还叫没有整理研究能力的青年学生也都去“狂舐这样数千年的枯骨”；那么，这一运动的意义，是进步的呢？还是“开倒车”呢？此外，我们现在所能看见的那时国学运动的“成绩”在哪里呢？

关于国学运动在新文化运动中的价值一层，这是我们在这里应当讨论的。

把一种数千年所流传的文学用语推翻，而只想说些空理，没有前例，没有历史上的事实作根据，这是谈何容易呀！每一种新思想的反动，他们的唯一的理由，便是“从前没有这样的例”；这样的理由看看好象薄弱，其实却也有一部分真理。并且，果然每种的新变动若真是没有前例，没有历史的根据，任你是怎样的有自信，你也不敢确信你有最后的成功，你没有最后成功的自信，你没有单人向着全社会反抗的大胆；没有这样的大胆，结果你终归失败！我们再看一看，无论那一国文学史上所起的革命，那革命的先锋便是大思想家大创作家。他们不但能喊口号立标语，他们同时还有不死的作品，以给他们的口号与标语作证。但是再看一看中国文学运动的人们呢？胡适先生的标语是不错的，他确信白话在文学上是定能胜过文言的，但是他自己未能运用白话以创造出惊人的文学作品，同时又没有伟大的新作家替他证实，这是他失了根据，他失了有力的证实者，所以他只有回转头来向历史上去寻求。把那些多年埋在秽土中的宝物掘出，把那些多年被人们所轻视的白话文学作品整理出来，以作他的武器，作他的保人，这样说来，整理国故不是新文学运动的要务吗？成先生这一点小道理可曾了解？

不错，胡适的编《白话文学史》，是为着想替他所提倡的“白话文”找一个“历史的根据”，去塞那好说“从前没有这种的例”的人们的嘴。可惜的是，胡适是先提倡了白话文，等到白话文已经随着“五四”运动风行全国，新文学运动一日千里的向前发展，反对派已经不大成问题的时候，所谓整理国故的国学运动家们，才把新文学运动向故纸堆里拉，这不是“开倒车”是什么？何况当时所谓“整理国故”的意义，并不是为着要替新的东西找一“历史的根据”，而且如凡新的东西，都要一“历史的根据”，那真没有那样多。至于《白话文学史》里面有许多并非“白话”文学，则犹其余事。

> 并且文学这种东西，不是突然的而是渐进的；每培养一个大天才的作家，要有多少既往文学作品给他作底！广义的说，文学是模仿的，是无意识模仿的，从无数不甚知名的作品中凑出一部伟大的作品来，由这一部然后再引起无数。我们无论读那一国文学史，都是一层一层往上生长的，很少逃出这个公例之外去。这次中国新文学的运动，只认定白话是唯一的文学的用语还不够的，至少我们要找出既往的伟大的作品作基础，然后在这样的基础上再生芽；这样的努力是有见识，是聪明的。当然，除去这一条方法之外，努力介绍外国文学也是一条路，不过要知道外国文学的侵入，只能做一点小帮助，而不能走入了正宗去；在文学表现的方法与意识，或者能稍有影响，而对于一个民族的传统的情调，是不能根本推翻的！并且我们相信，一个民族若是把他自有的情调失了，总是作外来的奴隶，不会有更伟大的作品产生。实在讲，这绝对也是不可能的；你能够把盎格罗撒逊或斯拉夫民族的血液全般地注到老中国牌的民族的血管中吗？这样的讲起来，整理出一部《红楼梦》，就要胜过介绍十部《浮士德》。

这是“中学为体，西学为用”的道理在文学上的应用，而且偏重在“中学为体”。我想，假使新文学运动的道路真照着侍桁所说的这样走，那现在的新文学作品该是些:《新〈续红楼梦〉》《新〈红楼后梦〉》《新〈红楼圆梦〉》……吧？

> 更奇怪的了，成先生对于现代的语言的本身，又下了攻击。说什么现在的语言是“一种非驴非马的中间的语言”，说什么现在的语言是“发挥小资产阶级的恶劣的根性”的。并且又说什么要建设“农工大众的用语”。嗐，先生，你可怜可怜中国文坛吧，这未成形的文坛，经不住你这样的摧毁哟！幼稚的如现在的中国文坛，新创的语言还没有应用了几年，一切尚在试验着，培养着，增长着，以期能有一天把他普遍了，让人们能有了同一的真正的利器。在尚未成功的现在，谁知又出了你这样的妖孽！我先问问你，中国尚有没有统一的语言？所谓农工大众的语言以什么为标准？

“大众语以什么为标准”？这是一九三二年的大众文艺问题和一九三四年的大众语问题所讨论的主题之一。成仿吾在这里只提出了“建设农工大众的用语”，并表示反对“非驴非马的中间的”白话文，而未详细的加以解说，所以引起侍桁的“奇怪”来了。但由此倒可以看见二人的识见之差来。

> 并且灭却自己一切的感情，而来服从某种主义，这是不是可能的？真是一个问题呢！艺术家的本身不应该受一切的束缚，只有他对于艺术的良心是支配着他的一切的！什么主义，什么标语，对于他都是狗屁不值！你们最近大嚷特嚷什么“非个人主义文学”，这个名词我从来还没有听

见说过，这是不是你们造的？有什么定义么？文学家自身的一切的感情，不应该发泄出来？只应该描写农工大众？虽然毫不了解，只因为一点浅薄的同情作怪，也硬要描写？你们看一看，世界上的文学作家，那一个是硬作出来的？算了罢，你们这一群浅薄无聊的东西！

——以上所引均见《评〈从文学革命到革命文学〉》

不能硬去描写“只因为一点浅薄的同情作怪”而“毫不了解力的生活，侍桁这意见是对的。但“艺术家的本身不应该受一切的束缚，只有他对艺术的良心是支配着他的一切的”；这和一九三二年讨论艺术创作自由问题时的“自由人”苏汶的口吻是差不多的。“不应该受一切的束缚”实际上是早“束缚住”了；而所谓“良心”也不是天生的。

艺术中何尝有什么个人主义的与大众的分别呢，艺术只有“真”与“伪”，再没有别的分别。艺术家的心血，注到他的艺术品中，他的目的为的是自我，而结果仍是大众的。若是反而言之，他所产生的艺术品只有他自身能了解，只有他自身能鉴赏，这并不是个人主义的艺术，只是伪的艺术而已。“为艺术的艺术”是不错的，那些反对“为艺术的艺术”的人们，只是把这个名词解错了。艺术家若是没有为艺术而艺术的精神，他总不会产生出真的艺术品，那时他所产生的艺术品才真与人生无关呢？艺术家非有高蹈的个性不成，艺术家若也只是普通的一个社会人，他不会有创作的要求，他不会有切要的创作的动力，结果不会产生真的艺术品来。

——侍桁：《个人主义的文学及其他》

艺术品假使只有作者“自身能了解，只有他自己能鉴赏”“这并不是个人主义的艺术，只是伪的艺术而已”。侍桁这种反身边琐事或自我的小境界表现的“狭义的”个人主义艺术，是对的；就是他在本书的以下各段所发挥的“广义的”个人主义文学，也都对。如：

> “自我”若不是一块死东西的时候，他当然不能离开社会，当然不能不受现代思潮的影响；所以一个自我的造成，里边已经含有他的自我的环境的成分，与影响他的现代思潮的成分。……文学家表现了他的自我，便是表现了现代社会，现代思潮，现代的一切。
>
> 表现了自我的文学，决不是与人生没有一点关系的，唯其真能表现了自我，才是真能给读者们一种共同感，才真能给读者们新血液，才能告诉读者们真实的社会与现代社会的真实的罪恶！自表的要求越真切，表示的态度越诚实，这样产生出来的文学作品才越有生命。文学家的自我表现，他的动机是为己的，而他的结果是成了大众的！这是文学上自我表现的意义。你们所非的个人主义文学，是不是非的这个？

然而，作者对于他自己生活的“认识”，或者对一般人生社会的“认识”——世界观，没有关系吗？“现代社会，现代思潮，现代的一切”是很复杂的，是有多方面的，作者的“自我”为什么只是那一些，而不表现别的一些呢？他对于“那一些”为什么又是他那样的“看法”或“表现法”呢？以他的那种“看法”所“表现的”他的“那一些”，真“能告诉读者们真实的社会与现代社会的真实罪恶”吗？

同时，黄药眠在《非个人主义的文学》里，也是反对“狭义的”“个人主义文学”，而说“个人终不能逃出社会去生活的，所以无论说得怎样好听，个人的思想还是不能跳出社会的圈子。而且他们如果再仔细的研究一下他自己，则所谓‘自我’亦不过是一束遗传下来的本能和社会所孵育的习惯罢了”，这和侍桁的“广义的”个人主义文学的社会根源的解释，也并没有两样。所不同者，是黄药眠叫作家不要单只看见“自我”，表现“自我”，而要认识：

> 现在时代已经变了，大规模的生产已训练出一队一队的工人，我敢断定这一队一队工人联合起来，向现有制度革命的团结的精神，就是新的文艺的新生命。这种集体化的文学，原也不是现在的特创，而是民众文艺进化上的一种“再现”罢了。
>
> 前面已经说过，个人主义的文学家对于现在的社会组织虽然不满意，但是那时候他们是厌弃它，批评它，却总没有寻到出路；现在则社会的自觉心已达到高潮，文艺家亦当然会随着这个高潮而得到一条出路；故我相信凡是稍有志气的青年，都会感觉到伟大的时代已摆在我们的面前，而且都会愿意同被压迫的民众紧抱在一起，体验出他那种集体的精神，来发抒出灿烂的文学。这种民众心里的热情，民众的勇敢的力量，民众的伟大的牺牲的精神如果表现出来时，一定可以洗去从前个人主义文学的颓废的，伤感的，怯懦的叹息的缺陷；而另外造出一种刚强的，悲壮的，朴素的文学来。这种文学是充满着人的精神的：它不特要攻击现代的社会制度，而且还要努力指出我们应走的方向；它不特批评人生，而且要表现出生之可能。

> 朋友们：新文学运动已经又另换了一幕，我们一齐起来努力开辟一个新园地罢。

这是叫作家丢开“自我”而去“体验”“被压迫民众”的“集体的精神”，创作“集体化的文学”。作家倘能这样的用实践去扩大他的生活体验，那他的“自我”将会更“广义”些，“自我”的内容也会更丰富些，对于人生社会的看法也会另是一种样子吧？但倘“同被压迫民众紧抱在一起”，只是“浅薄的同情作怪”，而没有通过了实践，那就是“硬要描写”自己所“毫不了解”的了。那末，黄药眠的这两段话，也就成了理论的空谈或标语口号而已。但侍桁所反对的并不是这些。黄药眠除了和侍桁一样看见了“广义的”“自我”以外，还多看了“被压迫民众”的“集体的精神”，叫作家去“体验”它，以扩大“自我”的范围。

> 我寄了两篇批评创造社的革命文学后，有一位朋友忠实的告诉我，说我太傻气了：人家是在谈主义，我是在谈文学，结果恐怕是风马牛不相及。我听了这话之后，再证之以《文化批判》上的论文，果然我知道我以前所争之点，是与他们走了歧途了。他们以文艺为第二义的，把文艺看成为作旁的工作的一种手段，而我偏要不明世故的争论为文艺而文艺，这将来不免有落伍之概。……我现在也深觉得，那些人们的目的并不是在文艺呀！
>
> ——侍桁：《又是个 Don Qwixote 的乱舞》

这一段话和一九三二年苏汶劝说胡秋原的意思简直非常相象：苏汶说“左翼文坛是马克斯列宁主义者……他们现在没有功夫来讨论什么真理不真理，他们只看目前的需要”“你假使真是一个前进的战士，你便不会再要真理，再要文艺了”。而胡秋原还要和左翼文坛去谈什么艺术的理论，文艺的价值……，等等，真所谓“不识时务”，所以是书呆子了。

不赞成“把文艺看成为作旁的工作的一种手段”，是骗人的艺术至上论；因为实际上文艺是向来被一部分人利用“作旁的工作的一种手段”，说别人的“目的并不是在文艺”，是想贬折对方文艺的意见，显得唯我是“为文艺而文艺”的真理所有者。

三 甘人的意见

> 假使文学真是时代的呼声，那末，我们疮痍满目的社会，决不该有唯美派与颓唐派的文艺，而应该是血与泪的文艺。但是，我在此地还得声明，我的血与泪的文艺，是与趋时的文艺家所口口声声提倡的血与泪的文艺有些异趣。他们竟可以从自悲自叹的浪漫诗人一跃而成了革命家；昨天还在表现自己，今天就写第四阶级的文学。他们的态度也未尝不诚恳，但是他们的识见太高，理论太多，往往在事前已经定下了文艺应走的方向与应负的使命。无奈文艺须完全是真情的流露，一有使命便是假的。以第一第二阶级的人，写第四阶级的文学，与住在疮痍满目的中国社会里，制作唯美派的诗歌，描写浪漫派的生活一样的虚伪。鲁迅从来不说他要革命，也不要写无产阶级的文学，也不劝人家写；然而他曾诚实的发表过我们人民的痛苦，为他们呼冤，他有的是泪里面有着血的文学，所以是我们时代的作者。
>
> ——甘人：《中国新文艺的将来与其自己的认识》

甘人的这一段话里，包含着几个问题：“以第一第二阶级的人，写第四阶级的文学”，这是革命文学的作者问题和内容问题；“往往在事前已经定下了文艺应走的方向与应负的使命，无奈文艺须完全是真情的流露，一有使命便是假的”，这是革命文学作者的世界观，革命文学的创作方法和阶级性及文学的宣传作用问题。这些问题，用上面“创造社的革命文学主张”所说的那些理由是都可以答复的。至于甘人的另一篇文章——《拉杂一篇答李初梨君》，也是由于同样不了解这些问题，而把它们较详细的又重说了一遍。如其中的重要一段说：

> 文学这样东西，决不止限于描写迫近的事物与狭窄的小我为止；它的背景不限于作者目前的生活状况。它的内容的理智方面，也不能以狭小的愤慨为满足。总括的说起来，文学该是而且正是以人生的全部为背景，受了广大的同情的驱促，根据于一切自然的真理，表现出某方面或几方面的“大我”，由此创造出新的生命。它是人的总结之反映，借了个人而表现出来的东西。其本质原是超个人的，所以是无利害的，亦是无阶级的，直等到从作者的人间苦所造成的个性里表现出来之后，才着上了各种不同的颜色一样。但是常人的性格常因日常生活为转移，文艺家却往往以他的精神生活为造成个性的主要标准。文艺所依赖的不是物质的供给，不是吃了珍羞肴馔，便一定作珍羞肴馔的作品。正如我们虽吃了诗人吃的饭，还是作不出诗一样。在这里，迷信唯物主义者是束手无策的。文学史上常有例子，诗人的作品瑰丽奇伟，而生活却是很苦；也有作品沉郁愤激，而生活却又很是快乐。这是因为人的物质方面可以受限制，分阶级，而精神生活却不能。因此他虽是第几

阶级的人，就不能限定他是第几阶级的作者……。

这是厨川白村的“苦闷的象征”的文艺论。“个性”是照耀人生的反光镜，人生“从作者的人间苦所造成的个性里表现出来之后，才着上了各种不同的颜色”。而“造成个性的主要标准力是“精神生活”。“精神生活”是超然物外，不受限制，不分阶级的。所以无论作者的物质生活是第几阶级，他的精神生活是没有阶级性的，因此作品也不带阶级性。这种理论真象“吃了诗人的饭”为什么“作不出诗”来一样，果真使“唯物主义者束手无策”吗？

四　郁达夫的意见

在无产阶级专政的时期未达到以先，无产阶级的文学是不会发生的。

这是什么缘故呢？第一，无产阶级专政还没有完成之先，无产阶级的自觉意识就不会有（因为若有了这自觉意识的时候，无产阶级的专政就成功了）。没有自觉意识的阶级文学是不会成立的。第二，文学的产生，须待社会的薰育的，在无产阶级专政没有完成的时候，社会的教育，社会的设施和社会的要求，都是和无产阶级文学相反的东西，在这一种状态之下产生的文学，决不是无产阶级的文学。

现在中国，虽然有几个人在那里抄袭外国的思想，大喊无产阶级的文学。或者竟有一二人模仿烧直，想勉强制造些似是而非的无产阶级的作品出来，然而结果毕竟是心劳手拙，一事无成，是不忠于己的行为。我在此地敢断定一句，真正无产阶级文学，必须由无产阶级者自己来创造；

而这创造成功之日，必在无产阶级握有政权的时候。

——郁达夫：《无产阶级专政和无产阶级的文学》

李初梨在《自然生长性与目的意识性》里，评驳这一段说：

郁达夫在此地用了一个循环论证法：

要有了无产阶级专政，才有自觉意识；

要有了自觉意识，才有无产阶级专政。

结局，这两样被他放逐到永远的彼岸去了。在这种理论的背后，我们还可以看出一个“忠于己”的小有产者的实践的要求来。

其次，他把无产阶级文学弄成一个固定的死的东西，它绝不能从它的“自己发展”“自己运动”上去把握；他心目中似乎有一个既成的无产阶级文学的观念上的幽灵，然而你如果问他什么是“真正无产阶级文学”，他结局是英名其妙，只好说“无产阶级者自己来创造”的，就是“真正无产阶级文学”。

第三，他根本不明了无产阶级的专政，就是阶级对立的另一种形态。如果普罗列塔利亚文学是阶级对立过程中的产物，那么不管它是在专政的以前以后，都会有的。而且他也不明白无产阶级文学与乎专政，都应该被奥伏赫变“扬弃”；所以，如果普罗列塔利亚文学到了“创造成功之日”——即到了它的最后的发展阶段，它已经不是无产阶级文学，而为“无阶级”的文学了。

五 冰禅的意见

冰禅在《革命文学问题》里，提出了好几个问题，都有与别人不同的理由；如艺术不完全是宣传，仅“有时是宣传，而且不可因此破坏了艺术在文学上的价值”；如“文艺不是阶级的武器”，但文学与革命是有关系的，伟大的文艺家常是“革命的先驱”；中国的文艺应该“深切的表现社会的罪恶，痛苦与悲哀，毫无隐讳的针砭民族的恶劣根性与堕落思想”。

> 也在艺术的世界里，最必要的是自由，要有精神的不羁的自由，才能产生伟大的艺术。……
>
> 文学是什么？什么人都知道承认的一句话:“文学是人生的表现”;就是为一般的革命文学批评家所崇拜的辛克莱也如是说。那末，人生的方面，是异样的繁多而复杂；人生苦闷的根源，也恐不是经济的一件事体（自然是一个最重要的因素），则所谓“革命文学”，自不能概括文学的全领域。文学除了教人革命以外，还有许多许多事情呢！我们如何能因提倡“革命文学”之故遂抹杀一切的文艺呢！

这是把革命文学误解作仅只“教人革命”，而与有其他内容的文学对立起来；同时也就主张不应叫从事其他文学的人也来作革命文学，因为“在艺术的世界里最必要的是自由”，作者爱写什么就写什么，爱怎么写就怎么写的。——作者真的这样“自由”了么？

> 诚然，每个伟大的文学家，表现了他自己，忠实的描

写了人生的真实，他的理想，幻想，也就透过了他的作品而昭示我们以“未来”了。莫泊桑也说他的每篇小说背后，都有 Something 存在。但是这说作家在他的作品中表现他的理想的这事实，恐怕是与我们文学批评家之所谓“宣传”是大异其趣。因为所谓“宣传”是要宣传某种“主义”以及“打倒”“拥护”……之类，那末，艺术与文学不见得都为了某阶级“宣传”某种主张了。假使文学过去的以及现在的都是“非积极的仕奉一阶级不可”；则对于一个不相干的阶级恐怕就是“味同嚼蜡”了；何以真正的作品，是永远为人所欣赏，永远使人惊叹，永远深刻的感动我们？

一种政治上的主张放在文艺里面，不独是必须而且在某几个时期都是必要的，这就是普列汉诺夫，马克斯主义[①]的文化批评家，也如此的承认。但是不可忘记的就是不要因此破坏了艺术的创造。所以我们只能说“艺术有时是宣传”，而且不可因此而破坏了艺术在美学上的价值。

把文艺的“广义的”“宣传”，解释“宣传某种‘主义’以及‘拥护’‘打倒’……之类”，这是冰禅的又一误解。诚如鲁迅所说“一切文艺，是宣传，只要你一给人看。即使个人主义的作品，一写出，就有宣传的可能，除非你不作文，不开口”。不过冰禅也承认政治的主张可以放在文艺里面，所以“艺术有时是宣传”，但要“不可因此而破坏了艺术在美学上的价值”。然而所谓“美学上的价值”并没有孤立的绝对的标准，所谓“美学”根本也是一种“宣传”的意识形态；这是冰禅在当时所不能了解的。

① 马克斯主义，今译为马克思主义。

“文学是阶级的武器”，这也不是我们革命文学批评家的创见；苏联文坛中“纳巴斯徒”派早就斩钉截铁的肯定：“文艺作品无论是涉及什么的，不是为劳动阶级的武器，就是反劳动阶级的利刃”；并且肯定，“从前的文学，都充满特权阶级的精神”(见任国桢译《苏俄文艺论战》)。这一种彻底急进的精神，虽然与我们的批评家同一值得我们钦仰，但恐不见得合于事实。瓦浪斯基也反对他们说：“与帝政的专制奋斗，与黑暗的腐败的俄罗斯奋斗，旧文学很有堂皇，伟大，令人钦敬的功绩。”“艺术家对于自己的著作，虽合那备妥的雏形，不应当插入报纸的论说，应当深刻的观察事实，表现生活。”这话亦好象劝告我们的新批评家似的。如果文学都是阶级斗争的工具，我不知道莎士比亚的戏曲，歌德的《浮士德》与《少年维特之烦恼》，雪莱、渥特渥斯、勃朗宁的诗，以及其他许多作家的作品，如果我们不便下一句“毫无价值”的批评，实在是不容易说他们做了那一阶级的武器。就是宣传“爱的福音”的托尔斯太[①]，宣传“新英雄主义”的罗曼罗兰，最沉挚的人道主义作家陀斯妥夫斯基，如谓他们是那一阶级的工具或武器，也实在不免冤枉。就是涉及革命的作品吧，在屠介涅夫的《荒地》(即郭沫若译的《新时代》)，路卜洵的《灰色马》，阿尔志跋绥夫的《工人绥惠略夫》与《沙宁》，其中所流露的思想，恐怕无论送给那一个作“阶级的武器”也没有人要；然而他们确实做到了“艺术的真实”，永远的感动我们。就是安特列夫的作品，是革命所弃绝的，然而他的《疑问》与《绝望》，亦处处激动我们的心。他们的作品的艺术价值，永远为我们所珍视。就是写《十二个》的布洛克吧，托洛斯基

① 托尔斯太，今译为托尔斯泰。

也说“不是革命的诗”，他并且“向革命突进，突进而受了伤”。然而托洛斯基还说《十二个》要“永久的流传下去”，将与“十月革命”的光辉永远不朽。“不是革命的诗”何以还能“永久的流传下去”呢？因为布洛克真实而深刻的画着了“当时”的俄罗斯。

文学之所以不是“阶级的武器”，根本因为她不是如政治法律一样；世界上也决没有那样的资产阶级拿文学当机关枪使用。……

所以文艺实在是反映着时代环境，种种物质的、精神的错综复杂的关系，决不是简单的受着经济的支配而被作“阶级的武器”了。也许因为文艺不是这样一个势力的东西，才值得我们永远珍视吧。

以创造社在当时所发表的唯物史观的文艺论文和文艺的阶级性理论，都不足以给冰禅所提的这些问题以具体的答复，据创造社诸人那些文章内容看来，他们所了解的也并不比冰禅所了解的多；冰禅在本文里引了藤森成吉的《文艺新论》（张资平译）中的“文艺和唯物史观”里的几节话，而下结论道：“经济所影响于文艺的，只是薄弱的间接的关系，并且也如藤森成吉所说‘文艺还要受她的下层政治宗教的影响’。其实文艺也不但受政治宗教的影响，甚至于还受科学的影响，如自然主义受了科学的影响，是谁都知道的事实。”在创造社诸人的文章（见上面“创造社的革命文学主张”）里还没有这样的说明。创造社诸人仅说明了上层文化和下层经济基础的关系，或文艺与经济的关系，以及文艺与阶级的粗略关系。至于文艺与文化各部门的“错综复杂”的关系，文艺“错综复杂”的反映客观世界，他们都没有阐述或不能阐述。所以冰禅的这篇文章是一九二八年三月发表的，恰是这次“文艺论战”正热闹的时候，而以后始终未见创造社方面的答复。我们现在倘把冰禅所提的上面那些作家及其作品的阶级性或其社会作用，一一加以分析解答，那将是一本书的规模，不是本文所能做到的；好者已有柯根的《世界文学史纲》和弗理契的《欧洲文学发达史》的中译本，至其他的唯物史观的文学论的著作，以及讲苏联的文学理论，作家与作品的书，中国也出版了一些，从它们上面或许可以得到解答的。

> “文学”与“革命”是不是简直风马牛不相及呢？那我敢大胆答道：“否，否！”
>
> 文学之所以为文学，就因为他是真而且美的描写生活；因为他表现了人生，也就指导了人生，也就创造了人生。文学家是时代的灵魂，他看清楚了“现在”，也就很早的看见了“将来”。因为文学家的感觉比我们敏锐，他们的感情比我们的真挚，他们的观察比我们精确；于是时代的真象，就逃不出他们如鹰一样的“预知的眼”了。所以伟大的文艺家也就是“文化的先驱”“时代的先驱”“革命的先驱”了。
>
> 当一个社会的黑暗与腐败还未充分暴露时，文学家已经感到深切的不安了；当无数民众还在醉生梦死时，文学家已吹着他们的喇叭惊醒人们的好梦了；当人们已在呻吟隐怨时，文学家代表不幸的人们号泣了；当人们绝望于无涯的黑暗时候，文学家又预示着以未来的曙光了。
>
> 文艺家在他的作品里启示了伟大的未来，决不是他自己个人无根据的幻想。文艺家是时代精神的灵魂，是社会

民众的喉舌；所以真的文艺家也就是时代的先驱了。

所以每一个伟大的作家，一个伟大的革命的作家，他的作品之能永远可贵者，并不一定要把他的作品装入一个革命的范型内面去；只要他能够真正的表现他的时代，能够真正的表现时代的精神，那么，他的作品也便是痛切的社会生活的批评，预言和警告了；他的作品也就永远的不朽了。假使是在一个需要革命的时代，在一个腐败黑暗恶劣的时代，有人偏偏要赞颂社会的公平，人生的美满，那也可见这样的文艺家价值如何不值半文钱了。然另一方面，我们先树立一个文学的格式，以为没有革命字样就一无足取，大家也就嚷着“革命”“革命”，反而没有看出社会痛苦之真象，也是一样的失去了文艺的真意义之所在了。

总而言之：文艺应是社会生活的真切的深刻的表现，能如此的便是永远不朽的伟作。文艺的目的，并不在于教人“革命”；然而，在一个不平黑暗的时代中，伟大的作品也就无不有革命的精神了。十九世纪的一个俄国文学批评家 Dobrolubov 也是这样的意见；他是一个批评一切事物都要问“他对于劳动阶级有什么用处呢？”的人，然而他并不劝人以预定的目的去作诗或小说。他以为文艺家如不彻底知道他所描写的人生，他的目的不是从最深挚的理想中出来，作品一定不会好，所以他对于一切作品，只问是不是正确的反映人生，这才是批评文艺的态度了。

这几段话是厨川白村的“苦闷的象征”的文艺论的改写，他只看见文艺家与笼统的“时代”的关系，没有看见文艺家的阶级性，因而也不知道决定作品的内容与思想倾向的文艺家的“世界观”的重要。不过他末了所提出的“文艺家如不彻底知道他所描写的人生，他的目的不是从最深挚的理想中出来，作品一定不会好。”倒是对当时好描写“自己所不熟悉的”内容的“革命文学”作家们一个很好的进言。

> 我们中国现代究竟需要怎样的文艺呢？……
>
> 深切的表现社会的罪恶，痛苦与悲哀，毫无隐讳的针砭民族的恶劣根性与堕落思想，我以为是我们的文学家应该所有的事。这样平淡的话自然是没有“革命文学”那样响亮时髦，然而我们在文艺上多作一点忠实的工夫，比之于仅在好听的名义上推求，说不定我们的子孙还多得些实益哩！

这些话不能说不对，但问题还是在作者的世界观与创作方法的如何而定。

第五章 “新月派”及其他反对者的论调

一 与“新月派”斗争的历史任务

在上面我们看见鲁迅、茅盾和所谓“语丝派”的其他作者之间对于革命文学或无产阶级文学虽有态度和识见之差，但大体讲来，实非普罗文学的真正敌人。因为大家（连创造社、太阳社在内）同是“革命的小资产阶级作家”，斗争的对象应是帝国主义或资产者的“意识代表”及封建文人，是不应该作“内讧”的。譬如鲁迅从开始他的三十年文学生活起，在反封建一方面就是“做工做得最好”的；而反欧化绅士的战斗，他也是常常的隐蔽在个别的甚至私人的问题之下（如对章士钊、陈西滢、梁实秋等），作持久的韧性的斗争：

> “五四”到“五卅”前后，中国思想界里逐步的准备着第二次的“伟大的分裂”。这一次已经不是国故和新文化的分别，而是新文化内部的分裂：一方面是工农民众的阵营，别方面是依附封建残余的资产阶级。这新的反动思想，已经披了欧化，或所谓“五四化”的新衣服。这个分裂直到一九二七年下半年方才完成，而在一九二五至一九二六的时候，却已经准备着；只要看当时段祺瑞章士钊的走狗“现代评论派”，在一九二七年之后是怎样的得其所哉，就可以

知道这中间的奥妙。而鲁迅当时的《语丝》，革命的小资产阶级的文艺思想和批评，正是针对着这些未来的“官场学者”的。……的确，旧的卫道先生们渐渐的没落了，于是需要在他们这些僵尸的血管里，注射一些“欧化”的西洋国故和牛津、剑桥、哥伦比亚的学究主义，再加上一些洋场流氓的把戏，然后僵尸可以暂时“复活”，或者多留恋几年“死尸的生命”。

——何凝：《鲁迅杂感选集序言》

中国革命的性质，注定了革命的小资产阶级作家的历史任务之一，就是这反欧化绅士的文人学者，而欧化绅士的文人学者对于革命文学运动，也不会放松他们的历史所赋予的斗争任务的。在当时《新月》月刊上发表的《“新月”的态度》和梁实秋的《文学与革命》二篇文章，也就是这斗争的宣言。他们不但要在中国的“思想市场”上摆出他们“绅士”所特有的“健康与尊严力的货色来，还要肃清这市场上的其他“十来种”思想“行业”，原因当然由于它们“妨害健康的原则”和“折辱尊严的原则”的缘故。他们不但根本否认文学与革命的关系，提出“人性”来与“阶级性”相对置，还把“革命”解释作“用破坏的手段打倒假的领袖，用积极的精神拥戴真的领袖”；而一切归之于“天才”“与所谓‘大多数’不发生若何关系”。这样一来，他们虽然反对文学的阶级性，但无意之间倒把自己的“阶级性”暴露出来了。

二 “新月”的态度

新月社的主要作家为徐志摩、闻一多、梁实秋、胡适、沈从文等。一九二八年开始出版《新月》月刊，在《创刊号》上表示了他们的态度：

不幸我们正逢着一个荒歉的年头，收成的希望是枉然的。这又是个混乱的年头，一切价值的标准是颠倒了的。……

先说我们这态度所不容的，我们不妨把思想（广义的，现代刊物内容的一个简称），比作一个市场，我们来看看现代我们这市场上看得见的是些什么？如同在别的市场上，这思想的市场上也是摆满了摊子，开满了店铺，挂满了招牌，扯满了旗号，贴满了广告，这一眼看去辨认得清的至少有十来种行业，各有各的色彩，各有各的引诱，我们把它们列举起来看看：

一、感伤派　二、颓废派　三、唯美派

四、功利派　五、训世派　六、攻击派

七、偏激派　八、纤巧派　九、淫秽派

十、热狂派　十一、稗贩派　十二、标语派

十三、主义派

商业上有自由，不错。思想上言论上更应得有充分的自由，不错。但得在相当的条件下。最主要的两个条件是：（一）不妨害健康的原则（二）不折辱尊严的原则。……

同时在思想的市场上我们也看到种种非常的行业，例如上面列举的许多门类。我们不说这些全是些“不正当”的行业，但我们不能不说这里面有很多是与我们所标举的两大原则——健康与尊严——不相容的。我们敢说这现象是新来的，因为连着别的东西思想自由这观念本身就是新来的。这也是个反动的现象，因此，我们敢说，或许是暂时的。先前我们在思想上绝对没有自由，结果是奴性的沉默，现在我们在思想上是有了绝对的自由，结果是无政府的凌乱。思想的花式加多本来不是件坏事，在一个活力磅礴的文化社会里往往看得到，偎傍着刚直的本干，普盖的青荫，不少盘错的旁枝，以及恣蔓的藤萝。那本不关事，但现代的可忧正是为着一种颠倒的情形。盘错的恣蔓的尽有，这里那里都是的，却不见了那刚直的与普盖的。这就比如一个商业社会上不见了正宗的企业，却只有种种不正当的营业盘据着整个的市场，那不成了笑话？

即如我们上面随笔写下的所谓现代思想或言论市场的十多种行业，除了“攻击”“纤巧”“淫秽”诸宗是人类不怎样上流的根性得到了自由（放纵）当然的发展，此外多少是由外国转运来的投机事业。我们不说这时代就没有认真做买卖的人，我们指摘的是这些买卖本身的可疑。碍着一个迷误的自由观念，顾着一个容忍的美名，我们往往忘却思想是一个园地，它的美观是靠着我们随时的种植与铲除；又是一股水流，它的无限效用有时可以转变成不可收拾的奇灾。……

但记忆与想象，这就是一个灿烂的将来的根芽！悲惨是那个民族，它回头望不见一个庄严的以往；那个民族不是我们。该得灭亡是那个民族，它的眼前没有一个异象的展开；那个民族也不应得是我们。……

我们相信一部纯正的思想是人生改造的第一个需要。纯正的思想是活泼的新鲜的血球，它的力量可以抵抗，可以克胜，可以消灭一切致病的霉菌。纯正的思想，是我们自身活力得到解放以后自然的产物，不是租借来的零星的工具，也不是稗贩的琐碎的技术。我们先求解放我们的活力。……

我们不能不醒起，不来不奋争，尤其在人生的尊严与健康横受凌辱与侵袭的时日！来吧！那天边白隐隐的一线，还不是这时代的“创造的理想主义”的高潮的前驱？来吧，我们想象中曙光似的闪动，还不是生命的又一个阳光充满的清朝的预告？

——《“新月”的态度》(闻为徐志摩作)

把“思想”混乱的分成了以上那许多“派”，就在表示着“新月派”的人们之思想不清或糊涂的思想！而所谓“健康与尊严”，所谓“记忆与想象”，所谓“纯正的思想”“所谓活力”，所谓“创造的理想主义”；或则笼统含糊，或则虚无飘渺，不过玩一玩抽象的名词的把戏；惟在词意之间表示着惟我“新月派”的人们公正，和平，高尚；纯洁和“允执厥中”！“偏激”“攻击”“热狂”“标语”和“主义”，当然都是不好的：“这样的山羊，脖子上还挂着一个小铃铎，作为知识阶级的徽章……能领了群众稳妥平静的走去，直到他们应该走到的所在……这是说：虽死也应该如羊，使天下太平，彼此省力”(鲁迅一九二六年作《一点比喻》)。“新月派”的人们不过在尽着这种“山羊”似的职务而已。

创造社方面对于这“新月的态度”是怎样答复的呢？

这是“一个荒歉的年头，收成的希望是枉然的；这又是个混乱的年头，一切价值的标准，是颠倒了的”。

一点不错！

现在是社会变革的时代，被压迫阶级自图解放的时代。在这解放期间，支配关系次第变更，社会的中坚势力也渐形转换。在这样的客观环境之下，思想界必然的起变动。又因实践的基础不同，一切的价值标准当然也是两样。这本是必然的现象。

然而正是这种必然的现象……使得“小丑”徐志摩，“妥协的唯心论者”胡适一班人，不得不表示“新月的态度”。

这是因为社会的支配权要移到一个新的主体，现在的支配阶级无论怎样的用尽巧妙且辛辣的手段，总不能阻止历史的进展，“收成的希望是枉然的”。而新的主体对于一切事物和现象的评价，当然要有它自身的标准，所以以前“一切的价值标准，是颠倒了的”。

这的确是使他们不得不叹为“不幸”的“一个荒歉的年头”“又是个混乱的年头”！相应着这个混乱的年头，在他们的“着色眼镜”里，又映着有一个思想上的“嘈杂的市场”。

在这个年头，我们可以看到新兴阶级的出现，在这市场上，我们可以看到新兴阶级的理论的确立。……

“创造的理想主义”！好一个漂亮的名字！然而创造了什么理想？“健康”与“尊严”！好一双“伟大的原则”！然而健康是谁的健康？尊严又是谁的尊严？……

这些新兴势力与代表它的思想和文艺，在支配阶级及他的工具看来，简直是“折辱尊严”“妨害健康”。怪不得我们的“诗哲”徐志摩一班人提着这两个原则大声疾呼地要来做“扫除”的工作了！……

可是事实上他们能够维持这样的“尊严”与“健康”吗？历史的进展，不惜把一切冠冕堂皇的，神圣不可侵犯的东西都要消灭下去，它是不容许有所谓永久的存在的。……

不但如此，“折辱”他们的“尊严”，即是新兴的革命阶级获得了尊严；“妨害”了他们的“健康”，即是新兴的革命阶级增进了健康。

带着“健康”与“尊严”的“着色眼镜”，他们在思想这市场上看见了些什么？据他们“随笔写下的”都有“十多种行业”，真是五花八门，极其“嘈杂”了！怪不得他们要来做“审查和整理的工作了”。审查的结果，他们以为这“十多种行业”都是些“鸦片，毒药，淫业”，“全是些不正当的行业”与他们“所标举的两大原则——健康与尊严——不相容的”。

而所以有此现象，是因为“碍着一个迷误的自由观念”。“先前我们在思想上是绝对没有自由，结果是奴性的沉默，现在我们在思想上是有了绝对的自由，结果是无政府的凌乱”——这是我们所发现的“绝对的”原因了。

但是，现在我们在思想上有了绝对的自由吗？只要一看现在是什么情形，谁都不会相信这句话。……自由在那里？更何言“绝对”!

在现在要因斗争而获得思想和言论的自由的时候，“新月”的先生们却叹着气，以为是太自由了，因而要来“扫除”那些“邪说”“异端”，将思想从“无政府的凌乱”救出，定于一尊，一统天下。你看这是什么一种实践的要求！是替谁说话！现在我们在思想上并没有自由，要有自由就需得有适应的客观的条件，“不幸”的是他们竟对于这个盲目！

思想和文艺的发生，必须有一定的社会根据；因为思想和文艺本是客观的反映。正确的反映了客观的，从真正的认识出发的思想，才是合理的思想，它是“一个真”，它是“一个正”。这样的真的正的思想是有实践的价值和变更社会的权能的，因而在社会变革期中，它为一切的“标准”“纪律”“规范”。……

现在我们也将他们要干涉的思想市场上的买卖审查和整理过了。然而所谓健康与尊严这两个原则并不能为它们的标准，我们要从社会的根据和阶级的意义去检讨的。

可是不幸的是：在这样的检讨之下，不但他们所列举起来的思想上的派别是“随笔写下的”，没有一点根据，乱杂得可笑；就是他们用以抨击这些派别的所谓两大原则及“创造的理想主义”，也只是“盘错的旁枝，恣蔓的藤萝”，并不是什么“商业社会上”的“正宗的企业”，“我们是不能容许它继续存在的”。……

“创造的理想主义”？现在在思想和文艺上，是否容许这样的东西？……“新月”的“创造的理想主义”的根据在哪里？有根据吗？“他们有什么根据，除了飘渺的记忆与想象”？

“飘渺的记忆与想象”！布尔乔亚似曾经，并且现在也还在，支配社会的一切，这是多么一个“庄严的已往”！沉着在这样的支配的梦中，将一切绝对化，永远化，以为可以万世拖住他们的生命，在“想象”中不又有“一个异象的展开？”然而历史的车轮推他们上了没落的墓道，现在则到处都响彻了他们的吊钟！

这“记忆与想象”真是太“飘渺”了！因此，“新月”的人们“记忆”他们“光明的过去”，则考证《红楼梦》，“想象”他们“光明的未来”，则做情诗，堆砌爱美艳丽的王国。

可是他们却以为这是“尊严与健康”，这样可以解放他们的活力，产生纯正的思想，因为他们“相信一部纯正的思想是人生改造的第一个需要”。他们也觉得人生要改造，而且需要思想了！这倒不错。现在社会是需要变更了，而且没有革命的理论，则没有革命的行动；但这样的理论没有所谓“纯正的”，也不是“活力”所能产生的。

——彭康：《〈新月的态度〉底批评》

三　梁实秋的论调

《新月的态度》是“新月派”对一般思想问题和文艺问题的意见；至于他们对于革命文学的意见，则有梁实秋的《文学与革命》可以代表。

我先问：革命究竟是怎么一回事？

一切的文明，都是极少数的天才的创造。科学，艺术，文学，宗教，哲学，文字，以及政治思想，社会制度，都是少数的聪明才智过人的人所产生出来的。……革命运动的真谛，是在用破坏的手段打倒假的领袖，用积极的精神拥戴真的领袖。……

革命的意义既如上述，请进而讨论革命与文学的关系。

在革命的时期当中，文学是很容易沾染一种特别的色彩。然而我们并不能说，在革命的时期当中，一切的作家必须创作“革命的文学”。……我们知道富有革命的文学，往往发现在实际的革命运动之前。……文学家并不表现什么时代精神，而时代确是反映着文学家的精神。……

所以我又说：革命期中，文学家不必就要创造“革命的文学”；在文学上讲，“革命的文学”这个名词根本的就不能成立。在文学上，只有“革命时期中的文学”，并无所谓“革命的文学”。……并且伟大的文学乃是基于固定的普遍的人性，从人心深处流出来的情思才是好的文学；文学难得的是忠实——忠于人性。至于与当时的时代潮流发生怎样的关系；是受时代影响，还是影响到时代；是与革命理论相合，还是为传统思想所拘束，满不相干，对于文学的价值不发生关系。因为人性是测量文学的唯一的标准。所以“革命的文学”这个名词，纵然不必说是革命者的巧立名目，至少在文学的了解上是徒滋纷扰。……

文学家所代表的是那普遍的人性，一切人类的情思；对于民众并不负着什么责任与义务，更不曾负着什么改良生活的担子。所以文学家的创造并不受着什么外在的拘束，文学家的心目中并不含有固定的阶级观念，更不含有为某一阶级谋利益的成见。文学家永远不失掉他的独立。在革命期中的文学作品，往往隐示着民间的苦痛，讽刺着时代的虚伪，这并不是文学家衔着民众的谕旨，也不是文学家自动的要完成他对于民众的使命。文学家不接受任谁的命令，除了他自己的内心的命令；文学家没有任何使命，除了他自己内心对于真美善的要求的使命。故此在革命期中，如在常态期中一样。文学家不仅仅是群众的一员，他还是天才，他还是领袖者，他还是不失掉他的个性。

大多数就没有文学，文学就不是大多数的。……创作的材料是个人特殊的经验抑是一般人的共同生活，没有关系，只要你写得深刻，写的是人性，便是文学。“大多数的文学”是一个没有意义的名词。……无论是文学，或是革命，其中心均是个人主义的，均是崇拜英雄的，均是尊重天才的，与所谓的“大多数”，不发生若何关系。……“无产阶级的文学”或“大多数的文学”都是不能成立的名词，因为文学一概都是以人性为本，绝无阶级的分别。……

一件文学作品，如其不能得到无产阶级的了解与欣赏，这不必就是因为作品是属于另一阶级或带有贵族性，这也许就是因为无产阶级本身缺乏鉴赏的能力。鉴赏文学，不是象饮食男女等等根本的本能那样，不是人人都有的一种能力。真真能鉴赏文学，也是一种很稀有的幸福，这幸福不是某一阶级所得垄断，贫贱阶级与富贵阶级里都有少数的有文学品味的人，也都有一大半不能鉴赏文学的人。所以就文学作品与读者的关系上言，他们看不见阶级的界线。

至于文学作品之产生，更与阶级观念无关。……文学愈来愈成为天才的产物。天才的降生，不是经济势力或社会地位所能左右的，无产者的阶级与有产者的阶级一样的会生出天才，也一样的会不常生出天才！所以从文学作品之产生言，我们也看不见阶级的界线。文学是没有阶级性的。

伟大的文学家足以启发革命运动；革命运动仅能影响到较小的作家。……很多的大文学家，……对于革命运动起初很表同情，但是到了革命进展之后，看着革命的暴行，对于一切标准的毁灭，纪律的破坏，天才的摧残，他们便要认为这是过度，收回他们的同情。没有一个第一流的文学家，一生的同情于革命。革命运动对于文学的影响，是诱发人们的热情，激起人们对于虚伪的嫉恶，惹动人们对于束缚的仇恨，这种影响的本身不是坏的，纵然不能提高文学的价值，至少亦不致于文学的价值有损；但是这种影响容易发生不良的结果，且不可能避免的流于感情主义，以及过度的浪漫。

近来有人提倡“革命的文学”，但是我觉得他们并不是由文学方面来观察；反对“革命的文学”者似乎又是只知讥讽嘲弄。吾人平心静气的研究，以为“革命的文学”这个名词实在是没有意义的一句空话，并且文学与革命的关系也不是一个值得用全副精神来发扬鼓吹的题目。

文学也罢，革命也罢，我们现在需要一个冷静的头脑。

“文学与革命的关系”，既然“不是一个值得用全副精神来发扬鼓吹的题目”,“反对革命文学者,似乎又是只知讥讽嘲弄”;梁实秋结末这几句话,是对创造社和鲁迅两方面都表示了敌对,这就是一九三〇年以后两方面合作的原因吧？

梁实秋这种“人性”“天才”的文学论，确是典型的资产阶级的学说！“一切的文明，都是极少数的天才的创造”“文学是天才的产物”，这里的“天才”可以说就是“资产阶级”的代名词：文学既然与大多数人没有关系或“大多数就没有文学”，那末，大多数当然也就与“一切的文明”没有关系，或者大多数也就没有文明。文学和文明都是资产阶级的天才创造。资产阶级在这个世界里是“极少数的天才”，或者他们造成为这“极少数的天才的机会较之“大多数”要多得多，要容易得多！“能鉴赏文学”在这个世界里，固然“也是一种很稀有的幸福”，至于“这幸福不是某一阶级所得垄断”，可就不尽然了：事实俱在，这种肤浅的理由实在可以不必多费笔墨，就请睁眼看看“鉴赏文学”的，起码是些什么人吧！

“文学家所代表的是……一切人类的情思;对于民众并不负着什么责任与义务，更不曾负着什么改良生活的担子。所以文学家的创造并不受着什么外在的拘束，……文学家永远不失掉他的独立……文学家不接受任谁的命令，除了他自己内心的命令，文学家没有任何使命，除了他自己内心对于真美善的要求的使命。"——梁实秋这一段文学家的独立自由的"艺术至上论"与一九三二年"文学创作自由"论辩时，胡秋原申明永远只相信"高尚情思"的文艺，并肯定的认为艺术不应当做政治的"留声机"的意见，以及自以为是"第三种人"的苏汶所主张的"艺术的价值"和文艺创造自由论，都是非常相象的。"资产阶级的著作家，艺术家，演剧家的自由，只是戴着假面具去接受钱口袋的支配，去受人家的收买，受人家的豢养，我们社会主义者，暴露这种作伪，揭穿这种虚伪的招牌，——并不是为着要弄出什么无阶级的文学和艺术（这只有到了社会主义的无产阶级的社会里方才可能），而是为着要把真正自由的公开的联系着无产阶级文学，去和假装着自由的事实上联系着资产阶级的文学对立起来。"（伊里奇[①]）因而文艺不但未曾自由，而且向来作着"政治的留声机"；文学家也未能够独立，"第三种人"是做不成的。"第三种人"其实也就是"梁实秋们"。

以下是创造社对于梁实秋这篇文章的评驳：

> 革命是什么？……"革命运动的真谛，是在用破坏的手段打倒假的领袖，用积极的精神拥戴真的领袖。"……人性，它很微妙的响亮着。听来，它好象是高超在云霄的一个全然的主宰。一切现实的事象是它翻弄的一把鬼戏。易朝又易朝，内乱再内乱的连续的中国历史，说是人性的创造，那末，我们可以说"人之初，性本恶"这儿才有唯心论的秘密所在。……一九一一年中国的革命，民众不"以

① 伊里奇，即列宁，原名今译为弗拉基米尔·伊里奇·乌里扬诺夫，本书表述或引用中的伊里奇、伊里支、乌拉其米尔、乌拉机密尔均指列宁。

积极的精神拥戴真的领袖”，却以如火的热诚希望共和政体的实现，法国大革命的先驱阶级，要打倒贵族阶级的全体，而且说他们“要恢复常态的生活”，无宁说他们要成就他们所希望的“新态”的生活（第三阶级的生活）。这革命的根本的原因不能归咎“太阳王”的子孙的“人性”的不善，也不能归功于二三革命家的“天才”，而是君主政治，它的特权和独占，它的法律，陈旧的Guild组织和半庄园的农民一同的变成发展着的产业的桎梏：产业的再加向上的发展就需要这回的政治革命。革命的根本认识要是这样。……人性，它没有直接参加过这样的历史的任务。

天才是什么！人类的历史不绝的增加它自身以丰富的内容，成为浩瀚的潮流流转着。这丰富的内容不消说是人类积蓄文化的过程。然而，这人类文化的创造主，他不是深居飘渺的彼方的谁人，也不是“极少数的天才”。宗教，法律，艺术，哲学，科学，经济学，一言以蔽之，所谓“精神科学”的对象——或者是梁教授所谓“一切的文明”——无非是集团的人类之产物，文化是以集团的劳动为媒介的，自然之改造。再进一步说，人类使自己的物质的生产发达着，在这行为的当中，又使自己的思维的产物发达变化。思维及思维的产物——精神，它不是超越时间及空间的存在，而是在所与的各阶级的历史之产物。所以文化是一定社会的“物质的产物”。

“一切的文明，都是少数的天才的创造”。没有思索的习惯的人们，当然可以低深地颔首。然而我们理解文化生产的根本法则的，却苦笑他知识的浅薄。

在这里，我们不能不究明历史上的个人所演的任务：

社会的外面，没有社会；离开社会，不能想象个人；

社会是个人的集团，然而，这里的个人并不是孤立的个人。超时代或超社会（阶级）的个人的幻影只配在空想家的脑中徘徊。我们说个人的时候，他是社会人的个人，历史上的个人，个人受着环境的决定，同时，又受着历史的制约。

天才是特别的个人。社会及在历史的当中，他的任务，因为占着特殊的地位，遂行特殊的劳动有时是很大的。然而，我们知道人类的意志不是自由的，它常受外的关系的决定。但是，个个人的外的关系是社会的关系（在该瞬间的家族，团体，职业，阶级，总社会状态的生活关系）。因此，他的意志为外的境遇所决定，就是说他从外的境遇引出其活动的动机。诸葛孔明不会发明飞行机，只能做出木牛流马。爱迪生才能有种种电气机器的发明。这因为发明家计划一种新机器的时候，他不能离开当时已经存在的一切的材料，即既存的技术，既存的科学。他的天赋即使很厚，也不能在空洞的“无”中生出“有”来。他必定从科学所提出的问题，实际劳动所指示的诸要求，才能出发他的研究。文艺领域的天才也何尝不是一样……。

梁教授说：“天才的降生（好象是从天上下来一样——乃超），不是经济势力或社会地位所能左右的”。在这里，我们贤明的梁教授的天才论和世间的宗教的见解，发生了贴肉的关系。因为，他忽视了社会注入“人格”中的社会的影响。离开社会的影响，把个人单独地评价的时候，才有这个独断的发生的根据。

以个人的现象说明社会的现象（布尔乔亚学者喜欢用这个戏法），其结果不过是循环论。对于天才——不论他是革命的指导者，皇帝，总统，独裁官——的评价若果忽视了社会对于他们的决定的力量，那末，他们的人格自身的力量，必然地变成“上帝”一样的力量。木匠老婆的私生儿也可以是上帝耶和华的儿子。Renaissanee 时代的灿烂的文化也许是偶然的现象——自我精神的发现。

这样的谬误的根本观念不特使我们的梁教授看不透社会现象一般，而且在文学的一分野中，竟使他的“冷静的头脑”变成头脑的混乱。

文学是人性的表现，还是阶级性的表现呢？

文学，它依然是人类所需要的时候，谁能反对文学是人性的表现呢？这个定义是非常的妥当，同一样的程度，又是非常的空漠。一般俗众的批评家，在说明一件事实时，最爱假设一种要素，在承认它的互相作用的名义下，拒绝它的根本的物质的根据。“文学是人性的表现”，“宗教是宗教思想的作用”，这样的说明，简直等于没有说明，不外是同义语的叠用。

“人性”，它微妙地响亮着。无论是谈革命，或谈文学，梁教授的庞大的体系（System）中，它象一条红线贯通着。然而，讨论“文学是人性的表现”，这与黑人的皮肤是黑色的一样，同是无聊的问题。不过为拒绝革命文学的存在，这个态度就是他穷途的办法。这个文学理论，不特是否认文学的阶级性，而且，封建制度的代言人可以利用它来保存国粹，平民社会的代言人可以利用它来拥护自己地位的安全。所以，我们再没有顾虑这样的说教，不能不从速把文学的阶级性分明地展开。……（关于文学的阶级性，请参看上面《创造社的革命文学主张》内《文学的阶级性》一项——引者）。

梁教授又说得好：“大多数就没有文学，文学就不是大多数的”，这句话的里面说尽“阶级性”支配到文学上来的秘密，因为他所能晓得的是奉侍上流阶级的文学。……

白鹅一般的上流妇人的胸膛，芳香郁烈的外国酒，这只限于是穿服高等趣味的西装，用漂亮英语的绅士才能感觉的“感觉的快味”。白朗宁夫人的情诗，曼殊斐儿①的小说，或许是英国文坛上的重要文献，然而，英国的Ladies可是太高贵了，况且又是天选国民中的尤物。即东部伦敦的市民也不敢瞻仰。……这为的什么？不是阶级的差别决定阶级的生活感觉么？生活感觉的不同，又是艺术感觉的差别的标准。艺术是有阶级性的！……

“没有一个第一流（！）的文学家，一生的同情于革命”。这句话有两个可能的解释：或许是第一流的文学家，就不能同情于革命；也或许是同情只是同情，可以隔河观火的人却跑到当场弄火。同情，它说明了一切的秘密。然而，革命文学是新兴无产阶级的文学（现在我们没有区别这两个名称为两种），这是阶级自身的文学，不是“涕泪”的结晶，也不是“商人”的“应当”。那末，我们要讨论革命文学了……（请参看上面《创造社的革命文学主张》内《文学的宣传作用》一项——引者）。

总束以上批判的结果，我们可以决定梁教授那篇文章是很体面的谩骂，因为“冷静的头脑”当然不致糊涂到这个样子。……

——冯乃超：《评驳梁实秋的〈文学与革命〉》

“新月派”的这种逃避现实的艺术至上论的实践的结果，在平时则“暴露了自己是‘丧家的’或者‘不丧家的’‘资本家的乏走狗’，替新的反动去装点一下摩登化的东洋国故西洋国故”

① 白朗宁，今译为勃朗宁；曼殊斐儿，今译为曼斯菲尔德。

（何凝：《鲁迅杂感选集序言》），尽一尽自己的阶级任务之外；在国家民族危急存亡的时候，就会有意的或者无意的影响到国家民族的生存：当此广州失守武汉撤退，“敌人的铁蹄已踏遍国境，杀我同胞，毁我城”的血腥的现在，已兼作参政员的梁实秋，居然在其主编的一个大报的副刊上，征求“与抗战无关”的文章（时在一九三八年十二月），随着即登载其自以为“与抗战无关”其实“与抗战有害”的文字，这确实不是偶然的。而梁实秋的这种作为，实在也并不是他个人的新发明，是因袭其同派的沈从文的“反差不多”主义的：他大约以为抗战以来的文章都“差不多”与抗战有关，而要来一套与“抗战无关的‘反差不多’”了。其实天地间那有与社会“无关”的作品，所以“无关”也就是“有关”，至于“差不多”的形成，倒是大家都能密切的注意现实和表现现实的结果（公式主义之应该反对，则为另一问题）。沈从文的“反差不多”的用意并不是善意的反公式主义，是恶意的反对一切以现实为内容的文学作品。自己既然不敢或者不愿正视现实，当然也就谈不到去实践或者表现现实，所以抗战以来看不见“新月派”的人们的与抗战“有关”的文字，也不是偶然的。但梁实秋个人倒以“无关”的姿态表现出来了！

四 安那其主义者的空谈

此外在《现代文化》《民间文化》《文化战线》等刊物上发表关于革命文学问题文章的人，如莫孟明、谦弟、伊若、柳絮等（他们的文章均见《中国文艺论战》），在根本反对无产阶级文学的理论或思想上，不但和“新月派”一致，而且谩骂马克思主义的文化理论，现出了自己的“安那其主义者”的嘴脸。

因而，较之梁实秋直接痛快的说出“文学与大多数人无关”来，反提出了“无阶级的”“民众文学”的口号：“文化斗争的理论，一定要是民众的才行，如果只是一阶级的，那就错了。”这当然要比一切“阶级文学”都彻底的多，也好听的多了。而用意也不过是在反对“文学的阶级性”，现时世界里的“无阶级的民众文学”其实是不能实现的乌托邦（这“民众文艺”和一九三〇年以后的“大众文艺”的涵义并不相同）。与生在现在的人间，而要人人都讲“人类之爱”一般，是一样的用心和一样的可笑的！

第六章　进步的文艺理论及文学团体的建立

一　认识了共同的敌人

上面已经说过，创造社、太阳社在一九二八年与鲁迅、茅盾的论争，是革命的小资产阶级知识分子不该有的内讧，以致忽略了对于真正敌人的斗争。然而这一共同的认识，两方面都不是到一九三〇年“左联”成立时才有，譬如郭沫若在一九二八年论争的当时所发表的《桌子的跳舞》的结尾就说过这样的话：

> 文坛上的斗争渐渐到了一个第二阶段了。从前的斗争只是封建式的斗争，是以人或地理上的关系为背景。目前的斗争是更进了一步，我们是以思想，行动及一切阶级的背景为背景。拜金主义派的群小是我们当前的敌人。
>
> 我们应该认清楚我们的敌人。“大众的同盟者虽然是一时的，动摇的，不安定的，而且是难于信赖的东西，但为确保其与无产者团联盟，就是最小限度的可能性我们都要无条件的利用”（《左翼小儿病》）。
>
> 这是伟大的战略，我觉得在文艺战上也可以应用。我们应该组织一个反拜金主义的文艺家的大同盟。

“以人或地理上的关系为背景”的“封建式”的小集团主义的斗争，是要不得了；“我们应该认清楚我们的敌人”，“拜金主义派的群小是我们当前的敌人”；“我们应该组织一个反拜金主义的文艺家的大同盟”。——这不是说的明明白白吗？这“大同盟”也就是“左翼作家联盟”的先声。

至于鲁迅之反“拜金主义的群小”，不仅只是这理论的提倡，他早自“五卅”以来就实践着了，如对“现代评论派”的陈西滢们和“新月派”的梁实秋们。他在一九二九年和“左联”尚未成立之前，不但并未停止这种斗争，反而站在进步的立场来批评梁实秋们。如《新月社批评家的任务》（一九二九年作，见《三闲集》）和《“硬译”与“文学的阶级性”》（《二心集》，一九三〇年一月作）。

> 例如就是那篇《文学是有阶级性的吗》？（梁实秋作）的高文，结论是并无阶级性。要抹杀阶级性，我以为最干净的是吴稚晖先生的“什么马克斯牛克斯”以及什么先生的“世界上并没有阶级这东西”的学说。那么，就万喙息响，天下太平。但梁先生却中了一些“什么马克斯”毒了，先承认了现在许多地方是资产制度，在这制度之下则有无产者。不过这“无产者本来并没有阶级的自觉。是几个过于富同情心而又态度偏激的领袖把这个阶级观念传授了给他们”，要促起他们的联合，激发他们斗争的欲念。不错，但我以为传授者应该并非由于同情，却因了改造世界的思想。况且“本无其物”的东西，是无从自觉，无从激发的，会自觉，能激发，足见那是原有的东西。原有的东西，就遮掩不久，即如格里莱阿说地体运动，达尔文说生物进化，当初何尝不或者几被宗教家烧死，或者大受保守者攻击呢，

然而现在人们对于两说，并不为奇者，就因为地体终于在运动，生物确也在进化的缘故。承认其有而要掩饰为无，非有绝技是不行的。

但梁先生自有消除斗争的办法，以为如卢梭所说："资产是文明的基础"，"所以攻击资产制度，即是反抗文明"，"一个无产者假如他是有出息的，只消辛辛苦苦诚诚实实的工作一生，多少必定可以得到相当的资产，这才是正当的生活斗争的手段。"我想，卢梭去今虽已百五十年，但当不至于以为过去未来的文明，都以资产为基础（但倘说以经济关系为基础，那自然是对的）。希腊印度，都有文明，而繁盛时俱非在资产社会，他大概是知道的；倘不知道，那也是他的错误。至于无产者应该"辛辛苦苦"爬上有产阶级去的"正当"的方法，则是中国的有钱的老太爷高兴时候，教导穷苦工人的古训，在实际上，现在正在"辛辛苦苦诚诚实实"想爬上一级去的"无产者"也还多。然而这是还没有人"把这个阶级观念传授了给他们"的时候。一经传授，他们可就不肯一个一个的来爬了，诚如梁先生所说，"他们是一个阶级了，他们要有组织了，他们是一个集团了，于是他们便不循常轨的一跃而夺取政权财权，一跃而为统治阶级。"但可还有想"辛辛苦苦诚诚实实工作一生，多少必定可以得到相当的资产"的"无产者"呢？自然还有的。然而他要算是"尚未发财的有产者"了。梁先生的忠告，将为无产者所呕吐了，将只好和老太爷去互相赞赏而已了。

那么，此后如何呢？梁先生以为是不足虑的。因为"这种革命的现象不能是永久的，经过自然进化之后，优胜劣败的定律又要证明了，还是聪明才力过人的人占优越的地位，无产的仍是无产者”。但无产阶级大概也知道“反文明的势力早晚要被文明的势力所征服”，所以“要建立所谓无产阶级文化，……这里面包括文艺学术。”……

梁先生首先以为无产者文学理论的错误，是“在把阶级的束缚加在文学上面”，因为一个资本家和一个劳动者，有不同的地方，但还有相同的地方，“他们的人性（这两字原本有套圈）并没有两样”，例如都有喜怒哀乐，都有恋爱（但所“说的是恋爱的本身，不是恋爱的方式”），“文学就是表现这最基本的人性的艺术”。这些话是矛盾而空虚的。既然文明以资产为基础，穷人以竭力爬上去为“有出息”，那么，爬上是人生的要谛，富翁乃人类的至尊，文学也只要表现资产阶级就够了，又何必如此“过于富同情心”，一并包括“劣败”的无产者？况且“人性”的“本身”，又怎样表现的呢？譬如原质和杂质的化学底性质，有化合力，物理学底性质有硬度，要显示这力和度数，是须用两种物质来表现的，倘说要不用物质而显示化合力和硬度的单单“本身”，无此妙法；但一用物质，这现象即又因物质而不同。文学不借人，也无以表示“性”，一用人，而且还在阶级社会里，即断不能免掉所属的阶级性，无需加以“束缚”，实乃出于必然。自然“喜怒哀乐，人之情也”，然而穷人决无开交易所折本的懊恼，煤油大王那会知道北京捡煤渣老婆子身受的酸辛，饥区的灾民，大约总不去种兰花，象阔人的老太爷一样；贾府上的焦大，也不爱林妹妹的。“汽笛呀！列宁呀！”固然并不就是无产文学，然而“一切东西呀！”“一切人呀！”“可喜的事来了，人喜了呀！”也不是表现“人性”的“本身”的文学。倘以表现最普通的人性为至高，则表现最普遍的动物性——营养，呼吸，运动，生殖——

的文学，或者除去“运动”，表现生物性的文学，必当更在其上。倘说，因为我们是人，所以以表现人性为限，那么，无产者就因为是无产阶级，所以要做无产文学。

其次，梁先生说作者的阶级，和作品无关，托尔斯泰出身贵族，而同情于贫民，然而并不主张阶级斗争；马克斯并非无产阶级中的人物；终身穷苦的约翰孙[1]博士，志行吐属，过于贵族。所以估量文学，当看作品本身，不能连累到作者的阶级和身分。这些例子，也全不足以证明文学的无阶级性的。托尔斯泰正因为出身贵族，旧性荡涤不尽，所以只同情于贫民而不主张阶级斗争。马克斯原先诚非无产阶级中的人物，但也并无文学作品，我们不能悬拟他如果动笔，所表现的一定是不用方式的恋爱本身。至于约翰孙博士终身穷苦，而志行吐属，过于王侯者，我却实在不明白那缘故。因为我不知道英国文学和他的传记。也许，他原想“辛辛苦苦诚诚实实的工作一生，多少必定可以得到相当的资产”，然后再爬上贵族阶级去，不料终于“劣败”，连相当的资产也积不起来，所以只落得摆空架子。“爽快”了罢。

其次，梁先生说，“好的作品永远是少数人的专利品，大多数永远是蠢的，永远是和文学无缘”，但鉴赏力之有无却和阶级无干，因为“鉴赏文学也是天生的一种福气”，就是，虽在无产阶级里，也会有这“天生的一种福气”的人。由我推论起来，则只要有这一种“福气”的人，虽穷得不能受教育，至于一字不识，也可以赏鉴《新月》月刊，来作“人性”和文艺“本身”原无阶级性的证据。但梁先生也知道天生这一种福气的无产者一定不多，所以另定一种

① 约翰孙，今译为约翰逊。

东西（文艺？）来给他们看，“例如什么通俗的戏剧，电影，通俗的戏剧、电影、侦探小说之类”，因为“一般劳工劳农需要娱乐，也许需要少量的艺术的娱乐”的缘故。这样看来，好象文学确因阶级而不同了，但这是因鉴赏力之高低而定的，这种力量的修养和经济无关，乃是上帝之所赐——“福气”。所以文学家要自由创造，既不该为皇室贵族所雇用，也不该受无产阶级所威胁，去做讴功颂德的文章。这是不错的，但在我们所见的无产文学理论中，也未见过有谁说或一阶级的文学家，不该受皇室贵族的雇用，却该受无产阶级的威胁，去做讴功颂德的文章；不过说，文学有阶级性，在阶级社会中，文学家虽自以为“自由”，自以为超了阶级，而无意识底地，也终受本阶级的阶级意识的支配，那些创作，并非别阶级的文化罢了。例如梁先生的这篇文章，原意是在取消文学上的阶级性，张扬真理的。但以资产为文明的祖宗，指穷人为劣败的渣滓，只要一瞥，就知道是资产家的斗争的“武器”——不，“文章”了。无产文学理论家以主张“全人类”“超阶级”的文学理论为帮助有产阶级的东西，这里就给了一个极分明的例证。……

又其次，梁先生最痛恨的是无产文学理论家以文艺为斗争的武器，就是当作宣传品。他“不反对任何人利用文学来达到另外的目的”，但“不能承认宣传式的文字便是文学”。我以为这是自扰之谈。据我所看过的那些理论，都不过说凡文艺必有所宣传，并没有谁主张只要宣传式的文字便是文学。诚然，前年以来，中国确曾有过许多诗歌小说，填进口号和标语去，自以为就是无产文学。但那是因为内容和形式，都没有无产气，不用口号和标语，便无从表示其“新兴”的缘故，实际上也并非无产文学。……

最后，梁先生要看货色。这不错的，是最切实际的办法；但抄两首译诗算是在示众，是不对的。《新月》上就曾有《论翻译之难》，何况所译的文是诗。就我所见的而论，卢那卡尔斯基的《被解放的唐·吉诃德》，法兑耶夫的《溃灭》，格拉特珂夫的《水门汀》，在中国这十一年中，就并无可以和这些相比的作品。这是指"新月社"一流的蒙资产文明的余荫，而且衷心在拥护他的作家而言。于号称无产作家的作品中，我也举不出相当的成绩。但钱杏邨先生也曾辩护，说新兴阶级，于文学的本领当然幼稚而单纯，向他们立刻要求好作品，是"布尔乔亚"的恶意。这话为工农而说，是极不错的。这样的无理要求，恰如使他们冻饿了好久，倒怪他们为什么没有富翁那么肥胖一样。但中国的作者，现在却实在并无刚刚放下锄斧柄子的人，大多数都是进过学校的智识者，有些还是早已有名的文人，莫非克服了自己的小资产阶级意识之后，就连先前的文学本领也随着消失了么？不会的。俄国的老作家亚历舍·托尔斯泰和威垒赛耶夫，普理希文，至今都还有好作品。中国的有口号而无随同的实证者，我想，那病根并不在"以文艺为阶级斗争的武器"，而在"借阶级斗争为文艺的武器"，在"无产者文学"这旗帜之下，聚集了不少的忽翻筋斗的人，试看去年的新书广告，几乎没有一本不是革命文学，批评家又但将辩护当作"清算"，就是，请文学坐在"阶级斗争"的掩护之下，于是文学自己倒不必着力，因而于文学和斗争两方面都少关系了。

但中国目前的一时现象，当然毫不足作为无产文学之新兴的反证的。梁先生也知道，所以他临末让步说，"假如无产阶级革命家一定要把他的宣传文学唤做无产文学，那

> 总算是一种新兴文学，总算是文学国土里的新收获，用不着高呼打倒资产的文学来争夺文学的领域。因为文学的领域太大了，新的东西总有他的位置的。”但这好象“中日亲善，共存共荣”之说，从羽毛未丰的无产者看来，是一种欺骗。愿意这样的“无产文学者”现在恐怕实在也有的罢，不过这是梁先生所谓“有出息”的要爬上资产阶级去的“无产者”一流，他的作品是穷秀才未中状元时候的牢骚，从开手到爬上以及以后，都决不是无产文学。无产者文学是为了以自己们之力，来解放本阶级并及一切阶级而斗争的一翼，所要的是全般，不是一角的地位。……
>
> ——鲁迅:《“硬译”与“文学的阶级性”》

二 科学的文艺论的输入与“左联”的成立

两方面这种共同认识既然很早（虽然以后也还互相批评），无形中大家停止了内讧，对付共同敌人了；为什么“左联”到一九三〇年三月才成立呢？这大约象鲁迅以后所说:“去年左翼作家联盟在上海的成立，是一件重要的事实。因为这时已经输入了蒲力汗诺夫，卢那卡尔斯基等的理论，给大家能够互相切磋，更加坚实而有力。”（一九三一年作《上海文艺之一瞥》）无产文艺理论的输入对于这一组织的成立是有很大的关系的。而大家所以过去弄得内讧，也多半由于对斗争的理论不大了然的缘故。虽然也如何凝所说:“真正的革命文艺思想正在这一时期（指一九二八年的论争）开始深入的发展。在这新阶段上，革命文艺思想经过内部的斗争而逐渐的形成新的阵营。这种不可避免的斗争，提出了新的问题，这已经不是父与子的问题，也不仅是暴露指挥刀后的屠伯们的问题。这是关于革命队伍的战略的争论。”(《鲁迅杂感选集序言》) 鲁迅就是首先感到输入理论的重要的人，如上面所举他一九三〇年一月当“左联”尚未成立时发表的《“硬译”与“文学的阶级性”》内有一段说：

> 从前年以来，对于我个人的攻击是多极了，每一种刊物上，大抵总要看见“鲁迅”的名字，而作者的口吻，则粗粗一看，大抵好像革命文学家。但我看了几篇，竟逐渐觉得废话太多了。解剖刀既不中腠理，子弹所击之处，也不是致命伤。例如我所属的阶级罢，就至今还未判定，忽说小资产阶级，忽说“布尔乔亚”，有时还升为“封建余孽”，而且又等于猩猩（见《创造月刊》上的“东京通信”），有一回则骂到牙齿的颜色。在这样的社会里，有封建余孽出风头，是十分可能的，但封建余孽就是猩猩，却在任何“唯物史观”上都没有说明，也找不出牙齿色黄，即有害于无产阶级革命的论据。我于是想，可供参考的这样的理论，是太少了，所以大家有些糊涂。对于敌人，解剖，咬嚼，现在是在所不免的，不过有一本解割学，有一本烹饪法，依法办理，则构造味道，总还可以较为清楚，有味。人往往以神话中的Prometheus比革命者，以为窃火给人，虽遭天帝之虐待不悔，其博大坚忍正相同。但我从别国里窃得火来，本意却在煮自己的肉的，以为倘能味道较好，庶几在咬嚼者那一面也得到较多的好处，我也不枉费了身躯；出发点全是个人主义，并且还夹杂着小市民性的奢华，以及慢慢地摸出解剖刀来，反而刺进解剖者的心脏里去的“报复”。梁先生说“他们要报复”！其实岂只“他们”，这样的人在“封建余孽”中也很有的。然而，我也愿于社会有些用处，看客所见的结果仍是火和光。这样，首先开手的就

是《文艺政策》，因为其中含有各派的议论。

于是鲁迅先后译了卢那卡尔斯基的《艺术论》和《文艺与批评》及蒲力汗诺夫的《艺术论》。前者的《艺术论》，虽然犯了“实验主义美学”的错误，然而他的丰富的美术智识和为劳动大众而建设新艺术的立场，实给中国文学工作者以有益的识见。“蒲力汗诺夫也给马克斯主义艺术理论放下了基础。他的艺术论虽然还未能俨然成一个体系，但所遗留的含有方法和成果的著作，却不只作为后人研究的对象，也不愧称为建立马克斯主义艺术理论社会学的美学的古典底文献的了”。（鲁迅：《“艺术论”译本序》）而《苏俄的文艺政策》一书，“因为其中含有各派的议论”，出版以后列于中国革命文艺的组织与活动，有了很大的影响。

同时，一九二九年以来，新的社会科学书籍亦大量的输入，给研究文学者以很大的帮助。创造社、太阳社及其他人们也输入了一些新兴文艺理论的著作和作品。

于是在一九三〇年三月二日，创造社、太阳社的各作家及鲁迅、茅盾、丁玲、郁达夫等五十余人，在上海成立了“中国左翼作家联盟”。其理论纲领：

> 我们的艺术是反对封建阶级的，反资产阶级的，有反对失掉社会地位的小资产阶级的倾向，我们不能不援助而且从事无产阶级艺术的产生。
>
> 我们的理论要指出运动之正确的方向，并使之发展，常常提出新的问题而加以解决，加紧具体的作品批评，同时不要忘记学术的研究，加强对过去艺术的批判工作，介绍国外无产阶级艺术的成果，而建设艺术的理论。

“左联”的刊物，先后有《萌芽》《北斗》《文学月报》《世界文化》等。他们除了翻译关于新兴文学的理论及作品外，并从事于新兴文学的创作，又提出许多具体的问题来讨论，如“大众文艺”问题及“第三种人”问题，乃其最要者，因均在“九一八”以后，不属本书范围内，所以暂不论列。

三 “民族主义”文艺运动的昙花一现

“左联”成立后三个月（即一九三〇年六月），另有一部分文人发表了“中国民族文艺运动宣言”，提倡所谓“民族主义文学”。因立场不同，对于“左联”完全取着敌对的态度。其代表人物有黄震遐、范争波、王平陵、叶秋原、傅彦长、李赞华、朱应鹏、邵洵美、汪倜然等。他们的刊物有《前锋月刊》《文艺月刊》等。他们的宣言：

> 我们很明了艺术作品在原始状态里不是从个人的意识里产生，而是从民族的立场所形成的生活意识里产生的。在艺术作品所显示的不仅是那艺术家的才能，技术，风格和形式，同时在艺术作品内显示的也正是那艺术家所属的民族的产物。……
>
> 文艺的最高的使命，是发挥他所属的民族精神和意识。换句话说，文艺的最高意义就是民族主义。

这理论有点模仿泰纳的决定文艺三要素（民族、环境、时机）之一的“民族性”说。不过多出一个“民族主义”名词而已。那么，泰纳的文艺论若何，是早已有了定评的。

他们又指出中国文坛当前的危机，一方面，“在这新文艺时代下，还竟有人在保持残余的封建思想”。另一方面“那自命左翼的所谓无产阶级的文艺运动又是那样的嚣张，把艺术拘囚在阶级上”这口吻也很像梁实秋们，对“残余的封建思想”表示不满，不过是陪衬，其实大家的社会作用，都是差不多的。

然而，真正的“民族主义文学”，不但为中国所必需，而且为世界所已有；凡一个伟大的作家或有价值的作品，他是民族的，同时也是世界的或人类的。所以鲁迅对于这种有违中国民族解放含有错误的民族思想“民族主义文学”，曾作过很严厉的批评。

> 这剧诗（指《前锋月刊》七号所登黄震遐作《黄人之血》——编者）的事迹，是黄色人种的西征，主将是成吉思汗的孙子拔都元帅，真正的黄色种。所征的是欧洲，其实专在斡罗斯（俄罗斯）——这是作者的目标；联军的构成是汉，鞑靼，女贞，契丹人——这是作者的计划；一路胜下去，可惜后来四种人不知“友谊”的要紧和“团结的力量”，自相残杀，竟为白种武士所乘了——这是作者的讽喻，也是作者的悲哀。
>
> 但我们且看这黄色军的威猛和恶辣罢——
>
> ……
>
> “恐怖呀，煎着尸体的沸油；
> 可怕呀，遍地的腐骸如何凶丑；
> 死神捉着白姑娘拼命地搂；
> 美人螓首变成狞猛的髑髅；
> 野兽般的生番在故宫里蛮争恶斗；
> 十字军战士的脸上充满了哀愁；
> 千年的棺材泄出他凶秽的恶臭；

铁蹄践着断骨，骆驼的鸣声变成怪吼；
上帝已逃，魔鬼扬起了火鞭复仇；
黄祸来了！黄祸来了！
亚细亚勇士们张大吃人的血口。”

这德皇威廉因为要鼓吹“德国德国，高于一切”而大叫的“黄祸”，这一张“亚细亚勇士们张大”的“吃人的血口”，我们的诗人却是对着斡罗斯，就是现在无产者专政的第一个国度，以消灭无产阶级的模范——这是“民族主义文学”的目标；但究竟是殖民地顺民的“民族主义文学”，所以我们的诗人所奉为首领的，是蒙古人拔都，不是中华人赵构，张开“吃人的血口”的是“亚细亚勇士们”，不是中国勇士们，所希望的是拔都的统驭之下的“友谊”，不是各民族间的平等的友爱——这就是露骨的所谓“民族主义文学”的特色，但也是青年军人的作者的悲哀。

拔都死了；在亚细亚的黄人中，现在可以拟为那时的蒙古的只有一个日本。日本的勇士们虽然也痛恨苏俄，但也不爱抚中华的勇士，大唱“日支亲善”虽然也和主张“友谊”一致，但事实又和口头不符，从中国“民族主义文学者”的立场上，在已觉得悲哀，对他加以讽喻，原是势所必至，不足诧异的。

果然，诗人的悲哀的豫感好象证实了，而且还坏得远。当“扬起火鞭”焚烧“斡罗斯”将要开头的时候，就像拔都那时的结局一样，朝鲜人乱杀中国人，日本人“张大吃人的血口”，吞了东三省了。……

这诗人受过傅彦长先生的熏陶，查过中外的史传还知道“中世纪的东欧是三种思想的冲突点”，岂就会偏不知道赵家末叶的中国，是蒙古人的淫掠场？拔都元帅的祖父成

> 吉思汗皇帝侵入中国时，所至淫掠妇女，焚烧庐舍，到山东曲阜看见孔老二先生像，元兵也要指着骂道：“说‘夷狄之有君，不如诸夏之无也’的，不就是你吗？”夹脸就给他一箭。这是宋人的笔记里垂涕而道的，正如现在常见于报章上的流泪文章一样。黄诗人所描写的“斡罗斯”那“死神捉着白姑娘拚命地搂”……那些妙文，其实就是那时出现于中国的情形。但一到他的孙子，他们不就携手“西征”了吗？现在日本兵“东征”了东三省，正是“民族主义文学家”理想中的“西征”的第一步，“亚细亚勇士们张大吃人的血口”的开场。不过先得在中国咬一口。因为那时成吉思汗皇帝也象对于“斡罗斯”一样，先使中国人变成奴才，然后赶他打仗，并非用了“友谊”，送柬帖来敦请的。所以，这沈阳事件，不但和“民族主义文学”毫无冲突，而且还实现了他们的理想境，倘若不明这精义，要去硬送头颅，使“亚细亚勇士”减少，那实在是很可惜的。……
>
> “民族主义文学者”……他们将只尽些送丧的任务，永含着恋主的哀愁，须到无产阶级革命的风涛怒吼起来，刷洗山河的时候，这才能脱出这沉滞猥劣和腐烂的运命。
>
> ——一九三一年：《“民族主义文学”的任务和运命》

胡秋原在一九三一年十二月《文化评论》创刊号上，发表了一篇《艺术非至下》，说“所谓民族文艺，是应该使一切真正爱护文艺的人贱视的”。“中国文艺界上一个最可耻的现象，就是所谓民族文艺运动”。“关于民族文艺家所作的一切不正与不洁的事实，残虐文化与艺术之自由发展，无需乎多说了。而他们所标榜的理论与得意的作品，实际是最陈腐可笑的造谣与极其低能的呓语，毫无学理之价值。文艺之理论与创作堕落到如此，只有令人诧异了。这些东西本来是不值稍有识者之一笑的，然而爱护艺术的我们，为了真理的重光，为了艺术家的人格，为了艺术之尊严，对于这样僭妄之举，于深致叹息之余，如何能默尔而息呢？”此外，他还在一九三二年三月《读书杂志》二卷一期，有一篇“钱杏邨理论之清算与民族文学理论之批评”，对民族文艺更多的表示了他的意见。

徐懋庸在所著《文艺思潮小史》里说：“但奇怪的是，一九三一年的‘九一八’国难发生了之后，所谓‘创作民族的新生命’的民族主义文学，却反而消声匿迹了，虽然也出了一部《大上海的毁灭》，但其中却并无反帝的情绪，只是表现个人的英雄主义而已。真正负起了反帝的任务的，依然是××文学。因为在××文学的基本思想上，本来就有着强坚的反帝精神的。”

所以，“左翼的思想，自此就成为中国文学的主潮，一直发展下去了。”到一九三七年八月十三日全面抗战发动以后，中国的文艺思想才转变成另一局面——虽然这局面在鲁迅未逝世前的一九三六年已经肇其端绪了。

第三编
“九一八”到“八一三”的
文艺思潮

绪　论

由“九一八”到“八一三”的文艺思潮之社会背景

由“九一八”到“八一三”这六七年期间的政治社会情势，又可以分成两大段落：一、由一九三一年的“九一八”到一九三五年的“华北事变”和因北平学生在“一二·九”与“一二·一六”两次壮烈的救亡运动所掀起的全国“抗日民族统一战线”运动的发生前，二、由一九三五年的“抗日民族统一战线”运动到抗战发生。

这两大段落的社会政治情势有一部分是相同的，但有一部分却有着非常大的转变，即在敌人的侵略一天天的加紧，国家民族的危机一天天严重的这一方面，两大段落是相同的；但在国内的政治社会关系上，在第一段落是各党各派各阶层的尖锐的对立，在第二段落则是“不分阶层和党派，联合起来一致去对外”（鲁迅语）的“抗日民族统一战线”的形成和发展。

因这两大段落的社会背景不同，在文艺思想上的表现也就有很大的差异。即在第一段落为左翼文艺思想与反对派艰苦斗争并建设自己的时期，在第二段落是以左翼文艺思想的成果为先导，而发动和进行的“国防文学”及“民族革命战争的大众文学”的运动，并清算了自己的“宗派主义”的时期。

周扬在一九三九年三月出版的“文艺战线”月刊上说：

> 在中国存在着两类的矛盾：一是整个中国社会与帝国主义的矛盾，一是中国社会内部的矛盾，主要的是半封建制度与人民大众的矛盾。这两类根本矛盾的存在决定了中国新文学的一贯的反帝反封建的性质。但是这两类矛盾的发展常常表现出不平衡的状态。虽然，基本上说，在半殖民地的中国，第一类的矛盾占着最主要的地位，但是依据于不同的具体历史条件，斗争的直接对象有时是帝国主义，有时却是依附于帝国主义的封建势力及其他反革命力量。这两类矛盾的不平衡发展的状况，就决定了中国新文学在三个阶段的不同特点。因此，从工农大众的革命文学到民族统一战线的国防的文学，从文学上的尖锐斗争到合作团结，这并不是运动的后退，或历史的开玩笑，而正是两类矛盾不平衡发展的结果。
>
> ——《从民族解放运动中来看新文学的发展》

这意见是对的，譬如我们上面说的第一段落。因敌人侵略而造成的与中国社会之间的矛盾，尚未能够超过中国社会内部的自身矛盾，所以在文艺思想的表现上，显得“民族思想”没有“阶级思想”来得明显。然而，周扬在同上一篇文章中又说：

> 但是正因为中国与帝国主义的矛盾是最主要的矛盾，所以中国一切解放运动终极上都和反帝国主义的民族斗争，有不可分离的关系，就是反封建制度的人民革命也是以打倒帝国主义为最终的目标。这就决定了中国新文学与民族解放运动的内在深切的联系，而每次文学上的运动都

与民族解放斗争呼应。“五四”文学运动是整个爱国运动的一个组成部分。回顾“五四”文学运动时，人不能忘记火烧赵家楼的英勇壮烈的一幕。革命文学是在“五卅”事件的直接刺激之下发生起来的，由此产生了文学与反帝斗争之意识的结合。文学上的统一战线运动更是配合着整个抗日民族统一战线而提出来的，是文学上空前未有的旗帜鲜明的民族阵线。文学上三次运动都和反帝民族斗争相配合，这决不是一个偶然的巧遇，而正是由中国社会的半殖民地的特点所决定的。中国民族与侵略的异民族之间的矛盾一天不解除，文学中的民族思想的实质便一天存在，不论这种思想是带上狭隘的爱国主义的色彩，抑或是采取反对压迫的一般的民主主义的内容，再或是进步到站在工农大众立场上的反帝国主义的意识。

因此，我们可以说：一九三二年的“文艺创作自由问题”和“大众文艺”问题的讨论，及一九三四年的语文改革运动在思想的立场上固然是“阶级的”，作为这几年文艺思想界的主导势力也是“左翼”；但是它们的终极目的，则都在真正的“民族解放”。也就是“阶级的”与“民族的”的统一或结合。

所以，周扬又说：

要完成民主革命，必须凭藉千百万群众的力量。工农大众是这个革命的有力的依靠，当其他阶级背离了这个革命的时候，他们也还是能把它实行到底。当这样的时候，最忠实的民主思想家就必然地要走向工农大众方面来，工农大众就会在文化思想上表现它的力量，倾向于工农大众的文艺就会要发生出来。这样的文学，按它的性质来讲，

> 仍然是民主主义的，因为它的内容并没有越出反帝反封建的范围。但是由于这种文学是在国内斗争特别尖锐化的情况之下，作为恰在那时旺盛起来的国际无产阶级文学运动的一部分而产生的，作家在主观上和新兴阶级的急性的结合，以及社会主义或资本主义国家所特有的“无产阶级文学”这个概念的多少近于机械的搬运，无形中就有时或多或少的把半殖民地国家的革命文学必然要有的民主主义的性质给忽略了，同时中国革命文学，一直遭受着极端恐怖的迫害与压制，它的第一章就是用先驱者的血所写成。运动的地下的秘密的方式，以及由这种方式所养成的非民主的作风，又使文学的民主主义的性质蒙上了一层遮布。但是，不拘这一切，革命文学实际上最彻底地执行了民主主义的使命，虽则或提出得不明确或某些疏忽，但并没有妨碍“九一八”以后大量的反帝作品都产生在革命作家一方面。

周扬末了这一句话，我们在批评虚伪的“民族主义”的文学时，已经说过了。

那么，我们就简略的看一看这第一段落的国内尖锐对立的社会背景，与它的文艺思潮的关系。

这第一段落的文艺思想的主潮，就是我们上面刚才提过的一九三二年的“文艺创作自由问题”的讨论和“大众文艺”问题的提出，以及一九三四年的“语文改革运动”。

“文艺创作自由问题”的讨论，揭穿了资产者文艺思想的“虚伪的客观主义”或“中立主义”（即“第三种”）的假面。说明文艺与政治的密切关系，艺术价值的标准，补充了一九二八年对于文艺的阶级性的解释不足，指出了“文艺阶级性底理论”

的机械的运用和左倾宗派主义的错误。这是一方面批判了反对阶层的“理论”，一方面建立并纠正了自己的理论。

至于“大众文艺问题”的提出，则更是属于建设的方面较多，固然它也批判了“文言文”“死白话”和“假白话”对于真正白话文成长的毒害，但是更重要的则是指出了“新的文学革命”的必要，也就是提出了建设真正白话文的必要和它的具体方法，开一九三四年反对文言复活，提倡大众语和实行拉丁化的先声。

一九三四年的反对文言复活，提倡大众语和实行拉丁化的“语文改革运动”。它的反封建（文言文），反资产阶级（白话文）的斗争和建设自己（大众语与拉丁化）的意义，就更为明显。虽然这一切的最后目的都是为着真正彻底的“民族解放”，但尖锐对立的国内政治社会关系，实是这种文艺思想斗争的背景。

然而，由于敌人的疯狂侵略，亡国灭种之祸迫在目前；国家民族的生存与敌人侵略的巨大矛盾，使得国内的对立在相形之下渐渐缩小了；终于在对立到一九三五年的“华北事变”之后，由于北平学生在十二月的（“一二·九”和“一二·一六”）两次悲壮的牺牲，换来了普遍全国的救亡运动和“统一战线”“联合战线”的呼声；再经过一九三六年的十二月事件（西安事变）的和平解决，国内的矛盾也就随着缓和了，“联合战线”已在政治上渐渐趋于完成。

关于这，辛人在一九三六年八月出版的“现实文学”第二期上加以分析并解释说：

> 统一战线底提出的根据，不但存在于我们现实的横面的发展情势底要求里，而且存在于我们现实底纵面的发展法则底要求里。

我们已经熟知：政治是现实发展底最尖锐的反映，政治常常是一切意识形态部门中的最先觉者和指导者。

在这空前的民族危机下，表现在正确的政治上的任务，是建立在全国抗日救国的统一战线。成立国防政府，组织抗日联军。

这种政治行为不但在客观上有其重要的根据，即在主观上也有其重要的根据，W. M. 氏（编者按——即“王明”，陈绍禹的笔名）在其近著《抗日救国政策》对此有天才的明确的指出。这指出是成为我们认识当前的现实和把握当前的任务的最有力的最正确的指针吧，我们有简单的介绍于此的必要：

提出救国统一战线的第一根据，“就是中国全体人民抗日救国斗争的日益开展和必须把这个斗争组织起来。”

第二个根据就是中国革命发展的基本特点：（一）现阶段中国的革命，基本上还是由革命运动的两大巨流——反封建残余的运动和反帝运动——汇合而成的。这两种运动，特别是反帝运动，都具有着极广泛的全民的性质。（二）中国革命的敌人，是一切帝国主义的列强，这就需要灵活地利用它们间的矛盾来打击那最直接最受人民憎恨的侵略者。（三）革命与反革命之间的武装斗争，带着比较长期的性质。（四）中国革命直到现在，在地域上发展得不平衡。

第三个根据，不仅是基于中国勤劳大众底武装革命力量的势力的增长，而且也基于他们的弱点。

第四个根据，“就是在已经脱离帝国主义和封建势力的支配的领域和还没有脱离的区域中，我们的理论上和实践中所表现的错误和弱点，有加以纠正的必要。”

在这一明确的分析里面，指示出中国现实的发展的基本特征，指示了我们的主观力量的努力的方向。这四个明确的分析，是中国的抗敌救国的统一战线的重要的根据和前提。这明确的分析和指示，对于我们的文学活动和创作实践，具有最重要最正确最深刻的巨大意义。

文学上的抗敌救国的统一战线的必要性和重要性，也完全包括在这正确的分析和指示里。统一战线的提出，只是使我们的实践更加具体，使我们的任务更加强化。统一战线的作用，是“不仅吸收最广大的，真正革命的，真正觉悟的和真正纯洁的分子，而且吸收中国社会上各阶层中一切可能的，那怕是暂时的和动摇的同盟者及同路人，来参加民族解放和社会解放的斗争，使中国革命尽可能的得到更多的力量和发展到更广大的范围。”为了完成伟大的艰苦的中国民族社会的解放，我们应该“聪明地和灵活地去动员一切可能的，无穷的，最广泛的民众力量，并采用革命斗争一切可能的形式和方法，以便一方面使用革命能有持久和耐战的力量，另方面尽可能的缩短长期性的过程，以便保证革命能战胜敌人，终于取得完全的胜利。”（均见《抗日救国政策》）

这个困难的光荣的任务，现在还不能在文艺界乃至别的一些领域，获得完全的正确的理解。而其中最障碍的，是各种形式上的宗派主义。……

目前的现实，给与我们以实现反帝以至反封建的革命任务的最大可能性，为了完成这一光荣的任务，造成庞大的救国革命文学阵线，我们必须认清本身的某些弱点，和宗派主义以至“行帮主义”作无容赦的斗争。应该在日常活动，以至于对待一般的杂志（事？）的态度上，采取更适合当前形势的新方法。作为一个负着重要的历史任务的

> 文学者，应该具有高于一般未曾完全觉悟的人的“宽容”，因为群众不是一听见正确的理论和口号，就马上会走来跟我们一起，怎样使他们注意正确的理论，这才是重要的事。而这就需要我们用不折不挠的耐苦的精神，注意各种程度上的要求，排除一切宗派主义和“行帮主义”，把这参差不齐的各种要求引汇到一个目的上来。只有这样，我们才广泛地破坏“意识的保守性”。
>
> 必须用十分坚决的态度，去消灭任何在帝国主义汉奸统治下的区域的群众政策和群众工作中所犯的“左的”——关门主义的严重错误和传统。同时，在已脱离帝国主义汉奸统治的区域中，也必须在我们的政策各方面起一个转变，首先是使我们的政策，具有明确的人民性质和民族性质。”（见《抗日救国政策》）
>
> ——《论当前文学运动底诸问题》

所以这一段落文艺界的“统一战线”和“国防文学”运动，是配合着政治形势的正确行动；而在开始不久就遇到“左倾宗派主义者”徐行的反对，也是必有的事情。——象上面所说的“和宗派主义以至行帮主义作无容赦的斗争”“使我们的政策，具有明确的人民性质和民族性质，”不但反对“机械论”的“左倾宗派主义者”的徐行是为着这个原因，就是以后这运动发展到第二阶段的“国防文学”与“民族革命战争的大众文学”两个口号之争，以及第三阶段的并非第三种人的“创作自由”问题的辩论时，也是为着这同一的目的。左翼文艺思想界，终于在这次运动的过程中清算了自己的“宗派主义”，而和其他各派作家携起手来了。当然这从另一方面看来也是政治方面合作的必然归结。

第一章

概论——从“九一八”到“八一三”的中国文艺思想界

引言

由一九三一年“九一八”到一九三七年的“八一三”全面抗战发生前，在这六年期间的中国文艺思想界所发生的主要问题有三个，即一九三二年的“文艺创作自由问题”或“第三种人文学”问题；一九三四年的语文改革问题（由提倡“大众语”到实行“拉丁化”；这开始于一九三二年所讨论的“大众文艺问题”里面的“用什么话写”）和一九三六年的“国防文学”问题。

在这六年期间的中国文艺思想界，无论是这三个大问题或是其他小问题的提出和解决，都显然是在受着左翼文艺思想的影响或支配；这犹之由“五四”到“五卅”期间（粗略的说）的各种文艺问题的提出和解决，在受着资产阶级文艺思想的影响或支配一样，是表现中国文艺思想界已进步到那个阶段，一切当然要受到那种文艺思想的主导，影响或支配。并不是象胡秋原和苏汶所说的“左联”在“独裁文坛”“霸占文坛”；否则，“五四”到“五卅”期间的“文坛”，我们早可以说在被胡适、陈独秀、文学研究会和创造社所“独裁”“霸占”了。其实，任何时代的文艺思想，除了有一种主导势力以外，还同时存在着其他种种思想，不过那显得力量薄弱，影响甚小，不能作为当时文艺思想界的决定力量罢了。但因此即生矛盾，有斗争，也就是有种种问题发生了。

一 文艺的阶级性的再研讨

一九三二年的文艺创作自由论辩，所讨论的主要问题是：一、文艺的阶级性，二、文艺的武器作用（即一九二八年所讨论的“文艺的宣传作用”），三、艺术的价值。现在依次加以略述。

文艺的阶级性问题，本来在一九二八年已经讨论过了，但因为未曾说得透彻，所以又引起了这次以本问题为基本的“文艺自由”的论辩，使本问题得到较为完备的说明。

自称“自由人”的胡秋原和自称“第三种人”的苏汶，虽然都口口声声承认文艺的阶级性；（胡秋原还气愤愤地反问过：“我在一切讲文艺的文字中否认过阶级性没有？”）但是胡秋原要在阶级性的支配下要求文艺的“自由”，并且申明永远相信“文艺的高尚情思”，反对文艺作政治的“留声机”，说文艺的最高目的在于消灭人类间的一切阶级隔阂。苏汶则要在地主资产阶级和无产阶级的对立之外，作一个“中立”的“第三种人”也就是超阶级的“自由人”，他反对政治势力干涉文艺，因此他把所谓“第三种人”的“作者之群”的大大小小作者的搁笔的罪过，都说是由于左翼的批评（也就是他之所谓“干涉”）的缘故了。这样，他们两人实际上是否认了阶级性，或者有意无意的把阶级性当作无足重轻。

“左联”这次对于文艺的阶级性的解释主要是这样的：

阶级性，主要地表现在文艺作品（文艺批评亦如此）之阶级的任务，之做阶级斗争的武器的意义上。……例如人生派的及所谓功利派的文学之站在阶级的或社会集团的利害的观点上，拥护本身阶级或集团的利益的观点上，抱着政治的或社会的目的，作为奋斗的武器，是不用说的了；公然的宣传鼓动的文学之为某一阶级或某一党派的斗争的武器，是不用说的了。然而就是作者们主观上要超利害的，反对利害观点的如艺术至上派的文学——例如骂人生派为俗流，为愚人，为患瘰疬病者的法兰西的戈谛野（Th. Gautier）一派，实际上也依然一则并不能超阶级，二则仍是利害的的，功利的的，党派的的，即为他们自己——当时法兰西资产阶级中的一派的斗争的武器。就是一切无党派的文学，一切游移动摇的小资产阶级的文学，一切“自由人”的文学，在客观上也同样的或者有利于这一阶级，或者有利于那一阶级，——客观上是如此，正不必问作者自己愿意不愿意。

文艺作品不仅单是反映着某一阶级的意识形态，它还要反映着客观的现实，客观的世界。然而这种的反映是根据着作者的意识形态，阶级的世界观的，到底要受着阶级的限制的。（到现在为止，只有无产阶级的世界观——辩证法的唯物论，才能够最接近客观的真理。）……现实的反映和真理的探求，也完全是为了阶级的要求和利益的。现实的真实的反映，客观真理的真实的显露，在新兴期的资产阶级，和现在的无产阶级，是斗争的必要武器。尤其是无产阶级，一切的现实愈加真实的显露出来，则对于它愈加有利，真理愈加能显露则愈显出它是真理的表现者缘故。而现在的反动的资产阶级，则蒙蔽现实，歪曲真理，是他们的必要的斗争手段。……

文艺的阶级性及其作用，尤其在阶级斗争剧烈的时期的作为中间阶级的文学上，既非无产阶级的文学，亦非资产阶级的文学，主要地是小资产阶级的文学上，是关系特别的复杂的。这种作品，有革命的要素，有反革命的要素，而真的中立实际上是不能有的，所以它们依然或者有利于资产阶级，或者有利于无产阶级。所以所有非无产阶级的文学，也就未必都是反资产阶级的文学。——何况因为支配阶级的意识形态的长久的支配，作家也最容易成为支配阶级的思想上的俘虏。

二 文艺的武器作用的再研讨

这也是一九二八年所讨论过了的。本来，倘使真正明白了文艺的阶级性，则一切的文学，直接地间接地都是阶级的斗争的武器，也就是无所谓武器文学和非武器文学的分别了。但是苏汶，他在《“第三种人”的出路》里提出了所谓“武器文学”的问题说：

左翼文坛在目前显然拿文艺只当作一种武器而接受，而他们之所以要艺术价值，也无非是为了使这种武器作用加强而已；因为定要是好的文艺才是好的武器（实际上应当说，好的武器才是好的文艺）。除此之外，他们便无所要求于文艺。这无异是说，除了武器文学之外，其它的文学便什么都不要。

左翼文坛如果能够不把文学的意义看得那么局部，或是说，不把武器的作用看得那么夸张，那还有什么话说！

可是他们是如此其“积极”，他们不但不肯承认即使非武器的文学也有它“消极”作用（例如表现生活的文学，只要所表现是真实的人生），甚至还要“肃清”非武器的文学。他们因为太热忱于目前的某种政治目的这缘故，而把文学的更永久的任务完全忽略了。其实，只要作者是表现了社会的真实，没有粉饰的真实，那便即使无煽动的意义，也都决不会是对于新兴阶级的发展有害的，它必然地呈现了旧社会的矛盾的状态，而且必然地暗示了解决这矛盾的出路在于旧社会的毁灭，因为这才是唯一的真实。

可是左翼文坛并不如此想。假使有人写了一篇并不显然地表示了斗争意识的作品，客气一点便说他取材不尖端，不客气一点便说他没有用，应被摈入“不需要”之列。这样，在武器文学的理论下，作者是失去了写作只有表现生活的消极意义的，即使无益而至少也不是有害的那种作品的自由了。

苏汶说的这种“表现了社会的真实，没有粉饰的真实……有消极的作用”的文学，确是有价值的；但是，问题还是在于作者的“阶级的世界观”如何，以定能否表现得“真实”。（艺术的手腕当然也有关系）。象苏汶所说的这种文学，充其量也不过是“小资产阶级文学”而已，其作用，也就得象上节阶级性内所分析，不象苏汶所说的这样简单了。

以下是“左联”关于这问题的答复：

一切的文学，都是斗争的武器；但决不是只有狭义的宣传鼓动的文学，才是斗争的武器。有时候，倒是相反的，就是在宣传鼓动的作品“做得不好”的时候——浅薄的，

"江湖十八诀"的，标语口号式的宣传鼓动的作品，决负不起伟大的斗争武器的任务。而非狭义的宣传鼓动文学，它越能真实的全面的反映了现实，越能把握住客观的真理，则它越是伟大的斗争的武器。因此，苏汶先生认为武器的文学，即等于狭义的宣传鼓动文学，是不正确的推论。同时，苏汶先生认为我们既否定了文艺作用的"组织生活""创造生活"的定义了，还讲什么武器的艺术，那不过是"用尽平生气力只举起了一个空心的纸灯笼"罢了，——这也是不对的。文艺自然只能够或一程度（相当程度）地影响生活，影响现实，帮助着生活和现实的变革。如此，已够是伟大的武器了。

结果，是苏汶申明："我反对那种狭义的武器文学观，我根本没有反对过广义的武器文学。反之，我倒曾经再三辩明过那种表现社会真实的文学的社会意义，而且埋怨理论家不能在这社会意义上看出武器作用来。我自己，在本质上的确是一个"为人生而艺术"的主张者，只不是目前的功利主义者。"(《一九三二年的文艺论辩之清算》)——在一九三二年的中国文艺思想界他尚仅只是"为人生而艺术的主张者"，那理论是显得多么笼统和不够呵！

三 艺术的价值问题

胡秋原说："艺术虽然不是'至上'，然而决不是'至下'的东西。将艺术堕落到一种政治的留声机，那是艺术的叛徒。"(《阿狗文艺论》的第一节"艺术非至下")。"没有高尚情思的文艺，根本伤于思想之虚伪的文艺，是很少存在之价值的；我永

远这样相信。”(《勿侵略文艺》)

苏汶说:“他们便要作家们去写一些有利的连环图画和唱本来给劳动者们看……这样低级的形式还生产得出好的作品吗?确实,连环图画里是产生不出托尔斯太,产生不出弗罗培尔[1]来的……终于,文学不再是文学了,变为连环图画之类;而作者也不再是作者了,变为煽动家之类。死抱住文学不放的作者们是终于只能放手了。然而你说他们舍得放手吗?他们还在恋恋不舍地要艺术的价值……胡秋原先生便又以艺术保护者的资格而出现了,他叫人不要碰艺术。”(《关于“文新”与胡秋原的文艺论辩》)

这里包括了两个问题:一、文艺与政治发生关系后,就有损于它的艺术价值,甚至于没有艺术价值;二、文艺的低级形式,如连环图画和唱本之类,没有艺术价值。(苏汶还说:“文学形式低级到某一程度,它必然是要减少文学性的;欧化文学无论如何总是比连环图画进步的形式。”——《“第三种人”的出路》)。也就是大众化了就要丧失艺术性的意思。

关于这,“左联”方面有很好的答复:

> 艺术价值不是独立的存在。而是政治的,社会的价值。艺术价值就不能和政治的价值并立起来;归根结蒂,它是一个政治的价值。然而正和一切的政治行动的价值是客观的存在一样,艺术价值是客观的存在;也正和评价政治不能根据庸俗的目前功利主义或相对主义的观点一样,不能依据目前主义的功利观或相对主义的观点来评价艺术……
>
> 艺术的价值,也不能分为“内容的价值”和“形式的价值”来说。因为艺术作品的形式和内容是不可分离的一

① 弗罗培尔,今译为福楼拜。

体，而且两者的阶级性也是不能不统一着的……然而苏汶先生又仿佛有着形式有独自的价值的意见，并且在他对于连环图画和欧化文学的形式的意见上，说仿佛形式不仅有独自价值，并且是独自发展，又仿佛是决定的东西了。所以他就不能了解：某种简单的内容，可以自动地批判地择取某种简单的形式，造成某种简单的艺术，以供给简单的读者；并且在这里，内容可以争取支配的地位，时时的影响形式，而逐渐达到较高级的艺术。同时，苏汶先生用了艺术贵族主义的眼光来看，也就当然不能了解：简单的艺术，只要是强有力的简单的艺术，能够感动多数的简单的大众读者，也就构成了它应当有的艺术价值……，如连环图画之类是可能发展为较高级的艺术……，并且一切大众艺术的价值是到底不能抹杀的。至于连环图画之类，那正不必说，不过是我们列为大众艺术的创造的许多途径中的一条罢了。我们是更主张学习西欧的如报告文学，朗诵诗，等等的大众文学的，尤其没有反对对于一切更发展的更高级的形式的学习。

以上是一九三二年文艺思想界所讨论的以“阶级性”为基本的文艺自由问题的主要内容。在本问题进行讨论的中间（一九三二年七月），宋阳在“左联”的《文学月报》创刊号提出了“大众文艺”问题，并且着重在“用什么话写？”遂开反“欧化”“文言化”的白话文及一九三四年“大众语”“拉丁化”运动的先声。所以，这次“用什么话写？”的讨论，也可以说是一九三四年语文改革运动的序曲，二者是并不因其时间的距离而失其连系性的。

四　大众文艺用什么话写

关于“大众文艺”问题，好几年前就已经很热闹的提出过，并且出有“大众文艺”杂志；但是，正象宋阳所说的：“革命的大众文艺问题，是在于发动新兴阶级领导之下的文化革命和文学革命。忽视这种资产阶级民权主义的任务，——正是以前革命的文学空谈大众文艺和文艺大众化，而没有切实斗争的最大原因。”（《大众文艺的问题》）所以在当时不过是一个空洞的口号，理论方面并没有什么有价值的切实的内容。而宋阳现在之所以要提出这问题的原因，首先由于他觉得现在的大多数人依然没有文字。他说：

> “五四”的新文化运动，对于民众仿佛是白费了似的！“五四”式的新文言（所谓白话）的文学，只是替欧化的绅商换换胃口的鱼翅酒席，劳动民众是没有福气吃的。为什么？因为中国的封建残余——等级制度残余的统治，特别在文化生活上表现得格外明显。举一例来说：以前绅士用文言，绅士有书面的文字；平民用白话，平民简直没有文字，只能够用绅士文字渣滓。现在绅士之中有一部分欧化了，他们创造了一种欧化的新文言；而平民，仍旧只能用绅士文字的渣滓。平民群众不能够了解所谓新文艺的作品，和以前的平民不能够了解诗、古文、词一样。新式的绅士和平民之间，还是没有“共同的言语”。既然这样，那么，无论革命文学的内容是多么好，只要这种作品是用绅士的言语写的，那就和平民群众没有关系。
>
> ——《大众文艺的问题》

因此，他主张发动一次“新的文学革命”，继续完成“五四”文学革命关于“语文改革”的未尽的工作。他不但反对现在社会上流行的：古文的文言（四六电报等等），梁启超式的文言（法律，公文，等等），更反对“五四”式的新文言的假白话，和旧小说式的死白话。他主张大众文艺应该用“现代中国普通话”来写。据他的意见：“在五方杂处的大都市里面，在现代化的工厂里面，他们的言语事实上已经在产生着一种中国的普通话（不是官僚的所谓国语）……这种大都市里，各省人用来互相谈话演讲说书的普通话，才是真正的现代中国语。”“至于革命的大众文艺，尤其应当从运用最浅近的新兴阶级的普通话开始。”

但是止敬（茅盾）在《问题中的大众文艺》里，对于这用“现代中国普通话”来写的问题，提出了异议。他用调查的方法证明了各大都市里并没有“现代中国普通话”的存在，因此他主张：“在目前，到底还不能不用通行的‘白话’——宋阳先生所谓‘新文言’”来写大众文艺，并且感觉到没有记录土话的符号以及发展土话文学的困难。

宋阳又发表了一篇《再论大众文艺答止敬》，他说止敬认为新文言可以用来写大众文艺，大众文艺的运动不必同时负担领导“新的文学革命”的任务——因为根本就不需要什么新的文学革命。这使他首先感觉到二人在原则上已经有这样不同的意见。关于“普通话”，他说：“我并没有说全国范围的口音完全统一的中国话已经存在。我说的是‘新兴阶级的言语事实上已经在产生着一种中国的普通话’。我这个意思是说：一种普通话已经在产生着，但是还没有完全形成。”“我在第一篇文章里就屡次说明：‘一切东西都应当用现代中国活人的白话来写，’而大众文艺仅仅是其中的一部分。现在，我在这一篇文章里再来特别着重的说明‘一切写的东西’的文字上的革命的必要。”“根据这种已经在产生着的新兴阶级的普通话，而且赞助它的发展，用来写一切东西。”

“虽然这种普通白话，用汉文写着仍旧是一种‘糊弄局儿’，然而这种真正白话——活人说得出来的话，很容易用罗马字母拼音而废除汉字。”“至于方言文学用的文字，那就只有用罗马字母拼音之后才能够彻底解决。我们在这一方面也是要努力去做的。”——这已经是一九三四年“拉丁化”运动的预言。

五　由反对“文言复兴”到建设“大众语”

一九三四年汪懋祖、许梦因等的“文言复兴”运动，是近些年尊孔、读经、参禅、念佛……一系列封建复古运动中必然发生的现象；“五四”白话文运动的不彻底，文言文在现时社会上尚有其广大的地盘（如公文、信札、报纸、广告、通电，学校中的国文，作文及入学考试，等等），以及中国社会的半封建性，就都是这次文言文运动“死灰复燃”的重要原因。然而这一运动并没有引起了社会上的较久的注意，似乎连十几年前林琴南、梅光迪、胡先骕、章士钊等的影响也没有（他们复兴文言，反对白话的理由，也没有超出这四人所说的范围）。真可以说是昙花一现。在反对“文言复兴”的一方面，虽然有好几位都主张应该严重的注意这种有大的社会势力的运动，不要放松了斗争；但问题很快的发展到提出“大众语”以“进一步的去反对文言文”的阶段；这是由于陈子展在《文言—白话—大众语》一文提出了“大众语”问题，于是就展开了关于大众语的讨论。

讨论的结果，对于大众语的性质或内容与形式，对于大众语运动的社会意义，对于大众语与白话文的关系，等等问题都有很好的收获。

关于大众语的性质怎样，现在仅举任白戈的一段话作为代表：

“它(大众语)虽然是随着文言—白话之后产生的一种语言，但它必然是超过文言和白话的一种较高级的语言……。现在的所谓大众语，自然是市民社会以下成千累万的大众的语言了。这种语言，必然是为大众所有，为大众所需，为大众所用。……必然是拿来为大众服务而且是很适宜于为大众服务的……大众语就是一种拿来传达大众的思想与感情而且很适宜于传达大众的思想与感情的语言。更具体地说，就是一种使大众写得出，看得懂，读得出，听得懂的语言。”(《大众语的建设问题》)

其他如陈子展，陈望道，胡愈之，陶知行，闻心等，也都有很好的解释，可参看下面的第三章第三节。

关于大众语运动的意义，大家主要的意见大约是这样：因为文言白话都不是大众自己的语文，为满足大众的文化需要起见，不得不赶快的建设起大众语来。所以这一运动，不仅只是“文言复兴运动”的一种“反动”：这一运动是把中国语文改革运动推进到一个新的阶段的运动；这一运动是反文言文斗争的正确发展，是彻底反对“士大夫文学的复活”的斗争。

至于大众语和白话文的关系，则有些人主张“建设大众语并不反对白话文”(如王钢，司马疵)；有些人主张“建设大众语必须反对白话文”(如若生、霓璐、家为等)。两方面论争得很厉害。不过他们的“反对”和“不反对”，都不是无条件的，笼统的；他们反对白话文的坏的方面，不反对“白话文的优良的成分”(并且主张大众语要吸收这优良的成分)，所以结论是：建设大众语要“扬弃”(即奥伏赫变)白话文。

六 由“大众语”的标准问题到“拉丁化”运动

然而建设大众语仅仅“扬弃”白话文是不够的，因为大众语（文）是比白话文高一级的话文，它必须向活的语言上去找它的源泉。这就是这次语文改革运动的后期所讨论的“大众语的标准”问题，并且是一九三二年宋阳所已经提出的“普通话”和“方言土语”的问题。

关于“普通话”，我们看宋阳和止敬讨论的结果（见上），是“已经在产生着，但是还没有完全形成”。这次对于“取那一种语言来做大众语的标准”的问题，主张“采取有普遍性的‘现代中国普通话’作为建设大众语文学的基准”的，是魏孟克。他对这“普通话”的解说和宋阳差不多，同时他也说“现在的普通话虽已有统一性，但还没有完成，没有尽善”。和止敬一样反对这种“普通话”存在的意见的当然也有，陈弈是其中一个，他也从各方证明“没有这样一种通行统一的话”。——这次的讨论几乎是宋阳止敬的意见的再论辩，不过一次是为“大众文艺”，一次是为“大众语”罢了。然而，宋阳和魏孟克先后都说得明明白白，“普通话”是刚在萌芽，是在“形成的过程”之中，是“还没有完成”。事实上，“普通话”的客观的存在情形确也是这样，所以鲁迅也说“现在在码头上，公共机关中，大中学校里，确已有着一种好象普通话模样的东西。”（《门外文谈》）因此，倘一定说“普通话”完全没有一点存在，是很不合事实的。

既然没有一种全国通行的完成的普通话，可以做大众语的基准，那么“方言土话的采用”问题，自然就被提出来了。主张采用方言土话的，耳耶是主要的一个，反对者中的主要的是佛郎、魏孟克和霓璐三位。不过赞成和反对的两方面的意见，和对“白话文”的办法一样，都不是无条件的笼统的赞成或反对；反对土话的保守性，反动性或封建性，落后性，主张“掘发土话中的宝藏”“批判地接受土话中的语汇”以“充实普通话”。——总而言之，是象耳耶所说的“抵制地接受，合理地扬弃”。

“普通话”虽不能作大众语的“基准”，但也是建设大众语的主要成分之一，同时对于方言土语也不过“采用”而已。所以“大众语一定不是一元的‘国语’式的东西，而是各各以当地的大众为对象的多元的发展”。

关于建设大众语与活的语言的关系既然这样解决了；那么，大众语如仍用方块汉字来写，则就象宋阳早已说过的“仍旧是一种‘糊弄局儿！’”但也象宋阳所预言了的“这种活人说得出来的话，很容易用罗马字母拼音而废除汉字。”所以，大众语运动的归结，必然要提出“拉丁化”（即用罗马字母拼音）来；同时也就是宋阳的预言的实行，和受了国外各民族语文“拉丁化”的影响，如土耳其，如苏联境内各民族，等等。

> 大众语文的音数比文言和白话繁，如果还是用方块字来写，不但费脑力，也很费工夫，连纸墨都不经济。……现在只还有“书法拉丁化”的一条路。这和大众语文是分不开的。……这就是现在马上来实验，我以为也并不难。
>
> ——鲁迅：《汉字和拉丁化》

> 我们倒应该以最大多数人为根据，说中国现在等于并没有文字……单在没有文字这一点上，智识者是早就感到模糊的不安的。清末的办白话报，“五四”时候的叫“文学革命”就为此。但还只知道了文章难，没有悟出中国等于

并没有文字。……和提创文言文的开倒车相反，是目前的大众语文的提倡，但也还没有碰到根本的问题：中国等于并没有文字。待到拉丁化的提议的出现，这才抓住了解决问题的紧要关键。

——《鲁迅：中国语文的新生》

这不仅是中国文学革命运动（或大众语文学运动）的一大进步，简直是中国的“文字”革命了。（象宋阳在上面所主张的！）

最先介绍“拉丁化”的是张庚，叶籁士和冈林。（以后叶籁士对拉丁化努力尤多。）反对的人当然也不少。除一般“汉字拜物主义者”根本反对中国文字拼音化以外，反对拉丁化最力的倒是同是主张中国文字拼音化的先前的“国语罗马字”的创制者和拥护者们。他们反对的主要理由是“拉丁化”不辨四声和拼用土语方言可使中国文字分裂。这两种理由实在也就是由于“拉丁化”和“国语罗马字”的不同而来：“国语罗马字”要在拼法上分辨北平话的“阴阳上去”四声，要以北平话为标准令全国各地人去学习。拉丁化则不要四声，拼用方言，二者竞赛的结果是象鲁迅所说的：“比较，是最好的事情。当没有知道拼音字之前，就不会想到象形字的难；当没有看见拉丁化的新文字之前，就很难明确的断定以前的注音字母和国语罗马字拼法，也还是麻烦的，不合实用，也没有前途的文字。”（《关于新文字》）惟其在相形之下“是麻烦的，不合实用，也没有前途的文字”，所以才死力的反对“拉丁化”！但也未能够阻碍了以后“拉丁化运动”的蓬勃的发展。

建设大众语文和提倡土语方言，既然都是把口头语变成笔头语的问题，那么，应该用什么符号来写呢？我们认为最彻底的是废除方块字，采用拉丁化的中国字（叶籁士先生关于这点的主张是对的）。但是这不是短时日所能实现的，所以，必须从提倡土语方言做起。按照全国几个方言中心区域，制定拉丁化字母；这时所谓普通话用的字母无妨看做一种方言字母。让它自由（意思只是不象“国语”似的带有强制的性质）发展下去。并且在这过渡时期，我们认为凡是以提高大众的文化水准的，例如千字课，简字，注音字母等（“国语罗马字”因为麻烦，并且在实际上，没有注音字母那样的基础，所以不主张采用。关于这一点叶籁士先生的主张是对的）都无妨尽量分别利用（陶知行先生）。紧要的还是尽量推广识字运动（如农工读书班，各种夜校，以及奖励“小先生”教人识字办法之类）。等待固然要不得，但死抱住一种方法，也和过去的国语运动有着同样的幻想，同样也是要不得的。

——黄宾：《关于白话文与文言文的争论的意见》

在方块字尚未废止和拉丁化新文字尚未普及以前的“过渡时期”，黄宾上段的末几句话是对的。

以上是一九三四年语文改革运动的简略内容。

七　新的政治形势与文艺运动的新动向

自一九三五年冬，因华北运动自治，敌人灭亡中国步骤加紧而掀起的北平学生“一二·九”和“一二·一六”以及接踵而来的各地文化界的壮烈的救国运动风起云涌以来，凡不是汉奸的中国人，都有不分阶层和党派，联合起来一致去对外的要求和呼声，也就是“抗日民族统一战线运动”的实践。而陕北方面则业已实行了“组织抗日联军”，成立“国防政府”的政治上具体的联合战线的号召。

这种社会层或党派关系以及政治情势的大转变，反映在“反映社会”的文艺运动上，也就有不分新旧，不分阶层和党派的作者，一致联合起来，用文艺的武器，努力于抗敌救亡工作，以集体的去“求行动之更有力”的联合战线运动的出现。

与文艺界“联合战线”运动的同时，提出了“国防文学”的口号，这是配合着政治上“国防政府”的号召的，所以就很快的发展开去，而有“国防戏剧”“国防诗歌”“国防音乐”等等方面的应用。然而，因为自有新文学运动以来的积久的文艺界的斗争，现在忽然来了这停止一切斗争而实行联合战线的大转变，兼之“国防文学”这个名词开始的解释不清，于是引起了“机械论”者或“教条主义”者的反对，这反对者的克服，也就是“左倾宗派主义”的初步清算。而这时“联合战线”和“国防文学”运动还局限于前进的文艺界，所以这“清算”可以算是内部的肃清。（这在政治方面各党派也都经过相当的努力吧？）

文艺界“联合战线”和“国防文学”的理论根据是：

一、日帝国主义者积极侵略下的中国，抗敌救亡是全国各阶层共同的要求。

二、劳苦阶层欲求解放，须先求得民族解放；若国家民族灭亡，欲求阶层解放已不可能。

三、由于日帝国主义者对于中国的独占的形势，不但与中国民族资产者发生了利害冲突，和别的帝国主义者及其买办们也都发生了利害冲突；所以在目今的中国，就是资产者，甚至是买办分子（非日本的）对于反抗日帝国主义的救亡运动，“即使不直接的或公开的参加救亡运动，至少也会采取赞成，同情，中立，或是不积极地表示反对的态度。

四、统一战线是增加抗敌力量而求得胜利的一个最妥当的战略。

“兄弟阋于墙外御其侮，这个民族的古训，在今天，有了新的意义。”就是说，在今日的中国，应得丢开种种旧恨新仇，不算一切旧账，而互相宽容地联合起来，向着救亡的这一个目标前进！

而“左倾宗派主义”者徐行的机械的认识则是这样：“‘既无中国各阶层的民众中都有反帝的要素’那回事，更不能有全中国民族的文学。”“我们决不幻想‘阶层的目前利益和全中国民族目前的利益恰恰是一致的’，也不幻想‘全中国民族的文学’。我们只知道真正彻底反帝的社会层是中国出卖劳力的大众，只有他们是前锋，也只有站在这观点上的文学才是挽救中国的文学。”

所以徐行不过是死守着一般的理论或教条，他没有看见。“在民族危难中各社会层的相互之间的关系的急遽的转换”,“小资产阶级知识分子是民族革命中可靠的同盟者”和“民族革命统一战线的重要性”。——即使退一步说：“联合”而不能“到底”，那我们也应该能联合多久就联合多久，能运用联合的力量多少就尽可能的去运用多少；所谓大敌当前必须如此。何况照郭沫若的说法“同路到底的事也并不是难事”呢。

文艺界“联合战线”和“国防文学”运动克服了“左倾宗派主义”的“机械论”以后，这时已经有大半年的历史了。“联合战线”的中心团体的组织已经到成熟的时期，但是因为运动者中的有些人没有“放弃那种争文艺正统，以及以一个口号去规约别人，和自以为是天生的领导者要去领导别人的那种过于天真的意念”（茅盾语），也就是自己的“宗派主义”也并未完全洗清的缘故，对于鲁迅所领导的一部分作家未表示加入这中心团体的“文艺家协会”（六月七日成立）去受他们的“领导”，而另外提出了“民族革命战争的大众文学”这一口号作为左翼作家创作口号（不是作为联合战线的口号），对“国防文学”的意义加以补充，同时发表了“中国文艺工作者宣言”；就激烈地反对了。这就形成了一九三六年进步的文艺界的“内战”或两个口号之争。

“民族革命战争的大众文学”这口号是鲁迅拟定，由胡风写了一篇《人民大众向文学要求什么？》提出的（因鲁迅在病中）。以后除了鲁迅在六月和八月先后发表《论现在我们的文学运动》和《答徐懋庸并关于抗日民族统一战线问题》加以解释外，其他与“国防文学”论者争辩和拥护这一口号并加以解释的人如龙贡公，绀弩，奚如，张天翼，路丁，耳耶，辛人，吕克玉等，也都发表了许多意见。

“国防文学”论者反对“民族革命战争的大众文学”的表面上最主要的理由是：一、说后者的主张者们不了解新的现实形势。但我们综观“民族革命战争的大众文学”论者所发表的文章（连胡风在内），不但并非不了解“抗日民族统一战线”这现实形势的存在与发展，而且所了解者与“国防文学”论者所说的也并没有什么不同。二、说“民族革命战争的大众文学”这口号太“左”，不应在提倡“联合战线”的现在提出：“大众文学”就是无产大众或勤劳大众的文学，是太“左”了；“民族革命战争”也不足以表示与自太平天国以来几次的民族革命战争分别，也就是不能显示目前现实的特质。（照他们的意见，当然现实的特质只有拿“国防”二字来显示）但我们看“民族革命战争的大众文学”论者所解释的目前的“民族革命战争”的现实，并不同于自太平天国以来的任何一次的民族革命战争；他们的“大众文学”中的“大众”也明明说的是“人民大众”;“大众文学”一词在过去文艺运动史上，固然有一部分含义是无产大众文学的意思，但是一九三二年前后的“大众文艺”或“文艺大众化”运动，以及一九三四年的“大众语文学”运动，所努力的多半还是形式的“大众化”或“通俗化”工作，也就是宋阳在一九三二年所说的“新的文学革命”的工作，同时也是吕克玉在一九三六年的现在所说的:“大众文学或文学大众化，不但从文学运动本身看来，需要继续的主张和更大的努力，在抗日运动的现在，尤其需要更大的努力和主张。大众文学或文学大众化运动，决不能看作某一派或某一阶层的主张，是差不多各派作家都同情或主张的……所以民族革命战争的大众文学的‘大众文学’四个字就要特别注意，即‘大众’二字在文学内容上固应是‘人民大众’之意，在文学形式上就应力求大众化。”而鲁迅也说:“这里的‘大众’，即照一向的‘群众’‘民众’的意思解释也可以，何况在现在，当然有‘人民大众’这意思呢。”所以“民族革命战争的大众文学”这口号诚然如鲁迅所说:“主要是对前进的一向称左翼作家们提倡的，希望这些作家们努力向前进，在这样的意义上，在进行联合战线的现在，徐懋庸说不能提出这样的口号，是胡说!‘民族革命战争的大众文学’，也可以对一般或各派作家提倡的，希望的，希望他们也来努力向前进，在这样的意义上，说不能对一般或各派作家提这样的口号，也是胡说！但这不是抗日统一战线的标准，徐懋庸说我说‘这应该作为统一战线的总口号’，更是胡说!”因而这口号并非是不适合现实，或者是太左了。同时这口号的主张者们，不但不象“国防文学”论者坚持着对于这口号务必去之而后快的反对态度(如郭沫若说的“只好撤销”之类)，对于“国防文学”，还说“它应当存在，因为存在对于抗日运动有益”(鲁迅语）。顶多也不过说它意义含糊，须拿“民族革命战争的大众文学”来充实而已。

即使退一步说，“民族革命战争的大众文学”初看起来容易使人有左倾之感，但“国防文学”提倡的开始，不是也有人说它要堕入爱国主义的污池，并且说侵略国家和社会主义的苏联都在讲“国防”吗？不是经过许多篇文章的解释，才把它的误会消失，意义弄明确吗？那么，“民族革命战争的大众文学”论者们也用了他们的解释，使读者觉得这口号并非不适合于现实或者是太左了：这样同是靠着解释才把意义弄得明确，有什么优劣长短之分，为什么“只好撤消”而后快呢？所以诚如鲁迅所说这是“比白衣秀士王伦还要狭小的气魄”。“如果一定要以为国防文学提出在先，这是正统，那么就将正统权让给要正统的人们也未始不可，因为问题不在争口号，而在实做。”

但是反对者的堂皇的理由不过是表面，问题的实质还是由于“宗派主义”和“私人纠纷”在作祟。鲁迅的《答徐懋庸并关于抗日民族统一战线问题》和茅盾的《关于引起纠纷的两个口号》及《再说几句》这三篇文章的发表，就都是清算“宗派主义”并揭穿“私人纠纷”的。自鲁迅这篇“万言书”在八月发表以后，过去“嘁嘁嚓嚓”（鲁迅语）的反对论，真是所谓“万喙息响”，被鲁迅的铁扫帚“一扫无余”了——！所余的只有郭沫若在九月号的“文学界”上发表的《蒐苗的检阅》，但也没有得到什么反响，问题是算告一结束了。

同时，这次论争的末期，已由“口号之争”进展到并非第三种人的“创作自由”问题的论辩，也就是“宗派主义”“关门主义”和“机械论”的再检讨，再清算。

所以一九三六年的文艺论争虽然有“宗派主义”和“私人纠纷”从中作祟，但也并不是没有收获，没有结果的；我们现在就看看。

八 一九三六年文艺论争的收获

现在就看看当时的人所说的这一次论争的收获罢：

这次论争的收获，主要是：

大家一致地同意了郭沫若先生在《国防·污池·炼狱》那篇文章中所提出的关于“国防文学”的见解。这就是：

“国防文学”应该是“作家关系间的标帜，而不是作品原则上的标帜”。

“凡是不甘心向帝国主义投降的文艺家，都在这个标帜之下一致团结起来，即使暂时不能团结，也不要为着一个小团体或一个小己的利害而作文艺家的内战”。

“国防文艺应该是多样的统一而不是一色的涂抹。这儿应该包含着各种各样的文艺作品，由纯粹社会主义的以至于狭义爱国主义的，但只要不是卖国的，不是为帝国主义作伥的东西。因而，国防文艺最好定义为非卖国文艺，或反帝文艺。”

说得简单一点，凡是不甘心做亡国奴的文艺家，不管他的作品是不是声声爱国，句句救亡，只要不反映汉奸意识，都该在“国防文艺”的大旗下面团结起来。即使暂时不能团结，也不能反对和阻挠这个团结。

大家也一致地同意了在这个口号下的团结，是文艺家的救亡力量的团结。团结的目的是为了文艺家参加一般的救亡运动，这一方面可以使文艺家在实践里面获得丰富的经验，而产生出更精彩的作品。

大家也一致的同意了凡是不甘心做亡国奴的文艺家，都可以参加文艺界的抗敌联合战线。参加联合战线是无条件的。要说参加的条件，那也只是“非汉奸”这么一项，所以，“国防文艺”绝对不是参加文艺界抗敌联合战线的条件，参加救亡的联合战线也不必先买一张“国防文艺”门票，那无疑地将把许多要爱国而不曾写过或还不能写国防作品的作家关在门外。那样，文艺界的抗敌联合战线，不成其为联合战线而缩小成为国防文艺作家的结合。既然不以国防作品为参加联合战线的条件，那当然不需要规定作家的创作方法。

大家也一致地同意了在文艺界的抗敌联合战线里面，容许有多种多样的文艺作品。他们既不必要都以国防为主题，也不必要单用一种创作方法。即再同一的国防文艺作品，也不必强求“进步的现实主义”。所以，在“非卖国的文艺”下面，创作的自由是非常的广泛。这里，不但不妨碍前进的作家们宣传“国防文艺”的主张，而且他们自己就首先应该为“国防文艺”的创作而努力。

大家也一致地同意了在文艺家的联合战线里面，前进的作家们除了不该强求一切作家立时放弃各自的创作方法来适合他们的创作方法之外，同时，为着要使“战线”强固有力，他们当然也有在作品和批评里面善意的说明“前进的现在主义”的优点和进步性，而希望其他作家也来接受这种创作方法的义务和权利。只是，这儿重要之点是在他们只有“希望人家采用”的自由，而没有“强制人家接受的权利”。对于用着其他的创作方法而来参加联合战线的同志，他们只有用热烈的欢呼来激励和鼓舞他们的义务，而绝没有用疾言厉气来斥责和鄙视他们作战方法拙劣的权利。“联合”才能作“战”，作战里面才能分别战术和武器的优劣；在联合之前先机械地规定武器的标准，这不是联合战线里面所应有的事情。

大家也一致地同意了文艺界的联合战线，不单是作家们意志一致的表现，而更需要有组织的活动。文艺界的联合战线的组织，应该是包括一切非汉奸的文艺作家和文艺团体的组织。这个组织还应该有一个共同行动的目标，而切实的去做救亡的文艺活动。

在论争里面，参加论争的人们，于以上的几个重要问题，已经有了一致的结论。这个一致，奠定了“国防文艺”大旗之下的文艺界联合战线之基础。

——俞煌：《把我们的笔集中到民族解放的斗争罢！》

而文艺界真正不分新旧，不分阶层和党派的联合一致的表示，则是鲁迅逝世前他所参加的《文艺界同人为团结御侮与言论自由宣言》的发表。至于“包括一切非汉奸的文艺作家和文艺团体”的“文艺界联合战线的组织”，则是全面抗战发动半年以后即一九三八年三月二十七日在武汉成立的“中华全国文艺界抗敌协会”。鲁迅逝世前后文艺界所收的这两种团结一致的果实，也就是这一次论争所下的根苗。

第二章　文艺创作自由问题

一　问题的开端

一九三二年中国文坛上的论争，是以文艺创作的自由为问题中心的；也就是自称“自由人”的胡秋原和自称“第三种人”的苏汶与“左联”之间关于文艺的阶级性的论辩。至于因此而提出的“大众文艺问题”，则留待下章再说。

胡秋原先生在《文化评论》创刊号上发表批判文艺运动的《阿狗文艺论》一文，内有这样几节话：“艺术只有一个目的，那就是生活之表现，认识与批评。伟大的艺术，尽了表现批评之能事，那就为了艺术，同时也为了人生。”“艺术者，是思想感情之形象的表现，而艺术之价值则视其所含蓄的思想感情之高下而定。所以，伟大的艺术，都具有伟大的情思。”安得列夫说文学之最高目的，即在消灭人类间一切“阶级隔阂”。“文学与艺术”至死也是自由的，民主的。“艺术虽然不是‘至上’，然而决不是‘至下’的东西。将艺术堕落到一种政治的留声机，那是艺术的叛徒。”“文化发展，全靠各种意识互相竞争，才有万华缭乱之趣；中国与欧洲文化，发达于自由表现的先秦与希腊时代，而僵化于中心意识形成之时。用一种中心意识独裁文坛，结果只有奴才奉命执笔而已。”这些话，表面上固是对民族文艺运动而发，但是“左联”的人们认为同时也在影射着他们。尤其是末两节，说是针对着民族文艺运动宣言中的“整个文艺运动中缺乏中心意识”，固然可以；说是对“左联”也可以。

他后来又在《文化评论》第四期发表的《勿侵略文艺》内声明说：“有几个朋友说我在《阿狗文艺论》中，固然否定了民族文艺，同时也否定了普罗文艺。但是，我的意思并不如此：我并非否定民族文艺，同时，我更没有否定普罗文艺……我并不能主张只准某种艺术存在而排斥其他艺术，因为我是一个自由人。”“各种文艺我觉得都不妨让它存在，但也不主张只准某一种文学把持文坛。”态度就更为鲜明了。

这首先引出了谭四海的《“自由智识阶级”的文化理论》一文（《中国与世界》第七期），于批评整个《文化评论》刊物而外，涉及了胡秋原的艺术理论说：“于是乎‘艺术只有一个目的，那就是生活的表现，认识与批评’，而艺术的改造与建设作用，就消去无踪，‘文学与艺术至死也是自由的，民主的’，是永久绝对的自由与民主，而不是阶级性的，受社会一切限制的了。”

对于这，《文化评论》的“同人”先这样的声明：“我们所谓自由的知识阶级，不过表明我们：一、只是一个知识分子；二、是站在自由人的立场。事实是如此，因为我们。一、不愿自称革命先锋，二、我们无党无派，我们方法是唯物史观，我们的态度是自由人立场。”胡秋原也作了如下的答复：

> 文艺是认识生活呢，还是创造生活呢？艺术是镜子呢，还是捶子呢？这个问题不是那样容易解决的。这个论争在苏俄有长期的历史，到现在也只能说是相当解决。我并不打算援引托洛兹基，瓦浪斯基的主张为自己辩护；不过那位“异人”楮沙克的艺术建设生活的理论，在我个人，觉得是不大通的。艺术可以建设生活么？四海君自己可以多

> 考虑一下。请四海君拿一首诗一个雕刻“建设”出生活来给“同人”看看！至于“改造”，原包含在“批评的概念中”；而且必须先“认识”了真象，才可“改造”。
>
> 我说文艺是自由的，是创作之自由。四海君怀疑吗？布哈林也说过文艺要自由竞争，所以也容许同路人活动。……我敢大胆告诉四海君，我是从普列汉诺夫、佛里采、马查出发研究文艺的人，我在一切讲文艺的文字中否认过阶级性没有？四海君必须明白：对于文学持比较自由的态度，是与否认“阶级性”毫不相干的。
>
> ——《是谁为虎作伥？》

谭四海说艺术能建设生活和改造生活，固然夸大了艺术的作用，与左翼文艺启蒙时代的创造社太阳社诸君一样犯着唯心论的错误；（虽然这夸大是有反“为艺术而艺术”的积极作用的）而胡秋原在承认文学的“阶级性”之中，要文学“自由”，也是很滑稽的。

这以后，就引起胡秋原对“左联”的积极进攻，于是有《钱杏邨理论之清算》（《读书杂志》二卷一期）：“总而言之：钱杏邨的批评与理论，是充满理论混乱，观念论的，主观主义的，右倾机会主义与左倾小儿病的空谈的，非真实批评的成分。——凡这些，不仅使中国马克思主义批评走到不正确的路线，而这个痼疾，也传染于二三左翼作家创作之中。”难怪“左联”要认为：“胡秋原在这里不是为了正确的马克思主义的批评而批判了钱杏邨，却是为了反普罗革命文学而攻击了钱杏邨；他不是攻击杏邨个人，而是进攻整个普罗革命文学运动。胡秋原曾以‘自由人’的立场，反对民族主义文学的名义，暗暗地实行了反普罗革命文学的任务；现在他是进一步的以‘真正马克思主义者应当注意马克思主义的膺品’的名义，以‘清算再批判’的取消派的立场，公开地向普罗文学运动进攻。他的真面目完全暴露了，他嘴里不但喊着‘我是自由人’，‘我不是统治阶级的走狗’，并且还喊着‘马克思主义’，甚至还喊着‘列宁主义’，然而实际上是这样的。这真正显露了一切托洛斯基派和社会民主主义派的真面目！”（洛扬：《致〈文艺新闻〉的一封信》）。

洛扬在这如下的同一篇文章里，并且指出胡秋原理论之错误和对于普列汉诺夫的有意的歪曲：

> 钱杏邨的一切错误的根本，在于他不理解文学和批评的阶级的任务，在于他常常表现的阶级的妥协与投降。而胡秋原的主义，是文学的自由，是反对文学的阶级性的强调，是文学的阶级的任务之取消。这是一切问题的中心！
>
> 胡秋原的自以为并不混乱的基础理论是普列汉诺夫。但首先第一，普列汉诺夫的艺术理论是有许多不正确的，特别是同样的渗进艺术理论中去的他的孟什维克的观念论的要素。普氏的客观批评论是不完全正确的，是含了机械论的唯物论的要素的；普氏对于阶级斗争的认识是机会主义的，因此他对于艺术文学的阶级性的理解是机械论的，是取了机会主义的态度的对于艺术文学的阶级的任务的认识，是并非坚固的站在无产阶级的立场上而来的。然而，虽然如此，第二，胡秋原却是普氏的最坏的歪曲者，最恶劣的引用者。在胡秋原的一切文章内，到处都是把普氏著作断章取义的引用，切断上下文的抄袭，借了胡秋原自己的话：是把普氏“谑画化”了。他甚至从普氏那里得出“伟大的文艺永远是被压迫阶级的东西”及其他等等奇怪的结论来。（如此说来，则无产阶级专政的苏联的文艺，也无疑

是“阿狗文艺”了）。但是，我们要明白，这种歪曲不是无意的。

《文艺新闻》是“左联”的刊物，洛扬是代表“左联”出来说话的；正当“左联”与“自由人”的胡秋原这样论辩的时候，号称是“第三种人”的苏汶在《现代》上发表他的《关于“文新”与胡秋原的文艺论辩》，维护胡秋原，讽笑“左联”，歪曲“左联”的理论和行动，并要作地主资产阶级与无产阶级以外的“第三种人”：

> 统观胡先生的大文，从他的普列汉诺夫崇拜，对文学的指导生活的理论或主张的非议，一切等等看来，我们可以认识他是一个绝对的非功利论者。反过来，左翼文坛的指导理论家们却正指出那一种文学有用，那一种文学没有用，我们要那一种，我们不要那一种。这两种马克思主义者之间的距离是不可以道里计的。
>
> 其实，我们单说左翼文坛是马克思主义者似乎还是不适当；我们应当说他们是“马克思列宁主义者”。这其间的分别就是在他们现在没工夫来讨论什么真理不真理，他们只看目前的需要，是一种目前主义。我们与其把他们的主张当作学者式的理论，却还不如把它当作政治家式的策略，当作行动；而且这策略，这行动，实际上也就是理论。目前的需要改变了，他们的主张便也随之而变；这才是“辩证”。
>
> 你会不会称轻重？什么真理，什么文艺，假使比起整个的无产阶级解放运动来，还称得出几斤几两？亭子间里的真理吧！小资产阶级狗男女的文艺吧！你假使真是一个

前进的战士，你便不会再要真理，再要文艺了。

这是对于“左联”的怎样的歪曲和进攻呵！但是，我们看他还有所以要对“左联”歪曲和进攻的实例哩：

> 譬如拿他们所提倡的文艺大众化这问题来说吧。他们鉴于现在劳动者没有东西看，在那里看陈旧的充满了封建气味的（这就是说，有害的）连环图画和唱本，于是他们便要作家们去写一些有利的连环图画和唱本来给劳动者们看。这个，象胡先生之类的批评家当然是反对了；不但胡先生，恐怕每一个死抱住文学不肯放手的人都要反对。这样低级的形式还生产得出好的作品吗？确实，连环图画是产生不出托尔斯太，产生不出弗罗培尔来的。这一点难道左翼理论家会不知道？他们断然不会那么蠢。但是，他们要弗罗培尔什么用呢？要托尔斯太什么用呢？他们不但根本不会叫作家们去做成弗罗培尔或托尔斯太，就使有了，他们也是不要，至少他们“目前”是不要。而且这不要是对的，辩证的。也许将来，也许将来他们会原谅，不过此是后话。
>
> 胡秋原先生把卢那却尔斯基称为“官僚，纨绔子，莫明其妙”，何其毒视之深！其实，从这里我们正可以看出胡先生是永远不会了解到卢那却尔斯基的。卢氏有一次曾经把托尔斯太非议得很厉害，但是在托氏百年祭时又把他恭维得很厉害。他的话简直有点如出二口。何其前后矛盾以至于此，何其不顾所谓“真理”以至于此！其实托氏被“不要”于万方多难之秋，而旋又被“原谅”于国泰民安之日，是很有道理的。你假使是真的马克思主义者便不该非难卢

那却尔斯基“英明其妙”，说他太会变卦，变卦就是辩证法。

关于连环图画的艺术价值和其发展前途，以及“托尔斯太论”，以后“左联”方面如易嘉（瞿秋白）、鲁迅、丹仁（冯雪峰）等都有很好的答辩，我们现在还是看看苏汶为什么要提出“第三种人”来吧：

我之所以如此说，无非是想说明左翼文坛的一切主张都无非是行动，并且一切行动都是活的。而胡秋原先生不明白。左翼文坛已经屡次向胡先生暗示了，甚至说明了，叫他不要空谈真理，离开行动是没有什么真理的。而胡先生还是不明白。胡先生固然会说，行动没有真理是不正确的行动；但左翼文坛也会说，真理没有行动便是不正确的真理。那么，这场论战会有什么结果呢？

在“知识阶级的自由人”和“不自由的，有党派的”阶级争着文坛的霸权的时候，最吃苦的，却是这两种人之外的第三种人。这第三种人便是所谓作者之群。

作者，老实说，是多少带点我前面所说的死抱住文学不肯放手的气味的；……但是在现今这局面下，作者是处了怎样个地位呢？最初，在根本还没有什么阶级的文学观念打到作者脑筋里去的时候，作者还在梦想文学是个纯洁的处女。但不久，有人告诉他说，她不但不是一个处女，甚至是一个人尽可夫的卖淫妇；她可以今天卖给资产阶级，明天又卖给无产阶级。这个，作者在刚听到的时候似乎就有点意外了；不过据说是事实，于是也就没有方法否认。既而，因为文学这卖淫妇似乎还长得不错，于是资产阶级想占有她，无产阶级也想占有她。于是文学便只能打算从良。从良以后呢？作者便“从此萧郎是路人”。

你瞧，不是有好多大大小小的作者搁起了笔吗？

固然，一部分作者还想把她从一入深如海的侯门中拉回来，而另一部分索性爽爽快快陪嫁了过去。前面那种作者是正在那儿被“不要”，可以不必说。对于后面那种作者呢，要是要的，可是规矩很严，要作另外一种人。终于，文学不再是文学了，变为连环图画之类；而作者也不再是作者了，变为煽动家之类。死抱住文学不放的作者们是终于只能放手了。然而你说他们舍得放手吗？他们还在恋恋不舍的要艺术的价值。

我这样说，并不是怪左翼文坛不该这样霸占文学。他们这样办是对的，为革命，为阶级。不过他们有一点不爽快，不肯干脆说一声文学是现在不需要，至少暂时不需要。他们有时候也会掮出艺术的价值来给所谓作者们尝一点甜头，可以让他安心地来陪嫁。其实，这样一来，却反把作者弄得手足无措了。为文学呢，为革命？还是两者都为？还是有时候为文学，有时候为革命？

正因为有这一班无所适从的作者的存在，胡秋原先生便又以艺术保护者的资格而出现了。他叫人不要碰艺术。这种自由主义的创作论是应该受作者的欢迎的。

在人人都不肯让步的今日，诚哉，难乎其为作家！

“自由人”与“第三种人”都出来了，以下才进入到此次文艺论辩的主体。

二　论辩的主体

> 资产阶级的著作家、艺术家、演剧家的自由，只是戴着假面具（或伪善的假面具），去接受钱口袋的支配，去受人家的收买，受人家的豢养。我们社会主义者，暴露这种伪善，揭穿这种虚伪的招牌，——并不是为着要弄出什么无阶级的文学和艺术（这只有到了社会主义的无阶级的社会里方才可能），而是为着要把真正自由的公开的联系着无产阶级的文学，去和伪善的自由的而事实上联系着资产阶级的文学对立起来。
>
> ——伊里奇

“左联”方面，首先给“自由人”和“第三种人”的文艺理论以严正的光辉的批判的，是易嘉的《文艺的自由和文学家的不自由》的一篇文章。这篇文章的理论周密透辟，文字通俗漂亮；确为新文学运动以来难得的批判文字，它的本身就是一篇“艺术品”，有它的艺术价值。他先在“万华缭乱的胡秋原”一段里批评胡秋原说：

> 他说钱杏邨的理论基础混杂，说钱杏邨把波格唐诺夫、卢那却尔斯基、未来派，……东扯扯，西拉拉的混缠在一起。然而他自己呢？他把普列汉诺夫和安得列夫，艺术至上论，等等混缠在一起。钱杏邨那样的幼稚的马克思主义学生，东扯一些，西拉一些，在文艺理论和批评上表现他的小资产阶级的动摇，他对于辩证法唯物论的不了解。可是——我并不丝毫减轻钱杏邨的错误——钱杏邨比起胡

秋原先生来，却始终有一个优点：就是他总还是一个竭力要想替新兴阶级服务的小资产阶级知识分子，他的东拉西扯之中，至少还有一些寻找阶级的真理的态度。而胡秋原呢？他却申明永远只相信“高尚情思”的文艺，而“文艺的最高目的就在消灭人类间一切阶级的隔阂”。他已经肯定的认为艺术不应当作政治的“留声机”。钱杏邨虽然没有找着运用艺术来帮助政治斗争的正确方法，可是，他还在寻找，他还有寻找的意志。而胡秋原是立定主意反对一切“利用”艺术的政治手段，这是胡秋原先生和钱杏邨不同的地方。

胡秋原先生的艺术理论其实是变相的艺术至上论。他说赞成纯艺术和反对纯艺术的争论是“徒劳的”。为什么？因为赞成纯艺术的有反动的文学家，也有革命的文学家，而反对纯艺术的也是这样。这还只是他的表面上的诡辩。他的根本立场，还在于他认为艺术只应当有高尚的情思，而不应当做政治的“留声机”。因此，他就认为艺术是独立的，艺术有尊严，有宫殿，有人格。他劝告一些政治派别说：“勿侵略文艺”。他一再的宣言：艺术决不是至下的东西。胡秋原先生如果不承认自己是艺术至上论派，那么，至少他的理论可以叫做艺术高尚论。他所拥护的，不是什么马克思主义的文艺理论，而是这个似乎是独立的高尚的文艺。

胡秋原先生的理论，据他说，是从普列汉诺夫出发的。他引了普氏的一句话，说艺术是用形象去思索。他还说：“艺术者，是思想感情之形象的表现，而艺术之价值，则视其所含蓄的思想感情之高下而定。”可是，这几句话是不够的。这里，立刻就发生一个问题：这所谓高下又用什么标准去定呢？用贵族阶级的标准，用资产阶级的标准，还是用无产阶级的标准？对于这一点，他是没有说明的。大概是用所谓“自由人”的立场作标准了。因为这个缘故，所以胡秋原的理论是一种虚伪的客观主义，他恰好把普列汉诺夫理论中的优点清洗了出去。而把普列汉诺夫的孟塞维克主义发展到最大限度——变成了资产阶级的虚伪的旁观主义。他事实上是否认艺术的积极作用，否认艺术能够影响生活。而一切阶级的文艺却不但反映着生活，并且还在影响着生活；文艺现象是和一切社会现象联系着的，它虽然是所谓意识形态的表现，是上层建筑之中最高的一层，它虽然不能够决定社会制度的变更，它虽然结算起来始终也是被生产力的状态和阶级关系所规定的，——可是，艺术能够回转去影响社会生活，在相当的程度之内促进或者阻碍阶级斗争的发展，稍微变动这种斗争的形势，加强或者削弱某一阶级的力量。

可是，照胡秋原先生的理论，艺术却只是生活的表现，认识和批评，而且只是从“自由人”的立场上去认识和批评。以前钱杏邨的批评，要求文学家无条件的把政治论文抄进文艺作品里去。这固然是他不了解文艺的特殊任务在于“用形象去思索”。钱杏邨的错误并不在于他提出文艺的政治化，而在于他实际上取消了文艺，放弃了文艺的特殊工具。现在胡秋原先生发见了“用形象去思索”的文艺任务，就走到了另一极端，要求文艺只去表现生活，而不要去影响生活。再则，进一层说，以前钱杏邨等受着波格唐诺夫，未来派，等等的影响，认为艺术能够组织生活，甚至于能够创造生活，这固然是错误。可是这种错误也并不在于他要求文艺和生活联系起来，却在于他认错了这里的特殊的联系方式。这种波格唐诺夫主义的错误，是唯心论的错误，它认为文艺可以组织社会生活，意识可以组织实质，于是乎只要有一种上好的文艺，一切问题都可以解决了。可是，胡秋原先生的反对这种理论，却是反对到了牛角尖里去了。他因此就认为文艺只是消极的反映生活，没有影响生活的可能，而且这是“亵渎文艺的尊严”的。

胡秋原先生虽然很勇敢的痛骂反动的文艺派别，可是，他只骂他们“利用”文艺，“污损文学家的人格”。他固然也指出这些派别代表着什么什么阶级，可是，他正是要求他们“勿侵略文艺”。他并不去暴露这些反动阶级的文艺怎么样企图捣乱群众的队伍，怎么样散布着蒙蔽群众的烟幕弹，怎么样鼓励着反动阶级的杀伐精神，把剥削和压迫制度圣化起来。他提出来的口号只是安得列耶夫的人道主义的口号：“消灭人类间一切的阶级隔阂。”

胡秋原先生的文艺理论，其实是反对阶级文学的理论。

固然，胡秋原先生指出钱杏邨的错误的时候，他曾说：“中国是一个半殖民地的半封建社会，而旧的地主及小有产阶级在日益崩溃的过程中（这里缺少了一个资产阶级——嘉注），在这社会蜕变时期，各阶层，集团，都有其不同的意识形态。”固然，胡秋原先生还会反过来问：“我在一切讲文艺的文字中否认过阶级性没有？”然而胡先生的确说过了“文艺的最高目的在于消灭人类间的一切阶级隔阂”；而且胡先生的确没有一次肯定文艺的阶级性，而只申明永远相信“文艺的高尚情思”。以前钱杏邨的错误是只看见所谓时代文艺，而不看见阶级文艺。而现在胡秋原是看见了阶级文艺而认为这算不了文艺，而只是“政治的留声机”，这是“艺术的叛徒”。……

本来普列汉诺夫的艺术理论之中，已经包含着客观主义和轻视阶级性的成分，也包含着艺术消极论的萌芽。这种理论到了胡先生手里，就搀杂了安得列耶夫的“学说”，和胡秋原先生自己的“学说”，结果，竟变成了百分之一百的资产阶级的自由主义。他是替文学要求“自由”，让各种各样的文学发生出来，给他“完全站在客观的立场上”去研究研究，批评批评，发挥发挥他这个“自由人”的“无党无派”的对于艺术的“高尚情思”的评价，——这倒怪有趣味的。这是他替文学要求的自由的目的了吧？

可是，还不止这一点。最重要的是他要文学脱离无产阶级而自由，脱离广大的群众而自由。而事实上，著作家和批评家，有意的无意的反映着某一阶级的生活，因此，也就赞助着某一阶级的斗争。在有阶级的社会里，没有真正的实在的自由。当无产阶级公开的要求文艺的斗争工具的时候，谁要出来大叫“勿侵略文艺”，谁就无意之中做了伪善的资产阶级的艺术至上派的“留声机”。

这末一段的“著作家和批评家，有意的无意地反映着某一阶级的生活，因此，也就赞助着某一阶级的斗争。”我觉得易嘉这句话的意思应补充的这样解释：在有阶级的社会里，著作家和批评家，在没有站在进步的阶级立场上，随行反统治阶级的觉醒以前，无论他反映的是那一阶级的生活，有意的无意的都赞助着统治阶级的斗争；否则，或多或少或隐或显的有反统治阶级的作用。譬如，未经有无产阶级的阶级意识觉醒的小资产阶级，他的著作可以有反资产阶级的要素，也可以有拥护资产阶级的要素，这两种要素也可能存在于同一篇作品之中。不过我们并不能说这就是“中立”或“第三种文学”，它其实还是被资产阶级的意识支配着一切，或有利于资产阶级，也或有利于无产阶级，“第三种”或“中立”是做不成的。

易嘉次在“难乎其为作家的苏汶”一段里批评苏汶说：

第一，真正科学的文艺理论，还是革命的国际主义的新兴阶级建立起来的。只有这个阶级，在革命的行动之中，才真正能够建立，能够发展科学的文艺理论。中国的新兴阶级以及日本的，英国的，等等，自然，现在还在几万重的压迫之下。尤其是中国的新兴阶级，受着封建残余的文化上的束缚特别厉害。他们不能够希望统治阶级去“提高”什么民众文化，他们极艰难的向世界各国的无产阶级学习，尤其是向俄国的无产阶级。他们不怕统治阶级讥笑什么“向俄国去批发理论”。他们努力的在行动之中学习着，研究着，应用着理论。他们决不肯说“行动就是理论”，因此，“只要行动不要真理”。他们更不能够说：先要理论，然后再要行动。他们不会感觉到理论和行动是分离的，不能并存的。

第二，新兴阶级为着自己的解放而斗争，为着解放劳动者的广大群众而斗争；他们要改造这个世界，还要改造自己——改造广大的群众。他们要肃清统治阶级的思想上的影响，肃清统治阶级的意识上的影响。现在剥削制度之下的一定的阶级关系，规定着群众的宇宙观和人生观；然而群众之中的一些守旧的落后的宇宙观和人生观，并不是群众自己所“固有”的，而是统治阶级用了种种方法和工具所固定的，所灌输进去的。这些工具之中的一个，而且是很有力量的一个——就是文艺。所以新兴阶级要革命，——同时也就要用文艺来帮助革命。这是要用文艺来做改造群众的宇宙观和人生观的武器。固然，并不是个个“前进的战士”都来做文艺的工作。但是，为什么既然“真是前进的战士……便不会再要文艺了”呢？为什么？除非是自己愿意解除武装之中的一种。自愿缴械的“战士”决不是前进的战士。你可以说：“你们还没有拿着这种武器，所以无所谓缴械。”但是，正因为这个，所以要努力去取得这种武器。谁要劝告新兴阶级不要去拿这种武器，他自然客观上是抱着“某种政治目的”的。——虽然他自己都觉得“并没有丝毫政治臭味”。

第三，新兴阶级站在消灭人剥削人的制度的立场上，所以能够真正估定艺术的价值，能够运用贵族资产阶级的文艺的遗产。他们决不是什么“目前主义的功利论者”。他们在文艺战线上，一样是为创造整个的新社会制度——整个的新的宇宙观和人生观而斗争的。一切统治阶级的，以至于小资产阶级的文艺，他们都要批判，都要分析。这些文艺的内容，往往包含着许多矛盾，不会是简单的“好得利害”，或者“坏的厉害”；也不会是“革命时候没有用”，“建设时期又有用”。而照苏先生说起来，仿佛是托尔斯泰“被不要于万方多难之秋，而旋又被原谅于国泰民安之日”，这算是“变卦”而“变卦就是辩证法”！苏先生是说的卢那却尔斯基对于托尔斯泰的两次不同的批评，他没有说起卢那却尔斯基所批评的是那一方面的问题，而我们又没有卢那却尔斯基的文章在手边。固然卢那却尔斯基在哲学上和文艺理论上有许多唯心论的倾向，他的两次批评之中都包含着某种错误的见解也是可能的。然而我们现在没有方法来检查。我们只说一说，在苏先生所谓“万方多难之秋”的一九〇八到一九一〇年，列宁就说过：

“托尔斯泰死了，是革命以前的俄国过去了，那革命以前的俄国的弱点和没有能力，都表现在这个天才的艺术家的哲学里面，都描写在这个天才的艺术家的作品里面。”然而，“他的遗产之中也有并不曾过去的而是属于将来的东西。”“他会用极大的力量表现那些受着现代制度的压迫的广大群众的情绪，描写他们的状况，表示他们的自发的抗议和忿恨的情感。”“托尔斯泰描写着俄国历史生活的这一个时期，他会在自己的作品里面提出那么许多伟大的问题，会提高艺术的力量到那么样高的程度，以至于他的作品在世界文学之中占着第一等位置之中的一个。”

然而，……，“一方面是最清醒的现实主义，揭穿一切种种假面具；别方面是痴呆的不抵抗主义的说教……宣传世界上所有一切混蛋东西之中的最混蛋的东西——宗教。……”

这里，的确象苏先生所说的“非议得厉害”，而又“恭维得厉害”。不过这是同在一个“万方多难之秋”。无所谓“变卦”！

第四，新兴阶级固然运用文艺，来作煽动的一种工具，可是，并不是个个煽动家都是文学家——作者。文艺——广泛的说起来——都是煽动和宣传，有意的无意的都是宣传。文艺也永远是，到处是政治的“留声机”。问题是在于做那一个阶级的“留声机”。并且做得巧妙不巧妙。总之，文艺只是煽动之中的一种，而并不是一切煽动都是文艺。每一个阶级都在利用文艺做宣传，不过有些阶级不肯公开的承认，而要假托什么“文化”“文明”“国家”“民族”“自由”“风雅”等等的名义，而新兴阶级用不着这些假面具。新兴阶级不但要普遍的煽动，而且要文艺的煽动。一九〇五年前后直到一九一七年之前，象高尔基，绥拉菲莫维支的作品，——我想就是苏先生也得承认是文艺，——是的的确确有艺术上的价值的。但是，这些东西同时就是煽动品。做到了煽动家未必见得就不能够仍旧是一个作者——文学家。高尔基等等虽然没有中国的“作者之群”那么死抓住了文学不肯放手，然而不见得就比中国的文学家低微到了什么地方去。而同时，高尔基等等又的确是些伟大的宣传家。新兴阶级自己也批评一些煽动的作品没有文艺的价值，这并不是要取消文艺的煽动性，而是要煽动作品之中的一部分加强自己的文艺性。而且文艺的反映生活，并不是机械的照字面来讲的留声机和照相机。庸俗的留声机主义和照相机主义，无非是想削弱文艺的武器。真正能够运用艺术的力量，那只是加强煽动的力量；同时，真正为着群众服务的作家，他在煽动工作之中更加能够锻炼出自己的艺术的力量。艺术和煽动并不是不能并存的。自然，一定要说：凡是煽动就不是文学。——这也可以，这句话也有“用处”。对于谁有用处呢？对于那些不肯承认自己是在利用文艺来煽动的阶级！

事实上，文学也并不是卖淫妇。文学是附属于某一个阶级的，许多阶级各有各的文学，根本用不着你抢我夺。只是这些文学之间发展着剧烈的斗争；新兴的阶级，从前没有文学的，现在正在创造着自己的文学；而旧有的阶级，从前就有文学的，现在是在包围剿灭新兴阶级的文学。剿灭不了呢？用一点儿别致的巧妙的手段，或者毒死它，或者闷死它，或者饿死它……而新兴阶级的文艺运动却并不在“霸占”或者“把持”什么，它只要指出一些文学的真面目——阶级性。它只是在思想战线文艺战线上和反动势力斗争。

作者呢，本来就不是什么“第三种人”。作者——文学家也不必当什么陪嫁的丫环，跟着文学去出嫁给什么阶级。每一个文学家，不论他们有意的，无意的，不论他是在动笔，或者是沉默着，他始终是某一阶级的意识形态的代表。在这天罗地网的阶级社会里，你逃不到什么地方去，也就做不成什么“第三种人”。

最吃苦的只是自以为是“第三种人”的时候。既然不愿意“变为煽动家之类”，又不好意思公开的做资产阶级的走狗。听着一些批评家谈论新兴文艺理论，实在觉得讨厌。想着：我是多么不自由呢，写一些东西，就有人来指摘：这是资产阶级的意识，那是小资产阶级的动摇，或者还要加上法西斯蒂的头衔……唉，我的命运是太苦了。何不生在“古时候”，没有这一类的批评家的时候呢？那时，象袁随园，或者李太白等等的时代，“一举成名天下知”，就“一举成名天下知”了，谁也不来管这是“纱笼”[①]（Salon）的贵族厅堂的天下，还是贫民窟的天下。

因为自己感觉得这样苦的时候，作者就“搁笔”了。但是，并不是个个“搁笔”的作者，都是由于这个原因。

他说：“这样低级的形式还产生得出好的作品么？确实，连环图画里是产生不出托尔斯泰，产生不出弗罗培尔的！”然而，第一，德国的版画式的连环图画，（并不都是普罗的），虽然还没有产生托尔斯泰那么伟大的艺术家，可是已经的确成了一种有艺术价值的作品。第二，假使用那副吃奶力气——死死抱住所谓文学的那副气力，去研究和创作中国的线画式的连环图画，唱本，等等，未必见得就不会产生真正的艺术作品。何况所说不限于连环图画。而

① 纱笼，今译为沙龙。

写一部“马占山演义”，要真能够写得象《水浒》那样好，并不见得比写一些意象派的诗来得容易，而且一定比意象派的诗有更高的艺术价值。真正的中国（并非绅士的中国）的文艺，一定要从革命的大众文艺里产生出来。

总之，这些话多说了也没有趣味了。蔑视群众既然是自己认为是“第三种人”的立场，那么，一切都已经自然明白的了。因此，苏汶还嫌胡秋原的自由主义不彻底，他主张把一切群众的新兴阶级的文艺运动，一概归到“非文学”之中去，让文学脱离新兴阶级和群众而自由。

苏汶先生还叹着气说：“在人人都不肯让步的今日，诚哉，难乎其为作家。”其实，何必这样呢？真正肯替群众服务的作家，只有欢迎正确的文艺理论。努力去了解一切错误，要求日益进步的批评。至于把艺术变成神圣不可侵犯的作家，尽管放胆地去做作家好了。

“左联”方面，对于苏汶的文章提出批判的，尚有周起应的《到底是谁不要真理，不要文艺》一篇，因意见与易嘉的差不多，所以这里从略。

（周起应的“非无产阶级文学即资产阶级文学”，在理论上是犯了机械论的错误的；这一点和易嘉不同。）

接着，苏汶在《现代》第六期上发表他的《“第三种人”的出路》，又给易嘉和周起应的文章以批评。关于文学之武器问题，和文学之阶级性问题，他在那篇文章里是抱着这样的意见：

文学之武器作用问题：左翼太积极地把文学当作武器夸张，不知道非武器的文学，也有它消极的作用；左翼太把文学相当地局限了，不肯把文学的全部要了去。

文学之阶级性问题：（A）泄露某一阶级的意识形态：不即

就包含一种有目的意识的斗争;（B）忠实地反映某一阶级的生活，这是与某一阶级的斗争无关;（C）在资本主义社会里，并非一切不是无产阶级的文学即是拥护资产阶级的文学，反之，它们大都倒同样的是反资产阶级的文学。

这时似乎是中立的舒月发表了从《“第三种人”说到左联》，先批判了苏汶的主张，末了也指出了“左翼里的小资产阶级粘性”。对于苏汶的A、B、C三项他的意见是这样:

（A）“在无产阶级文艺者立场看来，阶级性当然在两个以上阶级对立的时候是显示的，那在不论什么言语和动作上，有意的无意的都是具有目的意识的斗争作用的。……从马克思的唯物论确立以后，一切神秘的，象征的，才都能得到一个阶级立场充分的彻底的解释；苏汶先生的‘不是一切文学都有阶级性的’是十分错误的。”——这是肯定文学的阶级性的，虽然“无意的”“目的意识”是有着语病。

关于这一项，据苏汶的《答舒月先生》，他原是这样的意思:“并不是一切文学都有目的意识的斗争作用”“我不是说文学可以没有阶级性。”苏汶既然承认文学都有阶级性，那么，虽然创作的时候不一定全有“目的意识，”而作品流布的结果总要达到一种“目的”的。那目的也可能是多方面的，但那不是无所附属的“中立”，是“阶级性”的。

（B）舒月说:“如果那是本身阶级的著作，自然是反映自己，赞助并粉饰着自己的。如果要不粉饰地，那必须要有阶级的觉悟，譬如无产阶级由自己的立场去观照资产阶级生活的时候，才说得上不掩饰地去暴露他。”

“反映某一阶级的生活的文学”，虽然“不一定就赞助着某一阶级的斗争”，但作者的阶级性的世界观是起着作用的。这是文艺的内容和作者的世界观的问题，在一九二八年已经论辩过了。所以苏汶在《答舒月先生》里虽然仍坚持“泄露某一种意识形态不必是阶级利益的拥护”;“譬如某一无产作家而不能洗尽过去的成分,那么我们可以说他在某一点上是泄露了资产阶级的意识形态,但不能因噎废食,就为着这一点资产阶级的意识形态而说这作家是拥护资产阶级利益的。”这固然道着了文艺作用的复杂性,但这“某一无产作家”当他在他的作品某一部分“泄露了资产阶级的意识形态”的时候,也就是他“拥护资产阶级利益”了;不论他主观上愿不愿意如此,他的作品的客观作用是如此的;也不论他的作品的其他部分也许有利于别的阶级。

(C)舒月说:“非无产阶级的文学,其间接直接有意无意的是会拥护资产阶级的。因为个人主义,英雄主义,人道主义,悲观主义,这些作家和作品,大都不能有坚固的立场,鲜明的旗帜,光明的出路的,是缓和了无产阶级的斗争的惰性文学,这些不准确的主义,无疑的不许存在于无产阶级的文艺里面的。所以苏汶先生的结论‘在资本主义社会里,并非一切不是无产阶级的文学即是拥护资产阶级的文学,反之,它们大都倒同样地是反资产阶级的文学。’这显然是错误了,无产阶级文学固然是反资产阶级的,但不是无产阶级的文学而又具着反资产阶级的作用,不知又是什么文学?恐就是他所倡的‘中立文学’吧?”

舒月的末了这几句,是“干脆不过的左的”机械的看法,忽略了革命的小资产阶级甚至于资产阶级的文艺中的一部分的“反资产阶级的作用。”——当然,上面已经说过那并不是所谓“中立文学”或“第三种文学”,归根结底它仍是有所偏的。

至于苏汶说左翼不要“非武器的文学”,亦殊不合实际;在左翼认为一切文艺都是武器,根本没有所谓“非武器的文学”,无论那武器的作用是消极的,积极的,隐的,显的,对于某一阶级有利，或对于某一阶级有害的，左翼都有批判它的自由和必要。而且也因为这批判，遂有站在无产阶级的立场上得出的“要”或“不要”（部分的或全部的）来。这“要”或“不要”其实也仅是“肯定”或“否定”的意思，被左翼所“不要”的作品不是依然在存在和产出么？但左翼必须站在阶级的立场指出它的社会作用，也就是“武器作用”来！

苏汶除《答舒月先生》外，接着在《现代》二卷一期又发表了《论文学上的干涉主义》。他说：“表现生活的文学，要所表现的是真实，不是欺骗，那么他必然地可以从现实生活的错误和矛盾中引出生活必须另行创造的结论来。”但是当文学受“某种政治势力的干涉，”“做成了某种政治势力的留声机的时候，”作品便是些“掩藏现实，粉饰太平”，只要“正确”不要“真实”的东西，于是就“往往不能完成它的对人生的永久的任务”了。所以他这篇文章的目的“是在于这种文学的永久任务的拥护，”也就是反“文学上的干涉主义。”因此他对于苏联和中国的左翼要创造无产阶级的文化和文学，并且站在无产阶级的政治立场上对文学的指东画西，都表示反对了。

但我看，“正确”与“真实”是不能分离的，同时这两者也都被决定于作者的阶级性的世界观。试问“正确”与“真实”用什么作标准呢？在“第三种人”认为是“真实”的表现，又焉知别人不以为是歪曲了现实，或者是“掩藏现实，粉饰太平”呢？至于“文学的永久性”之因受种种限制而并不能永久，则已经是常识了。总之，苏汶虽然口口声声说他承认文学的阶级性，但他这篇文章的表现依然是对于阶级性的不了解，或忽略了阶级性。

三 “左联”的结论

论辩到这里，已经到下结论的时候了。于是先有胡秋原的《浪费的论争》(《现代》二卷二期）对易嘉、周起应、舒月三人做一总答复，“左联”方面则有洛扬发表了《并非浪费的论争》将胡秋原的主张下一结论，鲁迅则已先于此时对苏汶作一总的批判，登出了他的《论“第三种人”》一文。而何丹仁（冯雪峰）的《关于“第三种文学”的倾向与理论》，则是这一次论辩的总结，就是苏汶也承认“无疑地要算是一次迁延到一年之久的论争的最后的而同时是最宝贵的收获”。(见苏汶作《一九三二年的文艺论辩之清算》)纠正了文学底阶级性的机械的了解和左倾宗派主义的错误。

（A）洛扬对“自由人”的结论

第一，胡秋原先生说“无论自由人也好，第三种人也好，对左翼敬而远之者，至少大多数，决非存心攻击”；而他“对于整个普罗文学运动，也有无限同情”；“如果左翼真能清算自己一部分的错误，不想空包办文学，而在实际成绩中求领导，在理论上更作坚实的工作，我相信一部分作家，以及其他理论家，只要是热心希望社会的进步，爱光明而诚意于革命之成功的，当然也可自动的逐渐的在整个社会文化的变革中，改变他们的意识。”——这里，我们得首先郑重申明的是：左翼一向以来的态度，是并非不承认自己的错误，这并非要包办文学，它只要领导一切左翼的以及“爱光明……的人”的文学，去和一切黑暗的势力和文学斗争；它比任何人都最欢迎一切“爱光明……的人”

同路走；在清算自己的错误的时候，也决不肯忽视真正的朋友的意见。……

同时，胡秋原先生在这里至少承认自己是属于“爱光明……的人”了。我们也极愿相信胡先生主观上是这样的，相信他主观上是对于普罗革命文学抱着“无限同情”。但是，虽然如此，对于一切主观上自信，于客观上并不是“爱光明……的人”，我们仍然要“不能已于言”，指明主观是一件事，客观又往往是另外一件事；我们提醒，警告，批评他们，也无非是要使他们主观和客观的一致，成为真的“爱光明……的人。”至于那假冒着“爱光明……的人”者，我们当然要老实不客气的暴露他们。这是我们应当有的自由罢。

现在就说胡先生自己罢，我们虽极愿意相信他主观上是属于“爱光明……的人”，但我们依然有批判他的自由和必要。例如胡先生最气我曾说过他是社会民主主义派托罗斯基派的文艺理论家，但如果胡先生不改正自己的错误，不真的从反动派别里面脱离出来，则虽更气些他也还是这样的一个理论家。因为首先第一他的去过势的马克思主义的文艺理论，恰正形成我所指说的反革命派别的政治主张之在文艺理论上的反映；其次，胡先生自己无论怎样爱洁，高尚，同时我们相信他本人和那些反革命派人也确有多少的不同，但事实上他至少被他们利用着，并且他也仿佛甘心被利用，在群众面前他已经是敌人的冲锋里面的一个了。事实上是如此，客观上是如此。

胡先生如果主观上真的自信是“爱光明……的人”，那就正像他劝告我们要反省一样，他是急需反省的，第一反省自己的理论，第二，不要作现世的堂·吉诃德，而应当象一个白色军队里的兵士一般，当要向我们射击的时候，自己疑问一下：“我们到底为谁而战的？

第二，胡先生说“在作家苏汶先生，当然要死抱住文学，我，也舍不得普列汉诺夫——佛里采”。而“伊里支说过文学应该是党的文学。强调过哲学之党派性，不过，一个革命领袖这么说，文学者没有反对的必要……然而既谈文学，仅仅这样说是不能使人心服的。”在这里，说得很明白，胡先生是不能心服列宁的原则之在文学上的应用的，而只是舍不得普列汉诺夫等；因此，他反对“世界革命文学杂志”和苏联共产学院对于普列汉诺夫等的批判，他不承认普列汉诺夫的艺术理论之中有孟塞维克的要素，自然他就不能批判地接受了普列汉诺夫的一切。这却是我们不同意的态度。

列宁的关于文学和哲学的党派性的原则，当然应该在普罗革命文学创作上，尤其在批评上来应用，发展；问题只在于应用得正确不正确。这个对于普罗革命文学的作家和批评家是不成问题的事，对于一般的作家和批评家我们不会去强迫他应用，至多也不过要他们来认识罢了。即对于自己的作家也并没有强迫，而只是讨论，研究，学习。但是我们的批评，能够应用这原则来分析一切的作品，至于应用得好坏，那是另外的问题。其次，我们承认普列汉诺夫在艺术理论以及哲学理论上，有着很宝贵的成绩，我们必须去研究，去学习它，这是我们首先懂得的，就是在现在，他的著作也还有多多地介绍到中国来的必要。但是，我们是应当用批评的态度去学习的，我们不但要记得伊里支称赞普列汉诺夫的“遗言”，我们还要记得伊里支批判普列汉诺夫的更多的“遗言”。我们要学习普列汉诺夫，所以也要研究和了解他的错误。……

这样，胡先生的态度和我们是不同的。这里是两种不同的立场。我这样说，不过是指明这个事实，并非说胡先生和其他的人就不能介绍，研究普列汉诺夫等等。这里，可以带便的说到的，就是胡先生不能了解艺术的列宁的原则，不认识“虚伪的客观主义”的错误，所以就不能了解关于艺术的武器的作用的那复杂的辩证法的关系，于是乎就至少不自觉的走到资产阶级的自由主义的立场。（注意：“资产阶级”并非漫骂的字眼，而是科学的术语。）

其次，胡先生对于安得列夫的人道主义和他自己的自由主义，也说了许多的解释和辩护的话。但是，实际上，这里是包含许多性质上不同的问题。第一，争取言论自由，是当然必须的，但我们应当对统治阶级主张民众的一切自由权利，以及他们在文艺上的自由权利。因此对于这个问题，胡先生不应当和所谓创作上的自由不自由的问题混同起来，而应当分出两个问题。我们首先要争言论的自由，这是一个政治斗争的问题，不是一个创作理论上的问题；胡先生主张言论的自由，我们能有不赞成的吗？我们不是为着这个在斗争着的吗？第二，革命为着人类的最大多数的解放（自由）而斗争、为着消灭阶级制度而斗争。这是“最终目的”的问题，普罗的和革命的文艺就是参加着这斗争的。然而因为要消灭阶级制度；达到“最终目的”，普罗革命文学站在一定的阶级——无产阶级的立场上去反对别些阶级，并不是用什么“消灭人间的一切阶级隔阂”的作品去“感化”人类——那是唯心论的幻想。第三，说到普罗革命文学或左翼内部的所谓“创作的自由”，以及对于同路人的政策，那是完全另外一个问题。左翼的什么“指导大纲”，左翼有写的自由。团体的共同生活，以及共同研究的结论，是各个团员的自由意志的结合！这大纲之类的东西，并不是谁对谁发的命令。谁要是不同意，尽有自由提出自己的意见，反对他认为不正确的意见，为着正确的意见而斗争。何况大纲之类所要规定的只是大致的方针，各个作家有极端充分的创作自由，以及讨论的自由。至于对于一般作家则这种大纲之类只是一种参考的材料，一种可以互相讨论的材料。左翼对于一般作家，也从未下过什么命令，但是左翼批评家是有批评一切作家的自由的，批评得正确与不正确，那是另外的问题，并且批评得不正确的时候，谁都可以自由的具体的反驳。至于武断的说“不依你，就算反革命”——那不过是煽动的话罢了。……

最后，胡先生说：“我是深知一面有理论家之战线，一面有作家之群，这矛盾是早已存在的”。但是，作家之中的鲁迅先生说：“苏汶先生心造了一个横暴的左翼文坛的幻影，将第三种人的幻影不能出现，以至为将来的文艺不能发生的罪孽，都推给它了。”足见鲁迅先生是认为左翼战线并没有这个罪孽，也不应当幻想出什么“作家之群”和“理论家之群”的矛盾。作家之中的茅盾先生，不但没有因此而“搁笔”，而且最近发表了不少作品，这种作品至少有着暴露的感动的力量的。作家之中的丁玲，张天翼……，等等，也都没有“搁笔”，而且时时在发表作品。这样。至少理论家和作家是并不“矛盾”的。为了证明这点，带便说一件事吧！就是左联的关于创作的题材，形式，方法，等等的决议，（即所谓指导大纲之类）是作家鲁迅，茅盾，丁玲，等等参与起草的。

固然，胡先生说：“鲁迅先生，茅盾先生的作品也决不能说是严格的普罗文学，就是茅盾先生的近作，也决不是严格的普罗文学，但这也无碍其作品之价值”，然而我们也并没有说，茅盾等的近作已经是“严格的普罗文学”。同时我们也没有否认，例如叶绍钧先生等进步的作家的作品价值，尤其没有说过他们是反革命的。我们没有“躬自薄而厚责于人”，但是胡先生是说，虽然不是严格的普罗文学，但也不妨碍作品的价值；而我们却是说，虽然这些作品已经有价值，但我们还要努力，去达到更高的价值，达到正确的革命文学和严格的普罗文学。这正是需要一切所谓“指导理论”和批评的帮助的。这又是我们和胡先生意见不同的。……

（B）鲁迅对“第三种人”的结论

他以为左翼的批评家，动不动就说作家是“资产阶级的走狗”，甚至于将中立者认为非中立，而一非中立，便有认为“资产阶级的走狗”的可能，号称“左翼作家”者既然“左而不作”，“第三种人”又要作而不敢，于是文坛上便没有东西了。然而文艺据说至少部分是超出于阶级斗争之外的，为将来的，这就是“第三种人”所抱住的真的永久的文艺。——但可惜，左翼理论家弄得不敢作了，因为作家在未作之前，就有了被骂的预感。

我相信这种预感是会有的，而以“第三种人”自命的作家，也愈加容易有。我也相信作者所说，现在很有懂得理论，而感情难变的作家。然而感情不变，则懂得理论的度数，就不免和感情已变或略变者有些不同，而看法也就因此两样。苏汶先生的看法，由我看来，是并不正确的。

自然，自从有了左翼文坛以来，理论家曾经犯过错误，作家之中，也不但如苏汶先生所说，有“左而不作”的，并且还有由左而右，甚至于化为民族主义文学的小卒，书坊的老板，敌党的探子的，然而这些讨厌了左翼文坛的文学家所遗下的左翼文坛，却依然存在，不但存在，还在发展，克服自己的坏处，向文艺这神圣之地进军。苏汶先生问过：克服了三年，还没有克服好么？回答是：是的，还要克服下去，三十年也说不定。然而一面克服着，一面进军着，不会做待到克服完成，然后行进那样的傻事的。但是，苏汶先生说过“笑话”：左翼作家在从资本家取得稿费；现在我来说一句真话，是左翼作家还在受封建的资本主义的社会的法律的压迫，禁锢，杀戮。所以左翼刊物，全被摧残，现在非常寥寥，即偶有发表，批评作品的也绝少，而偶有批评作品的，也并未动不动就指作家为“资产阶级的走狗”，而且不要“同路人”。左翼作家并不是从天上掉下来的神兵，或国外杀进来的仇敌，他不但要那同走几步的“同路人”，还要招诱那站在路旁看看的看客也一同前进。

但现在要问：左翼文坛现在因为受着压迫，不能发表很多的批评，倘一旦有了发表的可能，不至于动不动就指“第三种人”为“资产阶级的走狗”么？我想，倘若左翼批评家没有宣誓不说，又只从坏处着想，那是有可能的，也可以想得比这还要坏。不过我以为这种预测，实在和想到地球也许有破裂之一日，而先行自杀一样，大可不必的。

然而苏汶先生的“第三种人”，却据说是为了未来的恐怖而“搁笔”了。未曾身历，仅仅因为心造的幻影而搁笔，“死抱住文学不放”的作家的拥抱力，又何其弱呢，两个爱人，有因为预防将来的社会上的斥责而不敢拥抱的么。

其实，这“第三种人”的“搁笔”，原因并不在左翼批评的严酷，真实原因的所在，是在做不成这样的“第三种人”，做不成这样的人，也就没有了第三种笔，搁与不搁，还谈不到。

生在有阶级的社会里而要做超阶级的作家，生在战斗的时代，而要离开战斗而独立，生在现在而要做给与将来的作品，这样的人，实在也是一个心造的幻影，在现实世界上是没有的。要做这样的人，恰如用自己的手拔着头发，要离开地球一样，他离不开，焦躁着，然而并非因为有人摇了摇头，使他不敢拔了的缘故。

所以虽是“第三种人”，却还是一定超不出阶级的，苏汶先生就先在预料阶级的批评了，作品里又岂能摆脱阶级的利害；也一定离不开战斗的，苏汶先生就先以“第三种人”之名提出抗争了，虽然“抗争”之名又为作者所不愿受；而且也跳不过现在的，他在创作超阶级的，为将来的作品之前，先就留心于左翼的批判了。

这确是一种苦境。但这苦境，是因为幻影不能成为实有而来的。即使没有左翼文坛作梗，也不会有“第三种人”，何况作品。但苏汶先生却又心造了一个横暴的左翼文坛的幻影，将“第三种人”的幻影不能出现，以至将来的文艺不能发生的罪孽，都推给它了。

左翼作家诚然是不高超的，连环图画，唱本，然而也不到苏汶先生所断定的那样的没出息。左翼也要托尔斯泰，弗罗培尔。但不要“努力去创造一些属于将来（因为他们现在是不要的）的东西”的托尔斯泰和弗罗培尔。他们两个，都是为现在而写的，将来是现在的将来，于现在有意义，才于将来会有意义。尤其是托尔斯泰，他写些小故事给农民看，也不自命为“第三种人”，当时资产阶级的多少攻击，终于不能使他“搁笔”，左翼虽然诚如苏汶先生所说，不至于蠢到不知道“连环图画是产生不出托尔斯泰，产生不出弗罗培尔来，”但却以为可以产出密开朗该罗，达文希[1]那样伟大的画手。而且我相信，从唱本和说书里是可以产生托尔斯泰，弗罗培尔的。现在提起密开朗该罗们的画来，谁也没有非议了，但实际上，那不是宗教的宣传画，《旧约》的连环图画么？而且是为了那时的“现在”的。

总括起来说，苏汶先生是主张“第三种人”与其欺骗，与其做冒牌货，倒还不如努力去创作，这是极不错的。“定要有自信的勇气，才会有工作的勇气！”这尤其是对的。然而苏汶先生又说，许多大大小小的“第三种人们”，却又因为预感了不祥之兆——左翼理论家之批评而“搁笔”了！怎么办呢？

（C）何丹仁的总结

（1）苏汶先生的倾向的本质

分明地，苏汶先生是一个倾向，他的“第三种文学”的意见是自成一个系统的。先看苏汶先生的文章罢。

苏汶先生在《现代》上先后发表了三篇文章，把那主要的意见总括起来，可以做成下面的一个脉络很清楚的一贯的思想。

第一，文艺是能够脱离政治而自由的，并且为了保存和完成文艺的对人生的那永久的绝对的任务起见，它应由脱离政治而自由的。

第二，文艺也甚至能够脱离阶级而自由的，虽然一切文艺都有阶级性，但文艺可以不替阶级服务，不做阶级斗

① 密开朗该罗，今译为米开朗基罗；达文希，今译为达尔文。

争的武器。

第三，因此，同样地，虽然历史上一切政治势力都利用文艺，但他反对政治势力对文艺的干涉。

第四，是对于苏联的无产阶级文学和对于中国左翼文学的态度，他不满于苏联和中国的无产阶级之有阶级的艺术和文化的创造与主张。

第五，第三种人就未必做不成，第三种文学是可以成立的；并且一个忠实于艺术的，斤斤于艺术价值的，死抱住文学不肯放手的人，将都要趋向于这一种文学。……

把苏汶先生的意见作成这样简明的一个系列，我们就能够非常明瞭的中心地抓住苏汶先生的根底思想了罢。

但是，这是怎样的自身矛盾的混乱的理论啊！然而作为一个倾向，放在我们的面前。在这里，非常明白的，苏汶先生本人在现在瞬间的意识形态，不能不是观念的错误，思想的混乱，心理的矛盾的一个过程。(这确是真实的，苏汶先生的文章的一切不重要的部分，和渗透其间的感情的要素，也都证明了它的真实。)

苏汶先生陷入历史上不知由一切非政治主义者，反干涉主义者，超阶级艺术论者，一切“为文艺的文艺”论者，反复过多次了的矛盾的观念论，丝毫不是偶然的，这个才正是他现在对于政治的态度的反映；正和一切非政治主义，一切“为文艺的文艺”的倾向，都有产生它的那阶级的政治根源一样，——现在，苏汶先生及其类似的知识分子——就正处于他们所隶的那阶级的矛盾中，在苦闷着政治的出路的问题，他们在目前经济危机的深入和革命危机的深入中，在革命与反革命的残酷的阶级斗争中，在小资产阶级(主要地以小市民，中农，学生和知识分子构成的，介在地主资产阶级与工人雇农贫农兵士贫民阶级之间的中间阶级）的剧烈的动摇分化下，已经不得不动摇着了，并且已经开始反对地主资产阶级了（虽然大抵是消极地）。然而，他们依然还不能真的有政治出路，因为现实的残酷的斗争既搅乱了他们的脑子，而他们（中上层的知识分子）的历史的阶级的一切性质和偏见，特别是他们的鄙弃群众的观念，尤其障碍他们对于客观事实与革命的明确的认识，他们不了解群众在干些什么事，而他们的态度就不得不是不帮地主资产阶级，也不帮群众，同时不满意谁的时候就骂谁了。这才是苏汶先生现在抱住的，虽觉奇怪但亦当然的态度。

所以苏汶先生的观念混乱的理论，是苏汶先生对于政治的态度的反映。是目前一种政治的，文学的倾向。

总括起来论，苏汶先生的非政治主义或反干涉主义，是不但反对地主资产阶级的政治势力来利用文艺，并且也反对群众的革命的政治势力来利用文艺的，因为他也未能满意这一种政治势力。而所谓“第三种文学”和“死抱住文学不肯放手”云者，也就不外是:（一）在阶级斗争中动摇着,但未能抱住任何一种政治的这一个事实的反映;（二）要使文学也同样的脱离无产阶级而自由的苏汶先生的态度的反映。（这在客观上，就帮助了地主资产阶级，易嘉和起应的指摘是没有错误的）。

这样，苏汶先生的倾向和理论，实在也含着很大的反无产阶级的，反革命的性质的；何况对于真的压迫者并不说什么，因为那是真的压迫者，而对于群众，则尽多污蔑。因为能够自由地污蔑。同时，苏汶先生的态度，如果这样发展下去，也将使苏汶先生愈加陷入紊乱的主观的武断的论判里去罢。

（编者按：从这次论辩以后到一九三九年的现在为止，所谓“第三种人们”在文学界不但没有什么进步的表现，还在一天一天的坏下去。）

（2）苏汶先生的理论的错误在什么地方？

——论文艺的阶级性，作为武器的艺术，艺术的价值等——

我们上面已经明白的指出苏汶先生所以抱住“第三种文学”的意见的根本原因了，同时也就说明了所以陷入理论上的错误的原因，那就不外是：一则苏汶先生的阶级的偏见和他所抱的对于现实的态度，妨碍他对于客观的理论（真理）的明确的彻底的认识；二则这种偏见和态度的所有者的苏汶先生，也就不免要有“明知故犯”地歪曲了客观的理论（真理），使自己的态度合理化。而现在还可以指明一下苏汶先生的意见的在客观理论上的错误罢。

但是，我们不能够也不需要一字一句的详细的指摘，我认为重要的是必须先把苏汶先生的根本的论点——对于阶级性的解释重来审查一下。因为苏汶先生的一切理论都是从这根本论点推论出来的，而这个又是这次论争的中心问题。

苏汶先生说道：“在天罗地网的阶级社会里，谁也摆脱不了阶级的牢笼，这是当然的，因此作家也便有意无意地露出了某一阶级的意识形态。文学之有阶级性者，盖在于此。然而我们不能进一步说，泄露某一阶级的意识形态，就包含一种有目的意识的斗争作用。意识形态是多方面的，有些方面是离阶级利益很远的，……假定说，阶级性必然是那种有目的意识的斗争作用，那我便敢大胆地说，不是一切文学都是有阶级性的。

“泄露某一种意识形态，尚且不必是阶级利益的拥护，更何况反映某一阶级的生活，这儿所谓反映，即如镜子反映人形，不过把这种生活照出来，如此而已。美的照出来是美，丑的照出来是丑，不掩饰丑，同时也不抹杀美，此之谓反映，这是与赞助某一阶级的斗争毫无关系的。”（苏汶：《“第三种人”的出路》）

在这里，就是说，虽然一切文艺都有阶级性，但第一，文艺——至少其中的一部分能够脱离阶级的任务，脱离它的实践——不做阶级的武器的。第二，反映生活是能够超阶级的，能够脱离阶级的斗争的。这样，照苏汶先生的解释，则所谓阶级性，依然是一个抽象的名词，不过口头上说说的（其实说也等于不说的）一句话罢了。

但是，阶级性，主要地却表现在文艺作品（文艺批评亦如此）之阶级的任务，之做阶级斗争的武器的意义上。一般所说的“一切的文艺都不能超阶级的（这种文艺只能在将来无阶级的社会里存在），同时都不能超利害的，又都是直接间接的做阶级的斗争的武器”的理论，是文艺的历史所证明了的。……一切无党派的文学，一切游移动摇的小资产阶级的文学，一切“自由人”的文学，在客观上也同样的或者有利于这一阶级，或者有利于那一阶级，——客观上是如此，正不必问作者自己愿意不愿意。又如“非政治主义”的文学，“为艺术而艺术”的文学，无党派的文学，有时候是当作为了“某种政治目的”的一种政策而提倡的。

文学的阶级性，以及对于阶级的利益，首先是因为文学是阶级的意识形态的反映。这是大家都明白的了，然而，第二，又正因为这表现在对于客观的生活或真理的认识或反映上的缘故。就是，文艺作品不仅是反映着某一阶级的意识形态，它还要反映着客观的现实，客观的世界。然而这种的反映是根据着作者的意识形态，阶级的世界观的，到底要受阶级的限制的。（到现在为止，只有无产阶级的世界观——辩证法的唯物论，才能够最接近客观的真理）例如苏汶先生所说的镜子，到底不能是超阶级的镜子。在伟大的艺术家托尔斯泰的镜子中所照出的俄国的革命（请看伊里支的论文《作为俄国革命之镜子的托尔斯泰》，一九〇八年所作)，到底和马克斯主义者的镜子所照出的革命有绝大的不同的；托尔斯泰镜子中所照出的俄国的生活，社会的虚伪，资本主义的榨取，政府的专制……以及农民的贫穷，痛苦及其反抗，等等（即伊里支的托尔斯泰的伟大的方面)，是到底和马克思主义者的镜子所照出的有绝大的不同的。这就是说，象托尔斯泰那样伟大的热烈的真理探求者，现实的忠实的反映者，也不能不受他的地主阶级和农民阶级的世界观大大的限制了。又如斗争期的新兴资产阶级的哲学家，艺术家，有很伟大的遗产，这就是那时的资产阶级是斗争的，前进的，它的世界观使它的哲学和艺术能够更接近客观的真理；而反动期的逆倒着历史的发展进程的现在的资产阶级的科学，哲学，以至艺术，实在是“没有未来的”了。——这是第一。然而第二，现实的反映和真理的探求，也完全是为了阶级的要求和利益的。现实的真实的反映，客观真理的真实的显露，在新兴期的资产阶级和现在的无产阶级，是斗争的必要的武器。尤其是无产阶级，因为作为一个阶级的无产阶级，是处着特殊的历史的地位，它为着人类的将来而斗争（马尼柯夫斯基[①]），一切的现实愈加真实的宣露出来，则对于它愈加有利，真理愈加能显露则愈加显出它是真理的表现者的缘故。而现在的反动的资产阶级，则蒙蔽现实，歪曲真理，是他们的必要的斗争手段。又即如托尔斯泰，照出了一些真实的现实，是“相应着农民想建立自由而同权的小农民共同社会的那种努力的。”（伊里支）……

总之，文艺的阶级性，决不能象苏汶先生那样的解释。并且，照马克思主义者的解释，则一切的文学，直接地间接地都是阶级的斗争的武器，那意义是可以明白了罢。

但是，苏汶先生还有许多的推论，同时也对于我们的理论和工作的许多误会，我现在再说明几点：

第一，一切的文学，都是斗争的武器；但决不是只有狭义的宣传鼓动的文学，才是斗争的武器。有时候，倒是相反的，就是在宣传鼓动的作品“作得不好”的时候。——浅薄的，“江湖十八诀”的，标语口号式的宣传鼓动的作品，决负不起伟大的斗争武器的任务。而非狭义的宣传鼓动文学，它越能真实地全面地反映了现实，越能把握住客观的真理，则它越是伟大的斗争的武器。因此，苏汶先生以为武器的文学即等于狭义的宣传鼓动文学，是不正确的推论。同时，苏汶先生以为我们既否定了文艺作用的“组织生活”“创造生活”的定义了，还讲什么武器的艺术，那不过是“用尽平生气力只举起了一个空心的纸灯笼”罢了——这也是不对的。文艺自然只能够或一程度（相当程度）地影响生活，影响现实，帮助着生活和现实的变革。如此，已够是伟大的武器了。（易嘉提出了文艺作用的“影响生活”的定

① 马尼柯夫斯基，今译为马雅可夫斯基。

义，但还需要具体的说明，例如文艺的组织群众，并非“组织生活”是具体的强大作用之一。）

第二，重复的说，要真实地全面地反映现实，把握客观的真理，在现在则只有站在无产阶级的阶级立场上才能做到。所以，在无产阶级的作家，首先要有坚定的阶级的立场，和伊里支所说的坚定的党派的立场；因为如上所说，无产阶级是处着特殊的历史的地位，为着无产阶级的人类社会而斗争。在它的前进运动中集中着社会全体的历史的前进运动，在自己的“主观的”“阶级的”“党派的”利害之中，表现着运动全体的利害；在自己的“主观的”“阶级的”“党派的”认识之中，表现着客观的真理（马尼柯夫斯基）。所以苏汶先生对于苏联的无产阶级之有阶级的道德观、艺术观，认为“和资产阶级如出一轨”云云的诽议，实在是由于苏汶先生不了解无产阶级是一个特殊的阶级，只有它是真的为着无阶级的人类社会而斗争的，而它是越能站在阶级的党派的立场上，则越能抓住客观的真理，越能和全体人类社会的利害合致的缘故。

第三，苏汶先生说道：“这些不敢冒充为无产阶级的作品，却未必一定是拥护资产阶级的作品。反之，它们纵然在意识上还有许多旧时代的特征，但多少总是倾向于无产阶级的；即使这一点倾向都看不出，那么至少可说是中立的。然而在左翼文坛看来，中立却并不存在，他们差不多把所有非无产阶级的文学，都认为是拥护资产阶级的文学了。”（《“第三种人”的出路》）

这里正是我们要说到的问题。这可见阶级性的表现和作用是关系很复杂的。首先，我们要承认所有非无产阶级的文学，未必都就是资产阶级的文学的苏汶先生的话是对的；而且我们不能否认我们——左翼的批评家往往犯着机械论的（理论上）和左倾宗派主义的（策略上）错误。因为在我们的面前，有着小资产阶级的文学以及革命的小资产阶级文学的存在。文艺的阶级性及其作用，尤其在阶级斗争的剧烈时期的作为中间阶级的文学上，既非无产阶级的文学，亦非资产阶级的文学，主要地是小资产阶级的文学上，是关系特别的复杂的。这种作品，有革命的要素，有反革命的要素，而真的中立实际上是不能有的；所以它们依然或者有利于资产阶级，或者有利于无产阶级。所以所有非无产阶级的文学，也就未必都是反资产阶级的文学——何况因为支配阶级的意识形态的长久的支配，作家也最容易成为支配阶级的思想上的俘虏；何况在那种一面也露骨或不露骨的反无产阶级的所谓反资产阶级的作家。（例如无政府主义者，虚无主义者，等等。）

第四，艺术价值的问题，这里需要说到，而且苏汶先生也提起的。首先，根据上面所说，则艺术价值不是独立的存在，而是政治的，社会的价值，是可明白的了。艺术价值就不能和政治的价值并立起来；归根结蒂，它是一个政治的价值。然而正和一切的政治行动价值是客观的存在一样，艺术价值是客观的存在；也正和评价政治不能根据庸俗的目前功利主义或相对主义的观点一样，不能依据目前主义的功利观或相对主义的观点（所谓“彼一时也，此一时也”的观点即是一例）来评价艺术。

苏汶先生认为艺术价值是独立的，并且艺术一为政治服务则必定损害艺术的价值，于是斤斤于艺术价值的人都要脱离政治而自由；这是由于苏汶先生了解艺术行动是政治行动所决定的，同时对于政治行动的评价就先没有正确的概念的缘故。苏汶先生，以及一切远避“政治臭味”的人，以为政治只是目前主义的功利主义的，艺术则永久的，超目前功利的。然而我们能够否认人类历史上的一切阶级的政治革命，对于无产阶级和人类的意义与价值吗？我们能够否认“巴黎公社”及“十月革命”对于无产阶级和人类的意义与价值吗？所有这些政治行动都是客观的伟大的价值。所有这些政治行动都是为着当时的目前，又是为着将来的。而一切在历史上开倒车的，反动阶级的政治行动，则不但不能构成客观的价值，并且成为历史上的罪恶而遗留。一切时代的一切阶级的艺术行动，不过是直接间接地由当时的政治行动所决定的东西；它的客观价值的构成，就看它帮助了那当时的为现在同时也为将来的政治行动多少，把当时的客观现实反映了多少，客观的真理把握住了多少而决定的；但帮助开倒车的反动的政治，歪曲客观的现实和真理的艺术，则固然演了反动阶级的任务，却一般地没有价值的，也要成为罪恶而遗留的。无产阶级要批判地承继历史上的一切艺术的遗产，就因为历史上有着有客观价值的宝贵的东西——即多少反映了当时的现实和客观真理的东西的缘故。无产阶级的文艺批评要指出一切过去的和现在的作品的价值，也要说明作者所生活的时代与其阶级的限制是否障碍着客观真理在艺术上的反映，以及障碍了多少，作者的意识形态或世界观是否使他歪曲现实，以及歪曲了多少（古川庄一郎）；有时候，还特别要劝艺术家脱离那毒害了他的那反动的政治，但并非劝他离政治而自由，却引他去和那会给他的艺术以生气的政治接近。

其次，据上所说，则艺术价值也就不能分为“内容的价值”和“形式的价值”来说。因为艺术作品的形式和内容是不可分离的一体，而且两者的阶级性也是不能不统一着的。如果为研究便利而把形式和内容分开来说，则在任何具体的作品上都会发见作者的思想感情创造着形式——即内容的形成时就已形成了形式的基础的部分，而形式的修饰的加工的部分同时也就是对于内容的修饰和加工的这事实；并且从这事实也就可知两者是相互影响，以及形式本身也包含着思想感情和心理的要素了。自然，如果勉强地把形式和内容分开来说，有时候也会发见形式和内容的矛盾，例如会发见内容和形式牵制的作品，或所谓形式有余而内容不足的作品，也会发见内容是这一阶级的要素多而形式却多属于那一阶级的要素的作品，然而这不外或者说明作者的艺术的才能的不充分或未成熟。或者说明作者的思想感情本身的矛盾和复杂性，同时在这种作品发生客观的效果——构成客观价值的时候，两者也早已不得不作为一个统一的东西而被认识了。所以在评价作品的时候，如日本古川庄一郎所说，只说些“内容是好，形式却坏”，或“形式倒还好，内容却反动极了”，或“内容是无产阶级的，形式是小资产阶级的或资产阶级的”等等的话，实在是没有什么意思的。但是，我们不是不可以注意和研究作品的形式与内容的矛盾的现象，不过那是用来说明作者的矛盾的一个例子，而并非可以把形式和内容分开来评价的。

然而苏汶先生又仿佛有着形式有独自价值的意见，并且在他对于连环图画和欧化文学的形式的意见上，就仿佛形式不仅有独自价值，并且是独自发展，又仿佛是决定的东西了。所以他就不能了解：某种简单的内容可以自动的批判地择取某种简单的形式，造成某种简单的艺术，以供给简单的读者；并且在这里内容可以争取支配的地位，时时的影响形式，而逐渐达到较高级的艺术。同时苏汶先生用了艺术贵族主义的眼光来看，也就当然不能了解：简单的艺术，只要是强有力的简单的艺术，能够感动多数的简单的大众读者，也就构成了它应当有的艺术价值。实际上，如西洋的壁画和版画的发展历史所证明(请参看鲁迅的“连环图画辩护”，《文学月报》第四期，后收集于《南腔北调集》)。如连环图画之类是可能发展为较高级的艺术，成为将来有国际特色的艺术的。并且一切大众艺术的价值是到底不能抹杀的。至于连环图画之类，那正不必说，不过是我们为大众艺术的创造的许多途径中的一条罢了。我们是更主张学习西欧的如报告文学，朗诵诗，等等的大众文学的。尤其没有反对对于一切更发展的更高级的形式的学习。

（3）“第三种文学”的出路

据以上所说，苏汶先生的意见和理论是我们完全不能同意的。但我们相信我们若客观地诚实地指出苏汶先生的对现实的态度，指出他在文艺问题上的理论的错误，总多少会引起苏汶先生及和他同抱负的作家们的注意的罢。首先我们认为苏汶先生们对于政治，对于现实的态度就需要有许多的变更，其次，对于自己的工作和我们的工作的态度及观点，也就当然要有更正了。

在这里，再重复地说一遍，苏汶先生们反对地主资产阶级及其文学，是我们确信的，因为在现在，一个有良心的艺术家，还能够不厌弃憎恶压迫者杀人者的罪恶的政治及其文学的么？然而我们也要指出来，而且已经指出来：他们只是消极地反对，无实效的反对，而要使他们的反对成为有实效，首先需要转变对于群众的态度，抛弃鄙弃群众的观念，多去理解一些群众的革命斗争和运动，而把自己的力量加入到群众里面去。讨论到所谓“第三种文学”的出路问题的时候，这就是首先要说到的问题。

据上所说，第三种文学，如果象苏汶先生现在所表现似的倾向，乃是要超阶级斗争的，超政治的文学，更具体的明白的说，要在地主资产阶级反革命文学和普罗革命文学之间或之外存在的超革命也超反革命的文学，那么这种文学实际上也早已不是真的中立的，真的第三种文学。因为这样的文学及其理论，实际上，客观上，往往仍旧帮助着地主资产阶级的，是我们上面已经说过了；所以，问题并不在于我们拒绝中立，而是在于它在客观上并非中立，在于这样的第三种文学，以及做这样的第三种人，并非苏汶先生的作家们（“作者之群”）的出路。但是，第三种文学，如果是“反对旧时代，反对旧社会”，虽不是取着无产阶级的立场，但决非反革命的文学，那么，这种文学也早已对于革命有利，早已并非中立，不必立着第三种文学的名称了。而这才是目前放在一般作家们（“作家之群”）的面前的正当的路。这样，他们要真的跑上这样的路，则改变他们对于政治的现在的那种态度，抛弃鄙弃群众的观念，改正对于文艺理论的一些错误的理解，是必要的了。

放在我们面前的，至少做我们的注意的中心的，应该是革命的和有革命意义的小资产阶级文学的问题。即一切写实的，能够多少暴露着社会的真实的现象，尤其是地主资产阶级的腐烂崩溃，帝国主义的侵略压迫的真相，小资产阶级的没落动摇分化的现象，等等的文学。在现在，小资产阶级文学中，实际也只有这种文学能够是有生命的东西，能够构成客观的价值，因为那种实际上仍旧帮助反动势力的文学，则它不能暴露社会的客观的现实，并且要歪曲了客观的真理，是明明白白的，而此外一停留在社会生活的表面上的浅薄的,什么也没有触到的小资产阶级文学，也到底不能引起人们的注意了。我们认为苏汶先生的“第三种文学”的真的出路，是这一种革命的，多少有些革命的意义的，多少能够反映现在社会的真实的现实的文学。他们不需要和普罗革命文学对立起来，而应当和普罗革命文学联合起来的。这个，以及我们“左翼文坛”的左倾宗派主义的错误的纠正，是这次论争所能得到，应当得到的有实际意义的结论吧。

第三章　大众文艺问题及语文改革运动

一　序说

由于“五四时代”的“文学革命”的“反文言文的不彻底”和“白话文不与口语接近”，由于以后白话文的文言化和欧化的结果，白话文早已成为少数知识阶级所能懂能用的语文——新文言，不但与全国十分之八不识字的群众没有关系，即在识字者的大多数也有很难和它接近的情势了。

我们对于中国的“文学革命”工作，假使可以勉强分做内容和形式两方面来说，那么，由反封建的文学思想起，经过资产阶级的“为人生”“为艺术”思想的输入，以至“革命文学”和“无产阶级文学”思想的发展，可以说是属于“思想内容”方面的不断的演进。而“五四时代”所提倡起来的“文字形式”——白话文的新文言，也就不得不有所变革。所以，远在一九二八年“革命文学”论争的当时，大家已经不满意于白话了：成仿吾说：“我们远落在时代的后面；我们在以一个将被奥伏赫变的阶级为主体，以它的意德沃罗基为内容，创制一种非驴非马的‘中间的’语体，发挥小资产阶级的恶劣的根性。……我们要努力获得阶级意识，我们要使我们的媒质接近农工大众的用语，我们要以农工大众为我们的对象。”（《从文学革命到革命文学》）这可以说是“大众语”意识的萌芽。茅盾说：

什么是我们革命文艺的读者对象？或许有人要说：被压迫的劳苦群众。是的，我很愿意，我很希望，被压迫的劳苦群众“能够”做革命文艺的读者对象。但是事实上怎样？请恕我又要说不中听的话了。事实上是你对劳苦群众呼吁说，“这是为你们而作”的作品，劳苦群众并不能读，不但不能读即使你朗诵给他们听，他们还是不了解。他们有他们真心欣赏的“文艺读物”，便是滩簧小调花鼓戏等一类你所视为含有毒质的东西。说是因此须得更努力作些新东西来给他们么？理由何尝不正确，但事实总是事实，他们还是不能懂得你的话，你的太欧化或太文言化的白话。如果先要使他们听得懂，惟有用方言来写小说，编戏曲，但不幸“方言文学”是极难的工作，目下尚正有人尝试。所以结果你的“为劳苦群众而作”的新文学，是只有“不劳苦”的小资产阶级知识分子来阅读了。

——《从牯岭到东京》

这不仅是“大众文艺”的先声，而且要解决“方言文学”的“极难”问题，已显示出“拉丁化”的必要了。

鲁迅在一九三〇年对于“文艺的大众化”也表示过这样的意见：

所以在现下的教育不平等的社会里，仍当有种种难易不同的文艺，以应各种程度的读者之需。不过应该多有大众设想的作家，竭力来作浅显易解的作品，使大家能懂，爱看，以挤掉一些陈腐的劳什子。但那文字的程度，恐怕也只能到唱本那样。

因为现在是使大众能鉴赏文艺的时代的准备，所以我想，只能如此。

倘若此刻就要全部大众化，只是空谈。大多数人不识字；目下通行的白话文，也非大家能懂的文章；言语又不统一，若用方言，许多字是写不出的，即使用别字代出，也只为一处地方人所懂，阅读的范围反而收小了。

总之，多作或一程度的大众化的文艺，这固然是现今的急务。若是大规模的设施，就必须政治之力的帮助，一条腿是走不成路的，许多动听的话，不过文人的聊以自慰罢了。

——《集外集拾遗：文艺的大众化》

这在没有“拉丁化”的办法以前，为解决大众的“文艺读物”问题着想，固然是不错的；即在有“拉丁化”的办法以后，如仍从事于方块字的大众文艺的制作，也是很切实的意见。

而系统地提出了“大众文艺的问题”，具体的讨论到“大众文艺用什么话写？”的，是一九三二年“文艺创作自由问题”论辩的当时，宋阳和止敬（茅盾）二人所提出来的意见。并且，为着反对文言化和欧化的白话文，为着继续完成“五四”“文学革命”的语文改革的任务，宋阳主张有“新的文学革命”运动的必要。

这次讨论“用什么话写？”的结果：止敬是仍主张用“现在通行的白话”的，因为他觉得：“即使在一地的新兴阶级有其‘普通话’，而在全国却没有。宋阳先生所描写得活龙活现的‘真正的现代中国话’何尝真正存在。”“然则努力发展土话文学如何？……用固有汉字来拼土话的音，既然不行，用注音字母或国语罗马字也有不便。……这一难关未打通以前，土话文学暂时只好不论。”而宋阳则以为：“全国范围的普通话”已在“形成的过程”中，已“在产生出来”“先要根据现在这种不完备的没有完全形成的中国的普通话（可是真正是活人能够说得出来的话），造成一种比文言更优美的文字。虽然这种普通白话，用汉文写着仍旧是一种‘糊弄局儿’然而这种真正白话——活人说得出来的话，很容易用罗马字母拼音而废除汉字。”“中国的普通话，上海话，广东话，福建话……（方言区域和普通话的口音标准等等，还要详细的调查研究下去）将来一定要采用罗马字母而废除汉字，变成新的中国文，上海文，广东文……”二人的结论，都在显示着“拉丁化”的必要。

一九三二年关于“大众文艺用什么话写”的讨论，到这里就告了终结，没有继续发展。而“拉丁化”运动，倒是在一九三四年的“文言复兴与反对复古”“反对白话”和“提倡大众语”这一系列的斗争中所得的果实，给中国的语文改革运动以新的局面，是“中国语文的新生”：“和提倡文言文的开倒车相反，是目前的大众语文的提倡，但也还没有碰到根本的问题：中国等于并没有文字。待到拉丁化的提议出现，这才抓住了解决问题的紧要关键。”（鲁迅一九三四年：《中国语文的新生》——见《且介亭杂文》）

二　新的文学革命

《文学月报》创刊号（一九三二年七月）登载了宋阳的《大众文艺的问题》的一篇文章，他在第一节里说明了“革命的大众文艺问题，是在于发动新兴阶级领导之下的文化革命和文学革命”的意义之后，在第二节里就提出了“用什么话写”的问题，他说：

“五四”之后，从“文学革命”发展到“革命文学”，这是前进的斗争。但是，几乎正是革命文学的营垒里面，特别的忽视文学革命的继续和完成。于是乎造成一种风气，完全不顾口头上的中国言语的习惯，而采用许多古文文法，欧洲的文法，日本的文法，常常乱七八糟的夹杂着许多文言的字眼和句子，写成一种读不出来的所谓白话；即使读得出来，也是听不懂的所谓白话。固然，有些著名的文学家，他们自己写的作品，宽泛些讲起来，是能够写出真正的白话的。但是，自从一九二四、一九二五年之后，谁也没有再特别注意的提出文学革命的问题。一切“新文艺”方面的作品和论文，尤其是翻译，都在随便的写着那种新式的文言（所谓白话），一点儿也没有受着什么惩罚。革命文学方面是这样，地主资产阶级方面当然更不必说了。反动派只会利用这种革命队伍之中的弱点，来打击革命文学的发展。“幸灾乐祸的”表示他们的文章写得童话一样的“顺”，而革命文学写得“天书一样的难懂”。其实，这些“通顺的”文学家正是现在的第一号的“林琴南”。

因此，大众文艺的问题，首先要从继续完成文学革命这一方面去开始。大众文艺应当用什么话来写，虽然不是最重要的问题，却是一切问题的先决问题。

现在中国文字的情形是：同时存在着许多种不同的文字：（一）是古文的文言（四六电报等等）；（二）是梁启超式的文言（法律，公文，等等）；（三）是“五四”式的所谓白话；（四）是旧小说式的白话。中国的汉字已经是十恶不赦的混蛋而野蛮的文字了，再加上这样复杂的，互相之间显然有分别的许多种文法，这叫三万万几千万的汉族民众怎么能够真正识字读书？这差不多是绝对不可能的事。……

新的文学革命，不但要继续肃清文言的余孽，推翻所谓白话的新文言，而且要严重的反对旧小说式的白话，“反对现在的一切种种林琴南！”是我们的新的口号。这就要一切都用现代中国活人的白话来写，尤其是新兴阶级的话来写。新兴阶级不比一般“乡下人”的农民，“乡下人”的言语是原始的，偏僻的。而新兴阶级在五方杂处的大都市里面，在现代化的工厂里面，他们的言语事实上已经在产生一种中国的普通话（不是官僚的所谓国语），它容纳许多地方的土话，消磨各种的偏僻性质，并且接受外国的字眼，创造着现代的技术科学艺术等等的新的术语。这种大都市里，各省人用来互相谈话演讲说书的普通话，才是真正的现代中国话，这和知识分子的新文言不同，新文言的杜撰新的字眼，抄袭欧洲日本的文法，仅仅只根据于书本上的的文法习惯，甚至于违犯中国文法的一切习惯。而新兴阶级普通话的发展，生长，接受外国字眼，以至于外国句法……却是根据于中国人口头上说话的文法习惯的。总之，一切写的东西都应当拿“读出来可以听得懂”做标准，而且一定要是活人的话。

至于革命的大众文艺，尤其应当从运用最浅近的新兴阶级的普通话开始。这里，应当预防可能的错误——就是盲目的模仿旧小说式的白话——我们决不当容许这种投降政策，所谓“最浅近的普通话”是最广大的民众有听得懂的可能的白话，而并不是旧小说式的白话。这是要新兴阶级的先进分子，领导着一般劳动民众去创造新的丰富的现代中国话，有必要的时候，还应当用某些地方的土话来写，将来也许需要建立特殊的广东话，福建话，等等。

宋阳这篇文章发表之后，《文学月报》第二期上就有止敬发表了一篇《问题中的大众文艺》，对“用什么话写？”的问题提出了不同的意见。他说：

> 宋阳先生说得很明白，“他所谓真正的现代中国话”不是知识分子的蓝青官话，（他指这为官僚的所谓国语）而是五方杂处的大都市里现代化的工厂内工人们所使用的“普通话”。……根据这调查的结果，可以看出几个要点（也不妨说是原则），即五方杂处的大都市的上海工人虽然各省人都有，然而他们“通用语”的趋势都是“上海土白化”；这是一。又各工人区域每因其何省人占最多数而发生了以该多数人省份的土语为主的“通用语”；这是二。上海土白因而一天一天增加新的单字，新的句法；这是三。上海各省工人所用的方言，除能移植少数单字到上海土白内，就很少独立发展新“普通话”的可能，反之，上海土白倒能影响他们，使改其原来乡音，从而产生一种“半上海白”，使得上海白一天一天在变化中；这是四。
>
> 现在我们可以补充宋阳先生忽略的一点，即五方杂处的大都市如上海的新兴阶级的普通话，还是一种上海白做骨子的“南方话”。这原因是“各省人”之流入上海工人社会毕竟是逐渐的，……所以居于主位的上海本地话常居主位，上海以外的大都市中亦有同样的情形。例如天津，汉口，广州。因此，即使在一地的新兴阶级有其“普通话”，而在全国却没有。宋阳先生所描写得活龙活现的“真正的现代中国话”何尝真正存在。新兴阶级中并无此全国范围的“中国话”！……
>
> 我以为土话的大众文艺比之宋阳先生所谓“真正现代

中国话”的大众文艺，可能性更大。因此，宋阳先生以为无可置疑的结论——大众文艺要用“真正现代中国话”，——我则因为（一）事实上未有真正现代“中国话”，（二）宋阳先生心目中的“真正现代中国话”还不够文学描写上的使用：我因此两点而认为“用什么话”一问题依然存在，依然要继续讨论。

然则努力发展土话文学如何？这一点，谁都赞成，可是谁都觉得有许多困难，非一时可以克服。最大的困难是没有记录土话的符号——正确而又简便的符号。……用固有的汉字来拼土话的音，既然不行，用注音字母或国语罗马字也有未便。这一难关未曾打通以前，土话文学暂时只好不论。

在目前，我以为到底还不能不用通行的“白话”——宋阳先生所谓“新文言”。现在通行的“白话”尚不至于象宋阳先生所说的那样罪孽深重无可救药；而且也不是完全读不出来听不懂，我在上面已经说过了。宋阳先生挑取了最极端的“文言”以骂倒全体，不能使人心服。只要从事创作的人多下工夫修炼，肃清欧化的句法，日本化的句法，以及一切抽象的不常见于口头的名词，还有文言里的形容词和动词等等，或者还不至于读出来听不懂。而作家要办到此层，一定不能躲在书房里用工夫；他必须和各种南腔北调的人多多接触，先使他自己的嘴巴练好。

止敬要求作家“多下工夫修炼”，宋阳“以为一定要一个自觉的革命的斗争，领导群众起来为着活人的言语而斗争”。分别是在于发动一个攻击“新文言和死白话”的运动，要还是不要。而止敬也并不主张一定要保存“新文言”里面的说不出来听不懂的文言成分；在改革语文的具体办法上，和宋阳的意见并不是绝对相反的：原则的分别是在于止敬不觉得肃清文言余孽应当是一个群众的革命运动，而宋阳则极力主张有发动“新的文学革命”的必要。所以宋阳在《文学月报》三期上发表的《再论大众文艺答止敬》里，所提出的对于这“新的文学革命”的具体的系统的意见，几乎完全是以后一九三四年“大众语”和“拉丁化”运动的初步方案：

> 中国的文学革命没有完成，而需要第二次的文学革命。——这是我的见解。而止敬先生认为“不能不仍旧用新文言”不必管旧小说的白话还占着统治地位，——这是根本认为没有新的文学革命的必要。
>
> 关于这部分的说明，尤其重要。而且这不仅仅是大众文艺的问题，而是一般的文化革命的问题。我在第一篇文章里就屡次说明:“一切东西都应当用现代中国活人的白话来写”，而大众文艺仅仅是其中的一部分。现在，我们在这一篇文章里，再来特别着重的说明“一切写的东西”的文字上的革命的必要。
>
> 第一，现在中国的出版界，尤其是所谓新书的出版界，从著作，翻译直到杂志报章，的确是一种新文言占着统治的地位。所谓统治的地位，就是说：除开新文言式的白话文以外，还有些别的，例如旧文言，例如少数好的作家的真正白话文，不过不是“统治者”。旧文言至少在新书的出版界里已经不占着统治的地位，虽然有些科学教科书，报纸的社论，等等还用着文言。而真正的白话文又还是少数的少数。止敬先生也说：“诚然很多读不出来听不懂的作品。”文艺界尚且如此，其余的更不必说。我所以在大众文

艺的问题，特别着重的提出这个一般的文学革命的问题，就因为总算文艺界里还发现一些“真正白话文”，——文艺界主要是用文字做工的一些“工程师”，所以很自然的他们首先创造出真正的白话文，正因为这个缘故，所以文艺界更加要多负些文学革命的任务。我所着重的，就是一些先进的作家不要只顾自己写得出真正白话文，而且要发动一个社会上的运动——去推翻文言的统治，使那些多数的随随便便乱写新式文言的作家和一切刊物，受到民众方面的“舆论的惩罚”。象当年的林琴南等类的“威权”一样。

止敬先生说：“新文言——肃清欧化的句法，日本化的句法，以及一些抽象的不常见于口头的名词，还有文言里的形容词，等等，或者还不至于读出来听不懂。”其实，新文言要经过这一番手术之后，它就不成其为新文言了。读出来而听得懂——的确象个现在中国人的人话——那就成了中国的真正白话文了。现在止敬先生也说“何尝没有可读可听而懂的作品”（我在第一篇文章里就说过的），——这正足以说明新的文学革命的可能已经发现。

第二，但是，大多数的科学政治论文（我说的是“地面上的”），大多数的新式文艺作品，是用的一种新式文学的假白话，这种文字在质量上，已经和中国活人说得出来的话是不同的东西。因为没有自觉的文学革命的运动，所以好些比较好的作家，也马马虎虎的跟着乱写。……我所谓的新文言，就是随便乱用不必要的文言的虚字眼——口头上说不出来的许多字眼，有时候还有稀奇古怪的汉字的拼凑。这样，这种文字的本身就剥夺了群众了解的可能。群众要去学会运用这种文字，就一定要在自己的口头言语的文法之外（或者学习普通话文法之外），再去费了五六年工夫学习汉文文言的文法，所以我说新文言在这一点上是和旧文字相同的，它是一种“阶级的文字”。这种文言根本没有改用罗马字母的可能。而中国的普通话，上海话，广东话，福建话……（方言区域和普通话的口音标准等等，还要详细的调查研究下去）将来一定要采用罗马字母而废除汉字，变成新的中国文，上海文，广东文……现在新式文言的假白话的“威权”，正是新中国的伟大的文字改革的障碍。所以“新的文学革命”的发动，现在已经有万分的必要。

第三，中国的大多数的识字的群众之中，却还有一种“死的白话”——旧小说的白话占着统治地位。这种文字也是所谓“文人”写的，写给群众看的。所以现在的（不仅是《水浒传》等等几部杰出的旧小说，而是一般使用着的）旧式白话是很杂乱的，同样夹杂着恶劣的文言。我们说它是“死的白话”，自然只是相对的意思。这些“死的白话”仅仅因为历史的堕性律的缘故，是多数识字的群众所读惯的。这种死白话，还占着统治地位。有意识的自觉的发动群众起来反对这种文字，指出这种文字已经不是口头上说的话，指出这种文字不是群众自己的言语：群众要学习文字的时候，不要学这种死白话文，而要学“新兴阶级的普通话”以及当地主要的方言文的写法。同时，他们用不着再去学习新式文言的假白话。这种“新的文学革命”的必要是显然的。而止敬先生指出来：群众之中已经会有一部分人“十分的不懂”旧小说的白话，那只是更加证明这种革命的可能。

第四，“新的文学革命”的对象，是新式文言的假白话和旧小说的死白话。而“新的文学革命”的目的，是创造劳动民众自己的文学的言语。中国现在的形势，以及将来发展的趋势，——需要一种各省人共同的普通中国话的白话文。在口音方面，自然不会立刻统一的，——我们反对强迫的统一国语运动——可是，在写出来的文字方面，相当的是一致的。这所谓普通话，简单而具体的说：就是上海工人不写“啥物事”而写“什么”等等，虽然他读起来的口音不一定象北平人那样卷着舌头（那才是现在官僚所规定的国语），可是，他已经是用的普通话，自然，这种工人和自己本乡人说话的时候，用不着这种普通话。可是，我原是说的“各省人用来互相谈话演讲等等的普通话”。难道上海的工人，一定要用上海话写东西拿去给江西农民看吗？现在的真正白话文，难道不是写的这一种普通话？我那第一篇文章的问题，本来只是用什么话写，所以我的答案是：根据这种已经在产生着的新兴阶级的普通话，而且赞助它的发展，用来写一切东西。止敬先生的调查，说上海各工厂有三种形式的普通话，都是南方话；又说没有全国范围的普通话。他所说的三种形式的上海普通话，只是证明全国范围的普通话形式的过程，还只发展到一个初步的阶段。而同时，却也证明着这种普通话是在产生出来。上海的新兴阶级，固然是全国最先进的部分，可是，正因为这个缘故，他在领导全国范围的大事业的时候，不会勉强各省的群众采用上海土话做基本的“上海普通话”（或者江南普通话），而自己能够逐渐的采用一般的普通话。所以，至少暂时先发展的是普通话的现代中国文的文艺，而不是现代上海文，或者江南文的文艺。总之，我把真正白话文叫做“根据新兴阶级的普通话写出来的文字”，意思是在于：（一）不是农民的原始的言语，而能够接受政治技术科学艺术等等的丰富的字眼;(二)也不是绅士等级的言语。不会盲目的抄袭欧洲日本的文法并只从古代汉文里去找些看得懂而听不懂的“象形字”来勉强应付现代化的生活;(三)并且不是用某一地方的土话勉强各省的民众采用做国语,也不是偏僻的固定的“乡下人”的言语,而是容易接受到地方的方言成集的言语。况且我着重的是现在就用什么话写的问题。所以最主要的还是第一第二点。……

第五,总之,“新的文学革命”的纲领,是要继续“五四”的文学革命,而彻底的完成它的任务。这是要真正造成现代的中国文,——可以做几万万人的工具,被几万万人使用,使几万万人都能够有学习艺术的可能,简单而明瞭的:先要根据现在这种不完备的没有完全形成的中国的普通话(可是真正是活人能够说得出来的话),造成一种比文言更优美的文字。虽然这种普通白话,用汉文写着仍旧是一种“糊弄局儿”,然而这种真正白话,——活人说得出来的话,很容易用罗马字母拼音而废除汉字。即使南北口音不同,而要拼出互相不大一致的文字——一种中国普通话也许会变成几种文字,可是互相之间的学习要比学习汉文容易十倍。况且普通话的中国文之外,还要根据各地方的情形造成各个区域的方言文,只要政治上文化上有这种必要。每一个地方的民众,至多只要在自己本地的方言文之外,再学会普通话的中国文,他就有文化生活的最低限度的工具。这要比依赖汉字制度的新式文言轻松得多。而一般的科学技术艺术,以及方言文学的发展,就可以得到极大的可能;群众可以得到最大限度的接近文化生活,参加文化生活的机会。……

至于方言文学用的文字,那就有用罗马字母拼音之后才能够彻底解决。我们在这一方面也是要努力去做的。

三 文言—白话—大众语

（A）文言文的"沉滓的泛起"

一九三四年的语文改革运动——即由提倡"大众语"到实行"拉丁化"，倒是发动于主张"文言复兴"的汪懋祖的一篇文章：《禁习文言与强令读经》。这篇文章发表之后不久，就有吴研因在南京上海各报发表一篇长文，详驳汪的主张。于是"复兴文言"与"拥护白话"的论战就开始了。六月中旬，这论战就扩大到了上海：《申报》副刊"自由谈"，《中华日报》副刊"动向"，《大晚报》副刊"火炬"，《晨报》副刊"晨曦"，以及其他各刊物，都陆续发表了许多关于这个问题的文章。除"晨曦"之外，其他几个副刊上面的文章，大体都是站在反对"文言复兴"和"拥护白话"的一面的。

六月十八日，陈子展在《申报》"自由谈"上发表"文言—白话—大众语"一文。首先提出"大众语"问题。于是，这个论战就有了新的发展。——由"复兴文言"与"拥护白话"的论战进到了"大众语运动"论战的阶段。陈先生说：

> 其实文言白话的论战早已分过胜负了，并不是林琴南，章行严诸先生的文言文做得不好，他们赶不上古人；只因中国社会已经走到某种程度变革的路上，基础一动，旧文化全般动摇，文学革命只是其中的一种。这种大势所趋，自然还有许多回环曲折，可是站在没落下去的某方面，无论个人或他所属的某一阶层，虽然还能够来几次挣扎，最

后的胜利却不会归到他们的，尽管也得佩服他们的勇敢。

文言白话之争既已表过不提，现在我们以为要提出的是比白话更进一步，提倡大众语文学。这里由并不怎样高深繁重，就极浅薄极简单的说，十多年来的白话文，虽然比较文言的东西是要和大众贴近些儿，可是事实上告诉我们，这个显然还不够。目前的白话文学只是知识分子一个阶层的东西，还不是普通的大众所需要的。再添上一句简单的话说，只因为这种白话还不是大众的语言，从前为了要补救文言的许多缺陷，不能不提倡白话，现在为了要纠正白话文学的许多缺点，不能不提倡大众语。

陈子展提出了“大众语”问题后，接着，陈望道，胡愈之，傅东华，鲁迅（用其他笔名）都陆续在“自由谈”上发表了关于“大众语”问题的文章。另一方面，《中华日报》副刊“动向”，《大晚报》副刊“火炬”以及《新生周刊》《新语林》半月刊等，都先后发表了关于这问题的文章。于是“大众语运动”就很广泛的发展开去。而“复兴文言”的声音反被压下去了，既没有掀起一个大运动，也没有引起文化界的较久的注意，固然我们“也得佩服他们的勇敢”。因为他们的理由不过如此。

（一）文言的优点：

(1)白话仅为人类交际之物，无与于学术思想之研究。故自有生以来，既有白话矣，逮人群进化，不得不更造文言。……至文言之制作，大都依据白话。白话是原料，文言是原料制成之器具，此又古圣人开物成务必经之事。从来大文学家皆就已成之器，加以改良，使适于时地之用，断无舍成器而用原料之理。

——许梦因：《告白话派青年》

（2）救亡莫先于教育，教育莫急于文言，……学者须知如此，则治学方有其利器，从前失此器，故所治一无所成，今复寻得之，则一切学术，皆不难迎刃而解。

——许梦因：《文言复兴之自然性与必然性》

（3）试问民国以上有历史价值之书，若者可藉白话通之？无论古今中外，白话是平面的，无及于立体，是现在的，不能贯彻过去与未来。惟文言，则空间时间，无往不宜，此不待智者而知也。则青年之不学寡识，犹可谓非不习文言之咎耶？”

——许梦因：《告白话派青年》

（4）文言便于叙事，说理，议论，应用，而壮烈之节，激昂之气，尤有资于文言，若以白话表之，则易失之狂暴，无所裁节。

——汪懋祖：《禁习文言与强令读经》

（5）文言为口语之符号，所谓一字传神，最能描写文言之便利。……草写“如之何”三字，时间需一秒半，草写“怎么样”三字需七秒半。时间相差六秒。文言之省便，毋待哓哓：乃必舍轻便之利器，用粗笨之工具，吾不知其何说也。

——《禁习文言与强令读经》

（6）学习文言固较寻常语言稍难，但其努力之程度，决不如吴先生所言之甚也，而应用上之省力，则阅者作者以及印工皆较经济，若用耳不用目，固无须文言，若须用目则文言尚矣。因文言为语体之缩写，语言注重音义，而文言于音义之外，尚有形可察，例如说，“这一个学生或那一个学生”，文言只须“此生或彼生”即已明，其省力为何如？此仅就工具言之，已无待辩论。

——汪懋祖：《中小学文言运动》

但是，鲁迅即以“此生或彼生”的例子来证明文言文的不行了。

“此生或彼生。”

现在写出这样五个字来，问问读者：是什么意思？

倘使在《申报》上，见过汪懋祖先生的文章，……那就也许能够想到，这就是“这一个学生或那一个学生”的意思。

否则，那回答恐怕就要迟疑。因为这五个字，至少还可以有两种解释：一、这一个秀才或是那一个秀才（生员）；二、这一世或是未来的别一世。

文言比起白话来，有时的确字数少，然而那意义也比较的含糊。我们看文言文，往往不但不能增益我们的知识，并且须仗我们已有的知识，给它注解，补足。待到翻成精密的白话之后，这才算是懂得了。如果一径就用白话，即使多写了几个字，但对于读者，“其省力为何如？”

我就用主张文言的汪懋祖先生所举的文言的例子，证明了文言的不中用了。

——《花边文学》

（二）白话的劣点：

（1）其奉行惟谨之白话，实质犹全系外国的而非中国的。其体势构造，每非一般识字读书之中国人所能领会，可领会者，大都外国假面具社会主义之宣传，无一事一理及于实用科学，或为本国所有者。彼固不信中国尚可为一世界上独立自由之国家，即自视亦几非中国之人，此种思想，生心害政，遂形成今日之中国。

——许梦因：《告白话派青年》

（2）青年因长久讲习语体，潜移默化，而耽好所谓时代作品；即平易之古文，涵正当之思想，每摒弃不观，独于现代文艺之诡谲，刻画，与新奇刺激，孜孜不释手，……其结果则习为浪漫，为纤巧刻薄，驯至甘堕于浪流的生活。

——《禁习文言与强令读经》

（3）现代语体文，乃新文化运动之产品，而其运动之意义，在于发挥个人主义，毁灭礼教，打倒权威，暗示斗争，今则变本加厉，徒求感情之奔放，无复理智之制驭，青年浸淫日永，则必有更新奇之作品，方得读之而快意。若礼义廉耻，忠孝仁爱之说，彼等且视若土苴，不足以发兴趣而解烦闷。孟子洪水猛兽之说，观于今而益信。”

——《禁习文言与强令读经》

一九三四年要“复兴文言”者的这些道理，并没有跳出十几年前的林琴南、梅光迪、胡先骕、章士钊等所说的范围，而要比起这前辈和后辈的“复古”“卫道”者的学问与文章来，真是小巫见大巫，一代不如一代了！十几年来的中国社会文化的进化，不但没有使“复古”者的本领有所进步，反而使他们也不得不沾染一些“实质犹全系外国的”的“白话”的毒了。在他们的前辈章士钊等的文章里所决不愿出现的白话的字句，他们也顾不得许多似的就“白话是平面的，……是现在的，”“实质全系外国的而非中国的”起来。我想，这原因，不是因为这些后辈的“低能”，就是由于文言的确已“不中用”而非改用白话不可，二者是必居其一的。

所以，这次的“文言复兴”，不过象鲁迅所说的——“沉滓的泛起”：

> 在这“国难声中”，恰如用棍子搅了一下停滞多年的池塘，各种古的沉滓，新的沉滓，就都翻着筋斗漂上来，在水面上转一个身，来趁势显示自己的存在了。……，也因为趁势，泛起来就格外省力。但因为泛起来的是沉滓，沉滓又究竟不过是沉滓，所以因此一泛，他们的本相倒越加分明，而最后的命运，也还是仍旧沉下去。
>
> ——一九三一年：《沉滓的泛起〈二心集〉》

（B）“白话文”与“大众语”

一九三四年的“大众语运动”，显然是一九三二年宋阳的主见的具体的实行，我们由两方面的理论上是可以看得出来的。因此“大众语”运动是必然要反对“白话文”的，——但也有人主张“不必反对白话文”。这两种相反的主张就构成了这次语文改革运动的主要内容的一部，我们必得说一说。但在未说这“大众语”和“白话文”的关系问题以前，先得看一看“大众语运动”的意义，和“大众语”底性质是怎样的：

（一）“大众语运动”底意义——

（1）大众语运动是把语言运动推进到一个新的阶段的——“我们必须首先承认陈（子展）先生等提出的大众语问题，在文学运动的现阶段，是非常正确和切要的。文学的‘大众化’，在目前，已成为文学创作者和读者大众们一致的要求。要表现大众生活，只有用大众自己的语言方得达到成功；也可以说，在大众的实生活中，已孕育着大众语言的成长，只待我们采用。这不仅不是重复‘五四’的旧账，而是把语言运动推进到一个新的阶段，加强它自身的任务。”（《申报读书问答》：“怎样建设大众文学”）

（2）大众语运动是反文言文斗争的正确的发展——“文言文复活运动是封建复古潮流中当然有的现象，对于这一运动的斗争，当然而且必然是反封建复古运动底一翼。……‘大众语’问题的提出，表示了这个问题得到了正确的发展。这意思并不是说由一个问题发展到了另一个问题，而是指出：这是一个运动的两面。认清了封建复古运动中文言复活运动的本质，就一定会达到建设‘大众语’的结论；只有大众语问题得到了具体的解决和实践的效果以后，反文言文的斗争才能够争取实质上的胜利。”（高荒：《由反对文言文到建设大众语》）

（3）大众语运动是彻底反对“士大夫文字的复活”的斗争——“语言文字的改革，是和社会的改革有着密切关系的。‘五四’时代的提倡白话文，是当时新兴资产阶级对封建阶级的文化上的进攻。……可是中国的资产阶级在文化上不能完成这任务，……于是这运动的第二步没有向前走，一部分走到欧化文字的道上，成为了一种高等华人的‘买办文字’。一部分又回头钻进封建残余巢穴，形成旧小说式的白话。这样，白话文便逐渐变成和文言文一样不适合大众的一种新八股了！时至今日，封建的势力死灰复燃。士大夫之流——很多是当年的战士，已经福至名来，换过一副嘴脸，把白话文弄成为‘士大夫的文字’，——提倡‘死人的白话’——语录体，把言语文字回转到几百年前的时代去，这些都是‘士大夫文字’的复活，和诵经念佛的复古是一样的。这种蛆虫的活现，这种新僵尸的叫喊，在这正须努力着文艺大众化的进程中的现代，实应加以严肃的斥摘，而对于‘白话文’问题之须再提出——大众的白话文，也是必须的事。”（佛朗：《大众语文问题》）

（4）大众需要自己的语言——“中国的语言，一向就和大众离得很远；古老的文言，固然不必说；就是经一番革命来的白话，现在亦与大众没有什么关系，早已变成所谓新文言了。现在的大众是不能不要自己的语言的。……目前突然有一种文言复活的趋势，过去曾经和它决过胜负的白话及其所有者，早已失掉了战斗的作用，要克服它只有由现在的大众以自己的语言来完成。所以目前必须赶快建设起大众底‘大众语’来。”（任白戈：《大众语的建设问题》）

（5）大众语运动是满足大众的文化需要的一个长时期的斗争——“大众语的建设，……决不能和某些人所想象的一样，只是看做对‘文言复兴运动’所起的一种‘反动’，实在是应该认作为满足大众的文化需要的一个长时期的斗争；把这斗争解释为白话文言的论战固然不妥当，就是单从语文本身去认识这斗争的意义也是不够的。因为大众语运动，一方面是要破坏陈腐的语文形式与所寄托的社会意识，另一方面更要利用新的语文工具传播进步的文化意识于大众中间。所以这运动必然包含两种主要任务，一种是为大众的教育而斗争，提高大众的文化水准，即是使语文转变为大众吸收知识发表意见的便利工具，再则是改造中国文化，扫除蒙蔽群众的奴隶意识，帝国主义的文化影响，以及各种寄生的意识形态。跟着这两个问题的彻底解决，也就联带解决了中国学术文化的发展问题。”（闻心：《大众语运动的几个问题》）

（二）大众语的性质——

（1）形式方面——陈子展说：“所谓大众语，包括大众说得出，听得懂，看得明白的语言文字。”（《文言——白话——大众语》）陈望道补充说：“陈子展先生只提出说、听、看三样来做标准，我想是不够的，写也一定要顾到。……总要不违背大众说得出，听得懂，写得顺手，看得明白的条件，才能说是大众语。”（《关于大众语文学的建设》）这是形式方面的特点。

（2）内容方面——胡愈之说：“大众语应该解释做代表大众意识的语言。”（《关于大众语文》）陶知行说：“大众语是代表大众前进意识的话语；大众文是代表大众前进意识的文字。”他又补充说：“大众语文适合大众的程度，需要和意识时，在大众本身所起的反应是‘高兴’，所以大众语文是大众高兴说，高兴听，高兴写，高兴看的语言文字。”（《大众语文运动之路》）闻心说：“大众语……的主要源流就是现代活的大众日常所通行的话语，唯有最能代表大众的需要，呐喊，情绪，最能表现进步群众的意识的语文，才是真正的大众语文。……所以大众语必是现代的，富有流动性的，而且必然是在形式和内容上一致，即在用语，写法，思想上全都抛弃陈腐的尸骸的。”（《大众语运动的几个问题》）

（三）建设大众语并不反对白话文——

（1）“白话文和大众语并不矛盾，正相反，大众语是从用白话文反对文言文的战斗中发展出来的。大众语是白话文的发展，是进步。”（王钢：《一支从斜刺里射来的毒箭》）“大众语……是白话文的发展，难道离开白话文可以从半空中掉下来么？”（王

钢：《建设大众语不应该放松了反对复古运动》）

（2）“在‘五四时代’提出的内容是民主主义和科学。白话文的发展就是在这样的氛围中造出来的。虽然当时并没有完成它的任务就妥协了，但是白话文本身多少还有点是现代的。……并且它这种形式还比较的精密，在文法上还比较科学的，并不如‘读书问答’上所说‘大众语愈渐成长，则豪绅买办的文话愈显出衰弱，愈露出它的反动性。”（司马疵：《内容和形式》）“‘五四’运动所兴起的白话，尽过很大的任务，是从反帝反封建出发的，至于社会发展的现阶段的性质虽然和‘五四’运动的性质不同，并没有超出反帝反封建的范围呀！那么白话文还有着它多少的进步性。虽然新兴资产阶级回头去和封建携手妥协了，是它本身去妥协了，白话文还没有完全被它所葬送，进步的东西它是没法完全带走的，它只有设法使它封建化。”（王钢：《再论建设大众语并不反对白话文》）“在将来的时候，比较科学一点的白话文，那种优良而又简单的一部分一定可以批判地接收到手上而使它更丰富起来，这才是所谓‘大众语是从白话文这基础发展而来的。’这才是所谓‘奥伏赫变’。”（司马疵：《为大众语问题批评答读书问答暨霓璐先生》）

（3）“我们要知道白话文的反动性是在它的内容，而不在它的形式。何况大众语是依据当前的大众的要求，从‘白话文’这个基础发展出来的。所以大众语决不能而且也不应该机械地和白话文对立。只在我们用什么内容来用这种形式。”（司马疵：《内容和形式》）

（4）“大家所要守护着的‘白话文’和正在展开讨论着的‘大众语’，实际上，封建这东西早已在那里运用着了。现在的封建究竟比‘五四时代’聪明，你以为它好象只是顽固地在那里复兴‘文言文’反对‘白话文’和‘大众语’吗？其实它却同时不声不响地穿着‘白话文’和‘大众语’的花衣跑到大众中传播去了。”（司马疵：《不要上当》）“为什么封建都可利用，我们自己却要抛弃或者对立？这不是向敌人缴械么？……还有什么比束着手等帝国主义的刺刀和皮鞭打到我们的身上更痛苦，更切身而且更迫切的么？只要可以把这种亡国杀身的大祸告诉大众，可以唤醒大众起来救国自救的，无论什么形式都可以用，所以白话文我们绝对不能攻击或放弃，它的难懂或不够的地方，我们只有竭力地批判地去纠正，应用。”（司马疵：《内容和形式》）

（5）“虽然白话文这种形式欧化气太重，而且还夹杂一些‘文言’，以致脱离了大部分的大众；可是还有一部分大众，比如学生，小市民，还能懂，还在它的影响下。”（司马疵：《内容和形式》）“白话文，大众自然不大懂，可是一般进步的知识分子和小市民是懂得的。大家提出‘大众语’的问题，是为了大众，同时也唤醒这般进步的知识分子和小市民，要求他们到大众中去实践，共同来建设‘大众语’。可是在大众语还没建设起来的时候，我们就不用‘白话文’去和他们讲话么？要知道进步的知识分子和小市民在中国是占一部分数量的。况且中国是半殖民地，要领着他们起来发展民族反帝战争，‘白话文’这一个有力的形式，我们决不能反对。”（王钢：《再论建设大众语并不反对白话文》）

（6）“自然我对‘自由谈’上傅东华先生和胡愈之先生说的认为大众语在‘目前要话文合一是办不到的’这话，还不能完全同意。……我们要提出实践的问题，真正在大众中去学习理解，要‘办’也未尝办不到，但是这只是可能性，还不是到了‘现实性’的时候。……如果这么干干脆脆地把白话文灭亡，而大众语还没有真正建立起它的基础的时候，那么我们也就干干脆脆地抄着手等待大众语建设起来才写文章么？要知道‘可能性’与‘现实性’这两点应该认清楚的，大家所以要在这时期把建设大众语这问题强调地提出来的意思，就因为这种语言已经有着‘可能性’，同时也就说明能彻底领导着凡是不甘心当亡国奴的同胞去反抗的，就只有前进的劳苦大众。”（王钢：《再论建设大众语并不反对白话文》）

（注）“请问翻译外国名著或作精密的科学论文，在目前不用白话文办得到么？我这并不是特别尊重或‘追恋’白话文的意思；正相反，倒是说明在大众语还没有真正完全建立起来的时候，在‘补助’的意义上，在社会的形式的多样性的作用上，白话文决不能抛弃而有赶快纠正的必要。”（司马疵：《为大众语问题批评答读书问答暨霓璐先生》）

（注）“关于大众语的可能性与现实性一点，司马疵先生的意见很有点不同，他认为：在某种程度上，大众的语言是正在消磨自己的难懂处，接受别人的比较普通的字眼，大众的语言确是正在变化，形成，发展着的，这问题要达到具体，实际，就只有靠我们自己在大众中的实践。……从大众文学发展的铁的事实证明，我们可以预测到大众语这货色，不久一定会真正的出现，不但是不久而且已经正在出现。……自然在目前话文合一还没有办到，可是我们如‘要’去办到也未尝不可以办到。……我以为问题不是在目前办得到或办不到，而是看大家真正地去在怎么办。”（《内容和形式》）

（四）建设大众语必须反对白话文——

（1）“‘五四’运动所兴起的白话，是那时新兴资产阶级要求民主政治的一种表现，在反封建上果然已尽过很大的任务，但因他们阶级本身的缺陷，不能进一步干个彻底。他们只在字面上‘白’‘不白’的兜圈，不敢深入到社会的底层去和大众相联系，所以留了一条给‘封建’复兴的路。另一方面，更因战后国际帝国主义的加紧压迫和其他的关系，反使他们远离了大众而回头去和封建携手妥洽了。在语文上也只将‘之乎者焉’

换了‘的那呢吗’的变相八股。”（若生：《建设大众语文应有的认识》）“白话文中正潜伏着封建意识的妖孽和含蓄帝国主义的毒素。”（霓璐：《大众语问题批判》）“随着社会意识的演进与大众的需要，我们须得来建设与提倡大众语，向死了的‘文言文’作战，同时，也得向‘洋八股’的白话文进攻！”（家为：《历史固会重现的吗？》）

（2）“现在比之‘五四’时代，虽然并没有超出反帝反封建的范围，但是社会发展的现阶段的性质和‘五四’时代的性质不同，所以反帝反封建的前卫，不应是白话文而应是大众语。因为只有大众才是真正的反帝反封建者。”（若生：《为建设大众语文的问题》）

（3）“司马先生以为‘白话文的反动性是在它的内容而不在它的形式，’‘只在我们用什么内容来用这种形式，’司马先生只知道形式的利用，但没有想到有着‘反动性’内容的白话文，足以影响它形式的反动性而向正在萌芽的大众语以迎头的痛击。”（霓璐：《为大众语问题批评致司马疵、王钢及其他白话改良主义者们》）“注意内容是对的，但因注意内容而完全忽视形式，于是连所谓内容也弄成神秘的东西，不仅否认了目前大众语运动，连自‘五四’后，整个语文运动的发展及成就也否认了，这是多么严重的错误。”（《申报》“读书问答”载：《为大众语问题答司马疵先生》）

（4）“‘五四’下来的白话文，只是为了上层的资产阶级与一般知识阶级的所有物，而且它那么一下子就停下来，甚至早就回向‘妥协’与‘投降’的路上，而造成了一种全不能为一般的大众所能懂的，充满了欧化气与八股气的‘买办文字”。正为了这样，所以在那特殊阶级的统制与政策，和封建余孽的丧心病狂的复古运动，正加速的漫布与展开的时候，虽然已经是成了僵尸的‘文言文’，就不免想乘此复活起来。因此，在今日要‘为了大众’进一步的建设起大众语来，就非反对这种‘新八股’不可；把它那种为大众们根本不能懂，也不能要的欧化气与八股气全数抛弃了，这样来把它的内容与形式彻底奥伏赫变一下不可。”（家为：《关于批判与认识》）“我们反对白话是为了进一步反对古文，为了进一步保证获取‘言文一致’的胜利。”（《申报》“读书问答”载：《再谈建设大众语文学》）

（5）“司马先生以为白话文虽然‘脱离了大部分的大众，可是还有一部分的大众，比如学生，小市民还能懂，还在它的影响下，’所以还要支持它。但是，司马先生却遗忘了文言文也何尝没有它一部分的群众呢？我们不能因为它们还有一部分的群众受它的影响而去支持它们，而放弃了对文言文和白话文的……意识的斗争。”（霓璐：《为大众语问题批评致司马疵、王钢及其他白话改良主义者们》）

（6）“这次大众语言的运动中，蕴藏着社会机构的变革及其意识形态的反映作用。……这不是语言或文字上单纯的变形，而是社会意识的变革反射在语言文字上的‘文化革命’的行为。所以大众语运动决不是……单纯的‘反复古运动’，而是大众为了自己……的解放，要求着代表自己意识的语言和文字的解放斗争。”（霓璐：《为大众语问题批评致司马疵、王钢及其他白话改良主义者们》）

（7）“白话并不是完全代表官僚买办意识，谁都知道，而我们所要反对的却是那些代表官僚买办意识的白话文，决不能……因为它‘五四’的功绩而囫囵吞枣地无批判地接受。……语言是跟着一切物质现象而不断地变动发展的，新的成分愈渐生长起来，则旧的也愈衰落下去，我们的建设大众语应该是批判地吸收它（指白话文）的新鲜的，前进的，而极力排斥它底

陈旧的，腐化的。”（若生：《为建设大众语文问题》）

根据上面所举两方面的论据，可以明白：建设大众语必须“扬弃”（奥伏赫变）白话文，吸收白话文中合乎大众需要的部分，消灭不合乎大众需要的部分——这基本的一点，大家都是承认的，不过彼此的理解有点不同，所以引起了论争。而高荒下面一段的意见大约是两方面都可以同意的。

> 文言文底势力，一方面表现在它还没有失掉的广大的地盘（公文，信札，各种应酬文，报纸，……最重要的是学校国文作文等）上面，另一方面，普通所谓白话文，在内容上形式上都是和文言文相通的白话文，是文言文最有力的友军或后备势力。……说白话文是买办资产阶级的东西，这显然是一个不正确的估计。白话文固然有和买办资产阶级相通的一面，但也有和大众相通的一面。在形势上，白话文底基本的词汇和语法，也是劳苦大众口语的基础部分；在内容上，白话文现在创造了不少的进步的作品。是理论翻译底唯一工具。我们不能把和大众的生活需要结合着的白话文抛掉。大众里面的作家会把白话文里面合乎大众需要的部分提高，不合乎大众需要的部分消灭，在实践中将白话文“扬弃”。
>
> ——《由反对文言文到建设大众语》

同时，文逸的意见也很值得注意：

> 其实既然承认：“建设”大众语必须“扬弃”白话文，那么在肯定大众语的建设中，对白话文的继续发展确实是含有“否定”的意义的；同一个时代，同一个阶层，决不

会有两种同样适用的语文并存着。白话文自“五四”以至现在，有和大众接触的长久的历史，必然会有许多接近大众的成分，笼统地反对当然是错误的（即反对者方面似乎也很少笼统的“反对”的意见，）但是笼统地“不反对”或说只要“改善”或者“纠正”就够，显然也是不对的；因为白话文的缺陷（不能接近大众）已经不是部分的“纠正”所能解决，这已是公认的事实，否则正无须提起“建设大众语”，只要“白话文大众化”已经够了。“大众语”是较白话文高一级（进步一级）的语文，当然不是与白话文同等而并存的——即使是“纠正”了的白话文。目前（在大众语没有健全的建设起来以前），有条件的运用白话文（彻底肃清欧化文言化的语法，抵制地接受外来语，土语，方言的词汇，极力地去适合大众的需要），应当看做建设大众语的过程的第一步——由白话文接近大众的部分底量的增加进到质的转变（转变成大众语）——决不能看做是推进白话文本身底“改善”或发展的手段。只有大众语是适合大众需要的唯一的语文，白话文底任何程度的“纠正”或“改善”都是不济事的。（不能适合大众需要的！……）

总之，在大众语运动中，把“白话文”估价得过低（如说它是完全有害的）或过高（如说它有现代性进步性，或说它是大众语的唯一源泉），都是有害的。

——《语文论战的现阶段序》

最后，我们再看鲁迅对于“大众语”的意见：

关于大众语的问题，提出得真是长久了，我是没有研究的，所以一向没有开过口。（编者按——据《花边文学》

所收集，署名仲度的《汉字和拉丁化》和张沛的《大雪纷飞》，均为鲁迅所作，所以这里说“一向没开过口”，大约是指没有用“鲁迅”笔名“开过口”，或者客气的意思。其实他早已参加了这运动了。这篇文章以后，他又发表了《门外文谈中国语文的新生》《关于新文字》和《论新文字》，除末一篇外，均一九三四年所作，后集印于《且介亭杂文》。）但是现在的有些文章觉得不少是“高论”，文章虽好，能说而不能行，一下子就消灭，而问题却依然如故。

现在写一点我的简单的意见在这里：

一、汉字和大众，是势不两立的。

二、所以要推行大众语文，必须用罗马字拼音（即拉丁字化，现在有人分为两件事，我不懂是怎么一回事）。（编者按——大约是因为要和“国语罗马字”分别的关系，所以虽然仍用罗马拼音而叫“拉丁化”。）而且要分为多少区，每区又分为小区（比如绍兴一个地方，至少也得要分为四小区）。写作之初，纯用其地的方言，但是，人们是要前进的，那时原有方言一定不够，就只好采用白话，欧字，甚而至于语法。但，在交通繁盛，言语混杂的地方，又有一种语文，是比较普通的东西，它已经采用着新字汇，我想，这就是大众语的雏形，它的字法和语法，即可以输进穷乡僻壤去。中国人是无论如何，在将来必有非通几种中国语不可的运命的，这事情，由教育与交通，可以办得到。

三、普及拉丁化，要在大众自掌教育的时候。现在我们所办得到的是：（甲）研究拉丁化法；（乙）试用广东话之类，读者较多的言语，做出东西来看；（丙）竭力将白话做得浅豁，使能懂的人增多，但精密的所谓“欧化”语文，仍应支持，因为讲话倘要精密，中国原有的语法是不够的，而中国大众的语文，也决不会永久含糊下去。譬如罢，反对欧化者所说的欧化，就不是中国固有字，有些新字眼，新语法，是会有非用不可的时候的。

四、在乡僻处启蒙的大众语，固然应该纯用方言，但一面仍然要改进。比如“妈的”一句话罢，乡下是有许多意义的，有时骂骂，有时佩服，有时赞叹，因为他说不出别样的话来。先驱者的任务，是在给他们许多话，可以发表更明确的意思，同时也可以明白更精确的意义。如果也照样的写着“这妈的天气真是妈的，妈的再这样，什么都要妈的了”。那么于大众有什么益处呢？

五、至于已有大众语雏形的地方，我以为大可以依此为根据而加以改进，太僻的土语，是不必用的。例如上海叫“打”为“吃生活”，可以用于上海人的对话，却不必用于作者的叙事中，因为说“打”，工人也一样的能够懂。有些人以为如“像煞有介事”之类，已经通行，也是不确的话，北方人对于这句话的理解，和江苏人是不一样的，那感觉并不比“俨乎其然”切实。

语文和口语不能完全相同；讲话的时候，可以夹许多“这个这个”“那个那个”之类，其实并无意义，到写作时，为了时间，纸张的经济，意思的分明，就要分别删去的，所以文章一定应该比口语简洁，然而明了，有些不同，并非文章的坏处。

所以现在能够实行的，我以为是（一）制定罗马字拼音（赵元任等“国语罗马字”太繁，用不来的）；（二）做更浅显的白话文，采用较普通的方言，姑且算是向大众语去的作品，至于思想，那不消说，该是“进步”的；（三）仍要支持欧化文法，当做一种后备。

还有一层，是文言的保护者，现在也有打了大众语的旗子的了，他一方面，是立论极高，使大众语悬空，做不得；别一方面，借此攻击他当面的大敌——白话。这一点也须注意的。要不然，我们就会自己缴了自己的械。

——一九三四年八月二日《答曹聚仁先生信》(《且介亭杂文》)

四 普通话—土话—拉丁化

(A)普通话问题

建设大众语，究竟以“普通话”为标准呢，还是“采用方言土话”？这在一九三二年，宋阳是主张“大众文艺”应该采用“正在产生着”的五方杂处的大都市的“普通话”，为描写的标准，止敬则要“努力发展土话文学”，但是感觉“没有记录土话的符号”的困难的。宋阳就又更进一步的指出：“至于方言文学用的文字，那就只有用罗马字母拼音之后才能够彻底解决。”所以在当时，已经可以看出一九三四年所讨论的“普通话—土话—拉丁化”问题的雏形了。

这次首先提出“大众语的标准”的问题的，是魏孟克。他说：

——“现在中国普通话”是有普遍性的，它是主要的流行在轮船、火车、码头、车站、客栈、饭铺、游艺场等处。工厂不过也受到影响，这是客籍的工人带进去的，但因为他们的生活不是流动的，久之就要和当地的语言同化，所谓普通活的因为交通发达，各地人们往来日渐密切，要求交涉上的便利而产生的。所以它的目的只在要人懂。它不是容纳各种土话，它是竭力避免各种土话。它在企图每句话都能够说得出，写得出，每个字眼都找得出意义来。……自然，“现代中国普通话”还没有达到完善之境地，有时还夹杂些所谓“南腔北调”（零碎的土话），但它必定随着交通发达而进展，随着社会意识的转变而转变。中国处在世界的狂潮之下，语言的统一当然不是久远的事，那时统一的语言为“现代中国普通话”转变而成，大约也未必会错。所以我想，采取有普遍性的“现代中国普通话”作为建设大众语文学的基准，是可以的。……

——《普通话与大众语》

现在普通话虽已有统一性，但还没有完成，没有尽善，但，我们却不能不承认普通话已走上了成功的道路，已在完成的过程之中，我们决没有等到中国的语言完全统一之后，再来建设大众语的那样傻事的。我们现在建设大众语，应该是一面采取，一面创造，采取一般的大众自己从实生活中建立起来的语言，创造与一般的大众的实生活相连系的字汇。

——《白话文，普通话和土语方言》

反对魏孟克的意见的，是陈弈，他从各方面证明：“现在不单是全国到处的轮船，火车，客栈等地方，不会有一种统一的话，就是单独的在一个都市里，也没有这样一种通行统一的话的。”（《什么是“现代中国普通话”？》）这意见和止敬的差不多。不过在宋阳和魏孟克也仅只说“现代中国普通话”是“在产生着”“在形成的过程”“没有完成，没有尽善”；所以倘说这种“普通话”完全没有一点存在，也是不合事实的。下面耳耶的话可以说是较为公平：

现在并非已经有一种大众在说着的全国通行的大众语存在，虽然有比较普通的话，也不过是比较有作大众话底基础的资格，并非已经就是我们所要建设的大众语了，这普通话的语汇很少，表现力，表现方法都非常不充分，它需要大众来充实。但是广大的大众说的还是土话，懂得最深的也还是土话。要大众充实普通话，使普通话丰富起来，成为最普通有力的大众话，还需要大众的努力。

——《大众语跟土话》

鲁迅则表示了这样的意见：

现在码头上，公共机关中，大学校里，确已有着一种好象普通话模样的东西，大家说话，既非“国语”，又不是京话，各各带着乡音，乡调，却又不是方言，即使说的吃力，听的也吃力，然而总归说得出，听得懂。如果加以整理，帮它发达，也是大众语中的一支，说不定将来还简直是主力。我说要在方言里“加入新的去”那“新的”来源就在这地方。待到这一种出于自然，又加人工的话一普遍，我们的大众语文就算大致统一了。

——《外文谈》

要推行大众语文，必须用罗马字拼音，……写作之初，纯用其地的方言，……但，在交通繁盛，言语混杂的地方，又有一种语文，是比较普通的东西，它已经采用着新字汇，我想，这就是“大众语”的雏形，它的字汇和语法，即可以输进穷乡僻壤去。……在乡僻处启蒙的大众语，固然应该纯用方言，但一面仍然要改进。”

——《答曹聚仁先生信》

这已经指示出“普通话”和“方言土语”二者之与大众语的关系并不矛盾了：采用方言土话，并加以充实改进；“整理普通话”，并“帮它发达”——以达到建设大众语的目的。

（B）方言土话的采用

关于鲁迅说的“要推行大众语文，……写作之初，纯用其地的方言。”的结论，在这之前，也曾有不同的意见。

主张采用方言土话的，耳耶是主要的一个，他说：

> 自然，办法是不止一个的，但办法之一，应该是提倡用土话写文章，掘发土话中的宝藏。如果把土话否定了，就是断绝了充实普通话，使普通话成为大众语的一种动力。对土话的态度，应该跟对文学遗产的态度一样：抵制的接受，合理的扬弃。
>
> ——《大众语跟土话》

对于采用方言土话表示反对的，主要的是佛朗、魏孟克和霓璐三位。

> 佛朗说：“土话我始终认为是保守的，含有封建意味的，它保持那地方有的旧的辞词。新的内容很难在这种旧的“话框子”里适宜的表现，我们是要把新的内容去发展到旧形式，工具的破坏，现在却反而要保存固有的“话框子”对于新兴术语的提示，将会受到阻碍，而于文化落后的穷村僻壤，更加不适宜。”“我也承认有许多土话是已经逐渐成为大众话（大众的普通语自然不是凭空掉下来的）……”
>
> ——《再提出点意见》

魏孟克说："土话是原始的，没有进步性的语言。土话写得出来只读得声音，找不出意义。（音义双全的"土话"便是人人可懂，人人能说，不成其为土话了）……"

——《普通话与大众语》

"各地的土语方言，……我们就是要采用，也必须严格地选择。自然，我们做各地（农村）的文化工作，初步只好利用土话方言，但不可忘记了"斗争"我们是从这里出发；无反动性，有普遍性的土语方言固然要采用，而有反动性，无普遍性的土语方言也要慢慢的消灭它。"

——《白话文，普通话和土语方言》

霓璐说："把土话提倡起来，那么，在语言极其复杂的中国，徒然增加了多种多样互不了解的语言上的隔阂；因此，更容易使普通话混乱，更容易分散各地居民的文物联系，更难养成大众的写作（因为土话不易写成文字），也就更难建立起大众语来。这样，不但不能提高大众的文化水准，反之，是愈加阻止了大众文化水准的统一和向上性了。"

"我们只有批判地接受土话中的语汇及其地方色彩，而不能提倡土话。"

——《大众话问题批判》

文逸综括了这三人的意见下一结论道：

这三位先生对土话底一般的性质及提倡土话的反作用的说明，都是对的；不过他们所反对的似乎都是无条件的采用土话或提倡土话，对于"土话中有一部分优良的成分"

以及“大众语可以批判地吸收它的优良的成分”，这一些意见，是并不反对，甚至同意的。实际，反对无条件地采用土话或提倡土话，而主张批判地接受土话的优良成分，由这里渐渐地发展到统一的大众话，这已经是大家的共同的意见。所以，关于“普通话和方言土话”的问题，并没有根本冲突的意见，如高荒先生所说：“一方面被以大众的生活需要为基础的文化斗争任务所规定，一方面被中国言语的分歧条件所规定，所谓‘大众语’，一定不是一元的‘国语’式的东西，而是各各以当地的大众为对象的多元的发展。”（《由反对文言文到建设大众语》）这意见是可以当作这个问题的结论的。

——《语文论战的现阶段序》

鲁迅则又指出了“采用土话”和“土话拉丁化”的必要：

在《动向》上，就已经有过三篇纯用土话的文章，胡绳先生看了之后，却以为还是非土话写的句子来得清楚。其实，只要下一番工夫，是无论用什么土话写，都可以懂得的。据我个人的经验，我们那里的土话，和苏州很不同，但一部《海上花列传》，却教我“足不出户”的懂了苏白。先是不懂，硬着头皮看下去，参照记事，比较对话，后来就都懂了。自然，很困难。这困难的根，我以为就在汉字。每一个方块汉字，是都有它的意义的，现在用它来照样的写土话，有些是仍用本义的，有些却不过借音，于是我们看下去的时候，就得分析它那几个是用义，那几个是借音，惯了不打紧，开手却非常吃力了。

例如胡绳先生所举的例子，说“回到窝里向婴”也许会当作回到什么狗“窝”里去，反不如说“回到家里去”的清楚。那一句的病根就在汉字的“窝”字，实际上，恐怕是不该这么写法的。我们那里的乡下人，也叫“家里”作 Uwao-li，读书人去抄，也极容易写成“窝里”的，但我想，这 Uwao 其实是“屋下”两字的拼合，而又讹了一点，决不能用“窝”字随便来替代，如果只记下没有别的意义的音，就什么误解也不会有了。

大众语文的音数比文言和白话繁，如果还是用方块字来写，不但费脑力，也很费功夫，连纸墨都不经济。为了这方块的带病的遗产，我们的最大多数人，已经几千年做了文盲来殉难了，中国也弄到这模样，到别国已在人工造雨的时候，我们却还是拜蛇，迎神。如果大家还要活下去，我想：是只好请汉字来做我们的牺牲了。

现在只还有“书法拉丁化”的一条路，这和大众语文是分不开的。也还是从读书人首先试验起，先介绍过字母，拼法，然后写文章。开手是，象日本文那样，只留一点名词之类的汉字，而助词，感叹词，后来连形容词、动词也都用拉丁拼音写，那么，不但顺眼，对于了解也容易得远了，至于改作横行，那是当然的事。

这就是现在马上来实验，我以为也并不难。

不错，汉字是古代传下来的宝贝，但我们的祖先，比汉字还要古，所以我们更是古代传下来的宝贝，为汉字而牺牲我们，还是为我们而牺牲汉字呢？这是只要还没有丧心病狂的人，都能够马上回答的。

——《汉字和拉丁化》(《花边文学》)

（C）拉丁化的实行

和由提倡白话文走到“国语罗马字”拼音一样，（按“国语罗马字”于一九二六年公布，一九二八年再由大学院的国音字母第二式的名义正式颁行）这次由提倡大众语也必须走到“拉丁化”拼音，就是大众语非用拼音的新文字来写不可。换句话说，用拼音的方法把大众的口头语写到纸上来，便是新文字，用新文字写的文章才算大众语文。

在叶籁士《大众语，土语，拉丁化》一文里，对于“拉丁化”提出了具体的材料和意见，他说：

> 关于中国语言的拼音化，过去已经有了国语统一筹备会的“注音符号”（原名注音字母）和“国语罗马字”。它们的最大缺点，就是都以北平话强迫作为标准，而要学象这种“京腔”，即在知识分子也是非常困难的。我们只要看自政府发表以来直到现在，可曾得到几分效力？注音符号，因为不能忘情于方块字，结果成了非驴非马的怪物，而且不便书写。至于国语罗马字，因为要严格区别四声，拼法就变得非常烦杂难学。据说知识分子也须二三年才能学会，所以对于文盲大众不用说是根本要不得的。在简单易学上，在苏联华侨创制的“拉丁化中文”（创制者是旅俄华侨突击队领导下的“远东边疆拉丁化委员会”）就要强得多，“拉丁化”不但废去四声，而且声母，（子音）单独也能发音，象汉字中“文字”两字，国语罗马字要拼作 Wentzyh，而拉丁化只作 Wenz。又如“世界”两字，前者作 Shghjieh，后者作 Shgie，自然要简易得多。苏联的华侨以山东人占多数，所以“拉丁化”是以山东、河北、东北一带北方话

> 做标准的。它的目的在于给该处大众以一种笔头语，并不是用来强迫全国用做普通话的。根据拉丁化委员会的意见，中国可分全国为五一六个方言区，而把各方言都拉丁化，以消灭各地文盲。因此，“拉丁化”是非常值得我们的研究和参考的，我们特别值得注意的是：它不是学者书桌上的方案，而是在伯力、海参威一带华侨中已是一个极广泛的文盲大众扫除运动了。

鲁迅也作了相似的介绍，并表示了他对于“专化呢，普通化呢？”的意见：

> 这里我们可以研究一下新的“拉丁化”法，《每日国际文选》里有一小本《中国语书法之拉丁化》，《世界》第二年第六七号合刊附录的一份《言语科学》，就都是介绍这东西的。价钱便宜，有心的人可以买来看。它只有二十八个字母，拼法也容易学。“人”就是 Rhen，“房子”就是 Fangz，“我吃果子”是 Wochgoz，“他是工人”是 Tash gungrhen。现在在华侨里实验，见了成绩的，还只是北方话。但我想，中国究竟还是讲北方话——不是北京话——的人们多，将来如果真有一种到处通行的大众语，那主力也恐怕还是北方话罢。为今之计，只要酌量增减一点，使它合于各该地方所特有的音，也就可以用到无论什么穷乡僻壤去了。
>
> 那么，只要认识二十八个字母，学一点拼法和写法，除懒虫和低能外，就谁都能够写得出，看得懂了。况且它还有一个好处，是写得快。美国人说，时间就是金钱；但我想：时间就是性命。无端的空耗别人的时间，其实是无异于谋财害命的……。

到了这里，就又碰着了一个大问题：中国的言语，各处很不同，单给一个粗枝大叶的区别，就有北方话，江浙话，两湖川贵话，福建话，广东话这五种，而这五种中，还有小区别。现在用拉丁字来写，写普通话，还是写土话呢？要写普通话，人们不会；倘写土话，别处的人们就看不懂，反而隔阂起来，不及全国通行的汉字了。这是一个大弊病！

我的意思是：在开首的启蒙时期，各地方各写它的土话，用不着顾到和别地方意思不相通。当未用拉丁写法之前，我们的不识字的人们，原没有用汉字互通着声气，所以新添的坏处是一点也没有的，倒有新的益处，至少是在同一语言的区域里，可以彼此交换意见，吸收智识了——那当然，一面也得有人写些有益的书。问题倒在这各处的大众语文，将来究竟要它专化呢，还是普通化？

方言土语里，很有些意味深长的话，我们那里叫“炼话”，用起来是很有意思的，恰如文言的用古典，听者也觉得趣味津津。各就各处的方言，将语法和词汇，更加提炼，使他们发达上去的，就是专化。这于文学，是很有益处的，它可以做得比仅用泛泛的话头的文章更加有意思，但专化又有专化的危险。……大众，是有文学，要文学的，但决不该为文学做牺牲，要不然，他的荒谬和为了保存汉字，要十分之八的中国人做文盲来殉难的活圣贤就并不两样。所以，我想，启蒙时候用方言，但一面又要渐渐地加入普通的语法和词汇去。先用固有的，是一地方的语文的大众化，加入新的去，是全国的语文的大众化。……

此后当然还要做。年深月久之后，语文更加一致。和“炼话”一样好，比“古典”还要活的东西，也渐渐的形成，文学就更加精彩了。马上是办不到的。你们想，国粹家当作宝贝的汉字，不是化了三四千年功夫，这才有这么一堆古怪的成绩么？

至于开手要谁来做的问题，那不消说：是觉悟的读书人。

——《门外文谈》(《且介亭杂文》)

这样，拉丁化运动，就成了一个大的社会文化运动，引起了广大的社会的注意。以后拉丁化的书报出版了许多。各地方言拉丁化的方案，除最初的北方话方案以外，又增加上海话宁波话潮州话厦门话广州话等。“根据上海话新文字方案实验结果，平常人每天费一小时，只须半个月功夫，即可写新文字的信，看新文字的报，读新文字的书。每人所化的只要三分钱，义务教育培养一个小孩每年平均要化八块九毛钱。民众教育培养一个成人要一块八毛钱，倘若推行新文字，每人三分钱，连黄包车夫也出得起。所以就时间金钱两方面来看，新文字是普及大众教育的最经济的文字工具。”这是蔡元培等五百余人对于拉丁化新文字发表的意见。

反对“拉丁化”最力的是主张“国语罗马字”的人们，这是由于“拉丁化”的简单易学，是“青出于蓝”并已宣布了“国语罗马字”的死刑的缘故。“国语罗马字”派反对拉丁化的最重要的理由，一是不辨四声，二是采用方言会使中国文字分裂。“拉丁化”对于这两个问题的答复是这样的：

一、四声问题——“在制定注音符号的时候，所谓“平上去入”的四声，是很重要的，因为注音符号是跟汉字走的。汉字这种方块儿，一字一音，同音字很多。不能不靠声调的变化来分别，所以四声非常重要。但到了拼音文字的阶段，就有了“词儿连写”的原则，可以区别同音字，于是四声的分别就不重要了。

词儿连写可以区别同音字，是因为中国语言的进化，由单词转变到多音阶段了。所以只要是按照口头语写下来，无论是什么符号，都用不着注明声调，可以听懂的。……所以拼音文字，可以不重视四声的分别。

现在拉丁化新文字是不以分别四声为原则的。但国语罗马字则重视四声的分别，每个音节都由拼法的变化上去分别四声，如 a 音有 a ar aa ah 四种写法，如同样表示阳平，有在字母后加 r 的，有改 i 为 y 的，有改 u 为 w 的，有不变的，总而言之，这种条例十分麻烦，很不容易学习。

其实语言的发音上有高低轻重长短快慢的分别，这种分别因为各地的习惯不同，各人说话的神情态度不同，话里头的重心不同，并不严守着呆板的四声的标准和范围；我们不能在书面上给它一个固定的符号。比方北方人不说入声，江浙人不分上去，福建广东人则有八声九声之多，现在要使他们一致的讲四声，结果是彼此都顾不着。

其所以恰好分做四声，不多不少，是因为方块字有四只角，四声各占一个角，这并不是自然的声调（刘复说：以标准四声与自然四声相比，真是差异太多），而是文人的把戏。所以吴稚晖曾说：“四声，说穿了只是一部书（沈约：《诗韵》）而已。”文人们过去借了四声的帮助，很便于做骈文，律诗，对联之类。可见四声完全是方块字的附属物。

不管四声，并不是忘记了语言的声调，不过声调用不着表现在拼法里面。即如英文，发音也有轻重清浊长短的区别，那不是只能在字典里面去查，不能从拼法上去寻的么？

拉丁化新文字虽然不要四声的分别，但对于少数同音字，认为必须从形式上加以区别的，却也把拼法分别了，如：

卖 mai 那儿 nar 几个 gigo 班子 banz

买 maa 哪儿？naar？几个？gigo？板子 baanzi

二、采用方言会使中国文字分裂问题——“反对方言新文字的人说：新文字主张中国语言文字应当分裂，新文字的成功，会使中国语言文字永远不能统一。可是新文字运动者的回答，是站在中国语言的分裂的基础上而去促进中国统一语的形成。他们认为方言并不是固定不变的。

中国需要一种统一的民族语（统一的汉族语言），但过去因为没有拼音文字，那种方块字是妨害语言统一的。就没有藉文字来促进语言统一的可能。现在按照中国方言分布的情形，划分几个音区，在每一音区中间制定一种标准的文字，先把这个音区里所用的几百种方言统一起来。将来再把这几种标准新文字融合起来，促成统一的民族语。而这种统一的过程，是和交通，经济的统一配合起来的。

现在如果机械地用一处地方的方言，——例如北平话——去教全国人学习，那么，大多数人，除少数上层社会分子外，都会没法享受文字统一的利益。目前的地域的观念，歧异的思想，主要地不由于语言不统一，而是由于彼此不交通，经济利害不一致，这种情形，单是用了一样的语言文字，还是不能消灭的。但是在经济连系日趋密切的过程中，各地的方言又在纸面上彼此接触起来了，它们就会渐渐地走上统一的路。

——童振华：《中国文字的演变》

关于“国语罗马字”和“拉丁化”的论争，鲁迅也表示了很好的意见，现在就引在这里，作为本节的结论：

> 汉字拉丁化的方法一出世，方块字系的简笔字和注音字母，都赛下去了，还在竞争的只有罗马字拼音。这拼法的保守者用来打击拉丁化字的最大的理由，是说它方法太简单，有许多字很不容易分别。
>
> 这确是一个缺点。凡文字，倘若容易学，容易写，常常是未必精密的。烦难的文字，固然不见得一定就精密，但是精密，却总不免比较的烦难。罗马字拼音能显四声，拉丁化字不能显，所以没有“东”“董”之分，然而方块字能显“东”“蛛”之分，罗马字拼音却也不能显。单拿能否细别一两个字来定新文字的优劣，是并不确当的。况且文字一用于组成文章，那意义就会明显。虽是方块字，倘若单取一两个字，也往往难以确切的定出它的意义来。例如“日者”这两个字，如果只是这两个字，我们可以作“太阳这东西”解，可以作“近几天”解，也可以作“占卜吉凶的人”解；又如“果然”，大抵是“竟是”的意思，然而又是一种动物的名目，也可以作隆起的形容；就是一个“一”字，在孤立的时候，也不能决定它是数字“一二三”之“一”呢，还是动词“四海一”之“一”。不过组织在句子里，这疑难就消失了。所以取拉丁化的一两个字，说它含糊，并不是正当的摘点。
>
> 主张罗马字拼音和拉丁化者两派的争执，其实并不在精密和粗疏，却在那由来，也就是目的。罗马字拼音者是以古来的方块字为主，翻成罗马字，使大家都来照这规矩写，拉丁化者却以现在的方言为主，翻成拉丁字，这就是

规矩。假使翻一部《诗韵》来作比赛，后者是赛不过的，然而要写出活人的口语来，倒轻而易举。这一点，就可补它的不精密的缺点而有余了，何况后来还可以凭着实验，逐渐补正呢。

易举和难行是改革者的两大派。同是不满于现状，但打破现状的手段却大不同：一是革新，一是复古。同是革新，那手段也大不同：一是难行，一是易举。这两者有斗争。难行者的好幌子，一定是完全和精密，借此来阻碍易举者的进行，然而它本身，却因为是虚悬的计划，结果总并无成就：就是不行。

这不行，可又正是难行的改革者的慰藉，因为它虽无改革之实，却有改革之名。有些改革者，是极爱谈改革的，但真的改革到了身边，却使他恐惧。惟有大谈难行的改革，这才可以阻止易举的改革的到来，就是竭力维持着现状，一面大谈其改革，算是在做他那完全的改革的事业。这和主张在床上学会了浮水，然后再去游泳的方法，其实是一样的。

拉丁化却没有这空谈的弊病，说得出，就写得来，它和民众是有联系的，不是研究室或书斋里的清玩，是街头巷尾的东西；它和旧文字的关系轻，但和人民的联系密，倘要大家能够发表自己的意见，收获切要的知识，除它以外，确没有更简易的文字了。

而且由只识拉丁化字的人们写起创作来，才是中国文学的新生，才是现代中国的新文学，因为它们是没有中一点什么《庄子》和《文选》之类的毒的。

——《论新文字》(《且介亭杂文二集》)

虽然在一九三五年也还有“读经”“存文”，但由封建势力底实质上的没落，只成了回光返照，时轮一转，他们就消声匿迹了。（在中国社会的“半封建性”还没有去除以前，“读经”“存文”将永远不断的出现或存在的罢？但那不过是“回光”，是“残喘”，也将永远得不到社会上的广大的注意！）我们只看见拉丁化运动的蓬勃的发展。

（本章三四两节的一部分取材于《语文论战的现阶段序》）

第四章

“国防文学”和“民族革命战争的大众文学”的口号之争与鲁迅逝世前后文艺界的大团结

一　文艺界“联合战线”与“国防文学”运动

（A）序　说

一九三五年的“一二·九”和“一二·一六”北平学生两次反华北傀儡政权与“自治运动”的流血斗争，掀起了普遍救国的全国运动的壮潮，使中华民族感觉到：全民族联合一致的救国阵线的建立，是迫切的需要！上海文化界（大多数的文学者）先在北平学生两次救国运动的同时发表了一个宣言，他们主张在民族国家的这个“生死存亡间不容发的关头”，文化界应在民众的前面“领导救国运动”。接着，十二月二十八日“上海文化界救国会”开成立会，又发表了第二次救国的宣言，是比上一个宣言更具体，更明澈的全民族联合一致的救国呼声。散沙般的文学界已经在“上海文化界救国会”的组织内，形成了初步的小规模的团结。

为着适应这全民族救国联合战线运动，为着响应陕北方面所主张的成立“国防政府”这政治上联合战线的号召，中国文艺界的“联合战线”运动与“国防文学”运动就差不多同时开始了。

号召当时文艺界成立联合战线的口号，在最初并不就是“国防文学”一个，比较早些的还算是“民族自卫的文学”：

> 我们——文学活动者，首先是在上海——应该速行结合在“民族自卫”的旗下。形成“民族自卫的文学阵线”，不独要打破从来的文人相轻的习气，流派主义的圈子，个人主义的成见。而且要广泛地团结整千的文学青年，整万的读者大众在这一统一的阵线上，运用文学的各种武器。通俗小说、诗歌、戏剧、杂文与散文，尤其是一般的通俗文，努力扩大民族自卫运动深入到全国大众中去！
>
> ——王梦野：《民族自卫运动与民族自卫文学》

胡洛在《国防文学的建立》里也说：“我们说的‘国防文学’实在就是民族的自卫文学。正如我们需要民族的自卫战争一样，我们也需要民族的自卫文学——国防文学。”

然而，因为“国防文学”这口号是配合着“国防政府”的号召的，于是前进文艺界的一部分人就“抓到这一面旗帜”（鲁迅语）提倡起来了。并且因此“嘁嘁嚓嚓”（鲁迅语）的反对在不久以后由另一部分人提出的“民族革命战争的大众文学”的口号，表现了行帮色彩或宗派主义争正统的“口号之争”，由此形成了“中国文艺家协会”和并无正式组织而发表了“中国文艺工作者宣言”的另一部分人的对立。这样一来，原意是在号召文艺界的联合的，首先在前进的文艺界就招致了分裂，诚如吉尔波丁所说：“一切宗派主义不可避免的会招致和现时的政治的任务的隔离。”虽然这一次的“口号之争”在文艺理论上也并非徒劳；同时，在鲁迅逝世前，文艺界新旧各派作家（有包天笑、周瘦鹃、谢冰心、丰子恺、鲁迅、郭沫若、傅东华、郑振铎、林语堂、洪深、沈起予等），共同发表的“文艺界同人为团结御侮与言论自由宣言”，以及全面抗战发动以后（一九三八年三月二十七日）在武汉成立的，中华全国文艺界抗敌协会，也都可以说是这次论争所打下的基础。

以下是“国防文学”论者对于国防文学各方面的主张：

（B）“国防文学”的现实基础

“国防文学”发生的社会政治原因，上面已经说了一点。自一九三五年末华北问题发生以后，所引起的中国国家民族的空前危机和社会各政治方面关系的变动，不但与“五九”“五四”“五卅”各时代不同，就是“九一八”发生以后的四年“国难期间”的情形，也远不能相比，对于这二现实情势的认识，是国防文学论者们最正确的见解，是他们用以反“机械论”者的唯一根据，也是他们反“民族革命战争的大众文学”的主要的理由。其实，后者对于现实的认识是和他们差不多的，这我们在后面可以看见，现在先看看他们的认识罢：

> 很显然的自从“九一八”以来，敌人的侵略，是一天天的加紧，它并吞了东北，又占据了华北，现在正在进窥华南和华中，预备一鼓气灭亡整个中国。这种把我国从半殖民地变成完全殖民地的推移，是目前政治形势的基本特点。这一个特点，不但在政治上是个有历史意义的新时期，使所有不愿当亡国奴的人联合起来，开展神圣的民族战争，而且也很快的反映到文化界来。文艺界虽则比较的落后一

点，但也早已展开了关于联合战线的热烈的讨论，提出了制作适应这个非常时期的国防文学号召，而且已经筹备了实际团结文艺界的组织。（编者按——此即指以后在六月七日成立的“中国文艺家协会”。）参加这次讨论和文艺界组织的分子，比起以前几次运动来，实在是要复杂得多的；可是他们却有一个共同的目标，那就是在文学领域内进行救亡的工作。

——何家槐：《文艺界联合问题我见》

华北事变以后，中国的形势起了一个新的基本的变化。远东帝国主义并吞了整个华北，又在准备并吞全中国，亡国的危惧把一切不愿作亡国奴和卖国贼的中国人逼上了一条唯一的道路，就是一致向侵略者展开神圣的民族革命战争。全民族救亡的统一战线正以巨大的规模伸展到一切领域内去，文学艺术的领域自然也不能例外。

国防文学就是配合目前这个形势而提出的一个文学上的口号。它要号召一切站在民族战线上的作家。不问他们所属的阶层，他们的思想和流派，都来创造抗敌救国的艺术作品，把文学上反帝反封建的运动集中到抗敌反汉奸的总流。

——周扬：《现阶段的文学》

国防文学是作家关系间的标帜，茅盾先生所引用的郭沫若先生的这句话，我完全同意，而且认为这是极精当的见解。本来，“国防文学”的提出并不只是依据于抗敌救亡的现实，而同时也依据于急剧变化的整个社会关系和力量的对比。绝大多数的作家的倾向于民族解放的斗争，使一切作家间的关系起了一个大的变动，原来因为思想派别不同而互相离异的作家，现在都可能团结在一个共同目标之下了，这就需要有一个重新排列（Realignment），需要有一个统一的文学上的口号，“国防文学”首先就是在这个意义之下提出来的。因为，“规定口号意义的不是那口号的作者的企图，而是国家的一切社会层的相互关系”（伊里奇）。从这样的关系上去解释“国防文学”的口号无疑地是正当的。

——周扬：《与茅盾先生论国防文学的口号》

新的形势是在于民族危机的加紧，半殖民地的中国已经就要被东方帝国主义者全殖民地化了。殖民地化的企图，自然不是从今日开始的，我们可以回溯到“九一八”，不，还可以回溯得更早一点，说：在田中内阁所造成的济南惨案时代就已经发端了。这就是说，从七八年前起，在中国已经开始了被殖民地化的过程，这过程是到最近一年才更加深刻化起来的。这深刻化是不是引起了新的特质呢？引起了的。现在的民族危机已经发生了新的特质，也因此才有新的形势。有人以为“九一八”以来的中国只看见整个的殖民地化的过程，只看见殖民地化的程度上或数量上的增加，而忽视了最近一年来的新的质的变化，这是不对的。所谓新的特质，一句话，就是民族的危难已到了最后的生死关头。在这以前，敌人的殖民地化的企图还只是部分地实现，而现在却逼到了这样一个地步：它逼着中国，或是抗战，或是整个的国家整个的民族全都被敌人吞下。

更具体地说，这新的形势包含着以下几点：

第一，敌人是集中一切军事、外交、经济、文化各方面力量来对中国作全面的侵略，侵略的魔手几乎没有一个角落里不伸张到，也就是几乎没有一个角落里的中国人不感到侵略的威胁。

第二，驻军的增加，走私的扩大，以及其它新的毒辣的侵略方式，使那些甚至于想做汉奸或想做王道顺民过太平日子的人也感到了威胁，使许许多多阶层的人都渐渐地感到抗争的需要。

第三，因为敌人的侵略已经到了要全灭中国的地步，在全国各党派阶层的前面显现成一个最危险的大敌，不先克服了这个大敌，大家都同归于尽。因此，除了极少数甘心作汉奸的人外，相互间的纷争，都觉得要设法和缓下来，共同联合一致，对付最大的敌人。这就是抗敌联合战线发生的基础，也是新形势中最重要的东西。

——艾思奇:《新的形势和文学的任务》

很显然地，中国目前的现实是比以前任何阶段都富有特征的：第一，各帝国主义在中国的势力失掉了平衡，既不能造成象八国联军时代那样一个联合掠夺和瓜分的局面，亦不能造成象奉直战争时代那样一个对立支配和宰割的局面，事实上我们的邻邦便独自直接用飞机和大炮来并吞中国了。结果，整个的江山已经被吞去了半壁，全国的人民都随着领土与主权的全部地丧失而马上陷于亡国奴的境地。第二，军阀与买办重新结了水火不灭的魔鬼同盟，采取了一切卑污无耻的手段，以竭尽其拍卖和摧残之能事，他们毫无忌惮地将一切不愿做汉奸和亡国奴的人们驱于敌对的地位。不但不及义和团时代的腐朽官僚之有肝胆，甚至连祖先遗留下来的一点狭义的爱国观念全都被清洗罄尽，公然屠杀爱国民众，恬然奉行敌国命令，不久将要使大中华民国变成一个在宪法上订下一条“救国有罪，通敌有功”的明文的国家。第三，一般的民众已经很广大的联合起来了。他们既不象义和团那样以一般的洋人为仇敌，只激愤地从事于捣毁和打杀；他们亦不象“五四时代”的知识阶级那样只知道打倒卖国的官僚，反对政府的卖国外交，在“五卅”以后的大革命的时代中，虽然已经很明确的高呼着打倒帝国主义与军阀了，而且也是实行的联合战线，但在当时的任务却只限于废除一切不平等条约，取消各帝国主义的在华特权。现在，这一个联合战线，不只是它自身的内容与形势都和以前不同，而主要地是在它的任务更比以前重大。它的任务，便是直接用武力收回已往丧失的土地，抵御一切新来的侵略，驱逐所有在华的敌军出境，完成坚实严密的国防。

归结起来说，目前所显现于现实中的各阶层的互相关系与具体实践已经变成了这样：在一切的对立当中，卖国的汉奸与救国的民众是最大的对立，在一切的斗争当中，全民众的抗敌救国和扫除汉奸是最大的斗争。

——任白戈：《现阶段的文学问题》

（C）“国防文学”的内容

国防文学的内容是什么和什么是国防文学呢？国防文学论者对于这一方面的解释是他们自以为和“民族革命战争的大众文学”不同的地方。其实二者在这一方面又是差不多的。现在我们先看看国防文学论者是怎样的主张：

在我们提起国防文学时，我们应当心汉奸们的曲解。

国防文学不是黩武主义的文学，也不是奴隶的国防文学。我们歌颂的战争，是反帝反汉奸的战争，而不是那残酷的，反进化的屠杀。一个意大利作家，他可以歌颂阿比西尼亚的反抗，但是他竟象皮蓝得屡般歌颂意大利的侵略战争，他便是个黩武主义的奴隶作家。同样，国防文学不是侵略主义的文学，每个作家都得认清自己的使命，我们的使命在谋民族的解放。凡反对，阻碍或曲解国防文学的都是我们的敌人！

国防文学具有着怎样的内容呢？国防文学的内容一定是反帝、反汉奸、反封建的，在反帝过程中，一定要反对汉奸。汉奸与帝国主义是不可分离的，不打倒汉奸，我们便无法去打倒帝国主义。……实在说来，题材是广阔的，许多有意义的题材等着我们的作家来采用：义勇军的抗争，农民的怒潮，塞内外的民族英雄，学生运动的悲壮事实，历年的反帝运动，另外，我们还需要暴露的作品，暴露汉奸的丑态，暴露帝国主义的残酷，民族资本的衰残，农民的痛苦，都市的畸形……数不尽的题材是等候作家去发掘。

——胡洛：《国防文学的建立》

国防文学对于法西斯主义的战争文学和有产者的麻醉欺骗人的“和平主义”的文学，都要给以无情的打击。

“国防文学”的意识的提出，虽是在最近，可是，它的实践，早曾有过的。“一·二八”战争，产生了茅盾的《右第二章》，李辉英、张天翼等人的小说，白薇、适夷、李健吾诸人的脚本，史铁儿诸人的诗，东北义勇军的长久的抗战，产生了《八月的乡村》《生死场》。南中国的外侮，产生了艾芜的《南国之夜》里的短篇。……不消说，对于国外的作品，首先要采取苏联的花蜜。不但是行将出现的铁霍洛夫的《战争》等作品，我们要研究，就是《铁流》和《溃灭》等作品，我们也得把它们当作建立“国防文学”的艺术的模范，因为，中国今日，在另一种意义上讲，也正是《铁流》和《溃灭》的时代。

“国防文学”是要鼓动民族解放战争，却和“民族主义”的提倡喝人血吃人肉的“黄祸”主义，绝然不同。“国防文学”是主张防卫自己，却决不主张反守为攻的侵略人家。

——立波：《非常时期的文学研究纲领》

我觉得国防文艺应该是多样的统一，而不是一色的涂抹。这儿应该包含着各种各样的文艺作品，由纯粹社会主义的以至于狭义爱国主义的，但只要不是卖国的，不是为帝国主义作伥的东西，因而，“国防文艺”最好定义为非卖国的文艺，或反帝的文艺。

——郭沫若：《国防·污池·炼狱》

国防文学的号召，在今天有着它的特殊意义，就是革命文学已经有了不少优秀的反帝作品，革命作家大都和反帝的主题结有很深的因缘；“九一八”以后，他们作品的大部分在某种程度上都可以称为“国防文学”。以描写东北失地和民族革命战争而在最近文坛上卷起了很大注意的《八月的乡村》《生死场》以及旁的同类性质题材的短篇，都是国防文学的提出之作品现实的基础和根据。

由《八月的乡村》和《生死场》，我们第一次在艺术作品中看出了东北民众抗战的英雄的光景，人民的力量，“理智的战术”。两位作者都是生长在失了的土地上，他们亲身地经历了亡国的痛苦，以他们的作品表现出在过去一切反帝作品中以不曾这么强烈地表现过的民族的感情，而这种感情又并非狭义的爱国主义的，而是和劳苦大众为救亡求生的日常斗争密切地联系着。这两篇作品的出现，恰恰是华北事变以后，民族革命战争的新的全国规模的高潮中，民众抗敌的情绪分外昂扬的时候，它们的很快获得了广大读者的拥护，正说明了目前中国大众所需要的是甚么样的作品。

——周扬:《现阶段的文学》

国防文学不但包括象田军的《八月的乡村》,舒群的《没有祖国的孩子》及《萧苓》这二类的作品，也包括沙汀的《兽道》，欧阳山的《七年忌》，张天翼的《清明时节》，夏衍的《包身工》，尤兢等的《汉奸的子孙》，包括一切从正面或反面，直接或间接的，一切对于民族解放运动有多少助力和反映，而只要不是汉奸的作品在里头。

——杨骚：《看了两个特辑以后》

(D)“国防文学”的“题材”“主题”“创作方法”及作者的“世界观”

周扬在《现阶段的文学》里，对于国防文学的“题材”问题，先说“不能以这样那样的题材强求”作家，并且主张“国防文学的范围应当放得更广大一点。”他说：

对于一个进步的优秀的作家，我们应当非常看重，我们有向他们预约国防作品的权利，却不能以这样那样的题材强求他们。我们要了解创作过程的几微和复杂，以及每个作家的特殊的生活经验，特殊的作风，而且要考虑到作家对于现实运动，从抽象的把握到用卓越的形象去具体表现，还须得有相当的过程。同时，国防文学的范围应当放得更广大一点。一看好象和国防主题无关的作品，仔细一检讨，也往往可以在那里面掘发出国防的意义来。因为国防问题在中国民众已是一个实生活的问题。以沙汀那样的作家来说吧，他选的主题虽不是在国防前线；他虽没有描写大众抗敌反汉奸的斗争，但是他的作品却告诉了我们在帝国主义封建势力压迫下的大众是在过着怎样黑暗和惨苦的生活；更由于他世界观把握的明确，艺术技巧的熟练，使读者在落后的事件和人物上获得了明确的时代的概念和展望。这样的作品，在前进的运动中，不会失去它的重要性，它在国防文学中自有它的地位。只有傻子和疯汉子才会因为作者的主题还停留在民族战争的侧面的壕沟里，就认为他的作品是属于“汉奸”的文学。

接着他强调了“国防的主题”(所谓“主题”，大约可以解释作“该作品所表现的‘主要的题旨’或意义，目的”)，并且解释国防主题的多样性，叫我们不要惧怕题材的单调，是有点反对沈从文的“反差不多主义”的意思的，他说：

当然我们也不是以沙汀的这样的作品为完全满足，相反的，我们希望他采取积极的国防的主题，因为我们确信这样的主题被一个不轻于选取新的主题的作家描写出来的时候，一定会有更辉煌的成就。但是这只在作家对于民族革命斗争的实践的实际参加和他的艺术的创造结合起来了的时候才有可能。

把一切作家引到国防的主题，有的人就要怀疑，这不是将要使文学的题材单调化了吗？不，相反地，这不但没有缩小主题的范围，反而使之扩大了。在这个主题里面，无限多样地包藏了革命文学的其它一切主题。在社会发展的主流上把握广大现象和复杂情形，不局限于民族革命战争的激化的场面，而触及在帝国主义汉奸压迫下的一切民众的日常生活和斗争，这就是国防文学的内容的境界。在这普遍全国的民族革命的高潮之中，人民的无际限的多角形的生活现实，将要和国防主题趋于一致。一个小小的劳资争论，一个小小的农民纠纷，一个学生的行动，和甚至一种个人的悲剧，都可能带着民族革命的意义，因为民族革命的斗争已经深入了全中国人民的一切生活领域。

而且同一个主题，可以从多种多样的角度去接近。恩格斯曾经指出，以一个西鉴金（拉萨尔戏曲中的人物）为主题可以写成几十篇不同的戏曲，而伊里奇也曾分析托尔斯泰所表现的并不是什么新的东西，而是十九世纪农民俄罗斯知识分子共同反复说过的事情。所以我们不要惧怕题材的单调，重要的倒是在学习怎样处理一切有意义的主题。

周扬在《关于国防文学》里，则简直主张“国防的主题应当成为汉奸以外的一切作家的作品之最中心的主题了”。他说：

国防文学运动，就是要号召各种阶层，各种派别的作家，都站在民族的统一战线上，为制作与民族革命有关的艺术作品而共同努力。国防的主题应当成为汉奸以外的一切作家的作品之最中心的主题。这不但没有缩小作家的创作的视野，反而使它扩大了。现在和过去的现实中所包含

> 的一切有国防意义的主题，必须具体的广泛的去发现——为民族生存的抗争存在于政治的，经济的，文化的，日常生活的一切场面。

以下他又说到“主题的问题是和方法的问题不可分离的，国防文学的创作必须采取进步的现实主义的方法”。但他接着又表示：“向国防文学要求最进步的现实主义的作品，是正当的，但国防文学的制作者，却并不限于能运用高级的创作方法的作家，就是思想观点比较落后的作者，也应当使之为国防创作而努力。”

任白戈则以为国防文学的“主题”与“现实主义”是分不开的，并且主张“我们的国防文学不待说也是应当以现实主义的创作方法为创作方法的”。他说：

> 国防文学的题材是没有限制的，但所有的主题，却不外乎动员全民族一致抗敌救国这一个神圣的任务。帝国主义的侵略，已经深入到我们的每一滴血液，每一个毛孔里去了，我们的一切生活都直接间接受它的影响，我们随便在某一个生活片断中，都可以抓着国防文学的主题，剀切地说，在中国目前的整个现实之中，帝国主义的残酷的侵略，与全民族均一致动员救国这个斗争的内在的合法则性，便是最本质的东西，只要抓着了一点，我们便可以抓着整个真正的现实。所以我们只要以国防文学的主题作中心去处理一切题材，我们总能最大限度地表现过现实的真实性；反之，只要是一个现实主义的作家，他所创作的一切作品，一定是最大限度地含有国防文学的主题的。
>
> 在一切的创作方法中，现实主义是一个最高的标准。

我们的国防文学不待说也是应该以现实主义的创作方法为创作方法的，不但能使国防文学表现了中国目前的伟大的现实，完成其神圣的任务，而且使那些只能创作第二义的乃至第三义的国防文学的作家，达到能创作第一义的国防文学的境地。它不但给与国防文学以最高的价值，而且给与国防文学的作家以前进的能力。有了这种创作方法，国防文学才得了一个向着正确方向发展的保证，有了这种创作方法,国防文学才可以一直发展下去与未来的文学统一。同时，亦要靠着这种创作方法，国防文学的战线才能日益巩固统一起来。

——《现阶段的文学问题》

至于关于国防文学的作者的“进步的世界观”(这当然也是创作方法内容的一部）问题，则有相反的两种主张。立波说：“不管作家的立场和信念”；艾思奇说：“凡是有才能的作者；在世界观上即使有种种不同，但在反映现实这一点上，却多少都有值得重视的地方”。二人是都觉得“世界观”对于国防文学的作者不大重要的。郭沫若则反对这种意见，坚决的主张“正确的历史观和世界观，在我们是有努力去把握而且加以普及的必要”。不过他也说“没有正确的世界观而能把持着客观真实的人，我们能够容许，但希望他要有正确的世界观，并希望一般的人不要以之为例”。

立波说：

国防文学，既是中国新兴文学的更合理更高度的一个发展，自然也要承继中国进步社会力量的进步世界观。但是，过去经验已经昭示，对于站在各种社会立场的各流派的真正艺术的轻视，是一种错误。巴尔札克虽然有正统王朝派的政治意见，还是看到了贵族社会灭亡的不可避免，看到了真正未来的主人，市民阶层的抬头，在这一点上，佛里德支里看见了巴尔札克的现实主义的革命性。托尔斯泰是一个不欢喜革命，有意避免谈到革命的贵族，可是，乌拉其米尔（即伊里奇）却从他的艺术中，看到了农民俄国的革命的镜子的意义。对一切有才能的作家，我们应当依据他的艺术的客观的效果，他的艺术在客观上所给与民族解放事业的教益的程度，而给以评价，不管他的立场和信念，我们要强调他的优点，指摘他的谬误，使他能够更直接的为民族解放事业服务。

至于一切已经把握了进步世界观的作家，自然应当尽量使民族解放事业，成为作家的个人事业，这样，才能够正确的反映大众的斗争中的光辉的生活，光景，思想，情绪和意志，才能够制作最有助于中华民族解放事业的发达与完成的思想深刻，情绪饱满，影响力巨大的新兴文学。

——《中国新文学的一个发展》

艾思奇说：

文学的生命就是现实主义。凡有价值的作品，都有它的现实主义的一面。我们自然不能说每一个作者都是现实主义者，相反地，我们要说，多数的作者，甚至于伟大的作者，都常常站在一种特定的立场，戴着特定的棱镜，也就是抱着一种代表作者的社会地位的世界观，而把现实的形象歪曲了。在特定的世界观的着色眼镜之下，作者甚至于会把现实的材料拖向非现实空中去。但不论怎样，作品如果有价值的话，那价值不在它的世界观，而在那虽然被歪曲但也在某种程度上反映出来了的现实的内容。我们承认《雷雨》这部戏剧是有价值的作品，因为它里面写出了几个很现实的人，象那在旧社会旧道德的压抑底下苦闷着的周繁漪，周萍等人物，就是在现在的中国也有很多地方存在着的。作者的世界观使他想把这些人物带到神秘主义和宿命论的彼岸里去，但也幸而这神秘主义和宿命论没有完全压坏了这几个人的真实的描写，才使剧本有深刻动人的力量。

这是一些基本理论上的问题，为什么要拿到这里来谈呢？这是为要表明，凡是有才能的作者，在世界观上即使有种种不同，但在反映现实的这一点上，却多少都有值得重视的地方。这就是说，新的形势和新的任务被提起的时候，文学的事业并不单单是最前进的作品才能推动；就是比较落后的作者，在一定的条件之下，也可以成为这任务的一部分的担任者。

——《新的形势和文学的任务》

郭沫若说：

正确的历史观和世界观，在我们是有努力去把握而且加以普及的必要。近来有人误解了苏联的罗森达里理论（编者按——Rozendal为苏联现代文艺理论家）。以为正确的世界观在作家是不必要的，举巴尔札克和哥果里[1]为证。这种见解在目前是有害的。苏俄的社会已经上了正确的轨道，和我们的不同；生在苏联的作家即使意识模糊一点，然而

① 哥果里，今译为果戈里。

环境是正确的，只要忠实于客观的真实，他自然会达到正轨。所谓“蓬生麻中，不扶自直。”而在我们，则旧式的史观正在加紧的被人播音，能够不为先入之见所囿，如巴尔札克与哥果里那样的天才（在科学家方面如爱因斯坦），究竟能有几人？以例外为正宗，而期许一般的人以天才的特达，这是完全错误。我们现在可以说，没有正确的世界观而能把持着客观真实的人，我们能够容许，但希望他要有正确的世界观，并希望一般的人不要以之为例。正确的世界观是唯一的客观真理，这是使我们认识客观世界的明灯，与其在暗中摸索偶然得之，何如大家都掌起这明灯来俯拾即是呢？我们须要知道，我们所处的环境还大有不同，不要忘记了“白沙在泥不染自黑”的教训。

——《我对于国防文学的意见》

（E）“国防文学”与文艺界“联合战线”的关系

我们在上面已经看见，因为适应新的政治形势，产生了“国防文学”的口号，同时并且实行了文艺界“联合战线”或“统一战线”的号召。但是对于这不分阶层和党派的“国防文学”与“联合战线”运动，因为有“机械论”者的反对（见下）甚至在“国防文学”论者看来，“民族革命战争的大众文学”的口号也有碍于“联合战线”的组成；所以“国防文学”论者对于“联合战线”组成的可能与其成立以后的意义或作用，以及“国防文学”的创作是否可以作为作家参加联合战线的条件，等等，都有所解释；当然这都是针对着机械论者的反对和“民族革命战争的大众文学”提出的。

何家槐对于文艺界应该联合和有联合的可能，发表意见说：

一个作家的应否联合，最主要的条件，就是共同的目标；鲁迅先生早已说到这点了。（编者按——这是指一九三〇年三月二日鲁迅在“中国左翼作家联盟”成立时所说的“我以为联合战线是以有共同目的为必要条件的。……我们的战线不能统一，就证明我们的目的不能一致，或者只为了小团体，或者还其实只为了个人，如果目的都在工农大众，那当然战线也就统一了。”无论表面上所打的招牌或幌子是怎样的堂皇，鲁迅这“或者只为了小团体，或者还其实只为了个人”的话，就是在一九三六年也是要触着有些国防文学论者的疮疤的。如鲁迅逝世前二日给曹靖华信内所说“此地文坛，依然乌烟瘴气，想乘这次风潮，成名立业者多，故清涤甚难”。——见《作家》月刊曹靖华的《生命中的第一声雷》，后收集于《鲁迅先生纪念集》中）可是在鲁迅先生说这句话的时候，情形与现在大不相同，现在的联合应该范围更大，目标更大，因为现在能够接受抗敌救国的这个广泛的纲领，愿在文艺界尽一点救亡任务的作家，确在一天一天的增多，战线已不仅是新旧文学的对垒，目前的主要的斗争，为汉奸作家与非汉奸作家的斗争。这和在这世界革命与战争的新周期的前夜，为了反法西斯和战争，为了反对威胁文化的公敌，欧美的作家比以前任何时期都要更广泛的，更大规模的联合起来。（这是指一九三五年六月举行的“巴黎保卫文化大会”。——编者）情形和理由都是完全一样的。

所以不问观点和立场，趣味和嗜好跟我们如何不同，只要他还有救亡抗敌的热意，我们都应该采取善意的和批判的态度。单自告诉他们应该怎样做或做些什么，还嫌不够，我们一定要指出来为什么要这样做，而且要用事实去证明。而且，如果更进一步说，就是过去主张错误的人，只要现在他们以行动来表示他们抗敌救国的志愿和决心，不再做危害民族的丑事，我们也愿意而且应该与之携手。……

在这样一个大规模的阵线之中，无疑地会有非常复杂的现象。参加这个“包罗万象”的队伍，自然各有不同的立场和观点，可是这并不能作为反对作家联合的道理，因为我们为着民族的解放，不但要团结一切抗敌救国的基本力量，就是一切可能的抗敌同盟者，我们也应该团结在一起，决不应该遗漏一个爱国的中国人，然而巩固和强大阵线，和阵线里面的一切动摇，妥协，投降与交节的倾向斗争，却是万分必要的。……

末了，我想带便谈一谈同人团体的问题，因为这与联合战线的问题很有关系。我认为同人团体是需要的，可是同人团体必须在统一战线的组织之内，否则就有容易造成狭窄的行会主义和宗派思想，造成分裂的危险，与联合战线的真义完全相反。

——《文艺界联合问题我见》

何家槐末了这一段话，对于“文艺家协会”成立以后的结果（引起“中国文艺工作者宣言”的发表者中一部分人与“协会”的对立），好象果如所料似的。

周扬也说文艺界联合战线的形成，不但是可能而且已经存在：

实际，文学上的统一战线的形成，已经不只是一个可能而是一种存在。许多有着不同的艺术好尚和人生信仰的作家，在笔端和口上，由宣言和行动，都一致的表现为了民族的自由解放而努力的共同决心。文艺界已有了新的大团结（想是指“文艺家协会”——编者按），这是中国新文学运动史上值得大书特书的事件。这个团结不一定马上能够收到国防作品的成效，但无论如何，使国防文学的创作实践有了更广大的动员基础。在这里，不妨把国防文学的创作标准放低一些，重要的是动员大家都去写。李健吾的《老王和他的同志们》和靳以的《离散》，不管他们意识上和技巧上的缺点，应当以那主题的意义而得到较高的评价。

这并不是说，这一切作家之间已经有了意识形态上的完全一致，以为最前进的立场和思想上的斗争从此可以终息了。不，斗争并未终患，只是斗争的形态改变了，它必须适合于民族革命的总的斗争，同时也要顾到各阶层的作家的政治认识和意识成熟的程度上的差异。这，就使得最前进的作家在这文学战线上的作用成了多方面的，广泛而且困难的。《夜莺》上的一位作家所说的“八九年用血染出来的我们这主题所由来的正确而光辉的这个巨人的人格”，也只有在斗争中才能达到更光辉的发展，如果固守着自己的“纯洁”，怕沾染了“多元的混乱场面”，那才真是“自己取消”！

——《现阶段的文学》

成立文艺界联合战线的意义和作用在什么地方呢？艾思奇有很详细的意见，何家槐也曾有过解释。

艾思奇说：

一个作家代表着一定的社会层。这社会层如果是一些寄生者群团，他们脱离现实，脱离生产，做着高超的美梦，那么，代表他们的作者也会跟着他们播弄文字技巧，粉饰和欺骗。如果同这样的社会层在新的条件之下受到了现实的打击，感到了地位的不安，在疑虑和彷徨中渐渐倾向到抗敌的方面来的时候，代表的作者把这样的转变过程反映出来，这不但在文学上有相当的贡献，同时在社会的意义上，他们的作品也对他的阶层尽了一种指示的任务。它对他们说，“看吧，我们的路只有这一条，抛弃了那美丽的空想，走到联合战线上来吧！”象这样的作者和作品就是单单站在政治上来说，我们也能放弃了么？

我们相信在新的形势之下，也有许许多多这样可能的社会层，也有许许多多这样可能的作者。我们在政治上用联合战线的口号要把这些社会层尽可能的号召到抗敌战线上来。在文学上，我们得要用国防文学的口号，号召这些作者，叫他们去指示他们所代表的社会层，把在迷梦中的人惊醒，把在彷徨中的人坚定起来，使他们知道为国防而战是比什么也更迫切需要的事。因为国家亡了，自己的生存就全没有保障。

广泛的各种社会层中的转变中的现实，不是一部分前进的作者所能汲尽的。前进的作者在作品所作的指示，也不一定能够说服那比较落后而又有走到联合战线来的可能的人们。用他们自己的作者去说服他们是最便利的事。要把各党各派的作者号召起来，意义也就在这里。……

对于这些作者的号召，自然也不是毫无条件的。他们走到联合战线上来，无疑地也随着他们自己的世界观，无疑地他们仍不会完全脱去了旧的恶习，文字技巧的粉饰和欺骗，仍会在他们的作品里残留着。因此，把这些作者号召过来，同时也要给与战友的批评。号召的意义，就在于要不使他们放任在自然生长的状态中，以至有腐化的危险；而要把他们中间的新鲜的生命扶植起来，要他们对于自己阶层的转化的现实过程的反映多努力些，而在世界观方面少来一些顾虑。

——《新的形势和文学的任务》

何家槐说：

有人根据个人间的琐屑的纠纷，认为组织文艺界联合战线，就是无异于偏袒无行的文人和为商人所豢养的文人，容许他们大批的翻印“蛀虫的古迹”和“腐儒的呓语”。可是这种了解，无疑地是错误的。因为联合战线决不是没有目标的乌合之众，也不是大家客客气气，握手言欢的宴会；却刚刚相反，这个争取民族解放的统一战线，当然是反对政治文化上的一切反动的复古运动的。我们认为无论出版家的竞印古书是出于什么动机，不论编辑者的整理古书是持有何种理由，客观上或多或少的总是有利于反动的文化运动，容易给野心家利用为麻醉和欺骗的工具。所以不要说程度较浅的读者，就是思想已经相当成熟的人，或者专门家，在这国亡无日的时候，也应该暂时抛弃自己的嗜好和兴趣，多做一点配合现实需要的研究，使研究工作和整个的救亡运动联系起来。如果共同的活动完全与个人的工作分离，那又何需乎集体的生活？如果一个联合阵线的构成分子不但不能加强反帝反汉奸的力量，反而在无意间减弱了它的作用和影响，那么我们一定要对他劝导和批判。

甚而至于旧文学者，如“礼拜六”派等等，在他们有参加民族解放运动的诚意，而且他们的工作在能够促进这个运动的条件之下，我们当然也是欢迎的。

我们大家现在所共同主张组织的文艺界统一团体最基本的宗旨，就是致力中华民族解放，所以要联络友谊。商讨学术，争取生活保障，主要的目标就是为的集合力量，加强力量，就是为的推动神圣的民族解放战争。所以只要不违反这个基本的目标，就是在文学本身的问题上主张有所不同，也可以而且必须通力合作。而这种合作，我再着重的提醒怀疑这个真理的作家，不但不会妨碍到新文学运动，反而可以加强它的影响和作用，可以更清楚地指出新文学在救亡运动中的功效和前途。

“……只有广大的群众，甚至平日最落后的群众，一旦卷进了大革命的浪涛的时候，才能完成预定的目的。……革命所凭藉的，不能只是一部分先进的分子，而是凭藉着一般的人民。”

——《文艺界联合问题我见》

“国防文学”的创作，是否应该作为作家们参加“联合战线”的条件呢？或者说，作家们是在“国防文学”的旗帜之下联合起来呢？还是在“国防”的旗帜之下联合起来呢？胡洛和周扬主张前者，郭沫若和茅盾则主张后者。胡洛说：

无论是怎样一个运动，都应当集体去做。我们举起了国防文学的大旗，同样，我们的作家们便应当在这旗帜下集合起来。只要是有良心的作家，只要是赞成反帝反汉奸的作家，他们都应当集合在一块，共同推动这个民族解放的运动。事实上，是中华民族的作家们，只要他们不是汉奸，不甘心做亡国奴，他们都会集合起来，共同奋斗。……

在国防文学的旗帜下，作家们应当集合起来。不仅是集合作家们，还应走到实际来，从生活里，抗争里去体验，学习。只有这样，国防文学才有前途。

——《国防文学的建立》

郭沫若则和胡洛相反，他说：

我觉得“国防文艺”应该是作家关系间的标帜，而不是作品原则上的标帜。并不是一定要写满蒙，一定要写长城，一定要声声爱国，一定要句句救亡，然后才是“国防文艺”。我们只是在“国防”的意识之下把可以容忍的“文艺”范围扩大了。最好是由我们自己的立场来说话，我们站在社会主义立场的人，每每有极端的洁癖，凡是非同一立场的人爱施以毫不容情的打击，在目前我们确应该改变这种态度了。要认定凡是非卖国的，非为帝国主义作伥的人或作品，都和我们的目标相近，我们都可以和他们携手。为扩大反帝战线的必要起见，我们尽可以做些通权达交的工作。

——《国防·污池·炼狱》

茅盾赞同郭沫若的主张说：

关于“国防文学”的口号，我自己说过一些话，但我现在多少有些不同的见解了。原因是我看了郭沫若先生的文章（《国防·污池·炼狱》），我以为他的解释最适当。他说：

“国防文艺最好定义为非卖国的文艺，或反帝的文艺。”

又说：

“我觉得国防文艺应该是作家关系间的标帜，而不是作品原则上的标帜。”

这两句话，我觉得都很对。所以我现在想，“国防文艺”这口号，若作为创作的口号，本来是欠明确性的，而过去我们把这口号认为是一般的创作口号，他就有关门主义和宗派主义的危险。

——《关于引起纠纷的两个口号》

周扬反对茅盾的这种意见说：

茅盾先生以为“国防文学”只是作家关系间的标帜，而不能作为创作的口号，这我就不能同意了。我以为“国防文学”的口号应当是创作活动的指标，它要号召一切作家都来写国防的作品。一个文学的口号如果和艺术创作活动不生关系，那它就要成为毫无意义的东西。文艺上的国防阵线，不运用它自己特殊的艺术的武器，就决不能发挥它应有的力量，这是明明白白的事情。

——《与茅盾先生论国防文学的口号》

茅盾虽然在“中国文艺家协会宣言”和“中国文艺工作者宣言”上都签了名，但他最初是“协会”的主要领导人之一，所以开始关于“国防文学”问题的文章，他都在“协会”的机关杂志《文学界》上发表。自从他觉得周扬的理论有“关门主义和宗派主义的危险”的时候，他答复周扬上篇文章的《再说几句》的一篇，就在《生活星期刊》上登出。不过立论仍是比较客观的。这已经是关于“创作自由”问题和“关门主义与宗派主义”的清算，我们留待以下第五节里再说。

二 机械论者的反对与克服

机械地应用着文艺的阶级性底理论，也就是死守着“教条”，来反对“国防文学”和文艺界“联合战线”的，先有一个徐行，以后在“民族革命战争的大众文学”问题提出以后，又有一个辛丹，不过他赞成“国防文学”而仅反对文艺界联合战线。对于徐行，曾经展开了激烈的论争；辛丹的文章因为发表在“民族革命战争的大众文学”的提出以后，问题的中心已经发展到“国防文学”与“民族革命战争的大众文学”之争，同时对于徐行的机械论的清算已算告一段落，所以没有再引起人们的注意。但是我觉得辛丹的文章比徐行的更言之成理，实在是机械论的模范，而当时答辩徐行的文章，是也可以用来答辩辛丹的，所以我们现在先来看看辛丹的理论：

> 在现阶段的中国，无产阶级的革命文学者，提出国防文学这一口号是非常应该的；可是伴着国防文学这口号的提出，他们犯了一个严重的错误——文艺界联合。因为这个错误，便有好多人连国防文学这一口号也怀疑起来；这便是我在本刊（指《北调》月刊——编者）二卷一期《悼高尔基》一文里所以反对“无批判地，无条件地联合所有作家文人成立国防文艺阵线”的所由来。关于这一口号的讨论，后来又有好几位加以辩正和补充，使得国防文学提出的意义，有了比较清晰的说明，可是始终没有人正确地指出文艺界联合这口号的错误来，所以依然有好多人在观

望和怀疑。

在现阶段的中国，国防文学这口号的提出，为什么是非常应该的呢？这仅仅从联合所有抗日救亡不愿作汉奸的作家文学者，在这一联合中无产阶级担任主导作用这些说明上，还不能叫人充分地明白，在讨论“第三种人”的时候，我们的先进者已经说过，第三种人是并不存在的，作为中间阶级的小资产阶级，他们的行为(包括他们的言论)，不是相当地觉醒地帮助和同情革命，便是故意地或者盲目地反对革命。对于前者，无产阶级革命不但始终不拒绝他们，而且时时在组织他们，加强他们的革命意识，促进他们的革命行动；对于后者，如果他们是故意者，革命当然要打击和排斥他们，揭穿他们的面目，暴露他们的丑行，如果是盲目的，那么也是用批判的指示，使他们觉醒。这尤其在文学的领域中反映得清楚。在东洋帝国主义加紧侵略我们的这一客观事实下，为了巩固和扩大反帝国主义这一任务，强调救亡工作，提出国防文学这应时的口号作号召，在这一口号下，利用这危及全民族生存的客观条件，来坚定动摇的和觉醒盲目的小资产阶级到革命的阵营来，这才是这一口号提出的正确意义。然而，这却跟联合不同。联合是有语病的，就是加上“在这一联合中无产阶级担任主导作用”这一说明，也依然是不清楚的。因为，严格一点说，事实上除了革命者，就是反革命者；反革命者所提出的爱国主义，民族主义，表面上也依然是标榜救亡，骨子里却是欺骗和麻醉，那么，我们能跟他们联合么？就让退一步说，跟他们妥协了（在现阶段的中国，是只有妥协，没有联合)，无产阶级能够担任主导作用么？然而，除去他们以外，这联合又从何说起呢？

我再说一遍，无产阶级的革命任务，是反对资本主义，这并非意味着仅仅反对国内的资本主义，也并不意味着只反对资本主义本身，而不反对现阶段它所支持的封建势力，和它所产的帝国主义和法西斯蒂。那么是谁把革命的任务局限到只是意味着反对国内资本家买办阶级，而现在提出休止这一斗争，把革命任务的不是强调而是转移到反对帝国主义呢？如果不是这样，则根据正确的理论，革命的任务是一贯的，它在东洋帝国主义加紧侵略的事实下，当然要强调这任务中反帝国主义，尤其东洋帝国主义这一课题。可是，在革命的过程中，发生这种现象的时候，并不能因为这一强调而停止其它任务；因为革命的任务是一贯的，而不是可以随便拆开的。更明白点说，反资本主义，也就是间接地反对帝国主义。既是不能停止反对资本主义，那么为资本主义张目的作家们，是可以联合的么？自然，在目前中国的严重国难中，国内一部分资本家买办，也一样要感到不安，一样可能起来救亡抗日，但我们要认清他们起来救亡抗日的动机不只是脆弱的，而且或多或少地具有着反动意识；他们对国家对民族的观念是反动的，他们所施于爱国和拯救民族的行动，也一样会必然地是欺骗大众的狭义的国家主义和民族主义。具体一点说，他们对帝国主义的仇恨，并不如他们对无产阶级的仇恨更大；从而他们也决不会和无产阶级联合起来去反对帝国主义。

文坛上是直到现在还没有人敢公然而且正确地揭破这为一些小资产阶级的投机分子在国防文学这一口号下所提出的文艺界联合这一错误，这证明了我们的文坛上多数是些口是心非和并没有把握住无产阶级革命文学的正确意义的分子们，他们利用国防文学这一口号，气势凶恶地使得另一些比他们较为认识正确而也没有十分坚定信仰的人们，怀疑地不敢纠正他们，只为他们补上了一条尾巴。“在这一联合中无产阶级担任主导作用。”（编者按——这里所谓“另一些……人们”当然是指着“民族革命战争的大众文学”的主张者们。）其实，直到现在，依然有人在辩证和解明这一口号，这证明对于这口号的不信任者，还大有人在。而在他们对不信任者的辩驳和解明中，他们虽然没有公开的指明文艺界联合这口号的错误，但也已经逐渐清楚地说明了这一联合其实还是用国防文学这一口号作号召，在东洋帝国主义加紧侵略的客观条件下，觉醒和推动一般小资产阶级们都统一到革命的阵营里来，而并不是让小资产阶级中间的盲目者和动摇者依然留在他们自己原来的地位，用这口号把他们联合在一起。因为，只有无产阶级革命任务中的反帝国主义才是正确的；也因为在客观上，东洋帝国主义加紧侵略这一事实，是严重得足以而且正在觉醒一般动摇和盲目的小资产阶级！相信只有站在这种观点上，国防文学这一口号的提出，才是正当的；而同时所谓联合所有的作家文人，却很显明地是一些投机分子的歪曲。

最后我要说，鲁迅先生答复“托派”的信中，曾经提到，第三国际对中国的革命有过指令；（编者按——鲁迅的信中并没有这话。）这指令的内容是怎样的，我不知道，但反映在文艺界，这指令无论如何不应该是盲目的文艺界联合！同时，如果有人说，现在文坛所以用联合而不用吸取，是恐怕一般小资产阶级们害怕，故意放这样的烟幕，那我是不说什么的。

——《论国防文学和文艺界联合》

而引起徐行的反“国防文学”和“反联合战线”的机械论的，是张尚斌的文章。——当然即使没有张尚斌的文章，机械论也会有的，这里的徐行和张尚斌等不过是两种认识的代表而已。

张尚斌说：

> 不带社会层性的文学是没有的，一切超然的文学，都是一种假自由，真虚伪的文学。如果我们认为上面的话是对的，就必要生出下面的疑问。中国“国防文学”是关于哪一个社会层的呢？
>
> 帝国主义者在中国的野心，是市场的直接占领；这种野心，在它握有中国的关税权和工厂建立权的优越条件之下，带着十足的现实性。因此，帝国主义者并不满足于中国民族工业的买办性，它要完全消灭中国的民族工业。“一·二八”的炮火所燃灭的商务印书馆工厂和三友实业社，并不纯粹是战时的愤气，而东北四省和华北中国实业，现在怎样了呢？中国民族工业就是十足的带着买办性，也还是不能避免毁灭的前途。
>
> “一·二八”战争的时候中国的资产者，对抗敌军尽了不少后援的力；他们的物质接济和精神鼓励，虽然没有广大的勤劳大众的援助的伟大，却也是不能忽略的史实，这史实，证明了中国的民族资产者，有许多是还有反帝的强烈要求的。
>
> 殖民地中国的小资产者的反帝要求，比资产者的反帝要求更为普遍，因为，中华民族被凌辱的惨痛，他们也和中国勤劳的大众一样，最先要感到。
>
> 中国的缙绅们，因为他们在经济上的反动性，反帝国

防的要求是比较不大明显的。然而个别的也不能说完全没有。

中国各种阶层的民众中，都有反帝的要素，而勤劳大众却是他们的主体。杂阶层和那被历史注定了它的反动命运的阶层的个别的反帝要素，都要附在广大的勤劳大众的反帝大军里，才能够有力量。

“国防文学”的任务，首先是认识和反映中国反帝斗争的情境和力量。自然，它要看清反帝的主力军，可是它也不能不注意主力军的大小同盟者。“国防文学”首先是中国勤劳大众文学，可是在为着民族和社会解放的斗争上，它又是全中国民族的文学。它要描写英勇抗敌的大众，它也要描写“毁家纾难”的人们。

在文学的建设力量上，也证明：要建立“国防文学”，首先要靠中国勤劳大众的文化人，微弱的没落的中国封建文化决没有养育“国防文学”这种新的文学的能力。新的文学需要新的人群的努力。而这种新的人群，也正是民族文化的最前锋；他们没有忘记本阶层的利益，正因为这样，他们也就最焦急于民族的存亡，他们本阶层的目前利益和全中国民族目前的利益，恰恰是一致的。

“国防文学”是以勤劳大众和他们斗争生活为内容的主体，以勤劳大众的文化人作建设的先锋的一种新的文学；可是在“民族”这字的真实意味上，它又是中华民族的真正的民族文学。它要反映民族解放运动中的一切斗争情境，描写各种各样的民族英雄。

——《国防文学和民族性》

徐行反对这种“国防文学的民族性”的意见：

为什么帝国主义要把中国变成殖民地呢？这是毫无疑问的，为着要占领中国的市场，夺取中国的原料，剥削中国的劳力。并不是为着争夺民族的光荣或为着人种的差别。所以帝国主义者并不毁灭殖民地的人种，而只要镇压殖民地的反抗。因此不反抗的就可以继续生存，而且还能得到保障，保障着替他们开路。这就是殖民地的国家内，政治上的傀儡作用和经济上的买办作用发生的根源。

所谓“以华治华”的政策，理论上和事实上的根据就在这里。德国十九世纪一位辩证论的军事学者克劳色维茨曾经这样说过，掠夺者总是爱和平的。这就是说掠夺者总是希望被掠夺者不要反抗，让他和平地掠夺和榨取。自然这是不可能的。于是帝国主义者就用得着殖民地的傀儡和买办了。而殖民地的旧的统治力量，一方面慑于外力的之强大，另方面慑于内乱之蜂起。为着苟延自己的统治权力，就不得不对外投降，对内屠杀，以求得帝国主义者的欢心而尽其出卖人民的作用。所以在工业较有发展的殖民地国家内，从来就不能有一个全民的反抗帝国主义的战线。印度，中国和埃及等处的事件，就很明显地证实了这个真理。这个真理就痛击“帝国主义者并不满足于中国民族工业的买办性”的论调，同时也痛击着“国防文学……又是全中国民族的文学”的根据。

“一·二八”的炮火所燃灭的商务印书馆和三友实业社，并不纯粹是战时的愤气”，然而也非“并不满意于中国民族工业的买办性”，倒是因为他们多带点“中国民族工业”的气味；也因此而保全了其他所谓“中外合资”的企业，现在并进行“中日合资”的“中兴公司”。至于说“一·二八”战争的时候，中国的资产者，对抗敌军尽了不少的后援的力”，这手法果然很灵巧，但主张马上停战以救市面的也是那些人，我们“国防文学”的“理论家”也应该知道。还不要忘记，那些人曾经要求扩大租界。……

所以我们敢断言，不但“微弱的没落的中国封建文化决没有养育国防文学这种新的（！？）文学的能力”，就是连所谓“还有着反帝的强烈要求的”“中国的民族资产者”也没有任何能力。

我们的意见是，既无“中国各种阶层的民众中，都有反帝的要素”那回事，更不能有“全中国民族的文学”——“国防文学”——老实说，我们决不幻想“阶层的目前利益和全中国民族目前的利益恰恰是一致的”，也不幻想“全中国民族的文学”。我们只知真正彻底反帝的社会层是中国出卖劳力的大众，只有他们是前锋，也只有站在这观点上的文学才是挽救中国的文学。

——《评“国防文学”》

永修在《国防文学的社会基础》里反对徐行这种对于现实政治的错误认识：

徐先生是反对国防文学的，他根本否认了国防文学的建立；可是最严重的问题，还是他根本否认了广泛的“全民”战线。

张尚斌先生那篇登在《火炬》上的原文，我没有看见，因此我也不能说什么话；可是如果徐先生的引文不错，那么，帝国主义“并不满意于中国民族工业的买办性”这句话，显然是有很大的语病的；因为帝国主义者对于“买办性”不但不会表示不满，而且很欢迎，他们所不满意的，却是“民族性”；而且“全民的反抗帝国主义的战线”应该改成“全民的反抗某帝国主义的战线”；“中国各种阶层的民众中，都有反帝的要素”，也应该改成“中国各种阶层的民众中，都有反对某帝国主义的要素”；如果不是这样讲，那就是不能允许的错误。

可是我的着眼点，却在徐先生这种机械的，甚至可以说是犯了取消错误的论调。他这种论调，照我的理解，不但是文学本身的问题，而且是民族解放运动中的政治认识的问题。

徐先生所持的最大理由，是中国民族布尔乔亚因为买办性非常浓厚，他们的利害是和帝国主义者完全相一致的。这并没有错误。可是这是一般的说法，目前的事实，却很清楚的指明政治形势的特点，是一个对于我们有特殊利害关系（存亡关系）的帝国主义，想用种种方法（最主要的当然是傀儡政权），把我们的整个民族独占，把它从半殖民地化转到完全殖民地化。因此其他各帝国主义对于这个帝国主义的利害冲突，也一天天的紧张和尖锐起来。

中国的买办们，是代表各帝国主义集团的不同利益的，因此他们无疑的也有相互间的矛盾。在目前这样危急的关头，别说“民族性”较为显著的民族工业家，就是不是代表这个特殊帝国主义利益，而且跟它利害刚刚相反的买办们，即使不直接的或公开的参加救亡运动，至少也会采取赞成，同情，中立，或者不积极的表示反对的态度，虽则这种参加或拥护是个别的，暂时的，不诚意的，动摇的，可是却不能完全抹毁这些部分的影响和作用。甚至在某种特殊的场合，军阀，官僚，地主（尤其是中小地主），富农，也有这种可能性。至于小布尔乔亚，进步的知识分子，以及下层的士兵，等等，当然更是民族抗战中最可靠的同盟者了。

我们决不否认主要的和领导的救国力量，是出卖劳力的大众（仿佛徐先生连农民也不承认是基本的救国力量），可是单靠这一力量，却是不够的。我们一定要联合一切不愿当亡国奴的“中国人”（除了卖国贼汉奸），共同起来组织抗敌救国的“全民”阵线。换句话说，我们一定要设法实现“工农商学兵”的联合阵线，才能完成这个历史的任务。

徐先生并不曾了解这一点，却很肯定的武断说：“我决不幻想阶层的目前利益和全中国民族的利益恰恰是一致的”，这简直是根本反对“不问派别，阶层，团体，个人，宗教，信仰，只要是赞成和拥护救亡运动的，都可以而且应该联合起来”——这个神圣的而且正确的号召。

我认为国防文学的主要内容，就是抗敌反汉奸，凡是和这有关系的，都可以说是它的题材。因此它的范围很广泛。它的社会基础就是每个“中国人”都要参加的“全民”的救国运动。它表现每一件值得表现的救国运动，描写每一个值得描写的战士（当然不是脱离群众的英雄）。如果称这种文学为“全中国民族的文学”，难道有什么错误吗？难道因为张尚斌先生犯了一点语病，我们就可以根本否认广大民众的战线，根本反对适应现阶段的政治号召的国防文学，而且竟随便加入以一顶“民族资产者的辩护士”的帽子吗？

对于永修的反对意见，徐行又来一次反驳：

试问“兄弟阋于墙，外御其侮”，这是“语病”还是错误？我们可以说，一八七一巴黎的经验和一九三七以来，尤其是“九一八”以来，经验证明这是错误（或者正确些说，是罪恶），不是“语病”。试问“不问派别，阶层，团体，个人，宗教，信仰，只要是赞成拥护救亡运动的，都可以而且应该联合起来”，这是“语病”还是错误呢？我们同样可以用上述经验证明这“就是不容许的错误”。当然批评家或许也会咬紧牙关说这是“神圣的正确的号召！”

现在我应该说明，我的“机械的，甚至可以说是犯了取消错误的论调”，却不象“神圣的正确的号召”那样捕风捉影的，而是根据科学的社会理论的先驱的遗训的。在《法国内战》一书中我可以引出一段名言：

“在新时代最残酷的战争后，战胜和战败的军队都联合起来共同打击无产阶级。这种空前的事件，不是证明俾斯麦所想的一样，刚开自己道路的新社会遭受了最后的失败，不是的，它证明旧的资产阶级社会完全瓦解。旧世界还能企及的最伟大的雄迹，这就是民族战争；然而它现在只是政府的强盗分赃；这分赃除了延误阶级斗争外，就没有任何其他目的；并且只要阶级斗争成为内战火焰爆发时，民族战争马上就会飞到鬼门关去。阶级统治再不能用民族的外衣来笼罩，一切民族政府反对无产阶级都是一致的。”

这就是我的“机械的，甚至可以说是犯了取消错误的论调”的来源，希望批评家在动手写文章以前也参考一点史料。因为历史文献是有点象“机械的”，它不许你矫揉造作，这是没有法子想的。

所以我反对现时一般人所瞎说的什么“不问派别，阶层，团体，个人，宗教，信仰”的胡言，也反对以胡言为根据的“国防文学”的主张。

我力主民族解放的战争，我认为这是民族进化的一个动力，这是人类解放的一个支流。然而前进的运动须有前进的力量和前进的理论根据，所以我说“我们只知真正彻底反帝的社会层，是中国出卖劳力的大众，只有他们是前锋，也只有站在这观点上的文学，才是挽救中国的文学。”这里并不是“连农民也不承认是基本的救国力量”，问题只是谁为前锋，请勿无的放矢！

——《再评国防文学》

廉岸则指出来徐行这种论调是跟托罗斯基的反对国际上的反战反法西斯联合战线的口吻相似，他说：

在目前对于国防文学的否定论者，其一是演出什么《国门之战》的民族主义的“文学家”们；其一则是机械地否定了现阶段民族联合战线的各阶层的抗敌意义的论客。这二者，在论点的根据上虽然有多少不同，但是归根结底是出于宗派主义的恶意的，偏见的立场，却是无疑的。

关于“民族主义文学”的“理论”之与国防文学不能融通，是显然的。……我们可以肯定，在各阶层之间，爱国的，不愿作亡国奴的成分是占着绝对多数的。虽然在他们的成分里，还有积极的和消极的倾向的存在。但是，这种倾向，是可以用组织和行动来把他们克服的。

由于这个缘故，统一战线之确立和正确的运用，决定中国的前途不是走向于灭亡，乃是向着民族独立解放的永生之路！

否定了国防文学的论客是怎样的呢？他们是看不到民族解放运动的现阶段的这个特点的。他一口咬定各阶层各派别的意见不会在这唯一的目标之下融合，不明了在统一战线中的进步分子的领导作用。所以，他们企图使我们摒弃了一切的力量而把自己孤立起来。这结果，使远东帝国主义吞并中国的进行更其顺利些！

这些机械论者之所以如此，是决非偶然的事。

象徐行先生之一再论国防文学的调子，这调子，不是正跟托罗斯基之反对国际上的反战反法西斯联合战线的口吻相似么？

用不着作些什么掩饰和隐讳的，机械论，歪曲事实和撒谎，是托罗斯基最出色的演技。徐行先生打算把这些杰出的戏文引用到中国来，其失望是显然的。在这里，我们可以不必再指出他们的“不断革命论”的根源，因为这申论，是会说得太长远的。……

可是法国内战的情势和现阶段有没有共同之点，他是不会了解，而且也不愿意去了解的。其次，历史是动的行进，是发展的，然而徐先生也是不愿意去了解的，正如考茨基之流不懂得帝国主义时代的特点一样。

这说明了错误的方法论之毒害了这样贫弱的论客们。因之，对于《法国内战》一段的引伸，不特是毫无着落的生硬的穿插，而且也显然的歪曲了原意了。

一九二七年以来，中国革命获得了更丰富的经验，所以能够更蓬勃地发展，扩大，增加了极大的威信，徐先生打算从这种偏见的立场去取消，减弱这势力和威信，事实上是没有可能的。

在国防文学的论据的根基上,我们特地指出了这几点;那么,否定论者的实质是什么,当然不难洞悉的。

不过,我们应该有所申明,就是国防文学在统一战线的正确路线之下产生,它是包涵了任何阶层和派别的成分和个人的;我们曾经说过。我们希望而且尽量做到不愿做亡国奴的文学者都集中起来,但是企图破坏救亡运动的人,我们是毫无疑义地起来抨击的!这就是说,我们决不狭隘的闹着关门主义的成见,以促进救亡运动的开展!

——《国防文学否定论者的根源》

在反徐行的机械论的斗争中,插进了周楞伽对张尚斌的《一个疑问》。我们不必先引述周先生的文章,只看看张先生的答复就明白了:

我说“中国的民族资产者有许多是还有着反帝的强烈的要求”,周先生说,这不合事实。(编者按——此处用的“有许多”以后经作者本人改为“有一小部分”;“强烈”二字也申明可以不要。)他认为“事实所昭示给我们看的中国的民族资产者,不是“有许多还有着反帝的强烈要求”,而是“卑鄙无耻的向敌人投降,出卖全民族的利益。”

我们不能不说,对于作为一个阶层的中国民族资产阶层,周先生的话是对的。一九二七年以后,民族资产阶层早投降了封建残余和帝国主义者,这事情,“九一八”以后更加显露。可是,我们不能说,一个阶层的反动性,能够毫无遗漏的概括这阶层的每一分子。正和其它阶层有它的逆子一样,反动的资产阶层也有许多逆子。作为例子,我们可以举出过去的中国报业巨子,资产者经济学专家,和某高级军官；现在也有许多资产者出身的进步文化人和政治家，他们的确是有着反帝尤其是反日的强烈要求的。

“二七”以后崛起的中国第四阶层及其同盟，毫无疑义的，是一切反帝运动的领导者，到现在，它的力量更加强大了；但是为了反抗强暴的东方帝国主义和它的走狗的残酷压迫和剥削，在半殖民地中国这种特殊的环境之下，第四阶层及其可靠同盟，一定要把一切可能的直接间接的反日力量团结在自己的旗下，第四阶层及其同盟者不是好当单骑杀敌的英雄，他们是要求民族和自己的生存，为这个缘故，他们要用最大智慧发现并组织所有的反日力量，而且要认识，发现并助长一切间接于反日有益的力量，和反对某某特定汉奸的某派别，某军事集团等，用种种方法使这些间接反日的力量转为直接反日的因素。只有这样，第四阶层及其同盟者才能够在目前特殊的政治环境之下，加速自己和全民的民族和社会的解放。

更进一步说，“九一八”“一·二八”以后，汉奸们露骨的投卖，“友邦”对我们的“友爱”的日益浓厚，已经使中国各阶层的关系起了很大的变化，不仅是许多落后的劳苦群众有了更明确的政治觉醒，而且，其它阶层的分子都日益左倾，民族革命战争的动力，空前的扩大了，民族解放运动的动力的这种变化，是目前喧嚣传播着的民族联合战线的一个重要基础。

当然，如果将杂阶层和少数个别的民族资产者的反日力量，决心和彻底的程度，估价成为广大的劳苦大众的一样的高位，这是不对的。但是，他们有一分力量，我们就用尽他们的一分，有一分钟反日决心，就和他同走一分钟。而且，更应该用一切教育力量，使他们反日的信心坚固，使他们的反日行为彻底,这种教育政治落后的人们的力量,有十余年血腥奋斗的中国第四阶层及其同盟者现在是具备了的。

周先生说:“中国的民族资产者,由于中国目前所处的次殖民地的地位,由于中国经济根本只能成为帝国主义各国的附庸,他们也只好永远安分守己的在帝国主义手下做一名买办。帝国主义的一顶铁帽子,紧紧地压住了他们,他们除了在他们的主子面前献媚乞怜做汉奸以外,再也莫想自己伸出头来。”这段话,也还是一般地看到民族资产阶层的整个,而没有分别地去看它的组织分子。不看见树林只看见树木固然是错误,徒对树林一瞥,而不仔细再看树木,在某些时候,也是不对的。而且,周先生好象判决了资产者的最终的命运,也是没有留意阶层关系的变动。也不知道,在中国个别的民族资产者,也是可以走上资本主义以外的前途的。

周先生又认为许多民族资产者的应和反日斗争,非出“本心”,而是“迫于清议”。他们的动机,本来用不着问。就是非出“本心”的他们的应和,也一样地于反日的斗争有利。而况,他们的行动,一定是由于他们自身利益决定,不得不然。决不是单单“迫于清议”。

上面所论,全是关于中国革命运动的动力和性质问题,似乎与文学无关,这就是我们时代的特征,而时代的特征——依照乌拉机密尔的意见——就是文学的特征的原因。国防文学一定是反映了这种时代特征的这个历史特定阶层的主要文学形态。

——《“为国防文学的民族性”问题答周楞伽先生》

于是徐行再行乱引先哲的遗言以做最后的挣扎：

我们固然不能机械地了解“无祖国”的话，那话在原则上是千真万确的；然而在特种情形下——例如在目前日趋殖民化的中国，——是应当有“保卫祖国”的号召，如伊里奇在“社会主义与战争”和其它各种文献中所说一样。然而同时不应忘记他的一个原则上的界限——“何种阶层处于某一时代的中心，决定它的主要内容，它的主要发展方向，该时代的历史环境的主要特点，等等。”总而言之，“不应作理论上的让步和以原则为买卖”(恩氏致李卜克内西的关于联合战线的信)。显然，“国防文学”的“理论家”完全丢开了这些；他们完全否认了一九二五——一九二七年间的血的教训，把这些被历史车轮轧碎了的废物说得俨然是同路人了，不，而且是“兄弟”了，他们完全否认一九二七年后我们在文化上的新的作用和成功，把保持这种作用和成功的斗争“作意气的争执”；他们处在一九三六年还在发出一九二五——一九二七年的“全民”的“不问派别，阶层，团体，个人，宗教，信仰”的梦呓。

老实说，我们要作“保护祖国”的号召，是把这个号召与远大的目标联系起来的，是国际主义的，不是爱国主义的。

如果在一八七一年以前，法国的有产者还能企图民族战争的伟业，可是一到内战爆发过后，就再不能回光返照了，在中国虽然情形是有些不同的，可是一般的自一九二七年以后也走上了同一道路。“五三”“九一八”“一·二八”“一二·九”等事件完全证明了这个铁的真理。假如“民族性较为显著的民族工业家……买办们……甚至在某种特殊的场合，军阀，官僚，地主（尤其是中小地主），富农，……中国各种阶层的民众中都有反帝的要素”或“都有反对某帝国主义的要素”，那么，我们也应该认清他们的手法有些不同，有的简单是为着使劳苦大众的仇恨转一个方向，有的也是为着利用广大民众感情而发财。真的彻底要求民族解放的，只有最受压迫受剥削的劳苦大众。所以无论有意或无意混淆这种事实的人，就是自觉或不自觉的有产者的辩护士。

顺便我也不妨指出“国防文学”的“理论”的社会根源，这对读者是很有意义的。我已经说过这些“理论家”已经陷在爱国主义的污池里面，然而这是怎样发生的呢？这里有两个最主要的社会根源：

第一，因为我们的“理论家”多半是从没落的中小地主和破产的小有产者脱胎出来的。他们完全是按照自己的经济状况和意识形态来迎合新的社会运动的。这种分子是爱国主义的最好产地。所以伊里奇说：“爱国主义是这样的一种情感，它与小的私有者的经济条件刚巧相联。”例如一个小私有者的农民，他是与产生的地方的土地相结合的，他安土重迁，但是他爱国的情热是非常狭小的。他只求保全领土，想不到明日的新社会。

第二，因为我们的“理论家”只是不满意现状，对明日的社会必然出现一点，并没有确定的信仰。尤其他们都有身家性命的关系，并不要求真正的彻底的改革。不但是这样，而且当新社会临产前发生阵痛时，他们马上对旧状发生留恋。所以他们遇事只求方便，总怕碰着尖锐的地方。可是社会的发展并不是直线的，而是曲折的螺旋式的，一九二七年以来的波澜，是要使他们头昏眼花的，只要有机会他们就让步。

因为有这两种原因，所以现在文坛上满布着爱国主义的浊气，这浊气倒是“取消主义”在作怪。

这取消主义是一种国际现象，然而因时间和空间的不同而有各种形式的表现。我们不必详细分析它的各种形式，只要举出一个事实就可以证明它的内容是什么？在苏联实行新经济政策的时候，曾经在文坛上出现了取消主义。它的代表人物瓦朗斯基于一九二四年时这样说过：

“没有无产阶级的艺术，而且在无产阶级独裁过渡时代也不会有的。这时代文化领域内的任务，在无产阶级首先获得以前各世纪的技术，科学，艺术。于是日程上的问题不是创造无产阶级艺术。而是这种过渡艺术；它用批判的途径接受以前一切收获和成绩，帮助无产阶级战胜资产阶级；在使资产阶级的文化和艺术适合无产阶级的利益，毫不将较合我们时代的新形式和新体裁除外。”

如果苏联的取消主义还侈谈无产阶级的“利益”，那么，我们的取消主义连这点也没有。然而否认无产阶级艺术是一样的，而且使大众服从有教养社会层的思想，成为它的奴隶也是一样的。故当时苏联无产作家大会认为“谈到文学领域内，似乎可以有各种文学思想派别的和平合作和平竞赛，是一种反动的乌托邦”。

有人问，苏联也有“国防文学”的口号，为什么我们就不应提出这口号来呢？是的，苏联可以有，中国却不应有，因为“某一时代的统治思想，永远只是统治阶级的思想。”我们现在是在要求思想解放的时代，要解放就要有一种最先进的思想，只有它是指南针，是灯塔，是路标，凡是要求解放的人们只有拿它作武器，它应该是战斗的，是比其它思想更优秀更完善，这就是新兴的社会科学的理论和用这理论所领导的文学，就是我们经常所说的社会主义的现实主义的文学。这与庸俗的应时的现实主义——美国乔伊士的现实主义——专写现实的一枝一叶。而无前途的文学是不同的。而且文学中最主要的是思想，用艺术手段表现的思想应该是纯洁的，而不是“不问派别，阶层，团体，个人，宗教，信仰”的混血儿。黑格尔说得好：“艺术家在教育上应该与时代并立。”而我们的“国防文学”的“理论家”却落在时代后面去找“同胞的情热”。

苏联作家协会的章程上有这样的话：“社会主义的现实主义是苏联文艺和文学批评的基本方法，要求每个作家真实的，文艺的，在现实革命的发展上有历史眼光去具体描写现实；而且真实的有历史眼光去具体描写现实，须与社会主义精神上劳苦人们的思想教育的任务相结合。”我们也有权把这种要求提在每个文学家的面前。我们要求每个作家描写目前大众反对侵略者压迫者和剥削者的斗争，要求每个作家艺术的真实的具体的描写社会的全面，然而要有历史的眼光，要能教育劳苦大众走向光明的前途，而不应把主题放在几个或一个“毁家纾难”的英雄上面，我们应该描写的是集体的精神，而不是歌颂个别的英雄。有时虽通过个别英雄的典型表现集体的意识。但不能用虚伪的如“民族资产者有许多是还有着反帝的强烈要求的”典型来欺骗大众。

——《我们现在需要什么文学》

何家槐对于徐行一再提起的“法国内战”和中国一九二五——一九二七年的历史的教训，有所辩解：

我们要知道勤劳大众固然是抗敌救国的先锋，可是单靠这阶层却是不够的，一定要联络一切友军，使一切可能的抗敌力量汇合和集中起来。这无论如何是对勤劳大众有利的办法，如果不知道这种战略的运用，却故意要一再不管时间与空间的引用“法国内战”的片言只语，把它们机械的教条化，浮在云雾里侈谈“明日的新社会”，无非是卖弄风情的，最恶毒的阴谋，想欺骗勤劳大众，叫他们去孤军奋斗，置他们于死地罢了；和正确的社会科学理论的正统的发展，是毫无姻缘的。

又有一种曲解。……在一九二五年——一九二七年的时候，整个国度还是处在半殖民地的状态，而现在已有一大部分领土沦为远东帝国主义的完全殖民地；而且在外敌和内奸的夹攻之下，全国也正处在完全殖民地化的境地。由于这个民族危机的严重，整个的社会关系和力量的对比，已经大不相同，民族革命的联合战线，已经有了和十年前不同的新的条件和环境。……难道在我们这个“全民任务”和“阶层任务”紧相连结着的国土里，在目前这样迫切需要总动员抗敌的时候，可以乱七八糟的提出“无祖国”的那种号召来？

——《文艺界联合问题我见》

等到周扬和郭沫若对于机械论的清算文章发表后，徐行即再未作声，大约是被克服了罢？

周扬说：

徐行先生接连地在《礼拜六》《新东方》等刊物上发表了他的反对国防文学的意见，这意见是应当加以驳斥的。

因为：第一，他攻击目前所提倡的民族革命统一战线的主张，认为这样的主张是“胡言”，是“梦呓”，这是一个非常严重的基本认识的问题。第二，他的意见正代表着一部分“左”的宗派主义者，他们对于国防文学虽然到现在（六月）还是保持着超然的沉默的态度，但是他们的宗派主义对于文艺上的统一战线或多或少的发生了阻碍的力量。（编者按——这是暗指着当时未表示参加“文艺家协会”，以后提出“民族革命战争的大众文学”的口号的人们。但是他们也反对徐行的机械论，所以周扬在此处把徐行和他们混为一谈是不对的。）第三，他在他的文章里播弄“左”的词句，而且抄引先哲的遗言，来装饰他错误的论点，这很可以迷乱一部分读者的视听。

首先我们应当指出徐行先生的错误的根源，就是他对于统一战线的理论和中国目前形势之完全的无理解。他根本否认，或者是简直不知道，反帝联合战线是现阶段殖民地或半殖民地国家的民族革命的主要策略，同时也不了解远东帝国主义并吞中国的行动，是怎样在全中国范围内卷起了民族革命的新的高潮。千千万万勤劳大众起来为自己的民族生存抗争，广大的小资产者和知识分子也转入革命。就是一部分民族资产者，许多乡村富农和小地主，对于这个新的民族运动，也都可能采取同情中立或甚至参加。民族革命的统一战线的现实基础非徐行先生一人所能抹杀，民族革命的统一战线的主张是从现实出发，依据最前进的理论和策略的一种现实变革的主张。

徐行先生援用一八七一年巴黎事件，和关于这事件的先哲的遗训，来作为他反对一切政治上文化上国防阵线的理论根据，这恰恰证明了他完全不了解目前的新形势，不懂得把正确的理论原则活泼地运用于特殊的具体的环境。徐行先生劝批评家在动手写文章之前参考一点史料，这诚然是一个可贵的劝告，但在参考史料之际，我以为如果没有正确方法的灵活的运用，史料这个东西就不但不能帮助你了解现在，反而会使你害着消化不良症。对于一个机械的方法论者，我希望他牢记下面的箴言：“唯物论的方法，如果不当作历史的探究的指导路线，而当作伸张和分割历史事实的现成的模板使用的时候，就会转化为它的反对物。”

徐行先生因为没有正确的方法论指引，缺乏对于现实运动的深刻的认识，所以他把握不住时代的飞跃的进展，和各个社会层的相互之间的关系的急遽的变换。在这个巨大的社会变化中，最敏感的艺术知识阶级的杂多的层，虽还是各自抱着不同的人生观和艺术观，但在对于垂危的自己民族的运动的关心和民族解放的要求上却多少是一致的。而且“五四”以来优秀的作家大部分都带着反帝反封建的精神。国防文学就是一方面继承这个过去文学的革命传统，一方面立脚于民族革命高潮的现实上，把文学上的反帝反封建的任务，推进到一个新的阶段的文学，自然，没有谁能够否认一九二七年以后，我们在文化上的新的作用和成功，没有谁能够否认站在勤劳大众立场上的革命文学，是最彻底的反帝反封建的文学，是新文学运动的中坚力量。正因为有这样的力量，所以我们不但要保持这种作用和成功，而且要使之更加扩大。我们要承认在革命文学之外还有广大的中间文学的存在，他们拥有大多数的读者。他们并不如徐行先生所说，尽是些“被历史车轮轧碎了的废物”。要知道历史的车轮可以轧碎人，也可以推动人前进。

许多事实证明了这一点。在统一的民族阵线上，我们在中间的或甚至落后的文学者中可以找着不少的同盟者，文学上的各种救亡的力量需要有一个新的配置。革命文学应当是救亡文艺中的主力，它不是基尔特文学，而是广大的勤劳大众的文学。在民族解放的意义上，又是全中国民族的文学。国防的主题应当提供到每个革命作家以及一切汉奸以外的作家的创作实践的日程上。国防文学运动就是一个最大限度的动员文艺上的一切救亡力量的运动。要完成这个文艺上最广大的动员，我们不能不驳斥徐行先生下面似的“左”的论调：

“我们只知真正的彻底反帝的社会层，是中国出卖劳力的大众，只有他们是前锋，也只有站在这观点上的文学才是挽救中国的文学。”

以为只有勤劳大众的文学才是挽救中国的文学，这样的说法无异于缩小目前救亡文学的基础和范围，把革命文学从它的友军拉开，使它陷于绝对孤立的地位。我们应当认清，一切中间层的文学，只要是抗敌救国的，只要是多少反映了民族运动的某些方面的，虽不是取着勤劳大众的立场，对于中国的民族依然有着益处。我们对于这类文学中的反帝的要素，应当给以应有的评价，同时自然也要具体的指出这些作品中所表现的小有产者的观点和世界观，怎样妨碍了民族革命之本质的认识和正确的艺术的反映。只有这样，国防文学才能广泛地展开和深入。

国防文学不是狭义的爱国主义的文学，但如果没有强烈的民族的感情浸透着，就会减少它对于读者的艺术的申诉的力量。徐行先生深恶痛绝于“爱国情热”，骂国防文学的主张者陷入“爱国主义的污池”；他又引用了一位先哲的名言，说爱国主义是这样一种情感，它于小的私有经济条件刚巧相联。可是他“刚巧”忘记了这位先哲自己就曾经夸耀过大俄罗斯民族，一点儿也没有轻视过民族的感情，民族的感情正可激起我们对于自己民族的奴役状态的火一般的憎恨，正可以鼓励我们为民族的自由解放而斗争。在最近的一篇叫做《没有祖国的孩子》(舒群作)的小说里我们被小主人公对于祖国国旗的热烈的怀念之情所感动，但这里却不是一种偏狭的爱国主义的感情，而是和国际主义的精神很自然地调和着。无条件的藐视民族的感情，如果不是出于一种汉奸意识，就至少有帮助汉奸，在心理上叫大家准备去做亡国奴的危险。

然而徐行先生最害怕的是“爱国主义的浊气”会污损了文坛，破坏了文学的纯洁。他说：

“文学中最主要的是思想，用艺术手段表现的思想，应该是纯洁的，而不是不问派别，阶层，团体，个人，宗教信仰的混血儿。”

这是观念论的滥调。所谓“纯洁”是一个抽象的标准，如果用这个标准去衡量艺术作品的价值，那我们对于果哥理，托尔斯泰，巴尔札克这些作家的伟大就无从说明，因为他们的思想都并不是怎样纯洁的思想呵，他们的作品之所以不朽，是在反映了一个时代客观的现实，它的发展和矛盾。思想的内容，对于艺术作品固然有着决定的作用，但是如吉尔波丁所指示，艺术之丰富的思想的内容，不是抽象的超历史的思想的丰富，而是和现实的本质方面之具体的艺术描写紧相接合的。

艺术、创造的主体原是非常复杂：包含了各种不同的社会成分的。问题并不在于缩小主体——即局限于徐行先生所认为“纯洁”的一部分，而倒在如何诱导各色各样的成分都参加到民族解放运动里面去，假使在我们面前的，是一个有才能的作者又忠于现实的话，那么，不管他所属的阶层，所抱的信仰，以及他对于民族革命之真义的理解的程度，他一定能够在他的作品里面反映出这个革命的某些重要的方面来。我们丝毫不看轻进步的世界观的烛照的作用，但现实本身的教育的意义，却也是不能忽视的。

——《关于国防文学》

郭沫若说：

我听说有好些朋友，担心着“国防文艺”的提倡会坠入“爱国主义的污池”，因而在怀疑，反对，对于统一战线不肯积极的参加。我看这也正是洁癖的一种表现——“带着白手套是不能够革命的。”

其实一切的事物，随着时代的变化与环境形势的不同，都有相反的不同的意义。鸦片落在瘾客手里是毒，落在医生手里是药。武器落在法西斯手里是杀人，落在前卫手里是救人。战争落在帝国主义手里是侵略，落在弱小民族手里是保卫，“国防”正是这样，爱国主义也正是这样。解释是很简单的：

假使是帝国主义的国度里的国民又或其顺民，他要主张“爱国”，他所爱的自然是帝国主义的国，他自己便是一位帝国主义者。这种的爱国主义自然是一个“污池”。

然而，假如是生在被帝国主义侵略的国家，而那国家又临到了岌岌不可终日之势的时候，大家觉醒了起来要认真的爱国。要来积极地作反帝的斗争。这样的爱国主义或者可以目为“炼狱”，然而怎好视之为“污池”。

事物应该从其关系上去求辩证的了解，不好守着一个定规去死看。

炼狱式的爱国主义者，他的“爱国”的情绪愈真，则他们的反帝的行动便愈炽；他是一个爱国主义者，同时也就是一个反帝主义者。

炼狱式的爱国主义者，他的反帝的行动愈炽，对于同站在反帝战线上的邻人（友邦及敌国里的朋友）自会倍觉亲爱：他是一个爱国主义者，同时也就是一个国际主义者。

这种爱国主义者和“污池”式的爱国主义者，是应该严加区别的。“污池”式的爱国主义者在中国自然并不乏人。譬如所谓“国家主义者”的一群，他们一方面高唱着“外抗强权”，而一方面又和军阀勾结起来把认真外抗着“强权”的人认为“国贼”而要“内除”；事实上他们自己在不识不知之间便成为了替“强权”做内应工作的“国贼”。而他们所爱的“国”其实是帝国主义的国。又譬如“痛哭流涕”的中行说，“精忠报国”的秦桧，卧着钢丝床，尝着龙肝凤胆的勾践主义者，一向也是遍地皆是的。那么摩登勾践，他们的“生聚”是“聚”来放逐范蠡，他们的“教训”是“训”来屠杀文种。

然而事实胜于雄辩，这些“污池”式的爱国主义者的假面具，不是已经剥的精光了么？十年来的事实摆在那儿，究竟是谁在爱国，谁在卖国，谁在真正的卧薪尝胆，谁在一味的媚外欺人，不仅欺人的人自己明白，便是被欺的人也是早已明白了。海藏楼的大名士不是当年忧先天下的范仲淹么？殷汝耕是我的一位相识，他在十年前在上海亲自向我慨叹过：“一些年少气浮的人不知道要把中国领到什么地方去!”说的十分凄然。现在是怎样了?

天下的人都已经是明白了的,但因为赤手空拳,有大多数的人还在待望,但他们所待望的已不是十几二十年前的“真命天子”,而是他们心目中所认为的真正的“爱国者”了。

让我们推开窗子说句亮话吧:在目前的中国,只有进步的现实主义者才是真正的爱国主义者。而真正的有爱国热情的人,他所走的路也就是进步的现实主义的路,虽然他没有明确的意识。

事理是很明白的,而且事实上大多数的人都已经是明白的,处在目前,要“爱国”,要真正的“爱国”,那非彻底采取反帝行动是不行。人能彻底地采取反帝行动,这所走的不便是目前的进步主义者的路么?所不同的只在意识的明确与否,只在目标的远近如何。然而目前的行动是一致的,路是一道的,我们当然并不放弃我们的奢望,要拥护着——我特意用了“拥护”这个字——一切爱国的人和我们同路到底。革命的“主体”须要知道并不是少数所谓前进的洁癖大家,而是总动员下的爱国大众。

同路到底的事也并不是难事:因为中国的出路只有一条开在那儿的。凡是要想求生,要想做人,要想爱国的人早迟都会向这条路上走。而这条路的尽头却是人类解放的新天地。二十世纪的真正的中国人,生下地来便带着了反帝的使命。历史毫不容情的把我们中国人选成了反帝的战士放在最前线上了。我们是被逼着不能不和最猛恶的毒龙徒搏,这徒搏期间是很长的,而且是很艰苦的,危险的。但毒龙被我们屠杀了的一天,便是我们得到解放的一天,也便是人类得到解放的一天。

在这样的意识之下，我相信，要进步的现实主义者才是真正的爱国主义者，而真正有爱国情热的人所走的也就是进步的现实主义者的路。

在这样的意识之下，我也相信，“国防文艺”可以称为广义的爱国文艺。

前进的主义不是跨在云端里唱出的高调，不是叫人洁身自好地在亭子间里做左派神仙。请大家把“白色手套”脱下吧！这儿是一座炼狱。要想游乐园的人非经过此间的炼狱不可。

——《国防·污池·炼狱》

三 “民族革命战争的大众文学”口号的提出与“国防文学”论者的反对

（A）序说

一九三六年的五月，正当“国防文学”论者忙于提倡“国防文学”，忙于向人多方解释“国防文学”如何如何，（如不致于“陷入爱国主义的污池”……之类）想使“国防文学”的字面含义由“笼统含糊”变成“具体明确”，以便不致被人误解的时候；胡风在《文学丛报》三期上发表了《人民大众向文学要求什么？》这篇文章，提出了较为“具体明确”的“民族革命战争的大众文学”的创作口号。这就很快的引起了徐懋庸、周扬等“国防文学”论者的激烈的反对。遂即形成了这两个口号的长短优劣之争，我们上面已经说过虽然不是没有得到有意义的结果，但是这论争的原因，除了表面上的堂皇的理由和宗派主义从中作怪以外，还夹杂着上海文艺界内部的“私人纠纷”。我们后面可以说到——这已经是大家都知道的不必隐讳的事实了。

胡风提出了这口号以后，拥护这一口号的人和对国防文学论者作答辩的人，虽然很多，但他自己却始终未曾答辩一字。这我想有两种原因：第一，鲁迅以为不必答辩：如胡风在一九三八年六月所写的《密云期风习小纪》一本书的“序”上所说，“《人民大众向文学要求什么？》这短文曾引起了轩然大潮，但我自己，这以后没有写一个字；因为当时我的主将下了命令，说沉默有时是最有力的回答。而事实上，我的有些挑战者们，确实是只想用我的应战去衬出他们底英雄面貌的。我是小兵，懂得‘服从’的道德，只好眼望着问题一直混乱下去。”这证之以一九三六年七月鲁迅在《半夏小集》一篇文章里所说的话，“诚然，‘无毒不丈夫’，形诸笔墨，却还不过是小毒。最高的轻蔑是无言，而且连眼珠也不转过去。”（《且介亭杂文末编》）是很相合的。第二，这口号是鲁迅拟定的，“这口号不是胡风提的，胡风做过一篇文章是事实，但那是我请他作的，他的文章解释的不清楚也是事实。这口号也不是我一个人的‘标新立异’，是几个人大家经过一番商议的，茅盾先生就是参加商议的一个。”（鲁迅作：《答徐懋庸并关于抗日统一战线问题》）当时鲁迅觉得有向左翼作家的提出这一创作口号的必要，而自己因在病中，故请胡风作一篇文章把这口号提了出去。因此，以后为这口号作答辩的工作，也就由鲁迅负责。鲁迅当时即于六月发表了“论现在我们的文学运动”，对于这口号的意义及其与“国防文学”一口号的关系，和当时文学运动的重要问题，都表示了明确而扼要的意见。以后在八月又发表了《答徐懋庸并关于抗日统一战线问题》的一篇万言书，作了一次总的详尽答复。所以胡风没有答辩的必要。这就是徐懋庸在《理论以外的事实》一文里说胡风“直到现在我尚未得到他的指教——是不屑罢？”的两个原因。

鲁迅的万言书发表以后，除了徐懋庸在不大为人注意的《今代文艺》月刊上登出他的无力的《还答鲁迅先生》外，过去甚嚣尘上的“嘁嘁嚓嚓”（鲁迅万言书内语）的反对论，真是所谓“万喙息响”，被鲁迅的铁扫帚“一扫无余”了。——所余只有郭沫若在九月号的《文学界》上还发表了一篇《蒐苗的检阅》。他一方面虽说“鲁迅先生究竟不愧是我们的鲁迅先生，……先生实在是一位宽怀大量的人，”一方面也说“读了这篇文章（万言书）的朋友，尤其是年青的朋友，都很愤慨，而且有许多人愈见的悲观，说情形是愈见严重了。”这些对鲁迅愤慨的是些什么人呢？是要请读者想一想的。所以他虽然接着就说：“其实我的意见却恰恰是相反。我读了那篇文章之后，我觉得问题是明朗化了。”但他之所谓“明朗化”，是主张这口号“既不妥当便只好撤消，这是再爽直也没有的”；是说胡风“似乎是很聪明而又有些霸气的青年”，要胡风这一部分人悔过转向，说“悔者可以悔其悔，转者可以转其转”。此外就是在恭维鲁迅的词句之中，转弯摸角，细微曲折的对鲁迅的意见进行攻难。而这攻难的立场是又未能跳出这次“口号之争”的宗派主义的圈子的。柳林说：“为什么对于十几年前的旧的论敌，直到历史翻了几个滚的今日还要采取‘先天’的敌对态度？”（见“关于国防文学与民族革命战争的大众文学的论争”）这虽然不一定是对郭沫若说的，但倒使我想起了鲁迅过去与创造社的关系；同时联想到鲁迅在这次口号之争中所表现的态度和“徐懋庸们”这次“抓到一面旗帜，就自以为出人头地”（均鲁迅万言书内语）的盛气凌人的情形，与一九二八年“革命文学”问题之争，鲁迅和创造社太阳社的“人们”的关系，非常相似！不过题目换了一个“国防文学”而已。——这留待下面再说罢。但我得在此作一个申明：我对于"从血中战斗过来仍在血中战斗着的战士"（柳林语，见同上一篇文章，原意非对郭）的郭沫若先生，向来是敬重的。我敬重他在中国现代文化和文学上所起的进步的作用；所以我希望我这种对于郭先生的看法是一种"误解"。

（B）"民族革命战争的大众文学"论者对于现实的认识

差不多和反对徐行的"机械论"一样，国防文学论者反对"民族革命战争的大众文学"的主要理由，就是说后者的主张者们不了解现实情势或统一战线的存在与发展。我们现在就从胡风的《人民大众向文学要求什么？》起，看一看他们对于现实的认识与国防文学论者是否不同？与徐行的机械论可有共同之点？至于和国防文学论者关于这一方面争辩的话，则留待下面"（D）与'国防文学'论者相争的种种"一段里再说。

胡风说：

> "九一八"以后，民族危机更加迫急了。华北问题发生以后，整个中华民族就已经走到了生死存亡的关头。因为这，人民大众的生活起了一个大的纷扰，产生了新的苦闷新的焦躁，新的愤怒新的抗战，凡这一切形成了一个新的历史阶段。这个历史阶段当然向文学提出反映它的特质的要求，供给了新的美学的基础，因而能够描写这个文学本身的性质的应该是一个新的口号——
>
> 民族革命战争的大众文学！
>
> 所以，为了说明这个口号，首先要指出的是产生它的现实主义的生活基础：
>
> 第一，在失去了的土地上面，民族革命战争广泛的存在，继续的奋起；

第二，在一切救亡运动解放运动里面，抗敌战争——民族革命战争的运动是一个共同的最高的要求；

第三，人民大众的热情，的希望，的努力，在酝酿着一个神圣的全民族革命战争的实现，那战争能够团结和动员一切不愿作汉奸的人民大众；

第四，从太平天国运动到“一·二八”战争的一切伟大的反帝运动，只有从民族革命战争的观点才能够取得真实的评价。……

那么，“民族革命战争的大众文学”是统一了一切社会纠纷底主题的。不过在这里应该指明：是统一了那些主题，并不是解消了那些主题。……

这一切，是帝国主义的助手，是产生汉奸的社会地盘，是养成汉奸意识的实质条件；由这些所引起的一切社会纠纷应该包含在“民族革命战争的大众文学”底主题里面。所以，“民族革命战争的大众文学”应该说明劳苦大众的利益的一致，说明在民族革命战争中谁是组织者，谁是克敌的主要力量，谁是自觉的或不自觉的民族奸细。

从现实的生活要求产生的“民族革命战争的大众文学”，一方面也是继承了“五四”的革命文学传统，尤其是综合了“九一八”以后的创作成果的。

“九一八”以后，反帝运动底最高形态发展了民族革命战争。在文学上那也得到了反映，到最近且已争得了一些成功的纪录，在这些作品里面我们看到了民族英雄底比较真实的面貌，人民大众在民族革命战争中所表现的英雄主义，尤其是民族革命战争和人民大众生活的血缘关系。这是“民族革命战争的大众文学”底先驱，是提出口号的作品的基础。

——《人民大众向文学要求什么？》

同时，胡风在一九三六年七月“写完”的《文艺与生活》一本小书的最后一章“民族革命战争与文艺”里，亦表示了他对于现实情势或“联合战线”“统一战线”的认识：

对于这个民族危机，人民大众的反映是什么呢？

第一，虽然程度各各不同，但汉奸卖国贼以外的人民，已经或渐渐地感到了焦急，痛苦，以至愤怒，他们憎恨这个亡国的命运，他们想拒绝这个亡国的命运。几年来，在一切人民中间的一切或强或弱带有进步意义的运动里面，都流贯着一个共同的最高的要求：驱逐日本帝国主义底一切势力，执行抗日的民族革命战争，到现在，这要求就被表现得更广泛，更迫切，更和事实结合了。

第二，抗日民族革命战争，一时的实现过，如“一·二八”十九路军兵士和上海民众底联合抗战；部分地存在着，如东北四省里的义勇军人民革命军底行动。这些神圣的事实，到现在就更被人民大众用了大的崇敬或者记忆，怀念，或者关心，向往了。

最重要的是，第三，光荣地从长期战斗里面成长的中国劳苦大众底反帝反封建的革命力量，“九一八”以后已把战斗目标集中到抗日运动上面，到最近，更把抗日的民族革命战争运动这一任务推广到一切人民大众生活里面，把一切斗争统一在这一任务下面。在有什么出什么的号召之下，一切纠纷一切矛盾都要看对于这的个号召的忠实与否而被决定意义，都要在这个号召的利益着眼点上得到胜负的归结。

抗日反汉奸的“统一战线”运动就是这样地产生出来的。

所以,一方面是日本帝国主义汉奸卖国贼底步步进攻,一方面是全国人民抗争的酝酿,成长。在现在中国人民底生活里,这是两大杠杆,譬如血脉,流贯在一切组织,一切细胞里面。从这里就产生了现在文艺创作主题底方向,多样地反映民族战争时期底生活样相。

龙贡公说:

紧接的明天就必得爆发的民族革命战争,……将动员全中国人民,包含主要的基本部队劳苦大众,爱国军士,商人,知识分子,甚至买办豪绅,政客军阀。……

抗日文学阵线也在这时候结合起来。各种文学团体,各种主义派别的文学活动者,文学青年,文学爱好者,甚至出版家,臂扣着臂构成一个力量雄厚的阵线。

于是全民族革命战争的整个战线里,有了因为过度劳动和饥饿而皮黄骨瘦的劳苦大众,有了因为风吹雨打,瘟疫疾病而焦黑如炭的军士,也有了胖白好看的先生女士们,然而这正是伟大的,滑稽——但是可能的;并且还是挽救民族的灭亡命运的唯一的伟大势力底总和。为了救国,一个文学家同一个地主在同一条阵线上作战,假使他不是个人的自我崇拜者,僭妄的疯狂病者,决没有可耻的理由。

——《抗日文学阵线》

绀弩说:

既然民族革命战争是一切不愿意作亡国奴汉奸的人民大众底共同要求,既然这神圣的战争能够动员一切不愿意作亡国奴汉奸的人民大众，既然每一个作家都应该为这战争的现实扩大，响应和胜利而努力，那么，在“民族革命战争的大众文学”的口号之下，文坛上的联合问题，就必然会被强调了。联合或联合战线的意思，无非说，只要是不愿意作亡国奴汉奸的作家，只要他能够给民族革命战争底总阵线以多少帮助，那怕那帮助是间接而又间接的，都应该不管是什么出身，不管他参加过怎样的派别，不管他有过怎样的奇特见解，甚至不管他会在文学领域里传播怎样有害的东西——一切不管，从现在起，大家携起手来，向共同的目标进取。

——《创作口号和联合问题》

奚如说：

在这非常时期，一切不愿当亡国奴的人们，都有了不分派别，不分阶级，象兄弟一样，手携手朝侵略者进攻，爆发神圣的，广大的民族革命战争的要求和决心。

于是，在反映现实的文学上，也迫切的需要一个最中心的，一致的课题——民族革命战争的大众文学。

——《文学底新要求》

路丁说：

在这个时期，全国的人民，不管他是那一阶层，那一阶级，那一派别，无论他是站在什么立场，无论他帮助多少或那种力量，只要他不愿意亡国灭种，只要他不甘心做卖国汉奸，都统一到全民族所要求的神圣的革命战争中来；

汇合一切的有利力量，向我们的主要的敌人血战到底，把中国全民族的生命夺回来。

现实的形势已紧迫到这样的地步，文学活动的领域已不能使你稍有停留地统一到当前的民族革命战争的主流下面去。“民族革命战争的大众文学”的提出，非但是“使向来的反帝文学取得了新的意义”（胡风：《文学修养的一个基本形态》），并且，对于现阶段文学质量方面，只有更深切的和这个口号相配合，它的积极意义才更辉煌，更充实。

——《现实形势和民族革命战争的大众文学》

辛人说：

目前我们最重要的任务，是建立一个广大的抗日救国文学上的统一战线。这是基于当前的现实，为了争取反帝运动的全民性质的可能底实现，把进步的文学运动推进一个更高的阶段。……

每一个真正地拥护艺术的人，不能不正视民族的现实，因为没有现实的内容的艺术是没有生命的；每一个真正的拥护自由的人，不能不擎起抗敌除奸的旗帜，因为敌人和汉奸是不容许我们有一点真正的自由的。我们诚恳地愿望一切不愿离开现实，不愿做亡国奴的文学者团结起来。在广大的阵线里各种要求“不免有意见的不同，有多义的解释，有暧昧性，但却有一个共同的目标。这种统一战线一定逐渐可以减少相互间的误解，而在清算了这种误解之后，共同的力量是比部分的力量来得大的”。（A. Kantorowicz作《文学上的统一战线》）

——《论当前文学运动底诸问题》

鲁迅说：

但我在这里，有些话要说一说。首先是我对于抗日的统一战线的态度。其实，我已经在好几个地方说过了，然而徐懋庸等似乎不肯去看一看，却一味的咬住我，硬要诬陷我“破坏统一战线”，硬要教训我说我“对于现在的基本政策没有了解”。我不知道徐懋庸们有什么“基本的政策”。（他们的基本政策不就是要咬我几口么？）然而中国目前的革命的政党向全国人民所提出的抗日统一战线的政策，我是看见的，我是拥护的，我无条件地加入这战线，那理由就因为我不但是一个作家，而且是一个中国人，所以这政策在我是认为非常正确的，我加入这统一战线，自然，我所使用的仍是一枝笔，所做的事仍是写文章，译书，等到这枝笔没有用了，我可自己相信，用起别的武器来，决不会在徐懋庸等辈之下！

其次，我对于文艺界统一战线的态度。我赞成一切文学家，任何派别的文学家在抗日的口号之下统一起来的主张。我也曾经提出过我对于组织这种统一的团体的意见过，那些意见，自然是被一些所谓“指导家”格杀了，反而即刻从天外飞来似地加我以“破坏统一战线”的罪名。这首先就使我暂不加入“文艺家协会”了，因为我要等一等，看一看，他们究竟干的什么勾当；我那时实在有点怀疑那些自称“指导家”以及徐懋庸式的青年，因为据我的经验，那种表面上扮着“革命”的面孔，而轻易诬陷别人为“内奸”，为“反革命”，为“托派”，以至为“汉奸”者，大半不是正路人：因为他们巧妙地格杀革命的民族的力量，不顾革命的大众的利益，而只藉革命以营私，老实说，我甚至怀疑过他们是否系敌人所派遣。我想，我不如暂避无益于人的危险，暂不听他们的指挥罢。自然，事实会证明他们到底的真相，我决不愿来断定他们是什么人，但倘使他们真的志在革命与民族，而不过心术的不正当，观念的不正确，方式的蠢笨，那我就以为他们实有自行改正一下的必要。我对于“文艺家协会”的态度，我认为它是抗日的作家团体，其中虽有徐懋庸式的人，却也包含了一些新的人；但不能以为有了“文艺家协会”，就是文艺界的统一战线告成了，还远得很，还没有将一切派别的文艺家都联为一气。那原因就在“文艺家协会”还非常浓厚的含有宗派主义和行帮情形。不看别的，单看那章程，对于加入者的资格就限制得太严，就是会员要缴一元入会费，两元年费，也就表示着“作家阀”的倾向，不是抗日“人民式”的了。在理论上如《文学界》创刊号上所发表的关于“联合问题”和“国防文学”的文章，是基本上宗派主义的；一个作者引用了我在一九三〇年讲的话，并以那些话为出发点，因此虽声声口口说联合任何派别的作家，但仍自己一厢情愿地制定了加入的限制与条件。这是作者忘记了时代。我以为文艺家在抗日问题上的联合是无条件的，只要他不是汉奸，愿意或赞成抗日，则不论叫哥哥妹妹，之乎者也，或鸳鸯蝴蝶都无妨。但在文学问题上我们仍可以互相批判。这个作者又引例了法国的人民阵线，然而我以为这又是作者忘记了国度，因为我们的抗日民族统一战线是比法国的人民阵线还要广泛得多的。另一个作者解释“国防文学”说，“国防文学”必须有正确的创作方法，又说现在不是“国防文学”就是“汉奸文学”，欲以“国防文学”一口号去统一作家，也先预备了“汉奸文学”这名词作为后日批评别人之用。这实在是出色的宗派主义的理论。我以为应当说：作家在“抗日”的旗帜，或者在“国防”的旗帜之下联合起来；不能说：作家在“国防文学”的口号下联合起来。因为有些作者不写“国防为主题”的作品，仍可从各方面来参加抗日的联合战线；即使他象我一样没有加入“文艺家协会”也未必就是汉奸。“国防文学”不能包括一切文学，因为在“国防文学”与“汉奸文学”之外，确有既非前者也非后者的文学，除非他们有本领也证明了《红楼梦》《子夜》《阿Q正传》是“国防文学”或“汉奸文学”。这种文学存在着，但它不是杜衡、韩侍桁、杨村人之流的什么“第三种文学”。因此，我很同意郭沫若先生的“国防文艺是广义的爱国主义的文艺”和“国防文艺是作家关系间的标帜，不是作品原则上的标帜”的意见。我提议“文艺家协会”应该克服它的理论上与行动上的宗派主义与行帮现象，把限度放得更宽些，同时最好将所谓“领导权”移到那些确能认真做事的作家和青年手里去，不能专让徐懋庸之流的人在包办。至于我个人的加入与否，却并非重要的事。

——《答徐懋庸并关于抗日统一战线问题》

我们看了以上这些“民族革命战争的大众文学”论者对于现实情势或“统一战线”“联合战线”的认识以后，觉得他们与“国防文学”论者的意见实在没有什么不同；同时，他们不但和徐行的“机械论”根本反对“统一战线”的主张没有什么共同之点，他们也和“国防文学”论者一样坚决的反对徐行的机械论或“左的宗派主义”的主张。如：

奚如说：

同时，我们也极小心而严厉的去防止别的一种空谈高调的倾向，主要地是他们不了解目前联合作战的客观要求，及其对于减削汉奸卖国贼的力量的作用。结果，他们无形地击走了广大活跃的友军，替侵略者尽了保镖的任务。

难道孤军作战，被敌人各个击破，才是百分之百的勇敢么？

——《文学底新要求》

耳耶说：

不幸有一位徐行先生在《礼拜六》《新东方》等刊物上发表了几篇国防文学底反对论。他说：“国防文学底理论家的提出联合战线是完全否认了一九二五——一九二七年的血的教训。”“我们只知道真正彻底反帝的社会层是中国出卖劳力的大众，只有他们是前锋，也只有站在这观点上的文学才是挽救中国的文学。”“其余各阶层都是被历史车轮轧碎了的废物。”“所以我（他）反对现时一般人所瞎说的什么不问派别，阶层，团体，个人，宗教，信仰，只要赞成和拥护救亡运动的都可以而且应该联合起来的胡言。”于是他举出“社会主义的现实主义”这口号来代替“国防文学”。此外对于“国防文学”这名词他也说了些不必要的话：好象“国防文学”就是“爱国主义”似的。

为了避免把问题弄得更多纠纷，这里且不做国防文学是不是爱国主义的探讨；如果是为了大众底生存民族的生存，为了动员作家来面向现中国的新的现实，纵然在外观上有若干和爱国主义有类似之点，也不算国防文学这口号底致命缺点；而且纵然是真正的爱国主义者，也仍在联合阵线的邀请之列。关于这，徐行先生也没有怎样申说，他底文章的重心是放在联合问题上的。但是既是着重在联合问题，徐行先生的只有某阶层真正彻底反帝的话是多余的。没有人说某阶层不是象徐行先生所说的那样，也没有人说另外的阶层都和徐行先生所特别提出的那一阶层完全一样；并且某阶层真正彻底反帝，这命题完全不能证明其余的阶层就简直不会反帝。我们所要讨论的是能不能够联合和应不应该联合，谁"真正"谁"彻底"是不说自明的事。

中国是个半殖民地国家，鸦片战争以来，束缚着社会进展的不仅是没落的封建阶层，同时也是国际帝国主义，在现阶段上尤其远东帝国主义也只有国际帝国主义才是贯串着一切束缚的总束缚。因此中国的历来的社会运动，虽然都是社会解放运动，同时也是民族解放运动；虽然这民族解放的要求，在每一次的运动中因为种种关系，表现的或隐或现，或强或弱。农民暴动的义和团是这样，豪绅地主和市民阶级的戊戌变法也是这样，以后的辛亥革命，"五四"运动，更以后"五卅"运动以及徐行先生所说一九二五——一九二七的革命运动，更无一不是这样。既然社会解放运动同时就是民族解放运动，那么，无论那一运动的主力属于那一阶层，那一阶层就都可以而且应该联合在某一时期某一场合的同盟者，才不使自己成为孤军，陷于绝境。满清政府尤其是西太后派的反动政权，尚且能够成为农民暴动义和团的支持者（义和团的失败原因很复杂，不能仅认为被政府利用这一点。）说出卖劳力以外的各阶层都是"被历史车轮轧碎了的废物"，简直不能部分地或个别地参加反帝尤其是反日，以为要他们参加就是忘记历史的教训，这意见是应该撤回的。

至于拿苏联的“社会主义的现实主义”来代替“国防文学”，完全是离开作家创作过程的空谈，无视了苏联和中国这两国人民底现实生活之间的本质的差别，也无视了两国创作水准的距离，不懂得我们的任务是要根据“社会主义的现实主义”的方法原则来设定具体的创作路标。

——《创作活动底路标》

（C）什么是“民族革命战争的大众文学”

除了胡风在《人民大众向文学要求什么？》里，对于什么是“民族革命战争的大众文学”，我们在上面引了他的说明外；鲁迅在病中答访问者的《论现在我们的文学运动》里面有很明确的解释。这篇文章，诚然如茅盾所说：“所论虽然略简，却是明确而且扼要，而且触及的现文坛的重要问题，已经很多。这些问题，过去的四五个月来，‘零零碎碎虽也有得论及，但是鲁迅先生的意见是大家十分期待着的。我个人很赞成鲁迅先生在此文中的各项意见。’”（《论现在我们的文学运动》）全文很短，就都录引在下面罢：

“左翼作家联盟”五六年来领导和战斗过来的，是无产阶级的革命文学运动。这文学和运动，一直发展着；到现在更具体底地，更实际斗争底地发展到民族革命战争的大众文学。民族革命战争的大众文学，是无产阶级革命文学的一发展，是无产革命文学在现在时候的真实的更广大的内容。这种文学，现在已经存在着，并且即将在这基础之上，再受着实际战斗生活的培养，开起烂漫的花来罢。因此，新口号的提出，就不能看作革命文学运动的停止，或者说“此路不通”了。所以决非停止了历来的反对法西斯主义，反对一切反动者的血的斗争，而是将这斗争更深入，更扩大，更实际，更细微曲折，将斗争具体化到抗日反对汉奸的斗争，将一切斗争汇合到抗日反汉奸斗争这总流里去。决非革命文学要放弃它的阶级的领导的责任，而是将它的责任更加重，更放大，重到和大到要使全民族，不分阶级和党派，一致去对外。这个民族的立场，才真是阶级的立场。托洛斯基的中国的徒孙们，似乎糊涂到连这一点都不懂的。但有些我的战友，竟也有在作相反的“美梦”者，我想，也是极糊涂的昏虫。

但民族战争的大众文学，正如无产革命文学的口号一样，大概是一个总的口号吧。在总口号之下，再提些随时应变的具体的口号，例如“国防文学”“救亡文学”“抗日文艺”……等等，我以为是无碍的。不但没有碍，并且是有益的，需要的。自然，太多了也使人头昏，浑乱。

不过，提口号，发空论，都十分容易办。但在批评上应用，在创作上实现，就有问题了。批评和创作都是实际工作。以过去的经验，我们的批评常流于标准太狭窄，看法太肤浅；我们创作也常现出近于出题目做八股的弱点。所以我想现在应当特别注意这点：民族革命战争的大众文学决不是只局限于写义勇军打仗，学生请愿示威……，等等的作品。这些当然是最好的，但不当这样狭窄。它广泛得多，广泛到包括描写现在中国各种生活和斗争的意识的一切文学。因为现在中国最大的问题，人人所共的问题，是民族生存的问题。所有一切生活（包括吃饭睡觉）都与这问题相关，例如吃饭可以和恋爱不相干，但目前中国人的吃饭和恋爱却都和日本侵略者多少有些关系，这是看一看满洲和华北的情形就可以明白的。而中国唯一的出路是全国一致对日的民族革命战争。懂得这一点，则作家观察生活，处理材料，就如理丝有绪；作者可以自由地去写工人，农民、学生、强盗、娼妓、穷人、阔老，什么材料都可以，写出来都可以成为民族革命战争的大众文学。也无需在作品的后面有意地插一条民族革命战争的尾巴，翘起来当作旗子；因为我们需要的，不是作品后面添上去的口号和矫作的尾巴，而是那全部作品中的真实的生活，生龙活虎的战斗，跳动着的脉搏、思想和热情，等等。

——一九三六年六月十日 O.V.笔录

此外在这一口号的其他主张者们的文章中，也都有关于这一种文学是什么的解释，我们现在看看他们所解释的“民族革命战斗的大众文学”(连同胡风和鲁迅上面的解释在内)，究竟与“国防文学”论者所解释的“国防文学”有什么不同呢？——

龙贡公说：

“民族革命战争的大众文学”这口号中的含义的民族革命战争是人民大众生活上的种种活动底中心。但我们的创作家和批评家不能忽视这中心以外的种种其他的活动——如果没有了它们，大众的利益将无所凭藉，他们的革命力量将无法提高到最高度，因此，那中心活动也将成为没有固定的内容的空框子。

胡风先生在《文学丛报》第三期上发表了一篇《人民大众向文学要求什么？》的文章，在第二段的开头，他说：“那么，民族革命战争的大众文学是统一了一切社会纠纷的主题的。不过在这里应该指明：是统一了那些主题，并不是解消了那些主题。”

这问题应该特别着重地提出:“民族革命战争的大众文学”集中了一切大众生活的主题，这口号把一切为了大众底利益而被处理着的主题集中到自己的四周来，说明它们的更高的意义。在民族革命战争的抗战期中，如果我们描写了一个热心新文学运动的角色——我们所爱的人物，这主题只有比在平时得到更高的意义和评价，决不能作汉奸文学看待的。它因为集中在全民族目前最高的要求旁边而发出更大的光辉。这回我们非防止自己陷落主题单纯化(我们可以想起主题积极性的理论，所留给我们一直到如今还有未熄的余焰的公式主义倾向）底危险中不可。一小部分自以为是的浅薄者流常常要误解，以为只有一个主题，就足以表现全民族的慷慨激昂，其余的都该冷淡和轻视，因而多少损毁了革命的主力。

——《抗日文学阵线》

组弩说：

每个作家都可以从各个不同的视角去选择他所研究熟习的题材，用他自己的笔调去描写。我们固然需要歌颂民族革命战争，表现民族革命英雄的诗篇，同时也需要表现封建剥削之下的人民大众的生活苦痛和斗争，需要暴露汉奸卖国贼以及一切没落的官僚买办的腐败生活的丑态，……并且在那些作品里面都不难指出只有民族革命战争可以解除人民大众的枷锁，结果汉奸卖国贼的寿命。老实说，只要作家不是为某一个帝国主义和汉奸卖国贼效力的，只要他不是用封建的，色情的东西来麻醉大众减低大众的趣味的，都可以在“民族革命的大众文学”这一口号之下联合起来。至于每一个作家都应该积极地参加种种救亡运动或进步的文化活动，在各人的生活环境里发动种种反日反汉奸卖国贼的斗争，我想是不消说的。这不仅因为一个作家同时是一个中国人，应该担负起救国的任务，同时也因为离开了社会的实践，就是断绝了创作的泉源，作家就写不出有生命的东西。

——《创作口号和联合问题》

路丁说：

“民族革命战争的大众文学”的内容，以现在最前卫，最坚强，最有决定性的抗战，为它描写典型环境最主要的对象；不过，并不是说其他的，现实所发生的事实，就不要它；象在后方千百万广大的工农大众所过着的悲惨生活，和从他们中间所发生的不断斗争，也是在这统一主题下所必需要描写的，至于其他各处，各方面，在目前潮流激荡下，所发生的一切激变的，动摇的，崩溃的和反动的环境，也都是在这正确的主题下面，尽量的反映出来。总之，“民族革命战争的大众文学”并不是狭义的把文学的范围缩小，而是动的现实主义的一个发展：一个和目前现实生活的配合，现在生活主流的集中表现。

——《现实形势和民族革命战争的大众文学》

辛人说：

民族革命战争的大众文学这口号，就是指出“大众”是民族革命战争底重心的口号。……我们的文学是大众的；因为必然地是为大众的，因此文学地大众化，成为一个重要的努力方面；因为是大众的，所以必需有大众性；因为是大众的，所以必需要大众化。大众化本来就包括在大众性里，但在目前的中国，这一点有特别提出来强调的必要。

那么，民族革命战争的大众文学，就是表现民族革命战争的现实，加强文学的大众性，努力文学的大众化的文学。这文学是把“新写实主义”文学的大众性昂扬到一个新的更广泛的因而是更巩固的阶段，同时把过去“文艺大众化”的任务昂扬到更高的一个阶段。

把新文学的大众性发展到更广泛的地基上，这并没有损失或削弱它的大众性，反而是巩固它的大众性。所谓大众性在现阶段上主要的是意味着反帝反封建的两大性质，而象上述一样，这两大任务是具有全民的性质的，特别是反帝的任务。因此，一个进步的作家，在现阶段上要他的创作一定非昂扬到更广泛地全民的地基上不可；而一切不逃避现实的作家，也必然地应该汇合到这条大河里来。这只有把文学的大众性安置在更广大的更巩固的基础上，更保证其发展的前途。

——《论当前文学运动的诸问题》

以上诸人对于“民族革命战争的大众文学”的解释，其内容的宽泛，与“国防文学”论者之解释“国防文学”并没有什么不同。诚如鲁迅所说“是无产阶级革命文学的一发展”，并不限于“左的”范围之内。但这一口号原是为左翼作家或进步的作家提出的创作口号，不是用来号召文艺界联合的，所以上面绀弩说“都可以在民族革命战争的大众文学这一口号之下联合起来”,大约是以后鲁迅在《答徐懋庸并关于抗日统一战线问题》内所说的“如果不以徐懋庸他们解释‘国防文学’的那一套来解释这口号，如聂绀弩等所致的错误，那么，这口号和宗派主义或关门主义是并不相干的”底缘由。鲁迅的意思是说“国防文学”或“民族革命战争的大众文学”都不应该作为文艺界联合的口号或条件。也就是茅盾所说的“救国目标大家一致，文艺言论彼此自由”(《再说几句》)；大家可以在“救国”“抗日”“国防”等口号之下联合起来，不必在什么文学的口号之下联合起来。

至于以上龙贡公反对“主题单纯化”；路丁说“‘民族革命战争的大众文学’并不是狭义的把文学的范围缩小，而是动的现实主义的一个发展，一个和目前现实形势的配合”;辛人说“这文学是把‘新写实主义’文学底大众性昂扬到一个新的更广泛的因而是更巩固的阶段。同时把过去‘文艺大众化’的任务昂扬到更高的一个阶段”；虽然提出了“动的现实主义”“新写实主义”这个前进的创作方法的名词，但并非远离现实的左的高调，在词句之间已经显示出和现实配合的意思。而反对“主题单纯化”与“国防文学”论者有主张描写须以“国防”为“主题”者，似乎还要宽泛一点。(虽然“国防”的内容也很宽泛。)

(D)与“国防文学”论者相争的种种

(a)序说

“国防文学”论者反对“民族革命战争的大众文学”最主要的理由，就是说它不与现实情势或者联合战线相配合。他们的理由不外两方面：一、说“民族革命战争”在中国发生已久，自‘太平天国’以来已经有好多次了，所以这六个字不能显示华北事变以后一九三六年的现实情势；换句话说，也就是它的范围太大，不足以和目前的现实区别。这留待下面再说。二、说“大众文学”是劳苦大众或工农大众的文学，也就是无产阶级的文学；当此盛倡文艺界联合战线的现在，而强调劳苦大众或工农大众及其文学，殊有背于联合，所以不能配合现实情势。但我看这是由于对“大众”二字的误解：即使撇开“民族革命战争的大众文学”论者也反对徐行的左的论调不说，提这口号的胡风的文章的题目不就是“人民大众向文学要求什么”吗？不但题目是“人民大众”，还在那一篇短文里面用“人民大众”凡十余次之多，仅仅有两句话提及了“劳苦大众”。所以鲁迅说：“这里的‘大众’，即照一向的‘群众’‘民众’的意思解释也可以，何况在现在，当然有‘人民大众’这意思呢。”（见《答徐懋庸并关于抗日统一战线问题》）同时，我们在上面第三章里看见，在一九二八年以后发动到一九三二年形成了具体的运动的“大众文艺”问题，在内容思想方面固然要求反资产阶级反封建的意识，但主要的还是在形式方面的“大众化”或通俗化，（固然形式与内容不可分离）并由此以形成一九三四年的“大众语”和“拉丁化”运动的语文改革。所以“大众文艺”一词，固然容易使人联想到是无产文艺，但也更足以联想到它的“大众化”或“通俗化”的意义。吕克玉说得好：“民族革命战争的大众文学的‘大众文学’四个字就要特别注意，即‘大众’二字在文学内容上固应是‘人民大众’之意，在文学形式上就应力求大众化。……大众文学或文学大众化，不但从文学运动本身看来，需要继续的主张和更大的努力，在抗日运动的现在，尤其需要更大的努力和主张。大众文学或文学大众化运动，决不能看作某派或某一阶层的主张，是差不多各派作家都同情或主张的。”（《对于文学运动几个问题的意见》）这证之以抗战以后的文学运动之利用旧形式和通俗化运动，尤其正确。而抗战以后“民族革命战争”广大的全面的展开以后，“国防”二字即不见再有人提起；中国的“抗战文艺”在内容上是“民族革命战争”的各方面，在形势上是力求“大众”化。所以“民族革命战争的大众文学”这口号，不但在抗战前适合当时的情势，无碍于统一战线运动和继承‘五四’文学的传统，以及继续完成一九三二年“文艺大众化”与一九三四年“大众语文学”运动；而且在抗战以后更显示出它的特点来了。

此外“国防文学”论者还说胡风在它的那篇文章中不应该不提及“国防文学”四字，是有意“无视国防文学”；又说“民族革命战争的大众文学”由十一个字组成，不适宜于作为口号，等等。以下我们就看看两方面的意见罢：

（b）配合现实与否

对于胡风的《人民大众向文学要求什么？》首先提出反对的是徐懋庸，他的《人民大众向文学要求什么？》一篇文章反对胡风的主要点是：一、“民族革命战争”不能显示出现实的形势；二、胡风在他的文章内不提“国防文学”，是无视“国防文学”。他说：

> 诚如胡风先生所说，“民族革命战争”是从太平天国运动以来就被大众所要求所发动着的运动；但由于现实的演变，各阶段的“民族革命战争”有各阶段的特殊的意义和方式，所以太平天国运动与辛亥革命不同，辛亥革命与一九二七年的革命不同，一九二七年的革命又与“一·二八”战争不同，到了现阶段“民族革命战争”固然还是“民族革命战争”，但我们绝不可忽略了目前的特殊的现实所赋予

这战争的特殊的意义。这特殊的现实，就是日本帝国主义的灭亡中国步骤的加紧；因此，这特殊的意义，是抗日民族革命战争的全民统一战线的组织。但是，我们在胡风先生的全文里，没有看到这样的指示；而且，在他的分析里，只对于“失去了的土地”上的战争，予以“民族革命战争”的名称，他并不认识“民族革命战争”即在未失的土地上面，亦早已发生着或正在发生着。倘把“民族革命战争”只认作是“失去了的土地”上的战争，那简直完全取消了现阶段的全国性的民族革命运动的意义。因此，他所说的“民族革命战争”一语，使我们觉得笼统空洞，而他所提出的“民族革命战争的大众文学”这文学上的新口号，也变成笼统和空洞了。

实际上，关于现阶段的中国大众所需要的文学，早已有人根据政治情势以及文化界一致的倾向，提出“国防文学”的口号，而且已经为大众所认识，所拥护。但在胡风先生的论文里，对于这个口号片言只语也不曾提起，犹如他虽然说了“团结一切……”之类的话，却绝对不提“统一战线”这已经普遍应用的口号一样。胡风先生是注意口号，自己提出着口号的人，那么为什么对于已有的号召同一运动的口号，不予批评，甚至只字不提的呢？“国防文学”这口号，在胡风先生看来，是不是正确的呢？倘是正确的，为什么胡风先生要另提新口号呢？倘若胡风先生以为确有另提新口号之必要，那么定然因为“国防文学”这口号有点缺点，胡风先生就应该予以批评。不批评而另提关于同一运动的新口号，这在胡风先生是不是故意标新立异，要混淆大众的视听，分化整个新文学运动的路线呢？

——徐懋庸：《人民大众向文学要求什么？》

胡风的文章是在提倡“民族革命战争的大众文学”，而徐懋庸责他为什么对“国防文学”只字不提，这真是“我要言东，你偏要我说西”了。至于为什么只说“团结一切”，而不提“统一战线”呢？我看徐先生也是有点想强拿别人的笔作文章，是有点不应该的！难道胡风看不见“统一战线”或不了解“统一战线”么？“团结一切”的结果不就是“统一战线”么？意思是一样，用字造句，则各人有各人的自由。并且我们在上面引用的胡风差不多与《人民大众向文学要求什么？》同时写的另一篇文章——《民族革命战争与文艺》里面就应用着“统一战线”的字眼。徐先生的上面的词句，实在有点盛气凌人！并且是有点应用着“欲加之罪，何患无辞”的手法。所以胡风事后说：“但有一些事情却把我的处境弄得非常特别：一是我的文字工作被限制了，被限制得没有兴趣动笔；一是凡有所作，一定会遇到意外的异议，那见于文字的是这集子第二辑所收到的‘典型’问题和第三辑所收的‘口号’问题。”（见《密云期风习小纪》的“序”）（编者按——所谓“典型”问题是胡风与周扬在一九三六年初，到四五月所论争的问题；这是周扬此次所以与徐懋庸一样最先而且用力的反对胡风“民族革命战争的大众文学”的一个原因！因为二人已经为“典型”问题战得眼红了。）对于徐懋庸的话，鲁迅的指责是不错的：

我以为在抗日战线上是任何抗日力量都应当欢迎的，同时在文学上也应当容许各人提出新的意见来讨论，“标新立异”也并不可怕，这和商人的专卖不同，并且事实上你们先前提出的“国防文学”的口号，也并没有到南京政府或“苏维埃”政府去注过册。但现在文坛上仿佛已有“国防文学”牌与“民族革命的战争的大众文学”牌的两家，这责任应该徐懋庸他们来负，我在病中答访问者的一文里是并没有把它们看成两家的。

——《答徐懋庸并关于抗日统一战线问题》

周扬的反对，是紧接着徐懋庸的，他说：

国防文学的反对论者的错误的中心，就是不了解民族革命统一战线的重要意义。徐行先生的“胡言”“梦呓”，且不去说它；这里我要指出的是胡风先生在他的《人民大众向文学要求什么？》里面对于民族革命的形势的估计不够。他认为民族革命战争只在“失去了的土地”上“存在”和“奋起，”而忘记了民族革命战争的主力在全国范围内不平衡的发展和它的巨人般的存在。他也没有认识促进全民族革命战争之现实的是人民救亡阵线的实际活动，而不只是象他所说那样的空空洞洞的“热情”“希望”等等，他抹杀了目前弥漫全国的救亡统一战线的铁的事实，所以对于“统一战线”“国防文学”一字不提，在理论家的胡风先生，如果不是一种有意的抹杀，就不能不说是一个严重的基本认识的错误。

——《现阶段的文学》

对于徐懋庸和周扬说胡风有“严重的基本认识的错误”这以上的两篇文章，耳耶有较详的驳覆：

前面说过“国防文学”这口号是从现实生活的土台产生出来的，因为简单，容易说，容易记，发生了相当的适用性。可是它的长处也只有这一点。所谓“国防”，我们知道是指半殖民地反抗帝国主义侵略说的；可是，在另外的场合，例如社会主义国家在被帝国主义进攻的场合（苏联就有过和这一样的口号），帝国主义国家之间互相冲突，乃至帝国主义国家侵略殖民地半殖民地的场合（徐懋庸先生说："目前是连"友邦"政府也在喊"国防"的口号"——见《光明》创刊号），岂不都可以应用的么？——所以大家应该晓得，我们半殖民地中国人民大众所要实现的"国防政府"，是为了民族革命战争的需要，是为了争取民族革命战争的胜利的。

近来被提出的口号"民族革命战争的大众文学"，完全没有这样缺点。它具体地明确地指出了现中国新的现实底特质，差不多用不着什么说明，一眼之下就可以了解。而且，虽然解释"国防文学"的文章有些是随口说出的，但比较清楚的解释，无法不证明现阶段的创作口号。只有叫做"民族革命战争的大众文学"才和新的现实吻合，毫无遗憾。（以下作者举出周扬和何家槐二人文章里面屡次用"民族革命战争"和"大众"字眼的一段文字，从略。——编者）

既然在说明"国防文学"的时候，不能不屡次三番地提到人民大众，屡次三番地提到民族革命战争，现在这个最能说是本质的包含度量大的总口号"民族革命战争的大众文学"底形成，难道不是当然的么？

然而这里来了一个天外奇谈，徐懋庸先生说的"民族革命战争的大众文学""笼统""空洞"，倒是"国防文学"具体明确（《光明》创刊号）。是的，因为"国防文学"具体明确，所以周扬何家槐两先生不能不拿"人民大众"和"民族革命战争"这些字样去解释它；因为它具体明确，所以徐行先生说它是爱国主义；也因为它具体明确，所以据何家槐先生说“丧权辱国的也奢谈国防”；更因为它具体明确，所以徐懋庸先生自己也“曾听有些人在私下议论，以为国防二字本来含有不良的意义”，并且“友邦政府也在喊着国防”（徐懋庸先生的话）。不用说也是因为它具体明确。所以徐懋庸先生必须申明；“一句话是一句话”“在一句话的本身上是一无所有的”（徐懋庸先生忘记了这句话只是为了说明正确的口号必需用实践去实现这一点）。凡此种种都是由于“国防文学”这四个汉字具体明确的缘故——理论到了这样，真可算得神出鬼没了！其实徐懋庸先生已经把自己的论点完全“取消”了。既然“一句话只是一句话”“在一句话的本身上是一无所有的”，那就“国防文学”和“民族革命战争的大众文学”这两句话之间完全失掉了“比较”的可能，两句话完全一样（都是：“一无所有”），徐懋庸先生又根据什么来说这是笼统空洞，那是具体明确的呢？

“民族革命战争的大众文学”这口号为什么“空洞”“笼统”呢？据徐懋庸先生说是“不足以表示目前的现实，不足以对太平天国运动之类的战争表示分别”。如果徐懋庸先生“分别”不出，那实在是件无法可想的事，我决不愿浪费笔墨。可是他的意思好象“国防文学”倒可和什么战争“分别”似的。他忘记了他们自己的刊物《文学界》上有一篇周木斋先生的文章，证明了《水浒传》就是“国防文学”。“国防文学”连和《水浒传》上的战争都无法“分别”，徐懋庸先生真好意思来在“民族革命战争的大众文学”上想空头心思。

我象这样说，并不是反对国防文学，只是说国防文学，只有以“民族革命战争的大众文学”为内容才能得到正当的解释，也只有在“民族革命战争的大众文学”这个总口号之下才能看出积极的作用。“民族革命战争的大众文学”这口号不但不象徐懋庸先生所说：“会混淆大众的视听”“分化整个新文学的运动的路线”，并且刚刚相反，它充实了国防文学的内容，使“大众的视听”，变的非常明确毫不“混淆”；同时也“统一了一切纠纷的主题”（胡风先生底话），如果无法证明这口号和“国防文学”是根本相反的东西，“分化”什么“路线”的话只会反而落在徐懋庸先生的自己的头上。

然而最有趣的是徐懋庸先生说：“这特殊的现实，就是日本帝国主义的灭亡中国步骤的加紧，因此特殊的意义，指抗日的民族革命战争的全民统一战线的组织。但是我们在胡风先生的全文里没有看到这样的指示。”的确，在胡风先生的全文里，和徐懋庸先生的话字句完全相同的指示是没有的。可是那里头有“‘九一八’以后，民族危机更加急迫了；华北问题发生以后，整个的中华民族就已经走到了生死存亡的关头”；而且徐懋庸先生所引用的话里头也就有：“人民大众的热情，的希望，的努力，在酝酿着一个神圣的全民族革命战争的实现，那战争能够团结和动员一切不愿作亡国奴不愿作汉奸的人民大众。”难道这些话都在“全文”以外么？徐懋庸先生又说：“在他的分析里，只对于“失去了的土地”上的战争，予以“民族革命战争”的名称，他并不认识“民族革命战争”即在未失的土地上面，亦早已发生着或正在发动着。”可以在同一页上他引用的胡风先生的“四项原则”（徐懋庸先生这样称呼）里头，在第一项说了“在失去了的土地上面”之后，第二项就说“在一切救亡运动解放运动里面，抗敌战争——民族革命战争的运动，是一个共同的最高的要求。”却明指的“失去了的土地”以外，徐懋庸先生把眼睛望到什么地方去了？

徐懋庸先生“随便加人以一顶帽子”，和周扬先生们的战略完全相同，完全是存心诬蔑，完全是宗派的成见。我不知道这些理论家们，何以总要在论点之外甚至抹杀别人的论点来一套花样？

——《创作活动底路标》

但是徐懋庸在答耳耶这篇文章的《理论以外的事实里》，仍然气愤地说：“我只是质问胡风先生的无视‘国防文学’这口号的理由！”“胡风先生企图把这口号来代替‘国防文学’而作为统一战线的口号，是不行的！”自己把“国防文学”一个口号（不过是“一个口号”而已）当作商标，当作至宝，因而看见别人的文章里没有提到它，也就感觉到不舒服；看见别人另提出了一个口号，也疑神疑鬼的以为是“企图”来“代替”它了。任白戈也说：“到底为什么‘民族革命战争的大众文学’这个口号底提出者只知道另外提出一个新口号，而对于‘国防文学’这个已经普遍确立了的口号始终取着无视的态度呢？这一点至今我们还是莫明其妙？”（《现阶段的文学问题》）这和上面刚才引的周扬怨胡风“对于‘统一战线’‘国防文学’一字不提”一同，难怪鲁迅要说他们是“比‘白衣秀士’王伦还要狭小的气魄。”（《答徐懋庸并关于抗日统一战线问题》）他又说：“徐懋庸之流的宗派主义也表现在对于这口号的态度上：他们既说这是‘标新立异’，又说是与‘国防文学’对抗。我真料不到他们会宗派到这样的地步。只要‘民族革命战争的大众文学’的口号不是‘汉奸’的口号，那就是一种抗日的力量，为什么这是‘标新立异’？你们从那里看出这是与‘国防文学’对抗！”这里的“对抗”也就是上面所谓要“代替”的意思。但是我看鲁迅在此处也许是指着郭沫若在“东方文艺”上发表的《对于国防文学的意见》里面的一句话：“因而更有一部分人，标新立异地提出了什么‘民族革命战争的大众文学’这个口号来和国防文学对抗。”鲁迅又说：“民族革命战争的大众文学主要是对前进的一向称左翼的作家们提倡的，希望这些作家们努力向前进，在这样的意义上，在进行联合战线的现在，徐懋庸说不能提出这样的口号，是胡说！‘民族革命战争的大众文学’，也可以对一般或各派作家提倡的，希望的，希望他们也来努力向前进，在这样的意义上，说不能对一般或各派作家，提这样的口号，也是胡说！但这不是抗日统一战线的标准，徐懋庸说我‘说这应该作为统一战线的总口号’，更是胡说！我问徐懋庸究竟看了我的文章没有？”

其次，双方相争的是这两个口号底内容和形式的优劣短长；关于内容方面的意见我们在上面已经看见一些了，但内容是与形式分不开的。

（c）两个口号底内容和形式的优劣短长

徐懋庸说：

> 一个要号召广大的群众的口号，必须简短显豁。“民族革命战争的大众文学”这一个名词，由十一个汉字所组成，这实在是很不宜用于口号的。
>
> ——《人民大众向文学要求什么？》

郭沫若说：

这“民族革命战争的大众文学”十一字长的口号，根本就不“大众化”，拿我们自己来说，我为要记忆这十一个字，我实在费了相当的努力（这或者也怕是我自己太低能的缘故），听说这个口号的提供，其重要的理由是在补救“国防文学”的国防两个字的宽泛与不正确的意见的窜入之容易，然而在这些缺点上，这个新的口号却是后来者居上，这个新口号是采用的例举主义：因为这儿有“民族”，有“革命”，有“战争”，有“大众”。有这重重的限制似乎“文学”便可以无可动移了，然而“民族”的解释有问题，“民族革命”的解释有问题。“大众”的解释有问题，“大众文学”的解释有问题，“战争的大众文学”尤其有问题，把宽泛而易被曲解的缺点，至少是增加了五倍。所以我始终觉得这个口号是不大妥当，而且没有必要。……要请鲁迅先生和茅盾先生恕我直愎，我觉得鲁迅先生的“民族革命战争的大众文学是无产阶级革命文学的一发展”这个解释是有点不正确的。历史昭示我们，无产阶级的革命，是最后阶段的革命，只有各种性质的革命向那儿发展，没有由那儿再向民族革命发展的道理；我们相信历史的人所应有的一切行动也就在促进各种性质的革命，进展到最后阶段的革命，政治上乃至文学上。随时有新的口号提出者，其目的即在善于活用眼前的现实以增强主体的外围而减少进展的阻碍。改变了的是透过云彩后的光线，不是太阳！假如“民族革命战争的大众文学”是无产阶级革命文学的“发展”，那么“民族革命”也就是无产阶级革命的一发展，太阳岂不是“发展”到星云状态去了么？因此我要再请鲁迅先生和茅盾先生恕我不客气，我觉得鲁迅先生的理论是不大妥当，因而茅盾先生由那儿出发着为安置两个口号的苦心，也似乎是空费了的。(编者按——这话是指茅盾把“国防文学”作为一般的口号，把“民族革命战争的大众文学”作为左翼作家的口号。）容我直愎地说，我实在不赞成“民族革命战争的大众文学”这口号，理论已如上述，是不仅只因为它的提出之为“标新立异”而已，既不妥当便只好撤消，这是再爽直也没有的。……以那样见解正确，态度鲜明的鲁迅先生，我相信他决不会一意孤行到底，以不正确不正当的口号来强迫青年们去奉行的。”

——《搜苗的检阅》

任白戈说：

口号并不是可以随便提出的：一方面，它应该有现实底根据，一方面它应该为群众所接受，具体明确、单纯、简短，都是它底必要的条件。”

——《现阶段的文学问题》

上面郭沫若的意见我们留在后面再说，现在再看看“民族革命战争的大众文学”论者们的意见。

耳耶说：

（国防文学）这口号是有用的。虽然因为过于简单，不免笼统、含糊；虽然什么兄弟阋于墙，买办也反帝之类，并不算是最好的说明。

——《创作活动底路标》

绀弩说：

文坛上已经有了比这（民族革命战争的大众文学）简练的创作口号（即“国防文学”口号——编者），那口号已经发生了不小的影响，不但文学，就是一般艺术的领域都在应用着。这影响就证明它有着大的适用性，不应该忽视、抹杀，或轻率地作字句上的吹求。不过现在这个新的口号，却更明确地更不含糊地指出了现阶级文学底内容特质，更明确地更不含糊地指出现阶段的作家所应该努力的方向，一切的误会、曲解和野心底利用都不容易到它的头上来。这是这口号最特色的地方。

——《创造口号和联合问题》

辛人说：

我认为国防文学这口号是有提出的必要的，然而，它应该是民族革命战争的大众文学底主要的一部分，它不能包括整个民族革命战争的大众文学底内容。以国防文学这口号来否定民族革命战争的大众文学这口号，是和用后者来否定前者同样地不充分的。国防文学这口号底“时候性”不能代替民族革命战争的大众文学这口号底“时期性”，同样地，在时期中也应有时候性的存在。

——《论当前文学运动底诸问题》

鲁迅说：

自然，我还得说一说“民族革命战争的大众文学”这口号的无误及其与“国防文学”口号之关系。……如果它是为了推动一向囿于普洛革命文学的左翼作家们跑到抗日的民族革命战争的前线上去，它是为了补救“国防文学”这名词本身的在文学思想的意义上的不明了性，以及纠正一些注进“国防文学”这名词里去的不正确的意见，为了这些理由而被提出，那么它是正当的，正确的。如果人不用脚底皮去思想，而是用过一点脑子，那就不能随便说句“标新立异”就完事。“民族革命战争的大众文学”这名词，在本身上，比“国防文学”这名词，意义更明确，更深刻，更有内容。……我说“国防文学”是我们目前文学运动的具体口号之一，为的是“国防文学”这口号，颇通俗，已经有很多人听惯，它能扩大我们政治的和文学的影响，加之它可以解释为作家在国防旗帜下联合，为广义的爱国主义的文学的缘故。因此，它即使曾被不正确的解释，它本身含义上有缺陷，它仍应当存在，因为存在对抗日运动有益。我以为这两个口号的并存，不必象辛人先生的“时期性”和“时候性”的说法，我更不赞成人们以各种的限制加到“民族革命战争的大众文学”上，如果一定要以为“国防文学”提出在先，这是正统，那么就将正统权让给要正统的人们也未始不可，因为问题不在争口号，而在实做；尽管喊口号，争正统，固然也可作为“文章”取点稿费，靠此为生，但尽管如此，也到底不是久计。

——《答徐懋庸并关于抗日统一战线问题》

我们看上面“民族革命战争的大众文学”论者不但不反对“国防文学”而且说它“有用”“有提倡的必要”“它应当存在，因为存在对于抗日运动有益”；但“国防文学”论者对于“民族革命战争的大众文学”则在词意之间表示出务必去之而后快的决心（如“只好撤消”之类）。两方面的态度有这样的不同。当然，问题不在态度，而在决定这态度的理由；所以我们现在就检讨一下郭沫若上面那二种理由罢：

一、郭沫若把“民族革命战争的大众文学，一个整名词这样拆开：“民族”“民族革命”“大众”“大众文学”“战争的大众文学”。于是就这样也有问题，那也有问题，“尤其有问题”起来；倘照这样随便不合理的拆法，这十一个字可以拆成的岂止是这五个“有问题”呢，怕至少要有几十个吧？（请数学家算去吧。）我们看上面其它“国防文学”论者对于这十一个字的看法，也不过都以为只是两个“有问题”，就是“民族革命战争”与“大众文学”。关于“大众文学”，我在上面已经说过那是由于被误解，并指示出它在现阶段（一九三六）的无误；至于“民族革命战争”，现在即使不用耳耶的说法：“徐懋庸先生说是‘不足以表示目前的现实，不足以对太平天国运动之类的战争表示分别’；如果徐懋庸先生‘分别’不出，那实在是件无法可想的事，我决不愿浪费笔墨。”我现在就“浪费”一点“笔墨”用徐懋庸的说法：“正确的理论告诉我们，‘一句话只是一句话’，这就是说，在一句话的本身上，是一无所有的。许多口号，只在被实践的时候，才有价值，不同的实践会使同一句口号分出种种之不同的价值。”（见徐懋庸：《人民大众向文学要求什么？》）“国防文学”既然靠着许多篇文章替它作说明解释，才由“笼统含糊”变成“具体明确”，那么，我们从“民族革命战争的大众文学”论者的几篇文章中，也看出了他们所说的“民族革命战争”并不同于“太平天国之类的战争”，而能“表示目前的现实”。何况“许多口号，只在被实践的时候，才有价值”，也就是鲁迅说的“问题不在争口号，而在实做”呢！

这样，两个口号都是靠着解释才把含义弄成“具体明确”，但读者也可以看见究竟是那一个口号靠解释靠得多一点。譬如反对“民族革命战争的大众文学”的“国防文学”论者之一的屈轶说过：

> 文艺上当初揭出了“国防文学”的口号，那意义是非常地含糊的。因为提出者一开始就没有基于现实政治的分析的关于国防文学底纲领与诠释。在这政治上正确的“国防”两字底意义还没有被人们普遍认识的时候，揭出者祇这么空洞地喊了一句：“我们需要国防文学”！于是听到的人就有两个感想：一是把国防两字看得极其狭义，以为“国防文学”必须描写对于日帝国主义的抗战的情形，因而发生了口号文学底复归的忧虑。其次是把国防两字看得极其广大，甚而与“某家老店”底招牌混合起来，成了你来一个陆稿荐，我也来个陆稿荐的情形。——自然，我们知道陆稿荐总有一家真正老牌的。国防也有它一个真正的牌子。但揭出者工作底不充分是无可饶恕的错误。
>
> ——（《从走私问题说起》

幸而以后继续起来拥护这一口号的人，解释的“工作”是“充分”了，但倒反对起“揭出”的“当初”并不象“国防文学”那样“意义是非常含糊的”的“民族革命战争的大众文学”来！

二、“民族革命战争的大众文学”，是否可以照鲁迅说的“是无产阶级革命文学的一发展”呢？我觉得是可以这样说的：按一般理论，固然不错：“无产阶级的革命，是最后阶段的革命”，但是中国的所谓“无产阶级革命文学”，并不是真正的十足到地的成熟的“无产阶级革命文学”，郭先生也承认吧？那么，为着

“表示目前的现实”，为着将这种文学的“历来的反对法西主义，反对一切反动者的血的斗争”弄得“更深入，更扩大，更实际，更细微曲折，将斗争具体化到抗日反对汉奸的斗争，将一切斗争汇合到抗日反对汉奸斗争这总流里去。”而且，“决非革命文学要放弃它的阶级的领导的责任，而是将它的责任更加重，更放大，重到和大到要使全民族，不分阶级和党派，一致去对外。这个民族的立场，才真是阶级的立场。”（所引均见鲁迅：《论现在我们的文学运动》内语，郭先生好象都未看见似的。）因而说这是“无产阶级革命文学的一发展”，有什么不可呢？按一般理论“共产主义的社会是人类最后阶段的社会”吧？那么，我们对于苏联实行“新经济政策”时期的社会，甚至于现在还允许私有财产存在的社会，是说它“是苏联共产主义革命的一发展”呢？还是说它是向后退，或者是“发展到星云状态去了”呢？鲁迅是就中国无产阶级革命文学的“现实发展”说的，而郭沫若离开了这种“现实发展”，断章取义地就字面上绳之以一般的理论。表面上显得郭先生是振振有词，好象抓住了鲁迅的错处，因而在词意之间表现出是非常得意了。于是在恭维鲁迅是“见解正确，态度鲜明”的下面，紧接倒威逼着说：“我相信他决不会一意孤行到底，以不正确不正当的口号来强迫青年们去奉行的。”（见《搜苗的检阅》）这究竟是站在那一方面说的“不正确不正当”呵！

（d）结论

以下几个人的意见，可以算是比较公平正确的这一次“口号之争”的结论。

陈伯达说：

我认为“国防文学”——这个口号是不可驳倒的。就是那提出“民族革命战争的大众文学”的口号的人，也不能否认这口号的正确性，“国防文学”——这是联合战线的口号，但对于这个口号的态度，并不一定要大家一致。……“民族革命战争的大众文学”——这应该是属于国防文学的左翼，是国防文学最主要的一种，一个部分，同时也是国防文学的主力。“民族革命战争的大众文学”——这是左翼作家在“国防文学”下的自己立场，显然地这个口号不是联合战线的口号。

——《文学界两个口号问题应该休战》

吕克玉说：

一切文学家，任何派别与阶级的文学者，大家无条件的在抗日问题下联合起来！将抗日的力量统一起来！……我们尽量地努力的提倡“民族革命战争的大众文学”或“国防文学”，甚至提倡“现实主义的创作方法”。我们要到处尽可能的提倡这种文学，鼓励大家来写。我们也要把一般爱国的文学运动尽量地扩大。……关于口号的名词的争论应当即刻停止，把“民族革命战争的大众文学”和“国防文学”看成同一内容的东西，在现在是没有什么不可以的，虽然“国防文学”一名词在文学思想的意义上太含混了。

——《对于文学运动几个问题的意见》

柳林说：

“国防文学”是我们对于现阶段文学的具体标帜。而“民族革命战争的大众文学”这一口号的提出是在这口号的本身都明显的说明了“国防文学”的本质的特点。两者在本质是没有什么不同的。……“民族革命战争的大众文学”这一口号的提出，在这名字的本质即全面的说明了“国防文学”。徐懋庸先生硬说它“笼统”“空洞”，这无论有意无意是犯了主观的错误。我们不能怕有人会把“国防文学”误会作日本帝国主义侵华的“国防”而反对“国防文学”；也绝不可把这“笼统”“空洞”的帽子嵌到“民族革命战争的大众文学”的头上。这在一般读者，有可能推想到徐懋庸先生是抱着以为自己所独创的牌位者迷信的辩护。而“国防文学”事实上已在广大的作家与读者中形成了对于当前文学的惟一标帜。“民族革命战争的大众文学”用来作为说明“国防文学”的内容特质时是必须的。但是否用来代替“国防文学”作为号召统一战线的旗帜？就事实说，“国防文学”这名字，简单，通俗，容易记忆，容易说出——这是表面的一个好处——尤其是对于联合战线的号召，在一般社会上更易被了解，被接受。而“民族革命战争的大众文学”在这名字的本身就有了更具体更确切的说明。从这点上是该代替了“国防文学”的。但是“国防文学”已经为大家所熟悉，且后者的名字太长，我们是否一定以后者替前者或仅作为前者的说明是无须议决式的判定的。

——《关于国防文学与民族革命战争的大众文学的论争》

茅盾说：

“民族革命战争的大众文学”应是现在左翼作家创作的口号！“国防文学”是全国一切作家关系间的标帜！我们所希望的是全国任何作家都在抗日的共同目标之下联合起

来，但在创作上需要有更大的自由。我们对于少数的几个朋友，希望他们即速停止文艺界的“内战”，并且放弃那种争文艺“正统”，以及以一个口号去规约别人，和自以为是天生的领导者要去领导别人的那种过于天真的意念。

——《关于引起纠纷的两个口号》

（E）这次口号之争的原因——“宗派主义”和“私人纠纷”

一九三六年政治形势的剧烈的转变，在文艺界必然要有“宗派主义”的清算：克服了徐行、辛丹的“联合战线”和“国防文学”的反对论，给“国防文学”和“民族革命战争的大众文学”之争以比较合理的结论，都是这一清算的具体表现和结果。徐行和辛丹固然是“左的宗派主义者”“国防文学”论者的一部分（或“文艺家协会”内的一部分人）和“民族革命战争大众文学”论者的一部分（或“中国文艺工作者的宣言”内的一部分人），也是因为了“小集团主义”或“宗派主义”而形成了对立，这其中只有鲁迅“没有把这两个口号看成两家”，茅盾虽然是“文艺家协会”的主要领导人之一，但他的态度是比较中立和公平的。这都有他们二人对于这两个口号的文章为证。

然而，在中国，“宗派主义”或者“小集团主义”是和“私人关系”分不开的，因此这一次口号之争的原因，学术地讲起来固然“宗派主义”从中作祟，但是私人间的“纠纷”或“芥蒂”也起着很大的作用。这是在论争的当时就有人说了的：譬如屈轶说“抛撇私人间底芥蒂，为最大的目的而服务，那是一切的文艺家和文艺理论家所应有的坦白的胸怀。”（见《从走私问题说起》）绀弩说“有人为了自己私人底利害运用联合来打击真心为大众服务的人，用种种手段阴止别人和联合接近，自然是更要不得的。”（见《创作口号和联合问题》）两方面都这样指出来了。

编者近十年久居北平，对于上海文艺界人事关系无从熟悉，也没有通信的朋友（与鲁迅、茅盾、郭沫若等亦连通信的关系也没有），所以现在只能根据手边所有的已发表的文献，勾出上海文艺界在此次口号之争时的“人事关系”或“纠纷”的轮廓来；这虽然比听人口传或实际情形简单一些，但是或者是较为可靠一些的根据罢？

首先，最重要的文献，是徐懋庸和鲁迅往还辩复的三封信里面的一部分。

徐懋庸在致鲁迅的信里说：

鲁迅先生：

贵恙已痊愈否？念念，自先生一病，加以文艺界纠纷，我就无缘再亲聆教诲，思之常觉怆然！

……

在目前，我总觉得先生最近半年来的言行，是无意助长着恶劣的倾向的。以胡风的性情之诈，以黄源的行为之谄，先生都没有细察，永远被他们据为私有，眩惑群众，若偶像然，于是从他们的野心出发的分离运动，遂一发而不可收拾矣。胡风他们的行动，显然是出于私心的，极端的宗派运动，他们的理论，前后矛盾，错误百出。……对于他们的言行，打击本极易，但徒以有先生作着他们的盾牌，人谁不爱先生，所以在实际解决和文学斗争上都感到绝大的困难。

我很知道先生的本意。先生是惟恐参加统一战线的左翼战友，放弃原来的立场，而看到胡风们在样子上尚左得可爱，所以赞同了他们的。……

再说参加"文艺家协会"的"战友"，未必个个右倾堕落，如先生所疑虑者；况集合在先生左右的"战友"，既然包括巴金和黄源之流，难道先生以为凡参加"文艺家协会"的人们，竟个个不如巴金和黄源么？我从报章杂志上，知道法西二国"安那其"之反动，破坏联合战线，无异于托派，中国的"安那其"的行为，则更卑劣。黄源是一个根本没有思想，只靠捧名流为生的东西。从前他奔走于傅、郑门下之时，一副谄佞之相，固不异于今日对先生效忠致敬。先生可与此辈为伍，而不屑与多数人合作，此理我实不解。

我觉得不看事只看人，是最近半年来先生的错误的根由。先生的看人又看得不准。譬如，我个人，诚然是有许多缺点的，但先生却把我写字糊涂这一层当做大缺点，我觉得实在好笑。（我为什么故意要把"邱韵铎"三字，写成象"郑振铎"的样子呢；难道郑振铎是先生所喜欢的人么？）为此小故，遽拒一个人于千里之外，我实以为不对。

……

拙译《斯太林传》[①]快要出版，出版后当寄奉一册，此书甚望先生细看一下，对原意和译文，均望批评。敬颂

痊安。

懋庸上（八月一日）

鲁迅的复信，（即《答徐懋庸并关于抗日统一战线问题》）我们上面已经引过几段，其余就都在下面了：

以上，是徐懋庸给我的一封信，我没有得他同意就在

① 斯太林，今译为斯大林。

这里发表了，因为其中全是教训我和攻击别人的话，发表出来，并不损他的威严，而且也许正是他准备我将它发表的作品。但自然，人们也不免因此看得出：这发信者倒是有些“恶劣”的青年！

但是我有一个要求：希望巴金、黄源、胡风诸先生不要学徐懋庸的样。因为这信中有攻击他们的话，就也报答以牙眼，那恰正中了他的诡计。在国难当头的现在，白天里讲些官冕堂皇的话，暗夜里进行一些离间、挑拨、分裂的勾当的，不就正是这些人么？这封信是有计划的，是他们向没有加入“文艺家协会”的人们的新的挑战，想这些人们去应战，那时他们就加你们以“破坏联合战线”的罪名，“汉奸”的罪名。然而我们不，我们决不要把笔锋去专对几个个人，“先安内而后攘外”不是我们的办法。

但我在这里，有些话要说一说。首先是我对抗日的统一战线的态度。……（这以下，上面已引。）

其次，我和“民族革命战争的大众文学”这口号的关系。徐懋庸之流的宗派主义也表明在对于这口号的态度上。……（以下上面已引。）

最后，我要说到我个人的几件事。徐懋庸说我最近半年的言行，助长着恶劣的倾向。我就检查我这半年的言行，所谓言者，是发表过四五篇文章，此外，至多对访问者谈过一些闲天，对医生报告我的病状之类；所谓行者，要比较的多一点，印过两本版画，一本杂感，译过几章《死魂灵》，生过三个月的病，签过一个名，此外，也并未到过咸肉庄或赌场，并未出席过什么会议。我真不懂我怎样助长着，以及助长什么恶劣倾向。难道因为我生病么？除了怪我生病而竟不死以外，我想就只有一个说法：怪我生病，不能和徐懋庸这类恶劣的倾向来搏斗。

其次，是我和胡风、巴金、黄源诸人的关系。我和他们，是新近才认识的，都由于文学工作上的关系，虽然还不能称至交，但已可以说是朋友。不能提出真凭实据，而任意诬我的朋友为“内奸”，为“卑劣”者，我是要加以辩正的，这不仅是我的交友的道义，也是看人看事的结果。徐懋庸说我只看人，不看事，是诬枉的，我就先看了一些事，然后看见了徐懋庸之类的人。胡风我先前并不熟识，去年的有一天，一位名人约我谈话了，到了那里。却见驶来了一辆汽车，从中跳出四条汉子：田汉，周起应（编者按——即周扬），还有另两个，一律洋服，态度轩昂。说是特来通知我，胡风乃是内奸，官方派来的。我问凭据，则说是得自转向以后的穆木天口中。转向者的言谈，到“左联”就奉为圣旨，这真使我口呆目瞪。再经几度问答之后，我的回答是：证据薄弱之极，我不相信！当时自然不欢而散，但后来也不再听人说胡风是“内奸”了。然而奇怪，此后的小报，每当攻击胡风时，便往往不免拉上我，或由我而涉及胡风。最近的则如《现实文学》发表了 O. V. 笔录的我的主张以后，《社会日报》就说 O. V. 是胡风，笔录也和我的本意不合，稍远的则如周文向傅东华抗议删改他的小说时，同报也说背后是我和胡风。最阴险的则是同报在去年冬或今年春罢，登过一则花边的重要新闻：说我就要投降南京，从中出力的是胡风，或快或慢，要看他的办法。我又看自己以外的事：有一个青年，不是被指为“内奸”因而所有朋友都和他隔离，终于在街上流浪，无处可归，遂被捕去，受了毒刑的么？又有一个青年，也同样的被诬为“内奸”，然而不是因为参加了英勇的战斗，现在坐在苏州狱中，死活不知么？这两个青年就是事实证明了他们既没有象穆木天等似的做过堂皇的悔过的文章，也没有象田汉似的在南京大演其戏。同时，我也看人：即使胡风不可信，但对我自己这人，我自己总还可以相信的，我就并没有经胡风向南京讲条件的事。因此，我倒明白了胡风耿直，易于招怨，是可接近的，而对于周起应之类轻易诬人的青年，反而怀疑以至憎恶起来了。自然，周起应也许别有他的优点。也许后来不复如此，仍将成为一个真正的革命者（编者按——抗战发动以后周起应——即周扬做陕北特区教育厅长并主编《文艺战线》月刊）；胡风也自有他的缺点，神经质，繁琐，以及在理论上的有些拘泥的倾向，文字的不肯大众化，但他明明是有为的青年，他没有参加过任何反对抗日运动或反对过统一战线，这是纵使徐懋庸之流用尽心机，也无法抹杀的。

至于黄源，我以为是一个向上的认真的译述者，有《译文》这切实的杂志和别的几种译书为证。巴金是一个有热情的有进步思想的作家，在屈指可数的好作家之列的作家，他固然有“安那其主义者”之称，但他并没有反对我们的运动，还曾经列名于文艺工作者联名的战斗的宣言。黄源也签了名的。这样的译者和作家要来参加抗日的统一战线，我们是欢迎的，我真不懂徐懋庸等类为什么要说他们是“卑劣”？难道因为有《译文》存在碍眼？难道连西班牙的“安那其”的破坏革命，也要巴金负责？

还有，在中国近来已经视为平常，而其实不但“助长”，却正是“恶劣的倾向”的，是无凭无据，却加给对方一个很坏的恶名。例如徐懋庸的说胡风的“诈”，黄源的“谄”，就都是。田汉周起应们说胡风是“内奸”，终于不是，是因为他们发昏；并非胡风诈作“内奸”，其实不是，致使他们成为说谎。《社会日报》说胡风拉我转向，而至今不转，是撰稿者有意的诬陷；并非胡风诈作拉我，其实不拉，以致记者变了造谣。胡风并不“左得可爱”，但我以为他的私敌，却实在是“左得可怕”的。黄源未尝作文捧我，也没有给我作过传，不过专办着一种月刊，颇为尽责，舆论倒还不坏，怎么便是“谄”，怎么便是对于我的“效忠致敬”？难道《译文》是我的私产吗？黄源“奔走于傅郑门下之时，一副谄佞之相”，徐懋庸大概是奉谕知道的了，但我不知道，也没有见过，至于他和我的往还，却不见有“谄佞之相”，而徐懋庸也没有一次同在，我不知道他凭着什么，来断定和谄佞傅郑门下者“无异”？当这时会，我也就是证人！而并未实见的徐懋庸，对于本身在场的我，竟可以如此信口胡说，含血喷人，这真可谓横暴恣肆，达于极点了。莫非这是“了解”了“现在的基本的政策”之故吗？“和全世界都一样”的吗！那么，可真要吓死人！

其实，“现在的基本政策”是决不会这样的好象天罗地网的。不是只要“抗日”，就是战友吗？“诈”何妨，“谄”又何妨？又何必定要剿灭胡风的文字，打倒黄源的《译文》呢，莫非这里面都是“二十一条”和“文化侵略”吗？首先应该扫荡的，倒是拉大旗作为虎皮，包着自己，去吓呼别人；小不如意，就倚势（！）定人罪名，而且重得可怕的横暴者。自然，战线是会成立的，不过这吓成的战线，作不得战。先前已有这样的前车，而覆车之鬼，至死不悟，现在在我面前，就附着徐懋庸的肉身而出现了。

在“左联”结成的前后，有些所谓革命作家，其实是破落户的漂零子弟。他也有不平，有反抗，有战斗，而往往不过是将败落家族的妇姑勃溪，叔嫂斗法的手段，移到文坛上。嘁嘁嚓嚓，招是生非，搬弄口舌，决不在大处着眼。这衣钵流传不绝。例如我和茅盾，郭沫若两位，或相识，或未尝一面，或未冲突，或曾用笔墨相讥，但大战斗却都为着同一的目标，决不日夜记着个人的恩怨。然而小报却偏喜欢记鲁比茅如何，郭对鲁又怎样，好象我们只在争座位，斗法宝。就是《死魂灵》，当《译文》刊停后，《世界文库》上也登完第一部的，但小报却说"郑振铎腰斩《死魂灵》"，或鲁迅一怒中止了翻译。这其实正是恶劣的倾向，用谣言来分散文艺界的力量，近于"内奸"的行为的。然而也正是破落文学家最末的道路。

我看徐懋庸也正是一个嘁嘁嚓嚓的作者，和小报是有关系了，但还没有坠入最末的道路。不过也已经糊涂得可观。(否则，便是骄横了。)例如他信里说："对于他们的言行，打击本极易，但徒以有先生作他们的盾牌，……所以在实际解决和文字斗争上都感到绝大的困难。"是从修身上来打击胡风的诈，黄源的谄，还是从作文上来打击胡风的论文，黄源的《译文》呢？——这我倒并不急于知道，我所要问的是为什么我认识他们，"打击"就"感到绝大的困难？"对于造谣生事，我固然绝不肯附和，但若徐懋庸们义正词严，我能替他们一手掩尽天下耳目的吗？而且什么是"实际解决"？是充军，还是杀头呢？在"统一战线"这大题目之下，是就可以这样锻炼人罪，戏弄威权的？我真要祝祷"国防文学"有大作品，倘不然，也许又是我近半年来，"助长着恶劣的倾向"的罪恶了。

临末，徐懋庸还叫我细细读《斯太林传》。是的，我将细细地读。倘能生存，我当然仍要学习；但我临末也请他自己再细细的去读几遍，因为他翻译时似乎毫无所得，实有从新细读的必要。否则，抓到一面旗帜，就自以为出人头地，摆出奴隶总管的架子，以鸣鞭为惟一的业绩——是无药可医，于中国也不但毫无用处，而且还有害处的。

（八月三—六日）

徐懋庸在“还答鲁迅先生”中也有两段：

原来“文艺家协会”的发起，最初本有黄源在内的。我曾亲自听他说，他从傅东华沈起予那里接受了一张发起人的名单，上面有二三十个人的姓名，有许多要待他去接洽，不料隔不多时，不知为了什么，手掌“文协”发起人名单的他，忽而变成“文协”的积极的破坏者了（后来我听说这是他和巴金商议的结果，因此我对于巴金也有点莫名其妙）。此公的反覆乖张，于此可见。其时他还有宣达鲁迅对于沈起予的不满（为了周文的《山坡上》的问题），并因此退还为《译文》特约的沈起予的译稿的事。（见沈起予登在《每周文学》上的《麻烦账》）（编者按——当时“国防文学”论者们的刊物之一《光明》半月刊即由沈起予、洪深主编。）……

第二次“文协”发起时，有人曾请鲁迅巴金胡风黄源等诸多人共同做发起人，但是除了鲁迅先生有一个回信之外，余人都置之不理，后来发起人会又去函征求他们做基本会员，他们又置之不理。直到后来，他们才自成一“帮”以“文艺工作者”的团体而出现了。

这第二段的意思，徐懋庸先生在《理论以外的事实》里也差不多说过了：

> 据说，当“文艺家协会”由少数作家发起的时候，曾经致信许多作家，请他们一同作发起人。这结果，有许多是答应了。鲁迅先生是回了一个信，赞成宗旨，但举了几个正当的理由，说个人暂不加入，而胡风先生和别的许多作家们，却置而不复，绝对地表示“超然”和“沉默”；待得发起人会成立，又去征求他们做基本会员时，他们依然保持“超然”和“沉默”。

以上算是勾出了当时文坛一角内两个方面的对立情形。至于“私人纠纷”，则在此口号之争的表现上反对胡风最甚的是徐懋庸和周扬。这一事实可以看出来徐懋庸反对胡风的原因，我们在他的信里可以看见：周扬则除了在鲁迅面前说胡风是“内奸”以外，就是我们上面已经说过的他二人因“典型”问题的辩论而生的芥蒂。

“集团”方面和“私人”方面，既都已形成了这样的对立情形。所谓“箭在弦上，一触即发”；一等到“国防政府”的号召一出，一方面便很快的抓住了“国防文学”这口号，企图“以一个口号去规约别人，和自以为是天生的领导者要去领导别人”（茅盾语）了；一方面则另提出了一个新的口号，来对“国防文学”加以补充。但冲突之起则已在这新口号的提出之前，即胡风等不表示加入“文艺家协会”的时候。但我看胡风等所以不加入“文艺家协会”，与鲁迅的态度大约也有关系，那么，现在的问题就是鲁迅为什么表示“暂不加入文艺家协会”呢？这就是他自己说的“因为我要等一等，看一看，他们究竟干的什么勾当。”鲁迅此次这种慎重的态度，和他在一九二八年对付创造社、太阳社的提倡“革命文学”是一样的。据说当创造社、太阳社提倡“革命文学”的起初，曾和鲁迅接洽要他一同加入，但他为着“要等一等，看一看，他们究竟干的什么勾当”，就未加入，于是创造社、太阳社也就先从他的头上开刀了。这就形成了一九二八年的论战，我们在上面讲“革命文学运动”的“鲁迅的态度”时已经说过了，还引用了雪苇作的《导师的丧失》一文里面对于鲁迅这种态度的很好的论断。

所以现在的问题是：作为此次口号之争的原因的——“宗派主义”和“私人纠纷”；关于前者因为鲁迅“并没有把这两个口号看成两家”所以和他不相干；关于后者，则鲁迅的《答徐懋庸并关于抗日统一战线问题》的万言书，是否为参加“私人纠纷”而对付“私人”，或者照徐懋庸的说法“企图通过我的身上打击大批的青年”呢？我看徐懋庸的说法在形式上是对了一半，其实应该照着雪苇的说法的：“通过人的活动去暴露和打击某种社会思想和社会现象”（见《导师的丧失》）。在最初对“陈西滢们”是如此，在一九二八年对创造社太阳社的“人们”是如此，在一九三〇年以后对“梁实秋们”是如此，在一九三六年对“徐懋庸们”也是如此！

为着说明这一层，我现在不得不再引用雪苇的其它几段文章：

> 鲁迅先生由最初（著名的是与“现代评论派”的斗争）到最近（一九二八，一九三六）所执行的斗争，都有着一个特点。这特点是：通过人的活动去暴露和打击某种社会思想和社会现象。这特点一贯的被保留下来，甚至完全没有因为何凝先生的评价而缓和（这“评价”见《鲁迅杂感选集序言》的序二〇页）。于是乎“私人！”“私人！”的呼

斥声，直拥挤到了他的“死”为止。然而，问题是应当这样来解释的么？未必吧。

这问题，何凝先生在一九三三年（《鲁迅杂感选集序言》）有过很好的说明，首先他说：

> 现在的读者，往往以为《华盖集正续编》里的杂感，不过是攻击个人的文章；或者有些青年已不大知道“陈西滢”等类人物的历史，所以不感觉很大的兴趣。其实，不但“陈西滢”，就是“章士钊（孤桐）”等类的姓名，在鲁迅的杂感里，简直可以当作普通名词读。就是认作社会上的某种典型。

接着他又说：

> 鲁迅当时反对这些欧化绅士的战斗，虽然隐藏在个别的甚至私人的问题下，然而这种战斗的原则上的意义，越到后来就越发明显了。统治者不能够完全只靠大炮机关枪，一定需要某种“意识代表”。这些代表们的虚伪和戏法是无穷的，暴露这些“做戏的虚无主义者”（见《华盖集续编》《马上支日记》），也就必须有持久的韧性的斗争。

对于一九二八年的文艺论争中鲁迅先生的在这特点上的表现，何凝先生也承认，这“是经过私人问题去照耀社会思想和社会现象”。

但如上的解释还不够。鲁迅先生并不是那种“只记得私仇私怨”的人，决不是那种用个人的仇恨来代替真理的斗争，或者，因为先有“私人的仇恨”才去找寻真理的斗争的人。假如不理解这点，我们无法理解他三十余年来一贯的光辉夺目的历史。（他何时造下了这样多的“私仇私怨”？）这固然是的，但仅根据这解释，还不能找出这特点的“必然性”，不能理解鲁迅先生这战斗形态的社会内容来。鲁迅先生并不特别具有“爱好”由他的“私人”那里去引起纠葛的“脾气”。事实上是：他除了在迫切的必要的意义下，不乱去指名，揭穿别人的什么的。他自己早在一九三二年就非常明决的提示过：“辱骂和恐吓决不是战斗”，“战斗的作者应该重在论争”。（见《文学月报》第五、六期“通信”）

我们这社会，“做戏的虚无党”（《马上支日记》）特别多。“理论”是有着很多的，然大都仅是一个幌子；现在很认真吧？而其实又并不如此。社会活动里，要找几部“老实”的理论，系统的学说，是不容易找到的。有的是“花头”，或者简直是“吃人”的号召。“花头”仅用于遮掩“变化”的秘密，是“变戏法的手巾”。（《坟》后记）在这里，要捉牢“某种社会的典型”，就特别要通过这“变戏法者”的实际行为，而且要具体的从他前后的行为上去辨别，才容易得手。这时，“理论”的奥妙也就明晰了。因为根本上就不是什么“学理”在作怪。“通过个人活动去暴露某种社会思想和社会现象”的，这种斗争的特殊方式，就是在这社会特殊条件底下发育起来的。在鲁迅先生的文章里，我们也找得出这理由的充分的论据。这正是对一切“中国式”的假面具，一切虚伪招牌，一切抽象空论，之现实主义的，向其实际内容的检讨的必然的结果，是这种必然结果的表现之一。

本来，问题的本身也并不在“涉及私人”或不“涉及私人”。而是在为什么必要去“涉及”。为着问题的真理的解决呢？抑是仅为着“人身攻击”。假如是为了更能明晰的照见某种“社会的典型”，为着必要的问题的解决，而不得不抓住它“代表”的行为来暴露它的话，肯这样做是必要的，也是正直的。且还特别有益。“涉及”就“反动”吗？普列哈诺夫还“涉及”过密海洛夫斯基底“头”（见《辩证唯物主义论教程》）；是伊里奇吧？大概还“涉及”过主观唯心论者们的“父母”呢。（大意是说：主观的唯心论者们将连他们是他们的父母所生的这回事也会加以“否认”的吧？因为那是在他们的“感觉以外”存在的缘故啊！）

一八四二年（鸦片战争）以后，不断加速展开的突然破产或空前饥荒，结果，在我们的社会层里孵化出整千整万的“蝗虫”。这般东西，从“破落户”的窗户间成群成群的飞出，普遍散布于各个社会层角落，各各适应它的需要而占据着一块小地位；从“白相人”到“职业革命家”，从测字算命的“术士”到“革命文学家”，……用着各种不同的脸貌，操着各种不同的语言，做着各种各项的“职业”。假借各种卑怯和英雄，清高和无耻，堕落和前进的手段来攫取他私人的“利润”：或窃财害命，或出卖人头，或“挣”革命的历史地位做敲门砖，垫脚石；或欺恐诈吓，在弱小者的身上营生。翻来覆去，“理论”，有。而且多着。“策略”，有。而且多着。但这阴谋的结果，则深深地毒害着民族生命的中心，玩弄吮吸真实的人民大众的血液。他们是“做戏的虚无党”，是“跟随着狮子的狼”，“为要饱啖他们的残余，并且那头狮子害着病或受了伤的话，便要谋害它”。（R.罗兰：《论个人主义和人道主义》——《译文》新一卷一期）但他们还没有狼那样的“野性”和爽直。又类似灰老鼠或癞皮狗；而吃喝起来有时却比狼还更凶残。他们无所谓“节操”，更无所谓有什么“真理”和“人民大众”。他们可以东荡荡，西流流，今天一个样子，明天又一副神气！但当他们正在做着每副脸孔时，是认真的。他们可以做“民族英雄”，也可以做“汉奸”，可以做神气十足的“革命领袖”，也可以做最彻底的革命叛徒。这是中华民族解放斗争中最毒的毒害，最危险的敌人，他们真具有使“人民大众”陷入永劫不返的力量！

鲁迅先生，就用它一生的主要精力和这般东西斗争过来，到死的现在也与之斗争。他以他自己决然相反的钢样的操守，坚韧恶辣的战术，来进行这无与比并的伟大艰苦的斗争。他由此不惟做成了革命战士的坚钢炼成的模范，而且做成一切在前社会里出身的向光明的无休息的人们的唯一可靠的引路者。通过了不同的时代，而一直贯穿了他的一生的是他的全面性的健康：生活上，战斗上，创作上，文化的移植介绍上，甚至在文体及写作风格上。……

“实事求是”，切实而反夸张，进取而反盲动，彻底的现实主义的精神。一切都取决于实际内容的检讨，不为任何的假面所掩蔽：“中国大概很有些青年的‘前辈’或‘导师’罢，但那不是我。”（见《写在“坟”后面》）“必须敢于正视，这才可望敢想，敢说，敢作，敢当。倘使并正视而不敢，此外还能成什么气候。”“然而倘以欺瞒的心，用欺瞒的嘴，则无论说A和O，或T和Z，一样是虚假的。”（见《论睁了眼看——坟》）“那种表面上扮着“革命”的面孔，而轻易诬陷别人为“内奸”，为“托派”，以至为“汉奸”者，大半不是正路人；因为他们巧妙的格杀革命的民族的力量，不顾革命的大众的利益，而只藉革命以营私。”（见《答徐懋庸并关于抗日统一战线问题》）这是鲁迅先生的认识方法。他一贯地接近问题，把握问题的态度，无情地扫荡一切各式各样的市侩投机分子，永久的不妥协。不管是什么“慈善家，学者，文人，长者，青年，雅人，君子”，以及“革命家”；不管他打着怎样的好招牌：“学问，道德，国粹，民意，公义，……”以及“前进”“革命”；不管他是做假或装死，辱骂或点头招呼，“亲善”或阴谋陷害，都“举起了投枪”，只要他始终是敌人。（见《这样的战士》——《野草》）不管他正当得意之际，或才一时失掉了主子，或还尚未找到主子，都要打。就是打落水里，也“非又从而打之不可”。只要它始终是要咬人的狗，（见《论“费厄泼赖”应该缓行》——《坟》）这是鲁迅先生的战斗原则。

——《导师的丧失》（一九三六年十一月《中流》所载）

四 并非“第三种人”的“创作自由”问题
——“宗派主义”和“机械论”的再检讨

（A）序 说

在上面第二章，我们讲一九三二年“左联”和“第三种人”讨论文艺创作自由问题时，何丹仁已经指出来“左翼的批评家往往犯着机械论的（理论上）和左倾宗派主义的（策略上）错误”。同时我们说周起应的“非无产阶级文学即资产阶级文学”的理论，就是犯着这种错误的。这已经在当时检讨过一次了。现在在一九三六年“国防文学”运动里面，在它的第一阶段中对于徐行等反对论的克服和第二阶段里两个口号之争的得到比较合理的结论，都可以说是“宗派主义”和“机械论”的再检讨的结果。而“宗派主义”和“机械论”的理论比较深入的论究或检讨，则在此次口号之争的末了时候。即开始于茅盾在《关于引起纠纷的两个口号》里说周扬的“国防的主题应当成为汉奸以外的一切作家的作品之最中心的主题”是关门主义和宗派主义。于是周扬作《与茅盾先生论国防文学的口号》加以答辩，茅盾就又发表了《再说几句》，先解释“什么是关门主义和宗派主义”，极力主张文艺界的联合是无条件的，反对“国防文学”作为联合的条件似的创作口号，要求创作的自由。这意见，和鲁迅在《答徐懋庸并关于抗日统一战线问题》里的意见是差不多的。总之鲁迅和茅盾他们二人，都象王任叔所说的，“在现阶段所要求于每个作家的，便是生活的实践；想叫每个作家先有救国的实践行动。（即加入救国联合战线从事于救亡工作，或受救亡运动的影响。——编者）通过这行动，然后才有真的国防文学：“即由生活的实践，到创作的实践。”（见《鲁迅先生的“转变”》）而国防文学论者们中如周扬等，是忽略这“实践先于一切”或“无条件地”先把各种作家联合起来或动员起来的。于是他们也就极力主张“国防文学”应该作为“创作口号”，反对要求“创作自由”。当然也就否认他们这种理论是“宗派主义”了。响应周扬的有郭沫若（见《蒐苗的检阅》内他不主张提出创作自由的要求）。而任白戈大约因为在东京和郭沫若接近的关系也就附和了周扬的吧？虽然他在《关于国防文学的几个问题》这篇附和文章的后面“声明”说：“我还在国外，对于国内文坛的实际情况是不大明白的。……究竟在他们底文章背后有什么些人事纠纷，我可不管。……只有抛弃一切个人感情或私人关系底计较，才能接近客观的真理。”而且还大骂别人：“不要使一般的人们看为意气之争而对于私人恩惠以上的真理感到失望。个人信仰底丧失还是小事，最怕的是连他所代表的信仰也一并丧失；一般的人们往往是以代表某一信仰的个人作为他所代表的信仰的尺度的，有一些人更加因为信仰了某一个人才连他所代表的信仰也一并信仰的。”——这些话是单对别人才有意义的吗？

对于周扬、郭沫若、任白戈这几位国防文学论者这一方面的理论，吕克玉有总的批判（见《对于文学运动几个问题的意见》)，而“《新认识》社同人”的《文艺界的统一战线问题》和陈伯达的《文学界两个口号问题应该休战》这两篇文章的意见，是修正后的国防文学论的理论，是比较公平的。这三人的意见我们在下面就把它当作本问题的结论罢。

（B）何谓“宗派主义”和“关门主义”

茅盾解释说：

问一：什么是关门主义和宗派主义？

这是一对姊妹。有时是先犯了关门主义而后接着形成宗派主义，但有时是先有宗派主义的恶根性而后关起门来的。先关门的，也有种种不同的“动机”。就我所见过去文坛上的“史实”，曾经因为：“惧怕群众”而关过门的，也曾经因为英雄主义作怪，惟恐“领导权”旁落而关起门来的。后者，我乡有一俗谚，叫做“关起大门作皇帝”。

凡此两者，大都是一个根上来的，自己对于自己的正确性也在下意识地怀疑，所以怕听见不同调的声音，怕有辩论。

另一种造成关门主义的原因，是“自信只有自己是百分之百的正确，而别人都是百分之百的错误”。在这情形时，虽然大开四门，而实际上就是关门。

既关上了门，结果自然是宗派主义。

这也有多种情形，门内只有一宗派时，门内门外都“相安无事”，这叫做关门不动。门内倘若并不能“统一”时，关了的门内就又要发生问题了，这叫做关门而内战。

那时候，因为门是关了，所以明枪暗箭，一点不能落在门外，不但不落在门外，甚至要落到反对“内战”的门内人身上。

鲁迅先生受过的“战友”的暗箭就是这样来的。我也受着过，不过我素来麻木，直到最近方始弄明白了箭是何方所发。

由宗派主义产生的关门主义，情形亦复如此。所不同者，乃是经过“内战”后挤了几个出去这才再关门的。

不过，这样的“恶梦”，你就姑且当作已成过去也罢。

问二：文学家联合救国抗日运动中的关门主义和宗派主义又是怎么讲？

这一问题，是从上面连带下来的。既说是联合战线，自然是力反关门的，但因人到底是人，有些“习性”是不能够象扔掉一撮鼻涕似的立即摆脱个干干净净的；因为是要联合战线的缘故，自然开门，但“关门主义”的妹妹（也许是姐姐）宗派主义却还情重的很，粘着你不放手。不过“表现的方式”是不同了。

——《再说几句》

任白戈解释说：

宗派主义是与党派性非常相似，而其实却极端相反的一个东西。所以，一个进步的集团，他一方面要时时警戒着党派性的失掉，一方面要时时努力于宗派主义的克服。正因为这两个东西非常相似，所以往往误解滥用；也正因为这两个东西极端相反，所以不能不解释清楚：所谓宗派主义，那就是关门主义的本家。自己站在某一个集团之内或某一种立场之上，便以为那一个集团或那一种立场是自己祖宗遗留下来的私产，仿佛此外一切的人们都没有了份了似的，这样一来，自然关门主义成功了，自己满可以关在门内做皇帝。然而，凡是前进的集团或立场都得以广大的群众作为基础，而且它所有的思想或理论，亦是全人类的文化积蓄，到底门是不能关的，于是便有了对宗派主义的清算。不过在这个清算当中，却不能连自己的党派性也一并清算出去。这就是说，门虽然应该大大地开着，但不能将自己的立场都抛弃了去迎合别人。党派性是一个本体的主髓，宗派主义是一种运用的流弊，一体一用，连各自的范畴也不相同。而主要的问题就在运用的一点上。

——《关于国防文学的几个问题》

（C）国防文学——创作口号——创作自由

因为国防文学论者主张“国防文学”应该作为“创作口号”，所以茅盾说这是“有条件地”联合，这是表面开门而实际上关门的“宗派主义”，因而他主张各派作家的“创作自由”，先“无条件地”把各派作家联合起来再说。他觉得倘要求各派作家都“创作”“国防文学”，恐怕有许多人就不来参加联合战线了。所以本问题的内容是这样：国防文学——创作口号——创作自由。而理论的收获则在“宗派主义”（和“关门主义”是分不开的。）和“机械论”（见吕克玉下面文章）的藉此机会的再检讨。至于此次的“创作自由”问题的提出，与一九三二年“第三种人”所提出的“创作自由”问题，其立场，意义和性质都是决不相同的，这我们看完了下面诸人的讨论就知道了。

这问题是茅盾提起的，他说：

我现在想，“国防文艺”这口号，若作为创作的口号，未免是欠明确性的，而过去我们把这口号认为一般的创作口号，也就有关门主义和宗派主义的危险，例如周扬先生说：“国防的主题应当成为汉奸以外的一切作家的作品之最中心的主题。”又说：“国防文学的创作必须采取进步的现实主义的方法。”如此说来，则那不能或尚未及采取进步的现实主义的方法的作品，就无法成为国防文学，（这事所关尚小）；而那不用国防的主题，例如用日常生活，或恋爱为主题的作家，却就会变成汉奸作家，或至少不能站到文艺者救国阵线的旗帜下来，这可所关太大罢？此种意见，在今日以前，却颇普遍，然而这是关门主义和宗派主义！所以，我们如果一定要继续用“国防文学”作为创作的口号，那就应当采取郭沫若先生的解释：

“应该包含着各种各样的文学作品，由纯粹社会主义的以至于狭义爱国主义的，但只要不是卖国的，不是为帝国主义作伥的东西。”

然而仍有问题，譬如这里有一部纯恋爱的小说或诗歌，它确不是为帝国主义作伥的，我们自然不能指它为汉奸作品，但倘若说这是国防文学，却也未免有些无谓。又如周木斋先生把《水浒传》也引以为“国防文学”，我以为大可不必。我们若把“国防文学”为文艺界联合战线的创作口号，就有这样难以圆满的缺点；所以，我想来，对于“国防文学”这口号的正确的认识，应当是：

“作家关系间的标帜，而不是作品原则上的标帜。”

这就是说，不用“国防”的主题的作家，仍可参加民族自救的国防运动！应当是“一切文学者在国防的旗帜下联合起来”，而不是在“国防文学的旗帜下联合起来”；因为后者是束缚人的，是要把一些不写“国防”主题的作家关在国防运动之外去的。

——《关于引起纠纷的两个口号》

对于茅盾的这些意见，周扬“就不能同意了”：

但是茅盾先生以为“国防文学”只是作家关系间的标帜，而不能作为创作的口号，这我就不能同意了。我以为“国防文学”应当是创作活动的指标，它要号召一切作家都来写国防的作品。一个文学的口号如果和艺术的创作活动不生关系，那它就要成为毫无意义的东西。文艺上的国防阵线不运用它自己特殊的艺术的武器，就决不能发挥它应有的力量。这是明明白白的事情。

茅盾先生说我要求作家写国防作品，是关门主义和宗派主义，是要把不写“国防”主题的作家关在国防运动之外去的。对这批评，我只觉得茅盾先生是滥用了“关门主义”等等的名词，首先我要说，我从不曾主张过作家必须写了“国防”的主题才能参加国防运动，也不曾主张过作家参加了国防运动就必须写“国防”的主题；在《现阶段的文学》里，关于文艺界的团结问题，我就曾这样说过：“这个团结不一定马上能够收到国防作品的成效，但无论如何，使国防文学创作实践有了更广大的动员基础。”这就很明白，“国防文学”的口号，对于一般的作家只是一种期待，一种希望，并没有强求的意思，而且，我觉得文艺界的联合战线既不是什么文艺“沙龙”，而是全民族革命战线中的一个重要的阵列，在参加这个战线的每个作家身上是课了抗敌救国的义务的，那么希望他们写国防的作品就不能算是过高的要求。固然，一个作家可以用宣言，用行动来服务于民族解放的事业，这些也都是可宝贵的，但是作为一个文艺家，他的有力的武器不能不是艺术的作品，而一个作家的社会活动也决不能和他的作品活动分开。民族革命的斗争成为了一切生活的主流，不被这主流所激荡的作家是没有的吧，除非他和现实之间完全失去了联系。所以把生活的民族革命的真实反映在自己的艺术里，对于一般作家并不是没有可能的事，虽然他们将会从各种不同的角度去看这个，而且可能把它写在一面歪斜的镜子上。以为只有勤劳大众的文学才是民族革命的文学，这不用说是有害的宗派主义和关门主义，但是如果认为要求一般作家写国防意义的作品，就会把他们关在国防运动之外去，那就有趋于另一极端的危险。我们不要忘记这是一个文艺上的国防阵线呵！

茅盾先生说“国防文学”是束缚人的，而艺术创作却需要更大的自由。这也是不然的。“国防”的主题以外，包含了现实生活的指导的方向和它的各方面，也容许作家的各种不同思想和立场的存在，以及他们的创作手法和表现形式的多样的运用。它的范围决没有狭窄到束缚人的地步。而且并非除了“国防”的主题以外，旁的任何主题都应摈弃不写。我说“国防的主题应当成为汉奸以外的一切作家的作品之最中心的主题”，所谓“最中心的”自然就不是“唯一的”意思。为了把一切力量都集中在抗敌除奸的任务上面，为了使文学和现实的潮流相汇合，创作活动应当有一个切合于一切人民的要求的中心，这难道也是宗派主义和关门主义吗？茅盾先生自己就曾以“需要一个中心点”为标题写过一篇短论，那里面就有这样的话：“种种的题材都必有一中心思想，即提高民众对于“国防”的认识（使民众了解最高意义的国防），促进民众的抗敌的决心，完成普遍一致的武力抵抗侵略的行动。这是历史所赋与的我们的作家在现阶段不可逃避的使命。”这使命不应当由全体中国的作家来完成吗？

创作的自由不是没有限度的，绝对的创作自由的说法是有害的幻想。高尔基很正确的指出了二十世纪欧洲文学之所以陷于创作的无力，就是由于竭力张扬艺术的自由，创作思想的任意，无形中使许多文学者缩小了观察现实的范围，放弃了对现实作广泛的各方面的研究。所以，主张作家可以任意创作，写国防和写纯恋爱都是一样，这就不但会削弱或甚至消解文艺创作的国防的作用，就单单站在创作的本身上来说，也不是贤明的见解。

文艺上的统一战线必须团结最广大的作家，对于纯恋爱为主题的作家，当然也应招致到这个战线里面来。但是一个作家参加了这个战线，决不是没有义务的，他必须做于民族解放有益的工作。恋爱的琐屑的艺术是只会使读者和伟大的民族解放斗争的现实离开的。要求他写更有意思一点的作品，就不只是为了要加强国防的意义，同时也是为了要使作者自己从创作的琐屑的低劣中解脱出来，统一战线是应当含有教育的作用的。

“国防文学”是文学上的统一战线的口号，我同意郭沫若先生的说法：“它应该包含着各种各样的文艺作品，由纯粹社会主义的以至于狭义爱国主义的。”照这样，我说的“国防文学的创作必须采取进步的现实主义的方法”那句话，如果截了上下文，就的确应当受指摘了。大家总还记得当国防文学提出时，第一个挺身起来反对的那位徐行先生吧。他竟把国防文学和进步的现实主义的方法描写成对立的东西，我就不得不辨明两者的应有的关系，然而同时就在那篇文章里，我也并没有忘记指出：“向国防文学要求最进步的现实主义的方法是正当的，但国防文学的制作者，却并不限于能运用高级的创作方法的作家，就是思想观点比较落后的作者，也应当使之为国防创作而努力。”

——《与茅盾先生论国防文学的口号》

于是引起茅盾“再说几句”：

最近，我在一篇短文里说到周扬先生的关于文艺家联合战线的几篇文章里有宗派主义和关门主义，周扬先生不承认。说我是“滥用关门主义等等名词”。很好，让我们来看看到底是我“滥用”了那些名词呢，还是周扬在“滥用”那“滥用”的字样。……

在这样自囿的宗派主义的浓浊空气中，周扬先生之不肯承认他的关门主义与宗派主义的错误，似乎亦不足为奇。他对我提出说明兼反问道：“首先我要说，我从不曾主张作家须写了国防的主题才能参加国防运动，也不曾主张作家参加了国防运动就必须写国防的主题。”不错，我也记得周扬先生并没有说过那样死硬而转不过弯来的话，但是我又明明记得他说过一些话，把“国防文学”作为文艺家联合战线的创作口号，而我所以说他有关门主义和宗派主义的错误，正因为我认为应当是一切作家在“国防”的旗帜下联合起来，而不是在“国防文学”的旗帜下联合起来。如果一面说不问新旧，不问左右，大家联合起来抗日救国，而一面又号召道，“国防的主题应当成为汉奸以外的一切作家的作品之最中心的主题”“国防文学的创作必须采取进步的现实主义的方法”（皆周扬语），那不是等于一面开门，一面又挂着“无票免入”的牌子么？如果周扬不是在讲联合战线的场合那样主张着，那自然情形就不同了。素以联合战线的“发动者”与“领导者”作为自己的责任的周扬先生难道连这一点常识也不明白么？

周扬又说：“我说国防的主题应当成为汉奸以外的一切作家的作品之最中心的主题”，所谓“最中心的”自然就不是“唯一的”的意思。……茅盾先生自己就曾以“需要一个中心点”为标题写过一篇短文。那里面就有这样的话：“种种的题材都必有一中心思想，即提高民众对于国防的认识，（使民众了解最高意义的国防）促进民众的抗敌的决心，完成普遍一致的武力抵抗侵略的行动。这是历史所赋与的我们的作家们在现阶段里不可逃避的使命。这使命不应当由全体中国的作家来完成么？”

在这里，周扬所举“最中心的”自然就不是“唯一的”意思，其实不涉问题的中心。问题的中心是不应在联合战线下提出一个联合的条件似的创作口号。周扬应当在这上头来辩论，不应滑到“最中心的”与“唯一的”字面上之说明。至于提到我的话，不错，我在《文学》六卷五期写过一篇论坛，叫做《需要一个中心点》，然而请周扬再去读一遍，我那篇短论绝对不是说文艺家联合起来的创作问题，我那篇论文中“绝无联合战线”等字，我只是说我的话，我绝不是要求凡一切加入联合战线的作家应具备此项特种“入场券”，所以周扬先生要引我为同调，我只好敬谢不敏。

周扬先生的文章中既引了伊里奇，又引了高尔基；自然，记诵一些伊里奇和高尔基的话是很好的，然而尤其要紧的，是要一并记得他们那些话是在怎样的时候和场合说的；要不然，就会闹出“大门反装”的笑话。

问三：为什么要讲创作自由？

我上面所说引用名言不要弄成“大门反装”，就和这问题有关系。

第一，我提这话，是专指文艺家联合战线时期说的。因为倘使我们想在文艺家联合阵营的大门上高悬一块木牌，浓墨大书：“本营创作规例，计开：一、国防主题，二、前进的现实主义方法，三、……”（对不起，我再饶一句，我说周扬有关门主义和宗派主义的错误，就因为他那几篇文章叫人读了会觉得临头挂着那样一个木牌子似的）。那么，周扬先生，你能不能担保凡是不愿作汉奸作亡国奴的一切作家都欣然而来呢？这里的问题的主要点是在全国作家自由结合起来抗日救国，并不是请我们来说服一块木牌子上写的“创作规例”。如果你一定要“强调”着你的“创作规例”，结果你的“联合战线”只能联到一角而不能普遍。

这是我们目前的客观事实。周扬先生如果“执拗”地（用周扬的字）要在文艺家联合阵营的大门上挂那么一块木牌子，那我就不想再和他多费唇舌，否则，要请他把对我说的“创作的自由不是没有限度的，绝对的创作自由的说法是有害的幻想”这两句话如数收回去；还要请他对高尔基在天之灵陪个罪，因为把他老人家的话掮去反装了大门了。

再者，如果周扬“执拗”地要在文艺家联合阵营的大门上要挂那么一块“创作规例”的虎头牌子，那么，鄙人现属文艺家联合阵营之一员，是要抗议的，但是我又要请周扬先生莫诧异：我自己在营内或营外却要以个人立场谈谈“需要一个中心点”那样的话语。因为我要以个人立场谈我所愿谈的话，所以我赞成我们那营门上贴一张字条：“言论自由”。

我不愿借周扬先生的虎头牌来挡住和我不同调的话语，形成了几个人“关起大门做皇帝”，可是我却极愿在“言论自由”的纸条下我能够说我的话，并说给极多数的人听。同时也任由各人说他的话，（这本来不是我们禁得了的）让极多数人自由选择爱听谁。

所以我以为文艺家联合阵营的大门上如果定要一对门联的话，那门联应当是这样的——

救国目标大家一致

文艺言论彼此自由

然而周扬先生最近的言论却一再声言他不赞成上述的门联，那么，我说他是宗派主义和关门主义大概不算“滥用”了名词？

第二，我要请周扬先生记好，我说“我们所希望的是全国任何作家都在抗日的共同目标之下联合起来，但在创作上需要有更大的自由”，这句写在纸上，是在中华民国二十五年七月二十七日，见之于印刷物（即《文学界》）是在八月十二日。这时候，周扬先生写他的《与茅盾先生论国防文学的口号》洋洋大文，有两处用了“进步的现实主义”这一术语。这术语要是译成了俄文给高尔基或是吉尔波丁（因为周扬也爱引用这位吉先生的话）看了，他们大概骤然之间要莫明其妙罢？自然，周扬先生会说明道：“所谓前进的”就是指“社会主义的”，可是大概高先生或吉先生会皱皱眉头，以为周扬先生“低能”，甚至会教训他道：“前进的和社会主义的是大有分寸的。”然而可怜的很，我这里却只能写作“前进的现实主义”。然而周扬先生似乎只是写惯了，竟会忘记没有创作的自由者就是我们。周扬先生似乎不知道“前进的”以外的文艺本就享有着极大的自由，初不待我们“张扬”（用周扬先生的字）而始有之。周扬先生即使定制了十打的“创作规例”的虎头牌满街挂满，而人家之“自由”如故；可是他的虎头牌倘使只有一块挂在文艺家联合阵营的大门上，却就会使得联合的阵营只成为极少数的几个人“关起大门做皇帝”。周扬先生要是肯努力多制虎头牌挂到十字路口，大小胡同里，乃至公坑门口，我一定不反对，而且表示最大的敬佩，无奈他制了一块——还没有完工呢，却一面推刨子，一面扬言道：“看呀，那边新造起来的联合营非有这劳什子挂上去是不成体统的！”谢谢！周扬先生，如果您老人家觉得那新造的联合营里，不应该只有尊驾的几位相识呆在那里“自拉自唱”，还是劳驾少说那样的话语！难道您当真不知道您这些话的轻重嚎！

第三，我不知道周扬先生到底知不知道中国新文学当初怎样爬出头的？我告诉您：白话文是在中学校里取得了和文言文同等自由权利以后这才猛速发展的。只要不被压迫，新的思想新的文艺立刻会不胫而走。在各种花草同在的园子里，新文艺的花是一向被或大或小的砖石压过无数次，而且现在压着的还仿佛是大磨石之类；但是它的繁殖力依然是可惊的，它横生侧长，和这些“得天独厚”的其他的花草争短长，简直是可惊可佩的！它是那样的元气充足，只要它身上的砖石少些，初不必芟除杂草，它自然会出人头地，发展成极大的花圃的。

就因为如此，所以我们现在来讲创作上的自由，绝对不是“有害的幻想”，是在“现阶段”提出了切合实际的步骤。

周扬先生似乎把高尔基的话片段地记得太多了，因而脑子里就留不住他在今日此地所必须知道的实际的具体问题。

我们不是在一个“理想的社会”，因而有许多太革命的太漂亮的话语在目今只是自己麻醉的药品，只是骗骗青年们的不兑现的钞票。我们绝对不需要这些玩意儿。……

文艺界联合战线的健全的展开和扩大，只有在反对关门主义，反对宗派主义，反对争“正统”的“内战”之下，才能完成。

——《再说几句》（登《生活星期刊》一十二号）

站在周扬方面，反对茅盾的这些意见的，是远在东京的两位——郭沫若和任白戈。郭在《蒐苗的检阅》里有一小段说：“我对于茅盾先生的‘创作自由’的一个口号，我觉得还是不提出的好。”任说：“国防文学是应该作为创作的口号的”“我们要求所有的作家来从事于国防文学的创作是非常正当的。而且，一点也不会妨害到作家的创作自由。”“即是有人说了将来的文学不是国防文学就是汉奸文学的话，亦不能说是宗派主义。”（均见《关于国防文学的几个问题》）但周扬和茅盾他们二人这以后倒未再说什么话了。

郭沫若说：

新的口号提出时，是积极地强调着一种客观的现实。口号提出后，在正号方面有优劣的作品产生自然是生了效果，但在负号方面使违反乎现实的作品减少了时，也不失为是有了效果。譬如现在高调着“国防文学”，优秀的作品不说全无，而写卿卿我我也者之乎之类的作家之笔，我相信比未将“国防文学”高调以前是要迟钝一些的。自然，这儿并不是根据了什么统计来说话，不过我们可以据自己的心理来推测。别人在焦头烂额地从事着救亡的时候，无论是怎样的佳人才子总不好明目张胆地去哥其妹而妹其哥，鸳其鸯而蝴其蝶。这层消极的作用我们是应该算入的。因此，我对于茅盾先生的“创作自由”的一个口号，我觉得还是不提出的好。因为“国防文学”的提倡只是精神上的要求，除在各个人的良心上多少可以生些限制作用外，它对于本是十分自由的作家是并没有绝对的强制力的。如于良心上的那种限制，都想宽大地替作家排解，这结果会消灭了一种运动的在负号方面的效果，该项运动的意义是会要失掉一大半的。这种宽大恐怕会失掉一般大众的同情，因为在大家都无条件地动员起来在从事一种运动的时候，而作家自己在主张他的特权，要求着一个保留的条件。“在国防文学与汉奸文学之外，确有既非前者也非后者的文学”——这是的确的，这种文学自有他的存在，不过在目前我们用不着去强调而已。

——《蒐苗的检阅》

茅盾因为要“大家都‘无条件地’动员起来去从事一种运动，”所以才反对“国防文学”作为“创作口号”这“有条件地”的联合办法。而郭沫若反说茅盾这种主张是“作家自己在主张他的特权”了。究竟谁是“无条件地”谁是“有条件地”的主张者呢？

任白戈的理论就更加详细。他说：

国防文学是不是应该作为创作口号呢？

谁也知道，国防文学完全是由于客观的现实形势的认识而产生出来的一个文学动员的口号。它不仅为了一个目的将所有的作家都集合起来，而且要使所有的作家都执着自己的武器趋赴到前线上去。否则不但那个目的将无法达到，就连这种集合也成为无用的了。笔应该是作家的武器。自然，作家亦可以投笔从戎，去从事比创作更直接的斗争；但当其还在执笔作为一个作家的时候，创作的确是他的主要的任务。现在我们既然说是要将所有的作家都集合到国防文学的旗帜之下来，一方面又说国防文学不能作为创作的口号，这到底是一种令人不大容易理解的意见。然而，甚至还有人认为只应当说作家在国防的旗帜下联合起来，而不能说作家在国防文学的口号之下联合起来，我只希望这是一时激于感情而发的话。因为作家虽然不写国防为主题的作品，仍可从各方面来参加联合战线，但目前的联合战线不是正分为许多领域，各有各的一定集合的地点吗？我们以为：一个作家，如果他是以作家的资格来参加的，最好还是站在文学的旗帜之下来。一定要这样，各个部队才能行列整齐，各执各的惯用的武器前去作战，发挥最大的效能。执笔与荷枪，统一为了一个目的，但我们不必要作家去荷枪，兵士来执笔，虽然他们可以互相交替，这就叫做各尽其所长。如果万一他们自愿互相交替，那时他们集合的地点也就应该互相换位了。作家总不好执着笔参加到兵士的队伍中去，兵士总不好荷着枪参加到作家的协会里来。所以，我以为作家不但应该在国防的旗帜之下联合起来，而且应该站在国防文学之旗帜之下；不但应该站在国防文学旗帜之下，而且应该参加国防文学的创作活动。不然国防文学便成了一个空的口号，在理论上虽然得着赞同，在实践上却到底被取消了。那我们还有什么再说国防文学的必要呢？国防文学正与别的什么文学一样，是不能不有它的创作活动的，我们只可以说它不是一个创作方法的口号，决不能说它不是一个创作的口号。因为这也是偏于说着内容的一个口号，正与辩证法唯物论之不能作为创作方法一样，所以我们说它不是一个创作方法的口号，但如果要以为民族革命战争的大众文学都可以作为创作的口号的话，那我们便可以毫不迟疑的说：国防文学是应该作为创作的口号的。

然而，据说国防文学之所以不能作为创作的口号，乃至我们之所以不能说作家在国防文学的旗帜之下联合起来，主要的是因为那是出色的宗派主义，妨害了作家的创作自由。这个理论也是很值得我们讨论的，我不妨先就创作自由的问题来说说吧。

一说到创作自由的问题，我们便很容易想到几年前的关于文艺自由的论争，这话说起来可太长了。好在当时争论的结果也还为大家所熟悉，我们便可以不必再去提到它。只是有一点应当说明，那时口口声声要争取文艺自由的主帅的确是所谓第三种人。目前的形势，自然与几年前完全不同了，因为社会关系的转化与阶层力量的比重起了新的变换，各种关系的编制与一切力量的配制都应该从新来过，但一种正确的文艺的基础理论是并不因此解消的。问题只在如何去运用它。创作自由的问题，我们始终以为是要象“思想言论自由”一样从政治方面提出才有意义，如果要从文艺的领域中来向连思想言论自由都没有的理论家或批评家提出，那便等于向婴儿要奶吃。自然，这并不是说：作家不应该向理论家或批评家有所抗议，也许真的他们将创作的范围规定得太狭，使作家颇有一点难于下笔感，但问题就在谁是抗议者及其所抗议的是什么。国防文学，本来是通过各阶层的一个动员作家的口号，并不是那一党或那一派所专有的。中国目前全体人民之所以能够联合，能够联合各党各派在一条统一战线之下，那主要的契机就是一个国防的任务。这个任务，是需要全体人民各就其领域和武器去完成的。武器不妨多样，战线愈大愈好，但目的只应该集中于一点。所以，在文学方面，我们要求所有的作家都集合到国防文学的旗帜之下来从事于国防文学的创作是非常正当的。而且，一点也不会妨害到作家的创作自由。目前，中国人民的确连吃饭，恋爱都和国防有关的了。国防文学的题材，渗在一切生活的领域内，一个作家，只要他感觉到了国防的重要，在他的感情上起了一个燃烧点，不管他用什么方法去写一些什么，结果都可以成为某种意义上的国防文学。进一步说，正因为要摄取国防文学的主题，这倒使得作家不能不逼视现实，甚至可以将作家的创作方法提高到现实主义的阶段上去，给与作家一种更能自由创作的能力。这是一个非常明白的道理，尤其是前进的作家不应该有所怀疑。如果要提到创作自由的话，目前倒正是所有的作家都应该一致起来争取国防文学的创作自由的时候，否则以前进的作家反而来向国防文学要求创作自由，这未免叫人有点哭笑不得。……（以下上面已引。）

其次应该说到宗派主义的问题。

在统一战线之下，不待说宗派主义是绝对应该克服的。

但我们切不可将这名词误解和滥用。我看目前似乎就有点误解或滥用的样子。……在这儿，我们却不能不将宗派主义作一个浅显的解释。（这解释上面已引。）……

到底国防文学是不是宗派主义呢？

我的答复却是否定的。理由很简单。因为这个口号不但是可以通过各阶层而将所有的作家动员到一个总的任务上去，并且它自身就是从宗派主义的清算中成长起来的。国防文学并没有说过应该谁做中心，谁又应该除外的话，国防文学只是竭力说着它的内容应该怎样。怎样作为一个作家关系间的旗帜来看，国防文学惟恐参加的作家不广，一向是和那些应该主张谁作中心，谁又应该除外的理论战斗着的，这当然不能说国防文学是宗派主义。作为一个创作的口号来看，国防文学就连单纯的爱国主义的文学也包含在内，只要是一个爱国的作家，不管是现代式的或岳飞，文天祥式的，他都可以将笔集中在国防的任务这一点上，来创作出各色各样的国防文学，并不象别的主张那样怕坠入单纯的爱国主义的污池里去，当然更不能说它是宗派主义。国防文学只反对一种文学，那就是所谓汉奸文学。正如国防战线的对面有汉奸存在一样，国防文学的对面也是有汉奸文学存在的，而且这正是国防文学的敌人。难道我们能说国防文学与汉奸文学敌对起来就是宗派主义吗？自然，在国防文学与汉奸文学之外，还有第三种文学存在，我们不能很武断地说除了国防文学就是汉奸文学。但这是证明在抗战与投降二者之间还有点让人喘息的余地。倘若敌人只让我们于这二者之间决取其一来选定目前的生死，这是一定是没有什么第三种的东西存在的。目前我们到底是处在一种什么境地中呢？在这样一个情势之下，我们很可以说文学亦是没有什么第三种的道路好走的，以前的鸳鸯蝴蝶派不是都在向着国防战线这一方面走吗？即使有人说了将来的文学不是国防文学就是汉奸文学的话亦不能说是宗派主义。国防文学之对于汉奸文学，是应该有十足的党派性的。问题并不在只把文学区分为“国防”与“汉奸”二种，主要的是在区分得适当与否，以及对于具体的作品的判断如何。不以理论与作品为标准，完全以派系与行帮为绳墨去区分和判断一切，那才是地道的宗派主义。要克服宗派主义，首先就应从这点开始。

——《关于国防文学的几个问题》

（D）结　论

吕克玉在“对于文学运动几个问题的意见”里，先对以上关于“关门主义”“宗派主义”和“创作自由”的辩论作一总的批判，然后又批判了周扬等的文艺理论问题上的机械的观点。

我们先看他的前一部分，他说：

关门主义，第一，存在于对抗日统一战线问题的狭隘的了解。他们依然把这统一战线的问题看成为单纯的文学上的结合新团体的问题，没有看成这和别界的抗日统一战线首先应该是一个爱国的政治上的联合问题，因此，他们的一切理论和办法，至多仍是“半开门主义”；所以茅盾先生说他们规定要“入场券”；鲁迅先生说他们是“基本上宗派主义”，是非常正确恰当的指摘。很明显的，如果为了要在爱国运动中去扩大文学运动，则首先不应从文学问题上去求统一，而应从抗日的政治问题上去联合作家，然后在抗日联合的过程中，爱国工作的接触中，使各派的作家和新文学更接近。无论如何，在现在，抗日的联合是完全可能的，也只有在抗日的一点上各派各阶级的文学者的联合是完全可能的，但要在文学问题上求统一，则在现在不可能；如果在抗日联合问题中附以文学上问题的条件，那就大大缩小了抗日的战线，也就不去造成我们要在抗日运动中去扩大文学运动的前提条件与机会。周扬等的关门主义，在于不了解抗日运动和文学运动的有机的关系。周扬说过，文学者之间的关系将有变化。这是对的，将有变化我们正要看到这一点，我们正要促成他们的变化。然而怎样的变化呢？我们用什么办法去促成他们的变化呢？不是用文学的咒文，而是用对于问题的有机的理解与切实的良善的实际工作。一般作家，恐怕有些和周扬等不同，不会将文学上的一些咒文看成为那么迷信的东西，倒是会将民族运命看成为更重要的，所以，只有从文学上的无条件地，越广泛越好地在抗日问题的联合上着手，从协同做爱国工作上着手，才能促成文学者之间的关系的变动。

周扬等的关门主义或宗派主义，还更多的表现在其他许多问题的意见上。对于“国防文学”口号的出色的宗派主义的解释，将别的较正确的文学口号指为“标新立异”，即使不算是暴君的态度，也是一副商标主义的市侩的气味，是早经鲁迅先生和茅盾先生的指出，我不用说的了。最近他们又在拒绝“创作自由”一口号的上面表现出来。对于要求“创作自由”的不了解，不但如茅盾先生所说由于他们颠倒的引用高尔基的话，最根本的是由于周扬等不了解或不相信新文学的既成的基础（即所谓主观的力量）和有着大大的扩大的形势，由于他们不了解将怎样地去变动作家之间的关系。无论如何，“创作自由”在现在是最适当的，也是迫切的要求。第一，现在没有爱国的文学的创作和发表的自由，我们要争得这自由；第二，为着新文学的发展，要去掉一向的那种不正确的公式主义的批评对于作家们的束缚；第三，如果我们有了创作的自由，能够作到自由竞争，则新文学不但能获得多数的读者，并且也一定有别派的作者投入新文学中来。同时，要动员各派作者来从事抗日的新文学运动，也只有在“自由创作”的原则之下，才能以鼓励与提倡的方法使他们自动的来。周扬等拒绝“创作自由”的要求，这正是证明他们对于不自由高压的麻木不仁，也证明他们对于作家们对他们的“那一套”文学咒语的反感的无知觉。难道真因为关在亭子间里做惯了可怜的小小的“土皇帝”，就连感觉都与常人不同了么？

总之，浓厚的关门主义是存在着，为着抗日，为着新文学，都非即刻纠正不可的。……

为着爱国的抗日的文学发展，为着发扬文学对于民族解放应尽的职务，并且也为着各个文学者的自动的，兴趣活泼的工作和各方面的活泼的发展，我们要求我们能够有创作的自由，发表的自由，我们也赞成各个作家自由写作，不受任何主义的束缚，作为一个现在中国人的作家，应当有为国家尽力的自由，也应当得到能够享有自由的信任(难道周扬们真的以为作家一有自由，就都去作“汉奸作家”了么？这是“奴隶总管”式的病态的思想，是道学先生对女学生的观点，不是对于中国现在形势与民族解放的正确的了解与应有的胜利信心，无怪在周扬们的笔下“汉奸文学”的字眼之多了。)……

以下是他对于周扬等的“机械论”的检讨：

周扬的理论，一方面实在和茅盾先生所说，是东鳞西片地凑拢来的，他实在是一个小钱杏邨。但惟独他的关门主义，他的空想的机械的了解，却能够自成一贯。在“三年前”，周起应（即周扬）论“第三种文学”的时候，曾抱着“非无产阶级文学即资产阶级文学”的见解，当时曾有人给以批评，说这在理论上是机械论的错误，在策略上是左倾宗派主义的错误。最近周扬在论“国防文学”的时候，很明显的是重复着周起应的错误；周起应的错误还情有可原，因为在“三年前”，奇怪的是在运动发展的“三年后”，周扬不但重复着而且还固执着周起应犯过的错误。他在论“国防文学”一文上，大有在现在非“国防文学”即“汉奸文学”的论断。……这种理论，实在是“凡天下之女人，非节妇即娼妇也”的妙论之化身，然而这却是机械的理论，那根源则仍在对于文学的阶级性的机械的了解。

其次，周扬他们对于“创作自由”要求的拒绝，以及别的人们把这和三年前的“第三种人”的理论相比拟，都似乎振振有词的有理论的根据。然而这又是不能将“文学是阶级的，党派的，决不是超阶级的自由的东西”这一个原则，和实际斗争活生生地联系起来，而只是不聪明地背诵公式的缘故，倘若“文学在阶级社会里是阶级的，党派的”这一原则是正确的，那么，我们的文学即应当参加或发动为自由的斗争，承认对我们文学有利的自由竞争的办法。在三年前，对“第三种人”说明了“文学的阶级性，政治性”等等的道理，当然是对的，但当时没有积极地联合各派为创作自由而斗争，没有最大限度地在批评上承认

"创作自由",当然是错误,即在三年后也应当承认的。然而"第三种人"的"坏下去",决不是"我们骂坏了",是由于他们自己并不真的要自由,而原意倒是在要剥夺别种作家的自由。这是他们后来的历史事实所证明了的。

周扬,还有别的人,对于理论的机械的观点,还表现在对于"现实主义创作方法"的理解和它在我们文学运动的运用上。在《现实主义论》一文里,周扬将"世界观"和"创作实践"分开,并且强调着和重复着"世界观"的老调,是抽象的主观论的机械的创作观点。他抱着作家研究"正确的世界观",批评家宣传"正确的世界观"就"保证"使作家走向正确的方向去的见解,这大概就是他相信做几篇"非汉奸即国防"的"国防文学论",就能够解决一切问题了的根据。然而"正确的世界观"固然是要紧的,但怎样去研究呢?去获得呢?是否买一本"唯物辩证法ABC"来读呢?倘若是的,倘若如周扬似的那样以为"正确的世界观"就在书本上在亭子间里,那么我们就不能"保证"人能获得"正确的世界观",因为周扬研究了这么许多年,也仍是连一个小小的"文坛"都看不清楚,何况一个世界!这只是给周扬一类人自己辩解,或者是为了抬高自己,以为能写"正确的世界观"这几个字的批评家,就应当渺视作家指挥作家了。倘若不是这样,那么研究"正确的世界观",就不能和作家的实践生活与创作实践分开。因为据我的理解,世界观是表现在作家对于现实的关系上的,所以只有在实践上才表现出来。作家和一个人一样,读社会科学书固然是重要的补助,但主要的应当在他的生活上,在他对于历史的和当时事象的关心和分析上,在他对于例如莎士比亚或巴尔札克的作品(两人生平都来不及读到马、恩二人的著作）的研究上，在他对于题材的摄取上，在他写作的过程上去获得“正确的世界观”。“正确的世界观”不是一个枣子，可以化一个铜子买来，长久放在袋里的。不是有“没有实践就没有理论”的名言么？为什么呢？就是说，离开实践，理论就是停止了的，死了的，灰色的东西。因此，周扬的机械的观点，在于一则将世界观的研究和作家的实践机械地分开；二则强调抽象的研究“世界观”。将“世界观”看成为抽象的东西。由于这样的不正确的了解，就带来了现实主义创作方法的运用和提倡上的不求和实际运动相并进，以及批评家的高谈式的偷懒和不尽职了。譬如说，我以为在现在的我们的文学运动，使我们的文学和实际生活接近起来，使我们的文学对实际生活的落后的距离减少，是先于一切的，比任何事都重要的；因此，说明摄取什么题材，怎样去摄取的问题，如果对照着我们文学发展的现在的程度，则是提倡现实主义的创作方法的首要的一步。然而我们的批评家似乎并不看重题材的问题，陶醉于“题材不重要，重要的是意识，是世界观”的这样的理论，因而对于某些即使在对于现实关系的把握上有一二点不足之处，然而在题材上特别有意义与价值的作品如《子夜》等，也就评价过低了。批评家提倡现实主义的创作方法，系与创作家合作，共同研究；批评家不应象一个“厌烦”的牧师，只把眼睛朝着圣像，说上帝怎样好，怎样好，对“善男信女”们的实际问题，理也不理。在我们的文坛上，很少和作家研究具体作品，研究题材，写法，等等的关于创作实际工作的批评文字；有的，除了口号之外，就是一些说上帝怎样好怎样好的说教。这虽是高谈，实际上是偷懒与不尽职。因为我们所希望的那种批评工作，是比专讲“世界观”之类的事情艰苦得多多了。

——《对于文学运动几个问题的意见》

至于《新认识》一卷二号发表的“新认识社同人”的《文艺界的统一战线问题》和陈伯达的《文学界两个口号问题应该休战》，大体看来，对于“创作自由”问题这一方面的意见，有一部分是赞同国防文学论者的。有一部分则已加以修正：

反对把“国防文学”作为创作口号的人们，是根本反对文艺界的统一战线中有一个创作口号的，譬如茅盾先生，他以为规定了创作口号，就是“联合亦有条件”，这会使那些专写纯恋爱小说之类的作家裹足不前，不免是阻碍战线的扩大和发展的。所以，茅盾先生说：对于“国防文学”这口号的正确的认识，应当是“作家关系间的标志，而不是作品原则上的标志”。

茅盾先生这意见，自然是对的。“在国防的旗帜下联合起来！”这不仅是向文学家号召的口号，而且是向全民大众号召的一般口号。如果某一作家，他能真正参加实际抗敌工作，那他即使满口“哥哥妹妹，之乎者也，鸳鸯蝴蝶”，他也还不失为统一战线内的一员好战士。不过，文学者的武器，大都是文学，在使我们的抗敌工作发生更大的效果这点上，我们要求每个作家都来写“国防文学”的作品，也是应该的。所以，“国防文学”如果作为号召文学者创作的口号，实际上与茅盾先生的意见并不发生抵触。并且，我们不但可以要求每个作家来写“国防文学”，还有要求每个作家来“怎样写”的权利和义务。……

如上所说，在创作上，我们主张设定明确的口号，研究进步的方法，强调中心的主题。但在批评上，我们却不主张拿最高的原则去衡量一切作品。我们对于最进步的作品，固然应给以高的评价，同时对于落后而意在战斗的作品，也以奖掖为先。倘有在艺术上实臻成功而并无反日意义的作品，我们也不应加以歧视，因为那虽非“国防文学”，却也不是“汉奸文学”，于战斗无妨，或者还稍有助益的。

——《文艺界的统一战线问题》

陈伯达说：

这样，愿意站在“国防文学”的旗帜下的，对于国防文学的态度，就不能完全一致。当然，这不能说，我们就不能用“国防文学”的口号来团结一切不甘当亡国奴的作家，而只能用“国防”的旗帜。对于一切不愿意作亡国奴的作家，显然地，我们还是希望和要求他们为国防文学而写作，至少在写作上不妨碍国防的争斗。如果一个作家，赞成救亡或愿意参加救亡的争斗，但在他自己生活上所主要的（或者是唯一的）活动范围内（就是说，在文学范围内），不愿意为“国防”尽力，或者竟至写了有妨碍“国防”的东西，那么，他的所谓“赞成”或“参加”就还是空话。然而，我们的联合战线，终究是需要争斗的联合战线，而不是说空话的联合战线。所以，我认为：“国防文学”是作家关系间的标帜，同时也仍可以为一般作品原则的标志。但是，这绝不是说：必要他有了“国防”的作品，而且非写“国防”的作品不可，我们才允许他到联合阵线来（这样就是宗派主义）。而是说：他既然为了救国而到联合阵线中来，就应当努力使他能自愿多多地为“国防”而写作。

> 一切不愿当亡国奴的作家，应该在国防文学的口号下联合起来，在“国防文学”上，尽作家自己救国的天职。但在他的“国防”作品上，要“怎样写”“写什么”都有自己的自由，自己的立场。在联合阵线内，这是不能一致的，因为各人所代表的利益不一致，生活所熟悉的不一致。所以，我们可以归结来说：在我们联合阵线这里，“创作自由”，在“国防文学”以外，这自由还是有限的；“创作自由”，在“国防文学”以内，这自由是无限的。在国防文学阵线内否认创作自由，这是宗派主义。
>
> ——《文学界两个口号应该休战》

但是，鲁迅和茅盾为什么要与“国防文学”论者们不同，一定要反对“国防文学”作为“创作口号”呢？王任叔下面一段意见是很好的解释；也可以作为本问题的结论之结论：

> 鲁迅先生的现实主义决不同于高打着历史的大旗，高喊着革命或什么的口号大闯大踏的那种“非革命的急进主义者”（见《二心集》）的现实主义，那些人大半是见林不见树的。仿佛大旗一打出，敌人立刻吓倒，一切鼠窃盗行的宵小之徒都不必介意了。于是翻过来，一叫出联合战线，也就“猪猡狗贼”都引为同志；连投机取巧者与暗探奸细都可加以宽容。而鲁迅先生的现实主义在此便有一个较量。这回引起的两个口号之争，其根本的症结，我看是在这里。同样，在好几年前，文艺界里的领导者们，为欲使每一个文艺工作者跑到十字街头去，有所谓作品主义的非难，对于蒋光慈的作品和行动，加以甚大的打击。但鲁迅先生却每次在会议席上劝青年作家写点东西。一到现在“国防文

学”的倡导者，（自然，我到现在还主张“国防文学”的口号是应该重视的）都主张国防文学，应该作为创作的标帜；而茅盾先生和鲁迅先生却主张应该作为作家间关系的标帜，在前者的意思，以为文艺工作者唯一的武器便是作品，如其不作为创作的标帜，无异缴了自己的械。这理由不能说不对，但也只对得一半。而更重要的一半，却还在于茅盾先生和鲁迅先生所主张的：那就是前一批的论客，忘却了作为一个文艺工作者的中心的实践：从生活的实践，到创作的实践。鲁迅先生在现阶段所要求于每个作家的，便是生活的实践。或者说，强调这生活的实践。所以他要把这口号作为作家间关系的标帜。他是想叫每个作家先有救国的实践行动。通过这行动，然后才有真的国防文学。然而，还不得失掉它的重心，那就是大众的立场。（关于这，我想另作一文，在此不再多说）这却又是鲁迅先生以历史的现实主义，来校正那些见林不见树的论客的“空头的”现实主义的倾向之又一面。

——《鲁迅先生的“转变”》（载《中流》一卷七期）

五 鲁迅逝世前后文艺界的大团结

文艺界抗日民族统一战线运动，虽然早在华北事变以后即已开始，但是因为有“宗派主义”的对立和“私人纠纷”的作祟，经过了半年多的统一运动的结果，反而形成了两个分裂意义的集团：一个是六月七日成立的“中国文艺家协会”；一个是在这不久之后共同签名发表“中国文艺工作者宣言”而并无正式组织的六七十位作家的集合。同时，参加这两个集团的作者还都是中国文艺界的进步分子，也就是表示文艺界的“统一战线”或“联合战线”运动尚没有跳出“前进”的圈子，并且就在这圈子里面论争了起来。幸而这论争并非浪费或者没有结果的，这结果就是“宗派主义”的清算和隐藏在堂皇的旗帜后面的“私人纠纷”的揭穿，经过了“清算”和“揭穿”以后，文艺界的统一战线运动，才跳出了“宗派的”和“前进的”圈子，走上了比较广阔的局面。具体的表现，就是在鲁迅逝世前由新旧各派作家签名发表的《文艺界同人为团结御侮与言论自由宣言》：

> 日本帝国主义之侵略，日甚一日，亡国之祸，迫在眉睫，东北四省既早已沦陷，华北五省与福建又危在旦夕。然而我国各派当局，至今犹未能顺应全国民众之要求，从事实上表示团结御侮之决心。
>
> 在此时会，我们所愿掬诚为国人告者：对时局，我们要求政府当局加紧全国的缉私运动，竭力援助东北义勇军，严命冀绥当局坚决保持华北各项主权，并尽量资助华北国军物质上的缺乏。我们要求政府对北海事件与成都事件之交涉，不作妥协之让步，对绥东伪军之侵扰与北海日舰之威胁，迅速以实力应援各该地方之爱国军事长官。
>
> 我们希望全国民众尽力参加并辅助政府的缉私工作，援助东北义勇军，加紧一切救国运动。
>
> 我们是文学者，因此亦主张全国文学界同人应不分新旧派别，为抗日救国而联合。文学是生活的反映，而生活是复杂的多方面的，各阶层的；其在作家个人或集团，平时对文学之见解，趣味，与作风，新派与旧派不同，左派与右派亦各异，然而无论新旧左右，其为中国人则一，其不愿为亡国奴则一；各人抗日之动机，或有不同，抗日的

立场，亦许各异，然而同为抗日则一，同为抗日的力量则一。在文学上，我们不强求其相同，但在抗日救国上，我们应团结一致以求行动之更有力。我们不必强求抗日立场之划一，但主张抗日的力量即刻统一起来。

为民族利益计，我们又甚盼民族解放的文学或爱国文学在全国各处风起云涌，以鼓励民气；我们固甚盼全国从事文学者能急当前之所应急，但救亡之道初非一端，其在作家亦然。故在文学上我们宁主张各人各派之自由发展，与自由创作。

其次，我们主张言论的自由，急应争得。言论自由与文艺活动的自由，不但是文化发展的关键，而在今日，更为民族生存之所系。国民自由发展其救国意见，文学者自由发表其救国文艺，在今日已不仅为人民之权利，亦且为人民应尽之天职。除非不要人民爱国，否则，予人民发表救国意见之自由，在今日实属天经地义，无可怀疑。因此，我们要求政府当局，即刻开放人民言论自由；凡足以妨碍人民言论自由之法规，如报纸检查刊物禁扣等，应立即概予废止。我们深信唯有言论自由，然后能收全国上下一致救国的效果。我们敢请全国的学者，新闻记者，作者与读者，一致起而力争言论自由，促其早日实现。

签名者（依姓氏笔划多寡为序）

巴　金	王统照	包天笑	沈起予
林语堂	洪　深	周瘦鹃	茅　盾
陈望道	郭沫若	夏丏尊	张天翼
傅东华	叶绍钧	郑振铎	郑伯奇
赵家壁	黎烈文	鲁　迅	谢冰心
丰子恺			

这宣言的签名者包括新旧各派的范围之广和宣言内容关于文学方面的主要意见，都可以说是这次论争的结果。如“为抗日救国而联合”(不是“在国防文学的旗帜之下联合起来”),“在文学上我们宁主张各人各派之自由发展，与自由创作”(不必一定要创作国防文学或写国防的主题了)，等等。

不幸在这宣言发表之后不久，中国文艺界唯一的导师——鲁迅先生即于十月十九日逝世了！鲁迅逝世后的文艺界，大家沉浸于追悼和纪念的悲哀与探讨中；既不能再行得到这位巨人的指示和领导，于是便想从他的三十年的文学生活的宝贵遗产中（当然他的宝贵的遗产的价值并不限于文学一方面，鲁迅不仅是一个文学家，而且是思想家，文化批评家，社会批评家和民族解放运动的导师）寻求关于民族解放的宝贵的指示。因而“纪念鲁迅”和“研究鲁迅”的巨浪，作为了中国文艺思潮的主流，支配了好几个月。(直到现在也还在陆续不断的进行。)

同时，鲁迅逝世后的文艺界，鉴于敌人的侵略一天比一天紧迫，一方面本着这唯一的导师的指示，一方面以这一次论争的成果作为南针，在文艺理论与创作上，配合着救亡工作，都不停的向前迈进。这时虽没有统一战线的形式的中心组织，但“内战”是没有了，而“批评”却依然存在，不过文艺思想显得一时没有什么惊涛骇浪而已。

这文艺界统一战线的形式的中心组织，是在政治的统一战线的早已形成之后，尤其是在全面抗战发动数月以后的一九三八年三月二十七日才在武汉成立,这就是广大的集合各派作家，实行空前的中国文人大团结的“中华全国文艺家抗敌协会”。

（完）

参考书目

本书取材多半来自下列各书，谨在这里向各位作者编者致谢：

《中国新文学大系·建设理论集》，胡适编选。（第一编第二章取材于此）

《中国新文学大系·文学论争集》，郑振铎编选。（第一编第三四章取材于此）

《中国新文学运动史资料》，张若英编。（第一编取材于此）

《新文学概要》，吴文祺著。（第一编取材于此）

《当代中国文艺论集》，乐华图书公司编印。（第一二编取材于此）

《中国文艺论战》，李何林编。（第二编取材于此）

《鲁迅杂感选集》，何凝编录并序。（关于何凝的意见取材于此）

《文艺自由论辩集》，苏汶编。（第三编第二三章取材于此）

《语文论战的现阶段》，文逸编著。（第三编第三章取材于此）

《国防文学论战》，新潮出版社编印。（第三编第四章取材于此）

《近代中国启蒙运动史》，何干之著。（第一编绪论取材于此）

《中国近代史》，李鼎声编。（第二编绪论取材于此）

《鲁迅全集》，鲁迅先生纪念委员会编。（关于鲁迅的意见均取材于此）